Friedrich Spiegel

Commentar über das Avesta

Erster Band

SALZWASSER
VERLAG

Friedrich Spiegel

Commentar über das Avesta

Erster Band

Unveränderter Nachdruck der Originalausgabe von 1864.

1. Auflage 2022 | ISBN: 978-3-75259-651-9

Verlag: Salzwasser Verlag GmbH, Zeilweg 44, 60439 Frankfurt, Deutschland
Vertretungsberechtigt: E. Roepke, Zeilweg 44, 60439 Frankfurt, Deutschland
Druck: Books on Demand GmbH, In de Tarpen 42, 22848 Norderstedt, Deutschland

COMMENTAR

ÜBER

DAS AVESTA

VON

FRIEDRICH SPIEGEL.

ERSTER BAND.

DER VENDÎDÂD.

WIEN. 1864.

Vorrede.

Der Begründer der altbaktrischen Philologie, Eugène Burnouf, hat uns in seinem epochemachenden *Commentaire sur le Yaçna* nicht nur die ersten zuverlässigen Erklärungen altbaktrischer Texte gegeben, sondern auch die Methode dargelegt, nach welcher künftighin auf diesem Felde gearbeitet werden muss. In der Vorrede zu dem genannten Werke entwickelt er uns weitläufig den Weg, auf dem es ihm gelungen ist zu einem genaueren Verständnisse der Texte zu gelangen, nachdem er sich von der Unzuverlässigkeit von Anquetil's französischer Übersetzung überzeugt hatte. Die Hülfsmittel, deren er sich bediente, waren doppelter Art: erstens einmal die Tradition der Parsen selbst in einer besseren Gestalt als sie Anquetil vor sich hatte. Diese fand er in der Übersetzung eines Theiles des Yaçna in das Sanskrit, welche sich unter den von Anquetil mitgebrachten Handschriften befand und welche dem Neriosengh zugeschrieben wird. Mit ihrer Hülfe gelang es ihm nicht nur viele Stellen des Yaçna richtig zu verstehen, welche von Anquetil unrichtig wiedergegeben worden waren, sondern auch über gar manche andere, nicht dem Yaçna angehörige Texte neues Licht zu verbreiten. Sein zweites Hülfsmittel war das Studium der alten Texte selbst, in Verbindung mit sprachvergleichenden Studien, so dass mit Hülfe der verwandten Sprachen das Wesen des noch unbekannten Altbaktrischen wieder aufgehellt wurde. Es galt nun diese beiden Hülfsmittel auf die durch die Wissenschaft gebotene Weise mit einander zu verbinden und gegenseitig zu begrenzen; auch dies ist Burnouf in ausgezeichneter Weise gelungen; wir lassen ihn am Besten selbst sprechen (Avant prop. p. XXVIII): *Le problème*, sagt er, *que j'avais à résoudre était celui-ci: étant donné un mot zend auquel les Parses attribuent une signification que la comparaison des textes et l'étude des langues qui appartiennent à la même famille ne confirment ni n'expliquent, justifier le sens donné par les Parses ou en trouver un autre. J'ai commencé par détacher du mot à traduire les désinences, formatives et suffixes, que l'analyse grammaticale m'avait fait reconnaître dans d'autres mots sur lesquels le concours de Nériosengh, d'Anquetil et de la comparaison des langues ne laissait aucune incertitude. J'ai réduit ainsi à ses éléments les plus simples, ou à ce qu'on appelle le radical, le mot sur lequel portait la difficulté, et, une fois maître de ce radical, j'ai cherché si les langues avec lesquelles le zend a le plus de rapport, comme le sanscrit, le grec, le latin, les dialectes germaniques etc., n'en offraient pas quelques traces. Cette méthode m'a conduit, dans un grand nombre de cas, à des résultats très-curieux; ainsi j'ai constaté que la liste des racines sanscrites contenait presque tous les radicaux dont je cherchais le sens, mais que ces radicaux n'étaient pas fréquemment usités, s'ils l'étaient jamais, dans le sanscrit classique, et que, pour les trouver dans la langue, il fallait remonter jusqu'aux Védas.* Und weiterhin heisst es (p. XXIX.): *Cette communauté d'origine, dont je rencontrais à chaque pas des preuves si convaincantes, m'a enhardi jusqu'à essayer de rendre compte d'un certain nombre de mots zends que je voyais résister aux moyens d'analyse dont je viens d'indiquer sommairement la marche et les résultats. La comparaison des mots identiques, ou à peu près identiques, en zend et en sanscrit, par exemple, m'avait donné un certain nombre de lois de permutation de lettres, lois dont la certitude est d'autant plus grande qu'elle repose sur un plus grand nombre d'observations, et qu'elle a sa raison dernière dans la constitution propre de l'organe vocal. Les mots zends qui ne différaient des mots sanscrits que par le changement d'une lettre, et auxquels l'application d'une de ces lois pouvait se faire avec certitude, devinrent la base de laquelle je m'élevai à d'autres mots dans lesquels l'application simultanée de plusieurs lois était nécessaire; de telle sorte que je parvins à expliquer des termes zends très-différents, par le son, des termes sanscrits correspondants, et à les ramener par l'analyse comparée de leurs éléments à la forme sous laquelle ils se montrent dans d'autres idiomes.*

Es schien mir nöthig, den Standpunkt Burnouf's etwas genauer anzugeben, um dem Leser zu zeigen, welches der meinige war, als ich im Jahre 1842 zuerst anfing mich mit dem Avesta, und zwar zunächst mit dem Vendîdâd zu beschäftigen. Ich brauche wohl nicht zu sagen, dass ich meine Vorstudien zunächst in den Schriften Burnouf's gemacht hatte; dass ich von der Richtigkeit seiner Grundsätze überzeugt war und möglichst nach denselben zu arbeiten gedachte. Die etwas verschiedene Aufgabe, welche ich mir gestellt hatte, erforderte indess einige Modificationen. Hinsichtlich des Textes blieb natürlich die Aufgabe dieselbe. Ich musste suchen durch Lesen der Texte, und zwar aller der spärlichen Texte, die uns noch in altbaktrischer Sprache erhalten sind, sowie durch Vergleichung der verschiedenen Handschriften, endlich durch Herbeiziehung der verwandten Sprachen in den Bau der alten Sprache einzudringen, welche den Gegenstand meines Studiums bilden sollte. Hier war es nur insofern möglich über Burnouf hinauszugehen, als ich mich nicht auf die Pariser Handschriften zu beschränken brauchte, sondern auch die Londoner und vor Allem die Kopenhagener zu Rathe ziehen konnte, welche bekanntlich die ältesten und besten Handschriften sind, die sich noch vom Avesta erhalten haben. Allein in Bezug auf die Tradition geboten mir die Verhältnisse, mich nach neuen Hülfsmitteln umzusehen. Es war nicht möglich, bei Erklärung des Vendîdâd sich auf die Übersetzung Neriosengh's zu stützen; zwar hat Anquetil in Indien erfahren, dass auch von den ersten sechs Capiteln des Vendîdâd eine Sanskrit-Übersetzung existire, Niemand hat sie aber meines Wissens bis jetzt gesehen; gewiss ist sie in keiner europäischen Bibliothek zu finden. Dagegen fand sich in mehreren Handschriften die Huzvâresch-Übersetzung des Vendîdâd, bei näherer Besichtigung sogar zwei verschiedene Huzvâresch-Übersetzungen und es konnte keinem Zweifel unterliegen, dass in ihr die älteste und zuverlässigste Form der Tradition niedergelegt sei, wie denn auch Burnouf es als seine Überzeugung ausgesprochen hatte, dass die alte Huzvâresch-Übersetzung im Ganzen zuverlässig sei. Allein die Schwierigkeit der noch unbekannten Sprache stand dem Gebrauche dieser Übersetzung hindernd entgegen. Die ersten Schritte zur Erschliessung der Huzvâresch-Sprache hatte zwar J. Müller schon im Jahre 1839 in seinem *Essai sur le pehlvi* gethan, an den sich 1843 noch die Erklärung des Anfangs des Bundehesh schloss; es galt aber nun auch hier auf dieser Grundlage fortzubauen. Hiefür war mir nun die Huzvâresch-Übersetzung des Yaçna von grosser Wichtigkeit, welche sich bekanntlich nur in einem einzigen Kopenhagener Codex findet, die mir aber möglich machte, Huzvâresch-Texte mit Sanskrit-Übersetzungen zu vergleichen. So erspriesslich sich nun auch dieses Hülfsmittel für meine Studien erwies, so sah ich doch bald ein, dass dies noch nicht genüge, um mir die alte Tradition in allen Punkten verständlich zu machen, und dass ich, ebenso wie Burnouf, auch die neuere Tradition zu Hülfe nehmen müsse. Diese kannte ich damals lediglich in der Gestalt, wie sie in Anquetil's Übersetzung niedergelegt ist; doch war mir auch hier vergönnt, auf die ursprünglichste Form zurückzugehen. Anquetil hat seine ursprüngliche, in Indien nach den Dictaten seines Lehrers niedergeschriebene Übersetzung auf der k. Bibliothek zu Paris niedergelegt und Herr Geh. Rath J. Olshausen hatte die Güte, mir seine Abschrift dieser Übersetzung zu überlassen. Diese handschriftliche Übersetzung umfasst ausser dem Vendidâd, Yaçna und Vispered mehrere kleinere Stücke, von den Yashts aber blos den Ormazd-yasht; bei den übrigen Stücken dieser Gattung scheint es Anquetil genügt zu haben, die neupersische Erklärung, welche ihm sein Deçtûr gab, unter den altbaktrischen Text zu notiren. Der wichtigste Theil dieser Übersetzung ist die Übersetzung des Vendidâd. Das betreffende Heft enthält den Text des Vendidâd in lateinischer Umschreibung, dann die Huzvâresch-Übersetzung, gleichfalls in lateinischer, aber sehr ungenügender Umschrift, und zwar nach der jüngeren, von Deçtûr Dârâb selbst veranstalteten Recension.

Über den einzelnen Huzvâreschwörtern steht dann in neupersischer Sprache, aber gleichfalls in lateinischer Umschrift, die Bedeutung derjenigen Wörter, welche wahrscheinlich Anquetil nicht klar waren und deren Erläuterung er verlangt haben mag. Eine fortlaufende neupersische Übersetzung liegt nirgends vor, sondern Anquetil hat den Entwurf seiner französischen Übersetzung daneben gesetzt. Dieser Entwurf weicht von der später gedruckten Übersetzung häufig und nicht unbedeutend ab; man hat aber doch keine Sicherheit, dass die ursprüngliche Übersetzung Anquetil's genau zu den Ansichten seines Lehrers stimmte.

Mit den eben angegebenen Hülfsmitteln habe ich nun versucht, den Text des Vendîdâd zu übersetzen, indem ich den Gebrauch von ihnen machte, welchen ich in der Vorrede zum ersten Bande meiner Übersetzung (p. VI) angegeben habe. In derselben Weise wie Burnouf auf Neriosengh suchte ich mich auf die Huzvâresch-Übersetzung zu stützen und sie, wo möglich, mit den Mitteln der Sprachvergleichung zu bestätigen; doch zog ich unter den verwandten Sprachen nicht ausschliesslich das Sanskrit zu Rath, sondern besonders auch die verwandten érânischen Sprachen, unter denen mir namentlich das auch durch den Stoff so nahe verwandte Huzvâresch und Pârsi gute Dienste leistete. Die neuen Übersetzungen: eine Interlinarversion, die sich im Cod. C bis in die Mitte des dritten Fargard erstreckt,[1] die Angaben des Deçtûr Dârâb, endlich die beiden Übersetzungen Anquetil's betrachtete ich durchaus als secundäre Hülfsmittel, die mir

[1] Von dieser Interlinarversion enthalten auch zwei Kopenhagener Handschriften (III. a. b) die beiden ersten Capitel; auch diese ist von mir benützt worden.

vorzugsweise dazu dienen sollten, den Sinn der alten Huzvâresch-Übersetzung zu erschliessen. Nur in Fällen, wo mir dies nicht gelang oder wo mir die alte Übersetzung den Sinn nicht getroffen zu haben schien, bequemte ich meine Übersetzung womöglich der neueren Tradition an, um doch den historischen Boden nicht ganz zu verlassen. In solchen Fällen aber, wo ich den Sinn der alten Tradition nicht fand oder auch weder die alte noch die neue Tradition billigen konnte, versuchte ich selbstständig mit Hülfe der Sprachvergleichung zu übersetzen, ohne auf die Tradition Rücksicht zu nehmen. Bei Vergleichung der Übersetzung mit diesem Commentare wird man finden, dass solche Fälle nicht sehr häufig sind; dennoch will ich gleich hier bemerken, dass ich damals der Sprachvergleichung und meinem eigenen subjectiven Urtheile einen grössern Antheil an der Erklärung einräumte, als mit meinen heutigen Ansichten verträglich ist. — Nachdem ich nun, wie ich hoffe, genügende Auskunft über die Hülfsmittel ertheilt habe, die mir zur Anfertigung meiner Übersetzung des Vendîdâd zu Gebote standen, erlaube ich mir nun in Kürze über den Zuwachs zu berichten, welchen ich mittlerweile erhalten habe und der mich hoffen lässt, diese neue Durcharbeitung des vor mehr als zehn Jahren begonnenen Werkes nicht ohne einige erspriessliche Früchte zu Ende geführt zu haben.

Beginnen wir mit dem Avestatexte selbst, so ist hier vor Allem der Westergaard'schen Ausgabe zu gedenken. Die Fortschritte, welche durch diese Ausgabe für das Verständniss des Textes gewonnen wurden, sind verschiedener Art. Zuerst hat Westergaard eine Anzahl grammatischer Gesetze entdeckt, die ich nicht gefunden hatte, die aber für die Gestaltung des Textes von grosser Wichtigkeit sind. Dahin rechne ich die genauere Erkenntniss des Gebrauches des Mediums und seine Scheidung vom Activ, die sich ganz an den altpersischen Sprachgebrauch anschliesst, während ich angenommen hatte, dass im Altbaktrischen ein ähnlicher willkürlicher Gebrauch beider Genera des Verbums gestattet sei, wie in den epischen Gedichten das Sanskrit; ferner hat er zuerst den richtigen Gebrauch des ; und ‹ aufgezeigt, während ich die beiden Zeichen, nach Burnouf's Vorgange, für identische hielt, und Anderes mehr. Weiter hat Westergaard durch seine Textgestaltung an zahlreichen Stellen das richtige Verständniss angebahnt; da jedoch diese Verbesserungen bei den einzelnen Stellen im Commentare angegeben werden, so unterlasse ich hier, weitläufiger davon zu reden. Ich will aber endlich drittens noch darauf aufmerksam machen, dass Westergaard's Ausgabe einen Fortschritt in der Textkritik bezeichnet durch die Vergleichung einer aus Persien stammenden Handschrift (R), die nicht aus derselben Quelle kommt wie die überwiegende Anzahl der in Indien geschriebenen Handschriften, und an vielen Stellen das einzig Richtige enthält (cf. z. B. Vd. VIII, 65, 102, 282), während alle indischen Handschriften unbrauchbar sind. Durch die Bekanntschaft mit dem Cod. R wird auch erst der Werth einer andern Handschrift, K 9, in das rechte Licht gestellt und es zeigt sich, dass auch diese auf einen aus Persien gekommenen Grundcodex zurückgehen muss. Diese ziemlich neue Handschrift ist von den Deçtûrs Kâus und Dârâb abgeschrieben und die vielen abweichenden Lesearten schienen mir wegen des letzten Namens verdächtig; ich vermuthete, dass hier willkürliche Verbesserungen vorliegen könnten und habe daher von der Handschrift nur wenig Gebrauch gemacht. Jetzt sind mir alle Zweifel in dieser

Hinsicht geschwunden. — Eine weitere wesentliche Förderung waren mir die umfangreichen kritischen und exegetischen Bemerkungen, welche Herr Geh. Regierungsrath Fr. Rückert in Neusess über den ersten Band meines Werkes niederschrieb und welche er mir für diese Arbeit zu überlassen die Güte hatte. Sie folgen dem Texte Schritt für Schritt; man wird im Commentare finden, dass ich häufig und mit grossem Nutzen von ihnen Gebrauch gemacht habe. In nicht wenigen Fällen treffen übrigens Rückert und Westergaard zusammen.

Was nun meine eigenen Studien betrifft, so war diese eine Reise von grosser Wichtigkeit, welche ich im Jahre 1852, gleich nach Vollendung meiner Übersetzung des Vendîdâd, nach Paris unternahm. Es war meine Absicht, die Rivâiets näher zu studiren, die ich früher nur aus den kurzen Inhaltsangaben Anquetil's kannte; von dieser Arbeit versprach ich mir namentlich einen klaren Einblick in die parsische Liturgie. Meine Hoffnungen wurden nur theilweise erfüllt; aber es befestigte sich in mir mehr und mehr die Überzeugung, dass man es in den Rivâiets mit einer festgegliederten Theologie zu thun habe, welche mit ängstlicher Genauigkeit sich an die heiligen Schriften, namentlich aber an die Interpretation der Huzvâresch-Übersetzung, anschliesst und weit davon entfernt ist, dem subjectiven Belieben einen grossen Einfluss auf die Untersuchung religiöser Fragen einzuräumen. Noch mehr wurde mir diese Überzeugung zur Gewissheit, als ich die Guzerati-Übersetzung des Vendîdâd von Aspendiârji Frâmji kennen lernte. Diese Übersetzung ist bereits im Jahre 1842, also zehn Jahre vor den Erscheinen meiner deutschen Übertragung, in Bombay lithographirt herausgegeben worden, auch war mir die Existenz derselben längst bekannt; aber es war mir gleichwohl unmöglich gewesen, dieselbe für mein Werk zu benützen. Es ist nämlich diese Ausgabe nur in äusserst wenigen Exemplaren abgezogen und gar nicht in den Buchhandel gekommen, so dass es mir damals sehr schwierig, wo nicht unmöglich gewesen wäre, ein Exemplar derselben zu erhalten. Durch Freundeshand hatte ich mir indess wenigstens die Abschrift einzelner Theile dieser Übersetzung verschafft; musste mir aber gestehen, dass für mich dieses Buch, selbst wenn es gelänge, mir ein Exemplar zu verschaffen, doch nicht sehr nützlich sein werde, da ich der Guzeratisprache unkundig und ohne alle Mittel war, dieselbe zu erlernen. Dazu kam noch, dass die einzige Stelle, die ich in englischer Übersetzung vor mir hatte (cf. meine Übersetzung des Avesta I, 91), eben nicht geeignet war mir einen hohen Begriff von dieser Übersetzung zu geben; ich glaubte sie also unbeachtet lassen und mich blos auf die Mittheilungen des Deçtûr Dârâb stützen zu müssen. So blieb die Sache bis zum Jahre 1859; in diesem Jahre hielt sich Herr H. R. Cama aus Bombay eine zeitlang hier auf; seiner Freundschaft verdanke ich nicht nur ein Exemplar der seltenen Übersetzung des Aspendiârji Frâmji, sondern auch die erste mündliche Anleitung zum Studium des Guzerati, sowie die nöthigsten Hülfsmittel. Meine frühere ungünstige Ansicht über diese Übersetzung musste bei dem eingehenden Studium derselben einer sehr günstigen weichen. Aspendiârji folgt durchgängig der alten Huzvâresch-Übersetzung und gibt den Sinn derselben, wenn auch nicht ganz fehlerfrei, doch im Grossen und Ganzen richtig wieder, und man sieht, dass er diese Übersetzung verstanden hat. Von Anquetil weicht er nicht weniger ab als von Deçtûr Dârâb, dessen Kenntnisse mit denen Aspendiârji's keinen Vergleich aushalten können. Man kann jetzt mit Sicherheit sagen, dass Anquetil in der Wahl seines Lehrers sehr unglücklich gewesen ist, und es ist unbegreiflich, wie dieser in den Ruf so grosser Gelehrsamkeit gekommen ist, in dem er doch damals gestanden haben muss. Viele seiner Missgriffe mag man allerdings auf seine Vorliebe für Neuerungen setzen, die ja so weit ging, dass er eine neue Textrecension der Huzvâresch-Übersetzung vornehmen zu müssen glaubte; andere kann man aus der Unlust erklären, einen Fremden in die Geheimnisse seiner Religion einzuweihen; gleichwol bleibt noch räthselhaft, wie er in manchen Fällen so unwissend sein konnte, wo doch noch der spätere Aspendiârji das Richtige getroffen hat.

Die Aufgabe nun, welche ich in dem vorliegenden Commentare zu lösen hatte, scheint mir durch die vorhandenen Hülfsmittel einfach vorgezeichnet zu sein. Ich musste suchen, auf die traditionellen Übersetzungen gestützt, meine Auffassung des Textes philologisch zu begründen und zu rechtfertigen, oder auch, wenn ich durch die mir inzwischen zugänglich gewordenen neuen Hülfsmittel eines Besseren belehrt worden war, meine frühere Übersetzung zu verbessern und durch eine richtige zu ersetzen. Das Verhältniss, in welches die traditionellen Hülfsmittel zu einander zu setzen sind, scheint mir klar. Eigentlich ist es nur die Huzvâresch-Übersetung, welche wir zu benützen und der wir unsere Übersetzung anzupassen haben — vorausgesetzt, dass wir nicht durch gewichtige Gründe einer wissenschaftlichen Philologie, die uns natürlich höher stehen muss als alle Tradition, zu Abweichungen von ihr genöthiget werden. Die alte Huzvâresch-Übersetzung hat nicht nur in der Parsentheologie selbst ein vollkommen canonisches Ansehen, ihre Verfasser stehen den Verfassern der Texte um ein Jahrtausend näher als wir und hatten, wenn sie auch keine Philologen nach unserem Sinn waren, doch noch ein ganz gutes, praktisches Verständniss des Altbaktrischen. Es ist daher meine Ansicht, dass wir nach dem gegenwärtigen Stande der altbaktrischen Philologie vorzugsweise von ihnen zu lernen haben und suchen müssen, ihre Angaben in wissenschaftliches Gut zu verwandeln; sollte in Zukunft einmal das Verhältniss sich umkehren und unser Verständniss der Avestatexte ein gründlicheres sein, als das der genannten Übersetzer, so wird dieses Ziel doch nur dadurch erreicht werden können, dass wir uns auf ihre Schultern stellen. Was nun die neueren Übersetzungen der Parsen betrifft, welche ich kenne, so sind dieselben alle von der alten Übersetzung mehr oder minder abhängig. Ich habe nicht entdecken können, dass den Übersetzern andere, unabhängige Quellen vom gleichem Werthe noch zugänglich gewesen seien, wie die alte Übersetzung; im Gegentheil, wo sie von ihr abweichen, ist ihre Übersetzung nicht nur meistens falsch, sondern es lassen sich auch gewöhnlich noch die Gründe des Missverständnisses leicht angeben; die Parsen haben darum dasselbe Interesse wie wir in Europa, sich wieder zu der Kenntniss ihrer heiligen Schriften empor zu arbeiten, welche ihre Vorfahren wirklich besessen haben. Für den besten Ausdruck der Tradition, den wir nach der alten Übersetzung über den Vendidâd besitzen, halte ich die oben schon erwähnte Arbeit Aspendiârji's, obwol sich auch bei ihm Missverständnisse mit Sicherheit nachweisen lassen (cf. z. B. Vd. III, 50; IV, 125, 141, 152; V, 25; VIII, 1, 26; XIII, 29, 77; XIV, 22; XV, 39, 127; XVIII, 53, 57, 81 u. A. m.), so gibt er doch im Ganzen genommen die alte

Tradition treu wieder und hat mir an gar manchen Stellen das richtige Verständniss erschlossen. Weit unter ihm stehen die Angaben Deçtûr Dârâb's; doch habe ich ihn und Anquetil's handschriftliche Übersetzung schon darum durchgängig berücksichtigen müssen, weil ich mich bei meiner Übersetzung vielfältig dieses Hülfsmittels bedient hatte und diese öfter erst durch die Angaben dieses Deçtûr erklärt wird. Ich bemerke hier auch, dass die im Commentare aus Anquetil's Übersetzung angeführten Stellen stets der handschriftlichen Übersetzung entnommen sind, wenn nicht das Gegentheil ausdrücklich bemerkt ist. Von den neueren Werken habe ich natürlich Burnouf's, Windischmann's u. A. Schriften durchgängig benützt, so oft Gelegenheit dazu gegeben war; Justi's schätzenswerthes Wörterbuch erschien erst, als schon das ganze Manuscript dieses Bandes vollendet und ein grosser Theil bereits gedruckt war; für den zweiten Band wird es natürlich zu Rathe gezogen werden.

Die schöne Ausstattung des Werkes haben die Leser desselben namentlich dem Entschlusse des Hofraths von Auer zu danken, welcher den Druck für die k. k. Hof- und Staatsdruckerei zu übernehmen die Güte hatte. Es musste mir aber auch darum viel daran liegen, das Buch in Wien gedruckt zu sehen, da mir die Benützung von Huzvâresch-Typen für meine Zwecke unumgänglich nöthig erschien.

Erlangen, im October 1864.

Fr. Spiegel.

Vendìdâd.

Erster Fargard.

Das erste Capitel des Vendîdâd bildet ein für sich vollkommen abgeschlossenes Ganze und ist unstreitig das wichtigste geographische Denkmal, welches uns im gesammten Avesta erhalten ist. Schon kurze Zeit nach dem ersten Bekanntwerden des Avesta in Europa wurde durch Männer wie Heeren und Rhode auf die Wichtigkeit dieser Urkunde hingewiesen, der letztere Gelehrte hat zuerst die Vermuthung ausgesprochen, dass hier die Wanderung der Erânier vor ihrer endlichen Einwanderung nach Erân oder unmittelbar nach derselben erzählt sei, diese Ansicht hat auch Lassen (Ind. Alterthumskunde I, 526, fg.) vertreten, und ich habe mich in der Übersetzung, wenn auch nicht ohne einigen Vorbehalt, zu derselben bekannt. Sie ist zuerst erschüttert worden von Kiepert durch seine Abhandlung: über die geographische Anordnung der Namen arischer Landschaften im ersten Fargard des Vendîdâd (Sitzungsberichte der Berliner Akademie der Wissenschaften, December 1856, p. 621, fg.) worin ich ihm im Ganzen beistimme (Münchener gelehrte Anzeigen, April 1859, Nr. 43—46), ebenso M. Bréal: *de la Geographie de l'Avesta (Journal asiatique 1862)*. Dagegen halten Haug und Bunsen die Ansicht fest, dass dieses Capitel die ursprünglichen Wanderungen der Indogermanen, namentlich der Arier enthalte, bis zu ihrer endlichen Einwanderung nach Erân und Indien (cf. Bunsen: Ägyptens Stellung in der Weltgeschichte V, 2. p. 104 fg.). Es mag genügen, hier, wo uns dieser Gegenstand eigentlich fremd ist, auf die Schriften hingewiesen zu haben, in welchen die geographische Frage ausführlicher behandelt wird.

§§. 1—4 enthält die allgemeinen einleitenden Bemerkungen. Zarathustra wird von Ahura-Mazda belehrt, dass es die von ihm den Menschen eingepflanzte Vaterlandsliebe sei, welche sie fähig mache, in dem Lande auszuharren in dem sie geboren sind, trotz aller von Agro-mainyus über dasselbe verhängten Plagen. Man sieht also dass die Einleitung, weit entfernt eine Auswanderung der Erânier zu motiviren, vielmehr zu erklären sucht, warum die Menschen trotz aller Plagen an ihren Geburtsstätten ausharren.

1. Enthält gewissermassen die Überschrift des Capitels. Das ganze Avesta hält die Form eines unmittelbaren Unterrichtes, der dem Zarathustra von Ahura-Mazda zu Theil wird, unverrückbar fest. Bei Fragen, Anrufungen u. dgl. ist es Zarathustra der spricht (cf. Vd. XI, 2 fg. XIX, 51. Yç. VIII, 15 und häufig in den Gâthâs), bei allen Belehrungen aber ist es Ahura-Mazda selbst, der sie in eigener Person gibt. Im Vendîdâd ist es am gewöhnlichsten, dass Zarathustra zuerst fragt, worauf dann Ahura-Mazda ihm Antwort ertheilt. Solche unmittelbare Belehrungen über einen Gegenstand, ohne dass eine Frage vorhergegangen wäre, wie hier, sind in der Yasts häufiger (cf. Yt. 4, 1. 5, 1. 8, 1. u. s. f.). *Mraot*, von *mru* sprechen, scheint ein edlerer Ausdruck zu sein als die anderen Wörter, welche sprechen bedeuten, er wird gewöhnlich von Ahura-Mazda (doch nicht ausschliesslich cf. Yç. XIX, 4), Zarathustra und anderen hohen Persönlichkeiten gebraucht. Man hat die Wurzel *mru* mit Skr. *brû* zusammengestellt, gewiss richtig, doch scheint mir die Form *mru* ursprünglicher und eigentlich nur eine Spielart von *mere*. — *Ahurâi mazdâi* dat. von *ahurô-mazdâo*, dem Namen des obersten Gottes der Erânier, im Dialekte der Keilinschriften sind die beiden Worte zu einem einzigen, *Auramazdâ*, zusammengeflossen, nur ein einziges Mal erscheint in diesen Inschriften (C. 10), die Form *aurahya mazdâha*, in der beide Worte gesondert declinirt sind. Im Avesta ist dies das Gewöhnliche. *Ahurô mazdâo* heisst, wie schon Burnouf nachgewiesen hat und die einmüthige Tradition der Parsen bestätigt, der sehr weise Herr, jeder Theil des Wortes steht übrigens auch gesondert in der Bedeutung des Ganzen cf. *ahura* Yç. XXIX, 5. XLIII, 1 fg., *mazdâo* Yç. I, 33. XIII, 19. L, 7 u. s. w. Ferner die Adjective *ahura-ṭkaêsha*, *ahura-dhâta* und *mazdadhâta*, *mazdayaçna* etc. Das Wort *ahura* ist übrigens nicht auf Ahura-Mazda beschränkt und kann gelegentlich auch andere Wesen bezeichnen, wie den Apaṃm-napât, den Mithra, auch andere weltliche Herren cf. Yt. 5, 85. Nahe verwandt ist *ahu*, was sowohl

in der Bedeutung Welt als Herr, dann Seele, öfters vorkommt. Im Sanskrit entsprechen *asura*, *asu* mit etwas modificirter Bedeutung, die zu Grunde liegende Wurzel ist ohne Frage *ah*, *as* sein. *Ahu*, *ahura* ist also der wirklich Seiende, Existirende (cf. hebr. יהוה). Für das Wort *mazdâo* hat schon Burnouf unwiderleglich dargethan, dass es aus *maz* (vedisch *mah*) gross, und *dâo* Wissen zusammen gesetzt ist. Cf. meine Bemerkungen über den Namen Ahuro-Mazdâo in der Zeitschr. der D. M. G. — *Çpitamâi* = [illegible] (ספיתאמאן) wird von der Tradition beständig als Eigenname gefasst und mit „Abkömmling des Çpitama" übersetzt. Hiefür spricht einestheils, dass sich wirklich schon bei Ktesias (Pers. 8.) der Eigenname Σπιτάμης vorfindet, anderseits dass im Stammbaume des Zarathustra (Bundehesh c. XXXIII init.) ein Çpitaman unter den Vorfahren des êrânischen Propheten genannt wird. Dies wusste schon Anquetil, er übersetzt aber das Wort nichts destoweniger mit excellent, worin ihm Burnouf zu folgen scheint (*Commentaire sur le Yaçna I, Not. et Ecl. p. LXXXIV*). Auch ich habe mich der gewöhnlichen Ansicht angeschlossen und „*çpitama*" gewöhnlich mit „heilig" übersetzt. Der Form nach können wir es kaum für etwas anderes halten als für einen Superlativ aus einer Wurzel *çpi*, welche mit *çpan* (wovon *çpentô*) nahe verwandt sein musste. Gegen die Auffassung des Wortes als Patronymicum spricht erstens der Umstand, dass *çpitama* jedes äusseren Kennzeichens als abgeleitetes Wort durch Suffix etc. entbehrt, zweitens dass *çpitama* weder der Stammvater des Geschlechtes des Zarathustra nach auch dessen unmittelbarer Vorgänger war, so dass sich kein Grund absehen lässt, warum denn Zarathustra gerade immer mit dem Namen dieses Vorfahren, über den sich in unseren Texten keine weitere Notiz findet, unzertrennlich verbunden sein soll. Ich glaube daher, dass *çpitama* ursprünglich ein Beiwort ist, es mag aber bald, nachdem die ursprüngliche Bedeutung vergessen war und man das Wort nur noch in Verbindung mit Zarathustra kannte, als Eigennamen gefasst worden sein. — *Zarathustrâi*. Über die Ableitung des Namens des êrânischen Religionsstifters ist schon viel geschrieben worden, ohne dass es bis jetzt gelungen wäre, zu einem befriedigenden Resultate zu kommen. Windischmann hat die Versuche (Zoroastrische Studien p. 44 fg.) ausführlicher besprochen und gezeigt, dass jede der aufgestellten Etymologien ihre grossen Schwierigkeiten hat und sehr problematisch ist. Man kann entweder *zarath-ustra* trennen und in dem letzten Theile des Wortes *ustra*, Kameel, erkennen, dann aber wird die Erklärung von *zarath* sehr schwierig, wollte man das Wort von *zarani*, *zaranya*, Gold ableiten, so wäre *th* ganz unerklärlich, wollte man aber Zarathustra nach Analogie von *Haêcaṭ-açpa*, *Aurvaṭ-açpa* erklären, so müsste man *zarath* = *zaraṭ*, peinigend, nehmen, der Übergang von *ṭ* in *th* aber wäre ohne Analogie. Nicht besser ist es mit der zweiten Annahme bestellt, wonach *zara-thustra* zu trennen und das Wort mit „Goldstern“ zu übersetzen wäre. Die Form *zara*, Gold, kommt nirgends vor, doch wäre sie denkbar. Allein *thustra*, Stern, das man von Sanskr. *trish*, glänzen, — einer im Altb. in dieser Bedeutung gar nicht vorkommenden Wurzel — ableiten wollte, ist ganz unerhört. Nicht besser steht es mit der Etymologie Haugs, nach der Zarathustra soviel als „grösster Liederdichter“ bedeuten soll. Die skr. Wurzel *jar*, verehren, heisst im Altb. gleichfalls *jar*, nicht *zar*, wie Vsp. VI, 6. Yt. 3, 1. *aibî jareta* nachweist. Um es kurz zu sagen, das Wort Zarathustra ist uns noch dunkel wie die Lebensgeschichte und Herkunft des Mannes und man kann sogar fragen, ob das Wort überhaupt ursprünglich êrânisch ist, wie es denn auch nicht an Versuchen gefehlt hat, dasselbe aus den semitischen Sprachen zu erklären.

2. Diese Stelle hat viele Schwierigkeit gemacht und ist bis jetzt noch nirgends richtig übersetzt worden. Anquetil (in der gedruckten Übersetzung) übersetzte: *J'ai donné ô Sapetman Zoroastre, un lieu de délices et d'abondance, personne n'en peut donner un pareil.* Meine Übersetzung lautete: „Ich schuf, o heiliger Zarathustra, einen Ort, eine Schöpfung der Anmuth, wo nirgends geschaffen war eine Möglichkeit (zum Naben).“ Haug: „Ich schuf, hochheiliger Zarathustra, zu einem Orte von angenehmer Beschaffenheit das noch nirgends Bewohnbare. Keine dieser Übersetzungen ist richtig. Die einzelnen Wörter machen übrigens wenig Schwierigkeit. *Dadhaňm imperf.* von *dâ*, machen, schaffen, *açô*, Ort, von *aç*, wohl gleicher Wurzel mit *açman* Stein, Himmel, ist schon von Burnouf Yaçna p. 544, 545 besprochen und gezeigt worden, dass kein Grund vorhanden sei, dasselbe anders zu übersetzen als die Tradition thut, die es mit ژوان (סואן) oder *sthânam* wiedergibt. Es bedeutet Ort, wie Burnouf sagt: *une portion de la terre prise sans acception de*

limites. Cf. Vd. VIII, 271. Yç. I, 45. *Râmô* statt *râmas* ein Neutrum auf *as*, von der Wurzel *ram* abgeleitet, die im Altb. wie im Sanskrit froh, fröhlich sein, bedeutet. Übereinstimmend hat die Huzv.-Übersetzung (ראמשן) im Pârsi *râmesn* = *ânanda* bei Neriosengh. *Dâiti* = (דהשנן) i. e. دهش entspricht dem altindogermanischen *dhâti; râmô-dâiti*, Comp. der Abhängigkeit, Schöpfung des Vergnügens. *Nôiṭ* = Skr. *net*, nicht, auch nach der Tradition; *kudaṭ* = (איך דאת דכוימננית), das blosse ؟ wäre auch genug gewesen, das beigesetzte haben wir wohl einer falschen Etymologie des Übersetzers zu verdanken, der *ku-daṭ* trennt, und im letzten Theile des Wortes die Wurzel *dâ* erkennen wollte. Das Wort kommt noch vor Yt. 22, 8. 26., wo *kudadh-aêm* zu trennen ist. Das Wort ist soviel wie altb. skr. *kudâ*, eine alte Nebenform ist *kudô* (Yç. XXXIX, 5). Es ist nicht selten, dass Adverbien, die im Skr. auf *â*, *a* ausgehen, im Altb. auf *aṭ*, *âṭ* endigen. Cf. *paçkâṭ* und *paçca* = skr. *paçca; uçkâṭ* = *ucca; adhâṭ*, *adha* = *adha; navâṭ*, *nava* = *navâ*. Nur das letzte Wort *shâitîm* hat einige, aber unnöthige, Schwierigkeit gemacht. Nach der Huzvâresch-Übersetzung ist das Wort klar, es ist = (אסאנש) Abstractum des Adj., was aber nicht wie neup. آسان leicht, sondern behaglich, vergnügt bedeutet, demnach nun *shâiti* = شادی Fröhlichkeit was sich öfter findet Vsp. VIII, 16. Yt. 22, 2. von *shâ* fröhlich sein Yç. XVII, 43. Allein hiergegen spricht die Logik, denn ein Ort, eine Schöpfung der Anmuth, welche nirgends Fröhlichkeit hat, ist ein Unding. Ich habe mich daher an die neup. Bedeutung von آسانی, *facilitas* gehalten, in *shâitîm* aber eine unregelmässige vṛiddhirte Bildung von *khshi* können, vermögen, gesehen, mit Abfall des *kh*, für diese Form schien mir altp. *khshâyathiya*, König, eine Bestätigung zu bieten. Einen weiteren Anhalt schien mir die Glosse zum nächsten Paragraphen zu geben, in welcher gesagt wird, dass man von einem Keshvar in andere nicht reisen kann, so dass der Sinn wäre: Ahura-Mazda habe einen gar anmuthigen Ort geschaffen, aber denselben, als eine Art Paradies, abgeschlossen und den Menschen unnahbar gemacht.

Anders sucht sich Haug aus der Verlegenheit zu ziehen. Er nimmt *shây* als Causalform der Wurzel *shi*, wohnen, und *shâiti* für ein daraus gebildetes Abstractum: Bewohnung, Bewirthschaftung, was abgesehen davon, dass ein Causale *shây* sich nirgends findet, seine bedeutende formelle Schwierigkeit hat. *Dâ* wird in der Bedeutung „zu etwas machen" mit doppeltem Accusativ verbunden. — Alle diese Auswege sind unnöthig, die Huzvâresch-Übersetzung hat das einzige richtige, sie muss nur richtig verstanden werden. Man übersetze: „Ich schuf den (Heimaths-) Ort, eine Schöpfung der Anmuth, nicht irgend (sonst) woher Freude. So passt auch die Glosse: „Wo ein Mensch geboren wird, da erziehen sie ihn und den hält er für den schönsten." Ich hatte mich durch Anquetils *un lieu* irre führen lassen, die Übersetzung hat keinen Artikel. So gibt das ganze einen passenden Sinn.

3. *Yêidhi* habe ich mit drei Handschriften der Vendîdâd-sâdes vorgezogen, Westergaard, Olsh. Lassen *yêdhi*. Beide Formen sind richtig, die Epenthese nach *dh* ist erwiesen; *yêidhi* oder *yêdhi* ist die regelmässigere aber seltenere Form, auf welche auch das entsprechende Huzvâresch ‍ᥴ (את) zurückgeht. Die gewöhnlichere Form ist *yêzi*.

4. *Aghus* acc. *ahûm*, ist Ort, Welt. *Aghus açtrâo*, die mit Körper begabte Welt wird der geistigen, überirdischen (*manahya*) entgegengesetzt. Cf. Yç. XXVIII, 2. XXXVIII, 9. LVI, 10. 5. u. s. w.) Es sind wohl nicht blos die Menschen, sondern die lebenden Wesen überhaupt gemeint. *Frâshnvât* von *ash*, gehen, ziehen, mit *fra*, vorwärts ziehen, wird zwar gewöhnlich von bösen Wesen gebraucht, einigemale auch von guten.

So angesehen gibt die Stelle eine ganz passende Einleitung zum ganzen Capitel und spricht deutlich gegen die Wanderungs-Hypothese. Ahura-Mazda belehrt den Zarathustra, dass er dem Menschen die Liebe zur Heimath in die Brust gepflanzt habe, so dass er sein Vaterland trotz aller Gebrechen allen übrigen Ländern vorzieht. Hiermit erklärt sich natürlich, warum die Menschen trotz der mannigfachen Übel ihrer Länder, von dort nicht auswandern. — Die Bemerkung der Huzvâresch-Übersetzung, dass man von einem Keshvar ins andere nicht reisen kann, soll wohl erklären, warum die Menschen nicht alle nach *Airyana-vaêja* wandern. Früher hielt ich diese Erklärung für begründet, jetzt hingegen scheint sie mir vom Ziele abzuirren. Erstens ist *Airyana-vaêja* nicht das, was das Avesta gewöhnlich unter *kareshvare* versteht (vergl. die Aufzählung derselben Vd. XIX, 129. Vsp. XI, 1 und sonst) nämlich vollkommen von unserer bewohnten Welt abgetrennte Welten oder Welttheile, die durch dazwischen liegende Meere unzugänglich gemacht sind (cf. Bundehesh c. XI.), es gehört zu einer zweiten Art von *kareshvares*, wie sie Bundehesh c. XXX aufgezählt werden. Zu einigen derselben wie Kaschmir, die Wüste der Araber, ist der Zugang doch nicht unmöglich, bei *Airyana-vaêja* mag derselbe wie beim Vara des Yima unmöglich gedacht worden sein, doch liegt jedenfalls der Grund, warum die Menschen nicht sämmtlich nach *Airyana-vaêja* auswandern, nicht in der Unmöglichkeit dahin zu gelangen, sondern in der oben angeführten Ursache.

Die Zweifel, welche ich in der Note zu meiner Übersetzung gegen die in Klammern gesetzte Stelle, welche Westergaard als §. 2 gegeben hat, erhoben habe, sind noch nicht beseitigt. Es fragt sich nunmehr noch, ob dieselbe nicht ganz aus dem Texte zu streichen sei. Gründe dafür sind, erstens: dass die Huzvâresch-Übersetzung diese Sätze nicht übersetzt, und es ist immer ein sehr missliches Zeichen, wenn eine Übersetzung, welch sonst keine Partikel übergeht, von irgend welchen Sätzen gar keine Notiz nimmt. Die Übersetzung von Aspendiârji übersetzt sie freilich, aber dies ist ohne Bedeutung, da auch sonst offenbar eingeschobene Stellen von ihr übersetzt werden. Fragt man wo diese Sätze sonst hingehören sollen und wie sie in den Text gekommen sind, so antworte ich, dass sie als Citat der unserer Stelle in der Übersetzung beigegebenen Glosse betrachtet werden können. Wir werden häufig Stellen begegnen, wo die Glossen der Huzvâresch-Übersetzung Stellen, die in unserem Texte nicht mehr vorkommen, zu Belegen benützen und ebenso häufig werden wir sehen, dass solche Sätze in Texthandschriften, namentlich Vendîdâd-sâdes übergegangen sind. Der Grund ist offenbar der, dass die Parsen glauben, schon die blossen Töne der Sprache Ahura-Mazdas (für die sie das Altbaktrische halten) besässen die Gewalt, die bösen Geister zu verscheuchen, darum wollen sie jeden Satz, ohne Rücksicht auf den Sinn täglich ausgesprochen haben. Der Satz: *açô râmô-dâitîm nôiṭ aôjô râmistaṅm* kann übrigens nicht sehr verschieden gegeben werden. Als Verbum, welches diese Accusative regiert, muss wohl ohne Frage aus dem vorhergehenden *dadhaṅm* entnommen werden. Ich übersetze: d e n O r t, d i e S c h ö p f u n g d e r A n m u t h, n i c h t a n K r a f t d i e a n m u t h i g s t e (h a b e i c h g e s c h a f f e n). So auch Aspendiârji: *jago râmasnî âpnâr nahi moṭi râmasni* (den Ort, Geber des Vergnügens, nicht grosses Vergnügen), was dahin erläutert wird, dass nicht reines Vergnügen dort sei, dies komme nur von guten Thaten. Anders die Huzvâresch-Glosse, welche auf die Worte folgt, wenn ich sie anders recht verstehe: „ein Werk, das ein Werk des Vergnügens. Es gibt eine Stelle, wo die Fundgrube (ט׳, זיו = کان) des Vergnügens von guten Werken ausgehend gesagt wird.“ Die Haug'sche Übersetzung: zu einer lieblichen Gegend (schuf ich), die nicht am meisten des Gedeihens sich erfreuende, kann ich schon nach meiner Fassung der vorausgegangenen Sätze nicht billigen.

b. Ehe wir unsere Ansicht über die Worte *paoirîm bitîm* aussprechen, müssen wir wieder die sie begleitende Glosse der Huzvâresch-Übersetzung angeben: „Das ist die Rechnung: zuerst hat er das Werk des Rechtes für den Ort geschaffen, und zweitens, dass die himmlische Erde Alles zusammen für diesen Ort schuf. Das Werk der Opposition ist der Ort, den er Zwei nennt: einer der bei der Grundschöpfung, einer der nachher.“ Verstehe ich diese Stelle recht, so wird hier eine doppelte Schöpfung des Ortes unterschieden: eine geistige, indem Ormazd das Herkommen oder weltliche Gesetz für einen bestimmten Ort schafft, worauf dann der Genius der Erde für diesen Ort alle materiellen Genüsse hinzubringt. Nur in diesen zweiten Ort ist Aǧro-mainyus eingedrungen. Der Schluss der Huzvâresch-Glosse ist es, der mich bestimmt hat *bitîm* mit dem nachfolgenden *âaṭ hê paityârem* zu verbinden. Ich möchte jetzt lieber die Worte *paoirîm bitîm* mit dem vorhergehenden verbinden und übersetzen: den Ort, die Schöpfung der Anmuth, nicht an Kraft die anmuthigste (habe ich geschaffen), die erste, zweite u. s. w.

c. Âaṭ ahê paityârem. Huzvâresch-Glosse: „die beiden nachher (genannten) Orte und Plätze zusammen. Manche sagen: zwei Orte (sind es) 𐬀𐬯𐬋 (i. e. *açô*), da wo die Menschen nicht bleiben 𐬱𐬋𐬌𐬚𐬭𐬀 (i. e. *shôithra*), da wo sie bleiben.“ Dies letztere ist die Ansicht, welche Aspendiârji angenommen hat. Offenbar bezieht sich dies auf das Folgende, und nach unserer Art auszudrücken, müssten wir sagen, dass der Verfasser der Glosse im Zweifel ist, ob er *ahê* auf die Worte *açaǧhaǹmca shôithranaǹmca* oder nur auf das erste der beiden Wörter beziehen soll.

d. Mit dem letzten Satze *mashimârava shathańm haitîm* (ich und Lassen) oder *mas mâ rava shathańm haitîm* (Olshausen, Westerg.) weiss ich nichts anzufangen. Meine Übersetzung „menschenverderbend“ ist rein conjectural. Aspendiârji nimmt *mas* = gross, *mâ* = mich, *rava shathańm* = Fluss und Stadt (wie es scheint) *haitîm* = offenbar. Hiemit ist nichts anzufangen, es ist nur ein Versuch die Huzvâresch-Glosse, welche die Worte begleitet, in eine Übersetzung umzuwandeln. Diese Glosse lautet: „Dies ist in diesem Fargard offenbar: Alles nennt er Ort (*açô*), (oder vielleicht: bloss allein Orte), manche sagen: Itomand sei ein Fluss.“ Auch dies ist, wie man sieht, eine einleitende Bemerkung, die sich auf das folgende bezieht und darauf hinweist, dass Plätze von verschiedener Ausdehnung und Beschaffenheit unter den folgenden Orten und Plätzen zu verstehen sind.

Nach dem Gesagten werden mir wohl die Leser beistimmen, wenn ich noch bestimmter als früher die Vermuthung ausspreche, dass diese Sätze ganz aus dem Texte zu streichen seien, wobei man die Autorität des von Westergaard verglichenen, aus Persien stammenden Cod. R. und des Cod. K. 9, der wahrscheinlich auch eine persische Quelle hat, für sich hat. Gewiss ist, dass die Streichung dieser Sätze im Texte nicht nur keine Lücke verursacht, sondern den Fortgang der Erzählung sehr vereinfacht. Man darf sie jedoch nicht ganz entfernen, sondern sie höchstens in die Huzvâresch-Übersetzung setzen, welche offenbar auf sie Rücksicht nimmt, wenn sie dieselben auch nicht übersetzt. Der Grund freilich, aus welchem ich früher nicht gewagt hatte, diese Sätze in die Huzvâresch-Übersetzung zu setzen, besteht auch jetzt noch: sie werden nicht, wie bei Citaten sonst gewöhnlich geschieht, mit den Worten (מן זך סואך פיתאך), d. i. aus dieser Stelle geht hervor, eingeleitet. Es müssten also jedenfalls freiere Citate sein.

5. Erst mit diesem §. beginnt die eigentliche Aufzählung der Orte oder Plätze. Über *açô*, Ort, ist bereits oben (§. 2) die Rede gewesen. Auch Aspendiârji übersetzt ebenso, erklärt aber einmal *açô* mit *jangal*, d. i. *jungle*, um die Öde des *açô* anzudeuten. *Shôithra* erklärt die Huzv. Übersetzung mit (רוסתאך) i. e. neup. روستا was *rus, pagus, vicus*, dann *arvum, satum* bedeutet. Mit diesem Worte wird Yç. LXI, 15 allerdings *dańhu-çaçti* übersetzt, was auf

eine grosse Ausdehnung schliessen liesse, allein Stellen wie Yç. XXXI, 16. 18. XLV, 4. zeigen uns, dass man unter *shôithra* einen kleinern Landstrich, als unter *daǵhu* verstand. Aspendiârji übersetzt das Wort mit شهر *shehr*, Stadt, vielleicht nicht unrichtig, denn dieses Wort lässt sich ebenso gut an *shôithra* wie an *khshathra* anschliessen, auch darf man wohl das sonst dunkle شحنه *shihna*, Stadtaufseher, dazu stellen (mit Übergang des *r* in *n*). Die Worte *aҫô* und *shôithra* kommen in derselben Verbindung auch Vd. XIII, 171. 172. wieder vor, man sieht aus beiden Stellen, dass man die Ausdrücke so allgemein als möglich halten muss. Es sind fruchtbare Strecken von verschiedener Ausdehnung, weder auf die Grösse noch auf die politische Gestaltung soll Rücksicht genommen werden. *Thwereç* + *fra* heisst hier und an andern Stellen s c h a f f e n, (ברהינית) im Huzvâresch oder auch sonst (cf. Yt. 10, 50), das einfache *thwereç* heisst aber noch s c h n e i d e n = (מסכננתנן) cf. Vd. V, 9, ebenso auch *upa thwereç* Vd. VIII, 24. XVII, 3. 10 und selbst *frathwereç* scheint an einigen Stellen (cf. Yt. 5, 50) diese Bedeutung fest zu halten. Die Bedeutung schneiden ist jedenfalls die ursprüngliche, die Bedeutungsübergänge sind analog dem semitischen ברא und خلق. — *Vahista* = (פאהרום) i. e. *atyuttama* nach Neriosengh ist Superlativ von *vaǵhu* = بِه, gut und schon von Burnouf hinreichend erläutert.

6. Als das erste von *Ahura-Mazda* geschaffene Land wird hier *Airyanem vaêjô* genannt. Was zuerst die Lage dieses Ortes betrifft, so habe ich früher (cf. die Note in meiner Übersetzung) dieselbe im äussersten Osten des érânischen Hochlandes gesucht. Dies glaube ich jetzt nicht mehr: ich glaube nicht, dass wir ein Recht haben, ohne irgend welche Anhaltspunkte anzunehmen, die Verfasser des Grundtextes hätten sich die Lage dieses Landes anders gedacht als die späteren Verfasser der Huzvâresch-Texte. Die letzteren aber geben die Lage der Landschaft klar und deutlich g e g e n N o r d e n an, seitwärts von *Atropatene* (cf. Bundehesh cc. XXV. XXX.) Aus der nördlichen Lage erklärt sich nun genügend die Heftigkeit des Winters in dieser Gegend, der dort mehrere Monate früher eintritt als anderswo (cf. Bund. c. XXV. p. 106 der Windischmann'schen Übersetzung). Aber die Angabe „seitwärts von Atropatene" ist etwas vag, man weiss erstlich nicht an welcher Seite und eben so

wenig, ob man sich beide Länder unmittelbar zusammenstossend dachte oder nicht. Wir können hier an ein Land westwärts von Atropatene — etwa Armenien — denken, oder auch an eine Gegend im Norden des Araxes, die nicht unmittelbar an Atropatene zu gränzen brauchte. Es scheint mir ziemlich deutlich, dass wir hier die Gegend vor uns haben, welche von mittelalterlichen Geographen ارّان *Arrân* genannt wird. Yaqut (cf. *Barbier de Meynard Dictionaire geographique etc. de la Perse* p. 17) sagt uns, dass *Arrân* durch den *Araxes* von *Aderbaidjân* geschieden werde und dass das ganze Stromgebiet des *Araxes* im Norden und Westen *Arrân* heisst. Kazwini dehnt *Arrân* bis gegen Tiflis aus. Zunächst ist es die Gegend am Araxes und Ararat. Ich halte es durchaus nicht für unmöglich, dass *Airyana-vaêjô* die Erinnerung an êrânische Colonien im Kaukasus bezeichnet, vielleicht die Voraltern der heutigen Osseten. Gerade die grössere Entfernung der Landschaft und der seltene Verkehr mit derselben rechtfertigt die fabelhafte Beschreibung, welche uns von derselben gegeben wird. Was nun aber weiter die Erklärung des Namens *Airyanem vaêjô* anbelangt, so werden wir dieselbe kaum genügend zu geben vermögen. Zwar *Airyanem* ist klar genug und muss mit einem Suffixe — *ana* von *airya* abgeleitet sein und heisst somit: das mit den *Airyas* in Beziehung stehende Land. Auch die Alten kennen ein Land *Ariana*, das aber nicht mit dem unsrigen identisch sein kann. Allein *vaêjô* widersteht bis jetzt allen Erklärungsversuchen. Nicht einmal ob das Thema *vaêja* oder *vaêjağh* lautet, kann ich mit Sicherheit feststellen, die Handschriften zeigen neben *airyênê* gewöhnlich *vaêjahê*, was der Genitiv eines Themas *vaêja* sein müsste, der unregelmässig zum Locativ in Apposition gestellt wäre. Westergaard liest *vaêjahi* von einem Thema *vaêjağh*, was grammatisch besser, aber von den Handschriften weniger bezeugt ist. Weitere Formen, welche die Frage entscheiden könnten, lassen sich leider nicht auffinden. *Vaêjô* wird von der Huzvâresch-Übersetzung und den neueren Übersetzungen gemeiniglich blos umschrieben (וין) oder گویز. Nur eine neuere neup. Glosse übersetzt das Wort mit كان: Mine, Fundgrube. Unsere etymologischen Hilfsmittel führen uns nicht weit. Die Form *vaêjô*, welche Yt. 19, 92 vorkommt, kann mit der unserigen zwar verwandt aber nicht identisch sein, denn dort regiert *vaêjô* den Accusativ *vaêdhîm*, wird also wohl als Part.

praes. = *vaêjan* von einer Wurzel *vij* zu betrachten sein. Westergaard übersetzt *vaêjô* mit „Quellenland“, verbindet es also wohl mit skr. *vîja*. Im Neup. bietet sich ویز, ویژه, allein die Gleichheit ist nur scheinbar, die ältere Form ist آویژه und im Huzvâresch sogar [Pahlavi] (אמינך). Hiernach scheint mir das Grundwort dieser neup. Form mit einem *b* zu beginnen. Ein von den Wörterbüchern angeführtes neup. گیج *(perturbatus, semet ipsum laudans)* hilft uns auch nicht weiter. Wir werden uns also begnügen müssen, *Airyanem-vaêjô* als Eigennamen zu fassen, dessen Grundbedeutung wir nicht mehr vollständig enträthseln können, wie dies bei so manchen anderen Eigennamen der Fall ist. — Die Worte *vaǧuhyâo dâityayâo* sind Apposition, die, ähnlich wie im Griechischen, öfter in den Genitiv gesetzt wird. Cf. Yç. IX, 43. Yt. 8, 11. u. s. w. Die Worte *vaǧuhyâo dâityayâo* habe ich übersetzt: „der guten Schöpfung“. Westergaard und Windischmann: „der guten Daitya“, sie verstehen also den Fluss Daitya darunter. Haug: „von guter Beschaffenheit“. Huzvâresch-Übersetzung [Pahlavi] sonst auch [Pahlavi] (i. e. ויה דאיתי). Aspendiârji stimmt mit Westergaard und Windischmann, indem er einen Fluss versteht, aber er legt den Nachdruck nicht auf *Daiti* sondern auf *Veh*. Die Sache ist wieder sehr schwierig, da eben die Redensart *vaǧuhyâo dâityayâo*, wo sie auch vorkommt, immer nur als Apposition von *Airyana-vaêjô* vorkommt, die Vergleichung der Stellen also gar nichts hilft. Um die Verwirrung noch grösser zu machen, muss noch beigefügt werden, dass Deçtûr Dârâb, dann eine neupersische Glosse, welche dem Huzvâreschtexte in einer Pariser (*C*) Handschrift und in einer Kopenhagener (*D*) beigegeben ist, *dâitya* mit داد, gegeben, übersetzen, während eine andere, gleichfalls glossirte Kopenhagener Handschrift *dâityayâo* mit چکاد دایتی übersetzt, also einen Berg darunter versteht (vgl. über diesen Berg Windischmann Zoroastrische Studien p. 4). Wir haben also sehr verschiedene Meinungen, die wir hier betrachten wollen.

Was zuerst meine eigene Übersetzung betrifft, so beruht dieselbe, wie man sieht, auf der jüngsten Tradition, welche *dâitya* mit داد gegeben, geschaffen, wieder gibt. Etymologisch musste ich mir die Sache so erklären, dass das Feminin des Adjectiv verbale von *dâ*, schaffen, zum Substantiv erhoben worden sei, mit Subintelligirung eines Substantivs — etwa *zâo*, Erde. — Was die Ansicht betrifft, dass *dâitya* einen Fluss bezeichne, so sind wieder zwei Auffassungen zu unterscheiden. Nach Aspendiârji wäre *Airyana-vaêjô* das Vaterland des fabelhaften *Vehrud* (über ihn cf. Bundeh. XX. p. 96. 97. der Windischmann'schen Übersetzung). Ich wüsste nichts anzuführen, was für diese Ansicht spräche. Die Ansicht Windischmanns und Westergaards hat mehr für sich. Nach diesen beiden Gelehrten ist der Fluss *Dâitya* zu verstehen, und dieser geht allerdings von *Airyana-vaêja* aus (cf. Bund. XX, p. 97. bei Windischmann). Es könnte der Kur sein, der für die Erânier vom Norden her kam. Dies scheint die Ansicht der Huzvaresch-Übersetzung zu sein, die Glosse derselben lautet vollständig nach meiner Auffassung folgendermassen: „der Zustand der guten Dâiti ist der, dass unsere Dâiti (nach anderer Leseart unser Fluss Dâiti) dort hervorkommt. Sie treiben Ackerbau ohne zu säen; manche sagen, es kommt (das Getreide) ohne gesäet zu werden hervor, aber bearbeiten müssen sie es doch.“ Hierbei ist zu beachten, dass die Glosse lehrt, dass die Übersetzer selbst ihre Übersetzung [Pahlavi] als ein Abstractum ansehen und dadurch unserer obigen Auffassung Vorschub leisten. Eine fernere Bestätigung findet aber diese Ansicht durch die Anrufung des Flusses *Dâitya* in Yt. 1, 36. (= Yt. 1, 21. West.), aber dort ist wieder zu bemerken, dass die Leseart *dâityayâo* nur auf Westergaards (mir übrigens sehr wahrscheinlicher) Conjectur beruht. Im Ganzen schliesse ich mich jetzt auch lieber an diese Ansicht an, da sie wahrscheinlich auf der ältesten uns zugänglichen Erklärung ruht, doch darf ich nicht verschweigen, dass ich nicht vollständig überzeugt bin und namentlich nicht einsehe, warum dem Flusse *Dâitya* eine solche Wichtigkeit beigelegt werden soll, so dass er immer neben *Airyana-vaêja* genannt wird, zumal da er sonst als von khrafstra verunreinigt geschildert wird (cf. die oben angezogene Stelle des Bundehesh.). Für die Ansicht, dass hier ein Berg gemeint sein kann, spricht nach meiner Ansicht gar nichts.

7. *Ahê* „dafür“ ist auf den vorhergehenden Paragraphen zu beziehen, der Gen. ist abhängig von dem Subst. *paityârem*. Als Subst. fasst die Tradition das Wort mit Recht auf. — Huzv. [Pahlavi] (פתיארכש) Aspendiârji *ghât (misfortune, cruelty)*. Die neupersischen Glossen geben das Wort mit پتاره, dieses Wort ist auch im Neup. Substantiv *(calamitas, infortunium)*, für das Altbaktrische wird

die substantivische Bedeutung durch Stellen wie Vd. XIX, 144. Yt. 3, 7. 11. erweisen. Es ist also falsch, wenn Haug übersetzt: „es schuf ihm entgegen“. Mit neup. پذیره pârsi *padîra* = *saṁmukha* hat das Wort nichts zu schaffen. Ebenso ist Anquetils Ansicht falsch, dass *Petiaréh* ein Beiname des Ağro-Mainyus selbst sei; wahrscheinlich hat er an neup. پتیاره gedacht. — *Frâkereñtaṭ*. Die Wurzel *kereñt* i. e. skr. *kṛit*, *kart*, heisst ursprünglich schneiden cf. Vd. VII, 97. 99, mit *fra* wird dem Worte die Bedeutung schaffen zugetheilt, aber nur vom Schaffen der bösen Wesen, namentlich des Ağro-Mainyus wird das Wort gebraucht. — *Ağrô-mainyus*, der Name des bösen Princips, wird in den Übersetzungen gewöhnlich durch [illegible] [illegible] (גנגאך מינוי) wiedergegeben, [illegible], גנאך wird von Neriosengh gewöhnlich mit *hantṛi* übersetzt, es ist Part. *praes.* eines verlorenen Verbums *gandan* (erhalten in افگندن, آگندن) von *ghan*, *han*, schlagen. *Ağrô* wird hiernach auf die Wurzel *ağh* i. e. skr. *as*, schlagen, werfen, zurückgeführt werden müssen (cf. Yt. 10, 20. 21.). *Mainyus* der Unsichtbare, der Geist (von *W. man*) ist schon von Burnouf genügend erläutert worden. *Agrô-Mainyus* heisst somit der schlagende, vernichtende Geist, im Gegensatz zu *Çpeñtô mainyus*, was den vermehrenden Geist bezeichnet. *Pouru-mahrkô*, viel Tod besitzend, voll Tod. Huzvâresch-Übersetzung [illegible] [illegible] (פורמרג) i. e. پرمرگ. Aspendiârji ebenso.

8. *Azhi*, Schlange, erhalten im neup. از, اژدها, ein alt indogermanisches Wort, das auch im skr. *ahi*, griech. ἔχις hervortritt *Raoidhita* habe ich mit erwachsen, gross wieder gegeben. Über die traditionelle Fassung kann man einigermassen im Zweifel sein. In meiner Ausgabe der Huzvâresch-Übersetzung werden die Worte *azhîmca yim raoidhitem* durch [illegible] (אז̈ינ רותיך כבד דהוננית) wieder gegeben. Dies ist die Lesart einer Copenhagener Handschrift, und nach dieser scheint mir [illegible] (כבד), viel, gross. Erklärung von [illegible] (רותיך), so dass man also übersetzen müsste: „eine Schlange, *rutik*, (d. i.) gross ist sie“. Zwei andere Handschriften lesen aber [illegible] [illegible] und dies liesse sich allenfalls mit „ein grosser Fluss“ wieder geben. Allein dies ist mir unwahrscheinlich, denn erstlich erwartete man im correcten Huzvâresch [illegible] [illegible] (רותיי כבד), zweitens ist es mir sehr wahrscheinlich, dass [illegible] nur

die neuere Form für [illegible] sei, wie dergleichen mehr vorkommen, da man das schliessende *k* nicht mehr zu lesen pflegte. Von Seiten der Sprache selbst hat meine Auffassung gar keine Schwierigkeit. ***Raoidhitô*** findet sich Yt. 19, 2. als Name eines Berges und dies ist der emporgewachsene [illegible] (רוישנאומנר) im Bundehesh. Yt. 10, 126. ist ***uparaodhista***, der aufgewachsenste, ein Beiwort des Mithra. ***Raodha*** heisst Gestalt, Gesicht = روی, ***huraodha*** wohlgewachsen. Über die verschiedenen Bedeutungen der Wurzel ***rudh***, wachsen, fliessen, hat schon Burnouf (Yaçna Not. et Ecl. p. XXXII fg.) gesprochen, die Wurzel ist gewiss nur eine, wenn auch die Bedeutungen verschieden sind. Zweifellos ist, dass ***rudh*** auch in der Bedeutung: fliessen, vorkommen muss, aber cl. X. heisst immer: fliessen machen (Cf. Vd. VI, 10. XVIII, 101) und fliessen gemacht heisst doch nicht wachsen. Der Fluss heisst ***urudh*** (Vd. XV, 18.) das neup. رود. Die neuere Tradition fasst indess ***raoidhita*** grösstentheils an unserer Stelle als „Fluss", nämlich die Interlinearübersetzungen. Anquetil und Aspendiârji nehmen an, die Schlange, die hier erwähnt wird, sei in dem Flusse gewesen. Dies ist grammatisch unmöglich, es könnte blos heissen: eine Schlange: den Fluss. So lange nicht nachgewiesen ist, dass ***raoidhita*** Fluss bedeutet, glaube ich bei meiner früheren Übersetzung bleiben zu dürfen. ***Zyaṅm*** acc. von ***zyâo*** = [illegible] (רמסתאן), Winter cf. ***hiems***, gewiss niemals Schnee, wie Haug will.

9. ***Avathra*** = [illegible] (תמכן), dort, gebildet aus dem Pronomialstamm ***ava*** mit dem Suffixe ***thra***. ***Zayana*** oder ***zaêna***, winterlich, von ***zyâo*** geht auf ein zusammengezogenes Thema ***zim-*** zurück, aus welchen das Wort mit Gunirung der ersten Silbe entstanden ist. ***Haṅminô***, aus dem öfter vorkommenden, wie es scheint indeclinablen Thema ***hama*** gebildet. Im Huzvâresch heisst [illegible] (האמין), im Pârsi ***hâmîn***, der Sommer.

10. Hier, am Anfange dieses Paragraphen, findet sich ein allem Anscheine nach unechter Zusatz: die in meiner Ausgabe eingeklammerten Worte werden in der Huzvâresch-Übersetzung nicht übersetzt: Im Mînokhired wird die Stelle citirt und die Auslassung findet sich gleichfalls. Ich setze die Stelle, welche ich bereits in meiner Einleitung in die traditionellen Schriften der Parsen II, 63. mitgetheilt habe, hier nochmals her: [illegible]
[illegible]

(Nerios: yat erâmgvejadeçe daçamâsân çîtakâlaḥ dvau mâsau ca ushṇakâlaḥ tayoçca dvayoḥ mâsayoḥ ushṇakâliyayoḥ çîtalam payaḥ çîtalâ bhûmih çîtalo vanaspatiḥ). „im *Erân-vezh* ist es zehn Monate lang Winter, zwei Monate Sommer und jene zwei Sommermonate sind kalt an Wasser, kalt an Erde, kalt an Bäumen.“ Ich halte mich für vollkommen berechtigt jene Worte zu streichen, sie enthalten eine ganz deutlich glossirende Belehrung für den Leser: „es gibt aber (eigentlich) sieben Sommermonate, fünf Wintermonate“. Cf. Bundehesh c. XXV, p. 106. der Windischmann'schen Übersetzung. Das letzte Wort der Glosse, welches ich mit den Handschriften mit Übersetzung *as-kare*, Westergaard *askare* gelesen hatte, verstehe ich nicht. Aspendiârji: *tethi*, daher, gewiss unrichtig. Eben so gewiss ist Haugs Erklärung unrichtig l. c. p. 127. „*Askare* ist die dritte Person pl. imperf. oder eines sogenannten Aorist von *as*, sein; das *sk* ist ein Zusatz, nur eine andere Schreibung für *sh*, welches mit *s* wechseln kann; regelrecht sollte es *âsare* heissen“, das Imperf. von *ah* = *as*, sein, heisst bekanntlich *aghen*, das Perfectum *âoghare*; eine Form *âsare*, kann im Altbaktrischen niemals existirt haben, höchstens kann man zugeben, dass sie im Alt-Indogermanischen vorhanden gewesen sei. Unrichtig ist es ferner, dass *askare* statt *âsare* stehen kann, wo *sk* als Ersatz von *sh* vorkommt, muss nothwendig ein *i* oder *y* nachfolgen, wie *skiti*, *skyaothna* etc. beweisen. Wenn Haug ferner den ganzen §. 10 bis zum Schlusse streichen oder wenigstens als von einem anderen Verfasser herrührend bezeichnen will, so ist dafür auch nicht der mindeste Anhaltspunkt vorhanden. Wegen *taêca* meint der Verfasser der Huzv.-Übersetzung, dass man es auf die zehn Wintermonate beziehen müsse, doch gebe es auch welche, die es auf die beiden Sommermonate beziehen. Dieser Ansicht ist, wie wir gesehen haben, der *Minokhired*, und ich schliesse mich seiner Ansicht aufs Entschiedenste an. Denkt man sich den in Klammern gesetzten Zusatz hinweg, so geht *taêca* am richtigsten auf die zunächst vorher genannten zwei Sommermonate, setzt man den Zusatz in den Text, so muss man *taêca* freilich auf die Wintermonate beziehen. Dann scheint mir aber der Zusatz ganz müssig, denn dass es im Winter kalt ist, wird Niemand wundern. Ferner verliert die Steigerung im nächsten Paragraphe allen Werth und wird überhaupt schwierig zu erklären. *Çareta* = سلم, neup. سرد, kalt.

11. *Adha* übersetzt die Huzvâresch-Übersetzung mit (אנכון) i. e. neup. اکنون. Diese Bedeutung hat *adha* sonst bei diesen Übersetzern nicht, sondern es wird mit (אדין), hierauf, gegeben und diese Bedeutung ist auch gewiss die richtige, es hängt mit *daṭ*, hierauf, zusammen, so übersetzt auch Aspendiârji. Es lassen sich zwei Gründe für diese Übersetzung denken: entweder haben die Übersetzer mit mehreren Handschriften *ayadha* gelesen und dieses Wort mit „nun“ übersetzt (diese Annahme ist mir die wahrscheinlichere) oder sie haben das Wort *adha* hier abweichend übersetzen zu müssen geglaubt wegen ihrer Annahme, dass im vorhergehenden Paragraph von den Wintermonaten die Rede sei. Die weitere Übersetzung hängt nun von der Auffassung des Wortes *zemahê* ab. Befragen wir die Huzv.-Übersetzung und Aspendiârji oder die Interlinearversion, so ist *zemahê* = (דמסתאנן), Winter, zu fassen. Dann muss man die Worte *maêdhem*, *zaredhaêm* als Accusative der Zeit auffassen. „Dann, um die Mitte des Winters, im Herzen des Winters kommt der Winter rings herum etc.“ Störend ist mir schon bei dieser Auffassung, dass hier bald vom Winter, als einer Jahreszeit, bald als einer Person die Rede ist. Es lässt sich ferner ein Nebenthema von *zyâo*, das *zema* hiesse, nicht belegen, es findet sich Acc. *zyaňm*, Gen. sg. *zemô* statt *zyemô*. Von *zâo*, Erde, deutet aber die Form des Loc. sg. *zemê*, Gen. pl. *zemanaňm*, auf eine solche Nebenform *zema*, hin. Darum glaubte ich hier von der Tradition abweichen und *zema* mit Erde übersetzen zu dürfen. Die Leseart *zimahê* ist schwach beglaubigt. Das Verbum zu *maêdhem*, *zaredhaêm* ist *pairi pataiti* im folgenden Paragraphe. Die Form *maêdha* ist durch die Handschriften hinlänglich beglaubigt und ich bezweifle die Richtigkeit der Form durchaus nicht. Es scheint mir dieselbe aus einem ursprünglichen *maidhya* durch Transposition entstanden, so dass aus *madhya*, *maydha*, *maêdha* geworden wäre, es wäre also analog griechischen Formen wie *μέλαινα λέαινα* gebildet. *Zaredhaya* = دل (רבבמכן), Herz, ist ohne alle Frage skr. *hridaya*. Wegen des Sinnes vergl. man den Bundehesh a. a. O. Der Winter kommt nach *Airyana-vaêja* früher als in die übrige Welt, er hat dort auch eine grössere Macht als anderswo — alles dies weil *Airyana-vaêja* so nördlich liegt. Von dort aus verbreitet er sich erst, wenn er gekräftigt ist, in die übrige Welt.

12. Hier wird *adha* richtig mit ܐܪܝܢ (ארין) übersetzt, aber auch (אמת), wann, beigesetzt: „dann wann der Winter fällt, d. h. fortgeht.“ Ich kann mich heute noch nicht mit dieser Fassung einverstanden erklären, welche auch Aspendiârji annimmt. Das beigefügte „wann“ würden wir ohne weiteres aufgeben und bloss übersetzen müssen: dann fällt der Winter. *Pat* wäre demnach hier in der Bedeutung fallen gebraucht, gewöhnlich aber steht es von dem Herumgehen, selbst dem Kommen böser Wesen. Cf. Yt. 8, 8. Yç. IX. 46. Vd. XIX, 146., freilich ist auch die Bedeutung: fallen, gewöhnlich, z. B. Yt. 10, 24. 128. u. s. w. Immer aber würde *pairi pataiti* heissen: rings herum fallen, umgeben. Doch könnte man auch hier annehmen, dass *pairi pataiti* = *para pataiti* stehe: rückwärts fallen, zurückweichen. Was mir aber die traditionelle Erklärung misslich erscheinen lässt, ist: dass dann nach dem Zurückweichen des Winters das Meiste der Übel kommen soll, wornach also der Sommer noch schlimmer wäre als der Winter. Allen diesen Verlegenheiten entgeht man, wenn man *pairi pataiti* mit „herzukommen“ übersetzt, eine Bedeutung welche sich philologisch nicht gut bezweifeln lässt. Wenn der Winter ganz und gar mächtig geworden ist, dann ist die Zahl der Übel am grössten. *Fraésta* ist Superl. von *fráyó* und kommt öfter vor, z. B. Vd. III, 17 fg. Huzv.-Übersetzung (פרהיסת) i. e. pârsi *frehest* = *bahu*, bei Ner. *Vóighna*, wahrscheinlich verwandt mit skr. *vigna*. Huzv.-Übersetzung blos umschrieben, die Interlinearübersetzung روینده همه چیز. Aspendiârji gibt dem Worte eine üble Bedeutung, welche es auch haben muss, wie man aus Yt. 8, 56. sieht, wo es mit *haéna* zusammen steht.

14. *Gâum* im Texte wird in der Huzv.-Übersetzung blos mit *gâvâi* umschrieben, die Interlinearversion گوآی mit dem Beisatze یعنی گاو. Aspendiârji *jangal*, Wüstenei. *Çughdhô* wird in der Huzv.-Übersetzung mit (סוריך) gegeben, was die Interlinearversionen mit سورای und سوری übersetzen, in einer Stelle ist zum besseren Verständnisse noch سورخ *(sic)* beigesetzt. Aspendiârji *çurik*, nach seiner Weise trennt er *gâum* von *Çugdhô-shayanem* ab und sieht zwei Orte darin, die Ebene *Gau* in der Stadt oder Bezirk *Çurik*. Wo diese Stadt *Çurik* liegen soll, sagt er nicht. Die Parsen verstehen übrigens unter *Çurik* kaum Syrien, so ähnlich der Name auch klingen mag, denn dafür steht in Huzv. (סורסתאנן).

womit zunächst das arabische Irâq gemeint ist. Was aber auch immer die Parsen unter *Çurik* verstehen mögen, so ist für uns gewiss, dass wir unter dem *Çughdhô* des Grundtextes nichts anderes als *Sogd* verstehen dürfen, dessen Name سغد bis jetzt sich vollkommen gleich geblieben ist. Die Frage ist nur, ob wir unter *Çughdhô* eine Stadt oder einen Bezirk verstehen wollen. Ich entscheide mich für das letztere. In muhammedanischen Schriftstellern findet man allerdings eine Stadt *Çoghd* in der Nähe vom Samarkand erwähnt, aber die älteren Schriftsteller verstehen unter *Sogdia* eine Gegend, ebenso auch Darius in seinen Inschriften. Hiermit ist denn auch bereits gesagt, dass wir die Übersetzung Haugs nicht billigen können. „*Gau* worin *Çughdha* liegt". Er meint *shayanem*, Wohnort, könne nur die Hauptstadt sein und *Çughdhô-shayanem* müsse ein zu *Gâum* gehöriges Adjectiv sein, „*Çughdha* zum Wohnort habend". Ich sehe diese Nothwendigkeit nicht ein, sondern fasse *Çughdhô-shayanem* substantivisch als Comp. der Abhängigkeit, der Wohnplatz von *Çughdha* oder der *Çughdhas* ganz so wie *airyô-shayanem* (Yt. 10, 15.) der Wohnplatz der Arier, *gavashayanem* (Yt. 10, 13.) Wohnplatz der Rinder. Hiernach ist *Çughdha* der allgemeinere, *Gava* der besondere Ort. Cf. unten zu Vd. I, 34.
42. *shayanem* Wohnplatz von *shi*, wohnen, die früher allgemein gebilligte Lesart *çayanem* ist zu verwerfen und nur von wenigen Codd. bezeugt. Über die Herkunft des Wortes *Çughdha* verlohnt es sich kaum Vermuthungen aufzustellen, der Name, der auch in den Keilinschriften in der Form *Çuguda* erscheint, ist gewiss uralt und darum dunkel.

16. Dieser Paragraph ist schwierig wegen zweier ἅπαξ λεγ. *Çkaiti* wird im Huzv. mit [illegible] (כורכו מגם) und dies von den neuen Erklärern als اسم مگس وکرم: der Name einer Fliege oder eines Wurmes, erklärt. Auch Aspendiârji erklärt es mit Fliege. Nach der Glosse kommt diese Fliege oder Wurm (dies sind wohl zwei Gestaltungen desselben Thieres), zum Getreide und namentlich zum Futter hinzu, das Vieh leidet Schaden und lässt sich nicht mehr anbinden und es entstehen Viehseuchen. Ich habe *Çkaiti* mit Wespe übersetzt, wir haben hier einen der Fälle wo man die Tradition auf Treu und Glauben annehmen muss, wir haben kein Mittel, die hier genannte Plage genauer zu bestimmen. Die Etymologie hilft uns

nichts, nach ihr würde *çkaiti* mit der Endung *ti* von einer Wurzel *çkau* stammen, die sonst nicht vorkommt. Die Ansicht Haugs, dass *çkaiti* mit neup. *sok*, krank (? es ist wohl سوگ, *çog*, *luctus*, *maeror* gemeint, was Vullers richtig mit skr. *çoka* vergleicht) engl. *sick* und deutsch siech zusammenhänge und Seuche bedeute, ist durch nichts zu erweisen, und durch das Fehlen des nothwendigen *u* Vocals in *çkaiti* etymologisch äusserst gewagt. Ebenso ist der Anschluss an *scabies*, womit das Wort *çkaiti* auch verwandt sein soll, durch das Fehlen des nothwendigen *b* ungerechtfertigt. — Noch schwieriger ist *daya*, die Huzv.-Übersetzung hat für *dayaca* was mit שיתני, דהיתני oder etwas Ähnlichen zu umschreiben ist. Die Interlinearversion gibt dafür جادواج, ein ganz unverständliches Wort. Die neueren Parsen (Aspendiârji, Deçtûr Dârâb) müssen דהיתני umschrieben haben, denn sie geben es mit دهد und übersetzen also: „eine Mücke, welche dem Vieh viel Tod gibt.“ Nach dem Grundtexte ist aber diese Übersetzung unmöglich und wir sind daher ganz auf Vermuthungen angewiesen. Ich habe das Wort conjectural mit „Felder“ übersetzt, Haug mit „Kälber“ (von *dhê* säugen), das eine ist so unsicher wie das andere. *Pôuru-mahrkô* habe ich, *pôuru-mahrkem* Westergaard vorgezogen, correct ist keines von beiden.

18. *Môuru* ist, wie allgemein anerkannt ist, *Merv*, so übersetzt auch die Huzv.-Übersetzung. Die Nebenform in den westerânischen Dialekten ist bekanntlich *Margus*, der letztere Name hängt gewiss mit *meregha*, مرغ, Vogel, zusammen und rührt daher, dass grosse Vögelschaaren auf der Oase von *Merv* sich aufhalten. Cf. Ritter Asien VIII, 235. Ob auch *Môuru* dieselbe Bedeutung habe und mithin das Stammwort sei, zu dem später vorkommenden *mrû*, Vogel, steht dahin. Burnouf Yaçna Not. et Ecl. p. CIV. hat das sanskritische *maru*, Sandwüste, verglichen. Die Bedeutung würde auch passen, der Name ist eben sehr alt und nicht mit vollkommener Sicherheit zu erklären. *Çûra* nimmt Burnouf (Yaçna p. 529) für ein Adjectiv = skr. *çûra* und übersetzt es mit „stark“. Huzv.-Übersetzung (אסואר), was die Neueren mit „Waffe“, auch mit Macht (*koderet* i. e. قدرت bei Deçt. D.) übersetzen. Die letztere Bedeutung ist im Allgemeinen richtig, dass das Wort an den meisten Stellen adjectivisch gefasst werden muss, ist auch unzweifelhaft, cf.

z. B. Yç. IX, 24. Yt. 5, 18. 33. 62. etc. *Ashavanem* ist in der Huzv.-Übersetzung nicht übersetzt und desswegen in Klammern einzuschliessen. Über dieses ausserordentlich häufige Wort möge hier meine Ansicht stehen. Die Bedeutung desselben ist nicht zweifelhaft, im Huzv. entspricht ﺍﺷﺮﻭﺏ (אארוב), im Parsi ﻫﺎﻟﻮﺏ und *asho* (ﺍﺷﻮ) in der Bedeutung rein. Burnouf Yaçna p. 16. will es auf skr. *accha*. klar, rein, zurückführen, was aber selbst schon eine Entartung zu sein scheint (theilweise aus *rixa* wie die Herausgeber des Petersburger Sanskritwörterbuches vermuthen). Dass altb. *sh* einem sanskritischen *ch* entsprecbe, ist meines Wissens nirgends erwiesen. Ich vermutbe, dass *asha*, *ashava* mit *ars*, *eres* zusammenhängen wie *mesha*, *mashya* mit *meresh*, *kash* ziehen (cf. Vd. XVIII, 9) mit *keresh*, *ashava* ist also eigentlich: der Wahrbaftige oder mit Wahrhaftigkeit begabte.

20. Kaum eine andere meiner Übersetzungen bat so viel Unglauben gefunden und selbst Lächeln erregt, als die des vorliegenden Paragraphen. Gleichwohl bin ich auch heute nicht im Stande von meiner vor zwölf Jahren verfassten Übersetzung abzugehen. Was zuerst die traditionelle Übersetzung der Stelle anbetrifft, so habe ich dieselbe nicht missverstanden, wie Haug mir vorwirft. *Maredha* stebt = ﺍﻣﺎﺭ (אמאר) und dies ist weder das bebräische אמר noch עמל, noch überbaupt ein semitisches Wort, sondern = pârsi ﺍﻣﺎﺭ oder ﺁﻣﺎﺭ, was, wie ich schon Pârsigrammatik p. 203 gesagt habe, von Neriosengh mit *lekhyaka* übersetzt wird, nach Vullers aber (s. v. ﺁﻣﺎﺭ) bedeutet; 1. *nimia inquisitio*, *exploratio*, 2. *diligentia*, *assiduitas in re*, 3. *computatio*. Verwandt ist damit das alterthümliche ﻫﻤﺎﺭ und das neuere ﺷﻤﺎﺭ, womit die neuere Tradition durchgängig das Wort übersetzt. *Vîthushaňm* wird von der Huzv.-Übersetzung mit ﺩﻭﺷﻚ (דושך) und von der neueren Tradition mit ﺑﺪ, schlecht, übersetzt. Also: schlechte Rechnung, schlechte Zählung, dazu die nicht ganz klare Glosse, dass die Rechnung der Freunde dort schlecht sei, dass man sündliche Werke thue. Soweit die Tradition, jetzt ist die Frage ob die Texteswort dieses heissen können. Windischmann hat *maredha* auf skr. *mridh*, Streit, zurückführen wollen, ebenso Haug: Mord, Krieg. Man muss sich aber erinnern, dass es im Altb. nicht blos eine Wurzel *mere*, sterben, sondern auch *mere* (= skr. *smṛi*), sich erinnern, gibt; von dieser könnte man *maredha* mit einem Suffixe *dha* ableiten, wie *kayadha*, Sünder, von *ki*, τίω.

Es bedarf aber dieser Annahme nicht einmal, denn ein erweitertes Thema *maredh*, zählen, findet man auch Yç. L, 13, wovon *maredh-a* eine ganz gewöhnliche Ableitung ist. Schwieriger ist *vîthushaûm*. Ich würde das Wort am liebsten mit „wissentlich“ übersetzen und eine Erweiterung an *vîdhwão*, *vîthushi* darin sehen. Windischmann denkt an skr. *tush*, dessen Bedeutung durch die Praep. *vi* in das Gegentheil verkehrt worden sei. Allein die Bedeutung: „Unruhe“, die er annimmt, passt zwar, wenn man *maredha* mit Mord, nicht aber, wenn man es mit Zählung, Rechnung, Schätzung überträgt. Ich sehe darum heute noch keinen anderen Ausweg, als bei der Tradition zu bleiben. *Vîthusha* müsste eigentlich Schlechtigkeit heissen und *maredhaûmca vîthushaûmca*, Schätzung und Schlechtigkeit wäre ein ἓν διὰ δυοῖν statt schlechte Schätzung. — Haugs Annahme, dass *vîthushaûm* aus *vîtare* + *â* entstanden sei, bedarf wohl keiner weiteren Widerlegung. Wir haben somit gesehen, dass man keineswegs sagen kann, die von der Tradition angenommenen Bedeutungen seien vor dem Richterstuhle der Kritik und der Etymologie unhaltbar. Im Gegentheil, die von der Tradition gegebenen Bedeutungen sind etymologisch die wahrscheinlichsten. Was soll das aber heissen: schlechte Nachreden? So berechtigt diese Frage an sich ist, so sehr muss man sich hüten, derselben einen unberechtigten Einfluss auf die Übersetzung zu gestatten. Wenn man trotz dem, dass Etymologie und Tradition die obigen Bedeutungen wahrscheinlich machen, dieselben darum bei Seite legen wollte, weil sie uns nicht verständlich sind und dafür eine andere unberechtigte Erklärung vorzöge, weil sie uns verständlich ist, so würde dies nichts anderes heissen, als dass wir, statt uns zum Verständniss des Textes empor zu arbeiten, den letzteren vielmehr zu uns herabzuziehen suchen. Ich würde mich keinen Augenblick bedenken, die obige Übersetzung beizubehalten, selbst wenn ich gar keine Erklärung zu geben wüsste, denn nichts ist erklärlicher als dass uns eine Bemerkung, durch die ein uns fast unbekannter Ort mit zwei Worten charakterisirt wird, unverständlich bleibt, wenn auch die Leser, für welche der Avestatext berechnet war, sehr wohl wussten, was gemeint sei. Im vorliegenden Falle glaube ich jedoch eine Erläuterung geben zu können. Nach der Ansicht des Avesta sind Lügen, Begierden u. dgl. keine Abstracta, sondern Concreta; sie entspringen nicht etwa aus der Natur des Menschen, der ja gut geschaffen ist, sondern sie werden von Agro-mainyus in den Menschen hinein gesetzt, und ziehen dann andere ihrer Genossen nach. Dass nun schlechte Nachreden verboten sind, erhellt aus dem Vendîdâd selbst (cf. Vd XV, 6.). In dem sehr modernen Vajarkard (p. 94 ed. Bombay) sind auf Schimpfreden Strafen gesetzt, wie schon zu Xenophons Zeit. Cyrop. I, 2. 7. Κολάζουσι δὲ καὶ οὓς ἂν ἀδικῶς ἐγκαλοῦντας εὑρίσκωσι. Δικάζουσι δὲ καὶ ἐγκλήματος οὗ ἕνεκα ἄνθρωποι μισοῦσι μὲν ἀλλήλους μάλιστα. Sonach dürfte wohl meine Erklärung weniger Schwierigkeiten haben als die übrigen.

22. *Bâkhdhi* ist nach der allgemeinen Annahme *Balkh*. Aspendiârji versteht fälschlich *Bokhârâ*. In den Keilinschriften ist die entsprechende Form *Bâkhtaris* oder *Bâkhtris*. Auf die letztere Form geht Huzvâresch [Huzvâresch] (באאר) zurück, aus welcher durch Transposition das moderne بلخ, *Balkh* geworden ist. *Bâkhdhi* ist, wie man sieht, eine jüngere Form als *Bâkhtris*, Βάκτρία, sie hat den *r* Laut verloren und *t* in die weiche Aspirate *dh* verwandelt, wie *pukhdha*. — *Çrîra*, adj. mit skr. *çrî*, Segen, wurzelhaft identisch, heisst aber nach der Tradition schön, und ich finde auch nach der Vergleichung der Stellen, wo das Wort vorkommt, keinen Grund diese Annahme fallen zu lassen. *Eredhwô-drafsha*, ein zusammengesetztes Adjectiv. *Eredhwô* in der Huzvâresch-Übersetzung = [Huzvâresch] (אפראסת) i. e. افراشتة und *drafsha* = [Huzvâresch] (דרפש) i. e. درفش Burnouf (Yaçna Not. et Ecl. p. XLVII) hat schon über dieses Adjectiv gesprochen und *eredhwô* von skr. *ṛidh* hergeleitet, woraus auch im Sanskrit das etwas verstümmelte *ûrdhva* in gleicher Bedeutung entstanden ist. Den Sinn des Adj. *eredhwô-drafsha* hohe Fahnen habend, gibt, wie ich glaube, Aspendiârji vollkommen richtig dahin an, dass sie die Waffen zum Tödten der Feinde immer bereit haben.

24. Die Worte dieses Satzes sind alle drei ἅπ. λεγ. und darum äusserst schwierig. Auch hier müsste nach der Tradition wie im §. 20 wieder ein ἓν διὰ δυοῖν vorliegen; denn sie fasst die Wörter *bravaremca uçadhaçca* blos als einen einzigen Begriff. Die Huzvâresch-Übersetzung setzt dafür [Huzvâresch] (דור נכאת). Wörtlich übersetzt würde dies soviel bedeuten, als: Ferne Gipfel habend; aber es fragt sich eben, ob nicht das Compositum als selbstständiges Wort eine eigene Bedeutung habe. Alle Übersetzungen: die Interlinearversionen, Deçtûr Dârâb, Aspendiârji geben dafür: Amelsen,

welche Körner schleppen (مور دانه کش), dies heisst nun freilich sonst (cf. Vd. XIV, 14) *maoiri dânô-karsha*, doch scheint mir etwas Ähnliches in *bravarem* zu liegen, ich habe das Wort mit skr. *bharv* was in den Vedas fressen bedeutet, zusammengestellt. Noch schwieriger ist *uçadhaçca*, so lesen Westergaard und ich, Lassen und Olsh. *çadhaçca*, auch sind noch andere Varianten vorhnnden. Am wahrscheinlichsten wäre noch Windischmanns Ableitung von skr. *uddamça*, beissendes Insect, *a* in *uça* müsste dann Trennungsvocal sein, analog dem *e* in *uçehista*. Allein die Wurzel *damç*, beisser, findet sich fast nicht im Avesta und so nehme ich Anstand, die immerhin auffallende Form zuzulassen. Mit Haug bei *uçadhaçca* an skr. *oshadhi* zu denken, verbieten ohnedies die Lautgesetze: *ç* und *sh*, entsprechen sich nicht. Hier ist also Alles dunkel und wird es auch bleiben. Das Wort *nurtu*, das nur in einem Theile der Handschrift steht und von der Huzvâresch-Übersetzung übergangen wird, scheint mir zu streichen. Windischmann denkt an skr. *nritu*, Wurm, Haug an neup. نرد in der Bedeutung Baumstamm. Etwas Gewisses wird sich auch hier nicht mehr finden lassen. — Noch mag hier eine Bemerkung der Glosse in der Huzvâresch-Übersetzung erwähnt sein, die zwar nichts weniger als klar ist, die ich aber folgendermassen übertragen möchte: „Manche sagen zu diesem Orte kommen Reiter (und) er verbirgt (sie), er wird (also) *dûr ckât* sein“.[1])

26. Über die Lage des Ortes *Niçâya*, der zwischen *Môuru* und *Bâkhdhi* liegen soll, ist in den Schriften viel gestritten worden, welche über die Geographie unseres Capitels handeln. Wir wollen uns hier nicht weitläufig auf die Frage einlassen, sondern blos bemerken, dass bis jetzt ein Ort *Niçâya*, dessen Lage der in unserm Texte angegebenen entspräche, nicht zu finden ist, dass aber offenbar der Name *Niçâya* im alten Erân ein ziemlich häufiger war und an verschiedenen Orten vorkömmt, dass man also wohl annehmen

---

[1]) Die Interlinearversion ist freilich abweichend, שאילו, wie alle Handschriften bieten, kann ich blos סוארך lesen und darin neup. سوارہ sehen, die Interlinearversion übersetzt das Wort mit سوراخ, dann müsste aber שאלו (סוראך) geschrieben sein. Das umschriebene [illegible] übersetzten die Interlinearversionen gar nicht, ich fasse es = [illegible] i. e. neup. نهفتن.

darf, es habe einen Ort dieses Namens gegeben, dessen Name uns sonst nicht erhalten ist. Die Huzvâresch-Übersetzung gibt *niçâya* blos mit (נסאי) wieder, Aspendiârji mit Nischapur, aber mit der Angabe „zwischen Merv und Bokhârâ“!

28. Das Wort *aghem*, welches die Tradition sonst gewöhnlich als adjectiv fasst und mit (כריתר), sehr böse, wiedergibt, fehlt hier in der Huzvâresch-Übersetzung, ich habe es desswegen in Klammern eingeschlossen. Wenn Aspendiârji das Wort *aghem* mit „Zweifel“ übersetzt und *vîmanô hîm* mit „im Geiste“, so ist dies gewiss falsch: *vîmanô* ist = (גומאניכש) in der Huzvâresch-Übersetzung und ganz dasselbe im neup. گمان, Zweifel. Es fragt sich nun erstens, ob das Wort *aghem* eingeschoben sei oder nicht. Man könnte sagen es sei nicht eingeschoben und sich dabei auf die Stelle Vd. I, 62. berufen, wo eine ganz ähnliche Verbindung der Worte vorkommt. Man kann aber auch umgekehrt sagen das Wort *aghem* sei aus der genannten Stelle hier eingedrungen, um beide Stellen sich noch ähnlicher zu machen. Die Frage bleibt immer, warum denn die Huzvâresch-Übersetzung das Wort nicht ebenso gut an unserer Stelle übersetzen sollte, wenn sie es vorgefunden hätte, wie unten. Eine weitere Frage ist, ob man *agha* als Substantiv oder als Adjectiv auffassen soll. Ich muss hier gleich bemerken, dass ich im Allgemeinen der Tradition recht gebe, wenn sie *agha* adjectivisch auffasst, cf. Vd. III, 68. Yç. IX, 26, an letzterer Stelle übersetzt es Neriosengh mit *dushṭa*. Zwar will Burnouf (Yaçna p. 505. not. Etudes p. 168.) die substantivische Bedeutung vorziehen, allein dies geschieht nur dem skr. *agha* zu Gefallen, an allen Stellen im Avesta ist die adjectivische Bedeutung offenbar viel besser. Die Frage, ob man *agha* substantivisch oder adjectivisch fassen soll, ist nicht ohne Einfluss auf die Erklärung und Schreibung des nachfolgenden Wortes. Lassen und Westergaard schreiben es *vîmanôhîm*, ich selbst und Olsh. *vîmanô hîm*. Befragt man die Handschriften, so ist gewiss die von mir gewählte Leseart am besten beglaubigt, an unserer Stelle entscheiden sich fünf Handschriften für die Abtrennung des *hîm* von *vîmanô*, unten §. 62 alle mir bekannten. Nimmt man diese Leseart an, so ist natürlich *vîmanô* Substantiv und *hîm* könnte blos eine Expletivpartikel sein, wie das vedische *sîm*. Es muss indess zugestanden werden, dass *hîm* sonst nicht so zu belegen ist, sondern doch sich immer als Acc-

auffassen lässt. Liest man *vîmanôhîm*, so muss man es entweder als zu *aghem* gehöriges Adjectiv oder als ein zum Substantiv erhobenes Adjectiv ansehen, es wäre der neutrale Acc. von *vîmanôhya*. Von *manô* findet sich allerdings ein Adj. *manahya*, warum hier eine Verdunkelung des *a* eingetreten sein sollte, weiss ich nicht zu erklären.

30. Der richtige Nominativ von *Harôyûm*, den ich noch nicht erkannt hatte, als ich meine Übersetzung verfasste, ist seitdem von Oppert nachgewiesen worden. Er heisst *haraêva* und ist identisch mit dem *haraiva* der Keilinschriften, dem Namen für *Herât*. Aus *haraêva* ist *harôyûm* durch die nicht ungewöhnliche Verdunkelung des *ae* in *oi* geworden, wie *vîdoyûm* aus *vîdaêva*. Die Huzvâresch-Übersetzung gibt dafür ملور (הרֵי) i. e. هری, der auch noch bei Firdosi vorkommende alte Name Herâts. Wenn Aspendiârji das Wort mit *Haleb* (حلب) übersetzt, so ist daran eine Verlesung des Wortes schuld, da schon die Interlinearversion ملور mit هدلره oder هريه umschreibt. Die letztere fügt noch die Bemerkung bei. اين اشارت برشنوم (P. برسنوم) است d. h. dies ist eine Hinweisung auf den Barasehnom. Schwierig ist *vis harezanem*. *Harezana* heisst Ausgiessung, Loslassung von W. *herez* neup. هشتن. Allein *vis* ist durchaus unklar. Die Huzvâresch-Übersetzung umschreibt es mit ویש und will dies wohl auch verstanden haben, wie die neueren Übersetzungen thun, als sei es = neup. بيش, viel. Dieser Ansicht kann ich mich schon darum nicht anschliessen, weil dieses Wort *bés* gelesen werden muss, und man im Texte zum Mindesten *vaês* haben müsste. Ebenso unstatthaft ist Haugs Annahme, der *vis* mit Wasser übersetzen will. Es kommt zwar ein Wort *vis* im Altb. vor, das auch die Huzvâresch-Übersetzung mit وش, ویش (וִיש) wieder gibt (cf. Vd. V, 115. Yç. IX, 35.); allein dieses heisst nicht Saft, Flüssigkeit im Allgemeinen, wie Haug will, sondern Gift, wie lat. *virus*, womit es verwandt ist. Ahura-Mazda kann natürlich keinen giftigen Ort geschaffen haben. [1]) Noch gibt es verschiedene Auswege. *Vis* könnte das Wort sein, welches sich Yç. X, 1. findet und das die Huzvâresch-Übersetzung mit بنو (בנא), Neriosengh mit *rite* übersetzt. Es ist eine Erweiterung von *vi* wie *fraûs* von *fra*, *apaûs* von *apa*,

---

[1]) Neriosengh übersetzt ویش mit *visha*. Cf. auch Bundh. 9, 1.

aber man kann nicht sehen, was es hier heissen sollte. *Vis* kann ferner nom. von *vi*, Vogel, sein, so dass *vis-harezanem* Ausgiessung von Vögeln hiesse. Endlich kann *vis* = *viç*, Haus oder Clan stehen, der Übergang von *ç* in *s* im Nom. ist durch *vis-haurva*, der den Clan beschützende Hund, verbürgt. Dieses ist die Erklärung, welche Anquetil, Burnouf (Yaçna Not. et Ecl. p. CII) und ich angenommen haben und ich sehe noch keinen Grund davon abzugehen, da die Gegend um Herât sehr fruchtbar ist, und viele Clane dort Platz haben. Die ohnehin nicht ganz klare Glosse übergebe ich, da sie zum Verständniss keinenfalls etwas beiträgt.

32. Die beiden Wörter, aus denen dieser Paragraph besteht, sind zwar der Lesart nach ziemlich sicher, aber mit der Erklärung derselben sieht es ziemlich trostlos aus. Die Huzvâresch-Übersetzung gibt *çraçkem* mit ملعه (סרגא) und *driwika* mit دلمسوس (נכרסכש); sie sind eben so dunkel wie der Text. Die Interlinearversion gibt ملعه mit سرده und دلمسوس (was sie mit سوابلس umschreibt) durch مگس را. Deçtûr Dârâb erklärt ملعه = رنك برنك — er hat es also = pârsi سداوس, Huzvâresch ملعو (סרתך) *species* genommen — und *driwika* mit گدائی, Bettelhaftigkeit, Armuth. Aspendiârji schliesst sich an die Interlinearversionen an, wenn er übersetzt: „Mücken verschiedener Art“. Wir sind an dieser Stelle gezwungen, von der Tradition abzuweichen; mir scheint, dass die späteren Erklärer die Huzvâresch-Übersetzung missverstanden haben, diese ist in der Form, wie sie uns vorliegt, unverständlich und vielleicht fehlerhaft, wiewohl unsere Handschriften keinerlei Schwankungen angeben. Das Wort ملعه kann nimmer = سرده stehen, denn ع ist im Huzvâresch-Alphabete = ג, *c*, aber nicht = *dh*. Befragen wir die Etymologie, so stellt sich zunächst neup. سرشك als ein Verwandter von *çraçka* auf, im Altb. selbst aber die Wurzel *çraç*, wovon *viçraçcayen* Vd. VII, 77 fg., *çraçcinti* Vd. III, 94. Yt. 5, 120. Die Bedeutung von *viçraç* lässt sich mit neup. سرشك in Verbindung setzen und mit betröpfeln, bespülen, übersetzen, das verb. simpl. scheint aber noch eine besondere Art des Betröpfelns durch Hagel oder Eis bedeutet zu haben. Früher wollte ich aus dem Tröpfeln noch die Bedeutung des Langsamen und Trägen ableiten und habe daher *çraçkem* mit Trägheit übersetzt, einen Beleg für diese Bedeutung glaubte ich in Vd. III, 94. gefunden zu haben, da ich aber jetzt

jene Stelle anders verstehe, so gebe ich diese Bedeutung auch für diese Stelle auf und schlage „Hagel“ oder „Eis“ vor. Wegen *driwika* bleibe ich bei der Bedeutung „Armuth“, es hängt offenbar mit *driwis* zusammen, was von *driw* = skr. *drim̃ph* stammt und diese Bedeutung hat. Die Huzvâresch-Übersetzung scheint mir verderbt und die Bedeutung „Mücke“ ganz unzulässig. Die Bedeutung der Glosse ist mir nicht klar.

34. *Vaêkereta* bezeichnet die Huzvâresch-Übersetzung als [illegible] (כאמול) *Kâbul* und die neueren Übersetzer folgen. Es lässt sich die Richtigkeit dieser Übersetzung zwar nicht bestimmt verbürgen, aber es spricht Manches für sie. Die Könige von Kabul werden nach érânischer Tradition von dem bösen Dahâka abgeleitet und werden auch im Schâhnâme als unreine Götzendiener angesehen (cf. Schâhn. p. 111, 12. ed. Macan). Aus diesem Grunde ist es dem Sohne des Çâma Kereçâçpa von seinem Vater sehr übel genommen worden, dass er sich eine Gattin aus dem Hause von Kabul nahm. Was der Sohn gethan hat, scheint auch der Vater gethan zu haben und in der That weiss die Sage auch von der Liebe Kereçâçpas zu einer Paritochter zu erzählen. Den Namen *Vaêkereta* nimmt man gewöhnlich für das sanskritische *vaikṛita*, missgestaltet. Diese Erklärung ist aus mehreren Gründen unstatthaft, denn erstens kann *vaêkereta* nur einem sanskritischen *vekṛita* entsprechen. Zweitens aber kenne ich kein Beispiel, dass *vi* oder eine andere Präp. in der Weise gesteigert worden wäre, wie hier der Fall ist. Ich kann also diese Erklärung nicht für richtig halten, aber eine bessere bin ich auch nicht im Stande vorzuschlagen. *Vaê* könnte = *vaya*, zwei stehen, und *vaêkereta* wäre: zu zwei gemacht. Auch die Worte *duzhakô-shayanem* sind nicht ganz klar. Nach unserer oben zu Vd. 1, 14 entwickelten Ansicht müssen wir übersetzen: „Die Wohnung von *Duzhaka*.“ Allein ein Land *Duzhaka* kennen wir nicht. Die Ansicht, dass darunter die von Reisenden erwähnte Stadt *Duschak* zu verstehen sei, welche Christie in der Ferne sah, ist immer als unsicher anerkannt gewesen und ist mir auch darum bedenklich, weil die besagte Stadt *Duschak* am Hilmend liegen soll, den wir unten als *Haêtumaṭ* wieder finden, so dass dieselbe Gegend zweimal genannt wäre. Schon die Huzvâresch-Übersetzung gibt *duzhakô-shayanem* mit [illegible] (רושמאיך) mit schlechten Schatten versehen, und die neueren Übersetzer folgen ihr mit Ausnahme Deçtûr Dârâbs, der *deh mânesne*:

„die Wohnung von Dörfern" übersetzt, daher Anquetil *de villages nombreux*. Weder für die eine noch für die andere Übersetzung lässt sich philologisch etwas sagen. *Duzhaka* mag irgend einen wüsten Landstrich bezeichnet haben, wie man heute noch in Erân im Osten von der Stadt Shal eine unglückliche Ebene (دشت بی دولت) kennt.

36. *Pairika*, Huzvâresch (פריך), neup. پری ist eine Frau und bezeichnet im Avesta unzähligemale ein böses Wesen, das aber allerdings mit Schönheit ausgerüstet gewesen sein mag um die Menschen zu verführen. In der Vorstellung der späteren Erânier ist der böse Zug vergessen und blos die Erinnerung der Lieblichkeit geblieben. Das Wort stammt übrigens von *par*, *pere*, was im Altb. kämpfen bedeutet und hängt mit *pairithna*, Kampf, zusammen. Schwierig ist *khnańthaiti*. Man erwartete nach *yańm* zunächst ein Substantiv, will man *Khnańthaiti* substantivisch fassen, so muss es das Fem. eines Particips sein, richtiger wäre freilich *yańm khnańthaitím*, indess kommt es doch vor, dass die Apposition im Casus nicht ganz mit dem Substantiv stimmt, zu dem es gehört. Die Bedeutung, welche die Tradition hier und an der Parallelstelle (Vd. XIX, 18.) dem Worte *khnańthaiti* gibt, ist (אוּגדים פרסתים), was so viel ist als (= *pratimâpujâ*) im Pârsi, d. h. Bilderdienst, Götzendienst. Ebenso die neueren Übersetzer, Interlinearversionen und Aspendiârji: بت پرستی, nur Deçtûr Dârâh hat blos پرستش. Bezüglich der Etymologie von *khnańthaiti* erinnert Windischmann an griechisch κνήθω. Anders fassen Lassen und Westergaard unsere Stelle auf. Lassen liest *yâ khnańthaiti* und übersetzt (die altp. Keilinschriften p. 66) „eine Pairika, welche tödtet", er zieht demnach *khnańth* zu skr. *knath* und fast *khnańthaiti* als Verbalform 3 pers. sing. praes. Allein *yâ* für *yańm* steht in keiner Handschrift. Westergaard liest wie ich, übersetzt aber „welche er zerschlug" (Weber ind. Studien III, 432). Allein das Wechseln des Subjects scheint mir bedenklich, zumal dieses (*kereçâçpô*) noch nicht genannt ist und erst in einem zweiten Relativsatze nachfolgt. Die Worte *yâ upaǧhacaṭ* (oder *upaǧhaciṭ*, beide LA. sind gleich bedeutend und gleich richtig) *kereçâçpem* welche anhing (Westergaard welche folgte) dem Kereçâçpa. *Upaǧhacaṭ* gibt die Huzvâresch-Übersetzung mit (אפר אנאבינית)

dieses Wort findet sich an verschiedenen Stellen, z. B. Vd. VII, 144. In der Stelle Yç. XLIII, 10 d. entspricht [illegible] dem *hacêmnâ* und wird von Neriosengh mit *âçleshayati* gegeben, es ist also die Idee des festen Anhangens darin ausgedrückt, dafür spricht auch die Etymologie, denn die altb. Wurzel *hac* steht mit skr. *sac*, griech. ἕπ, lat. *sequor* im Zusammenhang, ebenso mit *socius*; [illegible] (Yç. XXVIII, 3. c.) wird von Neriosengh mit *sahâyatâ* übersetzt.

Man muss also annehmen, dass sowohl der Text als die Huzvâresch-Übersetzung sagen will, dass sich der Dämon der Götzendienerei mit Kereçâçpa unzertrennlich verband und letzterer also ein Götzendiener, ein Sünder wurde. Dazu stimmt auch die Glosse der Huzvâresch-Übersetzung, die nach meiner Auffassung lautet: „d. h. er thut es und sie thun es (nach), nicht nach dem Gesetze.“ Von dieser Anklage suchen nun die neueren Übersetzungen den Kereçâçpa dadurch zu reinigen, dass sie die Stelle auf eine ganz andere, freilich durchaus ungrammatische Weise auffassen. *Yâ upaghacaṭ kereçâçpem* soll heissen: „an welcher Rache nahm (oder welche vernichtete) Kereçâçpa.“ [illegible] wird von der Interlinearversion mit اواكنيد umschrieben und mit كنه كنيد übersetzt, daran schliesst sich Aspendiârji an, Deçtûr Dârâb übersetzt [illegible] mit نقص, daher Anquetil *ce qui enflamma la colère de Guerschâsp*. Ein Blick auf die Casusendungen des Textes zeigt, dass diese Übersetzung ganz unstatthaft ist. — Aus dem Umstande, dass Kereçâçpa hier genannt wird, hat man geschlossen, dass derselbe in Vaêkereta gewohnt habe. Die Nennung der Pairika hat darauf geführt, hier die Παρικάνιοι zu vermuthen, welche Herodot (III, 94) mit den asiatischen Aethiopen in eine Satrapie zusammenfasst. Dieser Gedanke wird richtig sein, die Parikanier werden ihren Wohnsitz da gehabt haben, wo diese Fee oder Pairika ihren Wohnsitz hatte, aber es ist nicht gesagt, dass dieser Wohnsitz das Land des Kereçâçpa sein musste. Kereçâçpa gehörte der Königsfamilie von Segestân an, er wird (Yt. 5, 37.) im *Vara Pischinagh* genannt, den ich für das von der Lora durchströmte Thal von Pischin halte, dahin mag ihm auch die Pairika gefolgt sein, aber ihr eigentlicher Wohnsitz war nicht da, sondern in einem Lande, wo der Götzendienst heimisch war, und dies ist gewiss von jeher in Kabul der Fall gewesen. Über den Wohnsitz der Parikanier geben uns die Alten nicht die geringste Andeutung. Wenn man darauf Nachdruck legt, dass nach Capt. Conollys Bericht die Bewohner des Thales Pischin voller Aberglaube an Dév's, Dschinnen und Peris sind, so ist zu entgegnen, dass man denselben Aberglauben aller Orten in Erân wieder finden wird.

38. Welche Landschaft unter *Urva* bezeichnet wird, ist schwer zu sagen. Die Huzvâresch-Übersetzung hat oder — halb in altb., halb in Huzvâresch-Schrift, was allemal Verwirrung erzeugt und wohl auch schon eine Folge von Unklarheit ist. Die Interlinearversionen umschreiben mit und übersetzen اورور یعنی اسم شهر Deçtûr Dârâb meint es sei Baum, als ob *urvara* (אורור) dastünde. Aspendiârji nennt die Stadt *Urvetuç*. Es wird kaum mehr möglich sein, über die Lage der Landschaft etwas Gewisses zu erfahren. *Pôuṛu* = altpersisch *paru*, griech. πολύς ist bekannt. *Vâçtra* = , *gocâra, kṛishṭa* bei *Nerios*. غله bei den neueren Übersetzern, der Satz wird von der Glosse ganz richtig so verstanden, dass viele Weide und Körnerfrüchte dort zu finden seien.

40. *Agha aiwistâra* habe ich übersetzt mit: schlechte Verunreinigung. *Agha* als Adj. cf. oben zu §. 28. Die Huzvâresch-Übersetzung übersetzt die Worte mit (סריתר אפרמאנשנש) und dazu die Interlinearversion des Pariser Codex بدتر اور ماندگان ganz falsch, die eines Kopenhagener Codex اور منش یعنی غروری. Aspendiârji hält die Mitte, er übersetzt richtig: das böse Darüberbleiben, erklärt aber ebenfalls mit Hochmuth. An letzteren hat die Huzvâresch-Übersetzung bestimmt nicht gedacht, sondern an etwas Bleibendes, wie die Glosse zeigt. Im Yaçna IX, 24. steht (אפרמאנן) = *anvaya* und ib. XXXIII, 10. = *anyâgata* und scheint soviel als „ererbt" zu bedeuten. In den Patets ist فرومانه soviel als Wiederholungssünde. Demnach kann man annehmen, dass der Sinn der Tradition sei: Übles welches bleibt. Betrachten wir nun den Text selbst. *Aiwistâra* ist in *aiwi-stâra* zu zerlegen und auf die Wurzel *çtere, sternere*, zurückzuführen. Diese Wurzel hat in Verbindung mit der Präp. *â* die Bedeutung verunreinigen, beflecken. Cf. Vd. IV, 24 fg. V, 11. 12. VI, 6. 64 und pârsi = *dosha*. Dieselbe Bedeutung muss auch *aiwi-star* haben. Auch Windischmann (Münchner gelehrte Anzeigen Sept. 1845, p. 474) nimmt *agha* als Adj. und *aiwistâra* in seiner

Grundbedeutung, Überdeckung. Haugs Ansicht, dass *aiwis-târa* zu trennen sei, ist durchaus unzulässig. Die Form *aiwi* kann nicht beliebig und namentlich nicht vor *t* in *aiwis* verwandelt werden, sondern nur, wenn ein aus ursprünglichem *s* verwandeltes *h* nachfolgt, aus Gründen die in der Grammatik zu erörtern sind. Eben so wenig ist بستار, schwach, unbeständig, nach den Lautgesetzen auf *aiwistâra* zurückzuführen.

42. Über *Khneñtem* ist wenig zu sagen, die Lesart ist sicher, ebenso, dass es ein Eigenname sein muss. Die Huzvâresch-Übersetzung umschreibt das Wort blos mit [Pehlevi] *khnanân* und sagt in der Glosse dass es ein Fluss sei. Die Interlinearversionen wissen auch nichts besseres zu thun, als *khneñtem* mit خنانان zu umschreiben. Auch Aspendiârji fügt nichts Neues hinzu, er nimmt *vehrkânô* für den Namen der Stadt *Djordjân*, *khnenta* für den Namen des Flusses. *Vehrkânô* = [Pehlevi] (גורגאנן) scheint mir nicht Name der Stadt, sondern des Landes zu sein und mit dem alten Namen *Hyrkanien* überein zu kommen. Dies nimmt auch Burnouf an (Yaçna Not. et Ecl. p. LXI) und so kommt auch das identische *Varkâna* in den Keilinschriften vor. Deçtûr Dârâb übersetzt *khnentem* mit *gergsar* und Anquetil fügt die Note bei: *Un garguesar, nom donné à ces gens parcequ'ils tuoient tous les loups et autres bêtes qu'ils voyoient.* Diese Erklärung soll aus dem *Nerengestân* gezogen sein. Allein das Volk das hier gemeint ist und das im Schâhnâme öfter als ein Volk Mazenderâns genannt wird, heisst *kargesar* (کرگسار), nicht Gargesar, wie hier Deçtûr Dârâb meint, was man aus den persischen Wörterbüchern ersehen kann.

44. Über *anâperetha* hat schon Burnouf gesprochen (Yaçna p. 501 fg.) und gezeigt, dass das Wort von einer Wurzel *pere* kommt, die füllen, aber auch hinübergehen, heisst. Beide Bedeutungen, aus einer Wurzel entsprossen, sind im Altb. nicht immer klar auseinander zu halten, wie wir an anderen Stellen sehen werden. Gewiss und für uns allein von Wichtigkeit ist, dass *anâperetha*, unausfüllbar heisst. Hierin stimmt die Tradition mit der Etymologie überein. Die Huzvâresch-Übersetzung hat [Pehlevi] (אנאפוארך) nach anderer Lesart [Pehlevi] (תנאפוארך), die Interlinearversion تنافور oder تناوره. Aspendiârji „was keine Sühne hat." Unter *Tanafûr* verstehen die Parsen eine Sünde, welche nicht allein den

Körper, sondern auch die Seele des Sünders angreife. *Narô-vaêpaya* ist von Burnouf (l. c.) auch schon richtig erklärt worden: „Besamung der Männer“, von *vip*, säen, besamen. Eben so die Tradition, Huzvâresch-Übersetzung (וספיך, so die Handschriften, vielleicht in , רוספיך zu verbessern), was die neueren Übersetzungen alle mit روسی oder غلام بارگی wiedergeben. *Skyaothna*, Handlung, (vielleicht = skr. *cyautna* in den Vedas) ist bekannt, es heisst zuweilen geradezu Übelthat, auch ohne weiteren Beisatz. Cf. Vd. III. 148; IV, 81, 115.

46. *Haraqaiti*, Arachosien, *Harauvatis*, in den Keilinschriften. Der Name der Landschaft scheint vom Flusse hergenommen zu sein, denn *haraqaiti* ist Buchstabe für Buchstabe = skr. *sarasvatî*, die wasserreiche, *hara* = *saras*. Huzv.-Übersetzung (אראמנד) dasselbe, nur dass das gleichbedeutende Suffix *ment* () für *vañt* eingetreten ist. Über *çrira* cf. oben zu I, 22. Mehrere Handschriften fügen hier, wie an der oben angeführten Stelle das Beiwort *eredhwô drafshañm* bei, die meisten und besten lassen es aus, ebenso die Huzvâresch-Übersetzung. Aus welchem Grunde sollten nun die Übersetzer hier die Worte übergangen haben, wenn sie im Texte standen, während sie dieselben doch oben im §. 22 übersetzten? Ich kann auch hier keinen andern Grund dieser Auslassung sehen, als dass die Worte nicht im Texte standen und dass sie erst später beigesetzt wurden, um unsere Stelle mit §. 22 möglichst gleichlautend zu machen.

48. *Naçuçpaya* erklärt Windischman aus *naçuç+pâ*, schützen, also Bewahrung der Leichname. Die Etymologie scheint mir ganz unbedenklich, doch kann man auch *naçu-çpaya* trennen und *çpaya* auf die W. *çpâ*, werfen, zurückführen. Huzvâresch-Übersetzung (נסאנכאנש): Eingrabung der Todten, der gewöhnliche Ausdruck für Todtenbestattung oder Begrabung der Leichen, die nach dem Avesta bekanntlich eine grosse Sünde ist. Die neueren Übersetzungen stimmen mit dieser Ansicht überein.

50. *Haêtumeñtem*, Acc. sg. von *haêtumat*, im Huzvâresch (איתומנד), was nach Bundehesch c. XX, (p. 97 der Windischmann'schen Übersetzung) der Name eines Flusses im Seïstan ist. Schon Burnouf hat nachgewiesen, dass es der Etymander der Alten, der Hilmend oder Hirmend der Neueren ist, so wie dass sein Name

zusammengesetzt ist aus *haêtu* = skr. *setu*, Brücke, und dem Suffixe *mat*, *meñt*, begabt mit. So auch Deçtûr Dârâb, obwohl die Interlinear-Übersetzung fälschlich هست اند umschreibt, als ob = אית, er ist, wäre. Aspendiârji gibt für *Haêtumaṭ* den Namen *Sistân*, etwas zu allgemein, doch nicht ganz unrichtig. *Raêvaṭ*, ein häufiges Beiwort, wird von der Huzvâresch-Übersetzung gewöhnlich mit (ראיאומנד) gegeben und dieses von Neriosengh mit *çuddhimat*. Ich übersetze das Wort gewöhnlich mit glänzend. In den Vedas ist bekanntlich *revat* verwandt. Im Pârsi entspricht *rhêmanṭ*, was gleichfalls mit *çuddha* übertragen wird. *Qarenaĝhaṭ* statt *qarenaĝhvaṭ* mit Verschlingung des *v*, wie gewöhnlich in diesem Dialekte, ist ein vermittelst des Suffixes *vant* aus *qarenô* = (נדמן) خره abgeleitetes Adjectiv, daher auch mit (נדמנאומנד) in der Huzvâresch-Übersetzung übertragen. Es heisst demnach: mit Glanz, Majestät, begabt. Die Interlinearversionen geben es mit خرهمند, Deçtûr Dârâb mit نورمند, Aspendiârji mit *khâleç* خالص.

52. *Agha yâtava* habe ich mit „Yâtusünden" übersetzt, genauer wäre wohl: das Böse, das auf die *Yâtus* Bezug hat. Die Übersetzungen stimmen damit, was aber die Glosse zur Stelle besagen soll, ist trotz der Interlinearversion und Aspendiârji's Auszug nicht klar, ja man kann behaupten, dass diese Übersetzer selbst keinen Begriff mehr hatten. Das dunkle (פראסכאסאנן) soll *Afrâsiâb* heissen, das eben so dunkle (ארתנן) = خوردن stehen! Nach Aspendiârji wäre der Sinn, dass die böseste Zauberei an der Seite des Afrâsiâb sei und nicht vertrieben werden könne. Ich glaube nicht, dass wir, auch wenn wir diese Glosse einmal vollständig verstehen, etwas für den Text Erspriessliches aus ihr lernen werden. Obwohl öfter von den *Yâtus* oder Zauberern im Avesta die Rede ist, so hält es doch sehr schwer, zu ermitteln, was denn eigentlich unter *Yâtu* verstanden werde. *Yâtu* wird gewöhnlich neben *Pairika* gesetzt, die wir schon oben §. 36 kennen gelernt haben und scheint mir ein Diener der bösen Mächte in menschlicher Form wie die Pairika auch. Davon unterscheide ich *Yâtumâo*, den von Zauberern in Besitz genommenen und darum auch Zauberei ausübenden, wenn auch nicht wissentlich und willkürlich: so wird Yt. 15, 56 *yâtumâo* neben *yâtu* genannt, an mehreren Stellen heisst die Buhlerin *yâtu-maiti*. Worin der Schade besteht, den Zauberer und Bezauberte anrichten, wird

nirgends klar gesagt; es scheint, sie wirken besonders durch den bösen Blick. Alles dies gebe ich natürlich nur als individuelle Überzeugung; aber die Dürftigkeit der Berichte des Avesta dadurch zu ergänzen, dass man ohne Weiters das, was die Vedas über die *Yâtus* berichten, auch für das Avesta gültig annimmt, das ist natürlich gänzlich unstatthaft. Bezüglich der Ableitung des Wortes ist zu bemerken, dass es offenbar mit *yâ*, gehen, zusammenhängt, ich habe schon länger an die סודרין erinnert, die auch in den Büchern der Mendäer als Zauberer vorkommen. Cf. auch arab. سحر Zauberei. Weber (Ind. Studien IV, 399) will es zu der Wurzel *yat* ζητέω stellen.

53. *Aêm* geht auf *dakhsta* und *ahê* fasse ich neutral: d a f ü r, nämlich für die im vorigen Paragraphe genannten Yâtusünden. *Cithra* = [illegible] (פיתאבש), richtiger geben es die neueren Übersetzer, adjectivisch = ظاهر, wir werden dem Worte noch öfter so begegnen, es kommt von der Wurzel *cit*, leuchten, die zwar nicht vorkommt, aber mit skr. *kit* übereinstimmt. Es ist also das skr. *citra*, wenn auch in etwas verschiedener Bedeutung. Eine weitere Bedeutung dieses *cithra* ist neup. چهره Gesicht, das hervorleuchtende, und wiederum aus dieser Bedeutung leite ich die in den Keilinschriften und im Avesta sehr gewöhnliche: Same, Nachkommenschaft ab, wonach sich also der Gedanke der Abkunft, an die Ähnlichkeit des Gesichtes knüpft. *Dakhsta*, Kennzeichen, ist vollkommen erhalten im Huzvâresch [illegible] (דאשך), womit es hier übersetzt wird und im pârsi [illegible] = *cihnam* bei Neriosengh, *dakhsh* scheint eine Erweiterung der skr. Wurzel *dah*, altb. *dazh* zu sein, *dakhsta* wäre also ursprünglich etwas Eingebranntes. Auch neup. داغ Brandmal, dürfte damit verwandt sein. Anders Haug, der *aêm* auf *Ağrô-mainyus* bezieht. Man müsste dann *aêm* als vorgesetzten Nominativ nehmen, auf den sich *ahê* bezieht: Dieser — ihm sind u. s. w. Abgesehen davon, dass dieser Sinn gegen die Tradition ist, stört auch, dass im folgenden Paragraphen das für die Construction nothwendige *ahê* fehlt. Noch weniger kann ich es billigen, dass man *cithra* mit m a n n i g f a c h übersetzt. Die Tradition und die ziemlich zahlreichen Stellen, an denen das Wort vorkommt, sind durchaus einer solchen Annahme entgegen. Die Bedeutung ist ganz ungerechtfertigter Weise aus dem Sanskrit herüber genommen.

54. Der einzige Ausdruck, welcher in diesem Paragraphen eine Erklärung bedarf ist *cithrô paiti-dayô.* Die Huzvâresch-Übersetzung hat [illegible] (פיתאכש פנן מאם נכירשנן), sie leitet also *paiti-dayô* auf die Wurzel *dî*, sehen, zurück, also: das Ansehen. Dazu passt auch Yt. 8, 44, wo *paiti-dayô* persönlich als der Ansehende gebraucht ist, dann die öfter vorkommenden Wörter *paiti dîti*, das Ansehen, *paiti dîta*, angeschaut. Aus der Bedeutung Ansehen entspringen dann die weiteren: Merkmale, Kennzeichen, womit ich das Wort gegeben habe und die gefordert wird, weil das Wort in Parallele zu dem vorhergehenden *dakhstô* stehen muss. Im Neupersischen ist هويدا پيدا zu vergleichen.

55. Hier beginnen die eigentlichen Schwierigkeiten unserer Stelle, die durch alle Anstrengung bis jetzt nicht zu beseitigen waren. Der Grund ist vornehmlich, dass diese Schwierigkeiten weniger in den Worten als in den Sachen liegen, namentlich dass es uns aus den Stellen des Avesta nicht klar wird, was sich die alten Erânier unter Zauberern und Zauberei dachten. In Ermanglung solcher Stellen nun ohne weiters die vedischen Vorstellungen statt der altbaktrischen eintreten zu lassen, wie dies Haug thut, ist unwissenschaftlich und entschieden zu verwerfen. Die Hauptfrage die zuerst zu erledigen wäre, ist: ob man unter *yâtu* ein menschliches oder ein geistiges Wesen zu verstehen hat. An sehr vielen Stellen werden nun die *Yâtus* genannt und immer neben die Pairikas gestellt (cf. Yt. 5, 22, 26, 46, 50; Yt. 6, 4 und viele andere Stellen), die Pairikas sind aber gewiss übermenschliche Wesen, wenn sie auch in menschlicher Gestalt umher wandelnd gedacht werden (cf. oben zu §. 36). Zu beachten ist auch Yt. 8, 44, wo die *yâtavô mashyânaṅm* von den andern *Yâtus* abgetrennt werden. Ich glaube nun, dass die Zauberer übermenschliche Wesen sind, die theils eigens menschliche Gestalt annehmen können oder wenigstens in früherer Zeit dies konnten, theils aber auch von den Körpern wirklicher, aber sündhafter Menschen Besitz nehmen und so ihr Wesen treiben, zu dem namentlich die Bezauberung mittelst des bösen Blickes zu gehören scheint. Diese Besessenen scheinen denn *yâtumaṭ*, mit *Yâtu* begabt, zu heissen. Daher heisst die Buhlerin *yâtumaiti* cf. Vd. XXI, 35; Yt. 3, 9, 11. Darum erscheint auch Yt. 15, 56. *yâtumaṭ* neben dem *Yâtu*. — Von den Wörtern des Satzes ist zuerst schwierig *karaca*, wofür die Vendîdâd-sâdes *kavaçat*, wohl = *kavaciṭ* geben. *Kava*

scheint blos Zerlegung für *kva* der leichten Aussprache wegen. Huzvâresch-Übersetzung [illegible] oder nach anderer vielleicht besserer Lesart [illegible] (כואמנאי), was die Neueren mit كامه übersetzen. *Yatha kavaca* soll also wohl heissen: wie nur immer. Für die weitere Fortsetzung ist nun die Auffassung von *jaçen* wichtig und davon hängt dann wieder die Fassung von *yâtumeñtem* ab. Erstens was ist das Subject zu *jaçen*? Ich sehe keine andere Möglichkeit als entweder *agha yâtava* in §. 52 dafür gelten zu lassen oder ein allgemeines Wort, wie die Menschen etc., zu ergänzen. Ich ziehe die erstere Fassung vor. Eine zweite Frage ist, ob man *yâtumeñtem* als Object zu *jaçen* nehmen soll, also: „wenn immer sie kommen zu einem von *Yâtu* besessenen“ oder ob *yâtu-meñtem* ein adverbialer Accusativ ist, der, ähnlich dem arabischen حال, den Zustand bezeichnet. Die Grammatik hat gegen eine solche Construction nichts einzuwenden cf. Vd. VI, 54., wo sich dieselbe bei *frajaç* unzweifelhaft angewendet findet. Dann müsste man übersetzen: „Wie immer sie herkommen mit *Yâtus* versehen, oder den *Yâtus* angehörig.“ Schwierig ist *zaoyêhê*, es kann blos gen. sg. von *zaoya* sein. Die Huzvâresch-Übersetzung gibt es durch [illegible], was ich mir nicht mit Sicherheit zu umschreiben getraue, die neuere Umschreibung der Interlinearversion durch هست ist unzulässig. Die Recension des Deçtûr Dârâb liest statt [illegible] willkürlich [illegible], dies nehmen Deçtûr Dârâb und Aspendiârji für חריתננד ([illegible]) und übertragen es mit: „er sieht.“ Es ist dies eine Willkürlichkeit, für die die ältere Tradition nicht verantwortlich gemacht werden darf. Ich vermuthe, dass die Worte [illegible] [illegible] zu lesen seien: דסתוי יאתוכש, die Hand, die Macht der Zauberei, dazu passt dann das erklärende [illegible] (אשכאריהא). Die Parallelstellen geben wenig Aufklärung; Yt. 13, 23, 148 scheint *zaoya* mächtig bedeuten zu müssen. Die Etymologie erlaubt uns, das Wort mit *zu* reden fluchen, in Verbindung zu setzen cf. Yç. XI, 1., damit hängt dann *zûzuya* Yç. VIII, 9. zusammen, was von der Tradition mit [illegible] (נוסתאר) oder *vaktri* gegeben wird und *zava* Yç. XXVIII, 3. = [illegible] (כריתננשנן) oder *âmantraṇa*. Man kann aber in Hinblick auf die angegebenen Stellen des Yt. 13. aber auch *zaoya* mit *zâvare*, Macht, zusammen stellen. Meine jetzige Ansicht ist nun die folgende. Die Übersetzung: „durch Mord“, die ich früher rein conjectural angenommen hatte, lasse ich fallen. Ich fasse *zaoyêhê* nicht als

Genitiv, sondern als Adverbium: *zaoyêhê* = *zaoyêhya* (wie *khraozhdyêhya* Yç. IX, 45.) und lasse dieses von einem Comparativ eines muthmasslichen Adjectivs *zaran*, *zara*, stark, herkommen. Für die Möglichkeit *zaoyêhê* unmittelbar an adj. *zaoya* anzuschliessen, kann ich mich nicht erklären, da ich einen Genitiv durchaus nicht zu construiren vermag. Die berichtigte Übersetzung würde demnach zu lauten haben: „Wie nur immer sie (die Sünder) kommen, stark den *Yâtus* eigen".

56. Meine frühere Übersetzung halte ich auch hier fest. *Adha*, hierauf, haben wir schon kennen gelernt, *yâtumaçtema* muss Superlativ von *yâtumaṭ* sein. Letzteres hat entweder schon die Huzvâresch-Übersetzung verkannt, oder sie hat ein unglückliches Wortspiel versucht. Sie übersetzt es nämlich: [illegible] (יאתוכתומסת), das blosse [illegible] (יאתוכתום) hätte schon genügt, dafür setzt nun die Interlinearversion جادویه معدن, Fundgrube der Zauberei, ihr schliesst sich Deçtûr Dârâb an. Aspendiârji liest, im Anschluss an mehrere Vendîdâd-sâdes *yâtu mereçtem* und übersetzt: „viel Zauberei".

Die natürliche Frage ist nun, was soll es heissen, wenn gesagt ist: Wie nur immer sie kommen, stark den *Yâtus* eigen, da sind sie dann sehr den *Yâtus* zu eigen!? Die alte Übersetzung hat keine Glosse, allein Aspendiârji hat, wie ich glaube, das Richtige getroffen, wenn er in der Glosse sagt: „d. h. die Zauberei nimmt zu". Wenn einmal die Zaubereiplagen überhaupt sich einnisten, da bleiben sie nicht stehen, sondern sie vermehren und vergrössern sich fortwährend.

57. *Adha* geben die Übersetzungen hier und schon im vorigen Paragraphen auffallender Weise mit [illegible] (איתונן) ایدون: so. Ich bleibe bei der gewöhnlichen Bedeutung „darauf": *taêciṭ* .... *yâ* ist im Avesta keine seltene Construction cf. Vd. VII, 5. 147. Nach meiner Beobachtung steht diese Verbindung dann, wenn von Personen oder Dingen ganz im Allgemeinen die Rede ist, so dass man auch das Neutrum setzen könnte. So auch hier: es entstehen die .... was ... Für *mereñcyâica*, *zaradhaghnyâica* setzen die VS. den Instrumentalis plur. *mereñcyâiçca zaradhaghnyâiçca*, das erste Wort übersetzt die Huzvâresch-Übersetzung mit [illegible], das zweite mit [illegible], das erstere Wort gibt die Interlinearversion mit سالار, sie sieht also darin

סנדאר i. e. سردار, das zweite mit بدرگ, was keinen Sinn gibt. Auch Deçtûr Dârâb gibt סנדאר mit سردار, ותרג aber (ותרג) mit بد شاد. Ganz abweichend Aspendiârji, der סנדאר, mit „Schnee", ותרג aber mit „Hagel" übersetzt. Vom Standpunkte des Huzvâresch aus wäre diese Erklärung zu halten, vorausgesetzt, dass man einige Textverbesserungen zugeben wollte. Man müsste statt סנדאר vielmehr סנש (סנש) lesen, was mit *çnaodha* zusammenstimmen würde und dies kann allerdings „Eis" bedeuten, cf. Vd. IX, 18. in der Huzvâresch-Übersetzung. ותרג müsste gleichfalls verdorben sein und neup. تگرگ darinnen stecken. Allein diese Conjecturen sind deswegen unstatthaft, weil es nicht möglich ist *merencyâica* mit „Schnee" oder *zaradhaghnyâica* mit „Hagel" zu übersetzen. Hier ist nun ein Fall, wo wir meiner Ansicht nach auf die Etymologie angewiesen sind. Wir müssen uns sagen, dass wir den Sinn der Huzvâresch-Übersetzung nicht verstehen und dass es allem Anscheine nach den neueren Parsen ebenso geht wie uns, ihre Erklärungen können uns also nichts helfen. Die Etymologie der Worte *mereñcyâi*, *zaradhaghnyâi* ist durchsichtig, das erstere muss ein Dativ eines Adjectivs *mereñcya*, tödtlich, sein, das als Neutrum zum Substantiv geworden ist, das zweite von *zaradhaghnya*, ähnlich gebildet wie *vârethraghnya*, *ghnya* von *gan*, *zan* schlagen, tödten, *zaradha* = skr. *hṛid*, Herz, dieselbe Form, die wir auch in *zaraz-dâti* finden, Nebenform ist *zaredhaya* cf. oben Vd. I, 11. Der Dativ hat hier, wie oft im Altbaktrischen, die Bedeutung des Infinitivs.

58. Über den Sinn dieses nur aus drei Wörtern bestehenden Paragraphen bin ich heute noch eben so unklar wie vor eilf Jahren. Über die Lesarten ist wenig zu sagen: ich habe *khstañmicadhaca* vorgezogen, was die Handschriften *Ecd* und gewissermassen auch *Fabe* geben, als ein Wort. Der Grund dazu war, dass die Huzvâresch-Übersetzung diesen ganzen Complex durch ein Wort: [Pahlavi] (גיכאמגאי), wie nur immer, wiedergibt, Westergaard hat *khstañmi caçca* getheilt, wie bei mir CD lesen. *Madhakhahê* kehrt wieder Vd. VII, 67. Hier wird es mit [Pahlavi] (מם), dort mit [Pahlavi] (ממונ) wiedergegeben. Man könnte annehmen, letzteres sei die richtige Form und das schliessende [Pahlavi], גו sei in unserer Stelle deswegen abgefallen, weil das darauf folgende Wort ([Pahlavi]) mit denselben Buchstaben beginnt. Ich glaube dies jedoch nicht und nehme in [Pahlavi] das ı als

stummen Buchstaben ꝗ aber für die Partikel ꞔ und demnach wäre סס die richtige Form und diese müsste eine Abkürzung des Wortes *madhakha* sein. Aus der angeführten Stelle Vd. VII, 67 ersieht man, dass *madhakha* ein fabelhafter Hund sein muss. Das letzte Wort *tûn* ist ganz dunkel. Vd. VII, 67. findet es sich auch, aber in der Huzvâresch-Übersetzung nach [illegible], hier steht dafür [illegible] mit altbaktrischen Charakteren, was auch schon auf Unklarheit schliessen lässt. Mit Beihilfe der Huzvâresch-Übersetzung würde man übersetzen müssen: „und nach Art (oder wie nur immer) des *Madhakha-tun.*“ *Khstaṅmi* müsste ein Locativ sein, der den Genitiv *madhakhahê* regierte; ganz anders sind freilich die Interlinear-Übersetzungen, welche unter die Huzvâresch-Übersetzung schreiben: کار کرفه بزرگ کار کرفه دور کند جادورا d. h. gute That (ist) gross, gute That entfernt den Zauberer. Diese Übersetzer haben [illegible] — [illegible] (סס) gross genommen, die Übersetzung von [illegible] durch کارکرفه ist ganz unhalthar. Ganz anders wieder Aspendiârji: von jeder Art gross, kann nicht entfernt werden. Dies soll heissen: weil die Zauberei so gross ist, kann sie nicht mehr entfernt werden. Der Sinn wäre ganz ansprechend, man sieht aber, dass der Übersetzer in derselben Weise wie die Interlinear-Übersetzungen sich über die Bedeutung von *madhakha* getäuscht hat. In Europa hat meines Wissens blos Haug die Stelle besprochen, aber seine Beweisführung hat mich noch weit weniger überzeugt als die traditionellen Fassungen: „*khstaṅmi* ist das neupersische *shtâm*, scheusslich, hässlich“ — ich meines Theiles kenne ein solches Wort nicht. „*Caṭ* oder *cadha*, wie einige Handschriften lesen, ist identisch mit skr. *cad*, verhüllen, bedecken, in Derivaten auch im Zend vorkommend“ — ich kenne weder eine skr. Wurzel *cad* verhüllen, bedecken, noch Derivata derselben im Alth. „*madha-kha* kann nur auf *madha* = *madhu*, süsses, berauschendes Getränk zurückgeführt werden, dies geht auf Zaubertränke, wodurch die zum *Yâtu* Beanlagten den Menschen schaden.“ Diese Ansicht wird meines Erachtens durch Vd. VII, 67 vollkommen unmöglich gemacht.

60. *Raghaṅm* Acc. sg. v. *Ragha* und dies ist nach überwiegender Annahme, nicht nur lautlich, sondern auch sachlich das neuere *Rai* (ری). Nur Kiepert sieht darin das Ραγαῦ des Isidor Charax, welches in Partien liegen soll. *Thrizaṅtu* habe ich in meiner Übersetzung wieder gegeben: „welches aus drei Burgen besteht“, indem

ich mich an Burnouf's Ansicht anschloss, der *zañtu* mit *bourg, ville* übersetzt. Diese Ansicht habe ich indess längst aufgegeben und gezeigt, dass *zañtu* eine Abtheilung in der éránischen Stammverfassung ist und etwa dem deutschen: Genossenschaft, Stamm entspricht (cf. meine Abhandlung: die éránische Stammverfassung p. 9, fg.), das Wort stammt von *zan*, gebären und ist nicht blos mit skr. *jantu*, sondern auch mit gr. *γένος*, lat. *gens*, *cognatus*, goth. *kuni*, *knods*, zu einer Familie gehörig. Was das Beiwort *thrizañtu*, aus drei Stämmen bestehend, sagen will, erhellt aus Yç. XIX, 50. fg., aus welcher Stelle hervorgeht, dass in *Ragha* damals eine freiere Verfassung bestanden haben muss, ohne Stammesoberhaupt, so dass jeder Stamm sich selbst regierte und nur einen geistlichen Oberherrn anerkannte. Die Huzvâresch-Übersetzung gibt *thrizañtu* durch (סי תוחמך), drei Samen habend, die Interlinearversionen und Aspendiârji folgen ihr. Eine Glosse sucht dieses Beiwort zu erklären, dieselbe ist auszugsweise von Windischmann (Zoroastrische Studien p. 48.) übersetzt, ich fasse sie, in einigen abweichend, folgendermassen: „(*Ragha* ist) *Atropatene*. Manche sagen *Rai*. Die Dreisamigkeit ist die, dass Priester, Krieger, Ackerbauer, gut von dorther sind. Manche sagen Zartust sei von jenem Orte gewesen. Also diese drei sind darinnen gewesen; wer *Rai* darunter versteht, für den ist die Dreisamigkeit diese, dass die drei Geschlechter (cf. Yt. 13, 88. 89.) von dort ausgegangen sind.“ Diese Notiz ist zwar sehr interessant, insofern sie uns Aufschlüsse darüber gibt, wo die Parsen den Geburtsort Zarathustras suchen, aber für die Erklärung unserer Stelle halte ich sie ziemlich werthlos. Das Wort *zañtu* mag man mit *tokhma* übersetzen, insofern dieses Wort bis heute die Bedeutungen *stirps*, *genus* beibehalten hat. Aber die Erklärung der Glosse zeigt nur, dass man die Anspielung auf die politischen Verhältnisse *Raghas* nicht verstand und deswegen in Verlegenheit war, wie man den Ausdruck *thrizañtu* auffassen solle. In mehreren Handschriften finden sich hier noch die beigesetzten Worte: *vaedhañ̄ho nôiṭ uzôis* ohne Huzvâresch-Übersetzung, sie passen nicht in den Text und scheinen mir ursprünglich ein Citat gewesen zu sein, welches zu der eben besprochenen Glosse gehörte.

62. Über *vîmanô hîm* oder *vîmanôhîm* cf. oben zu Vd. I, 28. *Uparô* gibt die Huzvâresch-Übersetzung mit (מאם) sie nimmt also, wie auch Westergaard, *uparô-vîmanô* als Comp., worin auch die

anderen europäischen Erklärer folgen. — Die Frage ist nur, ob man dieses Compositum als Compositum determinativum fassen soll, oder als Compositum der Abhängigkeit. Ersteres ist die Ansicht der Huzv.-Übersetzung, Aspendiârji's und auch die meinige. *Upara* als Adj. findet sich in der Bedeutung der obere, dem *adhara* der untere entgegengesetzt, cf. Siroz. I, 22. II, 22. Afrig. I, 14. Diesen Ober-Zweifel erklären die Glossen in der Huzvâresch-Übersetzung und bei Aspendiârji dahin, dass in *Ragha* die Menschen nicht nur selbst zweifeln, sondern auch andere dazu verleiten. Analog ist *uparô-kairya*, oben wirkend (بالاکار). Dagegen will Haug *uparô-vîmanôhîm* übersetzen: „Zweifel an dem Höheren", d. h. an der geistigen Oberhoheit Zarathustra's. Diese Fassung ist grammatisch nicht unmöglich, ich kann aber weder sprachliche noch sachliche Gründe sehen, welche uns nöthigen sollten, von der traditionellen Übersetzung abzugehen.

64. *Cakhra* habe ich in Übereinstimmung mit Lassen (Indische Alterthumskunde I, 527. not.) für das bei Firdosi angeblich vorkommende جبرم genommen. Hiergegen sind gegründete Einwendungen erhoben worden. Es scheint جبرم blosser Druckfehler statt جهرم zu sein; auch kommt der Name, wie mir F. Rückert nachgewiesen hat, erst sehr spät unter den Sâsâniden vor und liegt auch zu weit südlich und westlich, als dass wir *Cakhra* darin suchen könnten, *Scheich Hazîn* (p. 88 ed. Belfour) reiste von Schirâz über جهرم nach Bender Abbâsi. Dagegen schlagen die Interlinearversion, Westergaard und Rückert den Ort چرخ vor, so heisst eine Stadt in Chorâsân und ein Flecken bei Ghazna. Aspendiârji nimmt *Cîn*, China an, was natürlich keine ernsthafte Widerlegung verdient. *Ashavanem* ist zwar in allen Handschriften zu finden, aber in der Huzvâresch-Übersetzung nicht übersetzt. Man kann darüber streiten, ob das Wort echt sei oder nicht, nach meiner Ansicht ist es aus Vd. I, 28 hier eingedrungen.

66. *Naçuçpacya* ist nicht in *naçuçpacaya* umzuändern, wie Haug vermuthet, sondern ist eigentlich ein Adjectiv, zu dem *skyaothna* zu ergänzen ist. Huzvâresch-Übersetzung ziemlich wörtlich: (נסאי אפספננת), die Interlinearversion umschreiben: که نسا بپزاند, ebenso Aspendiârji. Die Etymologie von *naçuç*, νέκυς und *pac*, پختن kochen, ist klar. Die Glosse sucht die Sünde etwas zu mildern

und will die Leichenverbrennung blos auf die von Vögeln und anderen reinen Thieren beschränken.

68. Über *varenem cathru-gaòshem* habe ich schon in der Anm. zu der Stelle in meiner Übersetzung geredet und hier wenig mehr hinzuzufügen. Die Huzvâresch-Übersetzung erklärt es mit [illegible] (פתשחוארגר סר), Ende des Pataschqar-gar. Es sind darunter die Berge zu verstehen, welche das caspische Meer von Medien trennen und jetzt Elburz heissen (cf. Windischmann Zoroastr. Studien p. 8.). Der Pataschqar-gar wird mit dem Demavend in Verbindung gesetzt. In Tabaristan ist noch in später Zeit (cf. Sehîreddin p. 11. ed. Dorn) ein Dorf ورکی, Wereki nachzuweisen, wo *Thraêtaona* geboren sein soll. *Cathru-gaosha* = [illegible] (נוש 4), vier Ohren oder Ecken cf. neup. گوشه, گوش. Den Ausdruck *cathru-gaosha* haben die Erklärer nicht mehr zu deuten gewusst. Nach Einigen soll *cathru-gaosha* heissen: dass vier Wege an jenen Ort führen, nach Anderen heisst der Ort so, weil die Gesetzlichkeit vier verschiedene Thore hat. Nach anderer Ansicht ist *Varena* = *Kirmân*, wie die Huzvâresch-Übersetzung anführt, Aspendiârji hat sich dieser Meinung angeschlossen. Für Haug's Ansicht, dass *Varena* = *Gêlân*, گلان, sei, lässt sich gar nichts anführen, dagegen ist von Gutschmid schon mit Recht der alte Name der *Gelae* geltend gemacht worden, was noch zu der Aussprache *Gêlân* im Mittelalter stimmt.

69. Von der ursprünglichen Bedeutung des Kampfes zwischen *Thraêtaona* und *Dahâka* ist schon so oft geredet worden, dass wir hier nicht darauf zurückzukommen brauchen und nur erinnern wollen, dass es fehlerhaft wäre, die ursprüngliche indogermanische Vorstellung ohne Weiteres als die des Avesta auffassen zu wollen. Diese ist vielmehr eine ähnliche, wo nicht ganz dieselbe, wie die des *Schâhnâme*. *Thraêtaona* ist ein êrânischer König und der Bekämpfer eines anderen fabelhaften Usurpators, des *Azhi Dahâka*. Dass *Azhi Dahâka* nicht blos ursprünglich „verderbliche Schlange“ hiess, sondern auch diese Bedeutung theilweise später noch gefühlt wurde, soll darum nicht abgeleugnet werden. *Yahmâi* ist *dat. comm.*: für welches. Die Verbindung des Dativs *dahâkâi* mit dem Gen. *azhôis* darf nicht auffallen, sie findet sich öfter cf. Vd. IV, 124. XIX, 14.

71. *Arathwya* habe ich mit „schlecht“ übersetzt, ebenso Vd. III, 141. Rückert hält für besser „unzeitig“. Nach meiner Methode

kann ich von der obigen Bedeutung nicht abweichen, denn die Huzvâresch-Übersetzung gibt es hier und anderswo immer mit (אסארונן) was schlecht heisst (*asadâcârin* Nerios.) cf. noch Yç. LX, 15, ebenso das Gegentheil *rathwya* mit ausgezeichnet, (פרארונן) cf. Yç. LXIV, 10. Ich glaube hiernach annehmen zu müssen, dass sich die Wörter *rathwya* und *arathwya* wirklich zu dieser Bedeutung abgeschwächt haben müssen, da sie an allen Stellen passt, wenn ich auch recht gut einsehe, dass diese Bedeutung nicht die ursprüngliche ist. Das Wort muss von *ratus* herkommen, was bekanntlich sowohl „Herr“ als „Tageszeit“ heisst, also heisst *rathwya* entweder auf den Herrn oder auf die Zeit sich beziehend und beide Begriffe standen auch wohl in Wechselwirkung, da ja jede Tageszeit ihren besonderen Herrn hat. *Rathwya* war daher zunächst das Gebotene, Passende, dann in übertragener Bedeutung: das Richtige; *arathwya* natürlich das Gegentheil. *Dakhsta* (cf. Vd. I, 53.) habe ich in seiner allgemeinsten Bedeutung „Zeichen“ gefasst, die Übersetzer verstehen specieller die Menstruation darunter, eine Bedeutung, die dem Worte auch gebührt. Die Menstruation soll angeblich dort heftig sein. *Aiwistâra* cf. Vd. I, 40. *daǵhus* und *daǵhéus* wird ziemlich von gleich vielen Handschriften gelesen; liest man *daǵhus*, so muss man das Wort mit *aiwistâra* zu einem Comp. verbinden; liest man *daǵhéus*, so ist die regelmässige Construction hergestellt. Das zu *aiwistâra* gehörende Adj. *anairya* ist parallel zu *arathwya*, es heisst natürlich ursprünglich unarisch, in übertragener Bedeutung: ungesetzlich, schlecht. Daher auch *anérí* im Pârsi = *anâdeçacaritâ* und انير im Neup. *indoles prava*. Huzvâresch-Übersetzung: (אנאיריג̄). Aspendiârji: böse (دروند) DD. *bakhi*, was wohl باقى sein soll, er liest *awaredj* und verwechselt das Wort mit Pârsi *awaré*, die übrigen. Unter diesen *anairya aiwistâra* verstehen nach der Glosse diejenigen, welche *Varena* für den *Patasqargar* halten, die Kälte, die, welche dieses Land für das jetzige *Kirmân* halten, den Regen.

73. *Hapta heñdu* habe ich in der Anmerkung zur Übersetzung bereits = skr. *sapta sindhavas* genommen, nach A. Kuhns Vorgange. Auch die Tradition versteht unter *hapta heñdu* Indien und es fragt sich nur, ob dieser Begriff schon von den Verfassern unseres Werkes in so weiter Ausdehnung gefasst wurde oder ob sie

unter *hapta heñdu* vielleicht blos das Fünfstromland, vielleicht mit Einschluss des östlichen Kâbulistan verstanden. Letzteres scheint mir das Wahrscheinlichere. Die Wurzel *heñd* = *syand* kommt im Altb. nicht weiter vor, doch kann man den Berg *heñdva* oder *heñdava* (Yt. 8, 32.), an welchem sich die Wolken sammeln, von dieser Wurzel herleiten und sie darum als ein thätiges Glied der érânischen Wortfamilie bezeichnen. Als ein Lehnwort aus dem Sanskrit kann *heñdu* nicht gut gelten, da es die Regeln der Lautverschiebung befolgt, wie die érânischen Wörter, wenigstens müsste die Entlehnung eine sehr alte sein. Für *hañdu*, *heñdu* möchte Burnouf *hiñdu* corrigirt wissen. Die Correctur ist gar nicht zu kühn, da die Mscr. wenigstens einigen Anhaltspunkt geben (cf. die Var. zu der St. in meiner Ausgabe) indess ist die Lesart *heñdu* doch überwiegend beglaubigt, und auch sonst ist die Corripirung des *i* in *e* vor Doppelconsonanten in den Handschriften nicht ohne Beispiel, so steht neben *hiñc* die Form *heñc*, neben *viñd* auch *veñd*. Nur die Formen *hañdu*, *hañc*, *vañd* möchte ich nicht anerkennen, das *a* soll gewiss nach Absicht der Schreiber *e* gelesen werden. Viel Schwierigkeit macht die Construction des kleinen Satzes. Burnouf nimmt *yô* als unregelmässig statt *yaṭ*, es ist über diesen Punkt auf die Grammatik zu verweisen, die Construction des Relativums weicht im Altb. ohnehin vielfach vom Sanskrit ab. *Hapta hendu* nimmt Burnouf als neutrales Compositum; ich glaube, dass der Name *Hendu* als Eigenname indeklinabel behandelt ist. Die Worte *haca ushaçtara hendva avi daoshatarem heñdum* habe ich, wie mir scheint, mit Recht eingeklammert. Sie gehören in die Glosse zu der Stelle, welche lautet: Die Sieben-Indienheit ist das, dass es sieben Herrscher gibt, das sage ich nicht [1]), es sind nicht sieben, denn nach dem Avesta heisst es: „vom östlichen Indien bis zum westlichen Indien" cf. Yç. LVI, 11. 6. Yt. 10, 104. Nach der Ansicht des Bundehesb gilt Indien als das östlichste Land, ob man vielleicht auch im Westen sich ein Indien gedacht hat, darüber geben uns die geographischen Notizen der Parsen keine Auskunft.

---

[1]) Statt [illegible] [illegible] [illegible] (הנאז̌ רא דמננם), dies sage ich nicht, möchte lieber lesen: [illegible] [illegible] [illegible] (הנאז̌ ראי דמננם), darüber sage ich, so wollen auch die Interlinear-Übersetzungen lesen. Aber [illegible] steht deutlich in den Handschriften, ich wage es nicht zu ändern.

75. *Arathwya* und *dakhsta* wird hier ebenso erklärt wie oben Vd. I, 71, auch *arathwa* wird von der Tradition ebenso wie *arathwya* erklärt und wird auch kaum eine andere Bedeutung haben. Auffallend ist nur *garemdum*, was die Codd. ziemlich einstimmig geben. Auf das öfter vorkommende Thema *garemô* kann die Form nicht zurückgeführt werden, sondern auf ein sonst nicht mehr vorkommendes *garemava*. Dass das Wort, abgesehen von seinem Suffix, mit neup. گرم *garm* zusammenhängt, ist klar. Vielleicht ist es in *garemaṅm* Acc. eines Fem. *garema*, zu verbessern: *âu* = *aṅ* wie *êu* = *aṅ* in *nerêus*, *çtrêus*.

77. Dieser Paragraph ist von mir falsch übersetzt worden. *Aodhaêshu* wird in der Huzvâresch-Übersetzung blos umschrieben, mit [Pahlavi], was die Interlinearversionen mit او جای geben wollen, *rağhayâo* ist mit [Pahlavi] (ארואכתאנן) wiedergegeben, worunter die Interlinearversionen خراسان *Chorâsân* verstehen. Aspendiârji übersetzt beide Wörter sehr allgemein: *bâlâtar Chorâsân*, das obere Chorâsân. Ich habe Chorâsân in seiner ursprünglichen Bedeutung „Osten" genommen und habe wegen [Pahlavi] an arm. [Armenian], *arev*, Sonne, gedacht, wegen *aodha* aber an skr. *odatî*, Morgenröthe. Ich habe geglaubt, dass [Pahlavi] erläuternde Glosse zu [Pahlavi] sei und dass [Pahlavi] (ארום) dem Worte *rağha* entsprechen solle. Wie schon Windischmann nachgewiesen hat, geht namentlich aus Yt. 12, 18 hervor, dass *rağha* ein Wasser ist, *aodha* ist mit *vaidhi*, Fluss, lat. *radum*, zu verbinden und mit „Gewässer" zu übersetzen, wie dies auch Westergaard thut. Über den Fluss *rağha* verweise ich auf die Zusammenstellungen Windischmanns. Zar. Studien p. 187 fg. *rağha* ist gewiss der *arg-rot* des Bundehesh, ich halte ihn aber nicht für den Indus wie Windischmann, sondern für den Yaxartes. Ob man unter [Pahlavi] das spätere روم *Rûm*, das römische Reich, oder هروم, das Land der Amazonen, zu suchen habe, ist mir auch heute nicht klar, doch spricht die grössere Wahrscheinlichkeit für die erstere Erklärung.

78. Für *yô*, wie alle Handschriften geben, emendiren Lassen und Westergaard *yôi*. Ich kann mich dieser Emendation nicht anschliessen, wenn auch *yôi* nach den Regeln der Sanskritgrammatik richtiger wäre, so ist dies doch nicht der Fall nach der altbaktrischen Grammatik, wo das Relativum viele Unregelmässigkeiten zeigt. *Açdrô*

übersetzt die Huzvâresch-Übersetzung mit (אסואר) i. e. سوار Reiter, wie die Interlinearversionen richtig angeben. *Aiwyâkhshayêinti* wird mit (מאם מאנשנן הנמנד) übersetzt, d. h. sie bleiben darauf, *yô açârô aiwyâkhsayêinti* wäre also zu übersetzen: welche Reiter bleiben oder als Reiter wohnen, d. h. sie weichen schnell zurück. Diese Übersetzung ist auffallend genug, *açârô* kommt sonst niemals als Reiter vor und die Wurzel *çar* als Verbum und in Ableitungen mit *a* und *â* kommt namentlich im zweiten Theile des Yaçna, einige Male auch in den übrigen Stücken (cf. Yç. XI, 14. XIII, 20, 22. Yt. 5, 77), in der Bedeutung des Kopfes, des Herrschens = (סנדארש) vor, und diese Bedeutung, welche sich an سالار, سر skr. *çiras*, κέρας u. s. w. anschliesst, passt vortrefflich, so dass man geneigt sein könnte, das Wort für einen alten Fehler statt (אסנדאר) zu halten. Wenn man das Wort *aiwyâkshayêiñti* der Tradition gemäss übersetzen will, so muss man es von *khshi* wohnen ableiten, zusammengesetzt mit der Präp. *aiwi* und *â*. Eine solche Bedeutung passt aber nicht an andern Stellen. Cf. Vd. II, 13. Yç. LVI, 7. 3. LVII, 5, wo *aiwyâkhsta* mit (אפרנכאם דאשתאר) *aiwyâkhastra* mit (מאם נכאם דארשנש) Beaufsichtiger, Oberaufsicht gedeutet wird, es ist also klar *aiwi-âkhs* zu theilen und eine Wurzel *akhsh* anzunehmen, welche sich auch in den Keilinschriften findet (cf. mein Glossar. s. v. *akhs*) und woher *ashi*, Auge kommen muss. Hier kommt uns nun die Glosse der Huzvâresch-Übersetzung zu Hilfe, welche sagt, dass andere die Stelle so erklären: sie halten den König nicht für den König. Offenbar kann diesen Erklärern nicht die obige Übersetzung, sondern die unsrige oder eine der unsrigen ähnliche vorgelegen haben.

80. Die von mir eingeklammerten Worte *taozhyâciț daiǵhus* (oder *daiǵhêus*) *aiwistâra* finden sich nicht in der Huzvâresch-Übersetzung und ich habe sie deswegen für unächt gehalten und nicht übersetzt. *Taozhya* kommt nicht mehr vor. Holzmann Beiträge zur Erklärung der pers. Keilinschriften p. 132 hat dazu skr. *taushâra* voll Schnee, verglichen. *Taozhya*, wozu diese Erklärung allein passt, lesen übrigens nur die Vendîdâd-sâdes, die übrigen *tâozhyâciț* was Lassen vorgezogen hat.

81. Der letzte Paragraph hat mancherlei Schwierigkeiten durch ἅπαξ λεγόμενα, wobei noch besonders zu beachten ist, dass man die

Worte von *çrîrdoçca* an sowohl als Adjective, die zu *açdoçco shôithrdoçca* gehören, oder auch als coordinirte Substantive fassen kann. Für letzteres scheint sich die Huzvâreseb-Übersetzung zu entscheiden, die aber nicht immer klar ist. *Gufra* = [illegible], was die neueren Übersetzungen mit دهان, Mund, geben, dies wäre also زفر, ich habe es, wie *jańfnu*, als Thal, Ebene genommen. Was dem *berekhdha* entspricht, ist nicht ganz sicher, ich denke die Worte [illegible] (פנן כאר דינא ארנוך), nach den Thaten des Rechtes begehrend, *berekhdha* ist sonst immer = [illegible] *hita* oder *priyatara* bei Nerios. cf. z. B. Yç. XXXII, 9. XXXIV, 9. XLIII. 7. Möglich wäre auch, dass es mit unserm „brach" zusammenhinge. Ebenso ist mir nicht ganz sicher, was dem *frashdoçca* entspricht, ich vermuthe die Worte [illegible] (איע פנן סראנן כבד נהנננר), die mir aber nicht klar sind. Die neueren Übersetzungen denken lächerlicher Weise an *pereç*, fragen, und machen Länder der Frage daraus. Am besten denkt man wohl an das öfter vorkommende Adjectiv *frasha*, fördernd oder fort. *Bâmya* = [illegible], wahrscheinlich hoch oder Höhe.

Zweiter Fargard.

Von diesem Fargard gibt es noch eine weitere deutsche Übersetzung ausser der meinigen, von Windischmann (Zoroastrische Studien p. 21. fg.). Sie ist in dem folgenden Commentare durchgängig berücksichtigt worden.

1. *Mainyô çpénista* habe ich getrennt als zwei Adjective gefasst, Windischmann nimmt das erste Wort als Substantiv, das zweite als dazu gehöriges Adjectiv, ich übersetze: Himmlischer, Heiligster, Windischmann: Heiligster Geist. Der Unterschied ist mehr scheinbar als reell. Ich stimme über *Mainyu* mit der von Burnouf (Yaçna p. 92.) ausgesprochenen Ansicht überein, dass das Wort *mainyus* ursprünglich adjectivisch sei, das ist auch die Ansicht der Tradition, die das Wort mit *adṛiçyamûrtiḥ* übersetzt. Das Unsichtbare, Immaterielle, Geistige ist eben das Himmlische. Man mag es daher mit „Himmlischer" oder mit „Geist" übersetzen, die Vorstellung für einen Parsen war ziemlich die nämliche. *Çpénista* superl. von *çpeñto* aus ursprünglich *çpan* = *çvi* wachsen = [illegible] (אפזוניך), also ursprünglich: der Mehrer, wie Augustus, dann: der Erhabene, Heilige, wie *szwentas* im Littauischen. Daher übersetzt hier auch Deçtûr Dârâb

das Wort mit زياده كننده, Vermehrung machend, und dies ist die durchgängige Ansicht der Parsentradition. *Dâtare* Schöpfer = (דאתאר), pârsi: *dâdhâr*; die Bedeutung Richter ist nur neupersisch, auch das Pârsi hat die alte Bedeutung. Über *gaêtha* habe ich mich schon früher erklärt (cf. Kuhn Beiträge I, 316.). Die Huzvâresch-Übersetzung gibt es durch (גיהאנן) i. e. گيهان, woraus später جهان entstanden ist. Das Wort ist Plural und von *gî*, leben, abzuleiten, wie es denn auch in der Bedeutung: Reichthum (= *samriddhih* Yç. XXXI, 11. XXXIV, 3.) namentlich Reichthum an lebendigen Wesen (cf. Vd. XIII, 50.) vorkommt. So erklärt sich auch Windischmann's Übersetzung (Irdische). *Açtvat* mit Körper begabt, wohl für *açtvat*, cf. meine Bemerkungen in der Einleitung zu meiner Übersetzung des Avesta Bd. III, p. II fg. — *Ashâum*, voc. von *asharan*.

2. *Kahmâi. apereçê* habe ich übersetzt: mit wem hast du dich unterhalten; Windischmann: wem hast du geredet? Westergaard liest *apereçe*, Lassen *apereçô*, ich *apereçê*. Die Form ist schwierig und namentlich das Augment auffallend, vgl. jedoch Yç. XIII, 19, 21. Ich nehme *apereçê* als Passiv des an der genannten Stelle nach cl. 10. flectirten *pereç*, sich unterhalten, *apereçê* stünde für *apereçyô* 2. ps. sg. imperf. pass. mit den Endungen des Activs, wie öfter. *Apereçê* ist hier allerdings nur schwach beglaubigt, allein mit *apereçe* weiss ich nichts anzufangen, *apereçô* steht leider in keiner Handschrift. *Kahmâi* nach meiner Fassung wäre als Dat. *commodi* zu nehmen: zu wessen Nutzen hast du dich unterhalten, dass die Apposition *paoiryô* im Nom. steht, weil sie zum Dat. *kahmâi* gehört, ist auch sonst nicht ohne Beispiel.

3. *Anyô* c. Gen. der hier als Ablativ zu fassen ist: ein anderer als ich. Benfey hat zu *anya* schon passend ἄνευ verglichen. *Zarathustrâi* Dat. in Apposition zum Gen. cf. oben Vd. I, 69. *Fradiç* nicht blos zeigen, sondern lehren, vorschreiben im juristischen Sinne. Cf. Vd. V, 47; IX, 166; XVIII, 22; Yç. VIII, 8. Huzvâresch-Übersetzung hat hier ganz gut: (פנאך נמות), du hast gezeigt. Die Form *âhuiris* Adj. von *ahura*, darum habe ich auch die Kürze des *u* beibehalten, obwohl auch die Form *âhûiris* gut beglaubigt ist. Der Unterschied ist natürlich blos graphisch.

4. Über *Yima* = *Yama* ist schon so viel geredet worden, dass ich hier, wo wir blos auf die grammatische Auslegung des Avesta bedacht sind, davon absehen darf. *Hvanthwa* aus *hu*, gut und

rańthwa, Versammlung, daher heisst *hvańthwa* mit guter Versammlung oder guter Schaar versehen. So auch die Tradition. Huzvâresch-Übersetzung ﺪﻭﺭ (הורבך) Neriosengh: *susamćayin*. Unter der Schaar sind die Unterthanen verstanden. Wie man im Griechischen von einem ποιμὴν λαῶν spricht, so im Érânischen von einem شاه رمه (cf. *Schâhnâme* 151, 5; 180, 10. v. u. ed. Macan). Windischmann (*arische Ursagen* p. 18) stellt *rańthwa* mit gr. ἔθνος zusammen, wogegen jedoch A. Kuhn (Zeitschrift für vergl. Sprachforschung IV, 90) Einsprache erhoben hat.

5. *Aperęçê* kann hier natürlich nicht wie oben §. 2 als 2., sondern als 1. ps. imperf. pass. gefasst werden, diese beiden Formen müssten sonach zusammen gefallen sein.

8. Die Grundbedeutung der Wurzel *viç* hat Windischmann (Münchner gel. Anzeigen Sept. 1855, p. 34) gewiss richtig angegeben, indem er an *vic* im lat. *vic-is*, *vic-arius* erinnert und griech. εἰκ in εἴκω, ἐοικώς; er glaubte dann weiter, die Wurzel heisse auch geradezu s e i n und übersetzt nun unsere Stelle demgemäss. Indessen scheint doch die Bedeutung im Altbaktrischen nicht ganz so allgemein als Windischmann annimmt. Die Huzvâresch-Übersetzung gibt *viç* hier und an andern Stellen wie Vsp. III, 2; Yç. XV, 1 mit [illegible] (מכירננתן), Neriosengh mit *pratikaromi*, die Neueren mit قبول كردن. *Vîvaghana* Patronymicum von *vîvaghâo*, mit dem Suffix *ana*, vor dem die Endung des Wortes geschwunden zu sein scheint. *Meretô* und *bereta* muss man entweder als Nebenform des Nomen *ag.* auf *tar* ansehen, wie sie wohl vorkommen; man kann aber auch die Endung *ta* als part. der Vergangenheit auffassen: einer der erinnert und getragen hat. Die Übersetzer geben für diese Worte die Abstracta [illegible] (אושמרשנן) das Erinnern und [illegible] (ברשנן) das Tragen, dies ist natürlich eine freie Übersetzung.

9. Man bemerke, dass hier von Yima gesagt wird *paiti aokhta*, während von Ahura *mraot* gebraucht wird. Damit soll wohl angedeutet sein, dass Yima niedriger stehe als Ahura.

10. Gegen meine Übersetzung, nach welcher alle vier Substantive dieses Satzes coordinirt wären, hat Windischmann schon früher Einwendung erhoben. Statt: „ich bin nicht der Schöpfer, nicht der Lehrer, nicht der Bedenker, nicht der Träger für das Gesetz“, übersetzt er: „Ich bin nicht tauglich und nicht unterrichtet zum Verkünder und Träger der Lehre“. Meine Ansicht über diese

Stelle habe ich schon früher in meiner akademischen Abhandlung über den 19. Fargard des Vendîdâd p. 90 des besonderen Abdruckes angegeben. Mit Rücksicht auf die traditionelle Fassung der Worte *dâtô, cistô* hier und Vd. XIX, 51, 58 glaubte ich in diesen Wörtern Abschwächungen der Wörter auf *tare* sehen zu müssen. Ich neige mich indess jetzt Windischmann's Ansicht zu und halte die traditionelle Angabe für eine freie Übersetzung. Cf. jetzt auch Fr. Müller Zendstudien II, p. 5 fg.

12. Das einzige bedeutende Wort in diesem Satze ist *vîvîçê*, das von der Handschrift fast ohne Variante bezeugt wird. Die Übersetzung gibt nur die 2. ps., nach ihr könnte man das Präs. erwarten. Ich halte jedoch die Form *vîvîçê* mit Bopp für die 2. ps. sg. med. des reduplicirten Praeteritums.

13. *Frâd* ist vielleicht eine secundäre, aber im Altbaktrischen wohl bezeugte Wurzel, sowohl nach cl. 1 als 10 conjugirt, in letzterer Bedeutung causativ. Die Huzvâresch-Übersetzung gibt das Verbum hier sehr richtig mit [Pahlavi] (פראאוינן) und die Interlinearversion mit فراخ كن. Dazu die Glosse [Pahlavi] (איע וייש בנא נהנננאי) d. h. mache sie mehr. Wie häufig ist *frâd* mit *vared* verbunden (cf. Yç. IX, 57), letzteres ist = skr. *vṛidh*, vermehren, daher übersetzt Windischmann: „mache wachsen meine irdischen Geschöpfe“, ich selbst habe übersetzt: mache meine Welten fruchtbar“, worin mir die Glosse [Pahlavi] (איע פרפיהתר בנא נהנננאי), d. h. mache sie sehr fett, beistimmt, auch Aspendiârji; die Interlinearversion hat hingegen das [Pahlavi] (ואריגן) des Textes fälschlich = باريدن genommen und gibt daher auch obige Glosse fälschlich wieder: شاداب به كند. — *Viçdi* steht hier als 2. ps. sg. conj. wohl in Bedeutung des Futurums, du sollst vermehren, ganz wie ja auch im Semitischen der Jussiv mit dem Imperativ abwechselt. Sonst kommt die Form auf *di* auch als 1. ps. imperat. med. vor, selbst bei unserm Verbum cf. Vsp. III, 2. Die drei auf einander folgenden Substantive am Ende des Satzes hat die Huzvâresch-Übersetzung und nach ihr die anderen Übersetzungen als Abstracta aufgefasst, eine Verwechslung, welche die genannte Übersetzung mit der *nomm. ag.* gerne und, wie es scheint, absichtlich vornimmt. Ich habe sie übersetzt „Schutzherr, Ernährer, Aufseher“. Windischmann „Nährer, Beschützer und Beherrscher“. Es ist zu beachten, dass alle drei Nomina, aber

am meisten die beiden ersteren, das Schützen in den Vordergrund stellen, woraus dann das Schützen vor dem Hunger als etwas besonderes von selbst folgt. *Thrâta* von *thrâ* = skr. *trai*, nähren. Huzvâresch-Übersetzung [Pahlavi] (סראישנן). Neriosengh gibt es meist mit *pâlanâm̃ dâ*, dieser Ansicht bin ich gefolgt (cf. noch Vd. XV, 57 fg.). Windischmann hat sich näher an das Sanskrit gehalten. Es ist zu beachten, dass Aspendiârji *thrâtâ* ebenfalls mit „ernähren" ausdrückt. *Har*, wovon *harethra*, *hârô* (= Herr), *haurvatât*, *paçus-haurva* etc. kommt, hängt mit *salvus*, *salvo*, *observare* im Lateinischen zusammen. Zu *aiwyâkhsta* vgl. oben Vd. I, 78.

16. Den Aorist *bvaț* habe ich, wie oft, in wünschender Bedeutung gefasst: nicht möge sein, nicht soll sein. *Khshathra* nicht König, wie man früher das Wort gewöhnlich verstand, sondern Reich. Diese Bedeutung zeigen die Texte und auch die Tradition so gut als immer, nur an einzelnen Stellen der Gâthâs scheint wirklich die Bedeutung König zulässig zu sein cf. Yç. XXXI, 22. — *Aotô* = [Pahlavi] (סרת) nach durchgängiger Tradition hier und Yç. IX, 17. Die Leseart *aokhta*, die früher Burnouf (Etudes p. 151) wegen skr. *ukh* vorgezogen hat, ist nach dem Zeugnisse der besten Handschriften bestimmt zu verwerfen. Woher *aota* kommt ist schwer zu sagen, vielleicht gar von der Wurzel *vâ* selbst, zu der es ganz in demselben Verhältnisse stehen würde wie *aokhta* zu *vac*. Wenn auch die Etymologie nicht ganz sicher ist, so kann doch über die Bedeutung kein Zweifel bestehen. Zweifelhaft bleibt nur, ob *aota*, welches Yt. 13, 89 vorkommt, hieher zu ziehen sei. *Garemô* nehme ich als Adj. und ergänze dazu nochmals *vâtô*. *Akhtis* übersetzt die Huzvâresch-Übersetzung durch [Pahlavi] (איויכש) oder kürzer durch [Pahlavi] (איוכש), womit man mein Huzv. Glossar s. v. איוכש vergleichen kann. Sie erklärt es eben so constant durch [Pahlavi] (ושתכש), worin ich neup. گشتگی sehe. Was das Wort *akhti* selbst betrifft, so habe ich es von skr. *añc*, *flectere*, ableiten zu müssen geglaubt. Übersetzt habe ich das Wort mit Auflösung, Windischmann mit Fäulniss, Westergaard (ind. Studien III, 405) mit Krankheit. Letzteres ist auch die Ansicht Aspendiârjis, der das Wort mit *bîmârî* (بیماری) übersetzt. Deçtûr Dârâb سرسوده was „*usé*, *vieux*" bedeuten soll. Die Interlinearversionen sind ganz unbrauchbar, sie geben [Pahlavi] mit کینه Rache (was schon mit Rücksicht auf Vd. V, 85 nicht passt) [Pahlavi], die eine ganz

unverständlich: وان شاده, die andere in Cod. C. بی کشتی رفتن: das Gehen ohne *Kosti*. Mit Rücksicht auf das armenische ախտ (*akht*) *morbus* scheint Westergaards Deutung am meisten zu empfehlen; allein die bereits angeführte Stelle V, 85 scheint mir nicht dafür zu sprechen, und ich bleibe darum bei meiner früheren Übersetzung, die sich an die Windischmann'sche genau anschliesst.

Nach §. 16 gibt Westergaard in einem eigenen Paragraphen (§. 6) die einzelnen Textesstellen, welche ich in die Huzvâresch-Übersetzung gestellt habe, weil ich sie blos für Citate in der Glosse halte. Windischmann, der Westergaards Text folgt, hat sie übersetzt. Ich kann auch jetzt nicht von meiner früheren Ansicht abgehen, die ich anderswo (cf. Einleitung in die traditionellen Schriften der Parsen II, p. 66. 82 fg.) ausführlicher dargelegt habe, und ich berufe mich auf die Windischmann'sche Übersetzung selbst als einen Beweis, dass es unmöglich ist, diese unzusammenhängenden, nicht zusammen gehörigen Sätze zu einem Ganzen zu verbinden.

17. *Zaya* habe ich mit „Siegeswaffen" übersetzt, mit Anschluss an Huzv. [Pehlevi] (זינן). Parsi زین (*zîn*), was mit *çastra* wiedergegeben wird, cf. auch armenisch զէն (*zén*) *arme*. Windischmann allgemeiner: „Werkzeuge". Auch Aspendiârji übersetzt *hathîâr*, Waffe. Die Interlinearversionen haben زایشی was „Geburt" heissen müsste und nichts ist.

18. *Çufra* habe ich mit „Lanze" übersetzt und das Wort vermittelst des Suffixes *ra* von einer Wurzel *çuf*, *çup* abgeleitet, die im neup. سفتن, durchbohren, enthalten sein muss. Huzvâresch-Übersetzung [Pehlevi] (סוראך אומנד) mit Löchern versehen, was viel zu allgemein ist. Die Interlinearversion eben so, mit dem sinnlosen Beisatze اسم ده است, es ist der Name eines Dorfes. Deçtûr Dârâb *sourk*, was nach Anquetil *poignard* bedeuten soll. Aspendiârji scheint einen Ring (*am̃gôṭhî*) darunter zu verstehen. Westergaard hat das Wort zuerst mit „Pflug" übersetzt und diese Übersetzung scheint mir auch die angemessenste, da das neup. سولی sich daran anschliesst und wohl dasselbe Wort ist. *Astra* wird von der Huzvâresch-Übersetzung mit [Pehlevi] (אשתר) gegeben, die neuere Tradition versteht darunter durchgängig einen Dolch (خنجر). Ich schliesse mich jetzt dieser Tradition an, mag auch *astra* in der Vedas einen Stachel zum Antreiben des Viehes bedeuten, so ist damit doch nicht

gesagt, dass es im Avesta dieselbe Bedeutung haben muss. *Zaranyô-paêçîm* aus Gold gebildet. *Paêçô* = [Pahlavi] (פסית), Pârsi: *pêçît* = *svanirmita* bei Neriosengh, ist bereits von Rosen mit skr. *peçaḥ* gr. ποίκιλος verglichen worden.

19. Die schwierigen Worte, welche diesen Paragraphen bilden, habe ich früher schon einmal zu besprechen Gelegenheit gehabt. Die Hauptverschiedenheit der Übersetzungen wird durch die Auffassung der beiden letzten Wörter *berethê khshathrayâo* hervorgerufen. In meiner Übersetzung habe ich *berethê* von der Wurzel *bere*, tragen, abgeleitet, cf. auch Vd. III, 89. Man kann es aber auch von *bere*, schneiden, ahleiten (cf. zu Vd. XVII, 4) und dies wäre dann: im Schneiden. Das scheint die Ansicht der Huzvâresch-Übersetzung, die folgendermassen lautet: [Pahlavi] (מנן נם בות ברינן חותאיש איעש זק חותאיש איתונן ניוך סנן זק אסזאר תובאנן בות כנת) d. h. „Dschem war schneidendes Königthum habend, d. h. er konnte dieses Königthum durch diese Waffe so gut machen". Im Huzvâresch und Pârsi wird der Ausdruck [Pahlavi], *brîn*, in der Bedeutung „entscheidend" gebraucht, im Neup. heisst برین *altus*, *sublimis*. Ich glaube desswegen jetzt, dass die beste Übersetzung wäre: Yima ist in unumschränkter Herrschaft. Andere fassen es anders. Um zuerst der traditionellen Übersetzungen zu gedenken, so machen sich die Interlinearversionen die Sache leicht und übersetzen: جمشید بود برین خدائی صاحب. Dschamschêd war Herr der erhabensten Herrschaft. Deçtûr Dârâb „Dschamschêd trug hoch die Herrschaft". Aspendiârji: „Dschamschêd war ein Nehmer der Herrschaft". — Dagegen Westergaard: „*Yima* ist im Tragen des Weibes", indem er *khshathra*, Frau, herbeizieht. Windischmann: „*Yima* ist im Geschick des Königthums". *Khshathrayâo* muss der Gen. eines — sonst freilich nicht mehr vorkommenden — Fem. *khshathra* sein.

20. Die nunmehr folgende Stelle §§. 20—41 habe ich schon früher ausführlich commentirt (über einige eingeschobene Stellen des Vendîdâd p. 7 fg.) und auch später noch gegen die traditionelle Ansicht, der sich auch Westergaard und neuerdings Windischmann anschliesst, meine damalige Ansicht zu halten gesucht. Die Frage scheint mir sehr schwierig und ich kann zu keiner sicheren Entscheidung kommen, so oft ich die Stelle auch betrachte. Das Allgemeine über

die ganze Stelle erörtern wir am besten gleich hier. Die Frage hat eine doppelte Seite, eine kritische und eine exegetische. Was die erstere betrifft, so handelt es sich darum, ob man die Lesart der Handschriften mit Übersetzung oder der Vendîdâd-sâdes annehmen soll. Die erstere ist die kürzere, sie lautet so, wie man sie in meiner Ausgabe des Vendîdâd findet. Die Fassung der Huzvâresch-Übersetzung ist die kürzere; dies allein wäre jedoch kein Grund, um ihren Text für den ursprünglicheren zu erklären; denn, da der Hauptzweck dieser Übersetzung ist, den Text zu erläutern, so zieht sie öfter bereits übersetzte Texte blos kurz aus oder kürzt sie ab, blos weil ihr eine Wiederholung des bereits Übersetzten unzweckmässig scheint. Unter diese Fälle dürfen wir jedoch den vorliegenden nicht rechnen, denn hier erscheint nicht ein schon dagewesener Text abgekürzt; es würde somit das widersinnige Verfahren beobachtet sein, dass man einen Text abkürzte, der den Lesern noch nicht bekannt sein konnte. Ein solches Verfahren lässt sich sonst bei den Übersetzern nicht nachweisen, und ich glaube daher, dass der Text wirklich den Übersetzern so vorgelegen hat, wie er nach den zu ihnen gehörenden Handschriften erwartet werden muss. Die Recension der VS. ist länger. — Die exegetische Frage dreht sich hauptsächlich um die Übersetzung des Wortes *zema*. Je nachdem man dieses Wort mit „Erde" oder mit „Winter, Jahr" übersetzt, erhält die ganze Stelle eine wesentlich verschiedene Bedeutung. Übersetzt man *zema* mit „Land", so ist der Sinn, dass Yima immer mehr Landstriche unter seine Herrschaft bekommt, die zuletzt nicht mehr zureichten, so dass sich derselbe genöthigt sah, die Erde bedeutend zu erweitern. Was sich für diese Ansicht sagen lässt, hat seiner Zeit schon Windischmann gesagt (Münchner gel. Anzeigen Sept. 1855, p. 32). Die Steigerung 3, 6, 9, 6, 12, 18, ist echt zarathustrisch. Cf. Vd. II, 87, 88. IX, 135—144. Es scheint mir auch immer noch, wenn wir unser Capitel an und für sich, ohne Rücksicht auf andere Urkunden, betrachten, dass diese Fassung die natürlichere sei. Yima vergrössert die Erde fortwährend, so lange das Glück der Erde dauert; sobald die Übel des Agrô-mainyus in die Welt eindringen, zieht er sich zurück und macht den Vara. Ganz anders stellt sich die Sache, wenn wir *zema* mit Jahr übersetzen. Der Sinn ist dann folgender. Yima regiert dreihundert Jahre — da ist die Erde voll, er erweitert sie um ein Drittel; er regiert 600 Jahre — sie ist wieder gefüllt, er erweitert sie um zwei Drittel; er regiert 900 Jahre, er ist gezwungen sie wieder zu erweitern, um drei Drittel. Da kommen dann die Übel des Winters herbei. Wir erhielten somit die Notiz, dass Yima 900 Jahre im Glück regiert habe. Dies ist die Ansicht der Tradition, Westergaard's, Windischmann's und man kann sie wohl ziemlich als die jetzt allgemein gültige bezeichnen. Sie scheint mit dem, was sonst noch im Avesta von Yima gesagt ist, gut zu stimmen. Nach Yt. 9, 10 regiert Yima 1000 Jahre; diese erhalten wir, wenn man zu obigen 900 Jahren noch 100 Jahre hinzurechnet, die Jahre der Sünde und der Verborgenheit, die Yima nach späteren Sagen noch bis zu seinem Tode durchlebte. Auch dies scheint das Avesta zu bestätigen. Nach Yt. 19, 34 fängt das Unglück des Yima an, als er lügnerische Rede zu lieben anfing, der Königsglanz entweicht darauf von ihm. Ebenso wird auch Yt. 19, 46 Çpityura erwähnt, der den Yima zerschnitt oder zersägte, mithin scheint auch der von Neueren schon erwähnte Zug, dass Yima seinen Tod durch Zersägen gefunden habe, dem Avesta schon bekannt gewesen zu sein.

Obwohl ich nun das Gewicht aller dieser Gründe und namentlich die Beistimmung der Tradition in ihrer ganzen Bedeutung anerkenne, so kann ich mich doch immer noch nicht entschliessen, derselben beizutreten und ich glaube, dass wenn an irgend einer Stelle, es hier erlaubt ist von der Tradition abzuweichen. Nach meinem Dafürhalten hat man hier zwei geschiedene, früher neben einander bestehende Ansichten verschmelzen wollen. Über die sprachlichen Bedenken, welche der Übersetzung des Wortes *zema* durch „Jahr" entgegenstehen, werden wir sogleich weiter sprechen, sobald wir das Allgemeine besprochen haben. Die Geschichte *Yimas*, wie sie in vorliegendem Stücke gegeben ist, scheint mir mit der Mythe, wie sie gewöhnlich erzählt wird, unvereinbar, denn die Errichtung des Vara stimmt nicht dazu. Entweder: nachdem *Yima* 900 Jahre regiert hat, wird er übermüthig und lügenhaft, dann fällt er und konnte den Vara nicht stiften; oder: er stiftete den Vara und zieht sich mit den besten Menschen dahin zurück; dann stirbt er nicht, sondern lebt unsterblich fort. Ich halte nun diese Ansicht für die ältere und glaube, dass ursprünglich Yima als erster Mensch und König regierte (vielleicht auch 1000 Jahre wie Yt. 9 erzählt), dann aber nicht sündigte, sondern in ein glückliches Land entrückt wurde. Zu der gewöhnlichen Erzählung passen übrigens die 1000 Jahre nicht;

Yima kann nach der neueren Chronologie nicht länger als 716 Jahre 6 Monate regieren, wie Windischmann (Zor. Studien p. 152) gründlich dargethan hat, der auch anerkennt, dass hier andere Sagen mit der von Yima verschmolzen worden sind.

Nach diesen Vorbemerkungen wenden wir uns nun zur Erklärung unseres Textes. *Yimâi* gehört zu *heñjaçeñti*, *khshathrâi*: zum Reiche, ist Dat. *commodi*. Der Schwerpunkt liegt in den Wörtern *zema heñjaçeñti*, das letztere, aus *jaç+hem*, heisst gewiss wörtlich zusammenkommen, so wird es auch gefasst Vd. XIX, 89 und besonders Yç. XXX, 4. Die Huzvâresch-Übersetzung erläutert es aber hier: „zu Ende gehen" und es lässt sich nicht läugnen, dass auch diese Bedeutung möglich und selbst wahrscheinlich ist, mit Hinblick auf neup. هنگام Zeit, انجام Ende, denn beide Wörter scheinen mit *gam + hem* zusammen zu hängen. Was nun *zema* betrifft, so zieht Westergaard *zima* vor; es ist gewiss, dass die meisten und besten Handschriften *zema* geben. Die Frage scheint mir nicht erheblich, denn selbst in dem Falle, dass das Wort Winter bedeutete, lässt sich *zema* an dieser und an andern Stellen als aus *zyama* entstanden, vertheidigen. Die Huzvâresch-Übersetzung gibt *zema* durch ךס (זם) und dieses Wort soll, wie aus der Glosse klar wird, nach ihrer Ansicht Jahr bedeuten. In dieser Bedeutung kenne ich das Wort sonst nicht mehr, ausser an einer Stelle des *Bahman-yasht*, die spät und offenbar nach der unserigen zugeschnitten ist. Ausserdem findet sich ךס (זם) Vd. VII, 127. XIII, 56; an der ersten Stelle könnte man das Wort zur Noth als Winter fassen, obwohl ich auch dort Erde verstehe, an der zweiten Stelle kann keinenfalls vom Winter die Rede sein. Wie mit ךס verhält es sich nun auch mit dem Textworte *zema*. An keiner Stelle kommt *zema*, Winter, im Plural vor, ebensowenig an irgend einer Stelle in der übertragenen Bedeutung Jahr, dafür wählt das Avesta immer *aiwigâma* (Vd. II, 134. Yt. 9, 10 u. s. f.); unsere Stelle steht in dieser Beziehung ganz allein, der Plur. *zema* von *zâo*, Erde, findet sich dagegen öfter. Cf. Yç. I, 45. und bes. Yç. X, 9. Die Interlinearversion gibt für זם sinnlos ورم, ich. Anquetil hat in der handschriftlichen Übersetzung ursprünglich die Bedeutung *année* für *zema*: *ce fut le* 300ᵉ *année de regne que Djem vint près de moi etc.*, er hat es aber theilweise ausgestrichen und *faute* beigesetzt. In der gedruckten Übersetzung hat er *(portion de) terre*.

21. *Îm*, vom Pronominalstamme *î* scheint eine Nebenform von *aêm* oder vielleicht das Femininum dazu. *Perenê* = پور (פור), neup. پر voll, *ê* ist Nebenform des Fem. auf *a*, das Adj. *perenê*, *plenus* wird hier mit dem Genitiv verbunden. Die späteren Sprachen sagen پور (פורמן) oder پراز. Für *paçu*, das wohl Vieh im Allgemeinen ist, hat die Huzvâresch-Übersetzung (פאאה) aus *paçu* durch Auflösung des *ç* in *h* entstanden, ganz ähnlich wie πῶϋ im Griech. Die Interlinearübersetzungen haben das Wort missverstanden, und übersetzen es mit پایان, Füsse. Aspendiârji richtig = گوسفندان, ebenso übersetzt er *çtaoranaňm* (Huzvâresch-Übersetzung : סתוראנן das neup. ستور) richtig mit „grosse Thiere", während es Deçtûr Dârâb und die Interlinearversionen mit گوسفندان erklären. *Çukhra*: Huzvâresch (סוחר) ist, wie ich schon vor längerer Zeit dargethan habe, das neup. سرخ, roth.

22. *Hîm* habe ich früher reflexiv fassen wollen und auf *paçvaçca* etc. zurückbezogen, was ich auch jetzt noch nicht für unmöglich halte. Was die Huzvâresch-Übersetzung mit (מאם דנמן אים) will, weiss ich nicht; die neueren Übersetzungen, mit Ausnahme Aspendiârjis, haben das Wort ganz missverstanden und pârsi *khîm*, Charakter, darin sehen wollen. Aspendiârji übersetzt aber: „auf dieser Erde" und ich möchte ihm jetzt insofern folgen, als ich vorschlage *viňd* mit zwei Acc. zu construiren: sie fanden sie (die Erde) nicht als die Orte. *Gâtrô* Acc pl. von *gâtu* = (גאס) neup. گاه. Im Altpersischen lautet das Wort *gâthu*, was auf die modernen Formen *gâç* und *gâh* hinüber leitet. Gegen die Form *venden* habe ich nun keine Bedenken mehr, es ist *e* wie ich schon bei Gelegenheit des Wortes *heňdu* (Vd. I, 73) bemerkte, die Corripirung des *i* vor Doppelconsonanten. Das Wort heisst finden und erlangen, es findet sich auch im Huzvâresch und Pârsi; in letzterer Sprache kommt die Form *vaňdâṭ* regelmässig vor, ich glaube gleichwohl, dass *vendâṭ* zu lesen sei.

23. *Paiti-vaêdhaêm*, ich benachrichtigte, von *paiti-vid* im Caussativum. Eben so *âvid*, *nivid* mit geringen Nuancen in der Bedeutung. Ganz sonderbar ist die Auffassung dieses Satzes in den Übersetzungen. Die Huzvâresch-Übersetzung (ארינשאאן און נם מאם פתדהית), darauf machten jene dem Yima

offenbar, fast als ob die Übersetzer *paiti vaêdhayen* gelesen hätten, was in keiner Handschrift steht. So fasst auch Aspendiârji die Sache, dass die Wesen der Welt den Yima wegen Überfüllung der Erde um Hülfe angerufen hätten. Aspendiârji liest *yahmâi* für *yimâi*, was in keiner meiner Handschriften steht.

29. *Heñgata*, das ich früher von *sañj* ableiten wollte, nehme ich nun bestimmt als Participialperfectum von *gam* + *hem*. So auch die Huzvâresch-Übersetzung (און הם מת). Dieses Tempus, welches der érânischen Sprache eigen ist, wird uns noch öfter begegnen. Auffällig bleibt freilich *heñ* statt des gewöhnlichen *haňm*, cf. jedoch *heñgéurvayaňn*.

31. *Raocâo â* fasse ich noch, wie früher, zu den Lichtern, indem ich *raocâo* von *â* als Acc. pl. abhängen lasse. Alle Übersetzungen geben es mit (סנן רושנש): im Lichte, so dass also Yima leuchtend wäre. So entsprechend diese Deutung sonst auch wäre, so kann ich mich doch aus grammatischen Gründen nicht damit einverstanden erklären. *Upa rapithwinem* habe ich übersetzt: gegen Mittag, Westergaard und Windischmann: zur Mittagszeit. Die Worte lassen beide Deutungen zu, die von mir angenommene ist die der Parsenübersetzung. Die Glossen der letzteren ziehen daraus sogar den Schluss, dass jeder, der sein beabsichtigtes Werk wohl gelingen lassen wolle, erst drei Schritte gegen Mittag gehen und dann *Yathâ ahû vairyô* hersagen müsse. In diese Glosse gehören auch wieder einige zusammenhangslose Sätze, welche, wenn man sie in den Text setzt, den Zusammenhang unterbrechen. Über meine Auffassung dieser Glosse verweise ich auf meine Einleitung in die trad. Schr. II, 83. *Hû*, zusammengezogen aus *hvare*, kommt öfter vor. Cf. Burnouf Nót. et Ecl. p. LXV. not. *Hû paiti adhwanem* = (סנן זך חורשית ראס) ist ganz richtig übersetzt; erst die Neueren, wie Deçtûr Dârâb und Aspendiârji haben die Worte missverstanden, während die Interlinearversion noch das Richtige hat. Diese genannten Übersetzer nehmen *hû* = خوب, gut, *paiti adhwanem* = بالا اگر دید daher Anquetils: *il le trouva beau.*

32. Das einzige Wort, welches einer Erklärung bedarf, ist *aiwishvaṭ*. Huzvâresch-Übersetzung , was man mit ספת oder سفت umschreiben kann. Dies habe ich früher gethan, damit sind auch die Interlinearversionen und Deçtûr Dârâb einverstanden;

letzterer umschreibt 𐬬𐬀 mit *soft* und übersetzt برید: er schnitt. Allein Aspendiârji übersetzt *aiwishvaṭ* mit „er presste“ und diese Fassung scheint sich an die Lesart 𐬬𐬀 in einem Kopenhagener Codex anzuschliessen. Ein Verbum 𐬬𐬀 (דפתנן) kenne ich zwar nicht, doch steht im Neup. دفته oder دفتین, Kamm, und die Bedeutung „kämmen“ wäre nicht unpassend. Früher glaubte ich, dass die Form *aiwishvaṭ* nur von der Wurzel *shu*, gehen, herkommen könne. Ich glaube jetzt, dass man auch an *hu* denken und *aiwis-hvaṭ* trennen kann. Windischmann übersetzt das Wort mit „er grub“. *Çuwrya* ist mir mit Hinblick auf den Acc. *çufraṅm* im Vd. II, 17 unerklärlich, ich würde gerne mit Lassen und Westergaard *çuwraya* lesen, wenn diese Lesart irgendwo in den Handschriften zu finden wäre.

33. Die Handschriften schwanken zwischen *ava* und *avi*; erstere Lesart hat Lassen und ich selbst, die letztere Westergaard vorgezogen. Ich glaube, dass *avi* vielleicht gar nicht oder doch nur höchst selten vor dem Verbum steht, die Präfixpartikel ist *aiwi*. Man könnte allerdings *avi* auch zu *dim* ziehen, ich nehme *ava-çifaṭ* als ein zusammengesetztes Verbum. *Çifaṭ* von *çif* hängt ganz offenbar mit neup. سفتن, durchbohren, zusammen, so übersetzt es auch die Huzvâresch-Übersetzung 𐬬𐬀 (i. e. סופת, nicht שופת, wie ich früher fälschlich glaubte); die Ableitung von skr. *xip*, griech. ξίφος ist durch die Verschiedenheit des Anlautes verboten. Die Interlinearversion hat رخنه کرد, er schlug Wunde, Aspendiârji: er peinigte, die Glosse sagt richtig: er zertheilte die Erde.

34. Statt *uiti aojanô* zeigen andere Handschriften *uityaojanô* als ein Wort; beide Lesarten sind nicht falsch, die erstere trennt die ursprünglichen Bestandtheile, die zweite zeigt uns die beiden Wörter als Phrase in eines verwachsen. *Fritha* fasst die Huzvâresch-Übersetzung 𐬬𐬀 (דושארמיהא) mit Liebe. Nach dieser Deutung muss *fritha* ein adverbialer Instrumentalis sein, da aber *fritha*, lieb, sonst Adj. ist (cf. *frithôtara* Yt. 22, 14), so ist es auch nicht unmöglich das Wort als Voc. zu fassen und zu übersetzen: Geliebte *Çpenta-ârmaiti*. Diese Gottheit, der Genius der Erde, heisst eigentlich: heilige Weisheit, *âr*+*maiti* von *âra*, *ara* vollkommen. Cf. meine ausführlichen Erörterungen in der Zeitschr. der D. M. G.

35. Ich halte meine frühere Erklärung dieses Paragraphen noch immer fest, wenn es mir auch wenig zweifelhaft mehr erscheint, was die Huzvâresch-Übersetzung sagen will. Über *Fraca shava* = ... (פנאך סאתנן) komme hervor, kann kein Zweifel sein, *shava* ist Imperat. von *shu* i. e. شدن, gehen. *Vîca nemag̃ha* wird übersetzt ..., die Interlinearversionen: هر قدر هست unverständlich; soll wohl heissen: diese Wörter hätten denselben Sinn wie die vorhergehenden. Die Glosse erklärt die Worte ... mit ... (איע ויש בנא דאסינגאש), d. h. halte sie (die Geschöpfe) mehr. die Glosse von ... lässt eine doppelte Punktation zu: ... (איע דשת בנא דהוננאש) sei ihnen Ebene oder ... (איע ישת בנא דהוננאש) sei ihnen gepriesen. Fasst man *nemag̃ha*, wie ich thue, als Instr. von *nemô*, so muss man zu *vî* nochmals *shava* ergänzen. Fasst man *nemag̃ha* als Verbum, so muss es Imperat. *med.* von *nem*, sich neigen, dehnen, sein. So Rückert und Windischmann: dehne dich aus cf. z. B. Yç. LVI, 7, 9, 10 und sonst. Deçtûr Dârâb und Aspendiârji haben *vaca nemag̃ha* vorgezogen: mit Gebetesworten.

36. *Berethri*, Voc. Trägerin, Mutter, ein im Avesta sehr gewöhnliches Wort, so heisst auch die Erde mit Recht *yâ nâo baraiti* (Yç. XXXVIII, 2.) Westergaard und nach ihm Windischmann ziehen statt *berethri* die Lesart *berethrê* vor, welche ungefähr ebenso beglaubigt ist. Diese muss dann als Locativ eines mir sonst unbekannten *berethra* stehen. Dies scheint die Ansicht der Huzvâresch-Übersetzung zu sein, die dafür ... (ברשנן ראי) des Tragens wegen, gibt.

37 — 39. Hier folgt nun die Vergrösserung der Erde, welche nach der anderen Ansicht allmählich erfolgt, auf einmal. Nach der andern Ansicht hatte sich die Erde zu drei verschiedenen Malen gefüllt, nachdem 300, 600, 900 Jahre von Yimas Regierung vergangen waren; nach der unserigen wurden erst die verschiedenen vorhandenen Landstriche in Besitz genommen und dann erst trat die Vergrösserung ein. *Vîshâvayaṭ*, das Causs. von *shu*, auseinandergehen machen, so auch richtig die Huzvâresch-Übersetzung ... (בנא סאתנגינית). *Aêva thrishva* ist der Instrumentalis. Cf. *thribyô thrishvaêibyô*. *Aç*, er war. Cf. Burnouf Yaçna p. 434.

40. *Tem* = ... (כאם אנן) in der Huzvâresch-Übersetzung. Ich ergänze, wie früher, *thrishûm* zu *tem*. *Fracareñti* habe ich

vorgezogen, es passt zu dem praes. hist. *vîñdenti* in §. 30. Westergaard liest *fracarenta*. Windischmann übersetzt „ihm gingen hervor“, bezieht also *tem* auf *yima*, eine Möglichkeit, die ich früher auch schon angedeutet habe. *Ithra* übersetzt die Huzvâresch-Übersetzung mit [illegible] (תמכן) wie *avathra*, es heisst hier: an diesem Orte, geht auf das Nähere, *avathra* auf das Entferntere.

41. Über *hvaňm* habe ich schon gesprochen, Einleitung II, 72. Man kann *hvaňm* entweder auf *paçvaçca çtaorâca* beziehen, wie dies ich gethan habe in Übereinstimmung mit der gewöhnlichen Fassung in der Huzvâresch-Übersetzung, der sich, soviel ich sehe, auch Aspendiârji anschliesst. Nach einer Glosse der Huzvâresch-Übersetzung kann man aber *hvaňm* auch auf Yima beziehen: nach seinem Wunsch, dies ist die Ansicht Bopp's und Windischmann's. Dasselbe gilt natürlich auch von dem nachfolgenden *hê*. *Ustîm* und *istîm* sind beides zulässige Lesarten, die erstere ist die der VS. und scheint mir die vorzüglichere, doch zeigt auch *isti* denselben Sinn. *Zaosha*, Wille, Wunsch, von *zush*, woraus in den westérânischen Dialekten *dus* werden musste (cf. *dausta* دوست) daher entspricht im Huzvâresch [illegible] (דוששנן). Über die Glosse zu diesem Paragraphen verweise ich auf meine Einleitung II, 83. Die in meiner Textausgabe fehlenden Stellen sind nach meiner Ansicht auf die a. a. O. angegebene Weise in die Glosse einzuschalten.

42. *Hañjamana* (cf. Yç. XI, 10. XIII, 21) ist deutlich genug انجمن, Versammlung, wie es auch allgemein übersetzt wird. *Frabereta* oder *frabareta* (Westergaard *frabarata* mit einem Cod.) kann man auf doppelte Weise erklären. Entweder ist es die 3. ps. sg. imperf. med. oder es ist das Participialperfectum. *Bere* ist gewöhnlich Activ, das Medium drückte also aus: er brachte für sich hervor. *Frabereta* als Participialperfectum wäre sehr wohl am Platze, es hiesse dann: er brachte hervor die Versammlung, d. h. er bewirkte, dass Versammlungen stattfanden. *Mainyaoibyô*, zusammengezogen aus *mainyavaêibyô*. *Çrûtô* berühmt = [illegible] (נאמיך) in den Übersetzungen. Die Übersetzer [illegible] (מאם אוו דנמן זכי נאמיך איראנויג) scheint allerdings die Auffassung Windischmann's zu bestätigen, dass *çrutô-airyênê* als Compositum zusammen gehöre. Neriosengh, Aspendiârji und überhaupt die Neueren fassen die Stelle wie wir. Die Deutung Aspendiârjis, dass *rañuhyâo dâityayâo*

„an der guten Dâitya“ heisse, weil die Versammlungen dort stattgefunden hätten, ist unhaltbar, wie Yç. IX, 44 zeigt, wo eine solche Deutung unmöglich ist. Für *vaêjahê*, welches die gewöhnlichere Lesart ist, corrigirt Westergaard immer *vaêjahi*, damit der Casus besser zu *airyênê* passt. Allein die Übereinstimmung der Apposition im Casus mit dem Worte, zu dem sie gehört, ist nicht immer ganz genau, und es lässt sich, wie ich denke, der Gen. auch vertheidigen. Leider finden sich nur die Formen *vaêjô* und *vaêjahê* oder *vaêjahi*, keine entscheidende Formen für die Declination des Wortes.

44. Die Worte *â taṭ hañjamanem paiti jaçaṭ* erklärt die Huzvâresch-Übersetzung [illegible] (איע סנן דמאנן כנת בנא מת) d. h. zur festgesetzten Zeit kam er. Es scheint, dass die Parsen die Stelle so verstanden, dass bestimmte Verträge und Verkehr zwischen den himmlischen Wesen und den Menschen bestand.

47. Die schwierigen Worte kann ich auch jetzt nicht anders fassen als ich früher gethan habe, und Windischmann in seiner Übersetzung stimmt mir im Wesentlichen bei. Ich nehme *aghem* als Subject, es ist das Neutrum des Adj. *agha*, böse, substantivisch gebraucht: das Böse. Als Collectivum kann es mit dem Verbum im Plural verbunden werden, daher *jağheñtu*. Auch über dieses Wort kann ich nur wiederholen was ich früher gesagt habe. *Jağheñtu* stammt entweder von einer Wurzel *juğh*, die mit skr. *jas*, verletzen, und mit neup. جهم. جستن springen, identisch sein müsste. Diese Annahme passt gut zur Tradition, welche für *jağheñtu* [illegible] (דאמתננית) setzt, zudem wird das neuere جستن bei den Parsen öfters für das Entstehen und Eintreten von Sünde und Übeln gebraucht. Oder: *jağheñtu* ist imper. fut. von *jam*, kommen, der Sinn würde derselbe sein, ein imper. fut. ist sonst nicht mehr belegbar, möglich ist es, dass *jağheñtu* ein alter Schreibfehler statt *jağhenti* wäre. Es würde dann drittens auch nicht unmöglich sein, *jağheñtu* als imper. fut. von *jan*, schlagen, aufzufassen, doch widerspricht dies der Tradition. *Zemô* gen. sg. von *zyâo* müsste von *aghem* abhängen. Windischmann übersetzt „auf die bekörperte Welt werden sie die böse Kälte schlagen.“ Aber ich nehme erstens daran Anstoss, dass das Subj. zu *jağheñtu* weder im Vorhergehenden noch im Nachfolgenden genannt ist, zweitens müsste man ein sonst nicht vorkommendes neutrales Thema *zemağh*, Winterskälte, aufstellen. Ganz abweichend Westergaard (cf. Ind. St. III, 436. 437): über die mit Körper begabte Welt sollen die Lande Noth leiden, er nimmt also *zemô* als Nom. pl. von *zâo* und als *subj.* zu *jaghentu*, *aghem* dagegen als Object. Was ich ausser der weiten Entfernung von der Tradition gegen diese Fassung einzuwenden habe, ist: dass *avi*, das sonst immer die Richtung auf einen Ort ausdrückt, hier mit hindurch oder über zu geben wäre, vgl. jedoch *avi haptô karshvairîm zaṅm* Vd. XIX, 43.

48. *Yahmaṭ haca*, weswegen; Windischmann: woher; beide Erklärungen sind grammatisch zulässig. *Çtakhra* von einer Wurzel *çtak*, *çtac*, welche im neup. استخر (Name einer Festung) سترگ dann in ستم (= *çtahm*, welche Form noch im Pârsi besteht) erhalten ist. Auch گستاخ (= einem ungebr. *viçtakhra*) scheint hieher zu gehören. Huzvâresch-Übersetzung [Huzvâresch] (סתאמכש), Aspendiârji *jalami* was = ظلم, Deçtûr Dârâb = ظلم. Windischmann steif, Westergaard streng. — *Mrûrô* = ماندە in den Interlinearversionen und bei Deçtûr Dârâb, *moṭi* (gross) bei Aspendiârji, in der Huzvâresch-Übersetzung [Huzvâresch] (מותך), was Yç. XI, 19 als Übersetzung von *mûraka* wieder erscheint, und für die (gleichfalls vorkommende) Leseart *murô* sprechen könnte. Ich halte indess *mru* für eine Nebenform von *mere* sterben, wie *mru* sprechen eine Nebenform von *mere*, recitiren ist, *mrûro* heisst daher wohl: tödtlich, verderblich. Windischmann: hart, Westergaard: erstarrend. Meine Ansicht scheint auch die Glosse zu bestätigen, welche [Huzvâresch] (מותך ומסתאמכן) erklärt: [Huzvâresch] (איש מנדום תסאה נהנננד) er macht die Dinge verderben. *Zyâo* geradezu mit Frost zu übersetzen, wie Windischmann thut, trage ich Bedenken.

50. *Paurvô* übersetzt die Huzvâresch-Übersetzung mit [Huzvâresch] (כבד) viel. Die Handschriften schwanken über dieses Wort ausserordentlich, ich habe immer, wenn es diese Bedeutung hat, *paurva* geschrieben und sehe darin eine Weiterbildung von *paru*, viel. Einen bestimmten Beweis dafür habe ich freilich nicht, an mancher Stelle, wie hier, ist sogar die Lesart *paurva* schwach beglaubigt. Westergaard liest *paravô* mit den Vendîdâd-sâdes, was ich nicht erklären kann. *Çnaodhô* mit [Huzvâresch] (wohl סנשנן zu lesen) übersetzt, womit weiterhin auch *çnaêzhâṭ* und ebenso auch *içi*, Eis übersetzt ist. Ich bleibe bei meiner früheren Vermuthung, dass *çnaodhô* von einer Wurzel

çnu, *çnudh* abzuleiten sei, welche mit skr. *snu*, *fluere*, *stillare* identisch ist, *paurvô-çnaodhô* wäre ein Compositum und *vafra* instrum.; an Schnee. Dieses Wort *vafra* ist im Huzvâresch וסר (וסר), im Pârsi *vafr*, im Neup. برف, aber in kurdischen Dialekten steht dafür auch *bifar*. Die Übersetzung ... (כנשון) = *çnaêzhût* ist durchaus nicht falsch, es ist das Adj. verbale: es muss schneien. Aspendiârji hat fälschlich *çnaodhô* für Schnee, *vafrô* für Hagel genommen. Die Interlinearversionen haben *çnaodhô* gar mit سوزش Brennen, wieder gegeben.

51. Die Dative *gairibyô*, *baúshnubyô* schliessen sich an das Vorhergehende an: es schneit für die höchsten Berge, d. i. auf den höchsten Bergen. *Barezista*, Superl. von *berezaţ*. *Baúshnu*, Breite, so glaube ich wenigstens übersetzen zu dürfen, Huzvâresch ... (באש) ist schwerlich mehr als Umschreibung. Deçtûr Dârâb umschreibt ... mit *beisch* und übersetzt es mit *dard* (Leiden). Aspendiârji: viel. Ich leite das Wort auf die öfter vorkommende Wurzel *baúz* zurück (cf. Vd. XIII, 24), wovon *baúzô* kommt, was Länge bedeutet, cf. skr. *bahu*. Mag man nun übersetzen: auf den Breiten oder: auf den Längen der Höhen, immer werden damit die auf den Gipfeln der Berge sich hinziehenden Flächen gemeint sein. Am schwierigsten ist *areduyâo*, was der gen. sg. eines Fem. zu sein scheint. Ich habe das Wort mit *eredhwa*, hoch, in Verbindung gesetzt und weiss auch jetzt noch nichts Besseres. Was die Huzvâresch-Übersetzung ... heissen soll, weiss ich nicht, vielleicht viele Finger oder Arme hoch, wenigstens wird *frârâthni* mit dem dunklen ... übersetzt (cf. Vd. VII, 87). So auch Aspendiârji: viele Hände hoch. Mir scheint die traditionelle Deutung unzulässig, ich möchte in *baúshnubyô areduyâo* eine Parallele zu *barezistaêibyô gairibyô* haben. Windischmann's Übersetzung: „in den Tiefen der Ardvi" vermag ich nicht beizutreten, obwohl sich die Deutung von *areduyâo* formell empfehlen würde, so sehe ich doch sachlich gar keine Möglichkeit, sie hier unterzubringen, auch steht wohl *Ardvî* allein nicht für *ardvî çûra*.

52. *Thrizhaţca*: und von drei Plätzen. So die Huzvâresch-Übersetzung, der sich auch Windischmann anschliesst, und ich gestehe, ich wüsste nichts Besseres vorzuschlagen. Ich möchte, nach Rückert's Vorschlage, *thrizhaţ* mit Formen wie *bizhvaţ*,

thrizhvaț zusammenstellen und darin ein Adverbium, keinesfalls einen Ablativ sehen, bei welchem *haca* nicht fehlen dürfte. *Gêus* ist Nom. sg. statt *gâus*, die Diphthongen *âu* und *êu* können wechseln, ebenso wie *ao* und *êu*. *Apajaçâț*, die Lesart der VS. ist stärker befehlend, *apajaçaț* die Lesart der Vend. mit Übersetzungen mehr wünschend. Im Anschlusse an diese Lesart übersetzt die Huzvâresch-Übersetzung (בנא דאמתננית), nicht (בנא דאמתננאת).

53. *Thwayańçtema* oder *thwyańçtema* (beide Lesarten sind beglaubigt und möglich), von der Huzvâresch-Übersetzung richtig mit (בימכינתר), sehr fürchterlich. *Thwayańçtema* ist Superl. von *thwayańç* oder *thwyańç* von der Wurzel *thwi*, δείδω, verwandt mit *thwish* (wovon *thwaêsha*) und wohl auch mit *țbis* und *bi*, sowie mit skr. *dvish*.

54. *Bareshnu*, Gipfel, aus der Wurzel *berez* gebildet, wie oben *bańshnu* aus der Wurzel *bańz*. Man erwartete *bareshnushva* (cf. Yç. X, 53), allein das abgekürzte *bareshnus* steht hier in allen Handschriften und muss anerkannt werden. Solche flexionslose Formen kommen im Vendîdâd öfter vor.

55. Die Wurzel *jaf*, von welcher *jańfnu* abstammen muss, ist verwandt mit der in den indogermanischen Sprachen weit verzweigten Wurzel *gaf*, *gamf* und diese bedeutet, wie Kuhn (Zeitschr. für vergl. Sprachf. I, 153 fg.) überzeugend nachgewiesen hat, gähnen. *Jańfnu* ist zunächst Mund, dann Schlund, Tiefe. Neriosengh (Yç. X, 53) *agâdha*. *Raonańm* immer im gen. plur. vorkommend = (רוסתאן) Neriosengh (l. c.) *toyâçaya*. Ich habe das Wort stets mit Thal wiedergegeben, das Thema ist wohl *ravan* und ist eine Seitenableitung derselben Wurzel, von welcher *ravô*, Weite, herkommt. Die Huzvâresch-Glosse versucht es, die drei Orte ausfindig zu machen, von denen hier die Rede ist; den in §. 53 bezeichneten fasst sie = (ספאהאנן) i. e. *Ispâhân*, den in §. 54 = (אפרסאנן) einen uns unbekannten Ort, die Interlinearversionen sagen einfach: اسم شهر, es sei der Name einer Stadt, Aspendiârji versteht fälschlich wieder Ispâhân darunter. Der dritte Ort wird (איראסתאנן) genannt, was die Interlinearübersetzungen ziemlich richtig mit umschreiben, aber unzweifelhaft falsch mit خراسان übersetzen. Ihnen folgt übrigens auch Aspendiârji.

56. „Zu den sicheren Wohnungen", Locativ auf die Frage wohin. Dass man die Stelle so fassen solle, ist entschieden die Ansicht der Huzvâresch-Übersetzung, mithin auch der Neueren, welche unter den sicheren Wohnungen den Vara verstehen. *Pakhruma* ist ἅπαξ λεγ., es wird in der Huzvâresch-Übersetzung mit ﻛﻴﻨ (כנות) von der Interlinearversion mit ﻛﺮﺩ übersetzt. Aspendiârji umschreibt blos *kand*. Das Wort muss auf die Wurzel *pac* oder skr. *pañc* zurückgeführt werden. Windischmann übersetzt den Paragraphen ganz abweichend: an den traurigsten Wohnungen. Er muss also die Worte als Apposition zum Vorhergehenden auffassen. Ich wage nicht, mich so weit von der Tradition zu entfernen; auch sehe ich nicht ein, warum gerade der letzte der drei Orte eine solche Apposition haben sollte, die übrigen aber nicht. Mit welchen etymologischen Gründen Windischmann seine Auffassung des Wortes *pakhruma* als „traurig" stützen konnte, ist mir nicht bekannt.

57. Wie ich schon früher (zur Interpr. des Vendîdâd p. 25) bemerkt habe, ist in meiner Übersetzung *aêtaǵhâo* fälschlich zu *zemô* gezogen, *zyâo* ist aber Masc. Es gehört zu *daǵhus* oder *daǵhêus*, denn beide Lesarten sind hier beglaubigt; letztere Leseart ist die leichtere; doch lässt sich auch *daǵhus* halten, da es öfter vorkommt, dass nur an einem der zusammen gehörenden Wörter der Casus bezeichnet wird, während das andere flexionslos bleibt. Der Satz heisst also wie Windischmann auch übersetzt hat: Vor dem Winter war dieses Landes Weideertrag. *Beretô-vâçtrem* ist zu verbinden.

58. Mit Recht sind gegen meine Erklärung dieses Paragraphen vielfache Einwendungen gemacht worden. Allein derselbe ist eben sehr schwierig und ich zweifle, ob auch jetzt das Richtige gefunden sei. Es ist erstlich klar, dass ein Parallelismus zwischen *paourva* und *paçca* stattfindet. Es fragt sich nun, ob man diese Wörter räumlich auffassen soll: vorne und hinten, wie ich gethan, oder zeitlich: zuerst — nachher. Die Huzvâresch-Übersetzung ﻟﻮﻳﻦ (רוינן) und ﺍﺣﺮ (אחר) entscheidet nichts. Nach meiner Auffassung würde der Satz aus zwei coordinirten Sätzen zusammengesetzt sein, wörtlich: Vorne (sind) die Wasser zum Fliessen, hinten (ist) Aufthauung des Schnees. Diese Übersetzung fällt durch *vîtakhti*, das kaum Nominativ sein kann. Schwierig ist vor Allem *vazaidhyâi*; es findet sich nur noch einmal Yt. 15, 28. Die Formen auf *dhyâi* finden sich im

gewöhnlichen Dialekte nicht häufig, auch in den Gâthâ's sind sie nicht ganz klar. Man ist gewohnt sie als Infinitive zu fassen, einfach weil das vedische Sanskrit solche Infinitivformen kennt. Wenn wir auch die Verwandtschaft der Formen zugeben, so folgt doch darum noch nicht, dass sie im Altbaktrischen in derselben Weise gebraucht werden mussten. Die Infinitivbedeutung passt an den wenigsten Stellen; am wahrscheinlichsten ist es mir noch, dass es adj. verb. sind, den späteren auf — *esn* entsprechend. Ich glaube jetzt, dass der Satz mit dem folgenden Paragraphen zu verbinden ist und möchte übersetzen: „Auf ihn (den Winter) muss man zuerst Wasser fliessen lassen — nach der Aufthauung des Schnees" u. s. w. Nicht ganz ohne Beachtung darf man es lassen, dass statt *vîtakhti* sich auch die Lesart *vîtakhtô* findet; wenn man diese nimmt, kann man *paçca* adverbial auffassen, *vîtakhtô* würde der Loc. von *vîtakhti* sein. Also: nachher, bei Aufthauung des Schnees, doch lässt sich *vîtakhti* instr. auch beibehalten cf. Vd. V, 160. Noch müssen wir hier die verschiedenen Ansichten über diesen Paragraphen erwähnen. Die Huzvâresch-Übersetzung (רוינן מן מיא בנא תנ̄שנש אחר מנן בנא תאנ̄שנש וספר) d. i. „vor dem Wasser fliessen, nach dem Zerfliessen des Schnees", dazu die Glosse (רוינן ואחר): vorher und nachher. Die neueren Übersetzungen sind ähnlich, mir aber dunkel. Rückert: „damals, wenn die Wasser im Vorwärtsfliessen, nach der Aufthauung des Schnees". Windischmann, „den wird das vollfluthende Wasser nach dem Schmelzen des Schnees .... zerstören".

59. *Abda* habe ich mit der Huzvâresch-Übersetzung, die hat, für Wolke genommen, zusammengesetzt aus *âp*, Wasser und *dhâ*, setzen. Mit Recht ist die Richtigkeit dieser Fassung bezweifelt worden. Das Richtige scheint mir Windischmann gefunden zu haben, wenn er *abda* mit Unwegsamkeit übersetzt. Es ist gebildet wie *frabda*, aus *a* priv. und *bda* = *padha*. Man kann das Wort entweder als Singular, als weibliches Abstractum auffassen oder als neutr. plur., wozu gleichfalls das Verbum im Sing. stehen kann. Letzteres scheint mir das Wahrscheinlichere. Die Übersetzungen sind gar nicht zu brauchen. Die Interlinearversionen geben (אפאנ̄) mit اواج i. e. = neup. باز, Aspendiârji *âbâdî*, Anbau, er fasst die ganze Stelle anders als ich, cf. aber die Bemerkungen zum folgenden Paragraphen.

Çadhayât von einer Wurzel *çad* ist ein äusserst schwieriges Wort. Cf. Vd. III, 110, IX, 187, XVIII, 45. Yt. 10, 71, 22, 7. Die Huzvâresch-Übersetzung erklärt es durchweg mit [illegible] (מיםנננתן), allein die Bedeutungen dieses Wortes sind selbst nicht recht sicher (cf. mein Huzvâresch-Glossar). Aspendiârji „verlangen". Interlinear-Übersetzungen: درکرد خواهش. Deçtûr Dârâb einfach شد. Ich halte die beiden Bedeutungen „gehen" (von bösen Wesen zumeist) und „scheinen" für unabweisbar. Es wird das Wort wohl an skr. *çad* anzuschliessen sein. Windischmann daher: „zerstören" — *Ağhê* und *ağuhê* sind beide beglaubigt, ersteres in den älteren Handschriften. *Ağuhê* ist wohl die ältere, *ağhê* die jüngere Form; keiner von beiden wird man die Existenz absprechen dürfen.

60. *Yaț vaênditi* beziehe ich auf *abda*, wobei freilich die Länge des *a* in *vaênâiti* auffallend bleibt. Meine Auffassung von §§. 59, 60 ist daher die, dass Schnee und Regen Gegenden unwegsam und öde machen werden, welche nun (zur Zeit da Ahura-Mazda mit Yima spricht) die Fussstapfen (*padha* = neup. پی) der Thiere sehen, d. h. wo noch Thiere weiden. Ganz anders freilich Aspendiârji, der darin eine Aufforderung an Yima sieht, einen fruchtbaren Ort herzustellen, damit die Thiere in demselben wohnen können. Noch anders Windischmann: das Wasser und die Unwegsamkeit werden in der bekörperten Welt den Weideertrag zerstören, so dass der Fuss der kleinen Thiere sichtbar werden wird (nach der Leseart *vaênditê*). Die Schwierigkeiten der Stelle liegen zu Tage und werden die Verschiedenheit der Auffassung entschuldigen. Noch bemerke ich, dass man *paçêus anumayêhê* entweder als ἀσυνδετὰ fassen kann, als Bezeichnung von Gross- und Kleinvieh (*paçus* wird an andern Stellen von *anumaya* abgeschieden) oder *anumayêhê* als Apposition zu *paçêus*, dann wäre blos das kleinere Vieh hier verstanden. Über *anumaya* cf. zu Vd. IV, 136.

61. *Vara* von *vere*, umgeben, bedeutet einen von allen Seiten umschlossenen Ort; ich habe schon auf die ähnliche Etymologie des hebr. גן, Garten, aufmerksam gemacht. *Caretu* = [illegible] (אספראס) in allen Übersetzungen ganz richtig. Es ist Pferdeweg, ἱππόδρομος. d. h. soweit ein Pferd täglich laufen muss, um gesund zu bleiben, ein im Alterthume beliebtes Mass (cf. mein Huzvâresch-Glossar s. v. אספראס). Das Wort kommt von *car*, laufen und ist gebildet

wie *peretu* etc., *Drâjô*, Länge, cf. neup. دراز. *Cathrushanaṅm* von *cathrusha*, einer Nebenform von *cathrushva*, wenn nicht etwa *cathrushanaṅm* geradezu statt *cathrushvanaṅm* steht.

62. *Hathra* = skr. *satra* fasse ich hier wie Vd. V, 56 demonstrativ, dort, im skr. *tatra*. Hier steht für *hathra* immer (סנן הכנרנן), was sonst *hakaṭ* ausdrückt und mit „zugleich" zu übersetzen wäre, eine Übersetzung, die auch zu vertheidigen ist. Aspendiârji يك بارگی. *Taokhma* neutr. im Altp. *taumâ*, neup. تخم. pârsi *thûm*, Same, Nachkommenschaft. Auch in den Vedas ist *toka* gebräuchlich.

63. *Aiwi khshôithnê* wird von der Huzvâresch-Übersetzung wohl ganz richtig mit (מאם מאנשנש ראי) gegeben. Es ist von der Wurzel *khshi* = *shi*, wohnen, gebildet, mit dem Suffix *thna* (cf. *skyaothna*), die VS. lesen *aiwi khshôithni* (cf. auch unten Vd. II, 99). Das nämliche ist wohl *shôithna* Vd. III, 81.

64. Das letzte Wort des Satzes gibt zu verschiedenen Auffassungen Veranlassung, je nachdem man es *gâvyanaṅm* oder *gâvayanem* liest. Erstere Lesearten wählen hier und §. 100 die Handschriften mit Übersetzung, letztere, an beiden Stellen die VS. *Gâvayana*, findet sich noch Vd. XIV, 60 und bildet eine gute Parallele zu *aiwi khshôithnê* im vorhergehenden Paragraphen. Ich lese gleichwohl *gâvyanaṅm*, wie auch Olshausen und Lassen thun, weil ich von den Handschriften mit Übersetzung um so weniger abweichen will, als auch die Huzvâresch-Übersetzung zeigt, dass sie die Leseart *gâvyanaṅm* vor sich gehabt hat; sie übersetzt nämlich dieses *gâvyanaṅm* mit (נוספנראנן ראי) wegen des Viehes, während sie an der genannten Stelle *gâvayanem* mit (נוסתאנן) gibt, *Gâvya* muss in irgend einer Weise als Adj. zu *gavaṅm* angeschlossen werden. Früher wollte ich *gârya* „mit Milch versehen" übersetzen, vielleicht darf man übersetzen: den Kühen mit ihren Jungen.

65. Das zu *fra* gehörige enklitische *taṭ* steht ohne eine weitere nachweisbare Bedeutung; *hathra frâtaṭ caya* übersetze ich: dort sammle das Wasser. Es ist der Vara, wie man aus der ganzen Beschreibung sieht, als eine fruchtbare Oase mitten in Wüsteneien gedacht und die Fruchtbarkeit ist wesentlich an das Hervorquellen des Wassers gebunden. Windischmann: „dahin lasse das Wasser

fliessen“. Huzvâresch-Übersetzung (אנש פנן הכנרנן מיא פנאנ תגינן) d. i. zu gleicher Zeit lasse das Wasser fliessen. Fast könnte man sich versucht fühlen anzunehmen, der Übersetzer habe *fratâcaya* gelesen. *Hâthra* ist nach Anquetil's Bemerkung (ZAV. II, 464) ein Wegmass, 1000 Schritte mehr als eine Parasange. Huzvâresch-Übersetzung: (האסר), dasselbe. *Adhwanem* habe ich eingeklammert, weil es in der Huzvâresch-Übersetzung nicht steht. Rückert erklärt sich dagegen und findet das Wort nothwendig. Möglich, dass (ראי) statt (ראס) steht, ich habe eine solche nachlässige Schreibung aber bis jetzt nur in neueren Schriften gefunden.

66. Die hier genannten Vögel, welche in früherer Zeit manchen Anstoss erregt hatten, sind, wie ich schon im 2. Bde. der Übersetzung (p. 218) gezeigt habe, vollkommen in der Ordnung, da sich dieselben in dem wasserarmen Erân an den Plätzen, wo sich Wasser findet, in grosser Zahl zu sammeln pflegen. *Ava-çtaya* ist Causativ von *çtâ*, mache stehen, stelle. Die Huzvâresch-Übersetzung hat auch das Caussativum (בנא דכוימננינן) hier und an anderen Stellen, wo das Wort vorkommt.

67. In der Übersetzung dieses Paragraphen befinde ich mich in Übereinstimmung mit der Huzvâresch-Übersetzung. Ich fasse *avi* in seiner gewöhnlichen Bedeutung: hinzu; Yima soll die Vögel hinstellen an den goldfarbenen Ort. Ich lese *miṭ*, wie *C* liest. Die Huzvâresch-Übersetzung übersetzt (המישך) immerwährend. Dasselbe Wort finde ich wieder in *miçvana* (= *miṭ-çvana*) = (המישך סות) immer nützend. Wäre *maṭ* die richtige Leseart, so würde die Huzvâresch-Übersetzung wohl gesetzt haben. *Zairi-gaonem* = (זרינן גון) Goldfarben, wird mit (תרד) i. e. تر, frisch, erklärt. *Ajyamnem* von *jyâ* = *hâ* im Skr. versiegen. Für , wie die Handschriften hier lesen, ist wohl (אנאפוינשנש) zu lesen. *Qairyêitê* kann ich kaum als Subst. „Speise“, sondern als 3. ps. sg. pass. fassen = *yaṭ qairyêitê*, was gegessen wird. Windischmann, der *maṭ* vorzieht: (Bringe Vögel) „mit gelbfarbigem Getreide mit unversieglicher Speise“. In diesem Falle weiss ich *avi* nicht unterzubringen.

69. Die schwierigen Wörter dieses Paragraphen lassen sich nicht alle mit Sicherheit erklären. Ich habe übersetzt: „Stockwerke,

Säulen, Höfe und Umzäunungen“. Windischmann: „Stein und Stufe, Vorwehr und Umzäunung“. Huzvâresch-Übersetzung [illegible] [illegible] (כותך סנדאר), was die Interlinearversionen sinnlos mit کودك سالار geben, = *kata*. Da sie sonst *kata* mit [illegible] (כתך) gibt, so sieht man wenigstens, dass sie es hier anders fassen will als sonst. Aspendiârji lässt hier den Satz aus, unten (Vd. II, 105) fasst er *kata* als Kreis, *fraçkemba* = [illegible] [illegible] (סנאן אשכוף). Interlinearversion فراز شکوه. Deçtûr Dârâh بیش حشمت, alles unbrauchbar. Aspendiârji ist mir unverständlich — *Fravârem* = [illegible]. Interlinearversion پروار. Deçtûr Dârâh ازتن فربه. *Pairivârem* = [illegible] [illegible] (פיראמון פרואר). Interlinearversionen: پرامن پرزور (*sic*). Deçtûr Dârâh: پرورش کننده. Mit allen diesen Erklärungen ist wenig oder nichts anzufangen. *Kata* scheint mir = neup. کده Haus und zwar ein grösseres Haus mit Stockwerken (cf. Vd. V, 36 fg.). *Fraçkemba* wird sich in der Bedeutung wohl nicht weit von *çkemba* (Vd. VIII, 26) entfernt haben. Cf. noch Yt. 5, 101, wo ich es mit Stütze übersetzt habe. Verwandt ist wohl auch *fraçcimbana* (Vd. XVIII, 147), was Steg zu bedeuten scheint. An die Skr. Wurzel *skabh*, *skambh fulcire stabilire*, womit auch unser deutsches Schaft zusammenhängt (cf. Kuhn Zeitschr. I, 139), ist wohl sicher zu denken. *Fravâra* wohl von *vere* umgehen, nehme ich als Hof. Cf. das talmudische פַּרְוָרִין nach Buxtorf: *suburbana, urbes, pagi et loca vicina urbis alicujus.* *Pairivâra* nehme ich = پروار in *Schâhnâme* ein Ort, wo man Geflügel hält cf. Vullers s. v. Möglich auch, dass armenisch պարաւար *parovâr*, Mauer, zu vergleichen wäre. Cf. auch Yt. 13, 71.

72. *Çaredha* = [illegible] (סרדך) ist nicht mit *çaredha*, Jahr, zu verwechseln, es ist = pârsi *çarda*, Art, Species und mit vedisch *çardha* = *samûha* zu vergleichen.

77. Das Wort *qarezista* ist schwer zu erklären. Eine Wurzel *qarez*, von der sich dasselbe am leichtesten ableiten liesse, kommt nicht vor und es bleibt kaum etwas übrig als *q* = *hu* und *arezista*, superl. von *arezô*, Werth, zu nehmen. Huzvâresch-Übersetzung [illegible] (הוארסת), was die Interlinearversionen unsinniger Weise mit این راست geben. Aspendiârji „beim Essen“. Deçtûr Dârâh سخت. Ich habe das Wort mit „süss“ übersetzt, Windischmann mit „köstlich“; einen bestimmten Beweis gibt es natürlich nicht. Als Speisen,

welche das Beiwort *qarezista* verdienen, führt die Glosse [Pehlevi] i. e. خرما, die Dattel, an, unter den wohlriechendsten [Pehlevi] (בית), was sich Bund. 66, 2 ebenso findet und schon den Interlinearversionen nicht mehr bekannt ist, neup. به, بهی Quitte, so auch Aspendiârji, dann [Pehlevi] (ואתרינג), wohl بادرنگ Orange, wie die Interlinearversionen wollen. Aspendiârji: Citronen.

78. Die Handschrift *C* kürzt sonderbarer Weise hier ab; wir müssen also die entsprechende Leseart unten aus §. 114 fg. entnehmen. *Mithwairê* erscheint an beiden Stellen; in Hinblick auf Vd. II, 134 (*mithwana*) könnte man *mithware* als die richtige Leseart vermuthen.

79. Statt meiner Übersetzung: „bis auf die Männer die in dem Umkreise sind" hat Westergaard (Ind. Stud. III, 438) „so lange als Männer in diesem Garten sind" und Windischmann schliesst sich ihm an. *Viçpem â ahmâṭ* seq. *yaṭ* oder *yavaṭ* (cf. Vd. XV, 142) oder mit gen. abs. (Vd. V, 49) und dem Verbum im Conj. heisst allerdings „bis dass". Hier aber, wo, wie Vd. VII, 144, der Indicativ folgt, scheint die Bedeutung „so lange als" vorzuziehen. Huzvâresch-Übersetzung [Pehlevi] (נד אמת), was Beides heissen kann. Interlinear-Übersetzungen ازان همه. Deçtûr Dârâb ازان تمام. Billigt man diese Übersetzung, so muss man hier eine Hinweisung auf die bei den späteren Parsen gewöhnliche Ansicht sehen, nach welcher die Bewohner des Vara nicht in demselben bleiben, sondern zur Zeit der Auferstehung in die leer gewordene Welt zurückkehren und sie bevölkern (cf. Pârsigr. p. 171).

80. Die dunklen Worte *frakavô* und *apakavô* habe ich mit „Zank und Verdruss" übersetzt und mich über die Etymologie in der Note zu d. S. erklärt. Die Wurzel *ku*, *vociferari* kommt freilich meines Wissens im Altbaktrischen nicht vor. Westergaard übersetzt ähnlich: „üble Nachrede und Tadel", ebenso Windischmann. Alle diese Fassungen sind nun freilich nicht der Tradition gemäss, die Huzvâresch-Übersetzung übersetzt *frakavô* mit [Pehlevi] (פנאנ̈ כוסך) und *apakavô* mit [Pehlevi] (ראואר כוסך), die Interlinearversionen ebenso wörtlich فراز کوه und دورکوه. Deçtûr Dârâb پیش کوه und باز کوه. Aspendiârji „Höcker vorne und Höcker hinten". Ich gestehe, dass die letztere Erklärung sehr ansprechend ist, aber sie lässt sich nicht gut in die Worte bringen; *karô* kann nicht von derselben Wurzel

herkommen wie کوف i. e. altbaktrisch *kaofa*. Diese und die folgenden Worte finden sich wieder Yt. 5, 92, ohne dass aus jener Stelle etwas für die Bedeutung hervorginge.

81. *Apâvayô* habe ich nur ungefähr dem Zusammenhange nach mit „Abneigung" übersetzt. Windischmann „Verletzung", Huzvâresch-Übersetzung کوط (זמיך), was ich nicht verstehe, für زفر Mund kann ich es nicht halten. Aspendiârji *bobaro (bobado)*, ein Stammler. *Haredhis* übersetze ich mit „Feindschaft" von skr. *sridh*. Windischmann scheint zu fehlen. Huzvâresch-Übersetzung unverständlich: ارو (ארך). Die Glosse erklärt: „sie halten keinen Deçtûr". Aspendiârji: „ein schlecht Redender". Deçtûr Dârâb scheint ارو fälschlich für arah. خلاق gehalten zu haben.

82. Dass *driwis*, Bettel, Armuth heisse, ist nicht zweifelhaft. Huzvâresch-Übersetzung دریپو (דריפך) umschreibt blos, die Interlinearversionen lesen das Wort merkwürdig genug سرور, Aspendiârji und Deçtûr Dârâh: „niedrig, arm". *Daêwis* Betrug = پریپتار (פריפתאר), von Windischmann richtig von *diw*, betrügen, abgeleitet. Die Lesart *daiwis*, die auf *daw* zurückzuführen wäre, gibt denselben Sinn. Diese Ableitungen sind meiner früheren (von *daêva*) vorzuziehen.

83. *Kaçris* übersetze ich mit Armuth, Windischmann: Kleinheit. Das Wort kommt von *kaçu*, کس, klein; die von Windischmann angenommene Bedeutung ist darum gewiss richtig als Grundbedeutung. Es fragt sich nur, ob das Wort nicht in übertragener Bedeutung „Armuth" heissen könne, dies scheint mir Vd. XVIII, 81 zu beweisen. Aspendiârji scheint *kaçris* als „Neid" zu fassen. *Vîzbâris* in der Huzvâresch-Übersetzung = [illegible] (ראשכנך), wofür ich [illegible] (רא שכנגך) vermuthe, so dass *vîzbâris* Qual wäre. Ich habe übersetzt „Krankheit". Westergaard „Tücke". Windischmann „Verkrümmung". Ich habe das Wort auf skr. *jvar* zurückleiten wollen, die beiden letzteren Übersetzer auf skr. *hvar*; letzteres ist wohl vorzuziehen, da *zbar* auch sonst im Altbaktrischen vorkommt cf. Yt. 15, 50. 19, 42. Aspendiârji fasst *vîzbâris* als Unmännlichkeit, Interlinearversionen: رنجیده. Die Bedeutung Krankheit, Qual lässt sich, wie ich glaube, auch aus der Wurzel *zbar* ableiten.

84. *Vimitô* soll nach der Huzvâresch-Übersetzung [illegible] (סחת) i. e. شکسته heissen, es muss das part. pass. von *mâ*, messen, sein,

also ungemessen, nicht das rechte Mass habend. *Dañtânô* = [illegible] (ככא) wohl kaum Zahn überhaupt, sondern mehr Zahn eines Raubthieres. Das armänische כַּכָּא ist *dens molaris*. Die Huzvâresch-Übersetzung versteht den Ausdruck figürlich [illegible] (כנן אפסוס נדהננית), wer Spott treibt, daneben kennt sie auch eine andere Ansicht: [illegible] (ככאש סותך דכוימננית) der, dessen Zähne faul sind. Letzterer Erklärung schliesst sich auch Aspendiârji an.

85. *Paêçô* scheint hier als masc. gebraucht, ebenso Yt. 5, 92. *Vitaretô-tanus* wörtlich: den Körper überschritten habend. Windischmann: Gestalt mit Körperverzerrung. Die einheimischen Übersetzer verstehen den Aussatz darunter. Es wäre also eine Krankheit, welche die Annäherung unmöglich macht.

87. *Perethwô* ist hier schwierig; Huzvâresch-Übersetzung [illegible] (ותרג) i. e. *vatarg* im Pârsi und dieses Wort heisst stets Brücke, wie auch *peretu* im Altbaktrischen nirgends etwas anderes heisst. Interlinearversionen unverständig: بزرگ gross, aus Missverständniss des Wortes [illegible]. Deçtûr Dârâb برگزیده پل, auserwählte Brücken. Aspendiârji: *mohola*, Palast. Windischmann: Strasse. Ich bleibe bei meiner früheren Erklärung, für welche allein der Sinn der Texteswort spricht. Die Glosse erklärt [illegible] mit [illegible] (כנרך) i. e. خندق Canal. Ich glaube allerdings, dass mit diesen Brücken, Furthen oder Schleusen die in Persien so häufigen und nothwendigen Anstalten zur Bewässerung der Felder in Beziehung gedacht wurden.

88. Während im vorigen Paragraphen richtig *fratemem* stand, finden wir hier den Nom. *madhemô*. Es ist dies eines der im Avesta nicht selten vorkommenden Beispiele, dass es genügt den Casus an einem Worte zu bezeichnen, während die übrigen ohne solche Bezeichnung bleiben.

91. Ich sehe auch jetzt keine andere Möglichkeit, um einen Sinn in diesen schwierigen Satz zu bringen, als ein Verbum zu ergänzen. Die Imperative *bara* und *kerenava*, welche öfters vorausgegangen sind, werden sich am leichtesten suppliren lassen. Die Huzvâresch-Übersetzung ergänzt [illegible] (נרבננתנן), fasst es also ähnlich wie ich; *tê vareſshra* übersetzt sie [illegible] (נרמנשאנן ורמאנשנאנן ראי): wegen derer, die in den Varas wohnen. Vielleicht ist ein Fehler im Texte, er müsste aber jedenfalls älter sein als die Huzvâresch-Übersetzung.

92. Auch zu diesem Satze muss ein Verbum hinzu ergänzt werden. Das nur hier vorkommende *marezudvara* (nach anderer Lesart *marezadvara*) habe ich mit „hohe Thür" übersetzt, die Übersetzung von *mareza* ist rein conjectural, die von *dvara* findet im altpersischen *d'uvarâ*, neupersisch در einen Stützpunct. Windischmann hat blos „Thür". Ich möchte das Wort *marezudvarem* jetzt mit „Mauer" übersetzen und habe dazu folgende Gründe: 1. Ist dies die Ansicht der Huzvâresch-Übersetzung, Aspendiârji's und Deçtûr Dârâb's, auch klingt ⟨Pahlavi⟩ (דיואר), das neup. دیوار, etwas an *dvara* an. 2. Scheint mir dem Vara eine Mauer weit nöthiger als eine Thüre. *Antare-naêmât* innerhalb, d. i. nach innen.

93. *Tê* habe ich mit der Huzvâresch-Übersetzung für den Acc. plur. gehalten und ich glaube mit Recht. Ich weiss gar wohl, dass dieser Acc. sonst gewöhnlich *tâo* oder *taún* heisst, aber wie neben *avâo* auch *avê*, so glaube ich auch hier diese Nebenform annehmen zu können. Auch passt *tê* besser zu folgendem *yâ*, als wenn man *tê* als enclitische Form von *tûm* nimmt, wie Windischmann thut, indem er übersetzt: wie soll ich dir einen Vara machen? *yâ mê*, welche mir, wörtlich: was mir.

95. *Pâshnâbya* oder *pâshnâibya* ist die falsche Lesart der Handschriften an dieser Stelle, die man unbedenklich corrigiren darf, da *pâshna* sonst kein Femininum ist. Der Fehler ist meines Erachtens dadurch entstanden, dass man Huzvâresch ⟨Pahlavi⟩, welches im ursprünglichen Texte gestanden haben mag, mit *â* oder *âi* umschrieb, nicht mit *aêi*, wie man sollte. *Pâshna* ist übrigens ganz deutlich = neup. پاشنه, skr. *pârshni*. *Aghâo* schreiben die meisten Handschriften, einige *aghaô*, was Westergaard vorgezogen hat. Es ist die letztere Form gewiss auch die ursprüngliche; wenn man *aghâo* schreibt, muss man annehmen, dass sich das früher vorhandene *y* gänzlich aus dem Bewusstsein der Sprache verloren habe. *Viçpara* übersetzt die Huzvâresch-Übersetzung ⟨Pahlavi⟩ (אוספר). Interlinearversion خوبتر به سپرد. Deçtûr Dârâb blos نیکتر (hat also gerade die Hauptsache weggelassen). Aspendiârji = *sagat* (foot. mark). Es ist deutlich = neup. سپردن, *pede terere*. *Vikhadha* in ἅπ. λεγ. wird von der Huzvâresch-Übersetzung mit ⟨Pahlavi⟩ (אפאיסת) übersetzt. Interlinearversion. آواست. Deçtûr Dârâb لائق, was auf dasselbe hinaus kommt, beides unpassend und von der Huzvâresch-

Übersetzung gewiss nicht beabsichtigt; da das Wort ein paralleler Begriff zu *viçpara* sein muss, so habe ich es mit „schlage" übersetzt. Windischmann „zerreisse". Aspendiârji *çamdr*, d. i. schmücke.

96. *Mańnayen ahê*, eine im Avesta sehr gebräuchliche Phrase, welche die Huzvâresch-Übersetzung etwas frei, aber dem Sinne nach richtig mit [Pahlavi] (הומאנאך נרמן) „ähnlich wie" übersetzt. Wörtlich wäre: man setze es gleich dem. *Khshôisti-zemê* habe ich als wie im Acc. plur. stehendes comp. gefasst. Landstriebe der Bewohnung, d. i. bewohnte Landstriebe. Da *zema* als plur. öfter wie die Wörter auf *a* declinirt wird, so wäre denn auch der Acc. plur. auf *ê* zuzugehen. *Khshôisti* habe ich auf *khshi*, wohnen, zurückgeleitet; zur Erklärung des *s* müsste man freilich eine Wurzelerweiterung annehmen, wie man sie im griech. κτίζω findet, für welche *khshôithna* (cf. oben Vd. II, 63) einigen Anhalt bieten könnte. Ich glaube jedoch, dass Westergaard besser gethan hat die Leseart *khshûiçtê* vorzuziehen, obwohl er sie selbst als zweifelhaft bezeichnet. Wir werden damit auf das Gebiet einer ganz anderen Wurzel geführt, auf die Wurzel *khshu*, *khshud*, mit welcher *khshvi* (cf. Vd. XIII, 79) *khshudra*, Same u. s. w. verwandt sind und zu welcher wohl das neup. شُسن gehört. Es scheint mir darum auch ganz passend, wenn Windischmann „weiche Erde" übersetzt. Die Huzvâresch-Übersetzung ist selbst dunkel, sie übersetzt *khshôisti* oder *khshûiçtê* mit [Pahlavi] (vielleicht שויאר zu lesen), welches ich sonst nicht weiter kenne. Es würde sich, wenn man den Text verbessern wollte, ebenso leicht in [Pahlavi] (שוסר *khshudra*) als in [Pahlavi] (שויסר = *shôithra*) umwandeln lassen. Deçtûr Dârâb nach Anquetil = *sourk*, was mir auch unverständlich ist. Die Interlinearversion سوراخ unpassend. Aspendiârji: Wasser, vielleicht in der Hauptsache richtig. *Mashyâka*, Menschen, wird öfter und namentlich im Vendîdâd mit dem Verbum im sg. construirt. Cf. Vd. VII, 142. XVII, 2, 8.

97. Hier haben die VS. einen Zusatz, welcher blos besagt, dass Yima das gethan habe, was ihm Ahura-Mazda nach den vorhergehenden Paragraphen aufgetragen hatte. Die Handschriften mit Übersetzung lassen denselben aus, ebenso die Huzvâresch-Übersetzung; er kann auch meines Erachtens fehlen, ohne irgend wie der Deutlichkeit Eintrag zu thun. Man kann freilich sagen, die Handschriften mit Übersetzung hätten die Stelle desswegen ausgelassen, weil sie nicht fast

dasselbe unmittelbar nach einander wiederholen wollten. Warum geben sie aber denn die ganze ausgedehnte Stelle §§. 97—128, welche lediglich Wiederholung ist, in ihrer ganzen Ausdehnung?

130. Die Abweichung, welche wir in diesem Paragraphen in der Huzvâresch-Übersetzung von dem Texte des Avesta treffen, scheint mir äusserst wichtig, weit wichtiger als ich früher glaubte. In meiner Übersetzung der Stelle habe ich die im Texte eingeklammerten Worte auch in Klammern beigefügt; ich nahm an, der Text besage auch in der kürzeren Fassung dasselbe wie in der längeren und die letztere sei nur etwas deutlicher. Dies scheint mir jetzt nicht mehr, weil ich nicht mehr glaube, dass man *cayô* geradezu so auffassen dürfe wie *kaya*, sondern dass *ci*, wie es sonst auch steht, indefinit ist cf. oben Vd. II, 86. Yt. 6, 3, so dass also *cayô* hiesse: von welcher Art, wie auch die Huzvâresch-Übersetzung [Pahlavi] (מן כמן). Es würde also zu übersetzen sein: Von welcher Art sind die in dem Varas, welche Yima machte? Wenn aber im folgenden Paragraphen darauf geantwortet wird: Selbstgeschaffene Lichter etc., so heisst das nicht, dass solche Lichter daselbst leuchten, sondern dass die Bewohner des Vara selbst solche Lichter sind. Dies mag später nicht mehr deutlich gewesen sein, und man interpretirte die Stelle in der Art, wie sie jetzt in den Handschriften vorliegt.

131. Die Anschauung, dass die in den Varas wohnenden Menschen selbst als Lichter dienen, kann nicht im mindesten auffallen, da ja auch die Fravashis von den Parsen als die Sterne gedeutet werden. Die Bewohner des Vara sind aber gewiss guter, mithin lichter Natur und können darum sehr wohl dazu dienen, die Welt zu erleuchten. Dass ich *qadhâta* nicht mehr als „selbstgeschaffen" fasse, wie Burnouf nach Neriosengh thut und ich früher auch gethan habe, und Windischmann noch thut, sondern viel mehr: „seinem eigenen Gesetze folgend", habe ich schon früher in der Note zu meiner Übersetzung des Avesta II, 218 gesagt. Hier erhalten wir dann einen besseren Sinn für *çtidhâta*, welches nun heissen kann: „das Gesetz der materiellen Welt habend" *Çtis* kommt immer für die materielle Welt vor, Neriosengh übersetzt es gewöhnlich mit *pankti*. Die Worte *qadhâta* = [Pahlavi] (חותאת) und *çtidhâta* = [Pahlavi] (סתידאת) sind theilweise blos umschrieben; wie die Huzvâresch-Übersetzung sie versteht, lernen wir hier nicht; aus der Glosse zu Vd. XIX, 119 sieht man, dass *qadhâta* ein solcher ist, der Alles selbst für

sich macht, also ganz unabhängig ist. Interlinearversionen *qadhâta* = بادشاهی, *çtidhâta* = سخت داد. Deçtûr Dârâb ganz unbrauchbar.

132. Wenn unsere oben zu 130 ausgesprochene Ansicht über den Text, wie er der Huzvâresch-Übersetzung vorgelegen und wie ihn diese gefasst hat, richtig ist, so kann es nicht auffallen, wenn wir hier die ganze in Klammern eingeschlossene Stelle in ihr vollkommen fehlen sehen; sie scheint mir in der That ein späterer Zusatz, um den Unterschied zwischen den Lichtern die *qadhâta* und die *çtidhâta* sind, zu erklären. Der in der Note angegebenen Fassung dieser Worte durch Roth folge ich auch jetzt, auch Windischmann schliesst sich an. Die wirklich echten Worte sind sehr schwierig, um so schwieriger, als die Huzvâresch-Übersetzung von ihrer gewöhnlichen genauen Übertragungsweise abzugehen scheint. Obwohl sie zwei verschiedene Erklärungen angibt, so lässt sich doch in keiner derselben die Fassung jedes einzelnen Wortes genau verfolgen. Der ersten Erklärung bin ich gefolgt. *Irikhtahê* übersetzt die Huzvâresch-Übersetzung mit [Pehlevi] (אינינך), Art und Weise, die Interlinearversion آئنه, wörtlicher wäre „Ausgiessung“, wie Aspendiârji hat. *Hakereț-irikhtahê* muss als adverbialer Ausdruck zusammen gehören: „auf einmalige Ausgiessung“; dem *çadaya* muss in der Huzvâresch-Übersetzung [Pehlevi] (רפתש) entsprechen, daher ich es mit „Gang“ übersetzt habe; es muss wohl ebenfalls adverbial, aber ein Instrumentalis sein. Über die Bedeutung von *çad* haben wir schon oben zu Vd. II, 59 gesprochen. *Vaênaiti* habe ich richtig übersetzt: „sieht man“, besser schreibt man *vaênaitê* passiv cf. Yç. IX, 25. Die Huzvâresch-Übersetzung auffallend [Pehlevi] (מיםמננית), womit sonst *çad* wiedergegeben wird. Vielleicht hat sie *çadaya* mit *vaênaitê* vereinigt, dies ist aber wegen des *ca* unmöglich. Wie ich die Stelle gefasst habe, so übersetzt im Wesentlichen auch Windischmann, nur lässt er die Worte *irikhtahê* und *çadaya* als unklar aus. Die zweite Fassung der Huzvâresch-Übersetzung: von selbst ist ihnen ein einziges Sehen der Sterne etc. weiss ich gar nicht mit dem Texte zu vereinigen. Auch die neueren Übersetzer machen die Sache um nichts klarer.

133. *Mainyeiñti* geben die meisten *Codd.*; ich glaube nicht dass das Medium unumgänglich nöthig ist, obwohl es an mehreren Stellen bestimmt vorkommt.

134. *Aiwi. gâma* oder *aiwigâma* ist das pârsische *ôgâm* und heisst ursprünglich **Winter** cf. Vd. V, 129. IX, 13, dann in weiterer Beziehung **Jahr**. Es ist so ziemlich das neup. هنگام, mit welchem Worte es von derselben Wurzel stammt. Mithwana cf. zu Vd. II, 78.

141. *Aghus*, Herr, Acc. *ahûm*, die Zusammenstellung wie hier findet sich öfter cf. Vsp. II, 5. 7. XIX, 8. Die Glosse der Huzvâresch-Übersetzung versteht es von geistlichen Vorgesetzten: wer ist ihr Deçtûr?

143. Auffällig ist die Schreibung des Namens *Urvatat narô* in der Huzvâresch-Übersetzung (אורואדתתנר). Ich habe nicht zu ändern gewagt, vermuthe aber, dass diese Schreibung ein alter Fehler ist, es sollte entweder (אורואתתנר) oder (אורואדתנר) geschrieben sein. *Urvatat-narô* als der dritte Sohn des Zarathustra ist bekannt.

Dritter Fargard.

2. Das altb. Fragewort *kva* ist der Bedeutung nach ganz mit dem sanskritischen *kva* identisch und bedeutet **wo**. *Paoirîm* kann man entweder als neutralen Accusativ auffassen oder zu *shâistem* ziehen, letzteres ist wahrscheinlicher, cf. unten III, 39 fg., *shâista* superl. von *shâo* gehört zu derselben Wurzel wie das Vd. I, 2 erwähnte *shâiti*. Die Glosse der Huzvâresch-Übersetzung (מן ממן ביש) muss wohl heissen: wegen (oder: in Bezug auf) welches Leiden.

3. *Paiti* muss man hier wie an anderen ähnlichen Stellen entweder adverbial fassen, so dass es distributiv stünde: wo immer, so oft als immer, oder man muss ein Demonstrativ dazu suppliren, das dem vorausgegangenen Relativ entspricht. Letzteres ist die Ansicht der Huzvâresch-Übersetzung, welche für *yat bâ paiti* setzt: (א'יע סנן וך כאם). *Bâ* als Betheurungspartikel = skr. *bât* ist schon von Burnouf erklärt worden (Etudes p. 13. not.); dem wahrscheinlich identischen *bâdha* will die Tradition die Bedeutung „immer" geben. *Frayat* leite ich von der Wurzel *frâ* her.

3. *Gaozaçtô* = *gâuzaçto*, cf. auch Vd. III, 98. Auffallend ist die Übersetzung dieses Ausdruckes. Die Huzvâresch-Übersetzung gibt dafür (נאם ידמן) gegen ihre Gewohnheit punctirt und,

damit man das Wort ja nicht missverstehe, ist es noch mit [illegible] umschrieben. Es soll also heissen: einen Becher (جام) in der Hand haltend. Dem Sinne nach passt dies ganz gut, denn auch Vd. XIX, 30 werden unter den Opfergeräthschaften neben *hâvana* die *tasta* oder Tassen genannt, aber *gâus* in der Bedeutung Becher ist sonst nicht bekannt und Yç. LXI, 4, wo die Stelle wörtlich wieder vorkommt, wird *gaozaçtô* mit [illegible] (בסריא ידמן) Fleisch in der Hand haltend, übersetzt. Letztere Bedeutung scheint vorzuziehen, denn *gâus*, Fleisch, ist ein im Avesta sehr gewöhnliches Wort. Dennoch wage ich die so deutliche Angabe der Huzvâresch-Übersetzung nicht zu verlassen; sie wird doch ihren Grund gehabt haben gerade hier abweichend zu übersetzen. Die andere Angabe ist: [illegible] (אית מנן איתונן דמננגית פתכופת דמננגית). Für das zweite, wie mir wenigstens scheint, ganz sinnlose [illegible] (דמננגית) lese ich [illegible] (דכוימננגית) und übersetze: Manche sagen, er (der Becher) wird berührt. Das Verbum [illegible] (פתכופתנן) kommt in der Bedeutung berühren öfter in Huzvâresch- oder Pârsischriften vor, *Hâvana* = [illegible] (האונן) i. e. هاون hier und sonst.

5. *Âkhstaêdha* ist der Abl. von *âkhsti* i. e. آشتى Friede, und steht statt *âkhstôiț* cf. Gramm. Ich kann den Abl. nur adverbial fassen; wäre wirklich die ablative Bedeutung noch im Bewusstsein des Schreibers gewesen, so hätte er kaum versäumt eine Präp. beizusetzen. Zu *âkhstaêdha* habe ich dann auch dem Instr. *daênaya* hinzu genommen: in Übereinstimmung mit dem Gesetze. So die Huzvâresch-Übersetzung [illegible] (מנן אשתש רותמן ויהאנן דין פנאנ̄ דמננגית), welcher Frieden mit den Guten des Gesetzes verkündet. Vielleicht besser nimmt man *daênaya* zu *framru*: sprechend nach dem Gesetze. Die auffallende Form *framru* findet sich auch Vd. VIII, 49 wieder, sie scheint fast wie ein Gerundium zu stehen. Die Anrufung folgt hier in *or. dir.* Dass hier gerade *Mithra* und *Râma-qâçtra* angerufen werden, liegt entweder darin, dass der erst genannte Gott als oberster Landesherr gilt, oder dass die Anrufung des Morgens während des *Gâh Hâvani* vor sich geht, denn Mithra ist der Schutzgott dieser Tageszeit. Es scheint nicht, als ob die hier erwähnten Anrufungen gerade von Priestern ausgehen sollen. *Râma-qâçtra* ist gewöhnlich in Begleitung des Mithra genannt cf. z. B. Yç. I, 9.

9. Die in diesem Paragraphen aufgeführten Adjective beziehen sich auf das neutr. *umânem* im vorhergehenden Paragraphen. Den Namen *Âthrava* erklärt man gewöhnlich als ein ursprüngliches Adj., mit Feuer begabt und als neutr. eines ähulichen Adjectivs habe ich hier das Wort aufgefasst. Ich weiss nicht, ob ich darin nicht etwas zu schnell war; die Huzvâresch-Übersetzung übersetzt *âthravaṭ* mit [illegible] (אסרונן אומנד) mit Priester versehen, und diese Übersetzung ist auch möglich. Es steht dann *âthravaṭ* statt *âthravavaṭ*, es finden sich öfter auf einander folgende gleiche Silben in dieser Art zusammengezogen. *Gaomavaṭ* = [illegible] (גוספנדאומנד), jedenfalls von *gâus* abzuleiten, könnte jedoch auch fettig bedeuten cf. zu Yç. X, 31. *Hvanthwavaṭ* mit guter Heerde versehen, ist nicht blos auf Heerde von Vieh zu beziehen, es befasst auch das Gefolge und Gesinde in sich cf. zu Vd. II, 4.

10. Die Wörter *Frapithwô-gâus* etc. sind als Comp. Determinativa zu fassen. *Frapithwa* wird von der Huzvâresch-Übersetzung mit [illegible] (פנאג פתשנן) gegeben, wofür an anderen Stellen Neriosengh *samṛiddhi* setzt. Das Wort *frapithwa* kommt von der Wurzel *pi*, füllen (cf. Vd. III, 101) es heisst Fülle. Der Gegensatz ist *taro-pithwa*, Mangel. Cf. noch *payô*, *paêma*, *pivas*. Über *viçpaṅm-hujyâitis* cf. Yç. I, 17. Statt Überfluss an Vieh kann man *frapithwô-gâus* auch übersetzen: Überfluss an Fleisch, so will es die Huzvâresch-Übersetzung, Aspendiârji wie wir.

13. Ich schreibe *kârayêitê*, Lassen und Westergaard *kârayêiti*, beide Lesarten lassen sich halten; die erste Form ist passiv, die zweite activ zu fassen. Die Huzvâresch-Übersetzung gibt es, wie ich glaube, vollkommen richtig mit [illegible] (ורזיתננד), sie bearbeiten, es ist das Praes. von *keresh*, wie auch im Neup. zu كشتن das Präs. كار gehört. Das Machen ist hier vom Bebauen des Feldes κατ' ἐξοχὴν gebraucht. *Fraêsta* superl. n. *frî*, *frâyô* (cf. skr. *prâyaḥ*) = Huzvâresch [illegible] (פריהסת), Pârsi *frêheçt* heisst das meiste. *Ca* nach *Qarethô-bairyanaṅm* ist mit den VS. und Westergaard zu streichen, es gehört als Adjectiv zu *urvaranaṅm* cf. Vd. III, 77.

17. Ich lese *uç zañti*, Olsh. und Lassen *uç zeñti* mit den VS. Ich habe diese Form als 3. ps. pl. von *zan*, gebären, genommen = *uç zananti*, wie unten *nikañti* = *nikanañti*. Dazu stimmt die Huzvâresch-Übersetzung [illegible] (ראדא זראננד) = بالا زانند in der

Interlinearversion. Freilich muss ich zugeben, dass das Verbum gewöhnlich nach Cl. 4 conjugirt wird und die Form *uç zeñti* bis jetzt allein steht. Westergaard, dem Rückert beipflichtet, zieht die Lesart von CE.: *zazenti* vor. Dieses würde dann auf W. *zâ*, loslassen, zurückzuführen sein, mithin sich von der Tradition entfernen.

23. Meine Übertragung der Worte *Arezûrahê grevaya* habe ich schon in der Übersetzung selbst (zu Vd. XIX, 140) berichtigt. Die Huzvâresch-Übersetzung gibt blos eine Umschreibung ارزر طرو (ארזור גריוך), weil es ein Eigenname ist; denn nach Bundehesh (p. 73 der Windischmann'schen Übertragung) ist *arzur grivak* ein Berg am Eingang der Hölle, wo die Déws beständig zusammen laufen. Dazu stimmt auch die Glosse zu unserer Stelle: פנן בבא) פוו ... רוטא דושאו) an der Thüre der Hölle. *Arezûrahê grevaya* ist also eine Localität, die als Eingang der Hölle gedacht wird, die Interlinearversion gibt *arezûrahê grevaya* mit آز ديو غاركننده, der Déw *Âz* der Höhlen machende; durch sie bin ich zu dem Irrthume verleitet worden, als ob hier von einer Person die Rede sei. Deçtûr Dârâb gibt *arezûrahê* zweifelnd mit بلند, gross, *grevaya* mit جاى Ort. Aspendiârji gibt *arezûrahê* mit „tief", *grevaya* mit „Loch". Ich glaube letzteres ist so unrichtig nicht; *grevaya* dürfte mit neup. گريوه, *locus depressus* identisch sein. Die Länge des *ê* spricht nicht gegen diese Erklärung, sie rührt blos vom Accente her. Dass irgend eine bestimmte Localität Erâns darunter gedacht wurde, scheint mir nicht zweifelhaft zu sein. Windischmann (Studien p. 5) denkt an skr. *grîvâ*, Hals, mir nicht wahrscheinlich.

24. Die Redensart *yaṭ ahmya* erinnert ganz an das neup. كه دران; es scheint, dass man sich zur Zeit, als der Vendîdâd geschrieben wurde, schon auf der Übergangsstufe zu jener neuen Sprachweise befand, nach welcher das Relativum nicht mehr declinirt wird. Unser Fall steht namentlich im Vendîdâd nicht vereinzelt cf. bes. Vd. VI, 2, 3. fg. *Ahmya* ist übrigens eine Partikel im Sinne des Locativs ebenso wie *yahmya*, nicht ein Instrumentalis fem. vom Pronominalstamm *a*. — *Heñdvarenti* = ... (נר הם רובארינד), Pârsi دواريدن laufen, stürzen, von bösen Wesen gebraucht. *Geredha* übersetzt die Huzvâresch-Übersetzung mit طسرو (גריסתך), es ist = Pârsi *giriçta*, Höhle. Deçtûr Dârâb gibt das Wort mit جاى, die

Interlinearversion übersetzt es gar nicht, Aspendiârji zu allgemein: Hölle (*dozakh*). Windischmann hat das Wort mit skr. *gṛiha, guhâ* zusammen gestellt. Obwohl nun der Sinn im Allgemeinen nicht dunkel ist, so bleibt doch immer noch eine verschiedene Auffassung möglich. Man kann nämlich *drujô* als Acc. pl. auffassen, abhängig von *heñdvareñti*: wenn die Daêvas von der Höhle aus mit den Drujas zusammen kommen. Oder man kann *drujô* als gen. sg. fassen, von *geredhâț* abhängig; von der Höhle der Drukhs aus, dann müsste Drukhs collectiv gefasst werden. Bei der Flexionslosigkeit der Huzvâreschsprache ist leider nicht mit Sicherheit zu bestimmen, welche dieser beiden Erklärungen die Huzvâresch-Übersetzung annimmt. Die Glosse dieser Übersetzungen zu unserer Stelle ist übrigens nicht beachtenswerth. Zuerst werden wir belehrt, dass, wie der Himmel über der Erde, die Hölle unter ihr belegen sei, dass folglich ihre Thüre auf die Erde herauf führen müsse. Das Zusammenlaufen der Daêvas und Drujas fassen die Einen mehr geistig, als ob die beiden dämonischen Wesen dort ihre Wirksamkeit vereinigten, so dass dadurch Ruchlosigkeit entsteht. Andere urgiren das Geschlecht und verstehen die Stelle von der geschlechtlichen Vermischung der Daêvas mit den Drujas; nach dieser Ansicht sind dann die Drujas hier mit den Pairikas ziemlich identisch.

27. Einer Erläuterung bedarf der Ausdruck *çairi nikañti.* (Olsh. und meine Ausg.) oder wie Westergaard und Lassen schreibt: *çairê nikañti.* Ebenso Vd. VII, 122 *çairi .... zemê nidhâiti* ib 124, 125; *çairi zemê nikañti* Vd. XV, 54; *çairi verezânê.* Die Huzvâresch-Übersetzung hat für *çairi* טינוניש (שכבאננית), womit sie auch *çaitê* übersetzt, für *nikañti* aber ונגו. Allein ich kann diese Übersetzung nicht für genau halten, das Verbum muss in *nikañti* (statt *nikanañti* cf. III, 17) enthalten sein cf. Vd. III, 40, wo *nikañti* dem *uçkañti* entgegen gesetzt ist. Eine Verbalform will nirgends für *çairi* recht passen; auch kann man das Wort, mag man es *çairi* oder *çairê* lesen, nicht gut von *çi*, liegen, ableiten, man müsste das weniger beglaubigte *çaêrê* vorziehen. Ich bin immer noch der Meinung, dass das Wort mit *çâra, çâra*, سر Kopf, zusammenhängt und ein Adv. ist, das ursprünglich „köpflings" hiess, nach und nach aber: n i e d e r, a b w ä r t s. *Iriçta* schreiben die besseren Handschriften und es ist desswegen von Westergaard vorgezogen worden; *irista*, wie

ich gelesen habe, wäre das Regelmässige, denn nach *i* soll sich *ç* in *s* verwandeln; es scheint aber, dass diese Umwandlung nicht in allen Wörtern vorgenommen wurde. Auch das Pârsi hat noch *riçt*, Leichnam. Die Wurzel, von der *iriçta* stammt, ist *irith*. Dass bei den Pârsen das Begraben der Todten für eine grosse Sünde galt, ist schon aus Vd. I, 48 ersichtlich. *Çpânaçca naraçca* habe ich geschrieben nach Vd. VI, 5.

30. *Dakhma* ist ein Wort sehr unbestimmter Herkunft. Im Avestatexte bezeichnet man damit so gut wie in den späteren Pârsenschriften jene eigenthümlichen Gebäude, auf welchen die Parsen ihre Leichen niederlegen. Dagegen heisst das identische دخمه im Neup. Mausoleum, Grabmonument und findet sich so schon von Firdosi gebraucht. Man könnte versucht sein *dakhma* auf die Wurzel *dazh* i. e. skr. *dah*, brennen, zurückzuleiten, so dass *dakhma*, der Brand, der Scheiterhaufen hiesse. Doch lässt sich das Wort auch mit der Wurzel vereinigen, welche Bildungen wie *dakhsta* etc. zu Grunde liegt, *dakhma* wäre dann das Zeichen, das Grabmal, anders Burnouf Etudes p. 13. not. *Uzdaêza* kann ich nur als Apposition zu *dakhma* auffassen, nicht das Ganze als Comp., sonst müsste es *dakhmô-uzdaêza* heissen. *Uzdaêza*, Aufhäufung, von *diz* = skr. *dih* ist schon von Burnouf erklärt (Etudes p. 13. not.), man vergl. noch altp. *didâ*, neup. دز. *Kairyêñte* ist eine von mir zusammengesetzte Leseart. C. liest *kiryêntê*, die VS. *kairyaêiti*; diese beiden Lesungen habe ich in eine einzige zu vereinigen gesucht, ein wohl zu kühnes Unternehmen; ich würde es jetzt auch mit Westergaard bei der Leseart von C. bewenden lassen. *Nidhayêiñti* in den Handschriften habe ich unnöthig in *nidhayêiñtê* geändert, die Endungen des Activs können auch an dem Passiv auf *ya* stehen.

33. Man wird nicht umhin können, die Genitive dieses Satzes als gen. part. aufzufassen, was aber schon an die spätere Art erinnert, den gen. plur. als Bezeichnung des ganzen Plurals zu verwenden.

36. Den Sinn dieses gar nicht leichten Paragraphen hoffe ich im Ganzen richtig getroffen zu haben. Wie hier *varaithim* (*varathim* in meiner Ausgabe ist bloser Druckfehler) *pañtaňm azôiț*, so steht Yt. 10, 38 *varaithim pañtaňm azaiti*. Huzvâresch-Übersetzung [illegible] (ורתנש פנן ראס סאתנגינד) d. h. das Gegentheil

im Wege geben lassen. Ebenso *gaṅm azôiț varataṅm* Vd. V, 119. XVIII, 31. = [illegible] (פנן ורתכש כאתנגינית), er lässt in dem Gegentheile herumgehen. Es hängt *varaithi* mit *veret* wenden, neup. گردیدن zusammen. *Az*, *agerc*, muss an unserer Stelle gehen heissen, während es sonst meist gehen machen, treiben ist. Aspendiârji bestätigt im Allgemeinen meine Erklärung. *Paṅtaṅm* gewöhnlicher Acc. statt *paṅtânem* cf. Gramm.

37. Die Worte *paṅçnvâoghem hikvâoghem* würden sich wohl besser auf *vâcem* als auf das vorhergehende *paṅtaṅm* beziehen, aber *vâc* ist Feminin. Sie führen eine weinerliche Rede auf mit Schmutz und Staub bedeckte Wege, kann nur heissen: dass sie selbst mit Schmutz und Staub bedeckt sind, während sie die weinerliche Rede führen. Ich habe diese Worte als ein Verbot der Todtenklagen gefasst, welche namentlich bei den Semiten sehr gewöhnlich, bei den Pârsen verpönt sind. *Paṅçnu*, Staub, davon *paṅçnvâo*, staubig cf. Vd. VII, 127. XVI, 5. *Hikvâo* von *hic*, trocknen cf. Vd. V, 43, skr. *sikatâ*, lat. *siccus*. *Jareza* leite ich von einer Wurzel *jarez* = *gerez*, skr. *garj* ab. Huzvâresch-Übersetzung [illegible] (נרנ̄ינן), was nichts anders heissen kann. Die Interlinearversionen sind gar nicht zu gebrauchen, *paṅçnvâoghem* = [illegible] (סנן חאכש) in Staubigkeit, Interlinearversion اسانه! Deçtûr Dârâb correcter خاك. *Hikvâoghem* [illegible] (חושכש), Trockenheit, geben auch die Interlinearversion und Deçtûr Dârâb mit خشك. Für [illegible], נרנ̄ין, hat Interlinearversion خرفستر. Deçtûr Dârâb besser زار زار. — Die Glosse ist mir noch jetzt ganz unverständlich.

39. *Khshnu*, zufrieden sein, part. *khshnutô* Vd. IX, 156. XIX, 105 etc. Es ist = neup. خوشنود oder خشنود, davon ist *khshnâvayêiti* das Caussativum, *khshnaoma* instr. eines abgeleiteten Nomen ist zur Verstärkung des Verbalbegriffes beigesetzt. Das Huzvâresch hat ganz entsprechend [illegible] (שנאיניתנן) oder [illegible] (שנאישנן) gebildet, *snâisni* findet sich auch noch im Pârsi.

40. *Uçkaṅti* gibt die Huzvâresch-Übersetzung [illegible] (רארא חפת), Aspendiârji mit aufgraben, was mir richtig scheint, [illegible] muss statt خفت oder خافت stehen und dieses mit neup. كافت identisch sein. Deçtûr Dârâb und Interlinearversion geben [illegible] sinnlos mit ترا, als ob es das Pronomen wäre! Möglich auch, dass [illegible] ein alter Fehler ist, für [illegible] (חפרננת), womit sonst *kan* wieder gegeben wird.

43. *Vikañti* = ויסלוש (בנא חפרננת) in der Huzvâresch-Übersetzung. Ich nehme *vîkan* als zergraben, auseinander graben, zerstören. Die Dakhmas sind gewöhnlich erhöht. *Nidhayêiñtê* ist hier besser beglaubigt als oben Vd. III, 30. Doch möchte ich auch hier *nidhayêiñti* vorziehen.

44. Die nun folgenden §§. 44—71 enthalten Zusatzbestimmungen, die sich nur lose an §. 43 anlehnen und eigentlich den Zusammenhang unterbrechen. Wahrscheinlich wussten die Redactoren diese Bemerkungen an keinem geeigneten Orte unterzubringen. *Barô* übersetzt die Huzvâresch-Übersetzung mit דרדנאת, er trage, also mit einem verbum finit., und ein solches muss auch hier stehen, wenn der Satz einen Sinn geben soll. Ich fasse *barô* = *baran*, tragend und ergänze dazu *aghaṭ*, periphrastische Conjugationen finden sich auch im Avesta öfter. *Aêvô* richtig wie die Huzvâresch-Übersetzung (אינך תאך) einfach, allein genommen. Dass kein Einzelner einen Todten tragen dürfe, ist auch jetzt noch bei den Pârsen strenge Vorschrift, es müssen wenigstens zwei Personen sein.

46. Die Form *raêthwâṭ* macht es nöthig eine erweiterte Wurzel *rithw* oder *raêthw* anzunehmen. Man kann sonst geneigt sein, Formen wie *haům raêthwa*, *paiti raêthwa* in *raê-thwa* zu zerlegen und von *ri* abzuleiten, *haům raêthwayêiti* etc. als Denominativ zu betrachten. Burnouf Etudes p. 27 möchte diese Formen auf ein ursprüngliches *raêtu* zurückführen. Ich kann indess nicht sehen, wie man unser *raêthwâṭ* ohne eine Wurzel *rithw* oder *raêthw* erklären will, man müsste denn *raêthwâṭ* für abgekürzt aus *raêthwayâṭ* halten. An *raêthwâṭ* schliesst sich auch noch die Form *rôithwen* Yç. XIII, 5 an. Die Wurzel *ri* oder *iri* (cf. Vd. V, 6), wovon neup. ريدن, ريدن, bleibt jedenfalls die Grundlage unseres Wortes. *Nâoghana* = נאי (נאי) in der Huzvâresch-Übersetzung wohl jedenfalls = altp. *nâha*, skr. *nâsâ*, so übersetzt auch Aspendiârji und Deçtûr Dârâb, die Interlinearversion fälschlich ناف. — *Hizuma*, Nebenform von *hizva*, *hizu*, Zunge زبان, welche sonst nicht mehr vorkommt. *Paitis qarena* ist durch Huzvâresch פתשחואר (פתשחואר) mehr umschrieben als übersetzt, es muss das Entgegenleuchtende heissen oder auch: das womit man isst. Aspendiârji übersetzt es wie ich mit Gesicht (cf. Vd. VIII, 139. 140). Interlinearversion und Deçtûr Dârâb aber = كف. *Fravâkhshaṭ* habe ich in meiner Übersetzung nicht besonders ausgedrückt, weil ich

geglaubt hatte, es gehöre mit *paitis qarenâț* als ein Begriff zusammen. Dafür spricht 1. dass in den besseren Handschriften *haca* zwischen *fravâkhshaț* und *paitis qarenâț* fehlt, also kein zweiter Begriff damit bezeichnet werden kann; 2. dass wenn man diese beiden Wörter trennt, man in der Huzvâresch-Übersetzung eine Lücke annehmen muss. Westergaard liest gleichfalls wie ich. Es fragt sich indess, ob man nicht doch besser ein *haca* nach *paitis qarenâț* einschiebt und *fravâkhsha* als *penis* fasst, wie Aspendiârji und Deçtûr Dârâb will, cf. Yt. 13, 11. 22. *Frashumaka* = کُن After, bei Aspendiârji, wäre nach Deçtûr Dârâb der Leib, nicht der After, der sonst *zadağh* heisst.

47. Cf. Vd. VII, 63, 64. Dieser Paragraph ist schon von Burnouf Etudes p. 10 fg. besprochen. Ich habe schon in der Note zu meiner Übersetzung meine Ansicht dahin ausgesprochen, dass der Dativ *çraŏê* (auch der Loc. *çraŏi* würde sich halten lassen) nicht übersetzt werden könne, „bis auf die Nägel", sondern dass es heissen muss: auf die Nägel. Die Huzvâresch-Übersetzung gibt *çraŏê* allerdings mit [illegible] (סרוב), womit sie sonst auch *çravô* übersetzt, und dieser Umstand hat alle die neueren Übersetzungen veranlasst, das Wort mit سخن (Interlinearversion, Aspendiârji) oder آواز (Deçtûr Dârâb) zu übersetzen. Ich gebe aber Burnouf Recht, wenn er hier *çru* Nagel, Klaue übersetzt. Das Wort findet sich auch sonst noch (cf. Vd. XVII, 4. XIX, 126) und wird von der Huzvâresch-Übersetzung bald mit [illegible] (סרוב), bald mit [illegible] übersetzt: ر sowohl als و sind stumme Consonanten.

48. Der Ausdruck *yavaêca yavaêtâitê* ist schon von Burnouf Etudes p. 1. fg. genügend erklärt, er heisst immer fort und entspricht dem identisch neup. جاوید, جاویدان. Huzvâresch-Übersetzung [illegible] (נד און המא המאי רובשנש). Ebenso Aspendiârji. Interlinearversion تا او رستاخیز تن پسین. Nur hat Burnouf gemeint *yavatâitê* lesen zu müssen, worin ich ihm gefolgt bin. Ich möchte indess jetzt auch *yavaêtâitê* lesen, obwohl ich keinen andern Fall wüsste, wo die Secundärendung *tâț* an ein mit Casus versehenes Wort getreten wäre.

50. *Iristô-kasha*, der, welcher den Todten zieht, von *kash* کشدن, schon im Altbaktrischen aus *keresh* erleichtert cf. Vd.

XVIII, 9, *naçu kasha* Vd. VIII, 29. Die Huzvâresch-Übersetzung fügt noch als Glosse bei [Pahlavi] (איובר) allein tragend. Was nun folgt, ist keineswegs blos ein Gemisch eingeschobener Sätze, wie ich früher annahm, sondern bezieht sich allerdings auf die Absperrung der Todtenträger, welche hiernach gewissermassen wie ansteckende Kranke behandelt wurden. Dem heutigen Gebrauche wird dies freilich widersprechen. Deçtûr Dârâb und, wie mir scheint, auch Aspendiârji fassen *kasha* = [Pahlavi] und übersetzen, als ob *iristô-kashahê* zu *gâtus* und nicht zu *nars* zu beziehen wäre: wo ist der Leichengrubenort für die todten Menschen — nach meiner Ansicht unmöglich, dass die Ansicht der Huzvâresch-Übersetzung die unserige ist, scheint mir durch die Glosse [Pahlavi] erwiesen.

53. *Kambistem* übersetzt die Huzvâresch-Übersetzung mit [Pahlavi] (כמסת), was der Superl. von [Pahlavi] sein muss. Dieses neup. Wort findet sich in dem altb. und altp. *kamna* cf. Vd. IV, 139. Yç. XLV, 2. Es ist nur schwer zu erklären, warum hier *kambistem* statt *kamistem* steht, ich halte *b* blos für eine Stütze des *m*, ohne weitere Bedeutung. Die VS. lesen *kaúmbistem*, was eben so gut ist; die Länge des *aú* ist wohl durch den Ton veranlasst, der auf dieser Silbe ruht und auch die Länge in *çpénista*, *çévista* veranlasst hat. *Frayaún* conj. imperf. mit Futurbedeutung.

54. Höchst merkwürdig ist die anscheinend barbarische Verwechslung des Acc. mit dem Nom. Wenn wir der Huzvâresch-Übersetzung folgen, müssen wir *âtaremca* etc. als Nominative übersetzen. Hier scheint es einfach *âtarem* als Acc. aufzufassen und diesen von *frayaún* im vorhergehenden Satze abhängen zu lassen. Allein abgesehen davon, dass man dann nach dem Sprachgebrauche des Avesta *ari* vor dem Acc. erwartete, so spricht auch dagegen Vd. VIII, 39, wo eine solche Fassung unthunlich ist. Zwar schlägt Rückert vor, dort die Gen. *paçvaúm çtaoraúm* von *pathâo* abhängen zu lassen, und es ist kein Zweifel, dass wir auf diese Art die grammatischen Schwierigkeiten beseitigen würden; jedoch scheint mir der Sinn, den wir so gewinnen, wieder kein passender. Was haben Vieh und Zugthiere beim Feuer und beim Bareçma zu thun? Wie kann der Verfasser Subject und Object hier durch *ca* und VIII, 39 durch *vâ* coordiniren? Ferner, es geht doch aus der Frage im §. 57 hervor, dass alle diese Gegenstände wirklich als coordinirt gedacht wurden. Wollten wir aber auch der Grammatik wegen alle diese sachlichen

Bedenken für gering anschlagen, so ist doch nicht viel gewonnen, wenn wir hier den Fall beseitigt haben, dass der Acc. statt des Nom. stehe, weil noch andere vorhanden sind, die sich nicht so leicht beseitigen lassen. Cf. Vd. V, 17. VII, 119. 134 etc. Ich muss also, wenigstens vorläufig, bei meiner früheren Fassung bleiben.

57. *Fraçtairyâṭ* habe ich wie oben *fraçtereta* mit „zusammengebunden" übersetzt, auf die Autorität Neriosengh's hin, welche für (פנאז̄ וסתרת) *parigrathita* übersetzt (cf. Yç. II, 9). *Fraçtairya* ist natürlich das, was zusammengebunden werden soll, es ist hier statt *fraçtereta* gesetzt, weil von noch kommenden Dingen die Rede ist. *Gâya* von *gâ*, gehen, soviel als (נאם) گام, Schritt.

58. Ausser *aêtadha* ist hier auch *aêtaṭ* bezeugt, die Formen sind wesentlich gleich, auch *aêtaṭ* müsste man als Adverbium auffassen. Die Huzvâresch-Übersetzung gibt *aêtadha* mit (איתונן), wahrscheinlich das nämliche Wort. Ich habe es durch „so" gegeben; das neup. ایدون heisst dies bekanntlich (ایدون), es heisst aber auch اینجا, man würde auch *aêtadha* mit: da, an dieser Stelle übersetzen können. *Hê* habe ich mit dafür übersetzt, also als neutr. Dies ist die Fassung der Huzvâresch-Übersetzung (ען ונאם ראי איע נד רא דהוננאת), „dieser Sünde wegen, damit sie nicht sei". Man könnte indess *hê* auch auf *nars iristô-kashahê* beziehen: für ihn. *Pairidaêza* habe ich mit „Umzäunung" gegeben, es ist nur durch die Präp. von den oben Vd. III, 30 erwähnten *uzdaêza* verschieden, und dem gr. παράδεισος zu vergleichen. Cf. Münchner gel. Anzeigen April 1850, p. 604. Huzvâresch-Übersetzung (פיראמון דהשן), Umgebung. Aspendiârji: einer Mauer ähnlich. Interlinearversion ganz unsinnig پرامن گیهان. Da Aspendiârji aber §. 50 von dem Platze verstanden hat, wo die Todten hingelegt werden sollen, so bezieht er auch hier alles auf diesen Platz, nicht auf die, welche die Todten getragen haben.

59. „Mit Speisen sollen sie ihn hinbringen", wörtlicher noch wäre: zu Speisen sollen sie (ihn) hinstellen. So nach meiner und Aspendiârji's Fassung, die Mazdayaçnas sind dann die Leidtragenden. Wenn man das Medium besonders urgiren wollte, so könnte man auch übersetzen: zu Speisen sollen sie sich hinstellen diese Mazdayaçnas, d. h. die Todtenträger. Ich ziehe auch jetzt die erste Fassung vor.

60. 61. Bestehen aus zwei ἄπ. λεγ., die beide in den Locativ gesetzt sind. Die Locative müssen hier in demselben Sinne stehen wie die Dative im vorhergehenden Par. *Draêzistôtema* scheint besser beglaubigt als *draêjistôtema*. Ich möchte das Wort übrigens auf *drighu*, arm, zurückleiten, der Superlativ *draêzista* muss nicht mehr als solcher gefühlt worden sein, so dass er nochmals die Endung *tema* erhält. Huzvâresch-Übersetzung [illegible] (דרגיגיניתך דאתום), was sie mit [illegible] (ותתום), die schlechtesten, erklärt. Statt *nêuruzdôtema* möchte ich nun *niuruzdôtemaêshva* lesen und das Wort auf *urudh* + *ni* zurückführen cf. Vd. XVI, 17. Huzvâresch-Übersetzung mehr umschreibend, aber nicht ganz verständlich [illegible], sie erklärt es aber mit [illegible] (כמכת), die wenigsten, geringsten.

63. Die nun folgenden Paragraphen 63—71 habe ich in meiner Übersetzung nicht auf schickliche Art mit dem vorhergehenden zu verbinden gewusst. Es ist indess alles in guter Ordnung; man muss nur den Muth haben, den Sinn darin zu finden, der wörtlich darin liegt. Ich habe mich diesem entziehen und lieber extreme Textverbesserungen annehmen wollen. Dagegen hat Windischmann mit Berufung auf die Alten das Richtige gegeben. Die Todtenträger sollen bis sie alt sind, gesondert von den übrigen Mazdayaçnas wohnen und dann umgebracht werden. Die verschiedenen Ausdrücke für bejahrt sind etymologisch deutlich. Die Huzvâresch-Übersetzung erklärt sowohl *hanô* als *zaôrurô* = [illegible] (כאלך 50) fünfzigjährig, es ist wohl bei *zaôrurô* [illegible] 60 für [illegible] 50 zu lesen, dann stimmt [illegible] 70 für den *pairistâ-khshudrô*.

65. Die Stelle bietet grosse Schwierigkeiten, die ich auch jetzt nicht beseitigen kann. Die erste Schwierigkeit ist die, dass man die Acc. *aojistem*, *tañcistem*, *vaêdhyôtemem* nicht zu *dim* beziehen und übersetzen kann, ihn den stärksten etc. Dies wäre grammatisch das Natürlichste, aber einen Sinn gibt es nicht, denn wie sollen alte Leute die kräftigsten u. s. w. sein? Die zweite Schwierigkeit ist, dass das Verbum finitum fehlt. Aus der ersten Schwierigkeit sehe ich auch jetzt keinen andern Ausweg, als dass man entweder *aojistemca* etc. als adverbiale Accusative auffasst, wie ich gethan habe, oder, dass man ein Verbum supplirt, welches zwei Accusative regiert. Es ist nun zu bemerken, dass *upamaitim* in der Huzvâresch-Übersetzung mit [illegible] (כאם הנא כאנינית) übersetzt

wird, und ich wüsste auch kaum wie dem Satze anders zu helfen wäre. Man wird also zu *upamaitîm* das Verbum *kere* oder irgend ein anderes hinzu denken müssen, welches dem Worte die Kraft eines doppelten Transitivums verleiht. Dann kann man übersetzen: die Mazdayaçna sollen bewirken, dass der Stärkste etc. (unter ihnen) ihn (den Leichenträger) bleiben lasse auf den Bergen. Hart bleibt es immer, allein es stimmt zur Tradition und ist die einzige Art, wie sich die Stelle vernünftig fassen lässt. — Statt *upamaitîm*, wie alle Handschriften haben, liest Westergaard *upamitîm*. Ich bestreite nicht das Vorkommen einer solchen Form, die wir auf *upa mâ* zurückleiten müssen; hier aber halte ich an *upamaitîm* fest, das von *upaman* herkommen muss. Statt *tañcistem* liest Westergaard mit Aspendiârji *tañjistem*. Das Wort gehört wohl mit neup. تنگ, تنک zusammen. Man kann die Form auf *tak*, laufen, oder auf skr. *tañc*, zusammenziehen, zurückführen, in beiden Fällen würde *tañcista* vorzuziehen sein. Leitet man es auf *tañj* zurück, welches synonym mit *tanc* ist, so muss man *tañjista* schreiben. Um *vaêdhyôtemem* mit sehr rein zu übersetzen, habe ich keinen anderen Grund, als dass es die Huzvâresch-Übersetzung mit (סאכתום) wiedergibt. Sie erklärt es aber mit (פרהאתום), was wohl heissen soll: der weiseste. Die Interlinearversion erklärt das letztere Wort mit فراختر (dagegen , welches deutlich in *A* steht, in *C* aber) gar nicht. Aspendiârji schliesst *vaêdhyôtema* an *vidyâ*, Wissen, an, vielleicht richtig. Der Gen. *berezaghañm* ist schwer zu erklären, die Tradition versteht aber bestimmt einen Berggipfel darunter.

66. *Pañçtô* ist das neuere پوست Haut, nicht پشت Rücken, wie ich fälschlich glaubte, letzteres ist *parsti*. Daraus, dass für Kopf das Wort *kameredha* gebraucht wird, erhellt, dass der zu Tödtende für ein böses Wesen gehalten wurde. *Vindthayen* von einer Wurzel *nath* steht ganz vereinzelt; ich vermuthe, dass es eine Nebenform von *naç* ist. Huzvâresch-Übersetzung (כושינר), sie tödten. — Auffallend ist wieder *kerefs* im Nom. statt Acc., während doch letzterer (*kehrpem*) sonst vorkommt. Das Wort „und" nach „Vögeln" ist zu streichen, wie Rückert richtig bemerkt, *kahrkâçañm* ist blosse Apposition zu *vayañm*.

67. Die Anfangsworte dieses Paragraphen sind in meiner Übersetzung sehr von der Huzvâresch-Übersetzung verschieden, die sich

nicht mit dem Texte in genaue Übereinstimmung bringen lässt. *Uiti aojanô* übersetzt sie, er (der zu Tödtende) soll sagen und wendet dann das folgende als *or. dir.*, so dass sie *paiti mithnâiti* als 1 ps. sg. übersetzt. *Mith* ist kommen, vereinigen, *paiti-mith* muss das Gegentheil, also scheiden bedeuten. Interlinearversion und Aspendiârji übersetzen das identische [Pahlavi] (בנא מסינם) der Huzvâresch-Übersetzung mit اندیشه کنم, ich bedenke. Glosse der Huzvâresch-Übersetzung: [Pahlavi] (איע פנן פתית דהונןם), ich mache den Patet. Noch auffallender ist die Übersetzung von *avâo hîm* = [Pahlavi] (מאם דנמן דמיך), auf dieser Erde. Ich habe diese Übersetzung nicht angenommen, sondern *avâo* als Nom. sg. msc. genommen, eine Form, die zwar sonst nicht mehr vorkommt, die aber durch den Acc. *avâoñtem* (Yt. 8, 50. 52. Yt. 10, 1.) einige Wahrscheinlichkeit gewinnt. Das Pronomen *ava* heisst aber nicht dieser, sondern jener; man muss daher *uiti aojanô* nicht dem zu Tödtenden, sondern dem Vollstrecker des Todesbefehles in den Mund legen. Eine andere Möglichkeit, *avâo* als Acc. plur. neutr. zu fassen und auf das folgende *dushmatem* etc. zu beziehen, scheint mir darum nicht wahrscheinlich, weil ich nicht glaube, dass *paiti mithnâiti* ohne ein auf das Subject hinweisendes demonstratives Pronomen hier gestattet ist.

68—71. *Fravarsta*, begangen, vorzugsweise vom Begehen der Sünden gebraucht, *nôiṭ fravarsta*, nicht begangene Sünden sind wohl solche, die nur in der Absicht vorhanden, aber nicht ausgeführt sind. *Citha* subst. von *ci* = griech. τίω, dessen ursprüngliche Form *ki* gewesen sein muss. Cf. die Verbalform *cikayaṭ* Vd. VII, 101. *cikayen* Vd. XV, 39. 67. *cikithwâo* Vd. XVIII, 134. *kaêna* = کین Cf. auch Kuhn Zeitschr. für Sprachwissenschaft II, 387. *Yavaêca yavaêtâitê* cf. zu Vd. III, 136.

72—78. Der Verfasser des Capitels kehrt nun wieder zu seinem Gegenstande zurück, freilich nur um gleich wieder abzuschweifen §. 70. 75. cf. Vd. III, 33, §. 76, 78. cf. III, 13, 14.

79. Meine Übersetzung stimmt mit der Tradition überein. *Çaêta* ist die best beglaubigte Lesart und auch ganz passend, da das Imperf. öfter die Dauer ausdrückt.

80. Dieser kurze Satz ist handschriftlich sehr gut beglaubigt. in der Exegese aber schwierig genug. Huzvâresch-Übersetzung

(אמת פנן כששנן כששנאומנר), wenn sie durch Behauung (Befurchen) hebaut werden kann. Der Satz gehört zum Vorhergehenden und der Sinn scheint mir ganz passend; es fragt sich nur, wie es möglich ist, ihn in die Textesworte zu bringen. *Karshya* kann zwar ganz leicht eine Bildung des part. fut. pass. sein, allein *karshivata* ist eine Form, die sich sonst nirgends anschliessen lässt. Nach meinem Dafürhalten gibt es nur zwei Mittel die Form zu erklären. Sie muss entweder mit einem Suffixe *vata* aus *karshi* gebildet sein und ist dann wie *karshya* nom. sg. fem. auf *zaô* zu beziehen. Man könnte sie auch als instr. sg. vom nom. *karshivdo* nehmen: welche zu bearbeiten ist, durch einen mit Bearbeitung begabten. *Karshi* muss man wie skr. *kṛishi* in der Bedeutung Bearbeitung, Behauung nehmen cf. Yç. XI, 10. Aspendiârji ebenso, *karshivata* gibt er mit *kusesthi*: aus Bemühung. Will man kühner zu Werke gehen, so kann man in *karshivata* einen Fehler vermuthen, etwa statt *karshyata*.

81—83. Sind heute noch äusserst schwierig und der Sinn, der nach den Übersetzungen in den Worten liegen soll, kaum in dieselben zu bringen. *Aêibis* ist offenbar skr. *ebhis* instr. pl. von *aêm*. Instrumental und Dativ aber scheinen mir im Altbaktrischen nicht mehr recht auseinander gehalten zu sein, meist steht der Dativ auch für den Instrumental pl., letzterer, der überhaupt nicht eben häufig vorkommt, an manchen Stellen auch für den Dat. plur. So habe ich denn auch hier gefasst: ihnen ist das gut zum Bewohnen, wörtlicher: ihnen ist es eine Wohnung der Güte, ich nehme das von allen Handschriften beglaubigte *vaǧhêus* als gen. sg. des neutralen Subst. *vohu*. Hiermit stimmt so ziemlich die Huzvâresch-Übersetzung (נרמנשאנן זך שפיר מאם מאנשנש). *Taṭ* wird man nicht als neutr. des Demonstr., sondern als Partikel auffassen müssen. Die Glosse der Huzvâresch-Übersetzung (ען אפאית תוחם) heisst nach meiner Ansicht: ihr gebührt Saame. Aspendiârji ebenso: Auf jener (Erde) lässt er (oder säet er) gut Saamen, dem Sinne nach richtig, dem Ausdrucke nach viel zu frei.

82. Über diesen schwierigen Paragraphen habe ich mich theilweise schon in meiner Übersetzung, in der Note zu der St. erklärt. *Carâiti* erklärt die Huzvâresch-Übersetzung mit (נֿראתיך), ganz so wie sie Vd. V, 170. *Carâitika* erklärt. Yt. 5, 87 steht *carâitis* bestimmt als Frau, aber an unserer Stelle fehlt das *s* des

Nom. und man kann darum mit Grund zweifeln, ob hier dasselbe Wort ist, wie es die Huzvâresch-Übersetzung will. Ich habe *carâiti* als Verbalform, conj. praes. von *car*, gehen, aber im Sinne des Futurums genommen. Ich habe *car* mit neup. چرانیدن verglichen und angenommen, das *car* die Nebenbedeutung „auf die Weide gehen“ habe, so dass also selbstverständlich angenommen werden musste, dass vom Vieh die Rede sei, wenn auch das Wort *paçus* oder ein ähnliches nicht ausdrücklich dabei steht. Man könnte auch *carâiti* als fem. des part. fassen = *carañtî*, die Länge des *â* wäre (wie in manchen andern Fällen) durch den Ausfall des *n* erklärt und das *s* als Nom. wäre dann nicht nöthig. Aspendiârji schliesst sich der Huzvâresch-Übersetzung an und übersetzt *carâiti* mit „Mädchen“. Ich muss nun gestehen, dass mir der von mir ermittelte Sinn heute noch besser gefällt als der traditionelle. Was soll es denn heissen: „da (ist) die Jungfrau (Frau) wohl gewachsen (schön) welche lang kinderlos geht“. Es scheint mir dies dem Geiste des Orients und namentlich auch des Avesta entgegen zu sein, welches sonst auf Kindersegen ein grosses Gewicht legt. Ich gebe jedoch gerne zu, dass meine Übersetzung eine blos etymologische ist und es sehr fraglich bleibt, ob die Parsen jemals so übersetzt haben, wie ich es gethan habe.

83. Die Übersetzung dieser Stelle werden wir etwas ändern müssen: nicht: s i e s i n d g u t f ü r d i e M ä n n e r, sondern: i h n e n s i n d (s i e b e s i t z e n) g u t e M ä n n e r. Ob damit, wie ich meinte, männliche Thiere oder Jünglinge gemeint sind, wie die Huzvâresch-Übersetzung annimmt, lasse ich dahin gestellt, dies hängt natürlich von der Fassung des §. 82 ab. Ich nehme also *arshânô* als Nom. und *vaǧhêus* wie oben im §. 81 *Arsha* = [Pahlavi] (נושנן), Jüngling, Aspendiârji's Übersetzung kann ich nicht billigen.

84. *Hâvôya*, *dashina* fasse ich als Adverbia: rechts, links, cf. Vd. XIX, 77; dadurch erklärt sich, warum überall der Genitiv dabei steht, statt des Locativ, den man zunächst erwartet. Ähnliche Bildungen sind *nâumaya*, *khshwazhaya* cf. Vd. VIII, 45. 47.

85. *Gaona* übersetzt die Huzvâresch-Übersetzung mit [Pahlavi] (סיר) satt, Deçtûr Dârâb mit پر voll, Aspendiârji mit رنگ; letzteres dem Worte nach gewiss richtig. *Gaona* ist nicht blos das neup. گونه, Art. գունակ, es heisst auch im Avesta an allen andern Stellen, die ich

kenne, geradezu Farbe. Allein an dieser Stelle kann es unmöglich diese Grundbedeutung haben. Ich habe das Wort mit „Reichthum" übersetzt, indem ich annehme, dass dem altbaktrischen *gaona* so ziemlich die Bedeutung zugekommen sein dürfte wie dem neup. رنگ; unter den Bedeutungen des zuletzt genannten Wortes finden wir aber auch: *laete florens rerum conditio, potentia, vires, opes, aurum.* Der Satz würde sich übrigens auf zwei Arten übersetzen lassen, je nachdem man *zâo* oder *yô* als Subject des Satzes annimmt. Nach letzterer Fassung würde es heissen: der bringt ihr Reichthum; nach ersterer, die ich (mit Rücksicht auf das Folgende) angenommen habe: sie bringt ihm Reichthum. Was die Ansicht der Huzvâresch-Übersetzung sei, lässt sich leider nicht sagen, sie ist eben so unbestimmt wie der Text.

86. Den schwierigen Satz vermag ich noch nicht besser zu übersetzen als ich vor Jahren gethan habe. Auch scheint mir meine Fassung grammatisch unbedenklich. Das Einzige, das auffallen könnte, ist, dass ich *çtaretô gâtus çayamnô* auf *fryâi* bezogen habe. Allein wir kennen bereits Beispiele, dass die Apposition zu einem Casus obl. im Casus rectus steht (cf. zu Vd. II, 2). Wollte man *çtaretô gâtus çayamnô* zu *fryô* nehmen und nicht zu *fryâi*, so würde ein sachlicher Unsinn entstehen, denn wer daliegt, kann nichts herbeitragen. *Vañtaraê*, wie ich in meiner Ausgabe aufgenommen habe, ist zwar gut beglaubigt, aber eine Unform, Westergaard hat *vañtavê* ohne Angabe von Varianten, dies ist der regelmässige Dat. von einem Thema *vañtu*, allein die Lesart findet sich in keiner meiner Handschriften. Ich möchte jetzt mit der VS. *vañtaoê* lesen, dies ist dasselbe wie *vañtavê*, nur mit Auflösung des *v*, wie in *çraoê*. Ein Thema *vañtu* ist aber sonst im Avesta nicht beglaubigt, es muss indess von *van*, lieben, herkommen und Freund bedeuten. Auffallend bleibt nur, dass der Freund dem Freunde den Sohn herbeibringt und weiter kann *puthra* nichts sein; denn das Wort in weiterer Bedeutung aber als Knabe, Sklave zu fassen, ist unzulässig. Die Huzvâresch-Übersetzung übersetzt im Allgemeinen wie ich, nämlich *uâ fryô* mit [illegible] (נבנא מנן דוסת) *fryâi vañtaoê* mit [illegible] (נרמן מנן דוסת מירך). Sie erklärt aber [illegible], דוסת beide Male mit dem mir ganz unverständlichen [illegible], auch [illegible], was מירך oder מרדך gelesen werden muss, ist mir durchaus unverständlich. Nur soviel zeigt die Glosse, dass diese Übersetzung unter *fryâi vañtaoê* etwas

Weibliches: eine Frau oder Geliebte verstanden hat, wie dies auch Aspendiârji thut. Der Sinn, den wir erhalten, wenn wir diese Auffassung annehmen könnten, wäre ein ganz vortrefflicher. Man würde in §. 85 die Fassung vorziehen müssen, welche *yô* zum Subject von *baraiti* macht und *hê* auf *zâo* zu beziehen haben (der Mann welcher die Erde bearbeitet): der bringt ihr Schönheit, ähnlich wie ein Geliebter der Geliebten, während sie auf dem Lager liegt, ein Kind (Huzvâresch-Übersetzung [illegible] [illegible] דהוננית אפוסתנן sie wird schwanger) oder Farbe (Huzvâresch-Übersetzung [illegible] [illegible] דהוננית שפיר sie wird schön) hinzubringt. Man sieht, das Bild wäre ganz vortrefflich und Alles in Ordnung, wenn nur *fryâi vañtaoê* nicht deutlich Masculina wären. Unter diesen Umständen muss ich Bedenken tragen, die sonst so ansprechende Erklärung anzunehmen.

88. Auffallend ist hier *aokhta*, das Participialperf. statt des Imperf., denn es ist offenbar von einem wiederholten Sprechen die Rede und darum der Zustand des Sprechens als noch nicht vollendet gefasst.

89. Die Worte *bâdha idha âfrâçânê daghubyô*, die in der Huzvâresch-Übersetzung und in den besten Handschriften fehlen, habe ich meinen Grundsätzen gemäss gestrichen. — Der Paragraph selbst ist schwierig genug und die Übersetzungen meines Erachtens nicht wohl zu gebrauchen. *Aêni* nimmt die Huzvâresch-Übersetzung = [illegible] (אינין) i. e. آشنه Art. *Berethê* (so lese ich, wie auch Westergaard, ob richtig, scheint mir fraglich) = [illegible] (בנא בראנד) also: immer sollen sie dort Art bringen, was erklärt wird, sie sollen verschiedene Art von Gutem Dir thun. Ganz ähnlich Aspendiârji, der erklärt: immer sollst du mit Ehre dort wohnen. Den Sinn könnte man sich gefallen lassen, aber es scheint mir unmöglich denselben in die Worte zu bringen. *Aêni* kann kein Subst., sondern muss die 1. ps. imperat. von *i* geben, sein; will man den oben angeführten Satz für echt halten, so hat man in *âfrâçânê* eine Parallele dazu. Ich habe übersetzt: „immer will ich hieher kommen und tragen“; es lässt sich auch übersetzen: immer will ich hier gehen und tragen, oder wörtlich: ich will gehen im Tragen.

90. Meine Übersetzung dieses Paragraphen beruht auf einer Conjectur. Ich habe nämlich *para barañn* als abgekürzt aus *para barañni* angesehen und als 1. ps. imperat. gefasst, wie *aêni* im §. 89. Eine solche Fassung würde auch gar nicht gegen die Huzvâresch-

Übersetzung verstossen, denn ... (was man בנא דדרגנאני und בנא דדרגנאנד lesen kann) würde auch 1. ps. imperat. sein können, cf. Huzvâresch-Grammatik §. 113. Allein es ist doch immer bedenklich, eine solche Vermuthung zu wagen, und man wird daher genöthigt sein, *para baraṅn* als 3. ps. conj. imperf. aufzufassen. *Haṅm berethwaṅm* (wohl Acc. von *haṅm berethwure*) habe ich blos als Verstärkung zu *para baraṅn* aufgefasst und darum gar nicht übersetzt, *yavahé* habe ich von *parô* abhängen lassen, zwar regiert diese Präp. mehr den Abl. als Gen., als solcher lässt sich jedoch vielleicht Vd. XIII, 77 fassen. Möglich ist es aber auch, dass man *haṅm berethwaṅm* von *parô*, und *yavahé* wiederum von *haṅm berethwaṅm* abhängen liesse. Sie sollen dir alle Speisen herbeitragen, ausser der Anhäufung der Feldfrucht. Dass die Formen auf *aṅm* ziemlich allgemein für die cass. obl. stehen, ist bestimmt. Aspendiârji hat den Sinn der Stelle verfehlt, weil er *parô* mit *pur*, voll, übersetzt.

93. *Çrayanô* in der Huzvâresch-Übersetzung mit dem mir unbekannten ... ausgedrückt, wofür die Interlinearversion sinnlos اسانه setzt. Aus diesem Worte erklärt sich Aspendiârji, der *çrayanô* = *koi* d. h. irgend was setzt, er hat ... als אישאנן gelesen und als Plur. des Huzvâresch-Grammatik §. 87. *a*. erwähnten Pron. indef. איש genommen. Diese Erklärung ist natürlich nicht zulässig; ich habe *çrayanô* als part. praes. med. von *çri* = skr. *çri*, gehen, genommen, was freilich auch zweifelhaft bleibt. Statt *pereçmnaêshuca*, was hart auszusprechen ist, liest man wohl besser mit C *pereçemnaêshu*; die Form ist ganz dieselbe.

94. *Taraçca âoghdnô* fasse ich als App. zu *thwaṅm*, wieder im Nom. stehend, wie oben Vd. III, 86. Die neueren Übersetzer haben alle die Stelle missverstanden (Interlinearversion, Deçtûr Dârâb und Aspendiârji), weil sie das *taraçca* wiedergebende ... (תריסת cf. Huzvâresch-Grammatik §. 159) תרסית gelesen und mit ترسید übersetzt haben. *Âoghdnô* ist in der Huzvâresch-Übersetzung undeutlich und verdorben. Interlinearversion نهانه, Deçtûr Dârâb اوشان, sie, so auch Aspendiârji, als ob es von einem Pronominalstamm *a* herkomme. Es kann das Wort kaum etwas Anderes sein als *part. med.* von *dogh*, sitzen. *Çraçciṅtis* darf man nicht als *nom. sg.* zu *âoghdnô* beziehen, wie ich gethan habe, sondern als acc. plur. zu *qarethâo*, so versteht es auch die Huzvâresch-Übersetzung. Diese übersetzt das Wort *çraçciṅtis*

mit ‎ (כתך), was mir sonst nicht mehr bekannt ist. *Barayêñtê* ist caussativ, die Lesarten der VS. deuten auf das Passiv *bairyêñtê* hin, dann müsste man *çraçcintis qarethâo* als Nom. fassen, was mir weniger gefällt. Das obige ‎ übersetzt Deçtûr Dârâh mit صدگونه hundertfältig, weit besser Aspendiârji *bad*, *kharâb*, schlecht und verdorben. Mit Rücksicht auf die Bedeutungen der Wurzel *çraçc* (cf. Vd. I, 32) möchte ich *çraçcinti* hier mit „kalt" übersetzen.

95. *Tê* beziehe ich auf *qarethâo* und *âbyô* — das Fem. — fasse ich in indefinitiver Bedeutung. Die Huzvâresch-Übersetzung übersetzt *tê* mit ‎ und *âbyô* mit ‎ (נרמנשאנ) und erklärt es mit ‎ (נרמנשאנ אנשותאאן), es bringen sie dir jene, statt: sie werden dir von jenen gebracht. Westergaard liest mit den Handschriften mit Übersetzung *âbya*, aber ich weiss mit dem Dual. nichts anzufangen. Ich möchte jetzt *tê* auf *qarethâo* beziehen *âbyô* dat. = instr. durch diese. Diese Fassung empfiehlt sich dadurch, dass man nicht nöthig hat *haca* zu ergänzen, das beim Abl. nicht fehlt, *yaêshañm* wird man dann auf *âbyô* zurückbeziehen müssen. *Dim* weiss ich nicht zu construiren, wahrscheinlich ist es blos verstärkender Zusatz.

98. Die Worte: *ughrem paiti yaokarsti* sind zwar dem Sinne nach klar genug, man kann aber verschiedene grammatische Zweifel haben. Zuerst: gehört *paiti* zu *ughrem* oder zu *yaokarsti?* Es kann diese Präp. sowohl mit dem Acc. als mit dem Instr. verbunden werden. Zweitens ist *yaokarsti* ein Nom. oder ein Verbum? Letzterer Fall ist zwar nicht unmöglich, aber doch unwahrscheinlich. Ich glaube, man fasst am besten *ughrem* als Adverb. und *yaokarsti* als Instr.: durch Anbauung von Getreide auf eine starke Weise.

100. *Fravâza vazaiti.* Huzvâresch-Übersetzung ‎ (סנאז סנן וזין וזינית), dazu die Glosse: ‎ (איעש רובאכש כנת דהוננית), d. h. es wird durch ihm ausgebreitet. *Fravâza* fasse ich als Instrumentalis und Verstärkung von *vazaiti.* Es erinnert diese Wendung an ähnliche im Griechischen wie πολεμὸν πολεμεῖν oder arab. ضرب ضربا u. A. Das Altbaktrische bietet neben Beispielen, wo das verstärkende Nomen wie in den genannten Sprachen, im Acc. beigesetzt wird, auch noch solche, wo dasselbe im Instr. steht. Glosse: ‎ (איעש רובאכש כנת דהוננית), es wird ihm Verbreitung gemacht.

101. *Frapinaoiti* habe ich übersetzt „er breitet aus“ und diese Übersetzung scheint mir auch heute noch die richtige. Huzvâresch-Übersetzung ganz wörtlich: [illegible] (פנאז פימינית), er versiebt mit Milch (wie denn allerdings die Wurzel *pi* mit *paêma* zusammenhängen muss), und erklärt [illegible], es wird von ihm erzogen. In dieser Erziehung kann nur die Vergrösserung gemeint sein.

102—104. *Paiti* c. gen. drückt den Werth, den Preis aus, so auch hier das Mass, in welchem durch Ackerbau das Gesetz vermehrt wird. Die einzelnen Ausdrücke habe ich bestehen lassen, da sie durch die Übersetzung um nichts deutlicher werden. *Paitistâna*, das, worauf man sich stützt, der Fuss cf. Vd. VIII, 19. XV, 59. Yç. XIX, 18, 19. Es ist aber immer der Fuss selbst, nicht etwa der Schritt, wofür *padha* gebraucht ist (Vd. IX, 29). Auch Aspendiârji scheint in Verlegenheit, 100 Füsse soll so viel sein als ob man 50 Menschen fördert. Die Huzvâresch-Übersetzung übrigens ebenso: [illegible] (נינונן פנן 50 נבנא דסת יארכש אפורנאיך נהננגד), wie wenn man durch 50 Männer Hilfe eines Jünglings (oder Kindes) macht. *Paitidarana* soll Darreichung der Brust bedeuten. Glosse der Huzvâresch-Übersetzung, der sich auch Aspendiârji anschliesst: [illegible] (נינונן אמת פנן 500 נסאמן דאיכאנש אפורנאיך אי נהננגד) [illegible] (אשאנן חוף כנת דהוננית נרמנג חוף כנת דהוננית), „wie wenn man durch 500 Weiber bei einem Kinde Ammendienste versehen lässt, so haben sie gut gehandelt und dies ist auch gut gehandelt“. Die Verantwortung für diese Übersetzung muss ich lediglich der Tradition überlassen. Ich halte es nicht für unmöglich, dass *paitidarana* als Darreichung der Brust gebraucht worden sein kann, allein bewiesen ist es nicht. Auch wegen *Yaçnô-kereta* bleiben die Übersetzer ihrer Ansicht getreu. Die Glosse der Huzvâresch-Übersetzung lautet: [illegible] (נינונן מנן פנן פאנכש י אפורנאיך אי ראי זך) [illegible] (אנד יגשנן בנא נהגנגד גנדש ביור דר אשאן חוף כנת דהוננית נרמנג חוף כנת דהוננית), d. h. „wie wenn man — des Schutzes eines Kindes wegen — wie viele Yaçnas man darbringt, so viele Yeghê hâtaũm hinein (legt), so thun sie gut und dies ist auch gut gemacht“. Auch hier werden wir wohl schwerlich weiter kommen als die Übersetzungen sind. Die aufgestellte Erklärung ist ganz gut möglich, sie behält aber für mein Gefühl immer etwas Gezwungenes, es scheint mir sehr viel in die Worte gelegt und ich glaube, dass, wenn die Verfasser des Grundtextes wirklich diesen angegebenen Sinn beabsichtigt hätten, sie denselben etwas genauer ausgesprochen haben würden.

105—108. Die hier erwähnten Paragraphen müssen, als offenbar zusammengehörig, zusammengefasst werden. Zuerst will ich meine von der traditionellen etwas verschiedene Übersetzung besprechen. Ich fasse *dayâț* als conj. imperf. pass., wobei mich nicht hindert, dass *dayâț* die Endungen des Activs hat, denn es kommen mehr solche Beispiele vor, sowohl im Altbaktrischen als auch im Sanskrit, dass das Passiv die Endung des Activs hat. Der Hauptschwerpunkt liegt in der Sylbe *ya*, nicht in den Endungen. Die Imperfecte habe ich als Präs. aufgefasst, wie sie denn öfter die Fortdauer der Handlung bezeichnen. Der Sinn wäre also: Jedesmal, so oft das Getreide reift, tritt dieser Zustand ein. Anders die Übersetzungen. Die Huzvâresch-Übersetzung fasst *yaț* = [illegible] (אמת) als, da, zur Zeit als, *dayâț* als vergangene Zeit, [illegible] (יהבננת), als da geschaffen wurde, und die Glosse zu §. 105 erklärt: [illegible] (אי דנמן המא זכי מנן בונדהשנן), d. h. dieses ist alles dies, was bei der Grundschöpfung (stattfand). Hiernach enthielten unsere Paragraphen eine Erzählung über die Trauer, welche die Déws damals empfanden, als das Getreide aus dem Leibe des Stieres geschaffen wurde. Was mich hindert, dieser Erklärung beizutreten, ist der Conj. *dayâț*, den ich nur von etwas Zukünftigem verstehen kann. Anders wieder Aspendiârji: „wenn er Getreide etc. gibt“, d. h. wenn man auf dem Wege des Almosens etc. Getreide verschenkt. Wenn man diese Erklärung annimmt, findet man sich in die Nothwendigkeit versetzt, die Nom. *yavô* etc. als Acc. zu fassen. Da diese Auffassung sich übrigens durch keine ältere traditionelle Autorität stützen lässt, so glaube ich, dass sie verworfen werden muss. Sie geht wahrscheinlich auf Deçtûr Dârâb zurück, der für [illegible] (אמת נורתאך יהבננת), „als das Getreide geschaffen wurde“ liest; [illegible] (מנן נורתאך יהבננת), was er offenbar übersetzt: „wer Getreide gegeben hat“. Diese Fassung des Textes ist aber unzulässig. Schwierig ist es, die ἅπ. λεγ. *çudhus*, *pistrô*, *guñdô* und *qiçen*, *tuçen*, *uruthen*, *perethen* zu erklären. Zu *çudhus* bemerkt die Interlinearversion: غله چهار روز يا دهم روز يا يك ماه يا شش ماه تا سال „Getreide von vier Tagen, von zehn Tagen oder einem Monate oder sechs Monaten, bis zu einem

Jahre"; *pistrô* soll بيش وزياده (noch mehr) heissen; *gũñdô* wird gar nicht erklärt. In der Huzvâresch-Übersetzung entspricht dem *çudhus* das Wort (סוסת), dem *pistrô* (פישך), *gũñdô* aber (נונדך), womit natürlich nichts anzufangen ist. Nach Aspendiârji ist *çudhus* das in die Scheuer gebrachte, *pistrô* Gewinn, *gũñdô* Weizen. Ich glaube, dass hier eine Steigerung stattfindet; freilich, ob ich diese im Einzelnen richtig bezeichnet habe, ist ungewiss. Über *çudhus* habe ich gar keine Vermuthung, *pistrô* muss jedenfalls von dem Yç. XIX, 44. 46 vorkommenden *pistra* verschieden sein, das = پيشه, Kunst, ist, ebenso von dem im Vd. V, 165 vorkommenden, das Wunde bedeuten muss. Vielleicht ist aber *çudhus* das ausgewachsene Getreide, *pistra* das gemahlene; cf. lat. *pistor*, in der Bedeutung „reiben", welche der Wurzel *pish* zukommt, würden die verschiedenen Bedeutungen von *pistra* ihre Vereinigung finden; doch ist auch nicht zu übersehen, dass im Neup. پشترغ *genus spinae campestris venenatae* bedeutet, پشتك aber *crispus capillus*. Die Sache muss also im Dunklen bleiben. *Gũñdô* habe ich mit گندگا verglichen; es ist dies der Name eines Krautes, das die Bären sehr lieben. Rückert, der für *pistra* die Bedeutung „Mehl" vorzieht, denkt an Kuchen. Das Wort ist wohl ohne Zweifel = neup غُنْد *collectio*, *conventus* und غُنْدَه *massa farinaria*. Aspendiârji *gũñdô* = Weizen, als ob es = گندم wäre. Dies scheint mir aber wegen des schliessenden *m* nicht gut möglich. Deçtûr Dârâb ganz unmöglich: *çudhus* = سه روز drei Tage, *pistrô* = بيش mehr, *gũñdô* = اندك wenig. — Wie diese Nomina, so sind auch die Verbalformen sehr schwer zu erklären, in ihnen muss natürlich auch eine Steigerung stattfinden. Die Wurzel *qiç* findet sich noch gebraucht Yç. IX, 37, wo es Burnouf vermuthungsweise mit *siffler* gibt, indem er skr. *çvaç* herbeizieht, ihm bin ich gefolgt. Allein dass neben *çvaç* noch eine Nebenform *sviç* existirt habe, ist nicht erwiesen und nicht einmal wahrscheinlich, auch spricht die Tradition nicht für diese Bedeutung. Eher lässt sich an neup. خويسه *disputatio*, *contentio* denken. Allein die Huzvâresch-Übersetzung erklärt (חויסת חנמנד) mit (ען דגרמן דרוונת הנמנד), sie machten sich auf die Beine, und ich glaube, dass wir, so lange wir nichts Besseres wissen, bei dieser Erklärung stehen bleiben müssen. *Tuçen* habe ich mit „Husten“ gegeben, wobei ich natürlich nicht an lat. *tussis* gedacht habe, sondern an afghanisch ټوخى *cough*, ټوخېدل *to cough* (cf. Dorn Afghan chrestomathy, s. v.). Verschieden die Huzvâresch-Übersetzung, der ich nun den Vorzug geben würde, [illegible] sie sind leer geworden; die Wurzel *tuç* würde dann mit neup. تهى, leer, zusammenhängen, gewöhnlich stellt man bekanntlich dieses neup. Wort mit hebr. תוהו zusammen. Sie sind leer geworden, soll aber laut Glosse heissen: [illegible] (אנאומית) hoffnungslos. Stärker die Interlinearversion تباه بیدهند sie sind zu Grunde gerichtet, so auch Aspendiârji. Deçtûr Dârâb bei Anquetil *zir*, was wohl für = زير stehen soll. *Uruthen* habe ich = skr. *rud*, weinen, genommen, dafür sollte allerdings im Altbaktrischen *urudh* stehen; es kommen aber Fälle vor, dass *th* = *dh* geschrieben steht cf. *dadhwdo* und *dathushô*, *vaêtha* zu *vid*. u. s. f. So auch die Interlinearversion, Deçtûr Dârâh und Aspendiârji. Indess die Huzvâresch-Übersetzung hat dafür das dunkle [illegible] (נרשית הנמנד) und erklärt [illegible] (אישאן נהאנן ונויך כנת), sie werden unsichtbar und betrübt gemacht. *Perethen* habe ich als eine Erweiterung der Wurzel *pere*, hinübergeben, aufgefasst und dem Worte die Bedeutung fliehen gegeben. Huzvâresch-Übersetzung [illegible] (so A., dagegen C. [illegible]) was פורית הנמנד gelesen werden muss. Interlinearversion unsinnig = پرورد. Aspendiârji sie sind zerstört. Deçtûr Dârâb خراب كند, wonach *perethen* mit *tuçen* zusammenfallen würde. Vielleicht ist *pereth* an die Wurzel *pere*, Krieg führen, anzuschliessen, und es heisst dann: die Daevas sind bekriegt.

109. Ein äusserst schwieriger Satz, den ich auch jetzt nicht mit Sicherheit verstehe. Ich construire *idha nmânê mithnâţ daêva aiwi jaiti*. Hier in der Wohnung bleiben die Déws vermittelst Niederschlagung. *Mithnâţ* bezieht sich auf den nachfolgenden Plur. *daêva*, wie auch die semitischen Sprachen das dem Subj. vorausgehende Verbum in dem Sing. setzen können. *Aiwi jaiti* muss inst. eines Abstractums sein. So erhält man den Sinn, den meine Übersetzung ausdrückt. Westergaard liest *aiwi jaitê nmânê*, wodurch man den entgegengesetzten Sinn erhält. Dort verweilen die Déws in der geschlagenen Wohnung. Ähnlich scheint die Huzvâresch-Übersetzung zu erklären: [illegible] (רתמנן מאנד שידא סנן מיהמאנש בנא מחיתננית), dort bleibt der Déw (und) schlägt

besonders. Für *nmânê aghâi gundayâi* hat die Huzvâresch-Übersetzung: [illegible] (דר זך גרמן מאן ונוגדך), was ich nur übersetzen kann: in Bezug auf diese Wohnung und Getreide (oder Mehl). Aus dem Präs. [illegible] scheint mir hervorzugehen, dass der Übersetzer *aiwi jaiñti* gelesen habe. Allein ich kann mich diesen Erklärungen unmöglich anschliessen. Wie mir scheint, ist der Übergang zu schroff und unvermittelt. In den Paragraphen 105—108 ist von dem Schrecken die Rede, den die Déws bei der Annäherung des Getreides empfinden, und nun soll plötzlich gesagt sein, dass die Déws in dieser Wohnung bleiben? Man muss, wie die Erklärung bei Aspendiârji thut, einen Satz suppliren, wie etwa: Wenn man Getreide einem Übelthäter gibt. Dies ist aber eine etwas starke Zumuthung, auch scheint mir die Glosse zur Huzvâresch-Übersetzung gerade das Gegentheil zu sagen, sie lautet: [illegible] (איעשאנן גורתאך פנן ונאסכארש רא יהבננת), d. h. von ihnen ist Getreide in Übelthat nicht gegeben. *Aghâi gundayâi* ziehe ich zu *nmânê*: in der Wohnung für diese Getreidehaftigkeit, d. h. wo die Ähren sich befinden. Da *gunda* hier als Fem. erscheint, da es doch in §. 108 masc. war, so scheint mir in der Femininendung eine Modification der Bedeutung liegen zu müssen. Ich nehme *gunda* als collectiv (wie *a* fem. als Abstr. öfter vorkommt), der Inbegriff des Getreides. Aspendiârji ist mir nicht ganz deutlich. Bei Anquetil entsprechen unserem Paragraphen die Worte: *quelque peu que l'homme en donne, il frappera, il détruira le Dev dans le lieu où il donnera ce peu (de grains).* Die handschriftliche Übersetzung, der ein Theil der Glosse noch beigemischt ist, lautet folgendermassen: *si on donne peu, c'est détruire le diable, c'est le frapper et il est puni proportionnément à ce qu'il ordonne, il ne faut pas donner ces grains aux pecheurs.*

110. Dieser Paragraph ist noch weit schwieriger als der vorhergehende. Ich habe *zafare* als Acc. genommen, zunächst abhängig von *çadhayêiti*. Zur Hölle, indem sie zerfliessen, gehen sie *aya maçô* wie (glühendes) Eisen, so dass *tafçaiñ-aya-maçô* zusammen zu nehmen wäre. Dazu gibt die Huzvâresch-Übersetzung einige Anhaltspunkte. *Zafare* habe ich als Hölle gefasst, da die Huzvâresch-Übersetzung [illegible] (צופר) gibt, was ich für pârsi *zufur* (cf. Pârsi Gramm. 142, 5. 154, 13) und neup. زرف gehalten habe. Es

liegt allerdings nahe, an neup. زفر zu denken, wie denn auch die Interlinearversion und Deçtûr Dârâb دهان geben cf. auch *thrizafanem* Yç. IX, 25, dort setzt aber auch die Huzvâresch-Übersetzung (צפר). Rückert sucht beides zu vereinigen, indem er *zafare* als Höllenrachen fasst. Merkwürdig ist, dass die Huzvâresch-Übersetzung *maçô* = vor *aya* setzt, ganz gegen ihre Gewohnheit also von der Wortstellung des Originals abweicht; man kann daher zweifelhaft sein, ob sie nicht *maçô* zu *zafare* zu ziehen wünscht. Ebenso setzt sie *tafçaún* nach *aya* und übersetzt beide Worte mit (אסינגי תאפתך), geschmolzenes Eisen; *tafçaún* müsste eine Participialform sein und stünde wie neup. تفسیده. Hieraus scheint mir hervorzugehen, entweder: dass die Übersetzer in ihren Handschriften eine ganz andere Wortstellung vorfanden, unser Text mithin verdorben ist, oder: dass sie selbst in Verlegenheit waren, wie sie übertragen sollten und nicht mehr wörtlich übertragen konnten. *Haúm urvîçyâoghô* — eine sonst nicht mehr vorkommende Form — wird mit (נר הם ושת i. e. ہم گشته) gegeben, *çadhayéiti* wie gewöhnlich mit (מימננית) cf. zu Vd. III, 59. Nach Aspendiârji wäre der Sinn: Wo viel Getreide ist, da ist es gerade, als ob man mit glühendem Eisen den Déws auf den Mund ein Brandmal drückte. Der Sinn ist nicht unpassend, aber ich kann auch nicht einmal einen Versuch machen, denselben in den Text zu bringen. Eine entfernte Ähnlichkeit mit unserer Stelle hat die (gleichfalls dunkle) Schlussstelle von Yt. 11, 6. Die Worte *yaṭ yavô pôurus bavâṭ* fehlen in ACF, aber die Huzvâresch-Übersetzung hat sie (אמת נורתאך כבד דדהוננית), wenn das Getreide viel ist. Es ist nun möglich, dass diese Worte ursprünglich blos Glosse zu dem Vorhergehenden waren; so habe ich die Sache angesehen und darum den Satz mit Klammern eingeschlossen. Sie können jedoch auch aus Versehen in den obigen Texten ausgefallen und dadurch die Übersetzung mit der des vorhergehenden Paragraphen vereinigt worden sein. Im letzteren Falle fragt es sich nun wieder weiter, ob man die Worte mit dem Vorhergehenden oder mit dem Folgenden vereinigen soll. Das Erstere thun die einheimischen Übersetzungen, das Letztere, wie mir scheint, Westergaard; ihm würde ich mich anschliessen, falls der Satz aufzunehmen sein sollte.

112. *Aqarentaim* = (מן אחורתארש), vom Nichtessen, in der Huzvâresch-Übersetzung, so kann man natürlich das Texteswort nicht übersetzen. Ich lasse *aqarentaim* von *naêcis* abhängen und sehe darin den Gen. plur. des Particip. praes. von *qar* ohne Ausstossung des n. *Tva* = توان von *tu*, können, muss der nom. eines part. praes. sein. Auch die Huzvâresch-Übersetzung gibt das Wort mit (תובאנן).

113. *Ashayaim* habe ich mit den meisten Handschriften hier beibehalten. Westergaard *ashyaim* in Übereinstimmung mit Yç. IV, 3. Liest man wie ich *ashayaim*, so muss es von *asha* mit euphonischem *y* gebildet sein, ganz wie Yç. IV, 3 *aghuyaim* aus *aghu*.

114. *Vâçtryaim* Abstractum von *vâçtrya*. Da es die Huzvâresch-Übersetzung mit (כאר ורזשניך) übersetzt, so ist es vielleicht nicht in seiner engeren Bedeutung Ackerbau zu nehmen, sondern in dem weiteren: Handeln überhaupt, wie *vâçtra* namentlich in den Gâthâs auch vorkommt, cf. auch Vd. IX, 35. Daneben stehen die Worte (בנכן חואהשניך), Sohnverlangung, und sollen mithin Erklärung von sein. Dagegen geben mehrere Handschriften noch *nôiṭ ughraim puthrôistîm*, die in der Huzvâresch-Übersetzung und den bessern Handschriften fehlen. Ich glaube, dass sie erst aus dieser Glosse entstanden sind und halte sie für unecht, darum habe ich sie auch in Klammern eingeschlossen.

115. *Qâshaya* ist entweder Loc. eines masc. oder neutr. Subst. *qâsha*, oder Inst. eines fem. *qâsha*. In dem einen wie in dem andern Falle ist die Wurzel *qâsh*, essen, eine Nebenform von *qar*, die sich im neup. خوالدن erhalten hat. Huzvâresch-Übersetzung (מן חורתארש), wegen des Essens. *Jvaiñti* ist die Lesart der besseren Handschriften und ich behalte sie gegen die der schlechten *jvaiti* bei, da das Collectivum *aghus* sehr wohl mit dem Plural construirt werden kann. Die Form *framereyêiti* oder *framereyêitê* wieder im Sing., vielleicht auch dass *framiryêitê* gelesen werden könnte, wie auch *kairyêñtê* neben *kiryêñtê* vorkommt cf. die Var. zu Vd. III, 30. Über den Sinn der Stelle findet keine Abweichung statt.

118. Über diese Stelle habe ich schon in der Note zu meiner Übersetzung gesprochen und die Gründe angegeben, warum ich, trotz der Härte, die Lesart der Handschriften mit Übersetzung beibehalten habe. Meine Gründe haben indess Rückerts Beifall nicht

gefunden und auch Westergaard hat die Lesart der V. S. vorgezogen. Allerdings muss zunächst auf die Frage geantwortet werden, und das kann nur geschehen, indem der Satz heisst: (der erfreut die Erde zum Fünften) wer sie für den reinen Mann bebaut. Westergaard liest: *yaṭ bâ paiti çpitama zarathustra aǧhâo zemô nairê ashaonê verezyâṭ ashaya vaǧhuya dadhâiti yaṭ bâ paiti çpitama zarathustra aǧhâo zemô nairê ashaonê verezyâṭ ashaya vaǧhuya nôiṭ dadhâiti.* Es mag allerdings ein alter Fehler vorliegen, so dass die Abschreiber gleich zu dem zweiten *verezyâṭ* fortgegangen wären, und so eine Zeile ausgelassen hätten. Alt jedoch muss der Fehler sein, da auch die Huzvâresch-Übersetzung die Auslassung hat. Auffallend bleibt aber der Optativ nach *yaṭ bâ paiti*, der doch in den parallelen Sätzen von Vd. III, 2 an nirgends steht, ausgenommen §. 36, aber hier folgt *verezyâṭ .... dadhâiti.* Ich möchte fast die Leseart der persischen Codd. *R* und *K* 9 bei Westergaard vorziehen, welche statt *verezyâṭ* das part. *verezyâo* lesen: wenn einer, der das Land für den reinen Mann bebaut, in Reinheit und Güte nicht gibt. *Ashaya*, *vaǧuhya* halte ich für Adverbia auf *ya*. Aspendiârji stimmt mit der Fassung der Vendîdâd-sâdes überein.

119. *Çpâ*, werfen, wohl mit griech. σπάω verwandt, ist durch verschiedene Stellen sicher gestellt. Der Sinn der Stelle ist zwar klar, aber die grammatische Construction keineswegs sicher. Für *avi* möchte Rückert lieber mit Aspendiârji *ava* lesen, und so liest auch Lassen und Olshausen. Ich möchte *avi* mit *temô* verbinden, nicht mit *çpayâṭ*. Früher nahm ich *çpeñtayâo ârmatôis* als gen. der für den Ablativ stünde, allein ich glaube jetzt, dass die Beisetzung von *haca* zum wenigsten ganz unerlässlich wäre, ich lasse jetzt lieber den gen. von *temô* abhängen, freilich ist dann nicht recht klar, wo das Subject zu *çpayâṭ* sein solle, es muss indefinit stehen. Nimmt man *avi* oder *ava* zu *çpayâṭ*, so wird man annehmen müssen, dass die Tradition falsch abtheilt und den Acc. *temô* von dem folgenden *âcâ* abhängen lassen. Cf. den folgenden Paragraphen. Glosse: [illegible] [illegible] זכי נר פיתאכינינד איע מנן דר) [illegible] שיתא (? פרות מאנד אי דסת דכוימננית אמת דרונד אש המימארש כנתנן (נֿי נרמן ראי רוין נר דושאוו רמיתננד), was ich übersetze: „dies macht offenbar: wer im Gesetze (? [illegible] = داد Interlinearversion) zurück-

bleibt, da ist es möglich, wenn die Schlechten ihn wegen des Betrugvollbringens in die Hölle werfen". Aspendiârji so wie die Huzvâresch-Übersetzung nehmen fälschlich *çpeñtayâo ârmatôis* als Subject des Satzes.

120. Bei diesem Satze macht die Präp. *â* einige Schwierigkeit. Nach der traditionellen Abtheilung, wie ich sie in meiner Ausgabe durchgeführt habe, muss man *âca* als Präp. zum vorhergehenden Worte ziehen, *âca vaêshô — âca acistem — âca ahûm*. Hebt man diese traditionelle Abtheilung auf, so könnte man *âca* als Postposition zum vorhergehenden Worte ziehen. Wir erhalten dann *temô âca — vaêshô âca — acistem âca ahûm*. Bei der ersten Fassung ist unpassend, dass zu dem Begriff *acistô aghus* der schlechteste Ort, die Hölle (opp. τῷ *vahistô aghus*, Paradies) zweimal *âca* beigesetzt wird, einmal zum Adj., einmal zum Substantiv. Dieser Übelstand wird bei der zweiten Fassung glücklich vermieden; gleichwohl kann ich mich nicht entschliessen, diese gegen die traditionelle Abtheilung verstossende Erklärung anzunehmen; und da es gegen alle Handschriften wäre, wollte man *âca* nach *acistem* streichen, so bleibt mir nichts übrig als zuzugeben, dass der Verf. *âca* einmal zu oft gesetzt habe. Nach *ahûm* setzen die Handschriften noch *â*, was Westergaard, Olshausen und Lassen in ihren Text aufgenommen haben. Thut man dies, so erhält man nach der ersten Fassung zu *acistem ahûm* sogar dreimal *â*; zieht man aber die zweite Fassung vor, wenigstens zweimal, also ist derselbe Übelstand vorhanden, wie bei meiner Fassung. Es scheint indess dies [illegible] nicht in den Text, sondern in die Huzvâresch-Übersetzung zu gehören: dorthin setzt es Cod. *A* bestimmt, in *C* lässt es sich nicht bestimmt sagen, weil diese Handschrift das Abtheilungszeichen zwischen Text und Übersetzung an dieser Stelle auslässt. Ich habe [illegible] mit Cod. *A* zur Huzvâresch-Übersetzung gezogen, es ist dann אי zu lesen und etwa mit „nämlich" zu übersetzen. — *Vaêshô* — [illegible] (בישאו מנר חאנן), wie mir scheint im Wesentlichen richtig, *vaêshô* muss eine Abschwächung aus *ṭbaêshô* sein. *Acista* superl. n. *aka* statt *akista*.

121. Meine Übersetzung dieser Worte wird wohl richtig sein, obwohl sie schwerlich mit der Tradition übereinstimmt. *Tighra*, spitzig, scharf, bedarf etymologisch keiner weiteren Begründung. Huzvâresch-Übersetzung [illegible] (תיה), womit sonst تيز ausgedrückt wird (cf.

Bund. 10, 5. ed. W.). Aspendiârji gar *dozakh*, Hölle. *Nimata*, Gras, Gesträuch, am deutlichsten Vd. IX, 171, an andern Stellen Vd. V, 121. VIII, 1. könnte man mit Rückert auch an neup. نمد Teppich, denken, an unserer Stelle hat man die Wahl zwischen beiden Bedeutungen. Als Gras, Gesträuch ist *nimata* mit griech. *νέμειν*, altskr. *nimid* zu vergleichen; die Bedeutung Decke, Geflecht, ist wohl die abgeleitete desselben Wortes. An unserer Stelle ist *nimata* überwiegend bezeugt, an den andern findet sich auch *nemata* in guten Handschriften und diese Leseart hat Westergaard vorgezogen. Es lässt sich nicht leugnen, dass sich *nemata* gut an die Wurzel *nem* der Bedeutung nach anschliessen würde, aber die Endung — *ata* ist doch auffallend. — Die Huzvâresch-Übersetzung gibt *nimata* hier mit dem dunklen [illegible], wofür die Interlinearversion unsinniger Weise آفرین باد, es sei Lob, setzt, Deçtûr Dârâb نه بیند er sieht nicht, ebenso wenig brauchbar. Aspendiârji Ort, wohl auch blos gerathen.

123. *Anuçkañti* = [illegible] (אנראראי הפרנניה), die negative Form des Verbums, die in andern indog. Sprachen nicht gebräuchlich und auch im Altbaktrischen nicht häufig ist, hat man schon längst auffallend gefunden. Eine Änderung wäre gegen die Handschriften und auch die Huzvâresch-Übersetzung schützt die Form auffällig.

124. Cf. zu Vd. III, 69.

125. Es erscheint hier zum ersten Male eine im Vendîdâd sehr gebräuchliche Strafangabe, die wir ihrer Wichtigkeit wegen nicht blos den Worten, sondern auch dem Sinne nach näher betrachten müssen. Anquetil übersetzt: *(le coupable) doit être frappé cinq cens fois (avec des courroyes de peau) de cheval ou de (peau de) chameau; ce qui répond a cinq cens derems.* Der letzte Zusatz *ce qui répond etc.* gehört nicht dem Texte an, sondern ist Glosse. Dazu macht Anquetil die Bemerkung: *Sréoschô tcherenéïé: en pehlvi, sérosch djerenanm, c'est à dire que le coupable doit payer 500 derems, ou le poids (en argent) de 500 derems. La traduction pehlvie ne fait que répéter les deux mots zends et les Parses ne sçavent pas positivement ce qu'ils signifient. Le Pharhang zend-pehlvi rend sréosché par derem. Si cette traduction est exacte, tcherenéïé pourra signifier, qui a cours, en parsi, ké djari schavad; c'est à dire, des derems de*

poids, de bon alloi. Mais peut-être est-ce la ressemblance de djerenaum avec derem, qui a fait prendre ces deux mots l'un pour l'autre. — Les Perses ignorent ce que l'on doit entendre ici par le mot derem; si c'est la monnoie, ou le poids de ce nom. Plusieurs habiles destours pensent qu'il est question du derem (ou derhem) espece de poids qui, selon leur évaluation, est un peu moindre que nôtre gros etc. Die handschriftliche Übersetzung lautet ganz ähnlich: *Il sera frappé, frappé cinq cens fois d'un chabouk de peau de cheval ou chameau son peché est de 500 derems, et il est alors anéanti (?).* Hier ist, abgesehen von allem andern, fehlerhaft, dass Anquetil oder sein Deçtûr *astra* mit *ustra*, Kameel, verwechselt hat. Aspendiârji verschieden, seine Übersetzung scheint mir zu bedeuten: 500 im Hochschlagen schlägt die Geissel, 500 die Peitsche. *Açpahê astraya* gibt nämlich Aspendiârji durch *durrâ* i. e. دُرّه *(coria vel lora consuta aut contorta in castigandis maleficis adhibita) çraoshô-caranaya* mit *câbuk (a horse-whip)*. Interlinearversion *açpahê astraya* = پوست اسپ پوست اشتر, wie Anquetil; für *çraoshô-caranaûm* ganz sinnlos, wie folgt: اندرو خاکستر آتش ورهرام. — Schon aus diesen neueren Übersetzungen geht hervor, dass Anquetil nach ihnen kein Recht hat das Wort *le coupable* zu ergänzen. Noch weniger ist dies nach der Huzvâresch-Übersetzung der Fall, die wir der Wichtigkeit wegen vollständig hersetzen. [Pahlavi] (אלש נופת אנהובא 500 סנן מאם זנשנש מאם זנשנן אסף ואשתר 500 סרושוֹרנאם דו תנאפואר ונים ונאם). Statt [Pahlavi], was allerdings die Handschriften hin und wieder bieten, möchte ich jetzt lieber lesen [Pahlavi], was gleichfalls in den Handschriften steht, und dann die Stelle übersetzen: „Darauf sprach Ormazd: 500 mit Schlagen ist zu schlagen (mit) Pferdestachel, 500 *Çraoshocaranaûm* — 2½ Tanafur an Sünde". Hier ist es noch deutlicher, dass nicht *le coupable* ergänzt ist, die Huzvâresch-Übersetzung übersetzt *upâzananaûm* mit dem Abstractum [Pahlavi] (מאם זנשנש), *upâzôiț* mit dem Adj. verb. [Pahlavi] (מאם זנשנן), es ist zu schlagen. Wollen wir also *upâzôiț* übersetzen, so muss man übersetzen: „man schlage", wie ich gethan habe oder noch wörtlicher: „er schlage"; in beiden Fällen aber ist ein Acc. zu ergänzen und es fragt sich nur, welcher. Wollte man annehmen er schlage (sich selbst) mit etc., so würden wir wieder auf den Sinn Anquetils hinauskommen, und es scheint, dass auch die neueren Parsen wirklich geneigt sind ihn anzuerkennen. Allein hierbei ist zu beachten, dass Niemanden einfällt, die Strafe in Anwendung zu bringen; auch ist eine solche unsinnig hohe Prügelstrafe selbst für die geringsten Vergehen kaum jemals denkbar. Ich bleibe daher bei meiner früher (cf. Avesta I, 293. 294) ausgesprochenen Ansicht, dass es sich hier nicht um Leibesstrafen handelt, die in dem parsischen Systeme nicht einmal einen Sinn hätten, sondern um das Schlagen von schädlichen Thieren. Sowohl *astra* als *çraoshô-carana* werden zum Tödten schädlicher Thiere gebraucht (cf. Vd. XIV, 29. XVIII, 9), das Tödten dieser selbst als eine verdienstliche Handlung gepriesen (Vd. XVIII, 144—148); auch Stellen wie Vd. IV, 69, 72 sprechen nicht gegen diese Ansicht, wie wir sehen werden. Ferner erwähnt Agathias (II, 24. Nieb.) als Sitte bei den Persern, dass sie schädliche Thiere tödten und dann zu ihren Priestern bringen. Da die Parsen schon früh die Strafen in Geld umgewandelt zu haben scheinen, so mag ihnen die ursprüngliche Bedeutung der Worte entgangen sein. Schon die Huzvâresch-Übersetzung bestimmt diese Sünde als $2\frac{1}{2}$ Tanafur. — In den Worten selbst ist das lange *a* in *upâzananaûm*, *upâzôiṭ* auffällig und man könnte fragen, ob man nicht überhaupt von der Tradition abweichen und *upâz* lieber in *upa-az* auflösen solle? *Upâzana* würde dann Hinzutreiben heissen müssen. Von *astra* ist schon zu Vd. II, 18 die Rede gewesen, *Çraoshô-carana* scheint eine Art Fliegenklatsche gewesen zu sein. Der Unterschied war wohl, dass man mit dem *astra* nur ein Thier auf einmal, mit dem *Çraoshô-carana* aber mehrere umbringen konnte.

132—134. Der Unterschied der verschiedenen Ausdrücke wird hier von der Huzvâresch-Übersetzung folgendermassen festgesetzt. *Çîtha* soll Busse [illegible] (פנן חואסתך) d. i. an Vermögen sein (dagegen spricht aber III, 124. 125); *âperetis* die Busse durch *astra* und *Çraoshô-carana*; *yaozhdâthra* endlich das Geistige [illegible] (פנן רובאנן) betreffen. Aspendiârji versteht aber *âperetis* nicht von *pere*, füllen, sondern von *pere*, überschreiten und übersetzt daher [illegible] (סוהר) mit پل گذار Brücke überschreiten.

136. *Haca* ist hier entweder mit dem instr. oder Acc. pl. construirt, keinenfalls mit dem Abl., wie gewöhnlich. Man kann es viel-

leicht hier adverbial nehmen, dies thut offenbar die Huzvâresch-Übersetzung, welche dafür (ממן) hat. Doch findet sich *haca* in Yç. X, 54 ebenso construirt und zwar in der gewöhnlichen Bedeutung (auch Vd. IX, 168. X, 11), daher scheint mir Rückert's Ansicht sehr wahrscheinlich, dass das ablative *ṭ* in manchen Fällen abgefallen sei, wie im Lat. Für diese Ansicht sprechen auch Adverbien wie *paçkâṭ* und *paçca*, *navâṭ* und *nava* etc. — Dass die Worte *yavaêca yavaêtâitê* eigentlich nicht heissen: bis zur Auferstehung, sondern „immerfort“ (*yavaêtâṭ* ist = neup. جاودان), hat Burnouf (Etudes I, 1. fg.) gezeigt. Dem Sinne nach bedeuten aber diese Worte nichts anderes (cf. Windischmann's Studien p. 231 fg.). Cf. auch armen. աւէտ immer, und յաւէտական Ewigkeit. Die Leseart *yavatâṭ*, welche Burnouf vorzuziehen vorschlug und welche auch ich angenommen hatte, wird durch die besseren Handschriften nicht bestätigt, man wird es also bei *yavaêtâṭ* bewenden lassen müssen, obwohl mir keine weitere Form bekannt ist, wo die Endung *tâṭ* an einen cas. obl. angesetzt wäre.

137. Die beiden Worte *kva aêva* (oder *kva yava*) übersetzt die Huzvâresch-Übersetzung mit (בנא אאמת אמת איתונן), was ich nur übersetzen kann: aber wann? wenn es so (ist). Die Sünden also, welche vorher unsühnbare genannt waren, werden unter gewissen Umständen doch sühnbar. *Kva* steht also wie skr. *kva*, *aêva* muss auch = skr. *eva* sein, ich weiss allerdings keine weiteren Belege für diese Partikel, cf. jedoch *aêvatha* Vd. V, 53. Vielleicht ist *yava*, die Leseart der V. S., die richtige. — Die folgenden Paragraphen bilden also bis zum Schlusse des Capitels einen Zusatztitel zu dem Obigen.

138. *Âçtutô* geben die Übersetzungen mit (אסתובאנן) oder استوار, es ist genauer ستوان. Es muss das Part. auf *ta* von *çtu* sein, aber in activer Bedeutung, weshalb der Acc. *daênaim mâzdayaçnîm* davon abhängen kann. Ebenso muss *aiwi çravanô* ein Hörender bedeuten. Huzvâresch-Übersetzung (מאם ושממבננת). Deçtûr Dârâb بالا بشنود, womit auch Aspendiârji übereinstimmt.

140. *Aêtâciṭ* muss als Acc. des neutr. aufgefasst werden. Alle Übersetzungen: diese (Sünden), richtig. *Âçtaranaêibyô* muss hier ganz dasselbe sein wie *âçtutô* in §. 138. Huzvâresch-Übersetzung

etwas frei: [illegible] נרמנשאנג ונאם מן גרמנשאן אנשותאאנן רמיתננית) [illegible] אסתובאנש פתיתיכש סנן דינן מאזריסנאנן פיתאך) und jene Sünden entfernt von jenen Menschen die Beständigkeit (das Beichten), die im mazdayaçnischen Gesetz offenbare. אסתובאנש wird also hier durch „Beichte“ erklärt.

141. *Everezanibyô* muss man von einem Thema *everezan* ableiten, die Leseart *everezinibyô* lässt sich gleichfalls halten. Die Glosse richtig: „wenn er sie bereut (sprechend): ich werde sie (die Sünde) nicht mehr thun.“

142. Die Huzvâresch-Übersetzung fügt dem leichten Satze keine weitere Erklärung bei, Aspendiârji erklärt unter Bezugnahme auf Vd. V, 78, wenn man eine Sünde beichte, so könne der Priester, dem gebeichtet wird, ein Drittel derselben nachlassen, die übrigen zwei Drittel aber vergebe Ahura Mazda selbst, wenn man den Patet spreche.

143. Das Subst. *draosha* scheint einer Wurzel *drush* entsprungen zu sein, die nur blos eine Nebenform von *druj*, *druzh* sein kann. Die Huzvâresch-Übersetzung versteht darunter eine besondere Art des Diebstahls: [illegible] אי הנא דאנר) [illegible] [1]) [illegible] איע דוגו רא אפאית כנתנן בנא סנן הנא דאסינית איע אמת מן תובאניכאנן דוגם נר דרוישאנן יהבננם הם כנסך) d. h. er weiss, dass man nicht stehlen soll, aber er meint: wenn ich den Reichen bestehle und es den Armen gebe, so ist es auch eine gute That. — Die Worte; *çpayêiti yâtughnem* fehlen in den Handschriften mit Übersetzung und in der Huzvâresch-Übersetzung, ich habe sie auch ausgelassen.

144. Die Worte sind einfach. Huzvâresch-Übersetzung: [illegible] רמיתננית אארוב כינש [אי הנא) [illegible] דאשתנן בנא] הנא דאנד איעש פתכאר רתש ראואר אפאית דאשתנן בנא הנא רא חויתננית איע פתכאר רתש ראואר אפאית דאשתנן חוף רותמן בנא אפאית כנתנן אית כנן איתונן דמננית אי איע מרנרנאנן ען אפאית זכתננתנן בנא הנא רא חויתננית איע נוית כן פרמאנני דסתובראנן רא אפאית

[1]) Codd. [illegible].

וכתרגנתנן) d. h. „er entfernt die Blutrache gegen den Reinen (er ist dafür zu halten); er weiss das, dass man sich vom Streit zurückhalten muss; aber er weiss das nicht, dass man sich vom Streit zurückhalten und zugleich Gutes thun muss. Manche sagen (er weiss), dass man einen des Todes würdigen tödten muss; aber er weiss nicht, dass man dies ohne Befehl der Deçtûrs nicht thun darf". Die Worte אי הנא דאשתנן בנא sind, wie ich jetzt glaube, zu streichen, sie stehen in C, A hat an dieser Stelle eine Lücke, die aber kaum gross genug ist, um die Worte zu enthalten. Dagegen glaube ich, dass nach dem zweiten (אי) das Wort (דאנד) fehlt, das beide Handschriften nicht haben. Statt (דסתובראנן) wie A und meine Ausgabe hat, liest C (דאתובראנן) Richter — vielleicht besser.

146. In diesem Paragraphen liegt eigentlich der Schwerpunkt des Ganzen; denn da der Verfasser vorher (§. 136) gesagt hat, dass die Sünde, einen Todten zwei Jahre lang in der Erde zu lassen, *anâperetha* sei, aus unserem Paragraphen aber hervorgeht, dass das Gesetz die *anâperetha skyaothna* hinwegnehme, so ist hiemit das Wesentliche gesagt.

147. *Derezânô peretem pârem*: „die hoch aufgelaufene Schuld". Huzvâresch-Übersetzung (רמיתננית זך שכופת פורתכש אפאם). Auch Aspendiârji: die sehr hohe Schuld. Glosse der Huzvâr.-Übersetzung: הנא דאנד איעש ען אפאית) דנסיננתנן בנא הנא רא דאנד איע מאמש מן סודך רא אפאית דנסיננתנן) „das weiss er, dass er sie (die Schuld) abtragen muss; aber das weiss er nicht, dass er nichts von den Zinsen nehmen soll." Damit stimmt auch Aspendiârji. *Pâra* = (אפאם) i. e. آوام Schuld, قرض bei Aspendiârji, ich habe längst afghanisch پور verglichen, was dieselbe Bedeutung hat. *Pereta*, von derselben Wurzel wie *pâra*, muss schuldig geworden, verschuldet, bedeuten. *Derezânô*, eigentlich *part. med.* von *derez*, binden, fest sein, muss entweder mit „hoch" oder „sehr" übersetzt werden, wie ich und Aspendiârji gethan, oder vielleicht auch mit „bindend", „verpflichtend".

148. *Cica* nach *yâ* ist verallgemeinender Beisatz, ähnlich wie *cit*, *cina*. Dies beweist die Huzvâresch-Übersetzung, welche *yâcica* mit (ניכאמבנאי cf. Huzvâr.-Gr. §. 87, *b*) übersetzt.

149. *Mańnayen ahê* cf. zu Vd. II, 96. Der Vergleich mit dem Winde findet sich auch im Mînôkhired und ist schon in meiner Übersetzung (Bd. I, p. 21) angeführt worden; hier brauche ich blos die Texteswerte zu erläutern. *Framerezaiti* = [Pehlevi] (סנאב מארית), das neup. مالدن stammt offenbar von *merez* ab. *Derezi* nom. sg. von *derezin* Huzv.-Übers. [Pehlevi] (שכוםת), womit oben §. 147 auch das von derselben Wurzel stammende *derezânô* übersetzt ist. Es ist hier heftig, stark, Aspendiârji richtig سخت, Deçtûr Dârâb کشاده, die Parallelstelle des Mînôkhired hat übrigens in beiden Handschriften [Pehlevi] oder [Pehlevi], was auf neup. شتافتن zurückzuführen wäre. *Tâkathrô* = [Pehlevi] (תך) i. e. تک; offenbar ist *tâkathrô* Bildung aus derselben Wurzel *tak*. — *Thwâsha* = سپهر das Himmelsgewölbe, der Himmelsraum. *Dashinâț* habe ich übersetzt: von der rechten Seite her, also wohl von Süden her. Anders die Übersetzungen, welche in *dashina* [Pehlevi] (דשת) i. e. neup. دشت sehen wollen, worin ich ihnen nicht folgen kann; auch kenne ich keine andere Stelle, wo *dashina* so übersetzt wird, es heisst immer rechts.

151. Meine Übersetzung dieses Paragraphen scheint im Wesentlichen richtig zu sein, auch Aspendiârji in seiner Glosse erklärt die Stelle ebenso. „In dem guten mazdayaçnischen Gesetze ist der Patet offenbar gemacht, durch welchen alle Sünde entfernt wird“. Schwierigkeit machen indess einige Wörter; *thwereçaiti* kann nicht heissen „er schafft“, sondern „er schneidet“, eine Bedeutung, welche der Wurzel *thwereç* unzweifelhaft auch zukommt (Vd. V, 9. XIII, 27). Doch wäre auch Rückert's Fassung möglich: das mazdayaçnische Gesetz macht die Strafe, es schreibt sie vor. Das wäre auch, wie Anquetil übersetzt: *La pure loi des Mazdéiesnans a établi la peine qui fait passer le pont.* Ganz unklar ist *perenâyus*, ich habe dasselbe als ein Adv. gefasst „vollkommen“, *âyus* müsste dann Endung sein (cf. *çatâyus, etahmâyus*); Rückert glaubt, es heisse „auf immer“. Huzvâresch-Übersetzung [Pehlevi] (ואסריכאנן), womit sie sonst *urvâtâ* übersetzt und was Neriosengh mit *prasiddha* gibt. Vielleicht hat die Huzvâresch-Übersetzung *perenâyus* als Adj. zu *vağuhi daêna mâzdayaçnis* gezogen: das vollkommne mazdayaçnische Gesetz, doch bleibt dies zweifelhaft. Ganz unglaublich Aspendiârji, der *perenâyus* = کناه setzt. Unmöglich wäre es auch nicht, *perenâyus-cithańm* zu einem Compositum der Abhängigkeit

zu verbinden: die Strafe der Volljährigen. Den Minderjährigen werden bekanntlich die Sünden entweder gar nicht, oder doch nicht voll angerechnet.

Vierter Fargard.

1—3. Die grossen Schwierigkeiten, welche das Verständniss der ersten Sätze dieses Capitels fast unmöglich machen, habe ich schon in der Anmerkung zu meiner Übersetzung wenigstens berührt. Ich kann nun nicht sagen, dass die oftmals wiederholte Betrachtung dieser Stelle während der verflossenen eilf Jahre die Bedenken, welche ich damals hatte, gehoben hätten, und auch andere Übertragungen, soweit ich sie kennen gelernt habe, befriedigen mich nicht ganz. Die Huzvâresch-Übersetzung ist klar, ich setze sie ganz her.
[illegible]
(כנן און נבנא ניאישנאומנד מנדום אפאית יהבננתנן איש רא ניאישנן ראואר
ברד איעש רא יהבננית), „wer einem mit Bitte versehenen Manne — es geziemt etwas zu geben — die Bitte nicht darbringt, d. h. ihm nichts gibt“. Die Erklärung hat Vieles, was für sie spricht, namentlich von Seite der Grammatik und des Lexikons, denen keine Gewalt angethan werden muss; *nemô* wird ganz in der gewöhnlichen Art نايش gefasst und *nemağhaṭ* als mit نايش versehen. Allein wenn wir den Sinn der Huzvâresch-Übersetzung treffen wollten, so würden wir etwa übersetzen müssen: wer einem bittenden Manne das Erbetene nicht gibt. Dies würde nun wegen des Folgenden nicht passen; *nemô* in einem und demselben Satze in zweierlei Bedeutung zu nehmen, wäre selbst dann hart, wenn man für *nemô* die Bedeutung „das Erbetene“ nachweisen könnte, was nicht der Fall ist. Rückert: „wer dem grüssenden Manne nicht den Gruss wiedergibt“; dass *nemô* = نماز ist, weiss ich wohl, allein sowohl نماز als نايش bedeutet Gebet, Anbetung; die Bedeutung Gruss glaube ich dem Worte nicht geben zu dürfen. Am liebsten möchte ich übersetzen: „wer einem leihenden Manne die Schuld nicht abträgt“. Diese Fassung liesse sich zur Noth auch mit der Huzvâresch-Übersetzung vereinigen. Allein *nemô* = Schuld ist erstlich nicht beglaubigt und *nemağhaṭ* könnte dann auch nicht gut heissen leihend, sondern eher mit Schuld begabt. Ich kann demnach keine sichere Erklärung der Worte auffinden.

2. Wäre nicht schwierig, wenn einmal der Sinn von §. 1 sicher verständlich wäre. Huzvâresch-Übersetzung [illegible] דוֹנשׁ) [illegible] ניאישנן דהונגית זך זכש פנן הנא מינשנן בנא דנסיננד איע ראואר רא ידבננם אנֹש אפר ניאישנן מן ברשנן) „es ist Diebstahl der Bitte — das was er in dem Gedanken hinwegnimmt — „ich will es nicht wiedergeben“, dann Wegnahme wegen des Bitte-Tragens“. Hiermit würde sich ziemlich gut vertragen, wollte man übersetzen: „er ist ein Dieb des Geliehenen, wegen der Wegnahme des Geliehenen mit Gewalt“. Rückert: „er ist ein Dieb des Grusses durch Wegnahme des Grusses mit Gewalt“, *hazağha* = [illegible] inst. von *hazô*, skr. *sahaḥ* Cf. Yç. XIII, 7, wo *tâyu* und *hazô* ebenso beisammen stehen. — Die Worte *yaṭ nâ kaçvikaûmcana* gehören entschieden in die Glosse der Huzvâresch-Übersetzung und sind aus Vd. XVIII, 86 citirt.

3. Für diese Stelle, welche mich früher ganz rathlos liess, habe ich jetzt wenigstens eine conjecturale Übersetzung vorzuschlagen. So wenig auch die Handschriften bedeutende Varianten zu der Stelle beibringen, so vermuthe ich doch, dass eine Corruption stattgefunden habe. Die Huzvâresch-Übersetzung übersetzt nämlich das erste *ithra* mit [illegible] (נִינונן מתונן) wie Mithra, hat also wohl auch anders gelesen als wir. Ich möchte jetzt übersetzen: „Ihnen (den Gläubigern) bewahrt er es am Tage und in der Nacht mit seinen Gütern der Wohnung“, damit würde auch die Glosse der Huzvâresch-Übersetzung stimmen: [illegible] (איע פנן דרפסת נאם הנא בנא נהגננד) sie sollen es an einen sichern Ort legen. *Qâis* habe ich der Leseart *qâi* vorgezogen, weil ich nichts mit letzterer anzufangen weiss, dat. sg. von *qa* kann *qâi* nicht gut sein (es müsste wohl *qahmâi* heissen); auch lässt es sich nicht gut construiren, *qâis* kann der Instr. der Begleitung sein: mit den Seinigen. *Maêthemnahê* muss natürlich von *qâis* abhängen, Huzvâresch-Übersetzung [illegible] (מיאנן), womit sie sonst *maêthana* übersetzt. Da sich auch die Leseart *mâethanahê* findet, so liegt es nahe, dieser den Vorzug zu geben, wie dies auch Lassen gethan hat und Rückert seinerseits vorschlägt. Auf der andern Seite ist aber *mâethemnahê* handschriftlich so gut bezeugt, dass weder Westergaard noch ich selbst gewagt haben, uns von der Lesart zu entfernen. Rückert schlägt vor zu übersetzen: „Auch von andern, sei es hier am Tage, sei es hier in der Nacht, nimmt er für sich“.

4. Wenn man §§. 1—3 als auf das Schuldwesen bezüglich auffassen darf — was aber freilich meiner eigenen obigen Angabe nach zweifelhaft bleiben muss — so ist der Übergang auf Verträge, von denen im §. 4 ff. die Rede ist, sehr natürlich. *Caiti* wie viel = skr. *kati*, scheint aber im Altb. indeclinabel zu sein cf. Vd. XV, 1. Mithra ist der Genius, der über die Verträge gesetzt ist, darum wird hier sein Name für Vertrag gesetzt. Diese letztere Bedeutung liegt übrigens auch im Etymon des Wortes, welches von *mith*, vereinigen, stammt. Über die verschiedenen Arten dieser Verträge vergl. man auch meine Übersetzung des Avesta Bd. II, p. LV. not. 3.

6. *Vacahinô* aus *vacô* gebildet, mit dem Suffix *ina* wie *raocahina* von *raocô*, *ushahina* von *ushô*. Huzvâresch-Übersetzung: (סנן נובשנן). Die Glosse der Übersetzung sagt, dass nach eines Deçtûrs Meinung diese Bestimmung blos in Kraft trete, wenn es sich um den Vertrag zweier Rechtgläubigen handle; mit Recht dehnen sie aber andere Deçtûrs auch auf Verträge mit Ungläubigen aus.

7. *Zaçtâ-marstô* Handschlag, wörtlich (der Vertrag), bei welchem die Hand gerieben worden ist. Composita, deren erstes Glied ein Thema auf *a* ist, verlängern öfter den auslautenden Vocal desselben in *â*. Cf. *pairistâ-khshudra* Vd. III, 63. 64; *nistâ-zemana* Vd. XIII, 166. Dass der Handschlag einen Vertrag bei den alten Persern bindend machte, sagen auch die Alten, und Diodor sagt ausdrücklich: ἡ πίστις αὕτη βεβαιοτάτη παρὰ τοῖς Πέρσαις — Huzvâresch-Übersetzung (ידמן מושת) = *zaçtâ-marstô*, was wohl „geriebene Hand" bedeuten soll. Auch das neupersische kennt noch مشتن = مالدن cf. Vullers s. v. مشتن.

8. Die nunmehr folgenden Arten der Verträge beziehen sich nicht mehr wie §§. 6, 7 auf die Qualität derselben, sondern nur auf die Quantität des Objects. *Mazô* übersetzt die Huzvâresch-Übersetzung mit (מסאי) Grösse, ganz wie *maçô*, auch Aspendiârji = اندازه, Deçtûr Dârâb dagegen mehr umschreibend mit *moz*, was Anquetil = مزد genommen hat; daher übersetzt er es in der handschriftlichen Übersetzung mit *salaire*, in der gedruckten mit *recompense*; dies ist unrichtig, es ist blos der Werth gemeint. Die Huzvâresch-Übersetzung sagt es sei = 3 (נסתיר) i. e. 3 *Içtirs*.

9. Wenn man ein grosses Thier gekauft hat und sein Wort nicht hält, so ist dies nach der Huzv. Glosse = 12 *Içtir*.

10. Obwohl *vira* unzweifelhaft = neup. بر und latein. *vir* ist, so habe ich doch wohl den Begriff etwas zu enge genommen, wenn ich übersetzt habe: „vom Werthe eines Mannes". Im Avesta werden *paçu vîra* oft neben einander gesetzt, als Vieh und Menschen. So wird man auch hier getrost übersetzen dürfen: vom Werthe eines Menschen. Was der Verfasser des vorliegenden Stückes darunter versteht, darüber scheint keine bestimmte Tradition vorhanden gewesen zu sein. Der in der Note zu meiner Übersetzung des Avesta II, p. LV. n. 3. citirte Rivâiet gibt es frei mit: پيمان دختر بشكند; hiernach handelte es sich also um den Bruch eines Ehevertrags; wenn Jemand seine Tochter zur Ehe versprochen hat und dann das Versprechen nicht hält. Dies scheint mir auch das Wahrscheinlichste. Aspendiârji gibt *vîra* mit Sohn und Tochter, in der Glosse scheint er es auf den Bruch des Vertrages zwischen Lehrer und Schüler zu beziehen (so auch Deçtûr Dârâb), was mir weniger wahrscheinlich ist. Es liesse sich bei *vîra* allenfalls auch an Sklaven denken, doch dies ist das Unwahrscheinlichste. Die Huzvâresch-Übersetzung begnügt sich, das *virô-mazô* = 500 Içtîrs anzusetzen.

11. Dieser Paragraph bezieht sich auf Ankauf von Land, ohne gerade die Grösse sehr genau anzugeben; denn *daghus* ist ein sehr schwankender Begriff und wird von grösseren und kleineren Bezirken gebraucht. Nach der Huzvâresch-Übersetzung ist es ein Betrag höher als 500 Dinare oder ٢٢ (דורו). Nach einer andern in der Glosse angeführten Ansicht ist *daghu-mazô* soviel mehr als *vîrô-mazô*, als wie *vîrô-mazô* mehr ist als *çtaôrô-mazô*. Es muss noch bemerkt werden, dass Aspendiârji hier und im Vorhergehenden die von der Huzvâresch-Übersetzung angegebenen Äquivalente nicht auf Münzen, sondern auf Gewichte, Tanks reducirt („*a weight, according to some, of one tola, or the seventy secondth part of a pukka seer; according to others of 9 mashas, and according to others of 4 mashas*". *Mahommed Cauzim: dictionary Goojratee and English* p. 149) und auch Anquetil diese Ansicht theilt. Dass die Huzvâresch-Übersetzung in dem vorliegenden Paragraphen von Münzen spricht, lässt sich bestimmt behaupten;

ich glaube sicher, dass es auch bei dem vorhergehenden der Fall ist.

12. Diesen schwierigen Paragraphen habe ich in der Note zu meiner Übersetzung als einen Zusatz zu §. 11 erklärt. Die Huzvâresch-Übersetzung leitet ihn — gegen ihre sonstige Gewohnheit — mit einer Bemerkung ein: [illegible] (דאשכי מתונן דמררננית): er sagt das Kennzeichen des Vertrags. Auch die Huzvâresch-Übersetzung dieses Satzes selbst dürfte es nützlich sein etwas näher zu betrachten, sie lautet: [illegible] (מנן מתא פנן הווחש פראאוינית איע וייש בנא נהגננד [illegible] סותינית איעש סות פתש נהגננד). Es scheint mir klar, dass [illegible] nicht als Relativum gefasst werden darf, es würde das Correlat zu „wer eine Gegend erweitert etc.“ fehlen und der ganze Satz sinnlos sein. Es muss [illegible] vielmehr Vertreter des *yô* des Grundtextes sein und dieses bezieht sich auf ein vorhergehendes *mithrô* zurück. Man wird also wohl übersetzen dürfen, „welcher (Vertrag ist) für eine Gegend, die er in gutem Wachsthum erweitert, d. h. welche man mehr macht, benützt, d. h. aus welcher man Nutzen zieht“. Diese Übersetzung ist, wie man sieht, der meinigen sehr ähnlich, auch würde der Sinn sehr wohl passen: der Verfasser des Vendîdâd beschränkt seine Bestimmung ausdrücklich auf eine fruchtbare Gegend, eine unfruchtbare hätte einen weit geringeren Werth. Allein diesen Sinn in die Textesworte zu bringen, hat seine grossen Schwierigkeiten. Liest man *daǵhavê*, so will der nachfolgende dat. sg. und die gen. sg. msc. nicht dazu passen, denn *daǵhus* ist unzweifelhaft ein Femininum. Man muss dann annehmen, wie ich gethan habe, dass es im Altb. Adjective auf *a* gebe, welche gen. comm. seien. Dass neben dem Dativ auch Genitive sich auf *daǵhus* beziehen, würde weniger bedeuten, da es wohl Fälle gibt, wo diese Casus mit einander wechseln. Dieser Schwierigkeit würde man nun freilich entgehen, wenn man sich entschliesst, statt *daǵhavê* die Lesart des *Vendîdâd-sâdes* anzunehmen; diese ist *aǵhaoê* oder *aǵhavê*, und sie hat Olshausen und Lassen vorgezogen; es wäre dies der dat. von *aǵhus*, Ort, und dieses Wort ist entschieden masc. Allein diese Lesart ist entschieden der Huzvâresch-Übersetzung entgegen, sie gibt [illegible] (מתא), was immer *daǵhus* wiedergibt, ich habe daher *daǵhavê* nicht zu ändern gewagt, so lange es noch einen andern Ausweg gibt, und auch Westergaard hat *daǵhavê* in seine Ausgabe aufgenommen. Wenn man die

Unregelmässigkeit des Genus zugibt, passen die Adjective alle ganz gut zu *dağharê: fradhemnahê, varedhemnahê* wären part. pass.: welche weit und fruchtbar gemacht wird, sich weit und fruchtbar machen lässt; *khrathwemnahê* habe ich von *khratu* in vedischer Bedeutung (Kraft) abgeleitet. Es ist übrigens zu bemerken, dass die Worte *varedhemnahê, khrathwemnahê* in der Huzvâresch-Übersetzung ganz fehlen und vielleicht zu streichen sind. Die Meinung Deçtûr Dârâb's wird von Anquetil in der gedruckten Übersetzung ziemlich genau wiedergegeben, scheint mir aber grammatisch unmöglich: *Augmenter les villages, les rendre abondans et riches, c'est une action digne d'un homme de bon sens, et très utile.* Aspendiârji's Ansicht ist mir nicht ganz klar. Rückert vermuthet, dass unser Paragraph ursprünglich nicht eine Glosse zu §. 11, sondern zu §. 10 gewesen sei; doch geben uns die Handschriften keine Anhaltspunkte für eine Änderung in diesem Sinne.

13—23. Kann ich auch jetzt nicht anders verstehen als früher. Der allgemeine Sinn scheint mir zu sein, dass als Sühne für einen gebrochenen Vertrag immer der nächst höhere Werth eintritt. Diese Ansicht scheint auch von den Pârsen getheilt zu werden, soweit es die Sache betrifft; wenigstens finden sich in späteren Schriften Andeutungen, dass dem Betrogenen in dieser Welt in der jenseitigen das Doppelte ersetzt werde. Ich glaube, dass eigentlich immer drei Sätze zusammen gehören, dass diese aber nur einmal vollständig gesetzt sind, nämlich §§. 13—15. Es sollte dann wieder ein Satz kommen, der dem §. 13 entspräche, etwa: *zaçtô bitîm mithrem kerenaoiti,* ebenso vor §§. 18. 20. 22. Diese Sätze lassen sich leicht hinzudenken. Der einzige Einwurf, den ich gegen diese meine Fassung sehen kann, ist, dass bei dieser Erklärung für den sechsten Mithra, den *dağhu-mazô*, gar keine Sühne ausgesprochen wird. Allein dies scheint mir natürlich, da dies eben der höchste Werth war, den der Verfasser überhaupt kannte, und der Werth von zwei *dağhu-mazô* mochte die Kräfte des Einzelnen zu sehr übersteigen, als dass man den Ersatz als allgemeines Gebot aufführen konnte. Aspendiârji's Erklärung habe ich schon in der Note zu meiner Übersetzung angegeben. Seine Ansicht scheint von der meinigen verschieden zu sein, und wenn ich ihn recht verstehe, meint er, unsere Stelle solle besagen, dass der, welcher einmal sein Wort gebrochen habe, durch alle weiteren Verträge, die er schliesst, seine Schuld nur vermehre. Diese Fassung ist mir jedoch nicht wahrscheinlich. Nach Anquetil's oder Deçtûr Dârâb's Fassung würden §§. 13—24 nur eine Wiederholung des Vorhergehenden sein.

14. *Framerezaiti*, nimmt hinweg, briugt in Vergessenheit cf. zu Vd. III. 149 und pârsi *framost* = فراموش. *Adhâț* = (אחר) nachher, in den Übersetzungen richtig cf. oben zu Vd. I, 2.

15. Das einzige Wort, das zu erklären nöthig, ist *aňtare-urvaitya*, denn diese beiden Worte verbinde ich zu einem Compositum. *Urvaitya* halte ich zunächst für eine Adverbialform auf *ya*, dem Stamme nach stelle ich es zu *urvathô*, Freund, sowie zu dem dunklen *urvataňm* (Gah. 4, 5), welches die Guzerati-Übersetzung mit عصمت (*integrity*) gibt, in letzter Instanz dürfte es mit *varô* Weite, skr. *uru*, weit, zusammenhängen. Hiernach wäre *aňtare-urvaitya* die auf gegenseitige freundschaftliche Übereinstimmung gerichtete Sühne. Die Huzvâr.-Übersetzung gibt *aňtare-urvaitya* mit (דר גרובאנן), was allenfalls = neup. در گروگان sein und „in Bezug auf die Übereinkunft" übersetzt werden könnte. Die neueren Übersetzer scheinen mir den Ausdruck missverstanden zu haben. Aspendiârji *vacmaňi koinê*, was wohl heissen soll: in Bezug auf irgend Jemand. Deçtûr Dârâb *an deroukhe avan*, ganz unverständlich, auch gibt er *adhâț* fälschlich mit *adâț*, ohne Gesetz wieder, daher stammt Anquetil's *sans bonne foi*. — Nach Massgabe der §§. 13—15 sind auch die folgenden bis §. 25 zu übersetzen, es wechseln blos die Ausdrücke für die verschiedenen Mithras.

24—35. Folgen nun die Strafen für die gebrochenen Verträge oder für Lügen, welche nicht gesühnt sind. Das letzte Wort des Satzes ist hinsichtlich der Lesart nicht ganz klar. Was die Handschriften betrifft, so scheint mir die Lesart *âçtâraiti* die am meisten beglaubigte zu sein, wenn man die Stellen vergleicht, wo das Wort vorkommt; doch scheint, mit Rücksicht namentlich auf Vd. XIII, 55 fg. Manches auch für *âçtryêitê*, *âçtârayêiti* oder *âçtârayêitê* zu sprechen. Letzteres hat Westergaard vorgezogen, ich habe wie Lassen, Olshausen *âçtâraiti* in meinen Text aufgenommen, da ich nicht wagte, diese jedenfalls sehr gut beglaubigte Lesart ganz zu entfernen. So viel ist übrigens klar, dass *âçtâraiti* der Bedeutung nach dasselbe sein muss wie *âçtârayêitê*, auch übersetzt es die Huzvâresch-Übersetzung so: (אסתארינית), es wäre *âçtâraiti*

Denominativum von einem (in den Texten nicht vorkommenden) *açtâra*, mit unmittelbar angesetzten Flexionsendungen. Im Pârsi heisst *âçtâr* soviel als *dosha*; wir werden also nicht sehr irren, wenn wir *âçtâraiti* mit verunreinigen, beflecken, wiedergeben. Deçtûr Dârâb *âçtâraiti* = گناه کرد, Aspendiârji: Sünder sein. — *Cvaṭ* = neup. چند steht hier entweder indeclinabel (sonst wird es auch declinirt) oder als neutraler Acc. Man kann fragen, worauf es sich bezieht, ob auf *cithanaňm* im §. 25 oder auf *naraňm nabânazdistanaňm*, ich habe das erste vorgezogen. Die Huzvâresch-Übersetzung fügt als Glosse hinzu: (איע נֿנד שנת בים דארשנן), d. h. wie viele Jahre ist Furcht zu haben? Hierin sehe ich eine Bestätigung meiner Ansicht, diese Furcht kann nur die Furcht vor der Strafe sein. Auch Aspendiârji bezieht *cvaṭ* auf die Strafe, meint aber, der Sinn sei: wie lange soll ein solcher Mann in der Hölle bleiben.

25. *Thris çatâis* habe ich für einen Instr. plur. genommen, was es der Form nach auch ist. Doch werden diese Formen auf *âis* oft etwas auffallend gebraucht und Windischmann (Mithra p. 26) hält sie zuweilen für Accusative. Dafür spräche nun auch, dass unten §. 35 in der sonst ganz parallelen Stelle der acc. *hazaǧrem* an der Stelle dieser Instrumentale steht. *Hadha cithanaňm* glaube ich richtig als Compositum gefasst zu haben. *Hadhacitha* heisst wörtlich Mitstrafe. Huzvâresch-Übersetzung (אית תוֿנשנן) ganz richtig, denn vertritt in ihr dieses *hadha* = skr. *sadha*, mit, cf. Yç. XXIX, 2. *b*, wo es Neriosengh richtig mit *saha* gibt. Ebenso componirt ist *hadhazaothra* Yç. II, 8, wo die Huzvâresch-Übersetzung aber deutlicher (רותמן ואורך) setzt. Dieses ist den neueren Übersetzern undeutlich gewesen, sie haben es für das semitische , er ist, genommen, das freilich ungleich häufiger vorkommt. So kommt denn Aspendiârji zu der Übersetzung: dreihundert (Jahre) ist die Strafe; worin wir ihm natürlich nicht folgen können. Die Auslassung eines Relativs nach *hadha cithanaňm* anzunehmen, war ich genöthigt, weil ich *thris çatâis* als Instr. aufgefasst habe. Will man es mit Windischmann für einen Acc. halten, so liegt diese Nothwendigkeit nicht vor. *Para baraiti* übersetzt die Huzvâresch-Übersetzung mit (מאם ברד) er trägt hinzu, auch Lassen und Olshausen lesen so, Westergaard *para baraitê*. Die Huzvâresch-Übersetzung über-

setzt ferner *naraúm nabânazdistanaúm* dativisch [Pahlavi] (נר נבנאאנן נבאנזדשתאנן) und bestätigt dadurch meine Auffassung. ich lasse übrigens *naraúm nabânazdistanaúm* von *hadhacithanaúm* abhängen. Glosse: [Pahlavi] (איע 300 שנת בים דארשנן) 300 Jahre muss man Furcht haben. Die neueren Übersetzungen schwächen den von mir gefundenen Sinn bedeutend ab. Nach Aspendiârji wird die Höllenstrafe auf 300 Jahre ermässigt, wenn die Anverwandten den Patet für den Verstorbenen recitiren. Anquetil in der handschriftlichen Übersetzung schlägt zwei Fassungen vor: *on le portera dans l'assemblée de ses proches qui le puniront* 300. oder: *pendant* 300 *ans il retombera sur ses plus proches parens c'est à dire qu'il restera* 300 *ans en enfer.* Alles dieses hat keine Anhaltspunkte im Texte oder in der Huzvâresch-Übersetzung; noch weniger die spätere Übersetzung Anquetil's: *la punition de ce crime sera trois cens (ans passés en enfer) ou une offrande (proportionnée à ce tems), que feront les plus proches parens du coupable.*

35. Die Sätze, welche Westergaard und Lassen aufgenommen haben, gehören meiner vollsten Überzeugung nach wieder in die Glosse, die am Ende dieses Paragraphen steht. Sie ist nicht ganz klar; soviel ich aber sehen kann, spricht sie für meine Ansicht, dass man früher glaubte, die nächsten Anverwandten würden mit den Wortbrüchigen gestraft, und die Glosse sucht eben zu mildern. Die Worte *nava drujaiti khshathraêibyô* dürften zu übersetzen sein: nicht lügt er für die Weiber, d. h. diese nehmen an der Strafe keinen Theil, dann *nerebyô hô daṅdraṅkhti*, an die Männer hängt er (der Wortbrüchige) sich. Die Worte *pairi aojaçtarô zí ahmâṭ* sind leicht, aber aus dem Zusammenhange gerissen. — Nach der Meinung des Çrâtun Buncik Kirmâni brauchen sich die Frommen wenig zu fürchten; Gogosasp sagt: wenn der Vater rein stirbt, so brauchen sich die Söhne nicht zu fürchten. Namentlich die letztere Ansicht ist es, welche die ursprüngliche Strenge sehr abschwächt.

36. Die hier folgenden Paragraphen könnten einen Einwurf gegen unsere obige Fassung der §§. 13—25 zu begründen scheinen, da hier ja die Strafen für die gebrochenen Verträge bestimmt sind. Man wird mir aber zugeben, dass diese Strafen nach der Fassung, die wir den Worten geben müssen (cf. oben zu Vd.

III, 125) allzu leicht wären. Unabhängig von der Sühne für den gebrochenen Vertrag, die man dem Menschen schuldig ist, bleibt noch die Reinigung für die Seele der Geisterwelt gegenüber, und die letztere ist es, die man durch die in §§. 36—53 beschriebenen Bussen erlangt.

54. Von hier an folgen verschiedene Strafbestimmungen für begangene Thätlichkeiten. Ich habe in meiner Übersetzung *nars* von *çnathem* abhängig genommen, den acc. als abhängig von *uçehistaiti*, also: wer zum Mann-Schlagen aufsteht. Diese Auffassung erhält eine gewisse Berechtigung durch die Huzvâresch-Übersetzung: [illegible] (מנן פנן זך נבנא סנש ראדא דכוימננית פנן זנשנן י נבנא), d. h. wer um eines Mannes willen die Waffe erhebt, wegen des Schlagens eines Mannes. Aspendiârji: welcher Mensch die Waffe ergreift. Deçtûr Dârâb: که مردم زدن بالا ایستد. Anquetil: *celui qui ose former la résolution de frapper.* Gegen Aspendiârji's Übersetzung lässt sich eigentlich vom traditionellen Standpunkte nicht viel einwenden, denn *nars* als nom. lässt sich ganz gut denken wie *âtars*, ob wohl *nars* sonst Gen. ist. Die Hauptabweichung meiner Auffassung beruht in der Übersetzung von *çnathem* als Schlag, die traditionelle Auffassung ist allerdings Waffe, also *çnatha* und *çnaithis* identisch. Allein die meisten Stellen, wo das Wort vorkommt, lassen die Übersetzung in der einen wie in der andern Weise zu (cf. Vd. IX, 36. ff. XIX, 144. Yç. XXVII, 2), an anderen aber wie Vd. IV, 106 scheint sie mir unmöglich. Auch scheint mir das Verbum *uçehistaiti* Schwierigkeit zu machen, wenn man die traditionelle Übersetzung halten will: *uç-çtâ* heisst nämlich aufstehen, aber nicht erheben. Darum bleibe ich bei meiner bisherigen Auffassung. *Âgerepta* umschreiben die Übersetzungen blos und sehen darin den Namen der Strafe. So schon die Huzvâresch-Übersetzung: [illegible] (אי איתונן נרמן מננש אגרפת דר נרמן בון בית) dies ist so: dass ihm *Agereft* an die Wurzel kommt. Ich denke, *âgerepta* entspricht ganz dem deutschen Angriff, nach der Etymologie und der Bedeutung.

55. *Frashuçaiti* cf. Vd. II, 31. Auch die Huzvâresch-Übersetzung übersetzt *yaṭ frashuçaiti* mit [illegible] (אמת סנאן סאתננת): erklärt es aber gleich darauf durch das Causativum [illegible] (איע בנא סאתננינית) d. h. sie (die Waffe) vor-

wärts gehen lässt. Dieser Erklärung können wir uns nun freilich nicht anschliessen, wir übersetzen vielmehr: wenn er (der Mann) vorwärts geht, also nicht blos die Waffe ergreift, sondern seinen Gegner auch thätlich bedroht. *Avaoirista* und *avôirista* sind die Formen, welche die Handschriften als Namen des hier genannten Vergehens geben, letztere Form hat Lassen, die erstere Westergaard und ich vorgezogen. Sie ist nicht ganz regelmässig und daher nicht ohne Grund beanstandet worden. Die Wurzel, zu welcher *avaoirista* gehört, muss, wie man aus Vd. IV, 73 schliessen kann, *urviç* sein, *urviç* + *ava* ergäbe regelmässig *avaourvista*. Das *v* nach *r* muss weggefallen sein, damit fiel auch die Nothwendigkeit hinweg ein epenthetisches *u* vor dem *r* einzuschalten, wohl aber musste *i* epenthetisch eingeschaltet werden, wegen des nun folgenden *i*. *Urviç* + *vi* heisst öfter zertheilen, vielleicht heisst die Wurzel mit *ava* zertrümmern, ganz gewiss wird sich die Bedeutung kaum mehr festsetzen lassen. Die neueren Pârsen umschreiben in den Übersetzungen und sonst blos den Ausdruck, der ihnen zu einem *terminus technicus* geworden ist.

56. Die Worte *yaṭ dim aênô manag̃ha paiti ashnaoiti* habe ich übersetzt: „wenn ihm Rache im Geiste sitzt". Man muss dann *dim* auf den angreifenden Mann beziehen, in *aênô* das Subject sehen, der Instr. *manag̃ha* wäre von dem nachgesetzten *paiti* abhängend. Der Instr. in der Bedeutung des Locativs wäre auffallend, aber doch nicht ganz unmöglich (cf. *paiti âya zemâ* Vd. V, 14), die Übersetzung ist jedoch zu verwerfen und gegen eine bessere zu vertauschen, welche Rückert und Westergaard vorgeschlagen haben. Es ist nämlich *aênô-manag̃ha* zu einem Comp. zu verbinden, *paiti* ebenso mit *ashnaoiti*, *dim* geht nicht auf den Angreifenden, sondern auf den Angegriffenen. Hiernach wird man übersetzen müssen: Wenn er ihn mit dem Geiste der Rachsucht anfällt. Dies passt auch besser zur Huzvâresch-Übersetzung: (אמת דר נר גרמן כינן מינשנן בנא דאמתננית) wenn er zu jenem im Geiste der Rachsucht kommt. So auch Aspendiârji, Deçtûr Dârâb. — Aredus ist wieder seiner Herkunft nach dunkel, Windischmann zieht es zu griech. ἄρδω aufwallen.

57. Hier ist eine wichtige Variante in den beiden Handschriftenreihen; die Handschriften mit Übersetzung geben *pukhdhemciṭ*, die Vendîdâd-sâdes aber *pukhdhaêciṭ*. Liest man *pukhdhem*, so muss

man *aredus* als Neutrum fassen, es ist dann das Subject des Satzes. Liest man *pukhdhaêcit* (wie Lassen und Westergaard thun), so muss man *nâ* zu *pairyêiti* ziehen. Huzvâresch-Übersetzung frei: [Pahlavi] (פנגום ארדושנ נבנא תנאפואר דהונגית) bei dem fünften *Ardus* ist der Mann Tanafur. Der allgemeine Sinn der Redensart *tanûm pairyêiti* ist übrigens von den Übersetzern richtig getroffen. Cf. zu Vd. I, 44.

59—61. Warum ich das Wort *upâzôit* in diesen Paragraphen für verdächtig halte, geht aus den Varianten zu der St. genugsam hervor. Es fehlt in einem Theile der Handschriften und kann auch fehlen, ohne dass dadurch der Sinn einen Schaden litte. Auf der andern Seite aber hat die Huzvâresch-Übersetzung keine Abweichung von der gewöhnlichen Übersetzung und dies spricht wieder für die Echtheit des Wortes. Es lassen sich also Gründe dafür und dagegen geltend machen.

67. Man construire: „die achte gethane dieser Thaten" — was ist dafür die Strafe? Für *verezemnem* erklären sich hier und §. 75 die meisten Handschriften, ich glaube auch nicht, dass man zu ändern braucht. Es ist wahr, dass in *verezimnem* das Passiv deutlicher ausgedrückt ist, *verezemnem* steht aber für *verezyamnem*, *y* ist nach *z*, wie öfter, weggefallen. *Uzverez* herausmachen ist im Avesta soviel als sühnen (cf. Vd. IV, 70. VII, 131. XVIII, 83). Cf. gothisch *usvaurhts* = δικαῖος, gerecht. *Paiti* wird mit vielerlei Casus construirt, mit abl. ist es jedoch selten; ich denke, dass wir es mit b e i übersetzen dürfen, vielleicht auch mit f ü r, so dass der Abl. hier statt des gewöhnlichen Genitiv stünde.

69. Hier begegnen wir zum ersten Male dem im Vendîdâd so oft vorkommenden schwierigen Ausdruck *peshô-tanus*, der mir schon viele Mühe gemacht hat, ohne dass ich ihn heute noch mit Sicherheit zu erklären vermöchte. Es wird gut sein, wenn ich zuerst, ehe ich von meinem eigenen Erklärungsversuche rede, die traditionellen Fassungen anführe. In der Huzvâresch-Übersetzung lautet unser Paragraph: [Pahlavi] (אנש נופת אנהומא איע פנן זך נרמן תנאפואריכאנש 200 פנן מאם זנשנש מאם זנשנן אכף אשתר 200 סרושונרנאם), darauf sprach Ormazd: vermittelst jener Sündigkeit sind 200 zu schlagen mit dem Pferdestachel, 200 mit dem *Çraoshocarana* (cf. zu Vd. III, 125). So im Wesentlichen auch Aspendiârji

und Deçtûr Dârâb; nur dass der erstere erklärt, man solle den, welcher die Tanafursünde begeht, schlagen. Anquetil (p. 291): *Ormuzd répondit: c'est comme pour le Tanafour; (le coupable) sera frappé deux ceus fois (avec des courroyes de peau) de cheval ou de (peau de) chameau; ce qui répoud à deux cens derems.* Dazu die Note: *Peschôtenoïe, c'est à dire, le corps (reste) en deçà; eu pehlvi tauapeuargan, qui empêche le corps de passer le pont (Tchiuevad).* Worauf es uns hier vornämlich ankommt, ist: zu constatiren, dass den Worten *aêtahê paiti peshô-tauuyê*, in der Huzvâresch-Übersetzung die Worte: [illegible] entsprechen. Das Wort [illegible] (תנאסואריכאנש) ist ein Abstractum, denn es ist mit der Abstractendung ש gebildet, תנאסואריכאן aber ist mit dem Suffix gebildet, welches dem neup. گان entspricht und Adjective der Ähnlichkeit bildet; תנאסואריכאנן ist demnach: ein, einem mit Tanafur behafteten, ähnlicher, תנאסואריכאנש aber der Zustand der Ähnlichkeit des mit Tanafur Behafteten. — Noch müssen wir, ehe wir zur Besprechung der einzelnen Wörter schreiten, auf eine nicht unwichtige Variante aufmerksam machen, welche zwischen den Handschriften mit Übersetzung und den Vendîdâd-sâdes besteht. Die ersteren lesen den Dativ *peshô-tanuyê*, die letzteren *peshô-tauvi*, den Locativ; die erstere Leseart hat Westergaard und ich selbst, die letztere Lassen vorgezogen. Soviel ist nun klar, dass man *peshô-tanus* nicht als Abstractum auffassen kann wie die Huzvâresch-Übersetzung thut, sondern als Compositum; um aber zu bestimmen, welche Art von Compositum *peshô-tanus* sei, müsste man zuerst den Umfang der Bedeutungen des Wortes *peshô* genau kennen. Zwar, dass *peshô* von einer Wurzel *pesh* kommt, welche zusammengezogen ist aus *peresh*, und überschreiten oder auch anfüllen bedeuten muss, ist klar genug und dadurch die Verwandtschaft des Ausdruckes *peshô-tanus* mit *tanûm pairyêiti* (cf. Vd. IV, 56) genügend erwiesen. Allein hinsichtlich des Suffixes bleibt das Wort immer noch unklar, es könnte auf ein Thema *pesha*, *peshaǧh* und *peshan* zurückgeführt werden. Die Composition *peshô-çûra* (Yç. XI, 15) und *peshô-ciǧha* (Yt. 5. 113) machen die Sache um nichts klarer. Ich habe nun *pesha* als ein Adjectivum auf *a* genommen, in der Bedeutung sündigend, sündig, *peshô-tanus* aber als ein Comp. determinativum, sündiger Körper; man kann es jedoch auch als Comp. possessivum auffassen und diese Fassung ziehe ich jetzt vor, aus einem gleich zu erwähnenden Grunde. Eine dritte Möglichkeit: *peshô-tanus* = *peshan-tanus* zu nehmen und das zweite Glied vom ersten regieren zu lassen, würde sich zwar dadurch empfehlen, dass der Ausdruck *peshô-tanus* dem obigen *tanûm pairyêiti* noch näher gerückt würde; allein ich glaube, dass man *peshaṭ-tanus* gesagt haben würde, wie *khraozhdaṭ-urva* u. a. m. Nach meiner Auffassung wird *aêtahê* als gen. sg. masc. von *peshô-tanuyê* regiert und geht auf den Sünder, *paiti* aber steht adverbial, wie z. B. Yt. 8, 32 (und sonst oft) *uç paiti adhâṭ histaiti çpitama zarathustra tistryô raêvão qarenaṅhâo.* An der einen wie an der andern Stelle dürfte es wohl durch das deutsche je sich am besten wieder geben lassen. Dass sich diese Übersetzung so ziemlich an die Huzvâresch-Übersetzung anschliesst, ist klar. Mehr entfernt sich eine andere Fassung, der ich jetzt fast den Vorzug geben möchte, wenn man *peshô-tanus* nicht mit „sündiger Körper“, sondern mit „einen sündigen Körper habend“ überträgt. Dann ist *aêtahê* nicht gen. sg. masc., sondern neutr. und *skyaothnahê* dazu zu ergänzen, so hängt dieser Genitiv nicht mehr von *peshô-tanuyê*, sondern von *paiti* ab, das namentlich in der Bedeutung „für, um“ den Genitiv regiert. Man müsste übersetzen: „Man schlage für den Sünder um dieses willen etc.“ Die eine wie die andere Fassung scheint mir grammatisch vollkommen zulässig [1]).

[1]) Meine Fassung dieser Stelle hat mir einen etwas sonderbaren Angriff Bopp's zugezogen (vergl. Gr. I, 459 not. 2. Ausg.), den ich nicht ganz mit Stillschweigen übergehen kann. Bopp hat erstlich übersehen, dass ich gar nicht *peçô-tanus* lese, wie er stets thut, sondern in der Anmerkung zu der Stelle diese Lesart als entschieden verwerflich bezeichnet habe. Auch Westergaard liest, wie ich, *peshô-tanus.* Wenn man nun aber einmal nicht *peçô-tanus* liest, so kann man auch Bopp's Deutung mit „hinterer Körper“ nicht annehmen. Zweitens hat aber Bopp auch übersehen, dass ich nicht *tanvi* lese, wie er mit dem Pariser Vendîdâd-sâde thut, sondern *tanuyê*, eine Abweichung, in der wiederum Westergaard mit mir übereinstimmt. So nimmt sich denn freilich meine Übersetzung, wenn man sie neben den Text des Pariser Vendîdâd-sâde stellt (wie dies Bopp hier und an anderen Orten thut), sonderbar und ungrammatisch aus. Ich glaube aber, dass es keiner Entschuldigung bedürfen wird, dass ich, nachdem ich es für nöthig gehalten hatte, eine Textausgabe mit allen mir zugänglichen Handschriften zu veranstalten, dem Texte, den ich für den besten hielt, auch in meiner Übersetzung folgte, nicht aber einer einzelnen Handschrift, die notorisch nichts weniger als frei von Fehlern ist.

79. Die Handschriften schwanken zwischen *aredus* und *aredusa*, zwischen *çnatha* und *çnathem* (cf. die Var. zu §§. 79. 82). Liest man wie Lassen und ich thun, so muss man *aredus-çnathem* als comp. determ. auffassen. Dagegen muss man *aredusa*, wie Westergaard vorgezogen hat, als instr. fassen und *çnatha* als Apposition dazu. *Çnathem* geben verhältnissmässig wenige Codd., bei dieser Lesart würde *jan* mit doppelten acc. construirt sein, was auch geht cf. unten §§. 85. 93 etc.

85. *Vikhrûmeñtem qarem* (cf. Yt. 4, 9. Yç. LVI, 4. 2) übersetzt die Huzvâresch-Übersetzung hier und sonst mit (נוארונאוכנד חור), auch Neriosengh umschreibt die Worte blos, ebenso Aspendiârji. Deçtur Dârâb gibt נוארון, mir unverständlich, mit *akss*. Aspendiârji glaubt, es sei eine Waffe gemeint — kaum richtig. Auf diese Art sind wir an die Etymologie gewiesen, die uns auch hier, wie ich glaube, nicht im Stiche lässt. *Vi-khrû-maț* muss von einer Wurzel *khrû* herkommen, Yç. XLV, 5 findet sich *khrûnyâț*, was die Huzvâresch-Übersetzung wieder mit (נוארונש), Neriosengh aber mit *kadarthanatvaṁ*, i. e. Pein, übersetzt. *Vîkhrûmeñț*, wird also eigentlich p e i n i g e n d, dann h a r t, s c h w e r bedeuten. Es liegt nahe, an skr. *kravya*, *krûra* und lat. *cruor*, *cruentus* zu denken; doch glaube ich nicht, dass man darum die Bedeutung b l u t i g als Grundbedeutung annehmen darf (cf. Kuhn, Zeitschrift für v. Sp. II, 235 und besonders V, 233). *Qara* glaube ich schon in der Note zur Übersetzung richtig mit skr. *svaru*, deutsch Schwäre, verglichen zu haben. — Zur Erklärung setzt die Huzvâresch-Übersetzung ziemlich lakonisch und undeutlich bei — (ריש אי נ̄תרושנתך), die Wunde ein Viertel. Nach Deçtûr Dârâb ist es eine Wunde, die drei Tage zum Heilen braucht. Nach Aspendiârji eine Wunde bis zu 1½ Spanne.

93. *Tacaț-vôhunem* ist gebildet wie *tacaț-âpa*, *ukhshyaț-urvara* und andere ähnliche Composita. Die von mir aufgenommene Lesart ist auch die von Lassen gewählte, und sie ist gewiss nicht ungrammatisch. Nicht wenige Handschriften lesen aber *vohunim*, was Westergaard vorgezogen hat, dann muss man ein Adj. *vohunya* annehmen. Die Huzvâr.-Übersetzung übersetzt ganz wörtlich (תנ̄אך חון). Es ist offenbar eine Wunde, von der Blut fliesst, so erklärt es auch Aspendiârji. Deçtûr Dârâb fügt noch bei, es sei eine Wunde „*guérie au but de 4 jours de 360 derems*“. Huzvâresch-

Übersetzung wieder lakonisch: , diese Wunde ist ein Drittel. Aspendiârji: eine Wunde die drei Tage währt.

99. *Açtô-bid*, Knochen zerschlagend, *açtô* = *astan*. So auch die Huzvâresch-Übersetzung: (אסת תברנן). Deçtûr Dârâb استخوان شكست. Huzvâresch-Glosse: (ריש פנג דשת); ich möchte, obwohl deutlich so in den Handschriften steht, דשת in (דסת) umändern und mit Aspendiârji übersetzen: eine Wunde von einer halben Hand. Deçtûr Dârâb: *os cassé, au bout de 5 jours guer. (de 720 derems)* [*le jato*]. Cf. die Note zu meiner Übersetzung des Avesta III, p. 209.

106. ***Frazâbaodhaghem çnathem*** gibt die Huzvâresch-Übersetzung (זך פנאגֿ מן בוי סנש); sie sieht also in dem ersten Worte eine Zusammensetzung, deren erstes Glied *fraz* sein muss, welches seinerseits wieder mit altb. *frañs*, *frasha*, vorwärts, verwandt ist. Das zweite Glied ist *â*, bis zu, das dritte aber *baodhô* بوى Bewusstsein, Seele; *frazâbaodhô* heisst somit: vorwärts bis zur Seele. Meine Übertragung des Wortes durch lebensgefährlich dürfte sich hiernach rechtfertigen. Aspendiârji noch stärker: eine Wunde, durch die das Leben fortgeht, Huzvâresch-Übersetzung in der Glosse: (= הנא דסת cf. zu §. 99). Anquetil in der handschriftlichen Übersetzung nach Deçtûr Dârâb: *qui a coupé un membre et toutes les jointures du corps, 1200 derems. Çnatha* fassen die Übersetzungen auch hier als Waffe auf, cf. oben zu Vd. IV, 54.

115—117. Hier beginnen nun die schwierigen Sätze, die bis zum Ende des Capitels fortdauern, und von denen ich nicht sagen kann, dass ich sie auch jetzt sonderlich besser verstehe als vor eilf Jahren. Ehe wir auch nur über den Zusammenhang unserer Paragraphen mit dem Folgenden im Allgemeinen reden können, müssten wir zuerst wissen, was *hâmô-skyaothna* heissen soll. Das Wort *hâmô* findet sich wieder Vd. IV, 118 in *hâmô-daêna* = (הם דינן) und Vd. V, 82 in *hâmô-gâtavô* = (הם נאס); an einer dritten Stelle Yç. XIX, 38 gibt es die Huzvâresch-Übersetzung abweichend mit (אנגרתיך). Neriosengh mit *samxipta* und erklärt es mit *sampûrṇa*. Wir werden kaum irre gehen, wenn wir *hâmô*, trotz der Länge des *a*, mit skr. *sama*, gleich, zusammenstellen; es verhält sich dazu wie altb. *hañm* zu skr. *sam*. Die

9*

Huzvâresch-Übersetzung von §. 115 lautet nun: [Pahlavi] (אמת ונאם נרמנשאנן אחר דהונגד), und es läge die Vermuthung nahe, dass [Pahlavi], אמת, ein Fehler sei für [Pahlavi], הם und [Pahlavi], הם ונאם würde ganz gut dem *hâmô-skyaothna* entsprechen. So naheliegend aber diese Verbesserung auch scheint, so ist es doch äusserst unwahrscheinlich, dass jemals so geschrieben war; [Pahlavi] ist nicht blos durch die Handschriften und selbst durch Deçtûr Dârâb's Recension, sondern vor Allem durch die Glosse geschützt. [Pahlavi] (אמתשאנן אפרואוך תנאפואר נר בון דהוננית). — Die Huzvâresch-Übersetzung lautet demgemäss: „wenn Sünden ihnen nachher sind“, die Huzvâresch-Glosse: „wenn ihnen sühnbare Sünden zur Wurzel kommen“. Um nun also zu *hâmô-skyaothna* zurückzukehren, so heisst dieses Compositum entweder: „gleiche Thaten habend“ oder — wenn man dem Worte *skyaothna* einen schlechten Nebenbegriff beilegt, wie es ihn öfter hat — gleiche Sünden habend. Im ersten Sinn habe ich, im zweiten die Huzvâresch-Übersetzung das Wort genommen. Nach der einen wie nach der andern Fassung ist *narô* zu *tê* zu ergänzen, sonst aber geben die beiden Fassungen sehr auseinander. „Gleiche Thaten habend sind nachher diese Männer auf dem Wege der Reinheit“, könnte so viel heissen, als: wenn man für eine nicht gesühnte lebensgefährliche Wunde 200 Schläge geschlagen hat, so ist die Sühne vollendet, die Thaten sind wieder gleich, d. h. wenn eine neue Sünde begangen wird — so hebt die Zählung von vorne an, gleich als sei vorher Nichts geschehen. Fasst man die Sache so, so muss von der mit §. 118 eine neue Abtheilung beginnen, deren Zweck es wäre, die Mazdayaçnas zu belehren, dass man als Sühne für ein begangenes Verbrechen nicht blos seine eigenen guten Werke, sondern auch die seiner Angehörigen und Freunde benützen könne. Oder, man könnte auch annehmen, die Schuldigen sollten noch ausserdem gute Thaten vollbringen; §. 118 würde dann etwa mit „doch“ einzuleiten sein. — Nach der Fassung der Huzvâresch-Übersetzung hingegen würde man übersetzen müssen: wenn die Menschen nachher gleiche Vergehen haben — so sollen sie. Gegen diese Fassung habe ich nur einzuwenden, dass dann *yaṭ* oder *yêzi* am Beginne von §. 115 nicht wohl fehlen könnte. — Die Glosse der Huzvâresch-Übersetzung behandelt einen casuistischen Fall und ist für die Erklärung des Textes nicht von Interesse.

118. *Hâmô-daêna* ist wohl Adj. zu *narô* gehörig, vielleicht auch Prädicat wie *shaêtô-cinaghô* in §. 120. Ich fasse übrigens *hâmô-daêna* jetzt als „gleichen Glauben habend", nicht mehr wie früher „den Glauben als etwas Gleiches habend". Dann brauchen auch die Inst. *brâthra, hakhaya* nicht von *hâmô* abzuhängen; es sind Instr. der Begleitung: mit dem Bruder, mit dem Freund. Nach der Huzvâresch-Übersetzung ist Alles viel einfacher (אמת רתמכן גבנא הם דינן דאמתננד אח איוף הם אח), wenn dorthin Männer gleichen Glaubens kommen: Bruder oder Freund. Hier in dieser Übersetzung ist zwar der Sinn, aber nicht die Casus berücksichtigt.

119. Ich habe *shaêtô* in meiner Übersetzung mit „Geld" übertragen, offenbar zu eng, die Huzvâresch-Übersetzung hat (חואסתך) i. e. خواسته, Vermögen. Aspendiârji und Deçtûr Dârâb aber خزانه. Ich habe nämlich das Wort mit neup. شيد, *shéd,* Glanz, in Verbindung setzen wollen; man sieht aber, dass es sich ebenso leicht auf *khshi,* besitzen, vermögen, zurückführen lässt, also Vermögen im weitesten Sinne bedeuten kann. Ich bedaure jene Übersetzung um so mehr, als man unsere Stelle als Beweis glaubte anführen zu können, dass es zur Zeit, als der Vendîdâd geschrieben wurde, schon Geld gegeben habe. Also, obwohl man zugeben muss, dass meine frühere Etymologie auch heute noch zulässig ist, so kann man sie doch nicht für zweifellos ausgeben. Die Bedeutung von *shaêtem* in Vd. XV, 44 hat natürlich mit unserem Worte nichts zu thun. *Cinô* wird, wo es vorkommt, von den Übersetzungen immer mit (כאמך), Wunsch, gegeben (Vd. XIII, 143. Yç. XVII, 11. XXIV, 14). Neriosengh *abhilâshita.* Ich möchte *cin-agh* auf die Wurzel *cin* = skr. *kan*, Gefallen finden, begehren, zurückführen, doch könnte *cin* auch, wie Rückert will, eine Nebenform zu *ci* sein, wie τίνω zu τίω. Das Verständniss der Huzvâresch-Übersetzung ist nicht ohne Schwierigkeit, und durch die Fassung unseres Paragraphen das Verständniss des Folgenden bedingt. Die Huzvâresch-Übersetzung lautet: (חואסתך כאמכש ראי איוף נאיריך כאמכש ראי איוף חרת כאמכש ראי יהבננד אירודסתאנן כנתנן ראי), wegen der Begierde nach Geld, wegen der Begierde nach Frauen oder wegen der Begierde nach Verstand gehen sie, des

Lesens [1]) wegen. Die Übersetzung selbst ist leicht genug, aber die Glosse „gehen sie des Lesens wegen" ist sehr lakonisch und unvollständig. Ich habe sie als Ergänzung des ganzen Satzes genommen — ob richtig, wage ich nicht zu entscheiden.

120. Der Sinn dieses so wie der folgenden Paragraphen hängt wesentlich von der Fassung des Vorhergehenden ab, so namentlich die Frage, ob die von mir ergänzten Worte („zu sühnen") richtig sind oder nicht. Es fragt sich vor Allem, welcher Standpunkt unter dem *idha* §. 118 gemeint ist. Ich habe dies in meiner Übersetzung so verstanden, dass damit der Standpunkt des Priesters gemeint sei. Demnach stellte sich die Sache etwa so: Wenn die Sünder mit ihren Angehörigen und Freunden vor den Priester kommen und erklären, dass sie dieses oder jenes zur Sühnung ihrer Vergehen thun wollen, so mögen sie es thun. Wollen sie durch Besitzthum sühnen, so mögen sie das Gut, welches sie zur Sühne verwenden wollen, herbeibringen. Wollen sie durch Frauen sühnen (cf. Vd. XIV, 64), so mögen sie die Frau verheirathen (zu *upa vâdhayaêta* wäre dann wohl *nerebyô ashavabyô* zu ergänzen, wie in der eben angegebenen Stelle des Vendîdâd steht). Wollen sie durch den Verstand sühnen, d. h. dadurch, dass sie das Avesta lesen und lesen lassen, so möge man das Avesta recitiren. Wie man sieht, ist diese Ansicht wesentlich dadurch, bedingt, dass mit der Huzvâresch-Übersetzung in §. 119 [illegible] (יהבננד) zu ergänzen sei. — Ganz anders stellt sich die Sache, wenn man *idha* als Standpunkt des Sünders auffasst, und so scheint mir es Aspendiârji zu nehmen. Dann ist der Sinn der folgende: Wenn hierher (zum Sünder) Männer von gleichem Glauben kommen, um Geld, Frauen oder Unterweisung in den heiligen Schriften zu erlangen, so soll man ihnen geben. Wollen sie Geld, so mag man es ihnen geben. Wollen sie Frauen, so mag man sie ihnen verheirathen. Wollen sie das Avesta kennen lernen, so unterrichte man sie darin. Grammatisch scheinen mir beide Fassungen zulässig zu sein; welches aber die wahre Meinung der Verfasser unseres Buches war, lässt sich schwerlich mehr mit Sicherheit ermitteln.

---

1) [illegible] (אירודסתאנן) ist eine schon dem Neup. ähnliche Form statt des älteren [illegible] (אירפסתסתאנן), was Neriosengh mit *adhyayanaṃ* übersetzt. Im Neupersischen würde das Wort هيربدستان lauten.

121. *Vad+upa*, führen, zuführen, vom Heirathen gebraucht, wie Vd. XIV, 66, wie ich schon in meiner Übersetzung Bd. II, p. XLVIII nachgewiesen habe. Während vorher der Plur. *bârayen* stand, steht hier der Sing. *upa râdhayaêta* und im folgenden Paragraphen *maraêta*. Dieser Übergang vom Plur. in den Sing. ist im Altb. sehr gewöhnlich, und die Grammatik wird viele Beispiele davon aufführen; es kommt daher, dass man bald collectiv die Masse sieht, dann aber wieder blos ein einzelnes Individuum aus dieser Masse heraushebt. Die Huzvâresch-Übersetzung behält den Plural durchgängig bei.

123. Ich habe zu *paourumca aparemca* aus §. 122 *mañthrem çpeñtem* ergänzt. Zwar wüsste ich nicht, dass von einem vorderen und hinteren *Mañthra çpeñta* in den Texten die Rede wäre, doch wenigstens von einem *apara yaçna*, cf. Vsp. XXIII, 10. XXIV, 13. Viel ansprechender wäre die Ansicht Aspendiârji's (die Huzvâresch-Übersetzung ist so wörtlich dass sie zum Verständnisse nichts hilft), wenn sie nur grammatisch zu begründen wäre (er lerne das Avesta), während des ersten Theiles des Tages und während des letzten (ruhe er) u. s. w. Allein erstlich halte ich es für unstatthaft, die acc. *paourum*, *aparem* mit *naêmê* zu verbinden: dann heisst *naêma* = نیم Hälfte, nicht blos Theil.

124. Dieser Paragraph ist schwierig und die Übersetzungen gewähren wenig Hülfe; ich will daher zuerst meine Übersetzung besprechen. Die Worte *ukhshnê khrathwê vîdrvânahê* habe ich übersetzt: zum Wachsthume des Verstandes, der sich entfernt. *Ukhshnê* müsste dann dat. eines Abstr. *ukhshan*, das Wachsen, sein und im Sinne eines Infinitivs stehen, *khrathwê* wäre dat. *commodi*, also wegen des Wachsens zum Nutzen des Verstandes. *Vîdrvânahê*, im gen. sg., müsste zu dem Dativ *khrathwê* gehören, wir haben schon mehr Beispiele gefunden, dass gen. und dat. zusammen gehören, (cf. Vd. I, 69). *Vîdrvânô* müsste von *dru* laufen + *vi* kommen und weglaufend bedeuten. So ist meine Ansicht, die ich aber freilich blos als Vermuthung bezeichnen will. Huzvâresch-Übersetzung ganz anders: [illegible] (אמתש וחשית הנמנאת חרת איעש נרמן בנא כנת הנמנאת אנש בנא דרחת הנמנאת מן אאראיש) „wenn ihm der Geist gewachsen ist — d. h. wenn er dies gethan hat — dann ist er gefestigt (?) wegen der Reinheit“. Ganz ähnlich auch Aspendiârji, der erklärt: „wer um diese Zeit die Wissenschaft liest, empfängt davon grosses

Wachsthum des Wissens, besonders wenn er wegen des Wegs des Rechtes liest, d. h. Enthaltsamkeit übt". Ganz anders Anquetil, schon in der handschriftlichen Übersetzung: *le destour content fait son office avec pureté.*

125. Der Sinn des Vorhergehenden scheint nicht weiter geführt, sondern durch diese Worte nur verstärkt werden zu sollen. *Ashica* habe ich mit der V. S. der Lesart *ashaca* vorgezogen, wegen der Huzvâresch-Übersetzung, die [illegible] (תרסכאש), Reinheit, Frömmigkeit hat, womit immer *ashi* übersetzt wird. *Nemağha* habe ich, wie Lassen, gelesen, es ist die Lesart der meisten Handschriften. Westergaard *nemağhana*, was von meinen Handschriften blos *b* bietet. Unangenehm fällt auf, dass nach *nemağha ca* fehlt; dies wäre das Regelmässige; ich weiss indess keine andere Übersetzung vorzuschlagen, als die in meiner Übersetzung schon gegebene. *Ukhshnê khrathwê* fasse ich auch hier wieder wie im vorhergehenden Paragraphen. Überaus schwierig sind aber die Schlussworte *yônê âçtê.* Diese von mir aufgenommene Lesart ist die von C., der besten Handschrift, die ich zu dieser Stelle vor mir habe; eine andere liest *yaŏnem*, was Lassen und Westergaard vorgezogen haben, noch andere *yônem.* Huzvâresch-Übersetzung [illegible] (סנן איונשנן) in Vereinigung, wozu am besten eine nicht nachzuweisende Lesart *yaŏnê* passen würde. Wie zu lesen sei, vermag ich nicht mit Sicherheit zu ermitteln: dagegen halte ich die Bedeutung „immer" für *yônê* oder *yaonem* fest. Letztere Lesart empfiehlt sich allerdings dadurch, dass sie uns erlaubt, das Wort mit W. *yu*, *yavaêtâț* etc. in Verbindung zu bringen. Meine frühere Ansicht, dass *yaț* vor *yônê* zu ergänzen sei, habe ich aufgegeben; möchte also statt „damit er immer bleibe" übersetzen: „bleibt er immer". Die Übersetzungen sind stark abweichend, ich vermag sie nicht mit den Texteswortem in Einklang zu bringen. Huzvâresch-Übersetzung: [illegible] [illegible] [illegible] (סנן תרסכאש יהאנן וניאישנאומנדש נר יהאנן זך וחשית חרת זכש נרמן כנת הנמנאת סנן איונשנן אסתאינית איע סנן כאר וסותי יהאנן הנא דאסינית) „durch die Verehrung der *Yazatas* und durch das Beten zu den *Yazatas* wächst der Verstand — dies hat er gethan — in Verbindung steht er (?) d. h. durch das Wirken und den Nutzen der *Yazatas* hält er ihn". Anquetil's handschriftliche Übersetzung: *Les destours font leur office (s'appliquent avec soin)*

avec crainte de dieu, humilité et joie hat nach meiner Ansicht so wenig für sich als seine nicht wesentlich verschiedene gedruckte. Auch Aspendiârji's Übersetzung ist unbrauchbar, er stützt sie auf unzulässige Lesarten und Erklärungen. „Durch Gehorsam und Gebet wächst der Verstand, welcher das Gebet des Verstandes". Dazu die Erklärung: „Durch Gehorsam gegen die *yazatas* und Gebetlesen entsteht Wachsthum des Wissens und des Verstandes". Statt *yônê âçtê* liest er *yônem açtahê, yô* hat er als Relativ, *nem* = *nemô, açtahê* als einen Genitiv gefasst.

126. Der Sinn dieses Paragraphen ist in meiner Übersetzung gänzlich verfehlt, zunächst durch die Schuld einer falschen Lesart im Texte. Statt des sinnlosen *avağha, badaêca* ist dort zu lesen *avağhabdaêca*. *Avağhabdaê* ist der mit *ukhshnê* parallel zu fassende Dativ eines Nomen abstractum *avağhabdi*, das von *qafç, qap*, schlafen (خفتن) + *ava* herrührt; keineswegs aber ist darin das *a* privativum enthalten, wie ich früher glaubte (cf. *anavağhabdemnô* Yç. LVI, 7. 4). *Anavağhabdaêca* heisst also: und um zu schlafen. *Maidhyâi* bis zur Mitte, der Dativ drückt hier das: bis, zu aus. Hierzu stimmt auch die Huzvâresch-Übersetzung: [illegible] (סנן מיאנן י יומאן י שפאנן הנא חרמננית מאם סנן יום מאם סנן רירא), in der Mitte der Tage und der Nächte schlafe er, je am Tage, je in der Nacht. Unser Paragraph knüpft also wieder an §. 123 an: von Mitternacht bis zu Tagesanbruch, von Mittag bis zur Dämmerung soll man studiren, von der Dämmerung bis Mitternacht, vom Morgen bis zu Mittag dagegen soll man schlafen. So erklärt auch Aspendiârji. Dagegen ist schon Anquetil's handschriftliche Übersetzung: *ils ne dorment ni jour ni nuit* nicht zu gebrauchen.

127. Bei *dreñjayaññ* kann man fragen, ob man es mit sprechen übersetzen solle, wie ich gethan habe, oder mit behalten. Die Wurzel *dreñj* heisst gewiss ursprünglich festhalten, cf. *driñh*, griech. δράσσω. Im Mînôkhired jedoch gibt Neriosengh die Worte *dreñjisn, dreñjeñt* mit *jalp* wieder, als: leise aussprechen, murmeln, und diese Bedeutung passt an manchen Stellen einzig und allein. Aspendiârji will es hier mit „auswendig lernen" übersetzen, was auch passte. Sinn: die Mazdayaçnas, welche den *mañthra-çpeñta* studiren, sollen so lange in ihrem Studium fortfahren, bis sie alle

die Gebete hersagen können, welche die früheren Lehrer auch inne hatten. Wer unter diesen früheren Lehrern zu verstehen sei, sagt eine Glosse der Huzvâresch-Übersetzung; [illegible] (אתונפאת מאנספנדאן) Âderhâṭ der Sohn Mareçpands.

128. Mit §. 128 lässt Westergaard einen neuen Abschnitt beginnen; ich weiss jedoch nicht, welchen Sinn er in die Worte legt. Nach meiner schon in der Note zu meiner Übersetzung ausgesprochenen Ansicht gehört dieser Satz noch zu den vorhergehenden. Ich habe *haṅm taptibyô aiwyô* trotz ihrer Dativendung als Instrumentale übersetzt, wie man dies in der That sonst oft genug thun muss, der Instrumentalis auf *bis* ist ohnedies nicht mehr sehr häufig in den Texten, schwieriger ist die Endung *tibyô* zu erklären; *haṅm taptibyô* sieht ganz aus, als wie der dat. plur. eines Abstractums *haṅm tapti*; das Feminin des part. *haṅm tapta* kann es kaum sein, es wäre dies das einzige Beispiel seiner Art. Was sollen wir aber mit einem Abstractum *haṅm tapti* hier anfangen? Ich weiss keinen andern Ausweg, als zu übersetzen: „bis zur Siedung für das Wasser machten sie (die Lehrer *aêthrapatayô*) es für die Männer, o Zarathustra“. Zur Erklärung dieser dunklen Worte habe ich schon in der Note zu meiner Übersetzung auf eine Legende aus der Zeit der Sâsâniden hingewiesen, nach der sich Âderbâṭ der Sohn Mareçpands zur Bekräftigung der Wahrheit des Avesta geschmolzenes Blei habe auf den Leib giessen lassen. Indessen trifft die Sache doch nicht ganz zu, denn hier ist von siedendem Wasser die Rede, und dass in solchen Legenden in der Zeit, die zwischen dem Texte und der Huzvâresch-Übersetzung liegt, erhebliche Änderungen in der Fassung der Legende eingetreten seien, glaube ich heut zu Tage nicht mehr so leicht wie früher. — Dass ich *câkhraren* für die 3. ps. pl. act. perf. red. halte, habe ich schon anderwärts ausgeführt; noch leichter wird die Sache, wenn man mit Westergaard *câkhrare* liest. — Die Übersetzungen fassen die Sache ganz anders als ich, sind aber unter sich nicht im besten Einklange. Huzvâresch-Übersetzung: [illegible] (נד הם תפתשנש מיאאנן איע סור בנא תאפאת כנתארש נבנא הנא איע כאר שאית כנתנן זרתושת) „bis zum Sieden des Wassers — d. h. (bis es) voll siede — die Machung der Mann dieses — d. h. kann er dieses Werk verrichten, o Zartuscht“. Das würde also heissen: alle diese Gebete, welche die früheren Aêthrapaitis gekannt

haben, vermag man zu verrichten, bis das Wasser siedend wird. Der Sinn wäre so übel nicht, allein von Seite der Grammatik habe ich manche Bedenken. Die Schwierigkeit in Bezug auf die Worte *haňm taptibyô aiwyô* bleibt dieselbe wie bei meiner Fassung; namentlich aber muss ich bezweifeln, dass man *edkhraren* = כנתארש, Machung, übertragen könne. Anders hat sich Aspendiârji die Stelle zurecht gelegt; nach seiner Ansicht sollen die Worte besagen: „O Zartuscht, wer die Gesetzeswissenschaft studirt, der ist so: wie Wasser siedet, so siedet sein Körper". Auch von der Richtigkeit dieser Fassung vermag ich mich nicht zu überzeugen. Noch anders und gewiss falsch Anquetil in der handschriftlichen Übersetzung: *ils font leur devoir avec vitesse, comme une eau qui coule.* Deçtûr Dârâb hat nämlich *haňm-taptibyô* = زود زود gesetzt, d. h. er hat an neup. تفتن *currere, festinare* statt an تافتن *calefieri* gedacht.

129. Nach meiner Übersetzung bedeuten diese Worte: „Nicht möge man wegen Fleisches oder wegen Weide ungesetzlich reden". Jetzt möchte ich den Satz etwas anders fassen: „Nicht möge man beim Begehren von Fleisch oder Futter eine abschlägige Antwort ertheilen". Zu diesen Änderungen bin ich namentlich durch Aspendiârji veranlasst worden; ich muss aber gleich zum Eingange bemerken, dass meine jetzige Übersetzung kaum sicherer ist als die frühere. Die Verschiedenheit ist durch Folgendes bedingt: 1. Durch *hatô*, die Huzvâr.-Übersetzung gibt *hatô* = [illegible] (זית הנכנאת), was etwa heissen müsste: es möge gefordert sein. Diesen Sinn konnte ich früher nicht in die Worte bringen, da ich nicht einsehen konnte, dass *hatô* etwas anders sein könne, als gen. sg. oder acc. plur. des Partic. *haňç*, seiend, dürfte man indess *hatô* als Locativ eines Subst. *haiti* auffassen, das von *han* (würdig sein, verdienen) abstammen müsste, so würde man der traditionellen Auffassung näher kommen; man würde diesen Locativ etwa übertragen können: bei dem Verdienste, bei der Forderung. Doch muss ich allerdings bemerken, dass ich ein solches Subst. *haiti* nicht kenne. 2. Durch die verschiedene Übersetzung von *adhditim*. Dieses Wort habe ich früher mit „ungesetzlich" übertragen und dies kann man auch mit vollkommenem Rechte thun, wenn man die sonstigen Stellen, wo das Wort vorkommt, ins Auge fasst, cf. *dâitya*, gesetzlich, richtig Vd. V, 40. 127. XIII, 49 und *adhâityô-khratus*, nicht recht bei

Sinnen Vd. XIII, 80. Allein die Huzvâresch-Übersetzung hat [illegible] (ארהשנש), fasst also *adhâitîm* als acc. sg. eines abstracten Substantivs *adhâiti*, das Nichtgeben. Obwohl nun ein solches Substantiv sonst meines Wissens nicht vorkommt, so ist es doch etymologisch vollkommen möglich, und die Fassung der Huzvâresch-Übersetzung empfiehlt sich dadurch, dass der acc. *adhâitîm* sehr gut die Genitive *géus* und *vâçtrahê* regiert, während die frühere Annahme, dass *géus* und *vâçtrahê* statt des Dativs stehen müssten (dat. *commodi*: für Fleisch, für Futter), doch etwas gezwungen ist. — Der Vollständigkeit wegen setze ich die verschiedenen Übersetzungen her. Huzvâresch-Übersetzung [illegible] (אר נושת אר וסתרג זית הנמנאת ארהשנש דמננאי אכרג̄ אר דמננן ואחרג̄ דר זך דמאנן כים דמננן). Sprich nicht des Fleisches, nicht des Kleides Nichtgeben aus, sollte es gefordert werden — sprich es niemals aus, in dieser Zeit noch weniger. Aspendiârji's Meinung scheint dieselbe zu sein (die Bedeutung Kleid stützt sich auf die Leseart *vaçtrahê* statt *vâçtrahê*, die allerdings auch gut beglaubigt und von Lassen und Westergaard vorgezogen ist). So auch Anquetil: *Dites qu'il faut leur donner beaucoup de nourriture et d'habits c. d. ne dites pas qu'on ne donne pas.*

130. Die folgenden sehr schwierigen Paragraphen kann ich auch jetzt nur auffassen wie ich früher gethan habe. Die Übersetzungen scheinen mir diese Ansicht auch zu bestätigen, wenn nicht im Einzelnen, doch im Ganzen. Ich gehe zuerst an, wie ich die Stelle aufgefasst habe, und lasse dann die Übersetzungen folgen. Ich fasse *nâirivaiti* als loc. sg. n. *nâirivâo* und übersetze: Was nun den mit Frauen begabten betrifft. Weiter construire ich: *framraomi tê paourum yatha*. Ich halte diese Construction wenigstens für möglich; dass diese Fassung gewiss sei, wage ich selbst nicht zu behaupten, da sowohl die Leseart zweifelhaft als auch andere Constructionen möglich sind. Statt *yaṭ ca* lesen Lassen und Westergaard *adha ca*, was ich in keiner meiner Handschriften finde, was sich aber aus *adhaêca* in *abcd* erschliessen lässt. Zur Huzvâresch-Übersetzung will weder die eine noch die andere Leseart recht passen. Ebenso lesen Lassen und Westergaard *nâirivaitê* mit *ad* meiner Handschriften, und in diesem Falle haben sie die Huzvâresch-Übersetzung auf ihrer Seite. Wir werden unten nochmals auf diese Lesearten zurückkommen müssen; hier kann ich nur sagen, dass ich,

wenn man die Lesearten Lassen's und Westergaard's adoptirt, nicht anders glaube übersetzen zu können als folgendermassen: Dann sage ich so dir dem Beweibten, o heiliger Zarathustra, dass er (der Beweibte) früher sei als . . . Bei dieser Fassung stört mich, dass einerseits der Dat. *nâirivaitê*, andererseits der Acc. *paourum* von *framraomi* regiert wird. Huzvâresch-Übersetzung: [illegible] (בנא הנאז֞ איתונן איע נר נרמן נאיריכאומנד רך מן הנא) [illegible] נר רוינן דמננם רוינן פנאז֞ דמנננם רוינן ספיתאמאנן זרתשת נר רוין אפאית יהבננתנן), was ich folgendermassen mir übersetze: „Aber dieses also zu diesem Beweibten: dir von diesen zuerst sage ich — spreche ich zuvor aus — o *Çpitâmân* Zaratuscht — vorwärts geziemt es sich zu geben“ (über [illegible], רוינן, und seine Bedeutung cf. Huzv.-Gramm. §. 163). Hier scheint *paourum* als Partikel gefasst zu werden, was ich nicht billigen kann. Ähnlich scheint auch Aspendiârji zu fassen, wenn ich ihn recht verstehe; nur dass er *nâiri* nicht als Frau, sondern als Tochter auffasst, was ich natürlich nicht billigen kann. Anquetil: *S'il y a une femme, comme je vous l'ai déjà dit, il faut qu'elle donne.*

131. *Yatha* übersetze ich nach dem vorhergehendem *paourum* mit als und verweise desswegen auf die ähnliche Construction Vd. VII, 96. Nimmt man Anstand daran, dass *yatha* nicht vor, sondern hinter *ahmâṭ* steht, so kann man es mit „nämlich“ übersetzen, wie Yt. 5, 129. *Magavô-fravâkhshôiṭ* im Ablativ passt auch ganz gut zu der Vergleichung und würde zur Bezeichnung derselben auch ohne die Partikel *yatha* genügen. Die Worte *yatha magavô-fravâkhshôiṭ* übersetzt die Huzvâresch-Übersetzung ziemlich frei: [illegible] (נינונן מנן סנן מעש סנאז֞ סאתננת רכוימננית) wie wer in *Mghs* gegangen ist [1]) und fügt dazu die Bemerkung [illegible] (איע נסאמן רוית), d. h. er hat keine Frau. Demnach wäre *Magavô-fravâkhshi* (was ich als Comp. fasse) der Gegensatz zu dem *nâirivão* im vorhergehenden Paragraphen. Mit *môghu*, *mag'us* hat unser *magavô* wohl gewiss nichts zu schaffen, es kann aber auf ein Thema

---

[1]) [illegible] (oder [illegible], wie ich gedruckt habe) übersetzen die Glossare mit رفتن, gehen. Ich halte die eine wie die andere Form durch flüchtige Schreibung aus [illegible] (סאתננתנן), gehen, entstanden.

magavan zurückgeleitet werden; *an* hat sich in der Composition in *ô* verwandelt cf. *bareçmô-zaçta*, *çpô-jata* u. a. m., hierzu scheint *magaonô* (Yç. XXXIII, 7) und *magavabyo* (Yç. L, 15) zu stimmen, allein die Bedeutung, welche hier gefordert wird, ist dort schwerlich die richtige. Auf *maga*, Grösse, und Suffix *van* ist wohl das Wort jedenfalls zurückzuführen, stimmt also zu skr. *maghavan*, das ihm auch in der Flexion ähnelt, aber die weitere Begriffsentwicklung können wir leider nicht verfolgen. Indessen habe ich schon in den Nachträgen zum ersten Bande meiner Übersetzung pag. 294 darauf aufmerksam gemacht, dass *magavô* = Βαγώας sei, was nach Angabe der Griechen einen Eunuchen bezeichnen soll. Die Wiedergabe des *m* durch griech. β ist in der That häufig (cf. meine Keilinschriften pag. 144. *Bréal: de persicis nominibus apud scriptores graecos.* Paris 1863, p. 14 fg.). *Fravâkhshi*, was sonst nicht mehr vorkommt, scheint mir ein Abstractum zu sein, das mit dem im Vd. III, 46 genannten *fravâkhsha* im engen Zusammenhange steht. Aspendiârji wie die Huzvâresch-Übersetzung. Ganz anders Anquetil: *à celui qui (à 15 ans) se fera laver sur les 9 pierres, il reste ensuite 9 jours et 9 nuits sans travailler, se lave le 10 jour.* Ähnlich die gedruckte Übersetzung: *Celui qui a marché sur les pierres (en prenant le Baraschnom).* Diese Übersetzung ist natürlich nach dem Gesagten ganz unverständlich; man muss wissen, dass Deçtûr Dârâb die Huzvâresch-Übersetzung gänzlich umgeändert hat; bei ihm lautet sie: [illegible] (נינון מנן מעך פנאג סאתנגד דכוימננית), wie wer die *Magha* betritt, [illegible] aber fasst er = *magha* in Vd. V, 156 und überträgt dies immer mit سنگ, Stein.

132, 133. Aus dem in dem vorhergehenden Paragraphen Gesagten ist es klar geworden, dass ich die in den §§. 130, 131 mitgetheilten Sätze als eine Vergleichung auffasse. Dieser Vergleich wird nun nach meiner Ansicht auch im Folgenden fortgesetzt und die Worte *zî tê paourum framraomi* sind auch in den §§. 132, 133 wieder aus §. 130 herüber zu nehmen. Freilich aber muss gleich zu Anfang darauf aufmerksam gemacht werden, dass die Casus nicht ganz passen. *Viçâna* aus *viç*, Clan mit der Endung *ana* gebildet, heisst: der zu einem Clan in Bezug steht, einen solchen hat; auf dieselbe Weise heisst *puthrâna* einer, der einen Sohn hat. *Viçâna*, *puthrâna* fasse ich als acc. pl. (ich sage die als vorzüglicher) die mit

Clan versehen, als die nicht mit Clan versehenen; die mit Kindern versehen, als die nicht mit Kindern versehenen. Hier muss nun allerdings auffallen, dass *eviçâi*, *aputhrâi* und in §. 133 *ashaêtâi* steht statt des Abl., wie man erwarten sollte. Da wir aber oben im §. 131 *fravâkhshôiṭ* haben und der parallel gehende Sinn der folgenden Sätze nicht abzuleugnen ist, so scheint es mir auch jetzt noch am leichtesten, anzunehmen, dass zuerst das Richtige stehe und dann die Nachlässigkeit eingetreten sei, als umgekehrt. — Eine andere Erklärung ist möglich, wenn man, wie Lassen und Westergaard thun, statt *viçâna*, *puthrâna*, *viçânê*, *puthrânê* liest. Hierdurch wird eine Übereinstimmung des Casus mit *nâirivaitê* hergestellt; man müsste also übersetzen: „ich spreche eher zu dir dem Beweihten als zu dem Unbeweibten (eher) zu dem einem Clan Angehörigen als dem einem Clan nicht Angehörigen etc.“ Die Einwendungen, die ich zu machen habe, sind die folgenden: Erstens die Handschriften: *viçânê* ist zwar (in meinen Handschriften wenigstens) gut bezeugt, *puthrânê* aber gar nicht. Auch gehen die Casus nicht gleichmässig fort, bei *shaêtavatô* spränge doch der Dativ in den Genitiv um, was freilich an sich nicht viel bedeuten will, da beide Casus öfter wechseln; ein weiteres Bedenken ist aber das folgende: Um einen dem Dat. *nâirivaitê* entsprechenden Dativ zu erhalten, würden wir Themen *viçân*, *puthrân* annehmen müssen; das Suffix, mit welchem Patronymika gebildet werden, heisst gewöhnlich *âna* So wären also *viçânê*, *puthrânê* Locative sg. und diese würden wieder nicht passen. Was endlich die Dative am Schlusse der Sätze betrifft (*eviçâi*, *aputhrâi*, *ashaêtâi*), so ist, wie gesagt, die Reihe derselben gestört durch das beginnende *magavô-fravâkhshôiṭ*. Ich gebe gerne zu, dass alle diese Erwägungen nicht hinreichen, um meine Ansicht sicher zu begründen; allein ich bin, bis jetzt wenigstens, nicht im Stande gewesen, eine bessere Erklärung zu finden. — Es bleibt uns nur noch übrig, einen Blick auf die Übersetzungen zu werfen. Die Huzvâresch-Übersetzung ist im Allgemeinen leicht und so wörtlich, dass man aus ihr nichts weiter entnehmen kann, als die Bedeutung der einzelnen Wörter; nur in Bezug auf §. 132 will ich in aller Kürze bemerken, dass mir in den Handschriften eine Verwirrung eingetreten zu sein scheint. Die mir unverständlichen Worte [illegible] scheinen mir nach [illegible] stehen zu sollen, dann nach [illegible] die Worte [illegible], der Satz würde also lauten: [illegible]

זך ויסאומנר איע ...) [illegible]
(אית מן זכנ̄ נרמן אוים מנן רוית איע אינך אית זך סוסאומנר מן זך אבנמן.
In Bezug auf die erstere Versetzung ist mir Deçtûr Dârâb schon vorangegangen, mit dem ich hier also ausnahmsweise übereinstimme; aber er liest [illegible] und erklärt dieses, als ob [illegible] (נ̄ינוך) stünde. Aspendiârji versteht die Sache so, als ob der, welcher eine Tochter hat, sie dem geben solle, der ledig ist; wer ein Haus hat, solle es dem geben, der keines hat etc., eine Fassung, die ich sehr bezweifle, auch zieht er gewiss unrichtig §. 134 noch zu dem Vorhergehenden. Ebenso falsch gewiss Anquetil *(celui qui s'est ainsi lavé) s'il n'a rien dieu lui donne abondance, s'il n'a d'enfans, il lui en viendra, celui qui n'avait pas de biens, il lui en viendra.*

134. Statt *anyâo narâo*, wie auch Lassen mit mir liest, hat Westergaard *ayâo narayâo* aufgenommen, was allerdings die Construction bedeutend erleichtert; nur finde ich *ayâo* nirgends in meinen Handschriften und *anyâo narâo* gibt auch einen Sinn. Nahe an Westergaard's Lesung geht Rückert's Vermuthung, der *anayâo* in *anyayâo* corrigiren und *anyayâo nairyâo* lesen möchte. Dies müsste dann heissen: „derjenige ist einer anderen Frau (d. i. einer fremden, die er heirathen will) gute Gesinnung mehr ergreifend, der des Viehes Wachsthum fördert, als wer nicht (dieses thut)". Doch hat die Huzvâresch-Übersetzung entschieden *narâo* gelesen. Sehr richtig sagt Rückert weiter: „Statt *jâgerebustrô* ist die Var. *-tarô* (Comparativ) zu lesen (so lesen auch Lassen und Westergaard). *Jâgerebu* ist ganz das skr. participiale *u*, des verb. des *id.*, nur ohne das *s* in *icchu*, *optans* und *jigyu victor*, mit Reduplication. Die Beibehaltung des Nom. *us* ist ganz in der Ordnung und ebenso wenig barbarisch zu nennen, als εὐνούστερος. Das Participium regiert den acc. *vohu manô*". Hiernach wird *jâgerebustrô*, trotzdem dass einige gute Handschriften es haben, zu verwerfen sein und das so dunkle *zarathustra* kann nicht als Analogie herbeigezogen werden. *Uruthware* ist durch Huzvâresch [illegible] (אורוססר) mehr umschrieben als übersetzt; die neueren Pârsen scheinen nicht recht mehr zu wissen, was das Wort heissen soll, Aspendiârji an unserer Stelle gibt es mit *doçt*, Freund, er hat es wohl mit *urvatha* verwechselt, Deçtûr Dârâb = [illegible] also = [illegible] (דרוסף). Edal Dâru (Yt. 3, 6) gar mit *nirañg*. Ich theile *uruth-ware* und leite das Wort auf *uruth*, wachsen, zurück; die Bedeutung scheint mir aller Orten auch am besten zu passen. *Pâfrâiti* wohl intensiv von *frâ*, gehen, hier: befördern, Neriosengh übersetzt das wohl hieher gehörige *pâfrê* (Yç. XLVIII, 1) mit *raxati*. Vielleicht ist auch πίμπλημι zu vergleichen. — Die Übersetzungen dieses Paragraphen sind nach meiner Ansicht allesammt ungenügend. Huzvâresch-Übersetzung: [Pahlavi text] (ממן זך מן נרמנשאן נבנאאנן והומן סואך נרפתארתר אית איעש פנן תנן מיהמאנתר מנן פנן בסריא אורוספר נר הם אנבארית דכוימננית אי סיר נ̄ינון נרמ̇ן מנן רא) „denn der ist von jenen Männern den Ort des *Vohu-manô* mehr ergreifend — d. h. er ist zu ihm am meisten im Körper hingegangen — welcher durch Fleisch Wachsthum gesammelt hat — d. h. satt (ist), als der welcher nicht“. — Man sieht, der Übersetzer hat *jâ-gerebustarô* getrennt und in der Reduplication das neup. جا, Ort, gesehen. Auch die sonst nahe liegende Übersetzung: der sich mit Wachsthum „des Fleisches erfüllt“ scheint mir kaum richtig; auf diese Erklärung scheint die Leseart der Vendîdâd-sâdes *pâfrâitê* zu deuten, welche Westergaard angenommen hat. Aspendiârji's Ansicht steht der meinigen näher: der sei am meisten dem *Vohu-manô* befreundet, welcher das Vieh beschützt. Anquetil: *Dieu donne (il prend) à cet homme des terres couvertes de bétail, s'il n'en avait pas, et lui remplit le ventre, si l'avait vuide.* Deçtûr Dârâb übersetzt nämlich *vohu-manô* mit بسيار, *jâ* mit جاى.

135. Wenn der zunächst vorhergehende Theil des Capitels schon schwierig genug war, so ist es gewiss der ganze Rest desselben in noch erhöhtem Masse. Die einzelnen Worte des Paragraphen sind ganz einfach; über den Sinn derselben aber erheben sich nicht unbedeutende Schwierigkeiten. Zuerst ist nicht mit Gewissheit zu sagen, auf wen das *hô* in unserem Satze gehen soll: auf den zuletzt genannten *hâu yô nôiṭ* oder dem im Anfange von §. 134 besprochenen *hâuca* — ich habe das letztere vorgezogen. Wir werden unten bei §. 137 nochmals darauf zurückzukommen haben. Meine Übersetzung entfernt sich nicht weit von der Huzvâresch-Übersetzung: [Pahlavi text] (איתונן נרמן ממן מאם מרנש דהוננית אמת בנאנ̄ דמיתננית). „So ist jener also am Tode (d. h.) wenn er stirbt“. Ich setze diesen Satz mit dem Folgenden in Verbindung: ein Mann, wenn er stirbt, wird nach seiner

Thätigkeit in Bezug auf das Vieh abgeschätzt. Anders freilich Aspendiârji, der den Sinn, den er darin findet, klar angibt: Wenn ein solcher Mann demjenigen, der solches verlangt, nicht gibt, so ist es gerade so, als ob er das Vieh mit Hunger plagte und dieses aus Hunger stürbe. Ich gestehe, dass ich weder im Texte noch in der Huzvâresch-Übersetzung hinreichende Anhaltspunkte für diese Erklärung finden kann. Anquetil: *Pendant sa vie et jusqu'à sa mort*, gewiss falsch und auch durch Deçtûr Dârâb's Angaben nicht zu rechtfertigen.

136. Der vorliegende Paragraph ist höchst einfach, was die einzelnen Wörter betrifft; schwierig, wenn man sagen soll, was der Sinn davon ist. *Açperenô* umschreibt die Huzvâresch-Übersetzung klar mit (אספרן), Aspendiârji: wenig, Deçtûr Dârâb „Pferd", der Zusatz — *ereno* an *açpa* scheint mir nicht ganz gleichgültig sein zu können, die neuere Tradition übersetzt aber nur die Hälfte des Wortes. Ich habe das Wort blos umschrieben, da ich durchaus nicht zu sagen vermag, was es heissen soll. Vielleicht ist es ein junges Pferd; doch scheint Vd. V, 169 zu beweisen, dass es etwas sehr Kleines (ein Faden?) sein muss. An türk. *Asper* wird man kaum denken dürfen, wie Rückert (freilich zweifelnd) thut; auf jeden Fall aber ist *açperenô* der geringste unter den hier bezeichneten Werthen. *Anumaya*, nur mit (אנומא) in der Huzvâresch-Übersetzung umschrieben, ist ein kleines Thier, wie namentlich aus dem Zusammenhange der Stellen hervorgeht, wo das Wort sonst vorkommt (Vd. II, 60. VII, 117, Yt. 5, 21 fg. 9, 3 fg.). Aspendiârji überträgt es mit *bakar*, d. h. Ziegen, Deçtur Dârâb meint, es sei vielleicht = خرگوش, die übrigen Wörter sind klar. Die Huzvâresch-Übersetzung übersetzt Wort für Wort, es ist daher unnöthig sie anzuführen; die Glosse ist leicht zu übersetzen, aber darum doch nicht leicht zu verstehen, sie lautet: (נרמן פאי בנא אספאית יהבננתנן אית יהבננתנן אספאית פאי נרמן נר דמננית איתונן מנן), jenes Vieh muss man geben, manche sagen jenem Vieh muss man geben. Ich habe den Satz nach der ersten Erklärung der Huzvâresch-Übersetzung verstanden: wenn Jemand als Sünder gestorben ist, so soll man nach Massgabe seiner Sünden diese Dinge den Bedürftigen geben. Aspendiârji ist mir nicht ganz klar, wie ich glaube, soll der Sinn seiner Worte sein: je nach der Grösse der Gabe, die ein Sünder gibt, ist auch sein Verdienst. Anquetil's erste Übersetzung lautet: *Il ressemble à un cheval gras, à l'anoma gras, au volatile gras* (Deçtûr Dârâb *vîr* = ﺑﺮﻧﺪﻩ) *au chameau gras. c. d. dieu le comble des biens comme le dit dieu.* Als zweite Bedeutung von *vîr* gibt Deçtûr Dârâb: مردم تیزهوش مردم خبردار.

137. In den folgenden Paragraphen liegt meines Erachtens die Motivirung der in §. 136 gebotenen Gabe. Die Worte sind ganz klar, aber die Construction ist sehr schwierig. Nach der Huzvâresch-Übersetzung freilich ist die Sache einfach, sie übersetzt: [illegible] [illegible] (ממן זך י גבנא גר פתירך רפד נרמן מנן אסתוהיאתש פתכארית איע פתכארית פתארך[1] רותמן אסתוהיאת), denn dieser Mann geht entgegen, der welcher *Açt-vahât* bekämpft ihn, d. h. er kämpft einen Kampf mit *Açt-vahât*. So auch Aspendiârji. Allein die Grammatik macht Schwierigkeiten. Auffallend ist zuerst, dass zu *aêshô narô* der Plur. *paityêiñti* gehört. Zwar kommt es ja im Altb. oft genug vor, dass Collective im Sing. mit dem Verbum im Plural construirt werden, doch kaum je in so schroffer Form wie hier. Um diese Schwierigkeit zu umgehen, bin ich von der Tradition abgewichen, ich habe *paityêiñti* = *yaṭ paityêiñti* fassen wollen und *i* + *paiti* nicht in der ursprünglichen Bedeutung entgegen gehen, sondern in der übertragenen bereuen, die allerdings durch das part. *paitita*, sicher gestellt ist. Allein ich glaube jetzt, dass man mit der Annahme solcher ausgelassener *yaṭ* sparsamer sein muss als ich damals gewesen bin; auch wage ich nicht so unbedenklich mehr in Beziehung auf die Bedeutung von *i* + *paiti* von der Tradition abzugehen. Ich möchte also wirklich übersetzen: dieser Mann geht entgegen. Allein wie nun weiter? Soll *peshnaiti* nun doch auf *aeshô narô* gehen? Dann muss man noch dazu annehmen, dass der Nom. *açtô-vîdhôtus* (cf. zu Vd. V, 25) und in §. 138, 139 *ishus qâthakhtô, zemakô* statt des Acc. stehe. Ich nehme dieses allerdings an und habe dadurch den Vortheil, dass meine Übersetzung wenigstens mit der Tradition stimmt. Wollte man sich entschliessen, von der

[1] פתארך ist ein sehr unklares Wort, das sonst nirgends, an unserer Stelle aber mehrmals vorkommt, wesshalb ich es nicht zu ändern wagte. Entweder ist פתירך = [illegible] = [illegible], بذیر oder פתכארך = [illegible] Schlacht, Krieg. Der Sinn der Stelle kann nicht zweifelhaft sein.

Tradition abzugehen, so würde man übersetzen können: dieser Mann geht entgegen, der *Açtô-vidhôtus* bekriegt (ihn). Diese Fassung, so annehmbar sie auch für unsern Satz klingt, hat gleichviel Schwierigkeiten wie die andere. Die Fassung geht ganz gut in den §§. 137—139, allein in den §§. 140 und 141 erscheint plötzlich der Acc. bei *peshnaiti*; man würde also, wollte man grammatisch übersetzen, annehmen müssen, dass von §. 140 ab das Subject in *peshnaiti* gewechselt habe, was doch nicht gut angeht. Ausserdem sehe ich blos noch die Möglichkeit anzunehmen, dass wie Vd. III, 54 das Subj. im Acc. stehe. Ebenso gut können wir aber auch hier annehmen, dass das Object im Nom. steht. Statt *peshnaiti*, wie ich und Lassen, liest Westergaard mit andern Handschriften *peshanaiti*; erstere Form entspricht dem griech. Verbum auf *νω*, die zweite denen auf *ανω*. Die Wurzel *pesh* ist keine andere als die schon oben zu Vd. IV, 78 besprochene *pere*, *pesh*, hinübergehen, d. i. bekriegen.

138. *Yaçca ishus qâthakhtô* habe ich, wie in §. 137 = *yimca ishûm qâthakhtem* genommen, so dass das Relativum hier nach Art des Artikels steht, wie öfters. Aus dem Vorhergehenden wäre dann der Vordersatz: *aêshô zî narô paityêiñti* zu wiederholen. Etwas anders die Huzvâresch-Übersetzung, aber nicht wesentlich verschieden: [illegible] (מנן נר תיר והודחת פתכארית אנ֯ש פתארך רותמן אסתוהיאת), wer mit dem selbstgeschossenen Pfeil streitet, der streitet mit *Açtavahât*. Sie will demgemäss den Satz *açtô vîdhôtus peshnaiti* wiederholt haben. *Ishus qâthakhtô*, der von selbst geschossene Pfeil, kommt auch sonst noch vor (cf. Yt. 8, 6); hier scheint er eine mythologische Nebenbeziehung zu haben, die ich nicht angeben kann. *Qâthakhtô* das in der Huzvâresch-Übersetzung nur umschrieben ist, muss aus *qâ*, selbst, und *thakhtô* statt *takhtô* von *tac* entstanden sein. Die Aspiration des Anlautes findet sich auch z. B. Yç. XI, 9 in derselben Wurzel. Aspendiârji setzt *qâthakhtô* = خدنگی aus Pappelholz — recht schön, da von dem تیر خدنگ, als einem vorzüglichen öfter in persischen Schriften die Rede ist, formell scheint mir die Sache aber doch zweifelhaft. Aspendiârji scheint die Sache so zu verstehen, als ob sich der verstorbene Mann in einen Pfeil verwandle und so mit dem *Açtô-vîdhôtus* streite. Anquetil: *S'il veut, il le tue avec des flèches.* Deçtûr Dârâb überträgt nämlich *qâthakhtô* mit میخواهد.

139. Die Construction ist natürlich ganz analog der im vorhergehenden Paragraphen, *Zemakô* nehmen alle Übersetzer als Winter. Meine Übersetzung ist einfach und schliesst sich an die Huzvâresch-Übersetzung an, welche lautet: [Pahlavi] (הנא ממן מנן אנן נר דמסתאנן פתכארית סנן כמוסתרנש זכש נהופת), der, welcher gegen den Winter kämpft, ihn in geringe Kleider verborgen hat. Aus diesem Zusatze geht hervor, dass der Winter es ist, dem ein geringes Kleid angezogen wird. Man wird aber dann wörtlicher als ich übersetzen: (welcher) ein geringes Kleid anzieht. Der Sinn könnte nur der sein, dass der Winter wenig Schnee habe, denn den Schnee würde man wohl unter dem Kleid des Winters verstehen müssen. Doch darf man nicht vergessen, dass das von der Huzvâresch-Übersetzung eingesetzte Pronomen im Texte nicht steht und dass *vaçtê* möglicher Weise dasselbe Subject hat wie *peshnaiti*. Dies ist die Ansicht Aspendiârji's, der meint: dass die Kraft eines Stockes sich vermindere, wenn man ein Kleid anziehe. Das kann man zugeben, aber immer bleibt die Frage, warum denn gerade ein geringes (*kamnem* = ک cf. Yç. XLV, 2. und *kamna* in den Keilinschriften) Kleid? ein dickes wäre doch besser. Die Stelle ist weder auf die eine noch auf die andere Art sehr klar. Anquetil: *(Lorsqu'il l'a ainsi frappé) le froid est moins fort et on met moins d'habits.*

140. Hier stehen nun statt der vorhergehenden Nominative Accusative, nur *yaçca* bleibt. Nach meiner in §. 138 dargelegten Auffassung muss ich nun annehmen, dass dieses *yaçca* = *yimca* stehe. Die Huzvâresch-Übersetzung hingegen bleibt auch ihrer schon oben besprochenen Auffassung getreu, sie sieht in *yaçca* das auf *aêshô narô* zurückgehende Relativum, fasst unsern ganzen Satz als Vordersatz und ergänzt den Nachsatz: „der kämpft mit *Açtôvidhotus*". — *Çâçta* = [Pahlavi] (סאסתאר) cf. Yç. LX, 14. LXIV, 31 ist immer etwas Schlechtes, daher kann das Wort nicht etwa auf *çanç*, loben, zurückgeführt werden, sondern eher auf das oben zu Vd. II, 59 besprochene *çad*. Auf jeden Fall wohl ist es mit skr. *çatru* verwandt. Aspendiârji übersetzt es durch „Tyrann", Deçtûr Dârâb mit سست. Übrigens übersetzt Aspendiârji, als ob *yathaca* statt *yaçca* stünde. Für *kameredha*, wie in allen indischen Handschriften steht, hat Westergaard in *R. kameredhaêca* gefunden.

was die Construction bedeutend erleichtert; denn den Instrumental als gleichbedeutend mit dem Locativ zu nehmen, wie man doch thun musste, ist immer misslich. Die Huzvâresch-Übersetzung übersetzt *kameredhaêca* mit [illegible] (כמאר ותאר), ich zweifle kaum, dass sie *kameredhaja* gelesen hat. Man wird also übersetzen müssen: „welcher als ein Kopfschläger kämpft gegen . . .“. In unserer Handschrift ist indess die Lesart *kameredhaja* blos durch F., d. h. nach meiner Ansicht, so gut als gar nicht bezeugt. Aspendiârji: „er kämpft wie wenn er einem schlechten Menschen den Kopf zerschlüge“. Anquetil: *Il frappe Astouïad et le partage par la ceinture, lui qui rend les hommes paresseux et dignes de l'enfer.*

141. Die Construction und mithin auch die doppelte Möglichkeit der Fassung ist dieselbe wie in den vorhergehenden Paragraphen. *Ashemaŏgha* ist eines von den Wörtern, die, so oft sie auch vorkommen, in den Übersetzungen gewöhnlich nur umschrieben, aber nicht erklärt werden. Anquetil sieht in *Ashemaŏgha* einen Dämon; diese Ansicht wird aber durch die traditionellen Quellen, welche mir zu Gebote stehen, nicht bestätigt. Edal in seiner Erklärung des *Ormazdyesht*, gibt eine lange Erklärung, nach der man *Ashemaŏgha* als Betrüger und Ketzer auffassen muss. Es seien, heisst es dort, diejenigen, welche Streit unter den Menschen anfachen und sie betrügen, welche wissentlich den Sinn des Avesta verdrehen. Keine der Stellen, die ich kenne, weist auf eine übernatürliche Stellung des *Ashemaŏgha* hin. Das Wort selbst zerlege ich in *ashe* = *as*, sehr, und *maŏgha* = skr. *mogha*, vergeblich. Ein gegründeter Einwand ist allerdings, dass skr. *mogha* als ein érânisches Wort nicht nachgewiesen ist, allein ich weiss nichts Besseres. In der érânischen Sprache liesse sich höchstens an مويدن, klagen, denken. *Aghuhareçtâtem* = [illegible] [illegible] (אחורשני כאסתאר). Man sieht, die Huzvâresch-Übersetzung zerlegt *aghuhare-çtâtem*. Wir können ihr nur theilweise beistimmen, nämlich in Bezug auf den Stamm des Wortes; *aghuhare* ist allerdings = *aqare*, denn *q* löst sich meist in *ghuh* auf, wenn ihm ein *a* vorhergeht (cf. *fraghuharenti*, doch auch *aqâshê*); wir werden aber festhalten müssen, dass *tât* die gewöhnliche Abstractendung und *ç* ein bloser Vorschlag ist, wenn man nicht eine erweiterte Wurzel *qares* zugehen will, die sehr wohl möglich wäre. *Aghuhareçtât* wäre also das Nichtessen und müsste erklärende Apposition zum Vorhergehenden sein. Also: er kämpft gegen den

unreinen *Ashemaogha*: das Nichtessen, d. h. also, wie ich freier gewendet habe: der nicht isst. Die Übersetzungen dieser Stelle sind nicht unwichtig, ich führe sie also an: Huzvâresch-Übersetzung [illegible]
הנאנ מנן נר אארמוך) [illegible]
אנאארובו אחורשני סאסתאר פתכארית נינון מזדכי באמדאתאן מננש סר
ושתמננת אנש פנן סוג ומרג דאת פתכאר רותמן אסתוהאת), der, welcher den Ashmog, den unreinen, der das Nichtessen befiehlt, bekämpft — wie den Mazdak den Sohn des Bâmdât, der das Haupt ass, ihn in Trauer (?) und Tod gab — der hat Kampf mit Açt-vahât. Hier ist namentlich die Erwähnung Mazdak's zu beachten, der die Fleischspeisen verboten hat; hier wird er auch beschuldigt, dass er den Kopf (wohl der Thiere) — also das nicht zu Essende — gegessen habe. Diese Berufung auf die Ketzerei des Mazdak bestärkt mich in meiner obigen Fassung. Aspendiârji will blos fassen: er bekämpft den Asmog, der unrechtmässiger, bedrückerischer Weise isst — offenbar eine Verschlechterung der Tradition. Ganz abweichend (auch von der späteren gedruckten Übersetzung) ist Anquetil's erste Fassung: *Il frappe Areman (!) impur guenamina qui est sans force, comme le diable Astouïad a mangé la cervelle de Mazdak.*

142. Hier scheint ein neuer Absatz zu beginnen und der erste Paragraph desselben ist leicht genug zu übersetzen; allein in welchem Zusammenhange er mit dem vorhergehenden steht, ist schwer zu sagen und darum bleibt eben doch Alles unklar. Die Glossen der Huzvâresch-Übersetzung und Aspendiârjis zu der Stelle sind mir unklar, nicht den Worten, sondern dem Sinne nach, wesswegen ich sie hier auch gar nicht anführe. Die Hauptfrage ist: was sind das für Thaten, von denen hier die Rede ist, sind es gute oder schlechte? Ich glaube kaum, dass man andere als schlechte verstehen darf, denn im Folgenden werden deutlich die Strafen für diese Thaten genannt.

143. Meine Übersetzung schliesst sich an die Huzvâresch-Übersetzung an, welche lautet: [illegible]
תמכן נרמן איתונן פנן זך כונשנן נינון מנן אכאם) [illegible]
איע פנן בנר דר חאנני אסתאומנד), dort in Bezug auf diese That, wenn sie inne werden — nämlich in Banden — in der bekörperten Welt. Den Zusatz „nämlich in Banden“ verstehe ich nicht. Der Genitiv *aêtahê skyaothnahê* muss von *raêthenti* abhängen, von *vith*, einer

Nebenform von *vid*, die aber, soviel ich bemerken kann, nur in der Bedeutung „gewahr werden“ vorkommt. Die Erklärung Aspendiârji's ist mir nicht klar und hat auch keine Bedeutung, denn er fasst mehrere Wörter entschieden falsch: so soll *skyaothnahê* nicht That, sondern Thäter bedeuten; *aêtahmi* übersetzt er: er begehrt. Wichtig ist übrigens, dass Aspendiârji glaubt, es sei von den Thaten des Açmogs die Rede. Anquetil: *Qu'on agisse comme cela, avertissez, que dans le monde habité (qu'on pratique cela).* Das Subject, das man zu *vaêthenti* hinzu denken muss, kann kaum ein anderes als „die Menschen“ sein.

144. Die einzelnen Wörter sind auch hier alle klar, aber der Sinn im Allgemeinen ist dunkel. Huzvâresch-Übersetzung: [Pahlavi] (אש סנן זך אסת כארת תנן סרות כרינד), ihm sollen sie mit eisernen Messern am Körper herunter schneiden. Das Wort [Pahlavi] = *ayaǧhaêna* steht ganz deutlich in C, der einzigen, die wir für unsere Recension zu der Stelle haben, und ich habe deswegen nicht zu ändern gewagt; ich zweifle indess kaum, dass [Pahlavi], אסתו in [Pahlavi], אסינינן, eisern, zu ändern sein wird, dies ist die gewöhnliche Übersetzung von *ayaǧhaêna* (cf. z. B. Yç. XXII, 7), so wie der Etymologie dieses Wortes gemäss; nach dieser meiner Überzeugung, die übrigens auch von Deçtûr Dârâb und den anderen Übersetzern getheilt wird, habe ich übertragen. In Bezug auf die Übersetzung der übrigen Wörter kann man nur mit der Huzvâresch-Übersetzung einverstanden sein. *Kareta* = [Pahlavi], כארת i. e. neup. كارد. Aspendiârji: Fessel; *azdebîs* oder *azdêbîs* ist Instr. von *açtan*, Knochen, mit Erweichung von *çt* zu *zd*, beide Lesearten lassen sich vertheidigen; *azdebîs* ist die regelmässige Form, das schliessende *n* des Themas ist abgefallen ohne irgend welchen Ersatz; in *azdêbîs* ist *ê* (= ursprünglich *â*) eine Verlängerung zum Ersatz des abgefallenen *n*. Die Huzvâresch-Übersetzung übersetzt *azdêbîs* mit [illegible] תנן, Körper, ich bin ihr darin gefolgt, es kömmt öfter vor, dass *açtô* statt Körper steht (cf. Vd. XIX, 26 in der Huzvâresch-Übersetzung). Schwieriger ist es, den Instrumental *azdebîs* zu erklären, er kann doch unmöglich an das vorhergehende *ayaǧhaênais karetais* angeschlossen werden. Ich halte ihn für einen adverbialen Instr., wie sie öfter vorkommen; je nach dem Körper oder nach den Knochen. Dazu gehört *paiti* als Adverb. *Ava-kerethyâṭ* = [Pahlavi] (סרות כרינד); der Übergang vom Plural zum Sing. findet sich öfter

im Avesta. Aspendiârji erklärt: an den ganzen Körper der *Açmogs* hängt man Fesseln an. Anquetil §§. 144, 145 *(Celui qui fera cela) il ne faut pas le frapper le corps avec une épée d'acier; il a été averti dans son corps, il secait (?) qu'il faut faire comme cela c. d. qu'on en a averti le monde.*

145. Huzvâresch-Übersetzung: (נרמן אושאומנד תנן מס מן זך) d. i. jenen mit Tod begabten Leib, grösser als diesen. Ich habe den Gen. *aoshaghaithyâoçe tanvô* von *azdĕbîs* abhängen lassen. *Aoshaghaithyâo* ist der ganz regelrecht gebildete gen. sg. fem. von dem Adj. *aoshaghaț* mit Tod *(aŏshô)* begabt. *Maçyô* ist neutr. des Comparativs. Aspendiârji erklärt, den todeswürdigen Körper dieser *Açmogas* wird man — weil man das Gesetz kennt — gewiss im Gefängniss bewahren.

147. *Fshébîs* und *pashâț* stammen meines Erachtens von derselben Wurzel, *fshâ* ist blos Umstellung aus *pash*. Aus der Huzvâresch-Übersetzung ist nichts zu gewinnen, sie übersetzt *fshébîs* mit (פשש) und *ava pashâț* mit (פרות פשינינד). Aspendiârji gibt *fshâ* mit „Bande". Deçtûr Dârâb und Anquetil iassen den Satz aus. Ich bezweifle indess nicht, dass *ava-pash* das neup. اوباشتن, *implere*, sei.

150. Diesen Paragraphen habe ich nicht ganz nach der Tradition übersetzt. Die Huzvâresch-Übersetzung gibt nämlich auffallender Weise *paidhyâitê* mit (רמיתננד) sie werfen, während sie es sonst (cf. Vd. V, 82. Yt. 1, 25) mit i. e. پوند übersetzt. Dieser Bedeutung habe ich auch hier treu bleiben wollen, desswegen habe ich übersetzt: „er wirft hundert Männer ohne es zu wollen in die Falle", wörtlich: er füllt eine Falle von hundert Männern an. *Çatô-vîrô-vaêmem* wäre demnach als Comp. zu nehmen. Die Huzvâresch-Übersetzung offenbar anders: sie werfen ihn von hundert Männern..... Es bleibt uns also die Bedeutung von *vaêma* zu bestimmen. Die Huzvâresch-Übersetzung umschreibt es hier und Vd. VII, 5 mit (וים). Deçtûr Dârâb gibt das Wort hier mit دوزخ, dort mit بيم, was beides nicht passt. Meine frühere Ansicht habe ich schon zu Vd. VII, 5 angegeben, ich habe das Wort von *vi*, weben, abgeleitet und mit „Falle" übersetzt, in den érânischen Sprachen selbst habe ich گم *(amissus, perditus)* darauf zurückgeführt. Von meiner früheren Ansicht weiche ich jetzt einigermassen ab, ohne mich indess

der Ansicht der Huzvâresch-Übersetzung anzuschliessen. Als die Bedeutung von *vaêma* möchte ich jetzt die des armenischen վեմ, Felsen, annehmen. *Pâidhyâitê* scheint mir sicher mit پائیدن zusammen zu hängen (cf. zu Vd. V, 82). Ich möchte also übersetzen: so wird er mit Gewalt zu einem Felsen von hundert Männer Höhe gebracht. Aspendiârji's Übersetzung ist wohl auch falsch, er nimmt *vaêmem* = neup. بیم und meint, dem Schuldigen werde eine solche Furcht eingejagt, als ob hundert Männer auf einmal auf ihn einstürzten. Anquetil: *(Celui qui se lave etc.) retire de triste enfer cent personnes.*

153. Über *pâra*, Schuld, cf. zu Vd. III, 147. *Mareza* fasse ich = pârsi مرز Sünde, auch die Huzvâresch-Übersetzung gibt das Wort mit [illegible] (מרג̃). *Marezem* kann man nur als Apposition zu *pârem* fassen. Die Acc. *pârem marezem* habe ich von *ava histâț* abhängen lassen: er steht hin zu einer grossen Schuld, Sünde. *Anuçô*, ohne es zu wissen oder vielmehr: ohne es zu wollen, doch könnte es auch mit „nothwendig“ übersetzt werden, cf. skr. *avaçya*. Auf diese Ansicht ist meine Übersetzung dieses Paragraphen begründet und die Tradition scheint nicht gerade entgegen: Huzvâresch-Übersetzung [illegible] (אש אנאוסינידהא פנן זך פרותתום מרג̃ בנא רכויכננר), was ich übersetze: „sie stehen, ohne es zu wollen, in der untersten Sünde“. Somit liesse sich denn meine Übersetzung sowohl von Seite der Tradition als der Grammatik wohl halten, allein der Sinn will sich nicht fügen. Warum soll die Sünde erst dann eintreten, wenn man die Sache gewahr wird, man erwartet nicht eine Sünde, sondern wie früher, eine Strafe, und so möchte ich jetzt auch übersetzen, freilich ohne irgend eine Gewähr dafür in den Worten selbst zu haben. So scheint es auch Aspendiârji zu fassen: man soll dem *Açmog* keinen Gefallen erweisen, sondern ihn zu betrüben suchen. Ganz gewiss falsch Anquetil: *Celui à qui cela ne plait pas est enfoncé bien avant (c. d. descend dans l'enfer).*

155. So schwierig auch die meisten der vorhergehenden Paragraphen zu verstehen waren, so sind sie doch leicht im Vergleich zu den nun folgenden, in deren Verständniss, trotz aller angewandten Mühe, ich auch heute nicht viel weiter vorgerückt bin als vor eilf Jahren. Zu der Schwierigkeit der Construction kommen hier noch

mehrere Wörter, die sowohl im Altbaktrischen als Huzvâresch ἅπ. λεγ. sind. *Çaŏkeñtavaitîm* ist eine äusserst seltsame Bildung, sie setzt ein Substantiv, *Çaŏkeñta*, voraus, das ich aber sonst nicht kenne. Wir haben in *çaŏkeñtavaṭ* ein Doppelsuffix *eñta* und *vañt*. Bezüglich der Ableitung bieten sich zwei Wurzeln dar: *çu*, nützen, und *çuc*, brennen, letztere scheint mir die wahrscheinlichere. Huzvâresch-Übersetzung (הוכרתאומנד), was nur heissen kann: „mit Wohlgethanen begabt“, aber auch da ist die Form auffällig, man erwartete (הוכנתאומנד). Man denkt sofort an neup. سوگند Eid, und es liegt nahe, dieses mit einem Gottesurtheile in Verbindung zu setzen (vergl. überhaupt meine Bemerkungen über den Eid bei der Pârsen in meiner Übersetzung des Avesta II, LVI). Ganz anders freilich Aspendiârji, der *çaŏkeñtavaitîm* mit „schmutziges Wasser“ erklärt. Deçtûr Dârâb liest *çaŏkem tavaitîm* und erklärt das erste Wort mit روشن, das zweite mit روان. *Zarenyâvaitim*, Huzvâresch-Übersetzung (זראומנד), was „mit Gold begabt“ heissen muss: diese Deutung bestätigt auch die Etymologie, denn *zarenyâvaiti* ist genau = *hiraṇyâvatî*. Allein was heisst goldenes oder mit Gold begabtes Wasser? Im Sad-der Bundehesh (Cod. Anq. XV, fol. 147 *reto*) heisst es بامداد نخست دست باب زر باید شستن: am Morgen soll man zuerst die Hand mit Goldwasser waschen, und wir wissen, dass dies der Kuburin ist (vergl. das Gebet Nr. III des Khorda-Avesta Bd. III, 4 in meiner Übersetzung). So muss es also auch hier gefasst werden. Aspendiârji: Wasser, das durch ein todtes Kind unrein geworden ist. Anquetil hat, wohl nach Deçtur Dârâb's Angabe, über *zaromand* geschrieben *l'Euphrate!* — Am schwierigsten ist der Ausdruck *vîthushavaitîm*. Huzvâresch-Übersetzung: (נידהראנאומנד), was mir dunkel ist. Aspendiârji: Wasser, was durch weibliche Menstruation beschmutzt ist. Deçtur Dârâb *vîthushavaitim* = تخم دار. Diese beiden Erklärer fassen demnach den obigen Huzvâresch-Ausdruck = (נידהראומנד) und übersetzen als ob *cithravaitîm* im Texte stünde, nur nehmen sie *cithra* in verschiedenen Bedeutungen (cf. Vd. I, 53). Ich habe mich ganz von der Tradition entfernt und *thush* als Nebenform von *çush* genommen, *vîthushavaitim* als das brennende, siedende Wasser. Es liegt auf der Hand, dass diese Vermuthungen sehr gewagt sind; störend ist besonders, dass unmittelbar darauf *vîthus* in seiner gewöhnlichen

Bedeutung wissend erscheint, und ich möchte jetzt Rückert zustimmen, welcher vorschlägt, *vîthushavaitîm* geradenwegs als das wissende (Wasser des Gottesurtheils) zu übertragen. Im Folgenden ist die Huzvâresch-Übersetzung defect, der Defect lässt sich jedoch aus §. 156 leicht ergänzen. *Draŏghem*, das altp. *drauga*, neup. دروغ Lüge, ist ausgedrückt durch [illegible] (פנן זכי כדבא גובשנן), in dieser Lügenrede, *vîthus* durch [illegible] (אכאסידא), wissentlich, *apâithis* oder wie die VS. lesen (Westerg. *apâiti*), *apâitis* durch das ganz dunkle [illegible], *rashnuçca paiti çaghem* = [illegible] (רשננג מאם דמננית) *mithrahêca aiwi drukhtem* = [illegible] (מתננג מאם דרונית). Aspendiârji setzt für *apâithis* بلند, gross, Deçtûr Dârâb دوست, Freund, was sich an das dunkle Huzvâresch [illegible] anschliesst. Statt *rashnuçca* liest Westergaard *rashnaŏçca*, was zwar einen guten Gegensatz zu *mithrahê* bildet; aber ich trage Bedenken ihm zu folgen, da in meiner Handschrift diese Lesart unendlich schwach beglaubigt ist; auch kommt der Sinn auf dasselbe hinaus, man muss *rashnuçca paiti çaghem* als eine freie Art der Composition fassen. Mit Benützung aller dieser Materialien ist es immer noch schwierig genug unsern Text zu übersetzen, weil in diesem (nicht so in der Huzvâresch-Übersetzung) jedes Verbum fehlt. Nach meiner ganzen Fassung der §§. 142 fg. muss ich unsern Paragraphen als Nachsatz zu §. 154 fassen. Ich habe *vithus-apaithis* als mit Verbalkraft versehen genommen, was noch viel leichter ist, wenn man mit Westergaard *apâiti* liest, woran mich aber die Handschriften hindern; ich möchte *apâithis* für ein nomen verbale halten cf. *uzyoraithi* Vd. XIX, 93, *uidhditis* Vd. XIX, 78, also wörtlich (er ist) der Ausgang im Acc. Über Rückert's Vorschlag cf. zum folgenden Paragraphen.

156. Dieser Paragraph ist mit dem vorhergehenden wesentlich identisch, bedarf darum keiner weiteren Besprechung. Ich theile hier nur Rückert's Vorschlag zur möglichen Textverbesserung und Erklärung mit, die Rückwirkungen auf den vorhergehenden Paragraphen ergeben sich von selbst. Rückert schlägt nämlich vor zu lesen: *Yô âpem çaŏkeñtavaitîm zareuyâvaitîm vîthushavaitîm draŏghem vîthus apâiti rashnaoçca paiti çaghem mithrahêca aiwi drukhtîm.* Man sieht, dass dieser Text dem Westergaard'schen in manchem Punkte sehr nahe steht. Die Übersetzung wäre, nach

Rückert's Vorschlage, wörtlich die folgende: „wer das brennendige, goldige, wissendige Wasser antritt, lugwissend (mit) Wahrheits-Vergebung und (mit) Mithras Bekürzung". Die Art und Weise, wie Aspendiârji und Deçtûr Dârâb die hauptsächlichsten der einzelnen Wörter fassen, ist oben schon mitgetheilt worden; ich halte es für unnöthig hier noch weitläufiger darauf zurück zu kommen.

Fünfter Fargard.

1. *Nâtaț* wird überall in den besseren Handschriften als ein Wort geschrieben und ich bin ihnen gefolgt; ich halte *taț*, welches die Huzvâresch-Übersetzung mit [Pehlevi] (איתונן) gibt und das man hier wohl mit „also, nun" übertragen kann, für ein Encliticum oder für eine Partikel, die sich mit dem Neutr. des Demonstrativs enge berührt. *Jaṅfnu* = [Pehlevi] (זפר) i. e. neup. زفر, Mund, was auch die Etymologie bestätigt; es gehört *jaṅfnu* zu der weit verzweigten Wurzel *gamf*, welche Kuhn in seiner Zeitschr. für vergl. Sprachforschung I, 123 fg. besprochen hat. *Raŏnaṅm* gen. pl. entweder von einem sg. *raŏna* = *ravna* oder *ravan*. Jedenfalls ist das Wort mit *ravô*, Weite, nahe verwandt. Die Huzvâresch-Übersetzung gibt es stets mit [Pehlevi] (רוסתאך) i. e. neup. روستا *rus*, *pagus* (im Gegensatze zur Stadt) wieder. Ich übersetze es gewöhnlich mit „Thal", an unserer Stelle namentlich ist der Gegensatz der *jaṅfnavô raonaṅm* gegen die *bareshnavô gairinaṅm* hinreichend deutlich; Aspendiârji erklärt *jaṅfnavô raŏnaṅm* durch ein Wort (*kadhau*), welches „*edge or verge of a rock, precipice or steep shore*" bedeutet.

2. *Mereghem* hier und §. 4 Neutrum, sonst wie z. B. §. 8 Masc. An unsern beiden Stellen ist nämlich vom Vogelgeschlechte die Rede, nicht von einem einzigen Vogel, daher das Neutr. *Uzvazaiti*, „er fährt in die Höhe, er fliegt in die Höhe". So nach Lassen's und meinem Texte. Dagegen hat Westergaard *uzvazaitê*, was übersetzt werden muss: „er führt sich in die Höhe".

3. *Khraŏzhdvana*, *varedvana* sind zwei Ausdrücke, die öfter vom Holze, ersterer vom harten, lezterer vom weichen gebraucht werden. Die Wurzeln sind *khraŏzhdâ* und *veredh*, ursprünglich wird also *varedvana* nur das noch wachsende weiche Holz bezeichnet haben; jetzt bezeichnen beide Arten verschiedene Holzsorten. Als ein Beispiel des harten Holzes wird [Pehlevi] (ונאת) aufgeführt, was

angeblich die Mandel heissen soll, als Beispiel des harten (ויתוסת), angeblich Pistazie.

6. Die Formen dieses Paragraphen halte ich für Participialperfecte, die hier in der lebhaften Rede statt des Präs. stehen. *Vañta* von *vam*, *vomere*, (ואמית) in der Huzvâresch-Übersetzung, das Neup. hat das Wort verloren; *irita* von *iri*, cf. neup. ريديدن ,رمن. *Paitita* kann man entweder von *i* + *paiti* ableiten oder als Causalform von *pat*, fallen, letzteres ist mir das Wahrscheinlichere, Huzvâresch-Übersetzung (פשוגית), ein mir dunkles Wort. Aspendiârji: er lässt Urin. Deçtûr Dârâb جربی، گوشت مرده. Man müsste also übersetzen: er lässt das Fett vom todten Fleische darauf fallen. Ich verstehe das Wort von den Excrementen überhaupt.

8. Bei *yañm hô mereghô* hat man die Wahl, ob man zu *mereghô* aus dem vorhergehenden *aêiti* als Verbum entnehmen will: zu welchem (Baum) dieser Vogel (gegangen ist) oder ob man *hô mereghô* für die mit *yañm* angeschlossene Apposition fassen soll, wobei der nom. unregelmässig statt des gen. steht: zu dem Baume dieses Vogels. *Âthrê* ist dat. *commodi* und *aêçmañm* halte ich für den gen. plur., der hier partitiv steht, *Ishaiti* ist in dieser Form nur in *d*; ich zweifle aber nicht, dass das Wort, wie ich es geschrieben habe, richtig ist, denn die Huzvâresch-Übersetzung hat dafür (בויאננית) und die neueren Übersetzer drücken denselben Sinn aus.

9. Auffallend sind hier die Formen *janaiti* statt des gewöhnlichen *jaiñti*, *thwereçaiti* für *thwarsti*. Die drei hier gebrauchten Ausdrücke vom Zerschneiden des Holzes unterscheiden sich nach der Huzvâresch-Übersetzung folgendermassen. *Jan* ist das Allgemeinste: umhauen, *thwereç*, in Stücke schneiden, *tash*, spalten, klein machen. *Aiwi-ruc* = افروختن cl. 10 ist hier causal: er lässt das Feuer des Ahura-Mazda das Holz anzünden. *Âthrô* ist ohne Zweifel incorrect, das Wort wäre am besten ganz weggeblieben, ich habe es für den gen. genommen, vom Feuer, so auch Westergaard, der *putrahê* corrigirt statt *puthrem* oder *puthra*, wie die VS. geben. Allein die Handschriften geben nicht *puthrahê* und die Appositionen sind ohnedies nach unserer Sprechweise im Altbaktrischen selten correct.

11. Die auf *beretô* endigenden Composita beziehen sich sämmtlich auf *naçus* und *beretô* ist überall passiv aufzufassen. *Çpô* steht überall = *çpan* im Comp., *vayô* ist eine Nebenform für *vis*, von der wir unten Vd. V, 48 *vayanaṅm* haben. *Âçtârayêiti* cf. zu Vd. IV, 24.

13. *Isharestâitya* zerlege ich in *ishares-tâitya; ishares* entspricht dem skr. *ishat*, *tâitya* ist aus dem Suffix *tâț* und der Adverbialendung *ya* zusammengesetzt, welche an *tâț* angetreten ist. Eigentlich hiesse also das Wort — wenn man anders in skr. *ishat* die Grundbedeutung sehen darf — in Wenigkeit, in Kurzem. So auch die Huzvâresch-Übersetzung, welche das Wort mit [illegible] (תיג̄ רובשנן) übersetzt und mit [illegible] (זות) erklärt. Schwierig sind die Worte *ishaçem jiț ashem.* Huzvâresch-Übersetzung: [illegible] (זת חואסתארי אאראיש), wörtlich geschlagene Wünscher der Reinheit. [illegible] (זת) kann nur = neup. زده stehen, es müsste dem *jiț* entsprechen; dagegen spricht, dass dann die Worte זת חואסתאר umgesetzt sein müssten, auch kann *jiț* wohl kaum für *jata* stehen. *Ishaçem* müsste zunächst von *ishaç* kommen und eine solche Erweiterung der Wurzel *ish* findet sich im zweiten Theile des *Yaçna ishaçâ* Yç. XXXI, 4, *ishaçôiț* Yç. XLIX, 2 und wird von der Tradition mit „wünschen" übersetzt. Hier würde also die Bedeutung חואסתאר i. e. خواستار passen. Will man indess *jiț* erklären, so sehe ich keinen andern Ausweg als es von skr. *ji*, lieben, herzuleiten, wie ich früher gethan habe, oder vielleicht noch besser darin eine Entartung von *jadh*, verlangen, zu sehen. Mag man nun die eine oder die andere Erklärung annehmen, so ist es eine unerträgliche Teutologie, wenn *ishaçem* auch wieder wünschen heissen soll, ich habe es daher mit *ishare* zusammengestellt und mit „wenig" übersetzt. Aspendiârji ist gar nicht zu brauchen, er übersetzt es, als ob *aêsha ashem jaț* stünde. Deçtûr Dârâh gibt die drei Worte mit خواست زد باى, womit nichts anzufangen ist. Am besten wäre es, wenn man in *jiț* ein Verbum sehen dürfte, denn dies vermisst man im ganzen Satze schmerzlich. Über *khraŏzdaț-urva* habe ich noch heute die Ansicht, die ich früher in der Note zu meiner Übersetzung ausgesprochen habe. Es ist „Herzenshärtigkeit" und bezeichnet einen höheren Grad der Sündhaftigkeit als *peshôtanus*, über welchen Ausdruck zu Vd. IV, 69 zu vergleichen ist.

14. *Fréna* ist hier so bezeugt, dass man leicht der Ansicht sein könnte, *frîna* sei die richtige Leseart, aber Vd. VIII, 110 entscheiden sich die meisten Handschriften für *fréna* und dies ist wohl das Richtige. Die Lesearten *fréna* und *frîna* scheinen mir bei Umschreibung des Textes aus einer semitischen Schrift entstanden, dort stand aber פרינא, dies konnte *frîna* und *fréna* gelesen werden. Im Pârsi drückt *é* gewöhnlich den Vocal aus, der aus altb. *aé* entstanden ist, im Altb. selbst hingegen ist *é* immer Entartung aus früherem *â*, steht also griechischem η gleich. *Fréna* ist also = ursprünglich *frâna* (wohl dasselbe, was wir im altpersischen *viñdafrâna* finden), vgl. auch *frânô-maçébîs* Afrg. I, 5 und steht mit *frâyô*, *fraésha* im engsten Zusammenhange. Ich leite es auf *frâ* = *prî*, füllen, zurück, *fréna* ist also „Fülle“. Hierzu stimmt auch die Huzvâresch-Übersetzung כבדש (כבדש). *Fréna* ist, wie kaum gesagt zu werden braucht, Instrumentalis. Die neuere Tradition ist bedeutend verschlechtert. Aspendiârji „auf dem Wege (oder auf die Art) und viel“. Deçtûr Dârâb *fréna* = راست, daher Anquetil: *En vérité si un homme meurt* (oder *si on laisse un mort*) *(nud) sur la terre c. d. que c'est le péché tanafourgan.*

15. *Yavô-carâni*, Getreidefeld, *carâni* von *car* = جريدن cf. چمن, was ursprünglich *carman* gelautet haben muss. Huzvâresch-Übersetzung: *yavô-carânîm* = גורתאך כנתארש (גורתאך כנתארש), Getreidemachung, sie leitet *carânîm* auf die Wurzel *kar* zurück, was zwar nicht unmöglich, aber mir nicht wahrscheinlich ist. Aspendiârji wie ich. Deçtûr Dârâb غله كند, der Sache nach richtig, der Form nach unpassend. Cf. auch Yç. X, 9.

16. *Ana tâ* = זך מנן נרמנשאנן (זך מנן נרמנשאנן) in der Huzvâresch-Übersetzung. Aspendiârji „diesen“. Deçtûr Dârâb liest زك من (זך מן), „von diesem“. Ich kann unmöglich glauben, dass *ana* an unserer Stelle der Instr. von *imat* sein solle, ich halte das Wort für eine den Acc. regierende Präp., welche dem griech. ἀνά entspricht und die ich noch an einigen andern Stellen zu erkennen glaube. Zwar hat das Altb. auch *anu* wie das Sanskrit, dies hindert aber nicht, dass *ana* auch daneben bestehen könnte. *Tâ* ist acc. neutr. plur. „dieses“ auf das vorhergehende *yavô-carânîm* zu beziehen. *Vaidhîm ayâo* Huzvâresch-Übersetzung נוי רספד (נוי רספד) ein Fluss geht; so auch ich. Ich nehme *ayâo* = *ayaûn*, man muss wörtlich

übersetzen: über dieses geht es (das Wasser) als Fluss, zum zweiten etc. Aspendiârji will *aydo* mit „zum ersten Male" übersetzen. Deçtûr Dârâb wie die Huzvâresch-Übersetzung.

17. Liest man diesen Paragraphen in der Huzv.-Übersetzung, so lautet er folgendermassen: [illegible] (אנש אחר תסום נסאי מאם כשינר כרבא איוף רובאה איוף נורנ) [illegible] „nach dem Viertem ziehen Leichname herbei: Hund, Fuchs, Wolf". Die Übersetzung ist ganz passend (auch Aspendiârji und Deçtûr Dârâb stimmen ihr bei); allein der Text macht Schwierigkeiten, weil man nicht einsieht, wie die Worte *çpânemca* etc., wenn sie die Subjecte zu *ava karshenti* sind, im Acc. stehen sollten. Gleichwohl sehe ich keine andere Möglichkeit. Es ist wahr, man könnte *ava karshenti* impersonell fassen und übersetzen wollen: „nach dem Viertem ziehen sie (die Leute) einen Leichnam herbei: einen Hund, einen Fuchs etc." So wäre der Satz grammatisch richtig, aber der Sinn gänzlich verderbt; denn gerade darin liegt der Schwerpunkt, dass das von Thieren Verschleppte nicht verunreinigt. Auch würde es unpassend sein, dass der Leichnam eines Wolfes hier genannt wird, denn der Wolf gehört zur bösen Schöpfung, ist also nach Vd. V, 115 fg. nach dem Tode rein. Die Worte sind klar. *Raozha* ist nach den Übersetzungen der Fuchs, das Wort wäre also gleichbedeutend mit *urupis*, ich denke es ist = griech. λύγξ, Luchs, und vielleicht neup. يوز, Panther.

23. Die folgende Stelle ist auch von Burnouf (Yaçna p. 464 fg. behandelt).

25. *Açtô-vîdhôtus*, der Name eines Dämons, bedeutet, wie Burnouf in Übereinstimmung mit Anquetil richtig erkannt hat: der Zertheiler der Knochen oder der Leiber. Wurzel von *vîdhôtus* ist skr. *do*, die aber im Alth. noch *dâ* gelautet haben wird; die Umlautung des *â* in *o* im Nominativ des Wortes ist blos dem folgenden *u* zuzuschreiben, denn der Abl. lautet *vîdhâtaoț* cf. Yt. 13, 11. Die neueren Parsen heissen den Dämon *Açto-vehâț* oder *Açto-guvâț*. Als ein Verderbniss der neueren Tradition mag noch angeführt werden, dass Aspendiârji *dim*, was die Huzvâresch-Übersetzung und auch Deçtûr Dârâb = [illegible] (נרמן), diesen, fasst, mit دم übersetzt: *Açtô-vidhôtus* bindet den Hauch! *Vayô* übersetzt die Huzvâresch-Übersetzung [illegible] (ואי סריתר) die bösen Vögel; diese kommen auch im *Minôkhired*

als Begleiter der bösen Menschen nach dem Tode vor. Aspendiârji umschreibt falsch *nai* (*n* statt *r*) und scheint einen Déw darunter verstehen zu wollen. Auch Deçtûr Dârâb erklärt das Wort mit پرنده; es ist mir daher unbegreiflich, woher Anquetil die Bedeutung „Fische“ hat, in seiner handschriftlichen Übersetzung steht nichts davon, diese lautet: *Le diable astouïad le lie (l'éleve en haut comme) un oiseau et le tue dans l'eau (selon moi ensuite les oiseaux le mangent ainsi lié).*

26. *Uzvazaiti*, *nivazaiti* habe ich transitiv genommen: er führt (fährt) ihn herauf und herunter. Diese Fassung ist in Übereinstimmung mit der Huzvâresch-Übersetzung, *dim* habe ich aus dem vorhergehenden Paragraphen ergänzt. Huzvâresch-Übersetzung: [illegible] (מיאש ראךא ונינית) u. s. w. Deçtûr Dârâb lässt in seiner Textrecension das Suffix [illegible] aus, in der Pariser Handschrift steht auch [illegible] (ונית) statt [illegible] (וניִנית). Auf jeden Fall übersetzt er, in Abweichung von der Huzvâresch-Übersetzung und Aspendiârji, *uzvazaiti* mit بالا نشيند und *nivazaiti* mit غرق مينشيند, also intransitiv: das Wasser fährt hinauf, das Wasser fährt hinunter. Daher Anquetil: *Il s'éleve au-dessus de l'eau ensuite il plonge et s'enfonce, ensuite s'éleve sur l'eau c. d. qu'il revient dessus.* Mit dieser Erklärung ist nach meiner Ansicht nichts gewonnen, denn zu *paiti raêcayêiti* muss doch *dim* ergänzt werden.

28. Huzvâresch-Übersetzung etwas verschieden: [illegible] (אמת מן תממן אחר פנאג דאמתננית איע בנא דאתננית בחת נרמן) [illegible] (אחר בנא רסינית איע סנן ראסי ברינן דהוננית אמת בנא דאתננית). „wenn er von dort nachher herauf kommt — d. h. kommt — so bringt ihn dann das Schicksal, d. h. auf dem Wege des Schicksals ist es, wenn er kommt“. Hier ist die Bedeutung der Präp. *fra* und *ni* geflissentlich abgeschwächt, abgesehen davon, dass *bakhta* nicht Subject des Satzes sein kann, und *nijaçaiti* nicht als Caussativum übersetzt werden darf. Meine Übersetzung scheint mich leicht zu rechtfertigen: *frajaçaiti* entspricht dem *uzvazaiti* in §. 26, *nijaçaiti* dem *nivazaiti*. Es ist durch die zufällige Bewegung des Wassers nach oben oder nach unten, dass er an die Oberfläche gebracht oder in die Tiefe geführt wird. Aspendiârji schliesst sich an die Huzvâresch-Übersetzung an. Anquetil's handschriftliche Übersetzung ist: *(Les oiseaux ensuite le*

mangent) approchent une 2de fois de lui et par le sort, le destin de la mort approchent de lui (c'est un bonheur chez les Parssis que d'être mangé par les oiseaux).

32. *Açta*, Knochen, hier wieder = Körper — (תנן) in der Huzvâresch-Übersetzung — gebraucht. *Ustâna* = skr. *utthâna* ist längst erklärt, die Huzvâresch-Übersetzung gibt es mit (נאן) i. e. جان, *açta* und *ustâna* zusammen bilden den Körper (כארסות). Ich habe das Wort gewöhnlich mit „Lebenskraft" übersetzt. Verschieden ist natürlich *uçtâna* im Yç. XXVIII, 1. XXIX, 5. XLIX, 8. was die Huzvâresch-Übersetzung mit (אוסתאנן) Neriosengh richtig mit *uttâna* übersetzt.

34. *Çacaiñti*, der Plural, steht hier in allen Handschriften, man muss also auch *hama* pluralisch auffassen, *Çacaiñti* = (סור) in der Huzvâresch-Übersetzung erklärt durch (בנא נורנגית) er geht vorüber. *Atha aiwi gâmê* (איתונן דמסתאנן איע דר דאתננית) d. i. „so der Winter d. h. herzukommt". So auch Aspendiârji. Dagegen hat Deçtûr Dârâb das Wort (סור) nicht wie die Huzvâresch-Übersetzung verstanden, sondern darin das neup. سزد gesehen und mit موافق gegeben; daher übersetzt Anquetil: *O Dieu (si quelqu'un est mort) dans la saison convenable ou chaud ou celle du froid.*

35. *Aêtê yô mazdayaçna* ist hier und an andern Stellen zu gut durch die Handschriften bezeugt, als dass ich gewagt hätte etwas zu ändern. *Yôi* ist allerdings mehr der Syntax des Sanskrit gemäss, aber die Syntax des altb. *yô* bietet eben der Abweichungen mehr vom Sanskrit. Indessen haben die Vendîdâd-sâdes beständig *yôi*, und es ist nichts dagegen zu sagen, wenn man dieser Leseart den Vorzug gibt.

36. Für *vîçê*, wie Lassen und ich selbst lesen, hat Westergaard *vîçi* vorgezogen und dies scheint auf den ersten Blick das Richtige, denn da *nmânê* loc. ist, so erwartet man, dass *vîç* auch im Locativ steht. Liest man *vîçê*, so muss man das Wort als Dat. *commodi* erklären: in jeder Wohnung, für jeden Clan. Was für unsere Leseart spricht, ist der Klang und ich glaube, dieser ist im Avesta an mehreren Stellen massgebend gewesen; *nmânê*, *nmânê*, *vîçi*, *vîçi* klingt nicht. Mit den Casus nahm man es wohl nicht so genau, es deuten mehrere Zeichen darauf hin, dass sie zur Zeit, als

das Avesta niedergeschrieben wurde, schon im Verfall begriffen waren. *Viç*, Clan, wird hier von der Huzvâresch-Übersetzung umschrieben und mit [illegible] (דסתך כנת) i. e. *turba hominum*, dagegen [illegible] (מאן = *nmâna*) mit [illegible] (חאנך) i. e. خانه, Haus, erklärt. Aspendiârji übersetzt *viç* mit محله. Nach Neriosengh (cf. Yç. XIV, 1) gehören fünfzehn Paare dazu, um den Begriff eines *viç* zu bilden. *Kata* wohl ursprünglich Ausgegrabenes part. pass. von *kan*, graben; es muss aber an allen Stellen, wo das Wort vorkommt, etwas hohes bedeuten, weswegen ich es = neup. کده und in der Bedeutung „Stockwerk“ fasse (cf. Vd. II, 69). Aspendiârji hier = Winkel. Deçtûr Dârâb ganz allgemein جای, Ort. Nach Aspendiârji soll man die *Katas* durch Aufgraben der Erde herstellen. Wenn Anquetil *thrâyô* mit „*troisième*“ übersetzt, so hat er selbst die Verantwortung zu tragen. Deçtûr Dârâb hat سه, drei.

38. Dieser Paragraph verträgt eine doppelte Auffassung, je nachdem man *vaghdhanem* als nom. oder acc. auffasst; denn das Geschlecht des Wortes geht aus den Stellen, wo es vorkommt, nicht mit Sicherheit hervor. Die meinige schliesst sich am nächsten an die Tradition an: [illegible]
(איך נַנד זך רא אמת סתיניך איש זיונדיך אשאנן ועתאנן מאם מחיתננית) d. i. „so viel, dass diesen sie nicht, wenn er steht (?), d. h. lebend ist, an den Kopf stossen“. So auch Aspendiârji und Deçtûr Dârâb. Was gegen diese Übersetzung eingewendet werden könnte, wäre der Sing. *janyâṭ* gegen die vorhergehenden Plurale, so dass jetzt plötzlich nur von einem, früher aber von drei *Katas* die Rede ist. Dieser Einwurf ist indess kein ernstlicher, denn dieser Wechsel vom Plur. zum Sing. kommt oft genug vor, wie die Grammatik nachweist. Die andere Möglichkeit wäre, *hê* auf *kata* zu beziehen und *eredhwô dǫghanem vaghdhanem* als Subject zu fassen. Doch spricht dafür nicht die Tradition; ich bezweifle auch, dass man nach altbaktrischer Anschauung vom Kopfe eines Leblosen sagen könne, dass er anstosse. *Vaghdhana* ist zusammengesetzt aus *vac* + *dhana*, wie Windischmann richtig nachgewiesen hat. Aspendiârji (zu Vd. VI, 46) erklärt es als den Ort des Kopfes, wo das Haar wächst.

41. *Uzbaodha*, der, aus welchem das Bewusstsein heraus ist, entspricht ganz unserem „entseelt“. *Mâzdrâjahîm*, zusammengesetzt

aus *mâz* = *mâoğh*, Mond, Monat, und einem von *drâjô*, Länge, abgeleiteten *drâjahi* oder *drâjahya*.

43. *Nyâoñcô* habe ich schon in der Note zu der Stelle in meiner Übersetzung mit Burnouf Yaçna p. 401 not. auf skr. *nyañc* zurückgeführt, aber mit „verderblich“ übersetzt, auch Windischmann billigt diese Ansicht. Die Huzvâresch-Übersetzung gibt aber das Wort mit [illegible] (ניהאאן דושׂן) „verborgen und schlecht“. Aspendiârji gibt das Wort mit „verborgen“, Deçtûr Dârâb dagegen mit نشاند, was gar nicht passt. Auffallend ist *tacin*, was überall steht, gegenüber den übrigen Conjunctiven, Lassen hat *tacaňn*, was mir besser erscheint (auch die Huzvâresch-Übersetzung hat [illegible] (תנ̄אח). Aber, wie gesagt, weder hier noch Vd. VIII, 22 hat ein einziger Codex diese Leseart, auch Westergaard hat *tacin* beihehalten. Die wörtliche Übersetzung [illegible] (וניהאאנן דושׂן בנא תנ̄אח) „und der verborgene, schlechte hinweglauft“, wird durch die Glosse erklärt: [illegible] (איע פתיארך דמסתאנן בנא נזרנגאח), „d. h. der schlechte Winter weggegangen ist“. Ich habe darum unter dem *nyâoñcô* persönliche Wesen, etwa den Dämon des Winters und seine Genossen, verstehen wollen (cf. Burnouf Yaçna p. 401); dies wird von Windischmann (zu Yt. 10, 96) bezweifelt; leider gibt er nicht genauer an, wie er die Stelle versteht. Auch Rückert bezweifelt meine Ansicht und versteht es sinnlich: „bis (die Gewässer) abwärts fliessen“. Sollte diese Ansicht sich bestätigen, was mir sehr möglich scheint, so würden wir hier eine schöne Beschreibung des Frühlings erhalten. *Haêcayâṭ* von *hic*, was von *hiñc* zu scheiden und mit *hikva*, skr. *sikatâ*, lat. *siccus*, zusammen zu stellen ist. Anquetil: *Tout croîtra en abondance, les arbres croîtront, et l'eau qu'on aura placée coulera, le vent rejouira la terre.*

45. *Hê* dürfte etwa mit unserem „dafür“ ausgedrückt werden. Huzvâresch-Übersetzung: [illegible] (נרמן ונאם ראי איע נד רא דהוננאח) „jener Sünde wegen, nämlich, damit sie nicht sei“. Schwierig ist die Construction *aêtê mazdayaçna . . . kerenaoṭ*. Der Sing. des Verbums ist durch die Handschriften geschützt, ich habe ihn so wenig wie Westergaard zu ändern gewagt; aber ich sehe keinen Grund ein und wäre wohl geneigt, einen alten Fehler zu vermuthen und mit Lassen *kerenavaňn* zu schreiben. — „Der Sonne aussetzen“ ist nach Aspendiârji soviel als „auf den Dakhma bringen“.

47. Meine Übersetzung ist zwar dem Sinne nach richtig, aber der Form nach zu sehr paraphrasirend. Das Caussativum von *diç* muss mit zwei Acc. verbunden werden. Ein Jahr lang schreibe für einen (solchen Mazdayaçna) die Strafe für den Mord eines Reinen vor". Huzvâresch-Übersetzung: [illegible] שנת דראוא זכי אנד אשוכוש נֿינון סנן) [illegible] (פרגרת ונדית פיתאך ואש זך תוֹשנן אי נכיֿנד „Ein Jahr lang (ist) dies so viel als Tödtung eines Reinen — wie es im Fargard des Vendîdâd offenbar ist — und ihm sollen sie diese Busse vorschreiben". Aspendiârji meint: wenn man den Todten ein Jahr lang nicht begrabe, so verfalle man dieser Strafe. Deçtûr Dârâb fasst [illegible] = اند, sie sind, אשוכוש zerlegt er in zwei Worte: *asho* übersetzt er mit پاك; für כוש umschreibt er כנש oder כנה, was = neup. رنك oder گونه, Farbe, Art, sein soll. Durch diese Missverständnisse von Seite des Lehrers erklärt sich Anquetil's Übersetzung: *(Celui n'est purifié qu') après une année, il est purifié par la pluie qui tombe.*

48. Auf *viçpem â ahmâț* folgt hier ganz ungewöhnlicher Weise nicht *yaț*, sondern der Genitiv. Das Verbum *aiwi verez* wird von der Huzvâresch-Übersetzung zuerst wörtlich übertragen, dann durch „tragen" erklärt. Vd. III, 84 heisst *aiwi verez* deutlich „bearbeiten" und dies muss auch die Grundbedeutung des Wortes sein. *Hikhra*, schmutziger Abfluss, Unreinigkeit, ist bei den neueren Parsen in der Form هیر هی ein Kunstausdruck geworden. Neriosengh erklärt denselben durch *kutsita*. *Hikhra* stammt wohl von *hiñc*, benetzen. Auffallend ist die von allen Handschriften geschützte Nebenform *vayanaúm* für das gewöhnlichere *vayaúm*.

49. *Zazâhi* von einer Wurzel *zâ*, nach allgemeiner Ansicht skr. *hâ*, loslassen. Die Huzvâresch-Übersetzung gibt das Wort mit dem vieldeutigen [illegible] (נהגננתן). Aspendiârji mit „regnen". Deçtûr Dârâb mit كردن. Es ist wohl blose Spitzfindigkeit der späteren Übersetzer, wenn sie §. 49 fg. als einen Einwurf Zarathustras gegen die vorher gegebenen Vorschriften erblicken. — Die Menschen sollen die Leichname vor dem Wasser, namentlich dem Regenwasser in Acht nehmen, Ahura Mazda aber nimmt das Wasser selbst nicht in Acht. Die Glosse der Huzvâresch-Übersetzung lautet: [illegible] סנן ואנך ראואר) [illegible] (אי נר ד דמננאי איע כנפך נהגננד בנפשמן דנמן מנדום נהגננד נר רוינן

דמרודנכם) „Mit der Rede sagst du zu mir: Man soll gute That thun, selbst (bist du) diese That thuend (welche) ich ausspreche“. So auch Aspendiârji, und selbst in Anquetil's handschriftlicher Übersetzung leuchtet diese Ansicht durch: *Pourquoi versez vous de l'eau (sur le mort) vous, qui êtes Dieu c. d. faites-vous pleuvoir dessus.*

50. Für *zarayaghaṭ*, wie ich mit Burnouf und Lassen immer schreibe, liest Westergaard *zrayaghaṭ*, die Handschriften gestatten das Eine wie das Andere. *Zrayô* ist gewiss alterthümlicher, doch dürfte sich bei Zeiten schon der Hilfsvocal eingedrängt haben, den wir auch in dem neuen زره finden. Auch das Altpers. *daraya* lässt sich *draya* lesen, aber in دریا haben wir auch dort den Hilfsvocal. Das öfter vorkommende *dûuma* (cf. Yt. 8, 32) heisst nach der Tradition [Pahlavi] (אבר) i. e. ابر Wolke. Es ist das Wort wohl gewiss verwandt mit skr. *dhûma*, neup. دود.

51. Die Conjunctive *vazdhi*, *frazayayâhi* etc. erkläre ich aus der Ungewissheit des Sprechenden. Man übersetze: Solltest du etwa führen etc. *Açta*, obwohl gewiss von einem Thema *açtan* abstammend, zeigt sich hier als Heterokliton und bildet den Acc. *açtem*. *Frazayayâhi* nehme ich auch jetzt noch mit Burnouf als Caussativum von *zi* = skr. *hi*, Huzvâresch-Übersetzung [Pahlavi] (זינאי), was, für uns wenigstens, nicht mehr als eine Umschreibung ist. Aspendiârji gibt es mit „regnen lassen“, wie *vazdhi*. Auch *aghaithim* übersetze ich noch mit „verborgen“ und sehe darin ein Adverbium. *Frafrâvayâhi* habe ich längst für das Caussativ von *fru* = skr. *plu* erklärt und diese Erklärung hat auch Beifall gefunden. — Noch muss ich bemerken, dass die Handschriften der Huzvâresch-Übersetzung sämmtlich, soweit ich sie kenne, an unserer Stelle das Wort *aghaithîm* mit [Pahlavi] (חוישכאראנן) wiedergeben. Diesen Schreibfehler — denn weiter ist es nichts — habe ich unbedenklich nach §. 56 verbessert; dort steht in der Pariser Handschrift C deutlich genug [Pahlavi] (אנאשיכאראנן) und dieses — das Gegentheil von [Pahlavi] (אשכאר) i. e. آشکار — ist das Richtige; *aghaithya* ist das Gegentheil von *haiṭhya* und dieses Wort wird im Huzvâresch immer mit [Pahlavi] (oder *prakaṭa* bei Neriosengh) gegeben (cf. Yç, XXX, 5. XLII, 3. 8. XLIII, 6 u. s. w.). Es hat aber dieser Fehler die Folge gehabt, dass die neueren Erklärer wie Aspendiârji *aghaithîm* übersetzen: „wegen des guten Thuns“.

52. Über die fabelhaften Seen *Pûitika* und *Vôuru-kasha* vergl. man jetzt das 13. Capitel des Bundehesh p. 75 fg. in Windischmann's Übersetzung.

53. Ich fasse *erezvô* als Voc. sg. von *erezu* = *ṛiju*, gerade, im Skr. Die Huzvâresch-Übersetzung gibt das Wort mit [Pahlavi] (אמינך), rein. Als solche Voc. auf *vô* von Wörtern auf *u* betrachte ich noch *hukhratvô* Yç. X, 4; *rashnvô* Yt. 12, 7. Ein Nebenthema *erezva* anzunehmen, das sonst nicht mehr vorkäme, scheint mir unstatthaft; doch könnte man auch an *erezvaț* denken, welches Wort durch *erezvaithyâo* (Yt. 5, 64. 78 etc.) erwiesen ist. Der Vocativ *erezvô* findet sich deutlich Yt. 5, 89. 91. 95; Frag. 3, 1. Dagegen scheint *erezvô* Vd. VI, 16 gen. sg. zu sein: *Vashaiĝhê* leite ich jetzt noch wie früher von der Wurzel *vash*, sprechen, ab. — *Aêvatha* hat Westergaard mit den Bombayer Vendîdâd-sâdes in *avatha* umgewandelt; dies wäre allerdings das Gewöhnlichere; da indess *aêvatha* sehr gut bezeugt ist und wir auch *aêva* in der Bedeutung des skr. *ęva* gefunden haben, so behalte ich die Leseart *aêvatha* bei.

56. Die Worte, womit die Huzvâresch-Übersetzung *ghzhare ghzharentis* gibt, sind [Pahlavi] [Pahlavi] [Pahlavi] geschrieben, sie sind mir noch heute so dunkel wie früher, ich getraue mir sie nicht mit Sicherheit zu umschreiben. Erklärt werden aber diese dunklen Worte durch das beigesetzte [Pahlavi] (מארמן) i. e. voll, von dem semitischen מלא. Dies ist auch die Bedeutung, welche die neueren Erklärer (Aspendiârji und Deçtûr Dârâb) dem Worte geben. Es scheint mir, dass Rückert Recht hat, wenn er in *ghzhar* eine Erweichung von skr. *xar* sieht. Auch hinsichtlich der Bedeutung halte ich es jetzt für das beste, *ghzhar* mit „fliessen" zu übersetzen. Verwandt, wo nicht identisch, ist übrigens auch *zhgar* (Yç. LXIV, 16. Yt. 5. 4), wie Rückert mit Recht bemerkt; die Huzvâresch-Übersetzung an erstgenannter Stelle gibt es mit [Pahlavi] (ריינית) i. e. ریزد. — *Tê* scheint mir fehlerhaft statt *tâ*, steht aber in allen Handschriften. Für [Pahlavi], wie fälschlich in meiner Ausgabe der Huzvâresch-Übersetzung steht, lese man [Pahlavi] (חרכוי) i. e. חלק = *aredha*, skr. *ardha*, Mitte.

57. Es ist schwer zu sagen, ob *yaozhdaya* oder *yaozhdya* die richtige Leseart sei; an unserer Stelle entscheiden sich die meisten Handschriften für *yaozhdaya*, im Allgemeinen aber dürfte *yaozhdya* den Vorzug verdienen. Gewiss scheint nur, dass das Wort ein Adverbium ist, gebildet aus *yaozhdâ*, mit dem Adverbial-

suffixe *ya*, das entweder das vorhergehende *d* verschlungen oder doch verkürzt hat.

58. *Vana* = ווין (ון), pârsi *van*, heisst Baum, es hat sich im Neup. nur in Zusammensetzungen wie خرمابن گلبن erhalten. Cf. skr. *vana*, *vanaspati*. Der Name des Baumes *hvâpa*, Gutwasser, erscheint nur an dieser Stelle; dass aber dieser Baum derselbe sei, der Yt. 12, 17 als Baum des *Çaêna* genannt wird, hat Windischmann (Zarath. Studien p. 167 fg.) erwiesen, und ich darf wohl auf seine Untersuchungen verweisen. Auch Aspendiârji erklärt diesen Baum für denselben, der in späteren Schriften *Harviçp-tokhm* heisst (cf. meine Pârsi-Grammatik p. 143). Deçtûr Dârâb hat ווני (ווני) fälschlich *vanand* gelesen und für den Stern dieses Namens gehalten, *hvâpa* = הומיא (הומיא), gutes Wasser habend, für das Adj. Dass der Text des Avesta selbst niemals so verstanden werden kann, ist klar. Anquetil übersetzt: *L'astre Venand est encore dessus qui rend l'eau pure, aussi bien que l'astre Aftorang.*

59. Über *çaredha*, Art, Gattung cf. zu Vd. II, 73. Alle Handschriften haben *viçpô-çaredhô*, obwohl sich das Comp. auf *urvarâo* zurückbeziehen muss. Es ist dies eines der vielen Zeichen, welche bekunden, dass die Endungen des Altbaktrischen sich abzuschleifen beginnen. — In der Huzvâresch-Übersetzung zu der St. findet sich noch eine Stelle angeführt, um *viçpô-çaredhô* zu erläutern. Die Huzvâresch-Übersetzung versteht *viçpâo* = alle der Zahl nach, *viçpô-çaredhô* = alle Art um Art. Dazu das Citat *caiti henti urvaranaňm çaredha* (wie viel Arten Bäume gibt es) diese aber namentlich. Die VS. haben dies Citat nicht, aber sie schalten einen Zusatz ein: *çatavaitinaňm hazaǧravaitinaňm baêvare-baêvaranaňm*. Diese Wörter, die sich nur auf *urvaranaňm* beziehen können, halte ich für einen späteren Zusatz und lasse sie unbedenklich aus.

60. *Vîvârayêmi* habe ich zuerst übersetzt: ich lasse beregnen, in meiner Übersetzung des Avesta richtiger: ich lasse herabregnen; man muss sich denken, dass der Same der Bäume in den Regentropfen liege. *Vâr* — wovon neup. باران und باریدن — heisst regnen, cf. *vâreñti* Vd. VIII, 12; *anaiwi vâreñtis* Vd. VI, 104. Cl. 10 ist daher caussativ. *Hathra* ist vielleicht auch hier nicht mit „dort", sondern „auf einerlei Art" zu übersetzen. Cf. zu Vd. II, 62.

61. *Hudhaô* ist ein gewöhnliches Beiwort des Rindes. Ich übersetze es gewöhnlich „gute Schöpfung habend, wohlgeschaffen“, wogegen sich nichts einwenden lässt, das Rind ist eine der ersten und der besten Schöpfungen Ahuras. Die Huzvâresch-Übersetzung hat gewöhnlich (הודאך), dies hilft uns nicht weiter. Neriosengh und Aspendiârji *uttamadâna*, d. i. „Gute Gaben besitzend“, wogegen sich auch nichts einwenden lässt, denn die Wurzeln *dâ* und *dhâ* werden im Altbaktrischen nicht unterschieden und fallen nach der Ansicht der Übersetzer auch begrifflich zusammen.

63. *Vaǧhô* übersetzt die Huzvâresch-Übersetzung mit (שפיר) gut, *çrayô* mit (נִיוכתר) sehr gut. Ich sehe in den beiden Wörtern Abstracta auf *an*, so dass *vaǧhô*, *çrayô* für *vaǧh-an*, *çray-an* stünden. Westergaard corrigirt *vaǧhô*, ich vermuthe daher, dass er in *vaǧhô*, *çrayô* das Neutr. des Comparativs finden will. Dieser Ansicht beizutreten, hindern mich die Formen *vaǧhana*, *çrayana* etc. in §. 69, *maçyô* bildet *maçyaǧhem*, *kaçyô kaçyaǧhê* etc. Vielleicht ist besser zu übersetzen: „dieses das Gute, das Schöne (ist) wie Du, Reiner, sagst“. Mit §. 63 schliesst ein Abschnitt, es beginnt ein neuer Gegenstand.

64. *Ram* cl. 10 heisst erfreuen, wie *ram* im Skr. cf. Yt. 4, 10. 10, 109. Huzvâresch-Übersetzung (ראמאנית) wohl verschrieben statt (ראמינית) cf. Huzvâresch-Grammatik §. 99 Anm. Im Neup. haben sich Wörter wie رامش , رام von dieser Wurzel erhalten. Die Huzvâresch-Übersetzung übersetzt: (נרמן זכי פנן זך נובשנן ראמאנית), ihn jenen erfreute durch diese Rede. Ich habe *râmayaṭ* mit dem doppelten acc. *tâ vaca* und *dim* construirt.

65. Wir haben hier ein Citat aus Yç. XLVII, 5 w. m. s.

66. Meine Übersetzung hat, wie mir scheint, keine grammatische Schwierigkeit und schliesst sich dem Sinne nach ziemlich genau an die Huzvâresch-Übersetzung an, welche lautet: (יושדאסרש דמנגם זרתושתו פנן דינני מהיסתאנן פיתאך) die Reinigkeit sage ich (ist) im mazdayaçnischen Gesetze offenbar o Zartust.

67. Die Worte *hvaňm aǧhvaňm* habe ich durch „sich selbst“ gegeben. Auch die Huzvâresch-Übersetzung gibt sie blos durch (נפשמן); Yt. 1, 2 habe ich *aǧhvaňm* durch „das Innere“ gegeben. Die Pârsi-Übersetzung der Stelle hat *akhaňn* (= *bhuvana* bei

Neriosengh) als oh *ahu* stünde. Ich vermuthe eine Weiterhildung von *ahu* in der Bedeutung „Gewissen“, wie es das neuere *akho* bedeutet. Dagegen Aspendiârji „den eigenen Leib“, wohl irrige Übertragung von [illegible] i. e. خویشتن. *Yaozhdâiti* hahe ich übersetzt: „rein hält“ in Übereinstimmung mit der Huzvâresch-Übersetzung, welche das Wort mit [illegible] (פאך דאסינגנית) erklärt.

68. Nach meiner früheren Fassung, wie sie in meiner Übersetzung vorliegt, babe ich *maçô* etc. als Suhject zu *açti* genommen, und wollte *aêtem dâtem vîdôyûm zarathustra* fassen: „was anbelangt dieses von Zarathustra gegen die Daêwas Gesetzte“. Jetzt fasse ich *aêtem dâtem* etc. als Subject zu *açti* und *maçô* etc. als Accusative. Dass nach den Hilfszeitwörtern *aç*, *bu* nicht blos das Prädicat, sondern auch das Subject im Acc. stehen könne, wird sich schwerlich leugnen lassen (cf. z. B. Yt. 6, 2. 8, 6. 14. Vd. XIII, 8. *Dâta*, eigentlich der Gesetzte, ist, wie man an *yim* sieht, offenbar als Masc. aufgefasst, man wird ein Wort wie „Buch“ ergänzen müssen. Von *dâtem* lasse ich den Instr. *zarathustra* abhängen, die Änderung in *zarathustri* hilft nichts, da *dâtem* nicht gen. neutr. ist. Die Worte *vaghanaca* etc. hahe ich früher wieder auf *dâtem vîdôyûm* hezogen, jetzt beziehe ich sie auf *çravâis*. Statt meiner früheren Übersetzung: „Wie ist das Grosse, Gute und Schöne an diesem Gesetze, das gegen die Daêwas gegehen ist, dem zarathustrischen (wörtlich: von Zarathustra) der über alle anderen Worte gross, gut und schön ist?“ möchte ich jetzt übersetzen: „Wie ist in Bezug auf Grösse, Güte und Schönheit dieses Gesetz, das gegen die Daêwas gegeben ist von Zarathustra, über die anderen Worte nach (ihrer) Grösse, Güte und Schönheit?“ Es muss indess zugegeben werden, dass meine frühere Übersetzung mehr der Tradition gemäss ist als meine jetzige. Man vergleiche nur die Huzvâresch-Übersetzung, welche schreibt: [illegible] (נַנד איתו מס שפיר ניוכתום דנמן דאתי גוית שיראי זרתושת מאם מן זכאי סרובן י אפאניך זרתושת דאתי דנמן ניוכתות שפיר מס זכנ֞), d. h. „um wie viel ist grösser, schöner, am hesten dieses Gesetz, das gegen die Daêwas gegebene des Zaratust als die anderen Worte — die übrigen — und dieses ist gross, gut, sehr gut: das Gesetz des Zartuscht.“ An diese Erklärung schliesst sich auch Aspendiârji an, auch Deçtûr Dârâh's Meinung scheint es gewesen zu sein. Anquetil: *Ce Vendidâd*,

Djeddewdad, que vous m'avez donné à moi, Zerdust, comment est-il excellent, pur, saint; c. d. ce Vendidad donné à Zerdust, et quelle pureté est produite en le lisant? Ich glaube indess, dass es hier geboten sein dürfte, von der Huzvâresch-Übersetzung abzuweichen.

69. Je nachdem man den vorhergehenden Paragraphen mehr nach der Tradition oder nach meiner jetzigen Ansicht fasst, wird auch die Fassung dieses und der folgenden Paragraphen verschieden sein. Nach der ersten Fassung ist der Sinn: das Gute u. s. w. ist gleichsam das Gesetz gegen die Daewas; nach den andern: dieses Gesetz ist ebenso das grösste etc. wie u. s. w. Die erste Fassung ist, wie ich kaum zu sagen brauche, die der Huzvâresch-Übersetzung und der Tradition überhaupt. Ich bemerke übrigens, dass es für die Auffassung der Tradition spricht, dass der Text hier die Präp. *upairi* gebraucht; bei Vergleichungen findet sich sonst *yatha*.

71. Statt *maçyaydo*, wie hier und §. 92 meine Ausgabe irriger Weise liest, ist mit Lassen und Westergaard *maçydo* zu setzen, obwohl die besseren Handschriften *maçyaydo* bieten. Auffallend ist übrigens, dass *maçydo, kaçydo* hier als gen. comm. gebraucht werden, während doch sonst das fem. *maçyêhi* vorkommt. Der Sinn scheint zu sein, dass ein grosser Strom — etwa einer der in Erân so häufig bei Regen schnell anschwellenden Sturzbäche —, wenn er daher braust, die gewöhnlichen Ufer überschreitet und das geringe Flussbett ganz verdeckt. Die Glosse der Huzvâresch-Übersetzung ist nicht ganz klar.

72. Unter den kleinen Bäumen scheint die Huzvâresch-Übersetzung Gräser und dergleichen verstehen zu wollen. Dies scheint die Glosse zu sagen: (סרואנן מרך כיאינּכאי) (wie) der König unter den Cypressen die Gräser (bedeckt). *Verenvaiti* von einer Wurzel *verenv*, cf. *hunvaǧuha* u. A. und im Sanskrit *jinv*.

73. Über diesen Paragraphen habe ich schon früherhin gesprochen; wie er da steht, ist er sinnlos, denn es fehlt das Subjeet. Die Huzvâresch-Übersetzung ergänzt dazu (אסמאנן) Himmel, und sie thut Recht daran, denn unsere Stelle ist eine offenbare Reminiscenz aus Yt. 13, 2, dort aber bezieht sich das Verbum richtig auf *açman*. Die von mir aufgenommene Leseart ist die einer sehr unzuverlässigen Handschrift (E); C gibt *brâca*, die VS. *bavâvat*, zu

der letzteren Leseart stimmt auch die des Yt. 13, 2 *bavâva*; sie ist also am besten beglaubigt; aber ich weiss nichts mit der Form anzufangen, eine Wurzel *bavâv* kenne ich nicht. Die Huzvâresch-Übersetzung gibt das Wort mit [illegible] (כאם נהומבית) „er verbirgt". Aspendiârji stimmt in der Fassung mit der Huzvâresch-Übersetzung überein. Deçtûr Dârâb hat das Wort „Himmel" nicht ergänzt, daher Anquetil: *Il est comme cette terre qui est élevée (belle, grande)*.

74. *Aokhta* ist = skr. *ukta*, der Zulaut ist auffallend, vielleicht ist das anlautende *a* nur graphisch, ein Spiritus lenis, dem א oder ו entsprechend, der dem *u* vorgeschlagen ist. *Aokhtô-ratus* heisst entweder der *Ratus*, der gesprochen hat oder zu dem gesprochen worden ist; das Verbum zu dem Subject ist *khshayêtê* in §. 78. Die Huzvâresch-Übersetzung erklärt die Worte *aokhtô-ratus* mit: [illegible] (איש דסתובר דאסיננית), d. h. (wer) einen Deçtûr bat. „*Aokhtô-çraoshâvarezô* [illegible] (איש ונאס נרסית), d. h. die Sünde ergreift". Ich habe *ratu* in dem allgemeinsten Sinne als „geistlicher Vorstand" genommen, *çraoshâvareza* dagegen als der, welcher Gehör macht: der Beichtvater. Aspendiârji zu Vd. VII, 180 fasst *çraoshâvereza* ebenso. Er erklärt es durch „Richter" (داوَر) und sagt: dass man diesem Deçtûr, der den Richter macht, seine Sünden sage und dass dieser dann die Strafe dafür ausspreche. Dies kommt dem Sinne nach unserer Erklärung ganz nahe.

75. *Paiti* c. abl. muss bei oder auch geradezu wie *paiti* c. gen. um ausdrücken cf. Vd. IV, 67. *Draona* ist ein kleines Brot درون bei den neueren Pârsen cf. meine Übersetzung des Avesta II, pag. XL.

78. Statt *khshayêtê* würde ich *khshayêitê* geschrieben haben, wie Westergaard thut, wenn mir diese Leseart zugänglich gewesen wäre. An der Leseart der VS. *khshayêinti* habe ich weniger des Plurals wegen, als wegen der Activendung Anstoss genommen. Die Wiederholung der Worte *aêsha yô ratus* ist ganz zweckmässig, da das eigentliche Subject in §. 74 durch lange Zwischensätze von seinem Verbum getrennt ist. Von *khshayêitê* hängt *apağharstêê* (infinit.), von *apağharstêê* aber der Acc. pl. *cithâo* ab. Man übersetze wörtlich: „es vermag dieser geistliche Vorgesetzte seine Sünden um ein Drittel zu erlassen".

79—81. Cf. zu Vd. III, 68 fg.

82. *Yô* steht hier wie in allen Handschriften und auch Westergaard hat so geschrieben. Ich glaube, dass man des folgenden *nipâidhyêiñtê* wegen zugehen wird, dass *narô* als nom. plur. von *nere* zu fassen sei. *Hâmô-gâtavô* habe ich wie Lassen aus CE aufgenommen und als possessives Compositum zu *narô* gezogen. Dagegen liest Westergaard *hâmo-gâtvô* was wohl ein gen. sg. sein müsste, der im Sinne des Locativs steht: an gleichem Orte. *Nipâidhyêiñtê* = פרונד (פרונד), in der Huzvâresch-Übersetzung i. e. neup. پوندن; es ist wohl dasselbe Wort mit Verdunklung des *â* in *ô*. Ich betrachte *nipâidhyêiñtê* als pass. des Caussativums, welches im Activ bedeuten muss: machen, dass Jemand seinen Fuss irgend wohin setzt. *Paiti* fasse ich auch hier wieder als Adverbium wie unser je. *Çtairis* von *Çtere*, Lager, Bett. וסתרן (וסתרן) cf. neup. بستر. So auch Aspendiârji, Deçtûr Dârâb. *Barezis* habe ich mit „Matte" übersetzt, mit Anschluss an skr. *barhis*, Huzvâresch-Übersetzung בארשנן (בארשנן). Aspendiârji تکیه, Kissen. Man darf hier wohl an neup. بالین denken.

83. *Paiti* gibt die Huzvâresch-Übersetzung mit פתירך (פתירך) i. e. pârsi *padîra* (wo es von Neriosengh mit *sañmukha* gegeben wird), neup. پذیره; darum habe ich es mit „gegenüber" übersetzt. *Hê* geht auf *narô*; nimmt aber, wie dies öfter im Altbaktr. der Fall ist, einen Einzelnen aus der ganzen Menge heraus. Man könnte, wie ich glaube, nach unserer Anschauungsweise in §. 82 statt des Plur. *narô* getrost den Singular übersetzen, es ist nur von einem einzigen Manne die Rede; da aber in verschiedenen Zeiten verschiedene Männer in dieselbe Lage kommen können, so ist der Plural gesetzt. Dies ist meine Ansicht, und auch, so viel ich sehe, die der Huzvâresch-Übersetzung. Dagegen bezieht Aspendiârji *hê* auf *çtairis* oder *barezis*. Wie Deçtûr Dârâb die Sache angesehen hat, lässt sich nicht sagen, Anquetil übersetzt auch ganz vag: *Ou bien il y a deux personnes.*

84. *Haûm nâirinaûm* habe ich, abweichend von der Tradition, übersetzt „sammt den Frauen". Der gen. *nâirinaûm* muss natürlich von *çatem* abhängig gedacht werden. Das Wort *nâiri*, Frau, ist auch nach der Tradition ganz unbedenklich cf. Vd. VIII, 34. 35; Yç. XI, 6. Hier aber übersetzt die Huzvâresch-Übersetzung *haûm-nâirinaûm* mit סנן הםגבבנאיש (סנן המגבבנאיש) „in Zusammen-Männerschaft",

und erklärt es [Pehlevi] (סנן המכרנכש), in Berührung. Nach dieser Auffassung müsste *haúm-nâiri* hier ein abstractes Substantiv sein, von dem aber sonst keine Spur zu finden ist.

85. *Çvaț* = جند acc. sg. neutr. von *frâshnaoiti* abhängig. *Naréus* acc. pl. von *añtare*, abhängig, ebenso findet man *çtréus*, acc. pl. n. *çtare*, Stern, *éu* ist blos eine andere Schreibart für *aú*, das den Laut *âu* oder ω gehabt haben muss. Die Worte *akhtica* etc. sind Instrumentale. *Akhti* ist gewiss = armenisch ախտ, *akht*, Krankheit, diese Bedeutung kann es hier nicht haben. Huzvâresch-Übersetzung [Pehlevi] (איויכש). Neriosengh (cf. Yç. XXXIV, 2) *dvesha*, Aspendiârji „Schmutz“ (ناپاکی), Deçtûr Dârâb ناپاک, die letzteren Erklärungen sind zu allgemein, ich bleibe vorläufig bei meiner früheren „Auflösung“ stehen und leite das Wort von skr. *añc* ab cf. zu Vd. II, 16. Statt *pavaiti* liest Lassen *pivati*, Westergaard *paviti*, was beides die Handschriften auch geben. Nach Westergaard's und meiner Lesung ist das Wort jedenfalls von *pu*, stinken, abzuleiten, an die gunirte Form ist die Endung *ti* entweder mit dem Hilfsvocal *a* oder *i* angehängt. *Pivati* würde auf *pi*, *piñv*, alth. *pivas*, Fett, zurückleiten. Die Huzvâresch-Übersetzung gibt *pavaiti* durch das dunkle [Pehlevi] (פשושנן), erklärt es aber durch [Pehlevi] (רימנש), Schmutz, so auch Aspendiârji (ريمنى). Deçtûr Dârâb dagegen چربه, Fett, was Lassen's Lesung bestätigen würde. *Âhiti* = [Pehlevi] (אהוכינשנן), Verunreinigung, ist klar. Die Huzvâresch-Übersetzung erklärt es mit [Pehlevi] (אבארש), was wohl „Unbrauchbarkeit“ heissen soll. So auch Aspendiârji und Deçtûr Dârâb. *Âhiti* hat Windischmann längst mit lat. *situs*, Schmutz, verglichen. Ich weiss nicht bestimmt zu sagen, ob man die Instrumentale als Instrumentale der Begleitung auffassen darf, wie ich gethan habe, so dass Auflösung, Schmutz etc. sich in Gesellschaft der Drukhs befinden, oder ob man übersetzen soll: auf wie viele setzt sich (kann sich setzen) die Drukhs vermittelst der Auflösung etc.

86. *Dvañçaiti* gibt die Huzvâresch-Übersetzung mit [Pehlevi] (דובארית): das von den Pârsen öfter gebrauchte دواريدن wird vom Herbeistürzen der bösen Geister gebraucht. Ich halte die von der Tradition angegebene Bedeutung für die richtige und habe sie beibehalten. *Naçus* ist hier überall als Eigenname gefasst; in dieser

Bedeutung gibt es die Huzvâresch-Übersetzung mit ꞏꞏꞏ (נסוש), während sie *naçus*, Leichnam, mit ꞏꞏꞏ (נסאי) wiedergibt.

87. Für *aêva-daçô* schreiben mehrere Handschriften *aêvañdaçô*, ich halte die erstere Leseart für besser. Auffällig ist hier der Nominativ, während in den nachfolgenden parallelen Sätzen richtig der Acc. steht. Lassen und Westergaard haben *aêvañdaçem* in den Text gesetzt, allein dies ist blosse Conjectur, und ich kann mich um so weniger entschliessen, ihnen zu folgen, als solche Nominative statt des Acc. auch sonst vorkommen. Ich habe mich schon früher darüber erklärt, wie ich solche unregelmässige Nominative auffasse; sie sind des Nachdrucks wegen vorangesetzt und es sollte sich eigentlich ein in den Acc. gesetztes Pronomen auf sie zurück beziehen.

93—95. *Paçus-haurva*, *Vis-haurva* ist nicht ein Hund, der zum Vieh, zum Clan gehört. Ich habe nämlich *paçus-haurvô* mit Burnouf (Yaçna p. 36 not.) genommen als: *celui pour lequel les troupeaux sont tout*. An unserer Stelle umschreibt die Huzvâresch-Übersetzung blos die Worte und auch sonst, aber Yç. XXIX, 2. übersetzt Neriosengh *paçus-haurva* richtig mit *paçupâtâ*. Es ist *haurva* mit der zu Vd. II, 15 erwähnten Wurzel *har*, *haurv* in Verbindung zu setzen und *paçus-haurva*, *vis-haurva* mit „Beschützer des Viehs, Beschützer des Clans“ zu übersetzen. Wäre es *haurva*, all, so müsste der Nom. *haurvô* heissen.

96. *Vôhunazgô* ist in der Huzvâresch-Übersetzung blos umschrieben. Die neuere Tradition — Aspendiârji, Deçtûr Dârâh und die Rivâiets — verstehen darunter einen fremden Hund (سگ غریب). Dieser Ansicht kann ich nicht beitreten, ich finde auch gar nichts, was etymologisch dafür spräche. Ich habe übersetzt: „ein Hund, der aufs Blut geht“, indem ich *vôhuna-zgô* abtheile. *Vôhuna* = neup. خون, ist bekannt, *zga* aber ist abgekürzt aus der häufig vorkommenden altb. Wurzel *zgadh* (Yç. XIV, 5; Yt. 5, 96. 19, 56. etc.), welche „gehen“ bedeutet. Eine genauere Erklärung der Beschäftigung des Hundes *Vohunazga* gibt Vd. XIII, 54, wo es heisst: der Platz für den Hund *Vohunazga* sei da, wo Jemand Schutz für den Körper will. Es ist also ein Hund, der die Feinde angreift und seinen Herrn vertheidigen hilft.

100. *Çukurunô* habe ich auf eigene Hand mit „blind“ übersetzt, es scheint sich an die Wurzel *çku* anzuschliessen, von der

ich in Kuhn's Beiträgen II, 260 fg. ausführlich gesprochen habe. Die Huzvâresch-Übersetzung umschreibt das Wort blos; nach Aspendiârji's Erklärung soll es ein Hund sein, der Künste versteht. Deçtûr Dârâb bei Anquetil *kūr*, wohl verschrieben statt *kor* (کور), denn Anquetil übersetzt: *si ce sont des chiens aveugles.*

102—106. Über die Ausdrücke *jazhus*, *aiwizus* und *vízus* dürfen wir in der Tradition keine Aufklärung suchen; schon die Huzvâresch-Übersetzung erklärt geradezu dass ihr diese Ausdrücke nicht klar seien; Aspendiârji bestätigt, dass keine Überlieferung vorhanden sei. Unter diesen Umständen will es wenig bedeuten, wenn Anquetil auf Deçtûr Dârâb's Autorität hin angibt, *jazhus* sei das Wiesel oder der Hausmarder, *aiwizus* sei in den Rivâiets der Igel (خارپشت); letzteres ist bestimmt falsch; aus den Rivâiets geht vielmehr hervor, dass der Hund *vaghâpara*, von dem Vd. XIII, 3 fg. die Rede ist, der Igel sein soll. Über *vízus* äussert sich auch Deçtûr Dârâb nicht. Ich glaube darum doch nicht, dass wir an der Erklärung dieser Namen verzweifeln dürfen. Von §. 98 an geht offenbar der Verfasser in eine frühere Zeit der Entwicklung des Hundes zurück, er nennt zuerst den jungen Hund, dann den blinden Hund, der also etwa eine Woche alt ist. In unseren Paragraphen scheint mir nun die Steigerung fortgeführt zu werden. Offenbar sind alle drei Wörter von derselben Wurzel *zu* abgeleitet. Ich nehme nun an, dass *zu* in der Mitte des Wortes statt *ju*, leben, stehe. *Jazhus*, eine Perfectbildung, ist der Hund, der eben zu Leben gekommen, eben geboren ist; *aiwizus* wäre ein ausgetragener, aber noch nicht geborener Hund; *vízus* ein unreifer, noch nicht lebenskräftiger Hund. Etwas anderes weiss ich nicht zu finden.

108. Die Wurzel des Wortes *urupis* ist gewiss *urup*, was mit skr. *lup* und wohl auch mit *lupus* zusammenhängt, wie Burnouf schon gesehen hat. Die Huzvâresch-Übersetzung umschreibt das Wort blos mit [Pahlavi] (רסוך); verwandt ist gewiss روباه, aber kaum dasselbe Wort. Nach Aspendiârji beisst das Thier im Guzerati *nolia* (wohl *norio: a weasel, a ferret*). Deçtûr Dârâb gesteht, dass er die Bedeutung des Wortes nicht weiss. Burnouf und Rückert denken an lat. *vulpes*, ἀλώπηξ; ich gestehe, dass ich neup. گربه, Katze, herbeiziehen möchte; allein dieses Wort wird auf

eine andere Wurzel als die unserige, auf *varp*, zurückgeführt werden müssen.

111. *Kushaiti* übersetzt die Huzvâresch-Übersetzung mit ﻧﺮﺳﻴﺘﻪ, was wohl = נרסית steht und „er ergreift" heissen wird. Man müsste dann *kush* als eine Spielart der Wurzel *keresh* ansehen. Ich ziehe es jedoch vor, *kush* mit neup. كشتن, tödten, zu verbinden.

112. Ich bin bei meiner Übersetzung dieses Paragraphes Burnouf gefolgt (Etudes p. 27, 28), der *â dim â his* mit *ad hunc ad has* übersetzt. Dem steht indess entgegen, dass die Huzvâresch-Übersetzung blos *â dim* berücksichtigt, *â his* aber gar nicht übersetzt. Scharfsinnig und gewiss richtig ist daher Westergaard's Annahme, der *â his-hakhti* verbindet, womit man dann das vedische *sishakti* vergleichen kann.

113. *Mairyô* gibt die Huzvâresch-Übersetzung mit ﻣﺮ (מר), was uns nichts hilft. Deçtûr Dârâb gibt es mit مار, was offenbar dasselbe Wort ist; ihm bin ich gefolgt. Ob ich darin Recht gethan habe, ist mir jetzt zweifelhaft. Aspendiârji übersetzt *mairya* mit „Räuber", Neriosengh (Yç. IX, 37) gibt es mit *nṛiçaṁsaḥ*. Ich fasse es jetzt als adj. verb. von *mere*, sterben, todeswürdig, unnütz, schlecht. Das Hauptwort sehe ich in *ashemaogha*, das allerdings „sehr schädlich" bedeuten mag, aber eine besondere Art böser Menschen bedeutet, wie dies oben zu Vd. IV, 141 erklärt worden ist. Ich möchte also jetzt übersetzen: „Schöpfer, wenn es ein verderblicher, schlechter, zweibeiniger *Ashemaogha* ist, ein unreiner". Die Huzvâresch-Übersetzung setzt zur Erklärung bei ﺍﻧﺎﻳﺮ (אנאיר) d. i. ein unarischer, ungläubiger und hat darin gewiss Recht.

115. Statt ﻛﻮﻩ ist in der Huzvâresch-Übersetzung ﻭﻧﻜﻮﻩ (וזני) zu lesen i. e. pârsi *vazaga*, neup. وزغ, وزغه, Eidechse. *Vis* = Huzv. ﻭﺵ (ווש) wird von Neriosengh richtig mit *visha*, Gift, übersetzt (cf. Yç. IX, 35). Auffallend ist *vazaghaciṭ*, als ob das Thema *vazaghan* wäre; es ist aber doch wohl *vazagha* als Thema zu nehmen. Hier und Vd. XIV, 12. 13 erscheint es als masc., Vd. XVIII, 132 dagegen als fem. Das Wort ist mithin in beiden Geschlechtern gebräuchlich.

119. *Frârayêiti* = ﭘﺮﻭﻳﺘﻪ (פרוית) in der Huzvâresch-Übersetzung. Es ist Caussativum von *fru* = skr. *plu*, eigentlich: gehen machen. Aspendiârji übersetzt wie ich, Deçtûr Dârâb زير رود.

Schwieriger ist der Ausdruck *gaûm varataûm azaiti*, der Vd. XVIII, 31 wiederkehrt. Er wird übersetzt (סנן ורתכש סאתנגינית), zu Yç. VIII, 14 erklärt Neriosengh *varatô* mit *viparyatâ* Cf. zu Vd. III, 36. Wenn Aspendiârji erklärt, dass der Ausdruck soviel heissen solle, als: er tödte die Rinder, so ist dies gewiss ungenau und wird durch Stellen wie Yt. 10, 86 widerlegt. Deçtûr Dârâb *varataûm* = بريده, daher Anquetil *animaux coupés*. Über *frazâbaodhaghem çnathem* cf. zu Vd. IV, 106. *Vikereț-ustânem* nehme ich als Adjectiv zu *çnathem*: Leben zerschneidend. Hiermit stimmt die Huzvâresch-Übersetzung (נוית כרינית חיא), auch Aspendiârji und Deçtûr Dârâb, der جدا كند اورا übersetzt.

121. Hier haben wir wieder einen schwierigen Paragraphen. Es ist klar, dass *apa-bar* hier mit dem Genitiv der Sache construirt wird, welche man wegnimmt, sonst steht das Wort mit dem Abl. (Yt. 10, 23). Die Huzvâresch-Übersetzung ist richtig, nur dreht sie die Construction in freier Weise um: (מן נבנא אארובו אסרש י חורשנן וסתרג ודאר ונמת אסיננג בנא ברד) „vom reinen Manne bringt er Unendlichkeit des Essens und Kleider und Holz und Gras und Eisen hinweg". *Aghéus* gen. sg. von *ahu*, Ort, habe ich als den übrigen Genitiven coordinirt genommen, die Übersetzer lassen von *aghéus qarethahê* abhängen. Die Huzvâresch-Übersetzung kann kaum etwas anderes sagen wollen, als: „die Unendlichkeit des Essens", Aspendiârji: „volles Essen", Deçtûr Dârâb دنيا خورشنه, das Essen der Welt; an ihn schliesst sich, wie man sieht, meine Übersetzung an und ich weiss auch jetzt noch nichts Besseres. Statt *aghéus* ist aber die überwiegende Leseart der VS. *haghéus*, gen. von *haghus* ebenso in der Parallelstelle Vd. XII, 71. Das Wort *haghus* findet sich Yç. LII, 4 und wird mit (סירש) Sättigung, Sattheit = neup. سيرى übersetzt. Vielleicht ist diese Leseart die richtige; kann leicht für verschrieben sein. Ausserdem macht *ayaghaca* Schwierigkeit. Den Instr. muss man als Instr. der Begleitung erklären: und vom Eisen; Lassen und Westergaard lesen *ayaghêca*, dies muss dann wohl = *ayaghahêca* stehen; wäre es der Dativ von *ayô*, so erwartete man *ayaghaêca*. Die Leseart *ayaghaçca*, die man eigentlich erwartete, findet sich nirgends in den Handschriften. — *Vaçtrahê* ist nicht „Weide", wie ich fälschlich übersetzt habe, sondern „Kleider". Der Sinn des Para-

graphen ist wohl der: dass der mit einem lebendigen *Ashemaogha* in Berührung Gekommene unrein ist und sich von allen den genannten Dingen fern halten muss, während der, welcher mit einem todten *Ashemaogha* in Berührung kommt, nicht im Geringsten unrein ist. Ganz unrichtig Anquetil: *Il (consomme, rend rare) ce qui sert à la nourriture de l'homme pur, les habits, arbres fruitiers et verds, et si on veut le tuer avec un sabre d'acier il ne mourra pas c. d. celui qui le frappe, n'est pas souillé, ce que l'on peut voir dans l'avestah (dans l'izeschne) ce qui vient (les couleuvres, tigres etc.) d'Ahreman ancien et sans loi, qui vit dans l'enfer, meurt si on le frappe et ne souille pas celui qui le frappe; il n'y a pas entre eux de nassoch qui s'y repose.*

127. Dieser Paragraph wird von den Übersetzungen selbst sehr paraphrasirend wiedergegeben. Die Huzvâresch-Übersetzung habe ich gegeben wörtlich wie sie in C steht; nach meiner Ansicht aber ist sie incorrect, ich gebe sie hier, wie ich glaube, dass sie lauten muss: [illegible] (הומאנאך י נרמן ניגונן נבנא מנן סנן דאתיהא דדרנגד ואי נרמן מן דאתיהא סנן ושתמננתנן אש הנא ברד הנא ושת מננית). Zu bemerken ist noch, dass man in der Huzvâresch-Übersetzung statt דאתיהא, wie punktirt werden muss, דאתנאם gelesen haben will, was ich sowohl den Zeichen nach als auch darum für falsch halte, weil ich nicht glaube, dass *dâitya* hier anders wiedergegeben werden kann als sonst. Die Stelle würde also nach der Huzv.-Übersetzung lauten: „Ähnlich wie ein Mann, den man auf den Dakhma trägt, die Vögel mögen ihn, um ihn zu essen, vom Dakhma wegtragen, ihn essen“. Aspendiârji ist mit Recht dieser Auffassung von *dâitya* nicht gefolgt und will übersetzen: „nach dem Gesetze“. Deçtûr Dârâb gibt *dâityô* mit داده, *dâityâi* mit دادگاه. Wie man sieht, ist mit diesen Übersetzungen für eine wörtliche Übertragung nicht viel anzufangen, wenn auch der Sinn richtig sein mag. Ich habe zu *dâityâi* den Dat. *gâthwê* ergänzt, *qairyêitica* und *bairyêitica* als Passiva mit Activendungen aufgefasst. Eine bessere Fassung weiss ich auch jetzt nicht vorzuschlagen.

128. *Kutha* gibt die Huzvâresch-Übersetzung durch [illegible] (אאמת), wann; ich halte mich nicht berechtigt ihr zu folgen, und habe die gewöhnliche Bedeutung wie beibehalten. Auch Deçtûr

Dârâb und Aspendiârji lesen wie die Huzvâresch-Übersetzung. Der erstere erläuterte es für Anquetil durch *ke*, womit er gewiss ڭ gemeint hat. *Aiti baraṅn* habe ich *bere+aiti* i. e. skr. *ati* genommen; die Huzvâresch-Übersetzung übersetzt (סאתנגנאנן דדרנגנ), als ob das Wort von *i*, gehen, käme. — Ich bemerke hier im Vorbeigehen, dass Aspendiârji unter den Wohnungen, von denen hier die Rede ist, den *Derîmihr* der Pârsen verstehen will, woran er gewiss Unrecht thut.

135. *Upa puthrîm* ist die Correctur in C, mithin die Leseart des für diese Stelle verlorenen Cod. A; ich habe die Leseart unbedenklich aufgenommen. *Upa-puthri* ist ein Abstractum auf *i*: Schwangerschaft. Lassen und Westergaard haben nach den VS. *upaç-puthrîm* geschrieben, ich finde das *ç* überflüssig. Die Huzvâresch-Übersetzung gibt *upa-puthrîm* mit (נר אפוסש) zur Schwangerschaft.

137. Statt *aputhraṅm* lesen andere Handschriften *aputhrîm*, was Lassen und Westergaard aufgenommen haben. Dies wäre ein Abstractum „Kinderlosigkeit“, der Acc. abhängig von *nijaçaṭ*: sie kommt nieder zur Kinderlosigkeit. *Aputhraṅm* ist Zustandsacc.: sie kommt nieder als Schwangere. Mit Recht hat es Rückert gemissbilligt, dass ich die gewöhnliche Bedeutung von *aputhra*, schwanger, hier in „kinderlos“ umgeändert habe. Es ist diese Änderung unnöthig und gegen die Tradition. *Uzustana* blos umschrieben (אחושתאנן), zusammengesetzt aus *uz+ustăna*; diese verkürzte Form findet sich öfter statt *ustâna*. Das Wort ist gebildet wie *uzbaŏdha*: das, von welchem die Lebenskraft heraus ist.

140—146. Cf. zu Vd. III, 51 fg.

147. Mit den hier über die von einer Wöchnerin zu essenden Speisen gegebenen Vorschriften befinden sich auch die Rivâiets in voller Übereinstimmung cf. meine Übersetzung des Avesta II, p. XLV, not. 2. — *Paŏirîm qarethanaṅm*. Huzvâresch-Übersetzung (פרתום מן חורשנאנן), also: welche (Speise) soll diese Frau als die erste der Speisen essen.

148. *Âtryô-paiti-iristem* nehme ich als Compositum: das mit dem Feuer in Berührung gekommen ist. Huzvâresch-Übersetzung als ein Wort (אתונכתר), damit übereinstimmend in den Rivâiets آذراستر, gebildet wie خاكستر. Dass das Wort „Asche“ bedeute,

sagt die Tradition und ist aus dem Zusammenhange klar. Den Instr. *gêus-maêçmana* wird man am besten als Instr. der Begleitung auffassen.

149. *Shâma* gibt die Huzvâresch-Übersetzung mit [illegible] (אפישמך) wieder, was mir dunkel ist. Aspendiârji hat dafür پياله, Flasche. Anquetil nach Deçtûr Dârâb, *katara*; was wohl = arab. قطره sein soll, denn Anquetil übersetzt es mit „*goutte*". Diese letztere Erklärung habe ich gewählt, indem ich *shâma* auf dieselbe Wurzel zurückführe, von welcher neup. آشاميدن stammt. Die von Aspendiârji vorgeschriebene Quantität scheint mir doch zu gross zu sein.

150. Huzvâresch-Übersetzung: [illegible] (נרמנשאנן אזאנן בנא שיכננשנש ראי י מן אנדרנימך [illegible] י בורתאר אוספרואי) „um jene Dakhmas zu besprengen, welche innerhalb der fruchtbaren Gebärerinen sind". So auch im Rivâiet (Cod. XII, p. 566) dem Sinne nach: چون زن كودك بزيان آورد نخستين چيزى پادياب برباید دادن تا دل واندرون او پاك بكنند. Die Übersetzung lässt sich auch, wie ich glaube, vollkommen rechtfertigen, sie hat nur eine Schwierigkeit: das Wort *uruthware*. Diese habe ich als Adj. „wachsend, mit Wachsthum begabt, fruchtbar" aufgefasst, indem ich das Wort auf *uruth* zurückleite, wovon auch *uruthem* Vd. IX, 190, *uruthmya* Vd. XIX, 60, *huruthma* Yç. X, 10. *Uruthware* (cf. Vd. III, 97) als Substantiv hat keine Schwierigkeit, hier aber steht es adjectivisch. Aspendiârji überträgt das Wort an beiden Stellen mit دوست — eine offenbare Verwechslung mit *urvatha*. Deçtûr Dârâb hat offenbar die Stelle hier nicht verstanden, er übersetzt *barethrishva* mit برد und *uruthwôhva* mit خوب سپرده. Darum ist auch Anquetil's Übersetzung missrathen, sie lautet: *À la femme dont l'enfant (de 4 mois puisque l'ame y est entrée) a été porté au dakme et gardé là c. d. celle dont l'enfant imparfait a été porté au dakme, ou donne du pissat, de la cendre et ensuite de la nourriture preparée sans eau.* Doch entfernt sich Deçtûr Dârâb in seiner Textesrecension nicht so sehr vom gewöhnlichen Texte.

151. *Aipi ghzhaurvataṅm.* Cf. über *ghzhar* zu Vd. V, 56. Die Huzvâresch-Übersetzung gibt das Wort hier wie dort, doch will

hier die Bedeutung nicht recht passen. Aspendiârji = بلند لائق, was wohl „sehr passend" heissen soll. Deçtûr Dârâb „*khorak*", was ich nicht verstehe. Die Bedeutung „heiss", welche ich dem Worte gegeben habe, wird sich schwerlich halten lassen; vielleicht ist fliessend, frisch gemolken, das Richtige.

152. Die Bedeutung des Wortes *vaðiri* ist mir heute noch so unklar wie früher. In der Note zu der St. habe ich bereits gesagt, dass Deçtûr Dârâb das Wort mit میوه, Frucht, wiedergibt, damit hat R. Roth das vedische *vavri* verglichen. Die Huzvâresch-Übersetzung = [Pahlavi] (ואפריכאנן), womit sonst *urvâtâ* übersetzt wird, was Neriosengh mit *prasiddha* gibt, Aspendiârji damit übereinstimmend = مشهور bekannt. Ich vermag mit diesen Erklärungen nichts anzufangen.

153. *Gâus* wird hier von der Huzvâresch-Übersetzung wie an vielen anderen Stellen mit [Pahlavi] (בסריא), Fleisch, übersetzt (cf. zu Vd. III, 4). *Qâçta* = [Pahlavi] (פוחתך), gekocht, wohl verwandt mit *qâsh* (Vd. III, 115) cf. Yç. XI, 5 *qâsha* Yç. XI, 11. — *Ashem* habe ich durch „rein" übersetzt wie gewöhnlich, aber die Huzvâresch-Übersetzung hat [Pahlavi] (חותך), das ich nicht weiter kenne. Aspendiârji gibt das Wort mit „ausgehülst". Deçtûr Dârâb und Anquetil wie ich. *Madhu* = [Pahlavi] (מאי) i. e. مى, was etymologisch aus *madhu* entstanden ist; ich kann nicht zugeben, dass das Avesta etwas anderes darunter verstehen will, als was die Huzvâresch-Übersetzung sagt. Aspendiârji und Deçtûr Dârâb allgemeiner شراب, doch Anquetil wie ich, *vin*. — Die Hauptsache ist, wie man sieht, dass die Wöchnerin die ersten Tage nach der Niederkunft den Genuss des Wassers vermeiden soll. Dies geht auch nur aus dem Rivâiets hervor. Cod. XII, 566: سه روز آب نشاید دادن درین کار رخصت نیست الا که از مردن بیم بود.

154. Statt *upamaitim âçtê*, wie ich mit Lassen und Burnouf (Yaç. Not. CXLIII) gelesen habe, liest Westergaard *upamitim âçtê*, und es ist kein Zweifel, dass er dabei die wichtigen Codd. BC. auf seiner Seite hat. Für meine Ansicht sprechen: 1. ein Theil der Handschriften. 2. Die Huzvâresch-Übersetzung, welche das Wort mit [Pahlavi] (כתרנגשנש) wiedergibt. Für Westergaard's Ansicht dagegen: 1. ein Theil der Handschriften. 2. Die Leichtigkeit, mit

der sich das sonst dunkle neup. أمد aus dieser Form erklären lässt. Über die Herleitung von *upamaiti* hat schon Burnouf a. a. O. gesprochen, *upamiti* muss natürlich auf *upamâ* zurückgeführt werden. Rückert möchte unter Berufung auf Vd. III, 65 *âçtê* von *upamaitîm* trennen und zum Folgenden ziehen.

156. Huzvâresch-Übersetzung übersetzt einfach: sie sollen den Leib und das Kleid waschen; dies ist gewiss unrichtig. Ich fasse *uç vaçtrâţ (çnayaêta)* heraus vom Kleide, d. i. nackt soll er ihn waschen. *Magha* umschreibt die Huzvâresch-Übersetzung blos mit [illegible] (מיע), alle die neueren Übersetzungen geben das Wort mit „Stein"; ich glaube, dass es „Loch" bedeutet und mit neup. مغاك identisch ist. *Yaŏzh-dayann* sc. *aghen.*

157. *Yutô-gâtus*, wie Lassen und ich lesen, steht in allen Handschriften, nur einmal gibt B *gâtô.* Dies hat wahrscheinlich Westergaard veranlasst, *gâtu* in seinen Text zu setzen; er bezeichnet aber selbst diese Leseart als zweifelhaft und vermuthet *yutô-gâtva.* Ich halte *yutô-gâtus*, *yutô-qaretha* und *yûtô-vaçtra* mit Rückert für *Comp. possessiva.* Wegen *yuto-gâtus* vergleiche ich Yt. 10, 16, *yôi dim dahma vîdus frâyazentê. Yûtô anyaêibyô* ist die im Altb. beliebte freiere Compositionsverbindung. Die Huzvâresch-Übersetzung löst die Comp. auf: *yûtô gâtus* = [illegible] (אמת איונית נר גאם), wenn sie sich vereinigt zum Hause etc. So auch Aspendiârji und Deçtûr Dârâb.

160. Die Huzvâresch-Übersetzung lässt uns die Wahl zwischen zwei Erklärungen: [illegible] (מנן נרמנשאנן וסתרג אוו הם איונית אחר אמת יושדאסר סנאג שוסת אית מנן איתונן דמנגנית אי נינונן נרמנשאן | וסתרג נר הם איונאנד אחר אמת יושדאסר סנאג שוסת) d. h. „wann verbindet man diese Kleider (oder vielleicht auch: wer verbindet diese Kleider), nachdem sie rein und gewaschen sind. Es gibt welche, die sagen: wie verbindet man diese Kleider, nachdem sie gereinigt und gewaschen sind". Nach der ersten Erklärung ist *kaţ* = *kadha* i. e. کی; dies ist die von mir vorgezogene Erklärung, *haúm yuta* ist dann als part. perf. pass. zu fassen. Nach der zweiten Erklärung ist *kaţ* = skr. *katham*, wie, *haúm yuta* muss dann in ähnlicher Weise wie in *yazata* etc. als part. fut. pass. genommen werden. Aspendiârji und Deçtûr Dârâb

fassen מנן im Huzvâresch-Texte geradezu für das Fragewort: wer (کّه)? übersetzen also: wer verhindet diese Kleider? Diese Ansicht lässt sich, wenigstens mit Rücksicht auf den Text, nicht halten. Auffallend ist, dass *paçca* hier den Instrumentalis regiert, denn weiter kann ja doch *yaozhdâiti*, *fraçnâiti* nichts sein. Man erwartete den Ablativ wie oben Vd. V, 156, 157. Indess findet sich dieselbe Construction Vd. VI, 71.

161. Die Dative gehören natürlich zu *haňm yuta*. Über die Bedeutung der in diesem Paragraphen vorkommenden Priesternamen habe ich schon in meiner Übersetzung des Avesta Bd. II, p. XVII fg. gesprochen, und brauche darum hier nicht darauf zurück zu kommen. Nur über den Namen *raêthwiskarê* erlaube ich mir noch eine Bemerkung beizufügen. Ich lese mit Lassen *raêthwiskarê* mit den Handschriften mit Übersetzung und sehe darin den, der die Verunreinigung zu besorgen hat, wie es in der That die Pflicht des Raçpi ist, die gebrauchten Gefässe wieder zu reinigen und den Kuhurin zu besorgen. Dagegen lesen die VS. *rathwiskarê*, was wohl an *ratu* angeschlossen werden müsste. Man könnte sich dazu veranlasst finden, diese Lesart vorzuziehen, weil sie dem neueren Raçpi am nächsten steht; es kann sich jedoch auch *aê* in den neueren Dialekten in *a* abschwächen.

164. *Dakhstavaiti* kommt von *dakhsta*, dessen Etymologie wir schon zu Vd. I, 53 besprochen haben. Das Wort, das eigentlich Kennzeichen überhaupt bedeutet, wird am häufigsten von den Zeichen der Menstruation verstanden, daher wird *dastaňn* im Minokhired als die menstruirende *(rajasvalârudhira)* aufgefasst; auch im Mendäische n ist ܕܫܬܢܐ nach Norberg (Lexid. s. v.) *menstruata mulier*. In dieser Bedeutung steht *dakhstavaiti* auch hier.

165. Meine Fassung dieses schwierigen Paragraphen scheint mir auch heute noch die annehmbarste. *Çkeňdô*, Huzvâresch-Übersetzung = ܫܟܢܐ (שכנא) von شکستن, ein Bruch, Deçtûr Dârâb und Aspendiârji gehen das Wort geradezu durch شکسته. Zu *çkeňdô* nehme ich *aipi jatô sc. aghaṭ*. Huzvâresch-Übersetzung ebenso = کُشت (זת) i. e. زده; *Pistra* fasse ich als Wunde, eine Bedeutung, die sich aus der Wurzel *pish* sehr leicht entwickelt, aber freilich traditionell nicht beglaubigt ist. Die Huzvâresch-Übersetzung übersetzt es vielmehr mit ܦܝܫܟ (פישך), was möglicherweise = پیشه,

Kunst, Handwerk ist, eine Bedeutung, welche *pistra* gewiss hat cf. Yç. XIX, 46. Aspendiârji scheint in der Übersetzung das Wort mit Stirn (پیشانی) zu übersetzen, doch erklärt er in der Note, als ob پیشه stünde. Deçtûr Dârâb „*honor*“, was wohl = هنر steht. Die Huzvâresch-Übersetzung von *aipi-eretô-gâtus* ist mir ganz unklar; *aipi-eretô-gâtus* muss ein Comp. sein, das entweder heisst: gekommen zum Hause oder befleckt habend das Haus; in letzter Hinsicht wäre jedoch *iritô*, die Leseart der Handschriften mit Übersetzung, vorzuziehen. Die Wurzeln *ere* und *iri* berühren sich jedoch nahe cf. Vd. VII, 31. 33. Deçtûr Dârâb und Aspendiârji *aipi-eretô-gâtus* = ارمشتگاه d. i. der Ort, wohin die Frauen während der Menstruation sich zurückziehen sollen. Mit dieser Bedeutung weiss ich jedoch keinen Sinn in die Worte zu bringen. Auch Anquetil's erste Übersetzung ist ganz confus: *Ou dont le fruit brisé tombe; à qui cela arrive (honor. destour) (nommée) armest (retirée) dans un lieu (particulier).*

165. *Aêtahê*, dafür, ist neutral zu fassen. Die Übersetzungen fassen *çtairis* als „Kleid“, ich als „Lager“ cf. oben zu Vd. V, 82. *Haûm vereudoñtê* ist nicht ohne Schwierigkeit. Die Huzvâresch-Übersetzung hat [Pahlavi] (מאם המבנן), Bedeckung, aber *haûm vereudoñtê* ist kein Nomen. Ich schliesse das Wort vermittelst eines ausgelassenen Relativums an das Vorhergehende an. So auch Aspendiârji und Deçtûr Dârâb.

167. Ob ich diesen sehr schwierigen Paragraphen richtig verstanden habe, mag dahin gestellt bleiben. Ich gebe zuerst die Ansichten meiner Vorgänger. Huzvâresch-Übersetzung: [Pahlavi] (המאך מן זך אמת כנא דו ידמן פרואבשנן בנא דדרננאת) bis dass (oder: so lange als) sie beide Hände ..... trägt. Nach Aspendiârji soll der Satz soviel sagen, als dass die Frau die genannten alten Kleider um ihre Hand wickeln soll. Ähnlich Anquetil: *Qu'elle le mette avec les deux mains (le fasse passer).* Betrachten wir den Text, so liegt die Hauptschwierigkeit in *haûm-zaçtô-frinê*, das man wohl als ein componirtes Wort nehmen muss. Äusserst schwierig ist nun *frînê* schon der Lesart nach. Ich habe *frînê* gelesen mit der Correctur von *C*, die nach meiner Überzeugung die Leseart des Cod. *A* ist; die meisten Handschriften haben *frênê* — eine kaum mögliche Form — einige *frênê*, letzteres haben Lassen und Wester-

gaard vorgezogen. Liest man *frînê*, so muss man das Wort auf *frî* zurückleiten, eine Wurzel, die in *âfrînâmi*, *âfrîti* etc. erscheint. Liest man *frênê*, so muss man es auf die Wurzel *frâ*, füllen oder gehen, zurückleiten. Huzvâresch-Übersetzung פרואמשנן, allein dieses Wort kann sowohl mit „Gehen" als mit „Aussprechen" übersetzt werden. (Vgl. mein Huzvâresch-Glossar s. v. פרואמיניתנן.) Ich habe mich für die Lesart *frînê* und die Bedeutung „Gebet" entschieden, weil ich glaube, *frênê* würde die Huzvâresch-Übersetzung wohl in der Weise wie oben Vd. V, 14 gegeben haben. Das Comp. halte ich für ein determinatives: ein Gebet, bei dem man die beiden Hände gebraucht. Deçtûr Dârâb gibt für *frînê*: *zari koned*. Wörtlich also: bis dass sie in Beider-Hände-Gebet (die Hände) herausbringt. Aus der in der Note zur Übersetzung angegebenen Stelle des Sad-der erhellt, dass die Wöchnerinnen mit eingewickelten Händen essen müssen. Nachdem sie aus ihrer Abgeschiedenheit heraustreten, finden gewisse Ceremonien statt, die mit Gebeten begleitet sind (meine Übersetzung des Avesta II, XLV) davon scheint hier die Rede zu sein.

168. *Yâoĝhyanaṅm avaretanaṅm* habe ich mit „Kleidungsstücke" übersetzt, wörtlich: des anzuziehenden Vermögens. *Avareta* ist mir etymologisch dunkel, aber die Bedeutung (חואסתך) i. e. خواسته steht fest (cf. auch Vd. XIX, 87). *Yâoĝhyanaṅm* lässt sich leicht auf *yâoĝh*, anziehen + Suff. *ya* zurückführen. Die Huzvâresch-Übersetzung übersetzt es mit (כנתו), gemacht, Aspendiârji übersetzt es gar nicht, Deçtûr Dârâb gibt die beiden Wörter mit خواستن, کردن, womit gar nichts gesagt ist. *Paiti-ricyâ-daithê* findet sich Yç. XII, 3 und wird dort von Neriosengh mit *parityâgaṁ karomi* gegeben. Hier die Huzvâresch-Übersetzung: (בנא שיכננשנש ידבננת אוו אכארש), er schuf es als etwas wegzuwerfendes — zur Unbrauchbarkeit. *Daithê* muss hier nothwendig als 3. ps. sg. gefasst werden = *daçtê*: es bleibt uns nichts übrig, als anzunehmen, dass die 1. und 3. ps. sg. gleich gebildet werden konnte. Der Ausdruck *paiti-ricyâ-daithê* ist natürlich eine periphrastische Bildung. Sinn der Stelle ist: Ahura Mazda erlaubt nicht, dass auch der kleinste Theil eines nützlichen von ihm geschaffenen Kleides unbenützt zu Grunde gehe, darum hat er selbst für unreine Kleider noch eine Verwendung. So auch Aspen-

diârji; Anquetil ganz verfehlt: *Dieu ne veut pas qu'on fasse cela, qu'on la vetisse c. d. qu'elle ne peut absolument servir.*

169. *Açperenô* cf. Vd. IV, 136. Auch hier umschreibt die Huzvâresch-Übersetzung blos das Wort und Aspendiârji gibt es mit „wenig“, dagegen Deçtûr Dârâh mit تار *filum* und ich bin ihm gefolgt. Die Huzvâresch-Übersetzung fügt noch zur Erklärung bei (לינונן דורוי), wie ein Dirham, womit natürlich nicht der Werth, sondern der Umfang dieser Münze gemeint ist. Das auf folgende in der Huzvâresch-Übersetzung ist wohl zu streichen, obwohl es in der Handschrift steht, oder wenigstens mit Deçtûr Dârâh in zu verbessern. *Noiț avacinô-mazô* = (ראו זך אנר מסאי) nicht von so viel Grösse. Die Huzvâresch-Übersetzung nimmt also *avacinô* = , so viel, und ich bin ihr gefolgt. *avacina* muss also entstanden sein aus dem Pron. *avaț* mit Abfall des schliessenden *ț* und *cina*, was wohl dem skr. *cana* entsprechen wird. Diese Erklärung empfiehlt sich auch wegen des folgenden *yavaț*, denn *yavaț*—*avaț* sind im Alterânischen Correlata cf. Yç. XIX, 15 und *avâ*—*yâvâ* in den Keilinschriften (Bh. IV, 72). Merkwürdigerweise geben sowohl Aspendiârji als Deçtûr Dârâh *avacinô* mit Dirham, nehmen also die Glosse zu *nôit açperenô-mazô* für die Übersetzung von *avacinô-mazô*. Es bedarf blos eines Blickes auf die Huzvâresch-Übersetzung, um sich zu überzeugen, dass diese Ansicht irrig ist.

170. *Carâitika* umschreibt die Huzvâresch-Übersetzung mit (נראתיך), ebenso Aspendiârji; der aber in seiner Glosse *carâitika* erklärt, es sei ein junges Mädchen, welches spinnt. Wenn nun ein solches Mädchen ihre Hand nach dem Spinnrade ausstreckt und den Faden abschneidet — ein solches Stück Faden nicht einmal dürfe zu Grunde gehen. Was ist nun aber das Wesentliche in dieser Erklärung? Man sieht, was Aspendiârji hier sagt, ist ziemlich das Nämliche, was auch der Sad-der an der Stelle sagt, die in der Note zu meiner Übersetzung angegeben ist. Deçtûr Dârâh gibt *carâitika* einfach mit چرخه (*rhombus sive trochus filis deducendis.* Vullers); hiernach habe ich übersetzt, denn das Wort kommt sonst nirgends mehr vor und die Bedeutung: „Spinnrad, Haspel“ schienen mir sehr wohl aus der Wurzel *car* abgeleitet werden zu können. Da indess *carâitis* unzweifelhaft Mädchen, Frau heisst (cf. zu Vd.

III, 82), so hätte ich jetzt Lust, das Wort mit „Frau“ zu übersetzen und das Spinnrad anderswo zu suchen. *Avi maúm* = ... (מאם מנן זך פתמאנן), ungefähr in dem Maasse, nach der Huzvâresch-Übersetzung. Aspendiârji *maúm* = اندازه, Deçtûr Dârâb = وزن. Die Bedeutung ist passend, nicht blos hier, sondern auch Yt. 5, 127. Es muss daher *maúm* acc. eines Subst. *mâ* sein, von der Wurzel *mâ*, messen. *Harekê harecayâṭ* steht hier und §. 172, 173. Lassen liest mit geringer Abweichung *harakê*, Westergaard schreibt *harekê-harecayâṭ*. Ich halte *harekê* oder *harakê* für den Acc. plur. eines verbalen Nomens *hareka*, zur Verstärkung von *harecayâṭ* beigesetzt. Das Verbum *herec* erscheint sonst nicht mehr, die Übersetzungen geben es ganz so wieder wie *herez*; dies scheint mir nicht ganz genau, obwohl ich zugebe, dass die Bedeutungen beider Wurzeln nicht sehr verschieden gewesen sein werden. Ich denke an das griech. ἕλκω, ziehen. Anquetil's Übersetzung ist der meinigen nicht unähnlich, wie sie denn auch aus demselben Material hervorgegangen ist: *De la longueur* (وزن) *de celui (que les femmes qui filent) tirent (d'un paquet de coton) et mettent sur le rost* (sic).

173. *Mesha*, zusammenhängend mit *mashya* und *meresh* = ... (רמיתננת), gestorben, bildet den Gegensatz zu *jva*. Dass auch *amesha* damit zusammenhängt, ist klar. *Bakhshaiti* = ... (בחשינד) sie schenken. Es heisst: Theil haben. Westergaard liest mit Rücksicht auf die Bedeutung *bakhshaitê*, die Leseart ist indess an unserer Stelle schlecht beglaubigt. Dies würde natürlich kein Hinderniss sein, wenn sich wirklich sichere Stellen finden, in denen das Medium bezeugt ist, ich kenne indess bis jetzt keine solche. Vd. VIII, 286 fg., wo das Wort in derselben Bedeutung (aber mit dem Acc. construirt) steht, entscheiden sich die Handschriften mit Übersetzung für *bakhshenti*, die VS. für *bakhsheñtê*.

174. *Paithyâiti* (cf. *paithyaoñti* Yt. 10, 113, *paithimnô* Yç. LVI, 8. 5) hängt gewiss mit *pañta*, Weg, und *pâthmainyôtemô* (Yç. IX, 53) so wie skr. *pathya*, Reisezehrung, zusammen. Die Übersetzer geben es wie ... (אנבארית) i. e. انبارد, anfüllen, und ich halte dies auch für ganz richtig. Ich gestehe aber, dass ich jetzt lieber die von Westergaard aus R und K 9 mitgetheilte Leseart *paithyêitê* aufnehmen möchte, die auch durch die VS. *a, c, d,* gestützt wird.

177. Huzvâresch-Übersetzung: [illegible] (תם חאנאן י רכום
מנן דרונד חנמנִית אתאנן כונשנן נפשמן מנן זך נפשמן דינן בנא אסספארית
נר זכי ותתום חאנאנן) „Euren Ort, ihr, die ihr schlecht seid, übergibt euer eigenes Thun, welches euer Gesetz ist, dem schlechtesten Orte“. Diese Übersetzung ist nicht genau wörtlich, aber sie ist richtig, wenn man sie recht versteht, was ich früher nicht that, indem ich אספפארִית punktirte. Meine frühere Übersetzung des Textes ist auch falsch. Das Subject des Satzes ist *qâdaêna*, das man nicht als Instr. fassen darf, wie ich gethan habe, diese wären *qâdaênaya*. Man übersetze: „Diesen Ort, ihr Schlechten, macht euer eigenes Gesetz durch eure eigenen Thaten zum schlechtesten Orte“. Übrigens cf. zu der Stelle Yç. XLV, 11. L, 13.

Sechster Fargard.

1. Man nehme *cvañtem drâjô zrvânem* zusammen. *Zrvâo* oder *zarva* ist längst von Burnouf (Etudes p. 152) erklärt und auf skr. *jrî* zurückgeführt; im Erânischen vergl. man *zaorurô*, im Pârsi *zarmân*, Alter, auf welches auch das semitische זבן und זמן zurückzuleiten scheinen. Schwierig ist das ἄπ. λέγ. *anaidhya*, so habe ich mit B. C. lesen zu müssen geglaubt. Indess geben die meisten Handschriften und selbst die Correctur in *C anyaidhya* und diese Leseart ist vielleicht vorzuziehen. *Anaidhya* müsste auf eine Wurzel *nad* zurückgehen, *anyaidhya* auf *nyadh*. Rückert findet die Form *anyaêidhya* beachtenswerth, die er von skr. *edh* + *ni* ableitet. Auch die Übersetzung der Huzvâresch-Übersetzung [illegible] (אנאפיתאנן) ist dunkel, denn ich kann dieses Wort sonst nicht mehr belegen. Aspendiârji erklärt das Wort mit „unbesäet, unbebaut“. Deçtûr Dârâb mit خراب, ganz als ob [illegible] (אנאפאתאנן) stünde. Es muss zugegeben werden, dass dies der einzige Sinn ist, welcher passt. Bemerkenswerth ist auch *yaṭ ahmi*, das sich auf *aǧhaô zemô* beziehen sollte, es ist wohl neutrisch zu nehmen und etwa mit „worauf“ zu übersetzen.

3. *Paçcaêta* ist, wie Rückert glaubt, unrechtmässig aus §. 4 hier eingedrungen. Indess hat doch schon die Huzvâresch-Übersetzung das Wort und ich glaube, dass man *paçcaêta yaṭ ahmi*;

zusammen nehmen soll: nachher wenn darauf, oder: nachdem darauf. — *Kârayen, herezayen* sind Potent. wie man deutlich aus §. 5 sieht, *kârayen* steht mithin entweder statt *kârayayen* wo dann, wie öfters, eine der gleichlautenden Silben ausgeworfen worden ist, oder es bestand eine Nebenform nach cl. 1. ähnlich wie *âçtâraiti* und *âçtârayêiti*.

4. *Vaçô* = [illegible] ווש (סנן כאמך) in der Huzvâresch-Übersetzung, ich halte *vaçô* für einen adverbialen Gen. oder Abl. von *vaç*, der Locativ ist im altpersischen *vaçiy* i. e. neup. بس erhalten. Auch hier ergänze ich nach *paçcaêta* noch: *yaṭ ahmi çpânaçca naraçca para irithenti*. Also: nachdem Menschen oder Vieh auf einem Flecke gestorben sind, muss man diesen Fleck unbebaut lassen, aber das umliegende Land darf man bebauen. Wollte man *paçcaêta* als nachher, nach dem Verfluss eines Jahres verstehen, so würde *anyaûm* ganz sinnlos sein. So wie ich versteht die Stelle auch Aspendiârji: die Mazdayaçnas sollen ausser diesem Lande das übrige bebauen. Anquetil in seiner handschriftlichen Umschreibung des Textes hat in der That *anyaûm* ganz weggelassen und übersetzt: *Ensuite il faut faire cela, il faut la cultiver, l'arroser, cette terre* etc.

6. Die Form *âçtarayâoñti* (cf. §. 64), welche ich nach C aufgenommen habe, ist mit Recht auffallend; ebenso sind es aber auch die übrigen Lesearten, welche die Handschriften bieten. Westergaard hat *âçtârayâoñtê* corrigirt. Ich möchte jetzt *âçtryâoñtê* oder *âçtryâoñti* vorziehen, für diese Leseart entscheiden sich die VS. und R und K 10 bei Westergaard. Es wäre dies Passiv des Causativums mit gänzlicher Ausstossung des wurzelhaften *a*; *âçtryâoñtê* würde heissen: sie sind befleckt gemacht mit der Sünde etc.

10. Hier habe ich eine leichte Verbesserung in meinen Text aufgenommen, nämlich *raôdhayaûn* statt *raôdhayaûm*, wie sämmtliche Handschriften zeigen. Zu *raôdhayaûn* ergänze ich *aghen*, wie oben Vd. V, 156 zu *yaôzhdayaûn*. Rückert beanstandet diese Conjectur und meint, es sei ganz gleich den periphrastischen Bildungen des Sanskrit mit *cakâra* und *babhûva*, so auch Bopp vergl. Gramm. §. 619. Diese Ansicht hatte auch Bopp in Bezug auf *yaôzhdayaûn aghen* in der ersten Auflage der vergleichenden Grammatik, er wollte *yaôzhdayaûm* corrigiren, hat aber jetzt diese Ansicht aufgegeben. Hier nun steht freilich *raodhayaûm*, aber ohne sonstige Analogie

in der Sprache. Will man die Leseart *raodhayaṅm* beibehalten, so wird man kaum umbin können, darin den Acc. eines Adjectivs *raodhaya* (wachsend, fruchtbar) zu suchen; dies wäre der Tradition gemäss, welche *raodhayaṅm* mit (ארוישנן אומנד) gibt, ebenso Aspendiârji und Deçtûr Dârâb. Bopp (vergl. Gramm. §. 619) übersetzt: wenn die Mazda-Verehrer die Erde wachsen machen (bebauen) wollen. Allein wie sollen wir fortfahren? Man kann doch nicht ein Land wachsen machen wollen, um es zu befeuchten, sondern umgekehrt, man bewässert es, um es fruchtbar zu machen. Ich bin daher von der Tradition abgewichen und habe *raodhayaṅn* mit bewässern übersetzt, eine Bedeutung, welche die Wurzel *rudh* ohne Zweifel hat (cf. zu Vd. I, 6). Die Huzvâresch-Übersetzung ist unklar und wahrscheinlich irgendwo verdorben. Aspendiârji hilft sich einfach: Wenn die Mazdayaçnas ein Land zum Wachsen passend wollen und begiessen es etc. So auch Anquetil in seiner handschriftlichen Übersetzung: *Si le Parsis veulent faire fruitifier une terre, l'arroser, la cultiver, et l'entretenir toujours humecté c. d. l'arroser purement, il faut qu'il la regarde premièrement comme je le dis plus bas. Hikhti* von *hiṅc* wird von der Huzvâresch-Übersetzung mit dem dunklen übersetzt, dieses aber mit (ונמי כנתו) i. e. feucht machen, richtig übersetzt. *Karsti* = (כישתנן) i. e. säen (كشتن), ich habe das Wort in etwas weiteren Sinne als „Anbau" genommen. *Parakaṅti* = (חפרוננתן), graben, ganz der Etymologie gemäss.

11. *Pairish* ist componirt aus *pairi* + *ish* i. e. = skr. *ix*, wiewohl sonst das Alth. dafür die Form *âkhs* hat. Die Bedeutung des Wortes ist unzweifelhaft. Cf. auch Vd. VIII, 4 und *paitish* Vd. VII, 148. Von den Wörtern macht Schwierigkeit das dunkle *çpâma*, das nur hier und unten Vd. VI, 64 vorkommt, und an beiden Stellen von der Huzvâresch-Übersetzung mit dem dunklen übersetzt wird. Deçtûr Dârâb umschreibt dieses Wort mit *oukhta* und übersetzt es mit ناخن; in Ermanglung von etwas Besserem bin ich ihm darin gefolgt. Aspendiârji versteht „Fleisch" darunter. *Mûthra* ist deutlich skr. *mûtra*, Huzvâresch-Übersetzung blos (מות), was uns nicht weiter hilft. Aspendiârji versteht Fett, Deçtûr Dârâb Haut (پوست), ich habe es für flüssige Unreinigkeit überhaupt gehalten. *Vaǵhu* ist deutlich *vohuna*, خون, Blut, davon ist die Endung *tâț*

getreten und *vağhutât* heisst demnach Blutabfluss. So die Huzvâresch-Übersetzung (דמיא תנ̄שנש), wie auch Aspendiârji und Deçtûr Dârâb.

16. *Erezu* = *rijû*, ursprünglich „gerade" dann: Finger. So auch die Übersetzungen. *Tbishis* ist schwierig zu erklären, obwohl der Sinn des Wortes nicht zweifelhaft ist. Die Huzvâr.-Übersetzung gibt es mit (בונ̄ך), wohl unser „Bug", Deçtûr Dârâb mit بند. Das Guzeratiwort, mit welchem Aspendiârji unser Wort übersetzt, kann ich im Wörterbuche nicht finden. Am wahrscheinlichsten ist Rückert's Ansicht, dass das Wort mit *tbish*, skr. *dvish* zusammenhänge, also Entzweiung, Zweig für Glied.

17. *Irith* steht hier in seiner ursprünglichen Bedeutung, gehen, fliessen. Die Huzvâresch-Übersetzung gibt *irithyêiti* mit (בנא סאתננת דכוימננית) [wenn von ihm] gegangen ist. *Ahmya* „auf ihr" besser: darauf, denn *ahmya* ist Adverbium. *Uthem* = (גרפשנן), Fettigkeit, *ûthô-tâç* (nom. v. *ûthô-tât*), wird mit (מזג) i. e. Mark erklärt. So auch die anderen Übersetzer.

31. *Çtavağh*, ein Wort, das sonst nicht mehr vorkommt, wird von der Huzvâresch-Übersetzung mit (זאי) übersetzt, was Yç. XIX, 15 für *bañzô* steht. Das Wort heisst gewiss „Länge" und wird auch von der Tradition so übersetzt. Dieses זאי hängt wohl mit افزودن zusammen, *çtavô* mit *çtaŏra* (ستور) grosses Thier, pârsi *çtarare* (= *sthûlatâ* bei Neriosengh), skr. *sthav-ira*, *sthav-îyas*, *sthûla*. *Maçağh* wird von der Tradition als gleichbedeutend mit *çtavağh* aufgefasst. Die Huzvâresch-Übersetzung erklärt beide Ausdrücke durch (דראוא), Länge, und diese Erklärung scheint mir auch wahrscheinlich, des Parallelismus wegen. Warum sollte auch nicht *maçô* so gut als griech. μῆκος die Länge bedeuten können? *Pereçu*, Seite, Huzvâresch-Übersetzung: (פאהדו) i. e. neup. پهلو, Seite, ist bekannt.

40. Der nämliche Gegensatz wie oben in §§. 31, 36 zwischen Finger und Rippenknochen ist hier zwischen Arm und Hüftknochen. Zwar übersetzt die Huzvâresch-Übersetzung *çraŏni* mit (סינך) i. e. سینه, Brust, und die neueren Übersetzer folgen ihr. Ich glaube aber, dass man getrost dem Worte die Bedeutung Hüfte oder Lende geben darf, da auch das Neupersische das Wort سرین, *nates*, *clunes* kennt, was offenbar dasselbe Wort ist.

54. In diesem Satze ist zu beachten, dass ganz nach arabischer Art und Weise das Prädicat im Acc. steht, der Singularis ist distributiv. Die Worte sind alle klar, *baremnem* ist statt „getragen“ besser zu übersetzen „geritten“. Das sagt auch die in der Huzvâresch-Übersetzung citirte Textstelle, in welcher Westergaard richtiger *rathô* statt *raçô* verbessert hat: tragend ist das Pferd, fahrend der Wagen. *Taci-apya* ist, wie ich glaube, ein Adverbium im Sinne eines Locativs, also wörtlich: wenn sie kommen zu einem Leichnam in einem laufenden Wasser. Die Huzvâresch-Übersetzung freier: [illegible] (תנאך מיא י נסאאומנד סנאג̄ ראמתנגאר) wenn sie zu einem laufenden Wasser kommen, das mit Leichen versehen ist. Aspendiârji: wie zu einem Leichnam, der im Wasser ist.

56. *Aôthra* wird von der Huzvâresch-Übersetzung mit [illegible] (מוך), Schuh, übersetzt (cf. auch Vd. XIII, 106) und die Bedeutung ist gewiss die richtige, die Etymologie aber nicht ganz klar; ich denke, dass das Wort mit *ve*, weben, zusammenhängt. *Framrukhti* und nicht *framukhti* habe ich geschrieben, weil ich die erste Form für die bessere halte. Von derselben Wurzel stammt auch im Altbaktr. *nimraôkô* Yt. 8, 46. Auch im Sanskrit findet sich bekanntlich die Wurzel *mluc*. Die Glosse Aspendiârji's: dass der Mazdayaçna seine Kleider aus-, und gebrauchte dafür anziehen soll; ist kaum vom Verfasser des Textes beabsichtigt gewesen.

58. *Frasha* = [illegible] (פנאג̄) i. e. فراز ganz richtig, es ist, wie Windischmann längst dargethan hat = griech. πρόσσω wie *apasha* = ὀπίσσω. Vom érânischen Standpunkte aus betrachtet, sind *frasha*, *apasha* Entwicklungen aus *fraṅs*, *apaṅs*. *Frayôiṭ* von *frâ*, *frayati*, gehen, eine öfter im Alth. vorkommende Wurzel. *Âpô* = [illegible] (מן מיא) in der Huzvâresch-Übersetzung aus dem Wasser und auch im Texte muss man *âpô* für den Genitiv im Sinne des Ablativs betrachten, trotz der Länge des anlautenden *a*.

59. Auffallend sind hier die Plurale *âzañgaêibyaçciṭ* etc., man erwartete bei den doppelten Gliedmassen den Dual. Der Plural steht wahrscheinlich, weil hier der Verfasser die Mazdayaçnas als Gesammtheit betrachtet. Dies beweist am besten der Plural *maidhyaṅnaçciṭ* (so ist zu lesen).

61. *Frithyêiti* stammt von einer Wurzel *frith*, die mir sonst nicht wieder vorgekommen ist. Die Huzvâresch-Übersetzung übersetzt beide Verbalformen des Satzes frei als Participien: = [illegible]

[Pahlavi] (אתנ̄ נרמנשאן נוסאי וסתך פותך) d. h. „wenn jene Leichname . . . . faul sind“. Das Wort וסתך kenne ich sonst nicht. Die neup. Lexika kennen aber ein Wort گسته = سرگین, Unrath, und dieses kann wenigstens וסתך sein. Aspendiârji, Deçtûr Dârâb خراب, zu allgemein. פותך ist = pârsi *puṭ* (*durgandhin* bei Neriosengh), die Bedeutung beider Wörter scheint somit wesentlich gleich zu sein. Die Wurzel des letzten Wortes (*pû*) ist klar und uns schon oben Vd. V, 85 bei *pavaiti* oder *paviti* vorgekommen. Aspendiârji: verdorben, stinkend. Deçtûr Dârâb نرم, weich. Die auf *naçâvô* zu beziehenden Verba stehen im Singular, wahrscheinlich weil die Leichname zu den leblosen Wesen gerechnet werden.

63. *Zaçtaêibyô* in meiner Ausgabe ist Druckfehler, es ist natürlich *zaçtaêibya* zu lesen. Bemerkenswerth ist der Unterschied des Modus in *hañgêurvayañn* und *nizhbârayen*. Sie sollen nehmen, soviel sie ergreifen können — unbestimmt —, aber was sie ergriffen haben, sollen sie hinaustragen — bestimmt. *Hê* bezieht sich auf *naçâvô* und ist am besten mit „davon“ zu übersetzen.

64. Früher habe ich *apañm* als Subject zu *âçtarayêiñti* gefasst, indem ich annahm, dass hier der Genitiv als allgemeiner Casus für den Plural schon nach neup. Art und Weise stehe, wie Vd. III, 13. 33. Dazu ladet die Huzvâresch-Übersetzung ein, die *apañm âçtarayêiñti* geradezu übersetzt [Pahlavi] (מיא אסתאריה). Indessen ist es vielleicht besser, *âçtarayêiñti* als Impersonale zu fassen und *apañm* sowohl als *açtañm* etc. von dem Instrumental *pari çpâiti* abhängen zu lassen, also etwa „durch das Umherstreuen des Wassers von Knochen etc. verunreinigt man sich nicht“. Die Huzvâresch-Übersetzung und Aspendiârji stimmen entschieden zu meiner früheren Übersetzung [1]). Falsch ist Anquetil's Übersetzung:

---

[1]) Doch übersetzt Aspendiârji das Wort *apañm* mit „im Wasser“. Die Entscheidung hängt davon ab, wie man das dunkle [Pahlavi] der Handschrift verbessert. Ich vermuthe (und übersetze nach dieser Vermuthung), dass [Pahlavi] (סנן בנא שיכנגשנן), durch das Werfen, zu verbessern sei. Dagegen macht offenbar Aspendiârji aus [Pahlavi] ein Verbum und trennt das schliessende [Pahlavi] als Präp. דר, in, ab und zieht sie zu dem folgenden [Pahlavi] (מיא). Ich bin bei dem Mangel an Handschriften für die ältere Übersetzung nicht im Stande das Richtige anzugeben. BC lesen ganz gleich. Deçtûr Dârâb verbessert [Pahlavi] wohl: (wenn) sie es umherwerfen.

Il ne faut laisser dans l'eau rien de ce qu'on y voit, os, poil, ongles, peau, sang, qui coule; celui qui voit et ne tire pas, peche. Über *âçtarayâoñti* cf. oben zu Vd. VI, 6.

65. *Armaêsta* gibt die Huzvâresch-Übersetzung mit [illegible] (ארמישת), dies ist Pârsi *armêst*, was Neriosengh im *Mînôkhired* mit *ajam̃gamatva* übersetzt. Aspendiârji: „welches im Teiche ist“, Deçtûr Dârâb كنده, daher Anquetil: *eau creusée.* Cf. Yt. 5, 78. 8, 41 und Yt. 6, 2. Verwandt ist gewiss auch *ârmaêshaidhê* (Dativ) in Yç. LXI, 22. Auch eine Frau, die ein todtes Kind geboren hat, führt den Namen ارمشت cf. den zweiten Band meiner Übersetzung des Avesta, Einl. p. XLV.

67. Die Übersetzung, welche ich gegeben habe, stimmt ganz mit der Huzvâresch-Übersetzung und den andern Übersetzungen überein. Der Sinn ist auch ganz unbedenklich, aber die Fassung der Schlussworte *yavaṭ aêsha naçus nizhberetha* machen einige Schwierigkeit. Huzvâresch-Übersetzung: [illegible] (נד זק נסאי בנא דדרנשנש), ebenso Aspendiârji: „bis man die Leiche fortträgt“. Anquetil freier: *lorsque le corps n'ait été tiré.* Fasst man die Stelle so, so muss man annehmen, dass *nizhberetha* für das part. pass. *nizhbereta* stehe. Man kann aber *-tha* auch = *-ta*, Endung des part. fut. pass. setzen und dann übersetzen: so lange ist das Wasser nicht zu geniessen, als der Leichnam noch herauszubringen ist. Letztere Fassung scheint mir jetzt empfehlenswerther, wegen des vorhergehenden *anaiwis qaretha*, das gewiss in diesem Sinne zu nehmen ist. Rückert und Westergaard ziehen *nizhbereta* vor, das aber weniger gut beglaubigt ist. Mir scheint, dass, so lange man *anaiwis qaretha* lesen muss, man füglich auch *nizhberetha* in der oben angegebenen Bedeutung lesen könne. Man kann freilich *aiwis qaretha* und *anaiwis qaretha* zur Noth auch mit dem Substantiv *qaretha* in Verbindung bringen und als Comp. poss. nehmen, doch scheint mir dies wenig wahrscheinlich. Auf jeden Fall hat wohl die Huzvâresch-Übersetzung *nizhberetha* gelesen, sonst hätte sie *nizhbereta* gewiss mit [illegible] (בנא דדרננת) übersetzt.

68. *Uç haca* gibt die Huzvâresch-Übersetzung mit [illegible] (ראוא זק), Deçtûr Dârâb genauer [illegible] (ראוא מן) odor بالا از, Aspendiârji aber mit شتاب, schnell. Der Ausdruck, der auch sonst

noch vorkommt (cf. Vd. VII, 3), ist gewiss adverbial zu nehmen: heraus. *Aêtavaț* = ... (איתון) habe ich mit „also" übersetzt.

71. Der Sinn dieses Paragraphen ist klar genug, nur die Construction macht einige Schwierigkeit. Man erwartete hinter *paçca* eher den Ablativ oder auch Accusativ (wie Yt. 5, 94) als den hier gesetzten Instr. oder Locativ. Cf. indess Vd. V, 160. 162. VII, 41. — *Hamatha*, Huzvâresch-Übersetzung = ... (הם), darum von mir mit ganz übersetzt. *Naçdvô* und *âpô* habe ich als acc. pl., abhängig von *nizhbereithi*, *para hikhti* gefasst (wie auch Rückert), welche Wörter, wie arabische Infinitive, den Casus ihres Verbums regieren.

72. Zuerst sind einige Worte über die Lesearten dieses Paragraphen zu sagen. Westergaard liest wie ich *câtaydo*; eine Nebenform *câitaydo* könnte zu der Vermuthung Veranlassung geben, als sei *câitydo* zu lesen von *câiti*; doch ist diese Leseart, bis jetzt wenigstens, nicht weiter bezeugt. Das darauf folgende Wort lautet nach der in meinen Text gesetzten Leseart *uzaitaydoçca*. Die Varianten der mir zugänglichen Handschriften geben noch *uzuitydoçca* und *uzvitydoçca* (was dasselbe ist); auch *uzôitaydoçca* und *uzôitydoçca*. Hierzu hat Westergaard noch *uzûithydoçca* gefügt, was er in seinen Text aufgenommen hat. Gegen meine Leseart *uzaitaydoçca*, die ohnehin nicht in einer Handschrift steht, sondern, die ich erst durch Combination von *C* und *F* gebildet habe, hat sich Rückert mit Recht erklärt; ich hätte zum wenigsten, nachdem ich so weit gegangen war, noch einen Schritt weiter gehen müssen und *uzaêtaydo* corrigiren sollen; zur Einsetzung des *a* veranlasste mich der Umstand, dass man statt *uzuitydoçca* u. s. w. *uzuithydoçca* erwartet, das ich in keiner meiner Handschriften vorfand. Ich möchte mich jetzt für *uzôitaydoçca* erklären, aus gleich zu erörternden Gründen. Was nun die Bedeutung anbelangt, so ist *câta* (wohl = *kata*, ausgegraben) das neup. چاه, Brunnen, steht aber hier adjectivisch. So gibt auch die Huzvâresch-Übersetzung das Wort mit ... (נאהאנן), Brunnen, wieder. Liest man *uzuithydoçca*, so muss man an *ûthô*, *ûthô-tâç* Vd. VI, 22 denken, was der Bedeutung nach passt, wobei aber auffällt, dass an der bezeichneten Stelle von unreinen Flüssigkeiten gesprochen wird, an unserer, von reinem Wasser. Auch skr. *ûti* (Lauf) und lat. *uvidus* liesse sich herbeiziehen. Liest man *uzôitaydoçca*, so stünde *uzôita* = *uzaêta*, doch erwartete man *uzita*. Statt „Wasser, welches hervorquillt",

übersetze ich jetzt lieber: „Brunnen- und Quellwasser“, der Text will offenbar zwei Dinge nennen. Huzvâresch-Übersetzung, welche *câtayâo* substantivisch fasst, gibt *uzuithyâoçca* mit [illegible] [illegible] (ראדא אונשנן אומנד). Deçtûr Dârâb بالا باك. Aspendiârji „wohl gegraben“ also in Übereinstimmung mit meiner früheren Übersetzung als Adjectiv zu *câtayâo*, dass seinerseits von *âpô* abhängen müsste.

74. „Die beiden Formen *çnaêzhiñtayâica çraçciñtayâica* sind Missgebilde“, bemerkt Rückert zu der St. und gewiss nicht ohne eine grosse Berechtigung. Dagegen lässt sich aber nicht läugnen, dass sie ausgezeichnet beglaubigt sind; es lesen so nicht blos die meisten und besten der von mir, sondern auch der von Westergaard verglichenen Handschriften. Der genannte Gelehrte liest *çnaêzhiñtyâoçca çraçciñtyâoçca*, wie auch Rückert schon vermuthet hatte, bemerkt aber: *Thus Brd. alone.* Ich glaube, dass sich meine Textesleseart doch vertheidigen lässt. Das Auffallende ist zuerst, dass wir den Dativ *çnaêzhiñtayâi* etc. statt des Gen. finden, den wir hier wie in §. 72 zu *âpô* erwarten. Allein Beispiele, dass der Dativ mit dem Gen. verbunden steht, haben wir mehr (Cf. Vsp. X, 17. XII, 34. Yç. IX, 84. Vd. I, 69. II, 3). Eine weitere Frage ist: kann es Wörter wie *çnaêzhiñta*, *çraçciñta* gegeben haben und wie sind sie zu erklären? Ich glaube diese Frage unbedingt bejahen zu können und sehe darin eine Erweiterung des part. praes. durch Zusatz eines *a*, wie wir es öfter im Avesta finden. — Dass *çnaêzhiñtayâi* Schneewasser bedeute, darüber sind alle Übersetzungen einig, mit Ausnahme Deçtûr Dârâb's, der das Wort mit سرخ, roth, wiedergibt, weil er die Huzvâresch-Übersetzung missverstanden hat; Anquetil in der handschriftlichen Übersetzung hat daher auch *eau rouge*. Unter *çraçcintayâi* versteht die Huzvâresch-Übersetzung und Aspendiârji den Hagel, [illegible] (תכרג i. e. تگرگ), was auf meine Übersetzung hinausläuft, nur dass ich das Wort noch in etwas allgemeinerer Bedeutung nehme. Anquetil gibt das genannte Huzvâresch-Wort schon in der handschriftlichen Übersetzung mit *bulle d'eau*.

79. Über *frâtaț* cf. zu Vd. V, 1. *Frâtaț-careta* = [illegible] (סנאג תגאד) und auch Aspendiârji erklärt den Ausdruck durch „Flusswasser“. Ebenso Deçtûr Dârâb فراز روان. Anquetil's Über-

setzung *„eau courante“* stimmt daher mit der unsrigen vollkommen überein.

80. Nur das Wort *anaidhîm* bedarf einiger Erläuterung. Meine besten Handschriften lesen *anaidhem*, der sehr ungenaue Cod. F. *anaidhim*. Meine Textleseart ist somit eigentlich gar nicht in den Handschriften vertreten, sondern durch Combination entstanden; sie hat aber nachträglich durch die persischen Autoritäten R und K 9 bei Westergaard ihre vollkommene Bestätigung erhalten. Westergaard selbst liest *anyaidhîm* mit E und auch Rückert will diese Leseart vorziehen; das Wort möchte er an ein vorausgesetztes *anyadha* (gebildet von *idha*, *adha*) anschliessen, es soll „anderwärts hin“ bedeuten. Ich glaube, dass man *anaidhya* ganz auf dieselbe Weise an die Präp. *ana* anschliessen, und etwa „nach der Länge, nach der Seite“ übersetzen kann. Letzteres scheint auch die Meinung der Huzvâresch-Übersetzung zu sein, welche *anaidhîm* mit (כוסתו באראי) gibt. Anquetil: *derriere (et des côtés)*. Diese Übersetzung ist durch die Übertragung der früheren Wörter bedingt. Ich habe *nyâpem* übersetzt: abwärts. Huzvâresch-Übersetzung (נכון מיא), was mit (און רוין) d. i. „vorwärts“ erklärt wird. *Paityâpem* = (פתירך מיא) dem Wasser entgegen, muss also aufwärts bedeuten; daher fügt auch die Huzvâresch-Übersetzung bei: (אי פיתאך אנר נר אחר) das ist offenbar soviel rückwärts. Ebenso Aspendiârji *nyâpem* = *nicé (below)*, *paityâpem* = *mukâbel* (i. e. مقابل *opposite*) *anaidhim* mit *pachavdde (behind)*. Deçtûr Dârâb *nyâpem* = عميق tief, *paityâpem* = استقبال und *anaidhim* = از طرف. Aus Aspendiârji's Glosse sieht man, dass er die Stelle ebenso verstanden hat wie Deçtûr Dârâb. Anquetil's handschriftliche Übersetzung lautet daher: *3 pas en profondeur de cette eau, devant (le corps) neuf pas et ensuite six pas de tous les côtés, cette eau est impure.* Ich bleibe bei meiner früheren Auffassung, welche ganz klar mit der Huzvâresch-Übersetzung stimmt.

83. Auffallend ist die Form *aiwivaraiti*, welche natürlich keine 3. ps. sg. ist, sondern ein Abstractum auf *ti* gebildet wie *paraiti*. Westergaard corrigirt *vareiti*; ich denke aber, dass man eben so gut den Bindevocal *a* als *e* annehmen kann. Ebenso auffallend wie die Form *aiwivaraiti* ist die Huzvâreschform, welche sie übersetzen

soll, nämlich: [Pahlavi] (מאם בורתשנש). Ich kenne keinen weiteren Fall, dass solche Formen auf *esne* aus dem Particip. perf. gebildet wären. Nach der Huzvâresch-Übersetzung müssten die Worte *paçca âthritîm aiwi varaiti* übersetzt werden: „nach dem drei Mal Hinzugetragensein". Das kann *aiwi varaiti* kaum heissen; man möchte annehmen, die Übersetzer hätten *aiwi baraiti* gelesen. Aspeudiârji ebenso und erklärt: nachdem das Wasser dreimal über die Stelle, wo der Leichnam lag, hinweggeflossen ist. Deçtûr Dârâb — der [Pahlavi] (ברשנן) statt des unregelmässigen [Pahlavi] liest — hat lächerlicher Weise das Wort mit سند, er sieht, übersetzt, daher lautet Anquetil's handschriftliche Übersetzung: *Après avoir tiré le mort, il faut le regarder 3 fois.* Ich weiss nicht, auf welche Autorität hier Anquetil später diese Übersetzung so verbessert hat, wie sie gedruckt steht: *Après que le corps a été tiré de (l'eau), après que l'on a (plongé) trois fois (pour) en ôter les parties du cadavre (qui auroient pû y rester), l'eau est pure.* — Hier ist nun eine der Stellen, wo ich mich gegen die Tradition erklären muss; *aiwi-varaiti* kann nicht „das Herzugetragenwerden" bedeuten und es scheint mir meine Erklärung am einfachsten.

86. Meine Auffassung dieses und der folgenden Paragraphen halte ich auch jetzt noch für entschieden richtig. Da der Haoma das Lebenswasser ist, so hat über ihn der Tod keine Macht; es hat also nichts zu sagen, wenn etwas Unreines zu ihm hingebracht wird. Ist aber der Haomasaft noch nicht ausgepresst, so ist der Stengel vier Finger weit unrein. Früher wollte ich in *haomô hutô* das Subject, in *akhtis* und *mahrkô* das Prädikat sehen; ich ziehe jetzt vor *haomô hutô akhtis* als die freiere Art der Composition zu fassen, die im Altbaktrischen gewöhnlich ist (vergl. auch F. Justi über die Zusammensetzung der Nomina in den indogermanischen Sprachen p. 8 fg.). Diese meine Übersetzung stimmt mit der gewöhnlichen Auffassung der Huzvâresch-Übersetzung. Diese Übersetzung gibt uns aber noch eine zweite Ansicht: man könnte *hutô* = [Pahlavi] (חונשנן) nehmen, d. i. als part. fut. pass.: nicht ist der Haoma auszupressen: nicht (der welcher) Fäulniss, nicht (der welcher) Tod (hat). Mir scheint diese Auffassung weniger gut als die erste und nur durch spätere Bedenken entstanden, welche die wirkliche Bedeutung des Haoma nicht mehr klar erkannten und darum Anstoss nahmen, einen mit Leichen in Berührung gekommenen Haomasaft

zu opfern. Diese zweite Erklärung ist darum auch in den neueren Übersetzungen die gewöhnliche, ohne dass darum auch die grammatische Auffassung der obigen Glosse getheilt würde. Aspendiârji scheint vielmehr zu fassen: „nicht der zubereitete Haoma der unreine, nicht der gestorbene (d. i. trockene), nicht der zum Leichnam gebrachte (sc. ist rein)". Deçtûr Dârâb übersetzt ***hutô*** oder vielmehr [illegible] (חונית) nicht als part., sondern als 3. ps. sg. praes. (was die Huzvâresch-Form freilich auch sein könnte): خورد, daher Anquetil: ***Il ne faut pas boire le hom impur, qui ne meurt pas et qui ne peut servir.*** In der gedruckten Übersetzung findet man den Satz folgendermassen umgeändert: ***Mais il ne faut pas boire (du jus de ce qui) est souillé, de (la portion) sur laquelle le mort.*** Die Verschlechterung, welche die Tradition nach und nach erfahren hat, scheint mir hier ganz augenscheinlich.

87. ***Naçus ava beretô,*** wie ich mit ***bcd*** lese, ist natürlich ein auf ***haomô*** bezügliches Compositum. Westergaard mit den übrigen Handschriften ***naçus ava bereta,*** wohl zu übersetzen: nicht ist die ***Naçus*** hingebracht. Glossar [illegible] (איע סנן זורבראם סהכוסת דכוימננית), d. h. der durch die Zôrgeräthschaften berührt wird.

88. ***Ava*** übersetzt die Huzvâresch-Übersetzung mit [illegible] (בנא), d. i. aber, bloss, ich bin ihr darin gefolgt. Der Vendîdâd gibt hier Vorschriften für den noch nicht ausgepressten Haoma. Der Haomasaft ist himmlischer Natur, ihm kann kein Tod etwas anhaben. Der ungepresste, in den Stengeln stehende Haoma ist irdisch, er wird also unrein. Die neuere Fassung, von der wir im §. 86 gesprochen haben, muss diesen Unterschied zwischen ***huta*** und ***ahuta*** verwischen, um einen passenden Sinn zu erhalten. Aspendiârji liest statt ***ahuta*** geradezu ***huta*** und übersetzt ganz ungenau: „davon schneidet er". Deçtûr Dârâh übersetzt: [illegible] (בנא זך אחונית) statt: „aber das nicht Gepresste", mit به آن نخورد „er isst jenes nicht". Daher Anquetil: ***Ils ne faut pas boire de ce qui n'en est pas eloigné de 4 doights.***

89. Zu ***aêtaêshaĭmca*** ergänze ich aus dem Vorhergehenden ***yatha cathwârô erezavô.*** Diese verunreinigten vier Finger vom Haoma soll man ein Jahr lang bewahren, dann sind auch sie wieder rein. ***Añtarem*** ist auffallend, aber nicht unmöglich,

und da es in allen Handschriften steht, so wage ich es nicht zu ändern.

93. Mit Recht hat Westergaard das überflüssige *ca* hinter *gâtushva* gestrichen, obwohl es in vielen Handschriften steht. Man müsste, wollte man es beibehalten, *barezista* in der Bedeutung Höhe, *paiti-gâtus* als Subst., etwa unzugänglicher Ort fassen. Dazu ist durchaus kein Grund vorhanden. Die Huzvâresch-Übersetzung setzt [illegible] (סנן וכי בארסתו נאס), an den höchsten Orten und dies muss auch der Sinn sein.

95. *Nidarezayen* habe ich übersetzt: sie sollen befestigen, und halte diese Übersetzung auch heute noch für richtig, sie stimmt sowohl zur Etymologie als zum sonstigen Gebrauche des Wortes cf. Vd. XIII, 84. 85. Die Übersetzungen geben hier alle: sie sollen ihn tragen, und ich weiss nicht, ob ich recht gethan habe, in der Huzvâresch-Übersetzung [illegible] (אסרנגר) statt [illegible] zu corrigiren, wie die Handschriften alle haben, obwohl diese Correctur in Übereinstimmung mit den angezogenen Stellen sich befindet.

96. Die Acc. dieses Paragraphen werden von *nidarezayen* regiert, welche mit zwei Accusativen verbunden werden: Jemand an etwas anbinden. *Ayaĝhaêna* etc. sind eigentlich Adjective des Stoffes, also: an etwas Eisernes etc. *Zarstvaêna* = [illegible], was sich sowohl [illegible] (סנינן) als auch [illegible] (נסינן) punktiren lässt; im ersteren Falle ist es = neup. سنگ, Stein, im zweiten = neup. گچ Mörtel. Sowohl Aspendiârji als Deçtûr Dârâb nehmen es in der ersteren Bedeutung und ich bin ihnen gefolgt. Cf. auch Vd. VIII, 20. *Fravâkhshaêna* gibt die Huzvâresch-Übersetzung mit [illegible]. Dieses dunkle Wort gibt Deçtûr Dârâb mit Blei (سروب), was sonst im Altb. *çru* heisst (cf. Vd. IX, 40. Yç. LVI, 11, 3); ich bin ihm, in Ermanglung von etwas Besserem, doch gefolgt. Nach Aspendiârji ist die Bedeutung allgemeiner, und *fravâkhsha* wären die niederen Metalle überhaupt. Die ursprüngliche etymologische Bedeutung: hervorwachsend, gibt uns keinen Fingerzeig für die Bedeutung des Wortes.

97. Meine frühere Fassung dieser Stelle halte ich auch jetzt noch fest; *ca* nach *açtaṅm* ist von Rückert beanstandet, von Westergaard gestrichen worden, allerdings im Interesse der Concinnität. Vom diplomatischen Standpunkte aus lässt sich aber gegen dieses *ca* nichts sagen, es ist sowohl hier als im §. 98 sehr gut beglaubigt.

98. *Nidarezaydoñtê* habe ich, wie Westergaard, aus der Handschrift B in meinen Text aufgenommen, obwohl ich jetzt lieber *nidarezaydôñti* schriebe, da von medialer oder gar passiver Auffassung hier nicht die Rede sein kann. Man muss die beiden Acc. von §§. 95, 96 hinzudenken. Das Wort geht, wie man hier sieht, nach cl. 10 und ich fasse auch die Vd. VI, 96 und XIII, 84. 85 vorkommende Form *nidarezayen* statt *nidarezayayen*, indem das übellautende *yaya* nach alth. Sitte in ein einziges *ya* zusammengezogen ist. Mit Recht hat Rückert auch درز *sutura*, zu der Wurzel *derez* gezogen. *Frajaçâṭ* in allen Handschriften ist ebenso richtig wie *frajaçañn* im vorhergehenden Paragraphen, nach einer sehr gewöhnlichen Sitte des Altbaktrischen aus einer Menge von Individuen plötzlich ein einziges herauszugreifen.

101. Der Huzvâresch-Text dieses Paragraphen ist in den Handschriften BC mangelhaft und mit Hülfe der in dem letzteren Codex gemachten Correcturen corrigirt, welche bekanntlich aus dem uns theilweise verlorenen Cod. A herrühren. Die Übersetzung von *azdêbis* fehlt in B ganz, in C ist [illegible] beicorrigirt; gewöhnlich wird das Wort mit [illegible] (תנן), Körper, übersetzt (cf. Vd. IV, 144), und so fassen es auch hier Aspendiârji und Deçtûr Dârâb, denen ich gefolgt bin. Ich zweifle auch gar nicht daran, dass statt [illegible] (אסינן) [illegible] (אסתו), Knochen, zu corrigiren sein wird. *Azdêbis* ist, wie wir schon zu Vd. IV, 144 auseinandergesetzt haben, dem Laute und der Etymologie nach klar; räthselhaft bleibt aber auch hier der eigenthümliche Gebrauch des Instrumental plur., ganz in der Weise des Nominativ. Wenn wir die Worte *kva naraũm iristanaũm azdêbis barâma* übersetzen: „wo sollen wir die Körper der Verstorbenen hinbringen“? so fällt der Sinn der Frage ganz zusammen mit der in §. 92. Ein Unterschied zwischen der Bedeutung von *azdêbis* und *tanûm* muss also sein, wenn auch ein kleiner, bis jetzt uns unbekannter; doch darf man *azdêbis* nicht mit „Knochen“ übersetzen, was eigentlich am nächsten läge, dies zeigt der weitere Verlauf. Die neueren Übersetzungen helfen nichts: Aspendiârji sagt geradezu: „Zartuscht fragt wieder“, Deçtûr Dârâb scheint die Sache ebenso anzusehen. Anquetil in der gedruckten Übersetzung: *où portera-t-on les corps morts pour les conserver.* Woher Anquetil diesen Zusatz hat, weiss ich nicht, in der handschriftlichen Übersetzung steht davon kein Wort. Wahrscheinlich sind §. 101 fg. ein Zusatz,

gemacht, um eine Vorschrift für die Errichtung von Dakhmas zu geben, da in §. 92 fg. blos vom Aussetzen auf Höhen geredet wird.

102. *Uzdânem hê adhâṭ kerenaoṭ* habe ich übersetzt: „nach aufwärts soll man sie kehren". Genauer würde meine Ansicht hervorgetreten sein, wenn ich wörtlich übersetzt hätte: „Hohe Setzung für ihn soll man dann machen". Ich glaube jetzt, dass die Übersetzungen recht haben, wenn sie *uzdâna* ebenso wiedergeben wie *uzdaêza*, und möchte daher jetzt übersetzen: Ein Gerüst sollen sie für ihn bauen. Wäre meine frühere Übersetzung richtig, so würde wohl *dim* statt *hê* zugesetzt worden sein.

104. *Vârenṫis*, eine Participialform, gebildet wie *çraçcinṫis*. Ein Substantiv, auf welches das Wort sich beziehen könnte, steht nicht da, man wird ein Wort, wie Ort, Platz etc. ergänzen müssen. Huzvâresch-Übersetzung *anaiwi-vârenṫis* = [illegible] (אנאפרואראנן). Aspendiârji *nahî buland varçât*, Deçtûr Dârâb نه بالا باران. Aspendiârji erklärt den Sinn dahin, dass die Mauer des Dakhma so hoch gemacht werden müsse, dass der Regen abgehalten werde und nicht eindringen könne.

105. Dieser Paragraph ist nicht ganz leicht und etwas kurz und elliptisch abgefasst. *Yêzi tavaṅn aêtê mazdayaçna* gibt die Huzvâresch-Übersetzung wohl ganz richtig: [illegible] (את תובאניך הנמנר נרמנשאנן מהסתאנן), wenn reich sind diese Mazdayaçnas. So auch Anquetil. Weiterhin habe ich nun angenommen, dass die Huzvâresch-Übersetzung nach jedem *yêzi* ein neues Verbum ergänzt, was unnöthig ist. *Açânaêshva* habe ich übersetzt auf Steinen, in Anschluss an [illegible] der Huzvâresch-Übersetzung, das wäre Heterocliton von *açan*, Stein, welches öfter vorkommt und ebenfalls mit [illegible] (סנ), Stein, übersetzt wird. *Viçicaêshva* habe ich = [illegible] (נגין) cf. neup. گچ, Mörtel, genommen cf. Vd. VIII, 26, auch an قز, Seide, lässt sich denken. *Tûtukhshva* habe ich mit R. Roth = توشك Teppich gefasst, näher noch liegt Rückert's Vorschlag تنق, obwohl das schliessende ق auffällig bleibt. Ich kann mich auch jetzt noch nicht von meiner damaligen Ansicht trennen, obwohl ich Rückert's Bemerkung als begründet anerkennen muss, dass man in *açânaêshva* und *viçicaêshva* kostbarere Stoffe suchen sollte, als Stein und Mörtel, da von reichen Personen die

Rede ist. Die neueren Übersetzungen fassen aber die ganze Stelle sehr auffällig anders, sie sehen in *açânaêshva*, *vicicaêshva*, *tûtukhshva* Verba, und ich bin jetzt überzeugt, dass es auch die Huzvâresch-Übersetzung so meint. Die Worte *yêzi açânaêshva* werden von ihr und übereinstimmend von den neueren Übersetzungen gegeben: (את חואסתאר הנמנד), „wenn sie wünschen". Aus dieser Fassung erklärt sich auch die Leseart *isânaêshva* in *d* und *içânaêshva* in *R* bei Westergaard von *ish*, *iç*, wünschen. Für *yêzi vicicaêshva* finden wir (את בנא מיתאכיניתאר הנמנד), „wenn sie Offenbar-Macher sind". Für *yêzi tûtukhshva* = (את תובאנן תוחשיניתאר הנמנד), „wenn sie reiche, fleissige sind". Was ich früher für Übersetzung gehalten habe, soll nach Ansicht der Übersetzungen Glosse sein. Die Einwendungen, welche gegen diese Übersetzung zu machen sind, liegen auf der Hand: es würde der ganze Nachsatz fehlen und die richtige Bestimmung: so sollen sie den Todten auf Stein oder Mörtel legen, müsste aus dem Kopfe ergänzt werden. Darum glaube ich hier die traditionelle Übersetzung unbedingt verwerfen und bei meiner früheren Ansicht bleiben zu können. — Das dunkle וגילג in der Huzvâresch-Glosse gibt Deçtûr Dârâb mit گلكار.

106. *Nidaithita* ist entweder wieder = *deponant* in derselben Art im Singular, wie oben *frajaçât* in §. 98 oder auch passiv zu wenden. *Aiwi-varena* = (מאם רבושש), Bekleidung, ganz richtig. *Raocâo aiwi varena* ist wieder eine freiere Compositionsverbindung.

Siebenter Fargard.

2. *Kaṭ* = (אאמת), d. i. wenn, so auch Aspendiârji. Deçtûr Dârâb *ke*, soll wohl كه gelesen werden; *tâ nara* indefinit wie öfter, das Neutrum statt masc. cf. Vd. VI, 84. VII, 59.

3. *Ishare* = *ishat* cf. Vd. V, 13, wohl verwandt mit *ish*, senden. Für *paçcaêta* gibt nur eine meiner Handschriften *(b) paçca*, aber jetzt wird diese Lesart auch durch *R* und einige von Westergaard verglichene Codd. bezeugt. Rückert zieht *paçca* vor und lässt *para iristîm* davon abhängen. Unläugbar hat diese Auffassung viel für sich, doch lässt sich auch das *adv. paçcaêta* halten (cf. *cvañtem paçcaêta zrvânem* in §. 5). Die Huzvâresch-Übersetzung

hat gewiss so gelesen, denn sie giht *paçcaêta para iristim* mit ט־ל שו ער־ וילשט (אחר סנן בנא ותירשנש), nachher um die Zeit des Sterbens. — *Uç haca* = ללג (ראוא מן) scheint mir als ein zusammengesetzter adverhialer Ausdruck zu fassen. Dass *haca* hier nicht Präp. ist, sieht man daran, dass es keinen Casus regiert. Cf. Vd. VI. 68. *Baodhô* von *budh*, wissen, passiv: hewusst werden, erwachen, habe ich mit „Lehenshewusstsein" ühersetzt. Huzvâresch-Übersetzung נין (בוי). Nach den Rivâiets (cf. meine Einleitung in die trad. Schriften II, 174) hat das Bewusstsein im Körper der Menschen die Aufgahe, den Verstand, das Gedächtniss und die Vernunft zu beohachten, und an ihren Orten in Acht zu nehmen, damit jedes derselhen sich mit seinem Geschäfte hefasse und seinen Auftrag verrichte, und dem Körper Kraft verleihe, und wiederum die Glieder einander Kraft gehen.

4. *Apâkhdhraêibyô* oder, was dasselbe ist, *apâkhedhraêibyô* kommt von *apâkhtara*, der *t* Laut ist erweicht cf. *açta* und *azdêbis*, *pukhdha* nehen *pañca* und im Griechischen ἕβδομος nehen ἑπτά. Merkwürdig ist, dass die Tradition an unserer Stelle *apâkhdhraêibyô naêmaêibyô* als Ahlativ ühersetzt: „von den nördlichen Gegenden"; eine andere Fassung scheint allerdings kaum möglich; aber man erwartete die Präp. *haca* heigesetzt zu finden, wie dies gewöhnlich heim Ahlativ der Fall ist. Die nachfolgenden Ausdrücke sind ungemein schwierig. *Frashnaos* und *apazadaghô* sind offenhar Genitive, aher wovon sollen sie ahhängen? Ich sehe noch heute keine andere Möglichkeit als früher: nämlich *ereghaitya frashnaos* und *apazadaghô* als in den Genitiv gesetzte Appositionen zu nehmen, welche die Erscheinung der Drukhs näher charakterisiren sollen. Die Worte *ereghaitya frashnaos* giht die Huzvâresch-Übersetzung סוך סוס מלך (אירנג פנאג שנך), davon entspricht אירנג deutlich dem *ereghaitya*, Adverhialhildung von *ereghat*, höse, schlecht, was Windischmann, wie ich glauhe richtig, mit griech. ἀλγεινός verglichen hat. שנך soll gewiss „Knie" hedeuten; so scheint es auch Aspendiârji zu fassen, der *ereghaitya* als Verhalform: „es fliegt mit Gestank" auffasst. Deçtûr Dârâh lässt das Wort סוס weg und umschreiht מלך סוך mit *heloue djane*, was er ühersetzt: نهد جان را und Anquetil: *Il chasse l'ame au loin* wiedergiht. Nur diese letzteren Übersetzungen lagen mir vor und ich hahe mich ganz von der Tradition entfernen zu müssen geglauht; ich hahe *frashnaôs* mit *frâshnaoiti*

in Verbindung bringen wollen, trotz des kurzen *a*. Es ist aber doch wohl sicherer, bei der Tradition zu bleiben, da die Form *shnu*, Knie, auch durch Yç. LVI, 2. 4 beglaubigt ist. Doch fragt es sich, ob man für *frashnu* nicht eine übertragene Bedeutung, etwa Anprall, annehmen solle. *Apa zadaghô* = ... (אפאן כונני). Aspendiârji „hinten". Deçtûr Dârâb دورکند, er hat also אפאן כונד gelesen und = neup. بازکند genommen. Ich habe früher seine Ansicht getheilt, sie ist aber gewiss unrichtig, *zadaghô* ist gen. sg. von *zadô*, der Hintere (כון = کن im Huzv. und Neup.) cf. Yt. 19, 50. *Ereghaitya frashnaos apazadaghô* dürfte also heissen: schlecht von vorne und von hinten. *Akaranem driwayâo* muss eine weitere Apposition sein: keine Grenze der Zerstückelung. *Akaranem*, grenzenlos, ist bekannt, es ist entstanden aus *karana*, کران, und dem *a priv*. *Driwayâo* habe ich durch „Zerstückelung" gegeben, im Anschluss an die Wurzel *dṛî findere*, womit wohl *driw* schliesslich zusammenhängen mag cf. درویدن. Im Huzvâresch entspricht das mir sonst nicht mehr belegbare Wort ..., was Deçtûr Dârâb mit پاره, Stück, gibt, daher habe ich die Bedeutung „Zerstücklung" gewählt. Anquetil *jointure*, Windischmann räth bei der Bedeutung „Bettel" zu bleiben und daraus die des Herumstreichens zu entwickeln. Aspendiârji *ṭipakî*, was mit *ṭipakuñ a blot, a drop* zu verbinden ist. *Yatha zôizdistdis khrafçtrâis* „wie für die schlechtesten Khrafçtras". Hier erklärt sich Windischmann, und wohl mit Recht, gegen die Anwendung der Präp. „für". Ich hatte den Instrumental im Sinne des Dativ gefasst; Windischmann glaubt, dass man die Formen auf *dis* zuweilen als Nominative fassen müsse (cf. Mithra p. 26), und es lässt sich nicht läugnen, dass der Sinn mancher Stellen dafür spricht, obwohl grammatisch die Sache noch keineswegs klar ist. *Zôizdista* ist von einer Wurzel *ziç* oder *zis* abzuleiten cf. *khraozhdista* und *khruç*. Die Form *zôizdista* ist ungewöhnlicher als *zôizhdista*, was Westergaard vorgezogen hat, aber älter und hier gut bezeugt. Die Huzv.-Übersetz. erklärt es mit ... (רימנתום), sehr schmutzig, sehr unrein, offenbar ist neup. زشت verwandt. Ich möchte also jetzt übersetzen: Es stürzt diese Drukhs Naçus herbei aus den nördlichen Gegenden, in Gestalt einer Fliege, schlecht von vorne am Knie (und) von hinten am After, grenzenlos an Zerstückelung wie die unreinsten Khrafçtras. Anquetil hat seine Übersetzung später sehr umgeändert, die handschriftliche lautet: *Le diable nessoch sous la forme d'une mouche vient du nord et se repose sur le corps, il chasse l'ame au loin et s'attache, se mele à toutes les jointures comme le chien zedje qui détruit morçeau par morceau les créatures du diable.*

5. Über *vaêma* cf. zu Vd. IV, 152. *Vaêmô-jata* sind die von Bergen herabgestürzten Menschen. *Mashyô-jata* und *zurô-jata* sind entgegengesetzt: erstere sind Verbrecher, die nach dem Ausspruche des Rechtes getödtet werden; die andern Unschuldige, die von Räubern, Mördern etc. überfallen und ermordet werden. *Zura* cf. auch in den Keilinschriften *zura-kara* und neup. زور. *Añzô-jata*, durch Enge geschlagen, nach der Huzvâresch-Übersetzung. Ich habe *añzô* in seiner gewöhnlichen Bedeutung genommen. Aspendiârji versteht darunter die Verhungerten, fasst also *añzô* ganz wörtlich. Anquetil Selbstmord, was mit meiner Übersetzung übereinstimmt, Deçtûr Dârâb's Ansicht findet sich nicht angegeben.

6. *Açnyêhê* gen. sg. n. *açnya*, täglich, von *açna*, Tag, abgeleitet cf. Yç. I, 7. Huzvâresch-Übersetzung (נזדיך), nahe, schliesst also das Wort an ein anderes *açna*, nahe, an. Wie Aspendiârji richtig bemerkt: die Naçus kommt nicht mehr in demselben Gâh, in dem der Tod erfolgt ist, sondern in dem zunächst darauf folgenden.

7—24. Cf. Vd. V, 82—99.

25. Cf. Vd. V, 166. Rückert hat darauf aufmerksam gemacht, dass ich dort dieselbe Stelle anders fasse als hier; dort übersetze ich *aêtahê* mit „dafür", fasse es also als gen. sg. neut. Hier aber: „dieser hat" oder wörtlich: „für diesen ist", so dass also *aêtahê* gen. sg. masc. wäre. Für meine Ansicht kann ich nun anführen: 1. Dass die Huzvâresch-Übersetzung diese Verschiedenheit der Übersetzung in soferne billigt, dass sie *aêtahê* an der ersten Stelle mit (אנן), an der zweiten aber collectiv mit (נרמנשאנן), also masc. übersetzt. 2. An der ersten Stelle kann *aêtahê* nicht als masc. aufgefasst werden, weil es sich auf eine Frau beziehe. Auch Aspendiârji übersetzt die Stelle hier ganz anders als oben, aber entschieden falsch: er nimmt *aêtadha* = neup. اگر. *haûm verendaoñtê* = آلوده. Wenn auch nicht in der Übersetzung, so stimme ich ihm

doch in der Erklärung des Satzes bei: eine Decke oder Kissen, auf dem Jemand gestorben ist, kann nicht mehr für etwas Anderes gebraucht werden, als um die Todten damit zu bedecken, ganz wie eine von Wöchnerinnen beschmutzte Decke oder Kissen auch nur von Wöchnerinnen und Menstruirenden gebraucht werden kann.

26. Der Plur. *aêtê* kann sich blos auf die nachfolgenden Wörter *çtairiçca bareziçca* beziehen und so fassen es auch die sämmtlichen Übersetzungen.

27. *Upama* wird von der Huzvâresch-Übersetzung richtig mit [Huzvâresch] (מאמתום) gegeben, also der oberste, hiermit stimmt auch Deçtûr Dârâb, wogegen Aspendiârji ganz ungerechtfertigt *upa* liest. *Añtima aiwi varena* habe ich als nähere Bestimmung von *upamu* gefasst: an das oberste, an die äusserste Bekleidung. *Upama* und *añtimu aiwi-varenu* sind nach meiner Ansicht acc. plur. neutr., abhängig von *frâshnaoiti*. *Añtima*, die letzte, habe ich = die äusserste genommen, dagegen sämmtliche Übersetzungen ganz im Gegentheil = [Huzvâresch] (אנדרתום), die innerste. Es kommt natürlich darauf an, von wo man anfängt zu zählen: vom Standpunkte des Beschauenden oder vom Todten aus. Da *upama* aber sonst doch der oberste heisst, so kann ich mich noch nicht mit der Ansicht befreunden, dass der letztere Standpunkt hier anzuwenden sei. Auch die Glosse zu der St. scheint mir zu besagen, dass die oberste Decke gemeint sei.

31. Die in Klammern eingeschlossenen Wörter stehen nicht in der Huzvâresch-Übersetzung, sie sind störend und gewiss zu tilgen. Meine Auffassung weicht insofern von der traditionellen ab, dass ich die Subst. *aiwi-naptîm* etc. von *upaêtem* abhängen lasse, also drei Begriffe erhalte. Die einheimischen Übersetzungen, die Huzvâresch-Übersetzung an der Spitze, wollen vier solche Begriffe in unserem Satze finden, sie nehmen *upaêtem* = mit Saamen beschmutzt, *aiwi-naptim* = vom Blut befleckt; ich habe es vorgezogen, bei der Grundbedeutung „Feuchtigkeit" überhaupt zu bleiben. *Aiwi-eretim* = mit Koth beschmutzt, von *ere* + *aiwi*, es müsste ein euphemistischer Ausdruck sein; ich gestehe aber, dass ich am liebsten mit der Cod. R. bei Westergaard *aiwi-iritîm* vorziehen würde. *Aiwi-vañtîm* = bespeien von *vam*, *vomere*. Will man die Ansicht der Huzvâresch-Übersetzung beibehalten, so muss man *aiwi naptem* etc. lesen, wie Rückert auch zu thun vorschlägt, allein ich finde dazu nicht Anhaltspunkte genug in den Handschriften.

32. Nach der neueren Tradition soll nur der beschmutzte Theil des Kleides ausgeschnitten und eingegraben werden.

34. *Hê* ist neutral zu fassen: dafür.

35. *Izaênis* wird von der Huzvâresch-Übersetzung mit [illegible] (סומתינן) übersetzt, d. i. ein Pelz aus Thierfellen gemacht, wie ihn die Erânier noch heut zu Tage tragen. Mit *aêna* werden Adj. des Stoffes gebildet, das zu Grunde liegende Wort dürfte also *iza* = αἴξ oder hebr. עֵז sein und skr. *ajina*, als nahes Verwandtes zu *izaênis* herbeigezogen werden. *Hañkanayen* habe ich mit „reiben“ übersetzt, womit die Huzvâresch-Übersetzung stimmt, welche vorschreibt, dass man das Gewand mit feuchter Erde rein machen soll. Anquetil *frotter* cf. Vd. IX, 123. Rückert glaubt eine stärkere Bedeutung wie „eingraben“ vorschlagen zu müssen. In der That heisst *hañkana*, Höhle, Grube [1]).

36. *Ubdaênis* „gewebt“ von *vap*, weben cf. Aufrecht, Zeitschrift für vergl. Sprachk. IV, 282 und meine Bemerkungen über *uf*, ὑφαίνω

---

[1]) Die neuere Praxis scheint das Reiben mit Erde ganz aufgegeben zu haben und erwähnt es weiter nicht. Ich setze die betreffende Stelle aus den Rivâiets (Cod. XII. Suppl. d'Anq., p. 576) hierher; از روایت کاوس
کامان پرسش آنکه جامه پاك که ریمن شود که بشستن پاك نشود
کدامست وآنکه پاك شود وآنچه نشویند (بشویند .l) چگونه باید
شست پاسخ اینکه یکی آنست که گمیز ویا آب از دهن مُردگان
برش رسد چون شویند پارهٔ آن باید برید وبدو بیفگنند وآن
بپادیاب وآب شستن پاك باشد ☆ ودیگر آنست که هجرزن دشتان
بران رسد چو بشویند چون گونه نه بگرداند آن پاره هم باید برید
وبیفگنند باقی بپادیاب وآب شستن تا دانند ☆ وسه دیگر آنکه چربش
نسا درش شده باشد بهمند سگدید باید کرد پس آنجا که آلوده باشد
بریدن وپرهیزیدن وباقی شش بار بپادیاب شستن وبآفتاب خشك
کردن شش بار بعد ازان بجایگاهی نهادن که آفتاب وماهتاب وباد
بران جا می جهد تا شش ماه بعد ازان بزن دشتان شاید یا با
ارمیشتی که یشت نکرده باشد ونشاید که کستی بران بندد

in Kuhn's Beiträgen I, 315. Für das Erânische eine Nebenform mit härterem Auslaute: *vap* oder *vaf* anzunehmen, nöthigt auch das neupersische باڤتن. — *Khshvas zemô* etc. wörtlich: sechsmal Erde, wie *khshvas mâoghô* sechs Monate. Auffallend ist hier und im vorhergehenden Paragraphen der Conj. *baodhayaṅn* neben den Optativen *fraçnâdhayen*, *haṅkanayen*. Gegen die Handschriften zu ändern halte ich für misslich; dass sich aber Çonj. und Opt. sehr nahe gestanden haben müssen, beweist, dass an mehreren ähnlichen Stellen die Handschriften zwischen Conj. und Optativ schwanken cf. Vd. V, 154 etc. — Die Huzvâresch-Übersetzung gibt *ubdaênis* mit [Pahlavi] (תחך), was ich früher = neup. دده genommen habe, jetzt halte ich es für wahrscheinlicher, dass es = تنق stehe.

37—40. Cf. Yç. LXIV, 21.

41—58. Cf. zu Vd. V, 160—177.

59. *Tâ nara* wieder unbestimmt, wie oben VII, 4. Nach solchen unbestimmten Pluralen folgt das Verbum sowohl im Plural (Vd. VI, 84; VII, 65) als auch im Singular, wie wir überhaupt schon Beispiele genug gehabt haben, dass das Verbum nach Pluralen im Singular steht (Vd. V, 25. 171; VI, 61. 98 u. s. w.).

61. Über diesen schwierigen Paragraphen bin ich auch jetzt nicht viel sicherer als früher. Nur beanstande ich die Worte *geredhô-keretâoçca* nicht länger, ihnen entsprechen die Worte [Pahlavi] (ויר כרינשנן) in der Huzvâresch-Übersetzung, die ich früher zu der Glosse gezogen hatte. Für *geredhô-keretâoçca* gibt die Huzvâresch-Übersetzung [Pahlavi] (נריסתך כרינשנן), es ist eine Höhle zu schneiden, dazu ist die Glosse gefügt: [Pahlavi] (אפרג גופת אי גריסתך שאנן חפרנגשנן) „Aprag hat gesagt: eine Höhle ist ihnen zu graben". Dass *geredha* Höhle heisst, wissen wir bereits aus Vd. III, 24; *kereta* scheint die Huzvâresch-Übersetzung von *kereñt* abzuleiten, dann müsste das Particip aber *kereçta* lauten. ich ziehe daher vor es auf *kere* zurückzuführen. *Geredhô-kereta* kann daher nur heissen: „für die Höhlen zu machen" (*kereta* = part fut. pass.) oder „für die Höhlen gemacht" (part. perf. pass.). Aspendiârji scheint das Wort als „Hauszerstörer" zu fassen, aber *geredha* heisst niemals Haus, obwohl es sich leicht mit skr. *gṛiha* in Verbindung bringen liesse. Deçtûr Dârâb *geredhô-keretâoçca* = بسيار گريه كند, er weint viel, was sich etymologisch auch rechtfer-

tigen liesse, aber keinen Sinn gibt. *Zeredhô-keretûoçca* = [illegible] (ויר כרינשנן) „ihr Geist ist zu machen“ oder „zu schneiden“. Die Huzvâresch-Übersetzung fügt keine nähere Erklärung bei; Aspendiârji meint, dass solche Männer, wenn sie die Häuser zerstört haben, auch die Menschen tödten, das scheint mir aber unwahrscheinlich. Es scheint mir noch immer, als müsse *geredhô-keretdoçca* so viel heissen als: sie sind lebendig zu begraben, und die Glosse scheint mir dies auch anzudeuten. Rückert wendet dagegen zwar mit Recht ein, das lebendig Begraben sei eine Strafe, die dem Geiste der Mazdayaçna-Religion zuwider sei; aber es ist auf der anderen Seite gewiss, dass diese Strafe in Erân gebräuchlich war (Herodot VII, 113. 114). *Zeredhô-kere* muss wohl „tödten“ heissen, obwohl ich den zu Grunde liegenden Gedankengang nicht angeben kann.

62. Diesen dunklen Satz gibt die Huzvâresch-Übersetzung folgendermassen wieder: [illegible] (נרמנשאנני נבנא זך ספית דויסר מן אינמן בנא דררנשנן), d. h. diese Männer — diese weisse Sehkraft (?) ist vom Auge wegzutragen. Ich zweifle kaum, dass *dôithra* hier die Sehkraft (von *di*, ديدن, sehen) bedeuten muss, während *cashman* (چشم) das Auge überhaupt ist. Aspendiârji lässt leider den ganzen Satz weg. Anquetil in der handschriftlichen Übersetzung gibt *dôithra* mit: *le noir de l'oeil* und übersetzt: *et le noir de l'oeil de cet homme en deviendra blanc et sortira de l'oeil (ou il perdra la vue).* Der Sinn scheint mir richtig getroffen. *Çpiti-doithra* muss ein determinatives Compositum sein, *çpiti* ein Adjectiv wie *çpaeta*, es kommt sonst nicht mehr vor; *doithra* acc. plur. neutr. Man kann aber unschlüssig sein, ob man nicht die Leseart *çpiti-dôithri-cashmanat* vorziehen soll: vom Auge, das mit weisser Sehkraft begabt ist. *Nizhbareñti*, man bringe hinweg, nach der Huzvâresch-Übersetzung also = *nizhbureñtu*, der Verfasser des Satzes denkt sich die Sache so gewiss, dass er sie gewissermassen als schon geschehen voraussetzt. Ich bemerke hier noch, dass nach Vullers das neup. سفيد ديده *caecus* bedeutet.

63. 64. cf. Vd. III, 47. 48.

65. *Gûtha* wird von allen Übersetzern durch „Unrath“ erklärt. Das Wort findet sich auch Vd. XIV, 16.

67. *Madhakha* ist uns schon in der unverständlichen Stelle Vd. I. 58 vorgekommen: aus der vorliegenden sieht man wenigstens,

dass es ein Hund sein muss. Die Huzvâresch-Übersetzung übersetzt zwar *çûnô* hier mit dem unverständlichen [Pahlavi]. Deçtûr Dârâb gibt [Pahlavi] [Pahlavi] (תון מסוג) mit سگ بزرگ; er hat also wohl den Text gar nicht angesehen und [Pahlavi] = [Pahlavi], gross, genommen. Aspendiârji versteht sonderbarer Weise Mücken und Heuschrecken, wozu gar keine Veranlassung vorhanden ist. *Aogaç-daçtema* = [Pahlavi] [Pahlavi] (איאב ארדהאנתר) „sehr Hilfe gebend", ganz richtig; *aogaç* (cf. *augare* Yt. 13, 12) ist gewiss die ursprünglichere Form für *aojô*, Kraft, *daçtema* Superl. von einem Thema *dath*. *Naçu-kereta* habe ich übersetzt: „welche sich mit Leichnamen verunreinigt haben", was auch Rückert billigt. Wörtlich heisst es „zur *Naçu* geworden". Huzvâresch-Übersetzung [Pahlavi] [Pahlavi] [Pahlavi] [Pahlavi] (מנן נוסאי כרינן דנמנר). Aspendiârji fasst es activ als „Naçumacher", was auch nicht unmöglich ist, man muss eben *kereta* als part. perf. act. auffassen. Deçtûr Dârâb nach der Glosse lässt beide Auffassungen zu. — Glosse: [Pahlavi] [Pahlavi] [Pahlavi] [Pahlavi] [Pahlavi] [Pahlavi] (מנן נסאי פנן ונאסבארש נות דבוייבננית), wer sich mit Leichenunreinigkeit in Sünde besudelt hat. Das im Neup. nicht vorkommende [Pahlavi] pârsi جودن, wohl ohne Zweifel vom altb. *yu*, verbinden, abstammend, heisst, wie es scheint, sich mit einer Sache verbinden. Cf. meine Pârsigrammatik p. 157, 201.

68. *Haêcaghô avâçtrahê* wird von der Huzvâresch-Übersetzung mit [Pahlavi] [Pahlavi] (הושך אואסתאר) übersetzt und Aspendiârji stimmt damit überein, während es Deçtûr Dârâb abgeschmackter Weise mit هشيار, weise, gibt. Wir kennen die Wurzel *hic*, von der *haêcô* abstammen muss, schon aus Vd. V, 43. Dem *avâçtrahê* entspricht [Pahlavi], was ich nur אואסתאר lesen kann; richtiger wäre איאסתר, denn es ist *avâçtra* gewiss aus dem *a priv.* und *vâçtra* (ואסתר) Weide, entstanden. Indess, die Handschriften lesen wie in meiner Ausgabe steht und ich habe nicht zu ändern gewagt. Die Übersetzer Aspendiârji und Deçtûr Dârâb haben das Wort חואסתאר gelesen, was weder mit Rücksicht auf das Texteswort noch auf den Sinn angeht. Das von der Huzvâresch-Übersetzung als Glosse beigesetzte [Pahlavi] (oder [Pahlavi]) vermag ich nicht zu deuten. Die neueren Übersetzer geben es mit „Furcht" (ترس), sie haben es also סרם, [Pahlavi], gelesen. Ich möchte lieber האם lesen und eine Nebenform von *hâmin*, Sommer, darin vermuthen.

69. *Zemô* gen. sg. von *zyâo*, Winter, von den Handschriften ausgezeichnet bezeugt und darum von mir beibehalten. *Jaiwivafrahê* = [Pahlavi], offenbar verdorben, ich möchte dafür [Pahlavi] (וזופר ופר) verbessern. *Jaiwi* nehme ich von *jaw* = *jaf* und übersetze es mit „tief“ cf. *jafra* Yt. 8, 8; 10, 14 etc. und skr. *gabhîra*, dem würde auch [Pahlavi] = neup. ژرف nicht widersprechen; *vafra*, Schnee, برف ist bekannt und wird sonst immer mit ופר übersetzt. Die Art und Weise, wie Aspendiârji das Wort *jaiwi* gibt, ist mir nicht ganz klar, er scheint die Bedeutung „schlagen“ darin zu sehen. Deçtûr Dârâb: *dehen* (i. e. دهان, Mund) *kaladji (?)* unklar und gewiss auch unrichtig. *Upa-çravatô* = [Pahlavi] (כאם חושתאספכר). Im Pârsi gibt es ein Verbum *qaçtâreṭ*, was mit *uttâpayati* übersetzt wird, vom Aufflackern der Leidenschaften gebraucht. Aspendiârji umschreibt blos: *hustavgar*. Deçtur Dârâb: كه كينه كند, welcher Rache übt. Ich habe *çru* = skr. *çru* der Nebenform von skr. *sru*, fliessen, genommen und natürlich rein conjectural, mit „herbeischleichend“ übersetzt. Huzvâresch-Glosse [Pahlavi] (איע אישאנן אנאכש אנש), d. h. „andere haben Ungebühr daran“. *Khrûtahê* „verwundend“, nach der ausdrücklichen Aussage der Huzvâresch-Übersetzung zu der St., mit welcher auch die übrigen Übersetzungen übereinstimmen (= كه زخم كند) cf. *vikhrûmeñtem qarem jaiñti* Vd. IV, 85. Obwohl die Wurzel *khru* ursprünglich mit *cruor*, *crudelis* gewiss zusammenhängt, so scheint mir der Übergang der Bedeutung in die des böswilligen Angreifens nicht unmöglich und vom érânischen Standpunkte aus wahrscheinlich. *Aghavatô* = ויש, بد, böse, in den Übersetzungen. *Duzhdâoghahê* Metaplasmus statt *duzhdâoghô*, von den besten Handschriften bezeugt.

75. *Anaiwi ghnikhta* = [Pahlavi] (אנאספר ותו), nicht geschlagen, so natürlich auch die neueren Übersetzungen. Eine Wurzel *ghnic* ist hier jedenfalls anzunehmen und ich neige mich zu R. Roth's Ansicht, dass dieselbe mit dem deutschen „nagen“ der Form und Bedeutung nach identisch sein möchte.

76. *Vitaçti* und *frârâthni* habe ich schon in der Note zur Übersetzung erklärt, ersteres ist = skr. *vitasti* und entspricht der Länge einer Spanne; *frârâthni* entspricht dem *aratna* und ist das Doppelte. Aspendiârji: von der Grösse einer Hand, cf. ارش und *ulna*

ώλένη. — *Napta* ﬡﬡ (חוית) i. e. خوید, so auch alle die neueren Übersetzungen cf. *aiwi napti* Vd. VII, 31. Die Wurzel *nap*, feucht sein, ist ausser allem Zweifel.

77. *Viçraçayen* wurde mit „bespülen" übersetzt, nach der Huzvâresch-Übersetzung, die es mit ﬡﬡ — (אי אשנֻינד) gibt, demselben Worte, mit dem sie auch *hiñc* oder *heñc* übersetzt. Aspendiârji „waschen", Deçtûr Dârâb پاك كند.

81. *Aêtavaṭ* ist gewiss das sanskritische *etâvat* und wird wohl ursprünglich auch „so viel" bedeutet haben cf. Vd. VI, 63. Allein die Bedeutung scheint abgeschwächt in „so" und die Tradition übersetzt es mit ﬡﬡ (איתונן) ایدون, worin ich ihr gefolgt bin. Rückert hält die ursprüngliche Bedeutung des Wortes fest.

93. *Karsta* = ﬡﬡ (כישת) part. von کشتن, säen. *Dereta* = ﬡﬡ (פראננכתו), was wohl mit syr. ﬡ *fructum tulit* zusammenhängt. Es ist wohl kein Zweifel, dass *dereta* von *dere*, „geschnitten" bedeuten muss, so habe ich es übersetzt und auch Aspendiârji stimmt bei. Deçtûr Dârâb umschreibt ﬡﬡ mit *frahounast* und erklärt: كه اندر زمين اندازند, ich halte dies für irrig. Der Satz *aêtavaṭ qaçtanaǹm aêtavaṭ aqaçtanaǹm* fehlt in der Huzvâresch-Übersetzung und ist daher von mir mit Klammern eingeschlossen und in der Übersetzung ausgelassen worden. Wollte man ihn übersetzen, so würde ich vorschlagen, *qaçta* mit „essbar", *aqaçta* mit „nicht essbar" zu übersetzen. Nach Aspendiârji „gemahlen und ungemahlen". Deçtûr Dârâb „faulen" (پوسیدن). — *Bakhta* und *abakhta* in der Huzvâresch-Übersetzung blos umschrieben durch ﬡﬡ (בחת) und ﬡﬡ (רא בחת), erklärt durch ﬡﬡ (נתאננת?), das mir sonst nicht mehr vorgekommen ist. Aspendiârji „gedroschen und ungedroschen". Deçtûr Dârâb erklärt *bakhta* mit پشت دار, *abakhta* als das Gegentheil. Dieser letzteren Erklärung habe ich mich angeschlossen und ich halte sie im Wesentlichen für richtig. Cf. بقله *portulaca* und griech. φάσηλος = φάξηλος. Pott, Etymol. Forschungen I, 271. 1. Ausg. Pictet Origines I, 283. — Die Worte *aêtavaṭ ashaoňaǹm aêtavaṭ anashaonaǹm* fehlen in der Huzvâresch-Übersetzung und in meiner Übersetzung. Statt *ashaonaǹm* und *anashaonaǹm* liest eine gute Anzahl von Handschriften *ashanaǹm* und *anashanaǹm*. Aspendiârji „fein gemahlen und nicht fein gemahlen". Deçtûr Dârâb „rein und unrein". *Athreǹtaǹm* = ﬡﬡ

(מרשתו), was ich mit „gemischt" gegeben habe, es ist vielmehr „geknetet", wie Rückert will, oder auch „gesäuert", wie Aspendiârji übersetzt. Die Etymologie des Wortes ist bis jetzt ziemlich hoffnungslos, auffallend ist das vorgeschlagene *a*, und man könnte versucht sein, einen alten Fehler des Textes zu vermuthen, dass eben *aêtavaṭ threñtaṅm* ausgefallen wäre. Es liesse sich dann mit Rückert an lat. *tero*, *trivi*, vielleicht selbst an *torqueo* denken.

94. *Fravazâoñtê* ziehe ich jetzt mit der Mehrzahl der Handschriften vor, wie auch Rückert und Westergaard gethan haben. Es heisst wohl hier nicht blos vorwärtsbringen, sondern sich vorwärtsbringen. *Baêshazâi* scheint die Huzvâresch-Übersetzung als neutr. zu fassen: Heilkunst, worin ich ihr nicht folge. Cf. unten zu §. 118.

95. Auch hier kann man wieder in Zweifel sein, ob man *âmayâoñti* oder *âmayâoñtê* lesen soll. Burnouf (Etudes p. 28), Westergaard und Rückert entscheiden sich für das letztere mit Rücksicht auf das folgende *âmayâoñta*, ich habe *âmayâoñti* beibehalten, was die besten Handschriften geben. Der Fall ist meines Erachtens hier ein anderer als im vorhergehenden Paragraphen; die reflexive Bedeutung kann durch die Ansetzung des *ya* schon hinlänglich angedeutet sein, und dass das Altbaktrische mit dem Genus des Verbi in ähnlicher Weise wechseln konnte, wie die epische Sprache der Inder, ist wahrscheinlich. *Âmâ* muss nach der Tradition dieselbe Bedeutung gehabt haben, wie neup. آزمودن, versuchen, lernen.

96. Auch hier sind die Lesarten merkwürdig: *âmayayañta* ist die Lesart sehr guter Handschriften, die von mir aufgenommene *âmayâoñta* (Imperat. med.), geht auf die Correctur in C, mithin auf Cod. A zurück, ist also sehr gut bezeugt, trotzdem dass sie allein zu stehen scheint. Westergaard hat *âmayañta* vorgezogen, was jedenfalls besser ist als *âmayayañta*, denn die Sprache vermeidet sonst die Wiederholung gleicher Silben, nur ist *âmayañta* in meinen Handschriften äusserst schwach (durch E) bezeugt.

97. Für *mairyâitê* sprechen die besten Handschriften, sonst könnte man auch versucht sein *mairyâṭ* zu lesen, wodurch eine grössere Congruenz mit §. 102 erzielt würde. *Daêvayaçnô* „an einem Daewayaçna", so auch die einheimischen Übersetzungen. Es steht hier wie §. 95 der Nominativ statt des Acc. oder Locativ, und ich

kann auch heute noch keine andere Erklärung dieser Eigenthümlichkeit sehen, als die schon früher (cf. Kuhn Beiträge I, 137 fg.) gegebene. In allen mir bekannten Fällen dieser Art steht nämlich das Object vor dem Verbum und scheint mir noch nicht als solches gefühlt worden zu sein.

99. Meiner früheren Auffassung dieser Stelle bleibe ich auch jetzt noch treu. Die Übersetzungen geben *vîmâdh*, wie oben *âmâ;* dass es mit der Wurzel *mâ* zusammenhängt, scheint mir klar. *Vîmâdhaçciṭ vîmâdhayañta* eine Verstärkung des Verbi durch das beigesetzte Nomen verbi. Das Subject zu *vîmâdhayañta* ist *mazdayaçna,* zu *irishyâṭ, kereñtu* aber *aêshô zî* im vorhergehenden Paragraphen. Anders die Huzvâresch-Übersetzung hier und im §. 104. Sie sieht nur ein einziges Subject und bezieht auch den Plural *vîmâdhayañta* auf *aêshô zî.* Aspendiârji und Deçtûr Dârâb lassen die Worte *vîmâdhaçca vîmâdhayañta* hier weg (cf. die Varianten zu der St.); man sieht aber aus §. 104, dass sie derselben Ansicht folgen. Es lässt sich nicht läugnen, dass die Ansicht grammatisch zulässig ist, denn den Wechsel zwischen Singular und Plural haben wir schon öfter bemerkt; empfehlen würde sie sogar der Umstand, dass wir dann *mazdayaçna* überall als Object auffassen könnten, und nicht das eine Mal als Subject, das andere Mal als Object zu betrachten brauchten. Gleichwohl scheint es mir zu hart, dass erst der Singular, dann der Plural, dann wieder der Singular stehen solle. *Kereñtu* gibt die Huzvâresch-Übersetzung mit [illegible] (כריְנִינד), sie schneiden; ich glaube *kereñtu* stehe = *kereñtatu*, er schneide. Das zweite *kereñtu* vor *irishyâṭ* gibt die Huzvâresch-Übersetzung mit [illegible] (פנן כרינשנן): durch Schneiden; ich sehe demgemäss dieses Wort als Instr. eines Abstr. auf *tu (kereñtu = kereñt-tu)* an. Westergaard liest *kereñtô*, was wohl Locativ eines ähnlichen Abstr. *kereñti* sein müsste. *Irishyâṭ* wohl besser passiv: wenn durch Schneiden verwundet wird.

101. Für *irishentô* stellt Westergaard *irishiñtô* her, um das Passiv auszudrücken, die Codd., mit Ausnahme von F, geben diese Form nicht. Ich glaube, dass *y*, *v* nach *sh* wegfallen können, cf. *cathrushanaúm*, *amereshentô* u. s. w. Für *cikayaṭ*, was die meisten Handschriften geben, will Rückert mit *d cikayâṭ* hergestellt wissen. Ich halte beide Formen für gleich richtig. Huzvâresch-Übersetzung gibt *cikayâṭ* mit [illegible] (תוֹזיח), er büsst; ich

leite daher das Wort auf *ki*, Nebenform von *ci* (vorber *citha*) τίω. ab. *Baodhô-varsta* ist offenbar Name einer Sünde, ich habe es für eine wissentlich begangene Sünde gehalten. Anquetil sagt zwar: „*Beodô vereschtéhe les jointures coupées c'est à dire, qu'on lui coupera les membres par morceaux*“. Dies ist entschieden unrichtig und gründet sich auf ein Missverständniss Deçtûr Dârâb's, der die Umschreibung der Huzvâresch-Übersetzung ושיונ׳לטים (i. e. בותוכורשת) בנתוכורשת gelesen und im ersten Theile des Wortes das neup. بنده gesehen hat. Nach Aspendiârji werden dem Arzte sechs Finger abgeschnitten.

104. *Baêshazyâṭ*, nicht *baêshazayâṭ*, ist durch die Handschriften hinlänglich geschützt. Es muss also ein Verbum Denominativum *baeshazyêiti* angenommen werden.

109. Die Leseart *vâkhsha*, die ich vorgezogen habe, mag wohl die ursprünglichere Form des Wortes sein, das wohl auf *vaz*, *vah*, *vehere* zurückgeführt, aber die gewöhnliche Schreibart ist *vâsha* (cf. Yt. 5, 11 und sonst); auch heisst dasselbe bestimmt „Wagen“ und nicht „Gespann“, wie ich mit Hinblick auf *ukhshan*, Ochse, geglaubt habe. Die Huzvâresch-Übersetzung umschreibt allerdings das Wort blos mit ־ט׳ו (ואש), Deçtûr Dârâb hat gar keine Erklärung des Wortes gegeben und auch Anquetil ist deswegen ganz rathlos, aber Aspendiârji übersetzt es richtig. *Vâshem cathru-yukhtem*, ist also ein Wagen mit Viergespann.

110. *Yaṭ* habe ich als Partikel = wenn genommen, im Anschluss an die Huzvâresch-Übersetzung; man kann es auch als Relativum nehmen: das erste Mal heile er um den Lohn etc. Man bemerke den Ausdruck *nmânô-paiti nâirika*, ganz nach neupersischer Art, was um so auffallender ist, als sonst das Altbaktrische die Form *pathni*, Herrin, kennt. Cf. neup. شیر نر, شیر ماده. *Kathwa*, nach der Tradition = ־מ (חמנא), Esel. *Daênô* muss in der freieren Art der Composition statt *daêna* stehen; man hat längst darin das griech. θῆλυ gesehen und es von skr. *dhe* abgeleitet. Der Cod. R gibt nun aber eine beachtenswerthe Leseart, die sich in keiner der übrigen Handschriften findet, nämlich *daênu*, das ganz und gar = skr. *dhenu* ist. Ich würde diese Leseart, ebenso wie Westergaard, unbedingt der gewöhnlichen vorziehen, wenn mich nicht eine Stelle im Aferîn Gahanbâr bedenklich machte, sie lautet: *hazaṅrem maês-*

hananm daênananm paiti puthrananm narannm ashaonannm ashaya vaǧuhya urunê para daithyât. Hier ist das Thema offenbar *daêna* und dieser gen. *daênananm* erscheint in dem genannten Stücke noch öfter.

118. *Baêshaza* gibt die Huzvâresch-Übersetzung hier = (בישאנ̈יניתאר), Heiler, Arzt, und ich habe unbedenklich nach ihr übersetzt. Rückert findet es ungeeignet, dass *baêshaza* sowohl Heilkunst, Arzenei als Arzt bedeute und möchte hier lieber *bishaza* lesen. Indessen bestätigen die Handschriften diese Leseart nicht sonderlich, und ich kann keinen solchen Anstoss an den beiden Bedeutungen des Wortes nehmen. Es versteht sich, dass *baêshaza*, Arzt, masc. *baêshaza*, Heilmittel, aber Neutrum ist. Die neueren Übersetzer scheinen ähnliche Bedenken gehabt zu haben. Aspendiârji übersetzt *tan-duruçtî*, Gesundheit, und Deçtûr Dârâb كه بسيار زنده را دادست, wofür Anquetil: *celui qui a guéri beaucoup de monde.* Westergaard liest *heñjaçaôñtê* mit den meisten Handschriften, ich habe mit Rücksicht auf die übrigen Stellen *heñjaçâoñti* vorgezogen.

119. Auch hier fasst die Huzvâresch-Übersetzung *baêshazêçca* (מנן בישאנ̈ינית), welcher heilt, also = Arzt. *Baêshazêçca* ist Accusativ des Zustandes. *Karetô-baêshaza* sind die Chirurgen, *urvarô-baêshaza*, die mit Arzeneien Heilenden, *mañthrô-baêshaza*, die, welche Beschwörungen gebrauchen.

120. Auch heute noch steht bei mir die Ansicht fest, dass dieser Paragraph in unseren Handschriften in Verwirrung sei und dass die Huzvâresch-Übersetzung einen andern Text vor sich gehabt habe, als uns jetzt vorliegt. Ein dem unseren sehr ähnlicher Text findet sich Yt. 3, 6, den wir nachher betrachten wollen; zuerst wird es nöthig sein, das Verhältniss unserer Stelle zu der Huzvâresch-Übersetzung zu untersuchen. Diese letztere lautet: (ממן זך אית מן בישאנ̈יניתאראנן שפיר רא כונד סריתרג̈ רא כונד). Diese Worte genau übersetzt lauten: „denn dieser ist von den Heilenden, Gutes thut er nicht und Böses thut er nicht“. Hieraus erhellt, dass nur die Worte *aêshô zi baêshazananm* aus unserem Texte übersetzt sind, alles Weitere aber fehlt; dieses habe ich demgemäss in Klammern eingeschlossen. Aber auch die Huzvâresch-Übersetzung gibt keinen rechten Sinn, und es scheint mir vor שפיר etwas zu fehlen, vielleicht ist in dem ursprünglichen

Manuscripte eine Zeile ausgefallen. Ich glaube jedoch kaum, dass die ausgefallenen Worte die in Klammern eingeschlossenen: *baêshuzyôtemô yaṭ mañthrem çpeñtem baêshazyô* waren, denn dazu scheint mir die Glosse zu unserer Stelle nicht zu passen; sie mögen aus Yt. 3, 6 herüber genommen sein. Aspendiârji, der die ganze Stelle zu übersetzen sucht, findet, wie seine Glosse zeigt, in ihr ganz den Sinn, den ich auch hineingelegt habe. Auch Deçtûr Dârâb versteht die Stelle so, wie man aus Anquetil's ursprünglicher Übersetzung sieht: *Lorsque le médecin approche d'un endroit et guérit avec la parole de dieu, c'est la guérison la plus saine, pure etc., guérison guérissante, ceux que le kalam koda* (i. e. كلام خدا) *guérit.* Rückert erklärt sich gegen den von mir getroffenen Ausweg, weil der Sinn gegen die Construction und ohne Gehalt sei. Das letztere kann ich nicht zugeben, mir scheint der Sinn ganz passend: wenn die Mazdayaçnas die Wahl zwischen mehreren Gattungen von Ärzten haben, so sollen sie den wählen, welcher mit dem Manthra heilt. In Bezug auf die Construction hat Rückert wahrscheinlich an *aêshô — yaṭ* Anstoss genommen; allein da wir *puthrem yaṭ pôurushaçpahê* (Yt. 5, 18) *aêtahê yaṭ iriçtahê* (Vd. V, 36) finden, so können wir auch hier es nicht auffällig finden. Der Acc. *mañthrem çpeñtem* ist wohl von *baêshazyô* abhängig: Heilend nach dem Manthra çpenta. Übrigens erinnere ich nochmals daran, dass ich nicht glaube, dass die Worte: *yaṭ mañthrem çpeñtem baêshazyô* hier ursprünglich im Texte gestanden haben. Rückert hält den ganzen §. 120 für eine Glosse.

121. Diesen Satz, den ich in meiner Übersetzung nicht übertragen habe, möchte ich übersetzen: welcher wegen der Förderung (um zu fördern) des reinen Mannes heilt. Es ist der eigentlich richtige Nachsatz zu §. 119 und 120. Die Schwierigkeit liegt in den Worten *haca uruthwañm*, das letztere Wort muss nach der Etymologie (von *uruth*) soviel als „Wachsthum, Zunahme“ bedeuten. Die Übersetzungen geben keinen Aufschluss. Huzvâresch-Übersetzung [illegible] (אורווסבר), was blos Umschreibung des altbaktrischen Wortes ist; Aspendiârji خوب صورت, Deçtûr Dârâb خوبتر. Die Stelle Yt. 3, 6 gibt die §§. 120, 121 in umgekehrter Ordnung und Edal ben Dârâb übersetzt dort: „Welcher Mann vom Lesen der Avestagebote Gesundheit erlangt, der erlangt mehr als alle

Gesundheiten". Es ist klar, dass diese Übersetzung nicht genügend ist.

122. Der Sinn dieses und der nachfolgenden Paragraphen ist klar genug; aber es ist schwierig, unter den verschiedenen Lesearten diejenigen zu ermitteln, welche in den Text gesetzt werden müssen. Westergaard hat einen von dem meinigen ziemlich verschiedenen Text gegeben, zum Theil mit Lesarten anderer Handschriften als der von mir gebrauchten. *Çairi* und *çairê* wechseln hier in den Handschriften wie an den anderen Stellen, wo das Wort vorkommt. *Mashya* finde ich überall, die Leseart *mashyêhê* dagegen, welche Westergaard aufgenommen hat, nur ein einziges Mal (in E) und sie scheint mir keiner sonderlichen Beachtung werth. Die Handschriften wechseln ferner mit *iriçtê*, *iriçti* und *iriçta*; wollte man den ältesten Handschriften folgen, so müsste man wohl *iriçtê* lesen; damit ist aber nichts anzufangen, *mashya iriçtê* passt nicht zusammen. *Iriçtahi* findet sich nur ein einziges Mal in K 9. *iriçtahê* gar nicht. Auch diese Leseart scheint mir weiter keine Rücksicht zu verdienen. Statt *nidhâiti* wird in manchen Handschriften auch *nidhâitê* gelesen. Ich habe *craňtem drâjô zrvânem* .. *zemô bavaiňti* zusammen construirt und die Ausdrücke *çairi mashya irista nidhâiti*, *raocâo aiwi varena*, *hvare dareçya* als Instrumentale genommen: durch (bei) abwärts gekehrtes Hinlegen todter Menschen (das Nomen verbi *nidhâiti* (cf. Vd. VI, 56) würde den Acc. *mashya irista* regieren), durch Aussetzen am Licht, durch Sonnenschein. Der Sinn ist also: um welche Zeit ist das Land (rein), wenn todte Menschen darauf liegen, dem Lichte ausgesetzt, die Sonne ansehend. Es ist dies der Sinn, der in meiner Übersetzung ausgedrückt ist, obwohl ich gezwungen war, etwas frei zu übersetzen. Eine andere Möglichkeit wäre: *nidhâiti* als Verbalform zu fassen. So übersetzt Rückert: „Herr, wie lange Zeit legt (Jemand) todte Menschen auf die Erde, dem Lichte zugewandt, der Sonne sichtbar, (bis) die Ländereien selbstig werden, d. h. wieder in ihren Stand kommen, baubar werden". Hier ist *nidhâiti* ein Verbum, welches den Acc. *mashya irista* regiert. Ziemlich auf dasselbe kommt es hinaus, wenn man die Leseart *nidhâitê* vorzieht; der Satz ist dann passiv gewendet, es werden niedergelegt und *mashya irista* wäre nom. Bedenklich macht mich nur, dass nicht *nidadhâiti* oder *nidhayêitê* steht, wie man erwarten sollte (cf. Vd. III,

30. 43; VII, 138). — Dass zu den Worten *zemô bavaiñti* hier und im folgenden Paragraphen noch ein Prädicat fehlt und der Satz somit verdorben ist, ist klar; ich habe das Wort *hvaṭ*, welches §. 124 fg. erscheint, hier herauf genommen und, nach dem Vorgange der Huzvâresch-Übersetzung, mit „rein" übersetzt. Es müsste das Wort wohl mit *ku*, zubereiten, in Verbindung stehen. Rückert glaubt, dass es nichts anderes sei als *hva*, خود und hat demgemäss übersetzt. — Die einheimischen Übersetzungen sind klar, aber gleichfalls ziemlich frei. Huzvâresch-Übersetzung: [Pahlavi] (נֿנד·דראנא דמאנן איע שכבאננית אנשותא ריסת פנן דמיך בנא [Pahlavi] שכבאננת דכוימננית רושנש מאם רבושש חורשית נכירית דמיך דהוננד דביא), d. h. wie lange Zeit liegt ein todter Mensch — auf die Erde ist er gelegt, Licht ist sein Kleid, die Sonne schaut er an — das Land ist rein? So auch Aspendiârji, nur dass er מאם רבושש fälschlich mit خاك übersetzt, Deçtûr Dârâh gibt שכבאננית fälschlich mit برکند, er gräbt, מאם רבושש mit رود, als ob es von رفتن käme! Daher Anquetil: *Combien de tems (faut il attendre, pour qu'une terre) qui ayant été creusé on a mis un mort dedans, de façon que la lumiere luit dessus, le soleil le voit, soit pure?*

124. *Nikañti* muss nach meiner Ansicht als Instrumental eines Abstractums gefasst werden, welches „das Eingraben" bedeutet. Liest man oben *nidhâitê*, so wird man hier auch *nikañtê* lesen und „man gräbt ein" übertragen müssen.

127. *Yat aêsha pañçnu raêthwâṭ*, habe ich ganz der Tradition gemäss gefasst: [Pahlavi] (נד אמת אנן אפראכש נומיחתית), bis dass jener Staub sich mischt. Auch nach 50 Jahren ist also ein solcher Platz noch nicht rein, wenn noch Reste der Leichen vorhanden sind.

128. Zu den Lesearten *vikañti*, *vikañtê* und *vikañta*, welche meine Handschriften geben, hat Westergaard aus den persischen Handschriften noch eine weitere, *vikañtêê* beigebracht und in seinen Text aufgenommen. Es ist kein Zweifel, dass diese Leseart am besten in die Construction passt und den Sinn ganz richtig herstellt. Auch scheint die Huzvâresch-Übersetzung dieselbe vor sich gehabt zu haben, denn sie übersetzt: [Pahlavi] (נר נרמנשאנן חזאנן בנא חפרננשנש), zum Ausgraben jener Dakhmas. Indess halte

ich *vikañti* auch nicht für falsch, und nach dem Grundsatze, dass man die schwerere Leseart wählen solle, wäre *vikañti* vielleicht vorzuziehen. Wegen der Construction cf. Vd. IX, 145; XVIII, 116. Rückert will wie *vikañta* als 3. ps. plur. imperat. vorziehen, cf. Vd. XIX, 86, 87. — *Hakhs*, nach der Tradition aufstehen machen, dürfte wohl eine Spielart der skr. Wurzel *sajj* sein. Cf. neup. آهنگ.

129. Die Handschriften schwanken zwischen den Lesarten *yathaca* und *yaçca*, die beide einen guten Sinn geben. Die Übertragung [illegible] (מנגז) in der Huzvâresch-Übersetzung entscheidet nicht, da dieses Wort eben sowohl da wie welcher bedeuten kann. Cf. Huzvâresch-Gramm. §. 167. *Avavañtem sc. dakhmem.*

130. Es ist hier, wie anderswo, nicht leicht, das Wort *paititem* wieder zu geben. Wie ich bereits gezeigt habe, ist es aus *paiti*+*i* entstanden, entspricht also lautlich dem skr. *pratîta*; die Grundbedeutung ist „zurückgehen", es hat dann die übertragene Bedeutung: zu Gott zurückkehren, seine Sünden bereuen (im hebr. שוב, arab. تاب الى). Aber es steht nicht blos von der inneren Bekehrung, sondern auch von dem äusseren werkthätigen Zeichen derselben, der Beichte. Daher heissen die Beichtformulare Patets und ich habe *paitita* sowohl mit „bereut" als „gebeichtet" übersetzt. Dass das Wort *paitita* übrigens im Avesta ein Adjectiv und nicht ein Substantiv ist, kann mit Bestimmtheit versichert werden. Cf. Vd. III, 69 mit unserer Stelle. Eine vollständige Erklärung des Begriffes gibt der Minokhired (p. 355 der Pariser Handschrift): [illegible] „*Patit* sein ist deutlich das: dass man eine Sünde aus eigenem Willen nicht thut, und wenn aus Unkenntniss, Verwirrung, oder weil man übel berichtet ist, man eine Sünde begeht, sie vor den Deçtûrs und den Guten bereut und nachher nicht mehr thut". Man sieht, dass weder „bereuen" noch „beichten" den Ausdruck vollkommen erschöpft.

132. Das Subject des Satzes ist *dva mainyû*, worauf, wie auf die mit *dva* verbundenen Duale gewöhnlich, das Verbum im Singular folgt. *Ahmi paiti nairi*, in Bezug auf diesen Mann. *Rêna* = [illegible] (פתכאר), i. e. neup. پیکار, Kampf. (Neriosengh übersetzt pârsi [illegible] mit *prativâda*), also offenbar das sanskritische *raṇa*.

Die neuere Tradition ist verschlechtert. Aspendiârji gibt *réna* mit „schlecht“. Deçtûr Dârâb بد گوید. Die Glosse [Pahlavi] (איעש אהרמן תאנאי מאם רא דדוננית) übersetze ich: „nämlich Ahriman hat keine Macht über ihn“. Das mir sonst nicht bekannte [Pahlavi] nehme ich = توانائی, es kommt auch *tânâ* = توانا vor.

133. *Fraya* ist entweder ein Instrumental, vielleicht auch Locativ von *fraya*. *frâ* woven *frayati*, er geht. Die Übersetzungen geben *fraya* durch ein Verbum.

134. *Âberezaydoñti* lese ich mit verschiedenen Handschriften. Westergaard dagegen *berejaydoñti*. Diese Verschiedenheit kehrt noch an anderen Stellen des Avesta wieder. Huzvâresch-Übersetzung: [Pahlavi] (ברזין), was im Pârsi *burzin* heissen wird, das Verbum heisst: „loben, preisen“; ich habe es deswegen am liebsten von dem Stamme *berez* ableiten wollen. Auffallend sind hier die Accusative, die ich als Subjecte übersetzt habe, im Anschluss an die Übersetzungen. Ich habe dies zu thun gewagt, weil es noch andere Stellen gibt, wo man gleichfalls den Acc. als Subject auffassen muss cf. Vd. III, 54; V, 17; VII, 119. Der Zusammenhang scheint mir dies gebieterisch zu fordern.

135. *Berezaêm*, Imperf. aus keinem anderen Grunde, wie ich glaube, als weil eine Wiederholung der Handlung ausgedrückt wird. Ahura-Mazda preist jeden Einzelnen, der auf diese Weise in den Himmel kommt.

136. Dieser Paragraph ist in der Huzvâresch-Übersetzung mit [Pahlavi] (איע) eingeleitet und also als directe Rede aufzufassen. *Usta* in der Huzvâresch-Übersetzung = [Pahlavi] (ניוך) i. e. نیك; ich habe es überall, wo es vorkommt, als einen Ausruf: *euge*, *bene sit* aufgefasst. Der Acc. *narem* ist durch gute Autoritäten geschützt, der Acc. statt des Vocativ wäre ähnlich wie im Arabischen oder wie der lateinische Acc. nach *en*, *ecce* zu nehmen. Westergaard hat den Vocativ *nare* vorgezogen, den auch Rückert empfiehlt, er ist jedenfalls das Einfachere. *Ithyêjô* = [Pahlavi] (סינאומנד). pârsi *çézhmañṭ* = *mṛityumat* bei Neriosengh, so übersetzt hier auch Aspendiârji. Ich habe schon früher das Wort mit skr. *tyaj*, verlassen, in Verbindung gebracht und mit „vergänglich“ übersetzt; ich bin noch dieser Ansicht, obwohl ich keine weiteren Derivata von *tyaj* in den érânischen Sprachen kenne. Cf. zu Vd. XIX, 14. Dass das anlautende *i* blos vorgeschlagen ist

und nicht zur Wurzel gehört, sieht man aus *a-ithyêjaġh*, unvergänglich; wäre *i* wurzelhaft, so würde dieses Wort *anithyêjaġh* lauten. *Frafrâo* = [Pahlavi] (פרנפת הנמנאי), du bist gekommen. Es ist die 2. ps. sg. perf. von *frâ*, gebildet wie im lat. *spospondi*. Auffallend ist aber, dass *frafrâo* die Secundärendung hat, man erwartete *frafrâtha* wie *dadâtha*. Die §§. 53, 54 bei Westergaard glaube ich mit Recht in die Glosse der Huzvâresch-Übersetzung verwiesen zu haben.

137. Die in unserem Paragraphen vorkommenden Wörter sind einfach bis auf den Schluss, welcher schon viele Mühe gemacht hat. Ich kann auch jetzt die Stelle nicht anders übersetzen, als ich früher schon gethan habe, und es scheint mir meine Übersetzung auch am leichtesten zu rechtfertigen, sowohl mit Rücksicht auf das Lexikon als auf die Grammatik. Es wird wohl nicht bezweifelt werden können, dass man *pañcaçaghna* etc. als fünfzig tödtend (adjectiv) auffassen kann, das Suffix ist dasselbe wie in *verethraghna*. Ich fasse nun aber *ghna* und folglich *pañcaçaghna* etc. als Neutra auf: das Tödten von fünfzig etc. In diesen beiden Auffassungen habe ich die Huzvâresch-Übersetzung auf meiner Seite; diese übersetzt *ghna* theils mit [Pahlavi] (נגשנש), theils mit [Pahlavi] (ענשנש), was dasselbe ist, nur anders geschrieben. Dieses [Pahlavi] heisst aber bestimmt Tödtung cf. Vd. XIII, 2. Die Plurale *ghnâis* fasse ich als Instrumentale der Begleitung, also wörtlich zur Fünfzigtödtung sammt Hunderttödtungen u. s. f. Auch Windischmann stimmt im Wesentlichen mit mir überein cf. Mithra p. 36. Rückert möchte statt — *ghnâi* lieber — *ghnyâi* als Abstractum wie Vd. III, 144. V, 47. Auch mir würde diese Form besser gefallen, allein die Handschriften geben sie eben nirgends. Die neueren Übersetzungen weichen ganz ab. Anquetil scheint *ghna* oder vielmehr [Pahlavi] = neup. گوشه genommen zu haben und übersetzt es mit *côté*; er thut dies aber auf seine eigene Verantwortung, denn Deçtûr Dârâb übersetzt das Wort mit گونه, was wohl mal ausdrücken soll, also: fünfzig mal, hundert mal u. s. w. Ähnlich auch Aspendiârji: mehr als fünfzig etc. Man würde dann *ghna* an skr. *gaṇa* oder *ghana* anschliessen und das neup. Suffix گان (*gân*) berbeiziehen müssen (Huzv. כאנן cf. darüber Huzv. Gramm. §. 18, A. 2). Doch ist mir unwahrscheinlich, dass *ghna* im Altbaktrischen in zwei so verschiedenen Bedeutungen und

doch ganz gleicher Form angetreten sein sollte. — *Ahaństa* oder *ahańkhsta* — beide Lesearten sind gut bezeugt — wird im Huzvâresch mit [illegible] (אמר) zahllos, übertragen. Cf. skr. *samkhyâ*, woraus erhellt, dass *ahańkhsta* das ursprünglichere, *ahaństa* die abgeschliffene Form des Wortes sei.

140. *Gaghenti* gibt Deçtûr Dârâb mit دَوَد, er lauft, ich habe, in Ermanglung von etwas Besserem, seine Erklärung angenommen. Huzvâresch-Übersetzung [illegible], was wohl wenig mehr als Umschreibung ist; ich lese es נגנינד, Aspendiârji dagegen נגדינד, er übersetzt demgemäss: sie stinken. Mit *gantis*, Gestank, kann aber das Wort kaum zusammen hängen. *Apâca vaepenti* habe ich übersetzt: sie begatten sich, von der bekannten Wurzel *vip*. Deçtûr Dârâb هم دود. Aspendiârji erklärt das Wort mit „speien". Rückert denkt bei *gaghenti* an skr. *ghas*. Cf. Vd. XVII, 9.

141. Ich bezweifle nicht, dass ich diesen Paragraphen richtig übersetzt habe, so wenig es auch auf den ersten Blick den Anschein haben mag. Für den mit der altbaktrischen Syntax Unbekannten machen die Verbalformen einige Schwierigkeiten, aber sie sind ganz in Ordnung. Auf den Voc. *yûzem* bezieht sich zunächst das Verbum *huyâres* in der 3. ps. plur., nicht, wie man erwarten sollte, in der zweiten. Dieser Übergang von der zweiten Person in die dritte, wenn *yô* folgt, ist aber im Altb. gewöhnlich. Cf. Yç. X, 4. XXX, 9 *a*). Ebenso wenig kann es uns mehr auffallen, wenn der Verfasser in *qaraiti* aus dem Plural in den Singular übergeht. Cf. Vd. IV, 120—122; V, 25. 27; VII, 99 u. s. w. Die Huzvâresch-Übersetzung übersetzt sowohl *huyâres* als *qaraiti* mit [illegible] (ושתמננית) ihr esset, so auch Aspendiârji. Dagegen hat Deçtûr Dârâb in seiner Recension des Huzvâreschtextes das Wort [illegible] in [illegible] i. e. לחמא, Brot, umgewandelt, worin ich ihm nicht folgen kann. Meine eigene Ansicht über *huyâres* habe ich schon in der Übersetzung, in der Note zu der St. ausgesprochen und muss sie auch jetzt bekräftigen. Es ist die 3. ps. pl. potent. von *hu*, was ich, nach Neriosengh's Vorgange, gewöhnlich mit „zubereiten" übersetze.

142. Es wird gut sein, wenn wir, ehe wir den Text besprechen, erst die Huzvâresch-Übersetzung hersetzen: Sie lautet:

[illegible]

וינאד הנמנית רכום מנן מרתום הנמנית בוי (בנא?) חויתננית ושתמננית)

סנאנ̈ מינית בארי תום). „Seid sehend, ihr die ihr Menschen seid, wisset, esset und bedenket zum zweiten Male (?)“. Nun zur Betrachtung des Textes. *Nâuiti* muss dem (ויגאך הנמנית) entsprechen, es ist das Wort, das sonst nicht mehr vorkommt, entweder eine Partikel oder es ist verlesen statt *vaênata*, was einigermassen wahrscheinlich wird, wenn man sich das Wort mit Huzvâresch-Charakteren geschrieben denkt (etwa); die Schwierigkeit liegt wieder in den Verbis *qarenti, framanayêiti*, ich beziehe beide auf *mashyâka*; der Übergang von der zweiten in die dritte Person, vom Plural in den Singular kann nach dem im vorhergehenden Paragraphen Gesagten nicht mehr auffallen. *Qareñti* steht meines Erachtens für *yaṭ qareñti* „was oder wenn sie essen.“ *Framanayêiti* ist eine nicht sehr glaubliche Conjectur von mir für *framanyaêtê*, was die besten Handschriften geben, ich würde jetzt *framanyêtê* vorziehen. Westergaard liest *qarentê* und *framanyêiñtê*, der Sinn, den er mit den Worten verbindet, ist mir unklar. Rückert möchte für *qareñtica*, was manche Handschriften geben, *qareñtis* vermuthen; der Sinn, den er gewinnt, ist dem meinigen ziemlich ähnlich: „Nun also denn sollen die Menschen beim Essen sich bedenken“. So im Wesentlichen auch Aspendiârji und Deçtûr Dârâb; den letzteren hat Anquetil gewiss sehr missverstanden, wenn er übersetzt: *Vous voyez cette nouriture, vous mangez et vous dites dans votre coeur; j'en mangerai une 2de fois.*

143. *Rapakô* = (ראמשנן), Vergnügen, in der Huzvâresch-Übersetzung, der sich die neueren Übersetzungen anschliessen. Der Sinn ist ganz unbedenklich. Die Wurzel *rap*, sich freuen, findet sich hauptsächlich im zweiten Theile des Yaçna cf. Yç. XXVIII, 2; XLI, 11; L, 18 u. s. *Rafnô* ist eine sehr geläufige Ableitung dieser Wurzel. Ich verstehe diesen Paragraphen als Einleitung zum nachfolgenden; in diesem wird dann angegeben, woran die Daêwas Freude finden. Aspendiârji scheint zu fassen: dieser (Mann, der unmässig isst) ist die Freude der Daêwas.

144. *Viçpem â ahmâṭ* heisst nach meiner Ansicht hier: „Alles so lange als“, darum ist es mit dem Indicativ des Verbums construirt, während in der Bedeutung „bis dass“ der Conjunctiv oder Optativ folgt. *Gañtis*, ohne Frage Gestank. Huzvâresch-Übersetzung (גנדר) cf. گنده, گندگی, die Übersetzungen sind darüber einstimmig.

145. Bei den schwierigen Wörtern dieses Paragraphen wird es vor Allem nöthig sein, die traditionelle Bedeutung derselben mitzutheilen. *Akhti* wird mit [illegible] übertragen, sowohl in Cod. B als C steht das Wort ganz gleich geschrieben, ich habe es daher nicht ändern mögen. Wir kennen aber das Wort schon und wissen, dass es sonst mit [illegible] gegeben wird (z. B. Vd. II, 16); und dass wir auch hier so corrigiren müssen, wird besonders dadurch wahrscheinlich, dass auch hier die gewöhnlich dieses Wort begleitende Glosse [illegible] (ושחכש) beigesetzt ist. Wir haben über das Wort schon früher gesprochen: wir übersetzen es mit „Auflösung“ oder „Krankheit“. Aspendiârji خرابی, Deçtûr Dârâb *khone*, was Anquetil mit „*pourri*“ übersetzt. *Garenuçca* = [illegible] (Deçtûr Dârâb in seiner Recension [illegible] i. e. גרם, گرم), dazu die Glosse [illegible] (אשנאך) i. e. آشنا offenbar, klar. Aspendiârji *gaḍ*, ein Wort, das ich nicht kenne, Deçtûr Dârâb *schetab* (شتاب?), ich habe es als „Krankheit“ genommen, es ist wohl skr. *ghṛiṇa*, Hitze, Gluth zu vergleichen, dafür spricht auch das folgende *tafnu* = [illegible] (תפשנן), neup. تب, Fieberhitze cf. Vd. XX, 10. Aspendiârji Fieber, Hitze, Deçtûr Dârâb ebenso. Die Worte [illegible] (תתופיי וגרם) sollen wohl Glosse sein und: „das heisse Fieber“ bedeuten. Für *naêzaçca* weiss ich auch heute keine bessere Erklärung als früher, nämlich von *nij*, aber nicht in der sanskritischen Bedeutung des Wortes, sondern in der entgegen gesetzten: Unreinigkeit. Huzvâresch-Übersetzung [illegible], was ich nicht verstehe, Aspendiârji: Feindschaft, Deçtûr Dârâb erklärt das Wort gar nicht. Mit Rücksicht auf die von Aspendiârji gegebene Bedeutung liesse sich vielleicht an griech. νεῖκος denken. Die mir ganz unklaren Worte [illegible] (C. [illegible]) [illegible] sind sicher Glosse zu [illegible]. *Çâraçtis* = [illegible] (תמי מרת), Deçtûr Dârâb hat dafür [illegible], was er mit سرد هست übersetzt. Aspendiârji *çardârî* i. e. سرداری. Ich bin, in Ermanglung von etwas Besserem, bei der Huzvâresch-Übersetzung geblieben; klar ist freilich die Ableitung noch keineswegs. Unmöglich ist indess nicht, dass aus der Wurzel *çar*, von der *çareta*, سرد, kalt, kommt, ein Adjectiv *çâra* in gleicher Bedeutung gebildet werden konnte; man muss *çâra-çtis* trennen und mit „Zustand der Kälte“ übersetzen. Dies zeigt uns *Aghôçtis*, was die Huzvâresch-Übersetzung ganz wörtlich

mit ꞏꞏꞏ (סריתר אסתשנן), d. i. Übelbefinden, übersetzt und dadurch die Etymologie andeutet. Die Zusammensetzung, die noch gefühlt wurde, erklärt *ô* in *aghôçtis*. Aber „Übelbefinden" ist ein gar zu vager Ausdruck, ich habe das Wort mit „Zittern" übersetzt und an neup. آغشتة erinnert. An *agha-usti* darf man nicht denken, sonst müsste das Wort *aghaosti* heissen. Aspendiârji „irgend ein Übel" auch Deçtûr Dârâb بد ترهست. — Die Schlussworte *pôurushô açti vareçô* sind sehr bedenklich und wahrscheinlich fehlerhaft. Der Fehler steckt wahrscheinlich in *açti*, was sich nicht gut construiren lässt; auch gibt es die Huzvâresch-Übersetzung nicht mit ꞏꞏ (אית), sondern mit ꞏꞏꞏ (איתונן), so. Aber auch dieses ist unpassend und ich schliesse mich daher Rückert's scharfsinniger Vermuthung an, dass statt *pôurushô* oder *pôurushu açti vareçô* zu lesen sein möchte: *pôurushaçca vareçô*. Hierdurch wird die Construction ganz klar. Für *pôurushô* gehen die Handschriften mit Übersetzung einstimmig *pôurushu*, diess wäre der Locativ pl. von *pôuru*, viel, den ich hier gar nicht zu construiren vermag. Die Huzvâresch-Übersetzung gibt ꞏꞏ (פיר), alt, hat also hier auch ein anderes Wort als *pôuru* vor sich gehabt. *Pôurusha*, das sonst freilich nicht mehr vorkommt, entspricht Buchstabe für Buchstabe dem skr. *parusha*, was, von den Haaren gebraucht, r a u h, s t r u p p i g bedeutet. Im Altbaktrischen mag sich die Bedeutung modificirt haben. Die neuere Tradition stimmt über die Bedeutung des Wortes mit der älteren überein.

146. Dieser Paragraph lässt eine doppelte Fassung zu. Entweder man kann *mashya* als Subject nehmen, wie ich gethan habe, *bavaiñti* dazu als Verbum, oder man kann *mashya hañm mereñcyañçtema* als ein zusammen gesetztes Adjectiv fassen: „in diesen Dakhmas sind sie am Menschen-tödtendsten". Das Subject zu *bavaiñti* könnten entweder die in §. 144 genannten Daêwas sein oder auch die im §. 145 genannten Krankheiten. Die Huzvâresch-Übersetzung übersetzt ganz wörtlich und lässt dieselben verschiedenen Auffassungen zu wie der Text. Aspendiârji, wenn ich ihn recht verstehe, scheint die zweite der beiden genannten, Auffassungen vorzuziehen, auch Anquetil: *Dans les dakhmés, ils veulent détruire les corps des hommes*; in der gedruckten Übersetzung bezieht er *bavaiñti* auf die Déws. Ich möchte im Wesentlichen meiner früheren Ansicht getreu bleiben, aber übersetzen: „In diesen Dakhmas sind die Menschen am meisten dem Tode ausgesetzt“. Mit Recht hat Rückert die active Auffassung von *haṅm mereñcyaṅçtema* gerügt, es ist von einem Particip der neutro-passiven cl. 4 abgeleitet. Die Huzvâresch-Übersetzung [illegible] (מרוניניתאר) kann auch so gefasst werden cf. meine Huzvâresch-Gramm. p. 127.

147. Über *hû-frâshmô-dâiti* habe ich anderwärts (Zeitschr. der DMG. XVII, 53 fg.) ausführlich gesprochen und kann mich desswegen hier kurz fassen. Die überwiegende Tradition fasst *hû frâshmô-dâiti* als Mitternacht und was darauf folgt, die Zeit von 12 Uhr Nachts bis 12 Uhr Mittags, so lange die Sonne im Zunehmen ist. *Hû* ist gen. sg. aus *hvare*, Sonne, *frâshmô*, Bildung auf *man*, von der Präp. *fraṅs*, *frasha*; *frâshmô-dâiti*, Vorwärtsmachung, Wachsen, ganz nahe verwandt ist *frashô-kereti*, das Wiederaufleben der Leichname: *vṛiddhikaritâ* bei Neriosengh. Ich ziehe jetzt vor mit Westergaard die Worte unseres Paragraphen zu dem vorhergehenden hinzuzunehmen. Dort in jenen Dakhmas sind die Menschen nach Sonnenaufgang dem Tode am meisten ausgesetzt. Deçtûr Dârâb gibt keine nähere Erklärung. Aspendiârji nimmt an, dass die Déws nach *Hûfrâshmô-dâiti* am meisten Böses in den Kirchhöfen verrichten können, dies scheint auch die Ansicht der Huzvâresch-Übersetzung zu sein.

148. Noch heute kann ich diesen Paragraphen nicht anders fassen als ich früher gethan habe, die Sache wird in den Übersetzungen ähnlich gefasst, die beigefügte Glosse: sie lesen nicht, sie unterrichten sich nicht, macht die Sache um nichts klarer. Ich begnüge mich mit einigen erläuternden Worten, da die Sache — was die einzelnen Wörter betrifft — klar genug ist. Die Constructiva *taê—yâ* kann uns nicht auffallen, da wir schon hinlängliche Beispiele für diesen Wechsel des Geschlechts kennen. Cf. z. B. Vd. I, 57; VII, 2. 59. Ebenso wenig beanstanden wir den Singular des Verbums nach *taê—yâ*; nur muss *paitishaiti* als ein einziges Wort geschrieben werden, denn es stammt von *ish* + *paiti* und wird von der Tradition immer mit „begehren“ übersetzt. *Maçyô-khrathwaṅm* fasse ich als gen. plur., regiert von *paitishaiti*.

149. Auch hier stellen sich uns ernstliche Schwierigkeiten entgegen, die ich nur in geringem Maase zu überwinden vermag. *Jaṅnayô* habe ich nothgedrungen als nom. sg. aufgefasst, weil das

Verbum im Sing. folgt. Rückert entscheidet sich für den Plural und denkt an die *jaini*, Genien oder Dschinnen, pl. *jănayô* Vd. XX, 29; auch an *jénayô* liesse sich denken, ein Wort, das Yç. LII, 6 vorkommt und von der Tradition mit (נכמאן), Frau, übersetzt wird. Die Huzvâresch-Übersetzung gibt es mit (נהי), d. i. Dämon der Unzucht, und dies spricht allerdings für Rückert's Ansicht, denn *janayô* wird in der angeführten Stelle des Vendîdâd ebenso übersetzt. Es lässt sich freilich auch nicht absehen, warum auf den Plur. *jaúnayô* nicht eben sowohl das Verbum im Singular bezogen werden dürfte, als auf den Plur. *mazdayaçna*. Aber auch wenn wir mit Rückert übersetzen: „(je) ein Drittel dieser Fäulnisse verbreiten (oder verwalten) die Dschanis“, sind wir nicht viel gebessert, zudem kenne ich eben *dreñj* nur in der Bedeutung festhalten. Statt *dreñjaiti* liest Westergaard mit andern Handschriften *dreñjayêiti*, welchen Sinn er damit verbindet, weiss ich nicht. Huzvâresch-Übersetzung , was für die eine wie für die andere Leseart spricht, je nachdem man דרנגֶינר oder דרנגִינר umschreibt.

150. Dieser fast ganz aus ἅπαξ λεγ. zusammengesetzte Paragraph ist mir jetzt so dunkel als früher, ich kann nichts thun als die einzelnen Wörter nach ihrer traditionellen Bedeutung angeben. *Aostaca* = (פנן ראזן), d. i. an der Hüfte; *paiti-dumnaca* = (מאס ירכן), um die Hand, *thrivataca* scheint mit , drei, übersetzt zu sein, *gaêçus* ist = (נים). Aspendiârji gibt *aosta* mit „Lippe“. Deçtûr Dârâb mit جان, *paiti dumna* mit Oberband, Deçtûr Dârâb mit *bata*, *kalk* (*kalk* = كلك?), *thrivata* mit „drei Theile“. Deçtûr Dârâb سه; *gaêçus* mit dem mir unverständlichen *gêd*, Deçtûr Dârâb = جاى. Anquetil übersetzt: *l'ame reste, il faut qu'il reste dans ce monde dans 3 endroits etc.*

151—171. = Vd. V, 135—156.

172. *Tafnô*, von allen meinen Handschriften geschützt, kann kaum etwas Anderes sein als eine Nebenform zu dem schon oben erklärten *tafnu*, Fieber. Huzvâresch-Übersetzung merkwürdiger Weise (תנשנן), wohl ein alter Fehler für (תפשנן). Aspendiârji گرمى, Wärme, stimmt also mit meiner Erklärung überein. Deçtûr Dârâb und Anquetil folgen der Huzvâresch-Übersetzung, daher übersetzt letzterer: *Si de l'eau courante approche de ce corps etc.* *Zôishnu* gibt die Huzvâresch-Übersetzung mit dem

dunklen [Pahlavi] und erklärt es durch ریم (רימן), ebenso Deçtûr Dârâb; man sieht daraus, dass *zôishnu* zu derselben Wurzel gehört wie *zôizhdista* cf. Vd. VII, 4. Aspendiârji *khalâçî* (=خلاصی?), was ich nicht verstehe.

173. *Yaçka* ist entschieden das vedische *yaxman* und bedeutet aller Orten, wo es vorkommt, Krankheit. Cf. z. B. Vd. XX, 8. Dass *shudhô* = [Pahlavi] (סוין), Hunger, das sanskritische *xudh*, *xudhâ*, *tarshnô* = [Pahlavi] (תישנן cf. تشنه) skr. *trishṇâ* sei, ist längst bekannt. So auch Aspendiârji. Deçtûr Dârâb hat [Pahlavi] missverstanden und für neup. سوی, gegen, gehalten, daher Anquetil: *si elle va du côté de l'eau.*

176. *Maçyô arethem.* Huzvâresch-Übersetzung richtig [Pahlavi] (מס סודש), grosser Nutzen, *aretha* ist also = skr. *artha* zu fassen, Deçtûr Dârâb مهتر دادستان, grösste Gerechtigkeit, was Anquetil vollkommen missverstanden hat. *Yaṭ* habe ich mit der Huzvâresch-Übersetzung, die es mit [Pahlavi] (אמת) übersetzt, als Partikel gefasst. Man kann wohl auch *avaṭ* — *yaṭ*, jenes — welches, übersetzen. *Bunjayâṭ*, Huzvâresch-Übersetzung [Pahlavi] (בוניית), was ich für pârsi *bôkhtan*, reinigen, nehme. Deçtûr Dârâb گناه گار. Aspendiârji „frei machen", ähnlich wie ich. Aspendiârji hat den Satz theilweise anders gefasst, weil er *khrathwem* statt *arethem* liest, Anquetil hat ihn ganz missverstanden: *Elle merite fort d'être reprise; elle étoit pure et devient pécheresse.*

177. Diesen und die folgenden Paragraphen habe ich früher für eingeschoben halten wollen, wie mir jetzt scheint, aus unzureichenden Gründen. Meine Übersetzung wird schwerlich richtig sein; aber wie man die traditionelle rechtfertigen will, kann ich auch nicht begreifen. *Para* nimmt die Huzvâresch-Übersetzung = [Pahlavi] (בנא מן), dieses glaube ich mit „ausser" geben zu müssen cf. meine Huzvâresch-Gramm. §. 172 fin. Vd. VIII, 36. Aspendiârji übersetzt *para* gar nicht, Deçtûr Dârâb mit [Pahlavi] (מנן) به. Ich möchte *para kahmâiciṭ dahmanaṅm* jetzt nehmen: (Sie soll ihre Lebenskraft reinigen oder unversehrt erhalten) vor irgend einem Weisen. Unter *dahma*, weise, sind wohl die Deçtûrs zu verstehen, die auch sonst mit diesem Namen bezeichnet werden, cf. Vsp. I, 26. Verwandt ist auch *dağra*, *hudaç-tema* u. s. w. Diese Wurzel *dah*, *dağh* ist allerdings dieselbe, die wir in skr. *dasra*, *dasma* finden; allein das

Sanskrit darf zwar hinsichtlich seiner Form, nicht aber seiner Bedeutung verglichen werden, es ist weise, fromm, beide Begriffe fallen wesentlich zusammen. *Dahmâhu* muss das Fem. von diesem Adjectiv *dahma* sein und eine fromme Frau bedeuten. *Vaêtha* ist kundig, wissend, *dahmâhu vaêthâhu* möchte ich nun fassen: bei frommen Frauen; *dahmaçca* muss nom. sg. sein; nimmt man diese Leseart von BCE auf, wie ich gethan habe, so muss man *ashavanaçca* auch als Sing. eines Thema *ashavana* fassen, wovon Yç. I, 34 *ashavanaêibya* vorkommt. Doch ist es wohl besser mit Westergaard den VS. zu folgen und *dahmaca ashavanaçca* zu schreiben, man hat dann den regelrechten Plural. Hiernach möchte ich also jetzt übersetzen: (Das ist ihr grösster Nutzen, dass sie ihr Leben unversehrt erhalte) bei irgend einem der Frommen, bei frommen Frauen und der Fromme (sei) rein. Sinn der Stelle ist, wie Aspendiârji angibt: es muss ein Deçtûr oder sonst ein weiser Mann die Nothwendigkeit des Wassertrinkens erklärt haben. Die Huzvâresch-Übersetzung ist mir nicht ganz klar, keinenfalls ist meine jetzige Übersetzung oder die vorige derselben gemäss. Das Gewicht der Femininendungen in *dahmâhu vaêthâhu* scheint schon den ältesten Erklärern entgangen zu sein. Anquetil: *Si elle agit ainsi dans un endroit où il y ait un chef ou un destour sçavant et instruit, pur, qui commande au pais.*

178. Auch hier möchte ich jetzt meine frühere Übersetzung geändert wissen. Meine frühere Übersetzung lautete: Wenn sie dann aber mit den Händen Wasser trinkt, wörtlich: dann — sollte sie mit den Händen Wasser trinken. Zu dieser Fassung hat mich Deçtûr Dârâb veranlasst. Die alte Huzvâresch-Übersetzung gibt *zaçtômaiti* mit [Pahlavi] (תובאניבש), Macht, was mir unpassend erschien und dem Deçtûr Dârâb ebenfalls. Dieser übersetzt *zaçtômaiti* mit [Pahlavi] [Pahlavi] (ידמן מיאנך), Handmitte. Diese Verbesserung habe ich im Wesentlichen angenommen. Ich habe *zaçtômaiti* für den Instrumental eines Comp. gehalten und *maiti* von der Wurzel *man*, zumessen, abgeleitet, welche im zwölften Fargard des Vendîdâd öfter vorkommt. Ich glaube aber jetzt, dass die alte Fassung richtig sein kann und dass man *zaçtô* in der Bedeutung „Macht“ nehmen darf, welche die Tradition auch sonst anerkennt (cf. Yç. XLII, 4) und die wir auch im neup. دست wiederfinden.

Statt *zaçtô-maiti*, wie ich mit den VS. lese, liest Westergaard mit den Handschriften mit Übersetzung *zaçtô-mitîm*, wobei dann *miti* auf *mâ* zurückzuführen ist; auch die (gleichfalls vorkommende) Leseart *zaçtô-miti* würde sich halten lassen, der Sinn bleibt immer derselbe: „nach Macht“ oder „nach Ermächtigung“. Die Worte möchten also an den vorhergehenden Paragraphen anzuschliessen und zu übersetzen sein: Dann wird sie nach der Ermächtigung Wasser trinken“.

179. Die Huzvâresch-Übersetzung: [illegible] (זכי רכום ראי איע נד רא דהוננאת ונאם אוו בון רכום מנן מהסת הנכנית דמננית בנא פאתפראם ונאם איעש ברהינית סנאנ̄ תונשנן אש), d. h. „so euretwegen, damit nicht euch Sünde euren Charakter angreife, ihr, die ihr Mazdayaçnas seid, schafft er ihr Busse, d. h. er sagt ihr die Strafe für die Sünde“. Diese Übersetzung unterscheidet sich von der meinigen in Bezug auf die Auffassung der einzelnen Wörter gar nicht, der wesentliche Unterschied liegt in der Beziehung des Wortes *frâthwereçaiti* [1]). Ich habe *aêsha nâirika* in §. 178 als Subject dazu genommen, die Huzvâresch-Übersetzung hat aber offenbar den *kaçciț dahmanaňm* in §. 177 im Sinne. Es lässt sich nicht leugnen, dass die Fassung der Huzvâresch-Übersetzung äusserst ansprechend und der angegebene Sinn durchaus nöthig ist, um eine Brücke für das Nachfolgende zu gewinnen. Allein mein grammatisches Gefühl sträubt sich dagegen, in *frâthwereçaiti* ein anderes Subject zu sehen als in *fraǧuharâț*, zumal da dieses Subject nicht einmal dasteht, sondern erst auf eine gezwungene Weise ergänzt werden muss. Ich bleibe darum bei meiner früheren Auffassung: Auch wenn die Frau ermächtigt ist Wasser zu trinken, bleibt diese Handlung doch immer noch eine solche, welche gebüsst werden muss. Wie sie gebüsst werden muss, sagt der nächste Paragraph. — Aspendiârji stimmt natürlich der Huzvâresch-Übersetzung im Wesentlichen bei, auch Deçtûr Dârâb hat unsere Stelle kaum anders verstanden, wohl aber Anquetil, der übersetzt: *Vous êtes Parsian et vous avez commis le péché après l'enfance, Dieu ensuite a établi la punition, il dit comment il faut punir ce péché.*

---

[1]) Westergaard liest nach den persischen Handschriften *frâthwereçaêta*.

180. Früher habe ich diesen Paragraphen ganz abweichend von der Tradition gefasst; jetzt halte ich es für gerathen, zu derselben zurückzukehren. Ich habe geglaubt dem Verbum *frathwereç* hier einen ganz anderen, sogar entgegengesetzten Sinn geben zu müssen, als im vorhergehenden Paragraphen. Die Berechtigung hiezu habe ich aus den Bedeutungen der Wurzel *thwereç* zu entnehmen geglaubt, wie ich dies in der Note zu der St. gesagt habe. Allein wenn auch *thwereç* unzweifelhaft die Bedeutung „schneiden" hat, so ist damit nicht gesagt, dass auch *frathwereç* dieses bedeuten müsse; dass *frathwereç* gewöhnlich „schaffen" heisst, ist gewiss; für die Bedeutung „schneiden" liesse sich nur etwa die dunkle Stelle Yt. 5, 50 anführen, die aber nichts entscheidet. Cf. übrigens auch Vd. III, 151. Ich halte also jetzt für besser zu übersetzen: Der Deçtûr, der Beichtiger, der davon benachrichtigt ist, schreibt die Busse vor. Cf. Vd. V, 74.

So wäre denn die Stelle §§. 177—180 nach unserer jetzigen Erklärung viel klarer als in meiner Übersetzung und nicht so unpassend. Wenn eine Frau in das Dilemma kommt, in den ersten Tagen ihres Wochenbettes Wasser trinken oder sterben zu müssen, so bleibt blos die Wahl zwischen zwei Übeln, und man wählt natürlich von diesen das kleinste und lässt sie Wasser trinken. Aber nicht nach ihrem Ermessen darf sie Wasser trinken, sondern nur so weit die weisen Männer, welche zu Rathe gezogen werden (es scheint, dass damals bei den Mazdayaçnas die Priester auch zugleich Ärzte waren), es gestatten. Trotz dieser Gestattung bleibt die Handlung natürlich doch eine strafbare und der Beichtiger hat nach Massgabe der Umstände eine passende Busse vorzuschreiben. Zum Überfluss wird im §. 181 fg. noch ein solches Strafmass angegeben. Die Schwierigkeit liegt nur noch im §. 177, den ich keineswegs für genügend erklärt ansehe.

182. Cf. Vd. III, 125; IV, 69. Unsere Stelle beweist, wie Rückert richtig gesehen hat, dass in diesen gleichlautenden Stellen *aêtahê* nicht als gen. sg. msc. *ejus viri* aufzufassen ist, sondern als gen. sing. neutr. „dafür", denn es geht hier auf eine Frau und nicht auf einen Mann.

183. *Âoǧharena* erklärt die Huzvâresch-Übersetzung mit [illegible] (פתשחואר), ähnlich wie sie auch *paitis-qarena* erklärt, cf. Vd. IX, 158. Ich habe das neup. پشخور (Frühstück) zur Vergleichung

herbei gezogen und übersetzt: das, wovon man isst, und ich bezweifle auch jetzt noch nicht, dass meine Erklärung richtig ist. Das Vorbandensein einer Wurzel *ås*, essen, ist durch *åoğh*, i. e. *os*, Mund, binreichend erwiesen. Westergaard liest *åoğuharena* mit andern Handschriften und leitet somit das Wort auf *qar*, essen, zurück, die Bedeutung bleibt dieselbe. Aspendiârji „ist", als ob das Wort von *ağh*, sein, käme, gewiss unrichtig. Deçtûr Dârâb gibt *åoğharena* mit سوراخ دار, Löcher habend, und verstebt unter *tasta åoğharena* die in der Einleitung zu meiner Avesta-Übersetzung (Bd. II, p. LXIX, 8) genannte Tasse, wohl zu enge, auf keinen Fall kann *åoğharena* „mit neun Löchern verseben" heissen.

187. Schon in diesem Paragraphen weichen die Handschriften mit Übersetzung von den VS. ab, indem sie statt *khshvas* immer *bis* setzen; nach §. 187 geben sie einen längeren Zusatz, der sowohl im Text als Übersetzung in der andern Handschriftenreihe fehlt. Ich habe dies als eine wesentliche Abweichung beider Handschriftenreihen betrachtet und meinen Text nach den Handschriften mit Übersetzung gegeben. Westergaard gibt den Text der VS. und hält die Auslassung für Zufall. Als Grund gibt er den allerdings beachtenswerthen Umstand an, dass die Huzvâresch-Übersetzung in §. 187 *erezataênis* nicht mit (אסימין) übersetzt, wie man erwarten sollte, sondern mit (סגינן), den Vertreter von *zarstraênis* cf. Vd. VI, 96. Es wäre demnach die Auslassung ein einfaches Versehen des Grundcodex, indem der Schreiber aus Unachtsamkeit einige Zeilen zu tief herabgekommen sein müsste. Ein so wichtiges Versehen bleibt immer auffallend, und ich habe mich noch nicht ganz davon überzeugen können; doch gestehe ich, dass meine frühere Ansicht von der Unechtheit der Stelle durch Westergaards Grund sehr erschüttert worden ist.

188. *Ayaozhdayaǹn sc. ağhen*, bildet, wie mir scheint, einen ganz passenden Gegensatz zu dem vorhergehenden *yaozhdayaǹn*. Die Leseart habe ich übrigens aus *ayaozhdyaǹn* in BC verbessert. Westergaard liest *ayaozhdya*, was auch Rückert vorzieht.

189. Man beachte wieder *tâ* ... *yaozhdayaǹn ağhen* ... *frağuharâṭ*. Ich betrachte *gêus* als einen partitiven gen. sg.: das vom Rinde. Die Huzvâresch-Übersetzung (זך גוספנד), Aspendiârji, Deçtûr Dârâb übereinstimmend.

191. Diesen Paragraphen habe ich hoffentlich richtig verstanden und zwar richtiger als die Tradition, *Payô-fshuta* übersetzt die Huzvâresch-Übersetzung [illegible] (פים פניר) ohne irgend welche Verbindung. Ich habe diese Worte als einen einzigen Begriff genommen: Käse aus Milch (so auch Burnouf Etudes p. 100); ich stelle nämlich *fshu* mit neup. سودن, vollständig, پسودن, *terere, fricare* zusammen, das *sh* ist durch den Einfluss des *f* bei der Aufstellung der Wurzel entstanden, cf. *fstâna*, Brust und neup. پستان. *Payô-fshuta* wäre also das aus Milch zusammen Geriebene. Im Sanskrit ist *sû* natürlich entsprechend, Rückert vergleicht sehr passend *abhishava*, Destillation, denn ich möchte *fshu* und *hû* doch zusammen stellen, trotzdem was Burnouf (Etudes p. 84 fg.) darüber gesagt hat. Die neueren Übersetzer: Aspendiârji, Deçtûr Dârâb und Anquetil sehen in *payô-fshuta* zweierlei Dinge: Milch und Käse, ich glaube aber, dass dann *payaçca fshutaca* oder etwas Ähnliches stehen würde. *Zaothrê* „im Opfer", genauer: vermittelst des Opfers = *zaothraya*, ein Instrumentalis cf. Yç. II, 6. Die Huzvâresch-Übersetzung übersetzt *zaothrê* das erste Mal mit [illegible] (זור), das zweite Mal mit [illegible] (זוארך), Aspendiârji das erste Mal mit *carb* (چرب), das zweite Mal mit *zôr*, Deçtûr Dârâb beide Male mit *zôr*. *Gêus* nimmt die Huzvâresch-Übersetzung = [illegible] (בסריא), Fleisch, Aspendiârji *jîvdm̃* i. e. frische Milch. So auch Deçtûr Dârâb. Anquetil fügt seiner handschriftlichen Übersetzung folgende Note bei: *La secoupe au lait s'appelle djivan. Zour, de l'eau bénite dans un vaze* (sic) *que les destours boivent après avoir lu. 2) kout* (i. e. قوت) *tout ce qui donne de la force étant mangé.* Es wird wohl keiner Entschuldigung bedürfen, dass ich die Erklärung der Huzvâresch-Übersetzung für das Wort *gêus* vorgezogen habe. Über den Unterschied in der Übertragung dieses Wortes in der älteren und neueren Tradition cf. meine Bemerkungen, Zeitschrift der DMG. XVII, 72. fg. *Paiti baraiti* gibt die Huzvâresch-Übersetzung mit [illegible], dies wäre genauer *paiti baratu*, das aber in den Handschriften nicht steht und auch nicht gestanden haben kann, weil sonst der Prohibitivpartikel *mâ* und nicht *nôiṭ* vorhergegangen wäre. Dem Sinne nach passt aber der Imperativ sehr gut und es wird hier, wie öfter, das Präsens statt desselben nur deswegen gesetzt worden sein, weil man die Erfüllung des ergangenen Befehles

als gewiss schon geschehen annahm. Westergaard *paiti-bairê* mit den VS. wohl = *paiti bairya.* Die handschriftliche Übersetzung Anquetil's lautet: *On ne peut, pendant une année, manger ni de lait, ni de fromage, ni de la graisse, ni de la viande grasse forte de cet animal.* Burnouf, der übrigens in §. 190 *ayaozhdayaṅn* liest, übersetzt: *Elles (les vaches) ne peuvent plus être pures, o saint Zoroastre, tant que dure l'année, ni pour l'offrande de lait caillé, ni pour l'offrande de lait (faite avec) le Barsom élevé.*

193. Die Übersetzungen geben die Stelle ebenso wie ich und es ist auch weiter keine Schwierigkeit darin, ausser in *vînaçti.* Die Bedeutung „fördern" oder eine ähnliche ist durch den Zusammenhang geboten. Das Einfachste schiene nun zu sein *vînaçti* an *naç*, verderben, anzuschliessen, das nach cl. 2 conjugirt wird, und anzunehmen, das die Präp. *vî* dem Worte die entgegengesetzte Bedeutung gegeben habe. Dem steht aber entgegen, dass *vînaç* sonst in der Bedeutung des einfachen *naç* vorkommt cf. Yt. 3, 17. Ich ziehe daher in Übereinstimmung mit der Huzvâresch-Übersetzung *vînaçti* zur Wurzel *vind*, [Pehlevi] (ונדית) und glaube, dass dieselbe hier nach cl. 7 flectirt ist. *Drujem* nimmt die Huzvâresch-Übersetzung als Abstractum [Pehlevi] (דרוגשנן), wie mir scheint unnöthig; man kann auch beim Concretum stehen bleiben.

195. In der Übersetzung des Wortes *vîzaothraṅm* folge ich der Huzvâresch-Übersetzung, die dasselbe mit [Pehlevi] (אסוואר) i. e. ohne *Zaothra* übersetzt. Was damit gemeint sei, ist freilich schwer zu sagen; ich glaube, es soll heissen: „ohne geweihtes Wasser", vielleicht auch: ohne das Gebet *Yathâ ahû vairyô* dazu zu sprechen, wie dies in der in der Note zur Übersetzung angeführten Stelle des *Sadder* vorgeschrieben wird. Aspendiârji scheint zu fassen: beim Opfer, was keinenfalls geht. Deçtûr Dârâh liest: [Pehlevi] (בנא זור) und mag dies ähnlich verstanden haben. Anquetil übersetzt: *Comme l'eau à la fin par sa force chasse de son sein les morts* — gewiss falsch.

196. *Nakhturu* = [Pehlevi] (נהוסתך) i. e. نهفته, der Zusammenhang des Wortes mit skr. *naktâ*, *nox*, ist klar. *Taṅthra* = [Pehlevi] (תאריך) i. e. تاريك. Das Wort stammt von derselben Wurzel wie *temô*, seine Bedeutung: finster, Finsterniss steht durch viele Stellen fest. *Vîzaothra* ist hier mit [Pehlevi] übersetzt, was wohl dasselbe

sein soll wie im vorhergehenden Paragraphen. Cf. Huzvâresch-Grammatik §. 172. Auch hier versteht Aspendiârji anders: wer an dunklen Orten — von Brunnen, die im Schatten liegen — Wasser zum Zaothra nimmt. Wie bereits gesagt wurde, kann ich nicht glauben, dass das Wort *vîzaothra* mit *zaothra* identisch sein sollte; irgend eine ältere Gewähr für Aspendiârji's Fassung anzuführen, ist mir nicht möglich; ich kann mich ihm also nicht anschliessen, so ansprechend der Sinn auch ist, den er gewinnt.

Achter Fargard.

1. Statt *daoru*, wie ich in meinem Text aufgenommen habe, ist jedenfalls *dâuru* zu lesen, cf. die Note zu meiner Übersetzung. Zwar mag sich *daoru* der Aussprache nach wenig von *dâuru* unterschieden haben und selbst gute Autoritäten, wie die Correctur in C, schützen diese Leseart und die Schreibweise wird daher den Pârsen schon frühe geläufig gewesen sein. Aber das etymologisch Richtige ist entschieden *dâuru*, denn das Wort steht mit neup. دار, skr. *dâru*, Baum, im engsten Zusammenhange. Meine Übersetzung des Paragraphen schliesst sich ziemlich an die Huzvâresch-Übersetzung an, ich halte sie auch jetzt noch fest, sie ist richtiger als die Aspendiârji's. *Dâuru* = (דאר), ebenso Deçtûr Dârâh = درخت, dagegen Aspendiârji *gher (circumference)*. *Upa-darana* würde einem supponirten skr. *upadharaṇa*, Tragen, Stützen, entsprechen; die daraus abgeleitete Bedeutung „Schutz" scheint mir nicht zu kühn. Huzvâresch-Übersetzung (מאם דאשתאר), was Deçtûr Dârâh wörtlich بالا داشتار übersetzt. Anquetil: *qui porte fruit*, er muss بالا = بر, بار, Frucht, genommen haben. Falsch ist, dass Aspendiârji *vâ* mit يعنى, das heisst, übersetzt und also in *nimatô aiwi-varanê* eine Erläuterung des *dâuru upa daranê* sieht; auffallend ist, dass auch die Huzvâresch-Übersetzung *vâ* mit (אנגש), dann, nicht mit (איוף), oder, übersetzt. Mehr kann man geneigt sein, Aspendiârji in Bezug auf *nimata* = Teppich (cf. zu Vd. III, 121) beizustimmen, wegen des neup. نمد. Mein Hauptgrund, die Bedeutung „Gras" beizubehalten, liegt in der Stelle Vd. IX, 171. *Aiwi-varana* ist wie gewöhnlich mit (אפר רבושש), Bekleidung, übertragen.

4. *Pairi* habe ich mit den Handschriften BC vorgezogen, auch *paira* in F spricht für diese Leseart, Westergaard hat mit den übrigen Handschriften *upairi* aufgenommen. Ich habe dies nicht thun wollen, weil sonst *upairi* nicht als Präfix der Verba gebraucht wird, als solches das Wort zu nehmen zwingt uns aber meines Erachtens hier der Parallelismus mit dem folgenden *vî. Aêshyaṅn* übersetzt die Huzvâresch-Übersetzung mit יי‍ עשיוי (הנא בויאננד), sie sollen verlangen, *vî caêshyaṅn* mit יי‍ ססיטוי (הנא פיתאיינד), sie sollen offenbar machen, die neueren Übersetzungen folgen. Neben *aêshyaṅn*, *caêshyaṅn* zeigen die Handschriften auch die Formen *aêshyaṅm*, *caêshyaṅm*, diese sind meines Erachtens nicht fehlerhaft, sie zeigen blos, dass *n* und *m* am Ende der Wörter nicht mehr recht zu unterscheiden waren, worauf auch andere Anzeichen hinweisen. Auffallend sind die Formen *aêshyaṅn*, *caêshyaṅn*, man erwartete *aêshayaṅn*, *caêshayaṅn* cf. aber *baêshazyâṭ* Vd. VII, 104; VIII, 109. Man wird sie jedenfalls zugehen müssen. *Caêshyaṅn* leite ich von *cis*, zubereiten, her. Der Sinn ist jedenfalls wie Aspendiârji angibt: sie sollen einen Dakhma machen und darauf eine Stelle einrichten, wo der Todte liegen kann.

6. Die Worte dieses Paragraphen verstehe ich noch wie früher; aber ich glaube nicht mehr, dass man den Todten erst in seine Wohnung bringen soll. Wenn sich der Todte gut forthringen lässt, so soll man die Wohnung lassen wo sie ist und ihn auf den Dakhma bringen.

7. Welches die Kräuter sind, die hier ursprünglich für die Beräucherung empfohlen wurden, wird sich kaum mehr mit Sicherheit ermitteln lassen. Es bleibt uns nichts übrig, als die traditionelle Erläuterung der Ausdrücke anzugehen. *Urvâçni* = לסטוי (ראיין?) in der Huzvâresch-Übersetzung. Aspendiârji „Sandelholz" — für die alte Zeit kaum richtig, Deçtûr Dârâb ريحان, ebenso unwahrscheinlich. *Vôhu-gaona* = יויוי (אוונון), blos umsehrichen, Aspendiârji لبان, Weihrauch. Deçtûr Dârâh خوبتر. *Vôhu-kereti* = יוולם (אווכרת), wieder blos umschrieben, Aspendiârji „Agallochum". Deçtûr Dârâb خوب كرده. *Hadhâ-naêpata* = שט (הדנף), an andern Stellen wie Yç. III, 13. = אשט (הדנפאי), blosse Umschreibung, Aspendiârji *dâḍam (pomegranate)*. Deçtûr Dârâb پاك, rein. Ich

habe es unter diesen Umständen für gerathen gehalten, die ursprünglichen Namen bestehen zu lassen.

12. Beachtenswerth sind die Impersonalia *vâreñti*, *çnaêzheñti*, es regnet, es schneit, es ist wohl *daêva* als Subject hinzu zu denken. Huzvâresch-Übersetzung etwas frei (מנן ואראנן איוף מנן נסנש ומר), „im Regen oder beim Fallen des Schnees". *Bareñti* = (מנן בורנד ואת), „in einem grossen Winde", auch hier ist wieder ein Impersonale anzunehmen: „sie (die Daêwas) tragen, führen (fort)". *Temaghañm vâ aiwi gâtô* = (תום תאריכש איוף מנן מאם דאמתננשנש), beim Herzugehen von Dunkelheit und Finsterniss; ganz richtig, ich fasse nämlich *aiwi-gâtô* nach Westergaard's (mir brieflich mitgetheilter) Ansicht als den Locativ eines Abstractums *aiwi-gâtu* oder *aiwi-gâiti*, Herzugehen, auf. Dass *ayañn* von *ayare* „am Tage" (דר זך יום) heisse, kann jetzt nicht mehr bezweifelt werden, cf. Kuhn Zeitschr. IV, 42. *Vareta-fshô* = (ורת משכש) wenig mehr als Umschreibung. Ich übersetze *varetafshô* als Loc. „(am Tage), wo das Vieh verhindert ist", ebenso *varetô-vîrê*, „wo die Menschen verhindert sind". Aspendiârji fasst auch so, dass Menschen und Vieh aus Furcht in Verwirrung gerathen sind, dies ist wohl auch der Sinn der Glosse zu der St., die ich übrigens für verdorben halte. *Jaçeñti* fasse ich wie *vâreñti* etc. impersonell: es begibt sich. Die beiden §§. 11, 12, würden hiernach lauten: Schöpfer! wenn in dieser mazdayaçnischen Wohnung ein Hund oder ein Mensch stirbt, wenn es regnet oder schneit, oder weht oder Finsterniss sich verbreitet hat, oder es ereignet sich an einem Tage, wo Vieh und Menschen behindert sind?

18. *Avakanem avakanayen* = (מנן מרות הפרנגשנש מרות אי הפרננד), durch Abwärtsgraben sollen sie abwärts graben. *Avakan* ist graben, z. B. ein Loch, einen Keller (cf. Vd. XV, 110), *nikan* dagegen eingraben, mit Erde bedecken. Auch die neuere Tradition hat die Ansicht der Huzvâresch-Übersetzung festgehalten.

19. Dem Sinne nach hat wohl die Huzvâresch-Übersetzung unbezweifelt Recht, wenn sie übersetzt: (נד אוו מיאנן מאיתישתאנן אמת דמיך סחת) (נד אוו מיאנן נבנא אמת נרם), „bis zur Mitte des Fusses, wenn die

Erde hart bis zur Mitte eines Mannes, wenn sie weich ist“, so auch Aspendiârji. Deçtûr Dârâb hat Anquetil irre geführt, indem er ihm پیداشش als Bedeutung von *paitistânu* angab. Daher lautete Anquetil's erste Übersetzung: *Au milieu des productions de la terre dure (la poussière) au milieu est la place de cet homme.* Die Schwierigkeit diese Übersetzungen mit dem Texte zu vereinen, liegt namentlich darin, dass *maidhyô-paitistânê*, *maidhyô-nars* nicht denselben Casus haben, ersteres ist Locativ des Masses: um einen Mitte-Fuss, letzteres Genitiv des Masses. Genitiv und Locativ wechseln übrigens im Altbaktrischen öfters und stehen sich sehr nahe. Westergaard liest mit Ad. beide Male *maidhyôi*, allein auch diese Leseart hat Schwierigkeiten, man würde *maidhyôi* das erste Mal als Adjectiv, das zweite Mal als Substantiv fassen müssen. Zu *khraozhduçmê*, *varedhuçmê* vergleiche man des ersten Theiles wegen *khraozhdva*, hart, *varedhva*, weich Vd. V, 5. Der zweite Theil enthält eine nur am Ende von Comp. vorkommende Zusammenziehung von *zem*, Erde. Liest man *khraozhduçmê* etc., so ist aus *zem* ein Thema auf *a* gebildet und der vorhergehende Vocal ausgeworfen. Liest man *khraozhduçmi* etc., wie die Handschriften auch gestatten, so ist die Apocope des *e* nur in den Cass. obl. eingetreten. Cf. übrigens zu Vd. IX, 30.

20. Die in Klammern eingeschlossenen Wörter *ava hê gâtûm bârayen âtryêhê vâ çairyêhê vâ* lassen sich sehr wohl übersetzen, wie sie denn auch Deçtûr Dârâb in seine Recension aufgenommen hat, und Anquetil und Aspendiârji sie übersetzen. Sie würden heissen müssen: „man bringe zu dem Orte desselben (des Todten) Asche und Staub“. Nur das Wort *çairya* ist zweifelhaft. Aspendiârji übersetzt „Erde“, allein die Bedeutung ist nicht zu erweisen und ist unwahrscheinlich, da unten nochmals Staub trockener Erdarten genannt wird. Deçtûr Dârâb übersetzt „Unrath“ (سرگین), im Huzvâresch-Texte [illegible] (סרגנן). Diese Bedeutung hat das letztgenannte Wort allerdings cf. Bundehesh p. 45, 16. 18. Allein dass man den Leichnam auf Unrath legen soll, scheint mir auch nicht anzugehen. Rückert denkt an skr. *çara*, Schilf, was allerdings das passendste ist; leider lässt sich nur die Bedeutung für das Erânische nicht strikt erweisen. Ich habe die obigen in meiner Ausgabe in Klammern eingeschlossenen Wörter in der Übersetzung ganz weggelassen,

weil sie in der Huzvâresch-Übersetzung fehlen, und man kann wenigstens nicht leugnen, dass sie fehlen können, ohne dem Sinne Eintrag zu thun. Wenn Jemand annehmen will, die fehlenden Worte seien in der Huzvâresch-Übersetzung blos durch Unachtsamkeit der Abschreiber weggefallen, so muss man allerdings die Möglichkeit auch zugeben. Ein auffallendes Verderbniss hat die Huzvâresch-Übersetzung freilich, sie übersetzt nämlich *zarstvahê* mit [Pahlavi] (כרבא), Hund; wir wissen bereits, dass das Wort „Stein" bedeutet. So auch Aspendiârji. Cf. Vd. VI, 96; VIII, 26. Rückert will die Genitive *istyêhê* etc. nicht vom *pañçnûm* abhängen lassen, wie ich gethan habe, sondern als *Gen. part.* fassen; ich sehe aber nicht, warum man dann nicht auch *pañçnu* in den Genitiv gesetzt hätte. — Auf keinen Fall geht Aspendiârji's Auffassung, der die Worte von *ava hê gâtûm — upara naêmâṭ* als einen Satz für sich fasst und mit *bârayen* einen neuen beginnen will.

21. *Uzbaodha* in der Huzvâresch-Übersetzung = [Pahlavi] (ראראא אוֹנית בוי), was sie selbst durch [Pahlavi] (דמיתננת), gestorben, erläutert: *Uzbaodha* ist der, dessen Bewusstsein *(baodhô)* heraus ist. Anquetil *„en morceaux"*, weil er und Deçtûr Dârâb [Pahlavi] = בנד, بند genommen haben. *Mâzdrâjahîm*, zusammengesetzt aus *mâç* der kürzeren Form für *mâogha* und einem Adjectiv *drâjahya*. Cf. Vd. V, 41.

22. 23. Cf. Vd. V, 42 — 44.

24. Meine Übersetzung dieses Satzes ist nicht der neueren Tradition gemäss, aber ich kann sie unmöglich aufgeben, denn die Huzvâresch-Übersetzung ist ganz klar und deutlich: [Pahlavi] (איתונן נרמן ונאס ראי איע נד רא דהוננאת נרמנשאנן מהסת זך מאנן סנן מאם פסכננשנש מאם אי פסכננר) „so sollen dieser Sünde wegen, damit sie nicht sei jene Mazdayaçnas diese Wohnung durch Schneiden schneiden". Dass „schneiden" die Grundbedeutung von *thwereç* ist, wissen wir bereits, *upathwereç* kann nur einfach „abschneiden" oder „zuschneiden" bedeuten. Es versteht sich, dass man hier unter *nmânem* nicht ein Haus, sondern eine Hütte oder ein Zelt verstehen muss. Anders freilich Aspendiârji, der *upathwereç* mit „graben" übersetzt, sie sollen an diesem Dakhma oder an der Grube für die Leiche ein Loch machen und dieses fest schliessen,

nachdem sie den Todten dort gelassen haben. Deçtûr Dârâb übersetzt (ססכננשנש) mit به بردن, tragen, statt mit به برید ن, schneiden, daher Anquetil: *que les Parsians le portent là*. Ähnlich auch Rückert: „sie sollen aus dieser Wohnung (ihn den Todten) auf Bahren aufbahren lassen“.

25. *Içôithê*: (אי בויאננד), sie sollen verlangen, es ist wie lat. *petere*: auf jemand losgehen. *Dim* = (אנן ראי), was freilich neutral „deswegen“ gefasst werden könnte, nicht aber der Text, der uns zwingt aufzufassen: um seinet- (des Todten) willen. Die Worte *vizôistańm*, *vizvârĕntańm* habe ich als gen. plur. aufgefasst: zwei von den Männern. *Vizôistańm* = , was ich nur ויואנדתום lesen kann, nachher wird es erklärt mit (בנא מאכתום), die reinsten. Dies ist der Grund, der mich bewogen hat, die Leseart der VS. vorzuziehen und das Wort mit *zôishnu*, *zôizhdista* in der Art in Verbindung zu setzen, dass die Präp. *vi* dem Worte die entgegengesetzte Bedeutung verleihe. Aspendiârji fasst freilich den Sinn ganz anders und bezieht *dim* (oder vielmehr אנן ראי) auf den vorhergehenden Satz: für dieses Geschäft (das Loch zu graben), was durchaus nicht angeht. *Vizôista* übersetzt er mit „lebendig“, erklärt es aber mit زورآور, stark, man müsste dann die Leseart der Handschriften mit Übersetzung vorziehen: *vîzvôistańm*, wie dies auch Westergaard gethan hat und eine Wurzel *zvish* als Nebenform von *ju*, leben, annehmen [1]. *Vizvârĕntańm* übersetzt die Huzvâresch-Übersetzung mit (תוחשכתום) und erklärt es mit (פרהאתכתום מנן זך כאר), die weisesten in diesem Geschäfte. Aspendiârji „sehr arbeitend“. Deçtûr Dârâb *koschad tan*, wohl گشاده تن, von Anquetil mit *robuste* übersetzt, worin ich gefolgt bin. Ich habe in *zvâr* eine Variation der skr. Wurzeln *jṛî* und *jûr* erkennen wollen; durch *vi* würde das Wort wieder die entgegengesetzte Bedeutung erhalten. Etwas Gewisses vermag ich allerdings darüber nicht zu sagen.

26. *Maghna* = (ברהנך) i. e. برهنه, nackt, es ist also *maghna* = skr. *nagna* und die Verwechslung von *m* und *n*, in beiden Sprachen wird man demnach zugeben müssen, obwohl mir für den

[1]) Die Learten *vizôistańm* und *vîzvôistaḱm* erklären sich aus einem ursprünglichen unpunktirten ויזויסתאנם.

Anlaut weitere Beispiele nicht bekannt sind, wohl aber für den Auslaut. *Maghna* und *anaiwi vaçtra* müssen übrigens Duale sein und sich auf die *dva nara* im vorhergehenden Paragraphen beziehen, nicht auf den Todten, wie Anquetil will. *Zemôistvê* wohl = *zemaistvê*, wie Rückert will, *istva* muss mit *isti*, خشت, zusammenhängen und *zemôistva* wird wohl den noch nicht gebrannten Lehm bedeuten. Huzvâresch-Übersetzung [Pahlavi] (דמיכינן), d. i. irden. *Vicicaêshva* habe ich ebenfalls für einen Locativ genommen, wie *zemôistvê*, *zarestvê* und mit „Mörtel" übersetzt, allerdings gegen die Huzvâresch-Übersetzung, welche es als Verbum [Pahlavi] (הנא פיתאכינגר), sie sollen offenbar machen, auffasst. Diese Übersetzung scheint mir unmöglich, und ich sehe auch jetzt noch nichts Besseres als meine frühere Erklärung. Cf. Vd. VI, 105. *Upa çkembem* = [Pahlavi] (מאם אוו כתך), daher habe ich übersetzt: „hin zum Kata". Rückert will *upa-çkembem* als ein Comp. auffassen und auf *dim* beziehen, „den aufgebahrten", worin ich ihm, Angesichts der Huzvâresch-Übersetzung, nicht beistimmen kann. Die neueren Übersetzungen sind hier gar nicht zu gebrauchen. Aspendiârji liest *upaçkem. bem*, das erste Wort übersetzt er mit „gross", das andere mit „zwei", ferner *vacacaêshva*, was „er spricht" heissen soll. Deçtûr Dârâb wie die Huzvâresch-Übersetzung. — Nach diesem Paragraphen stehen die Worte: *dim ukhdhô dâitê* in den Handschriften; ich habe sie weggelassen, da sie in der Huzvâresch-Übersetzung nicht übersetzt sind. Sie sind auch in der That blos ein Citat und werden in der genannten Übersetzung dahin erläutert, dass ein Ratu oder Deçtûr bei diesen Männern stehen und die Träger des Todten anweisen solle.

29. *Nish-hadhaêta*, eine Leseart die an unserer Stelle nichts weniger als gut beglaubigt ist; findet sich überwiegend in den besten Handschriften. Cf. Vd. IX, 120. 137. 141, weniger XVI, 21. Ich habe mir gedacht, dass ein folgendes *h* die Entwicklung des *sh* nicht aufhebt, so wenig wie *v*, *n*, *m* u. s. w. Gleichwohl scheint mir jetzt ziemlich ausgemacht, dass Rückert und Westergaard Recht haben, wenn sie die Schreibungen *nis-hadhoiț* oder *nishadhôiț* für richtig, *nish-hadhôiț* aber für entschieden falsch halten. Die nähere Erörterung, welche mit der Aussprache des Buchstaben *sh* zusammenhängt, gehört nicht hieher, sondern in die Grammatik. Weniger übereinstimmen kann ich mit beiden Gelehrten, wenn sie

die Form *nishid* der Form *nishad* vorziehen; die erstere Form ist in den Handschriften sehr gut heglauhigt und gewiss das ursprüngliche *sad* + *ni*. Die Variante *nis hid* heweist allerdings, dass sich auch schon im Altérânischen das *a* der Wurzel *had* in den Specialtempora zu *i* geschwächt hat (Rückert erinnert passend an neup. نشستن, praes. نشیم); allein dies ändert an der Sache nichts, die Form *nis-had* ist gewiss ursprünglicher und das Vorkommen der Variante zeigt, dass die Sprache dazumal wenigstens noch geschwankt hat. Die Form *nis-hid* für die gewöhnliche *nis-had* als Causale نشاندن anzunehmen, wie Rückert will, scheint mir unthunlich, das Causale ist *nishâdhay*. Cf. Yt. 22. 14. Yç. IX, 75. *Nis-hadhaêta* auf den Plural *aêtê naçukasha* hezogen, wie Vd. IV, 121, 122. *Haca iristaêibyô*, weil nicht einer, sondern mehrere Todte auf einem Dakhma zu liegen pflegen.

30. *Ratu*, wie gewöhnlich mit (רת) ühersetzt, wird in der Huzvâresch-Übersetzung erklärt: (אי אארובו סנדאר י בורת כשאנן) „d. h. der reine Herr der Leichenträger“. Aspendiârji erklärt es zunächst durch *guru;* darauf durch Deçtûr. *Mazdayaçna* ist Vocativ und als Anfang des Oratio directa zu nehmen, welche in der Huzvâresch-Ühersetzung mit (איש) eingeleitet wird.

31. Statt *fraçnaydoñti* kann man mit Rücksicht auf Stellen wie Vd. V, 156 auch die Leseart *fraçnaydoñtê* vorziehen, welche ehenso gut und in den alten Handschriften eigentlich noch hesser heglauhigt ist. Dann wäre zu ühersetzen: „mit welchem die, welche den Todten getragen hahen, sich an Haaren und Körper waschen sollen“.

32. *Cayô* = (מן ממן), d. i. wovon in der Huzvâresch-Übersetzung. Es ist wohl nom. pl. von *cis*. Cf. Vd. II, 130.

36. Für *yôi* liest Westergaard *yô*, was auch Rückert hilligt, wie es denn ohne Frage das correctere ist. Allein *yôi* ist in den hesten Handschriften üherwiegend vertreten und lässt sich auch vertheidigen, die Behandlung des Dual ist ohnehin im Altb. anders als im Sanskrit. Um *paraget dvaêibya* zu ühersetzen: „ausgenommen von zweien“ hahe ich folgende Gründe: 1. Dass *para* diese Bedeutung hat cf. Vd. VII, 177; 2. weil die Huzvâresch-Übersetzung es mit (בנא מן) ühersetzt. Gegen die Tradition ist meine Übersetzung jedenfalls. Aspendiârji erklärt *paraget* „ganz hesonders“. Deçtûr Dârâh wörtlich: به ازان. Anquetil: *à la place*. Ich kann mir

nicht denken, dass Ahura-Mazda, nachdem er überhaupt vorgeschriehen hat, dass weder Urin von Männern noch von Frauen genommen werden solle, nun noch ganz hesonders die nächsten Verwandten ausnehmen solle. Aspendiârji versteht unter *Qaêtva dathaçca qaêtva dathiçca* (so ist in meiner Ausgabe zu lesen) „Ochse und Kuh". Allein dass der Ausdruck *qaêtva-datha* auch auf Thiere angewendet werde, ist meines Wissens ohne Beispiel und sehr unwahrscheinlich. Deçtûr Dârâh hat die Stelle vollends missverstanden und übersetzt *qaêtva datha* von آب درختان, Wasser der Bäume. Anquetil's erste Übersetzung lautet darum auch sehr abweichend von der späteren: *À la place de ces deux: de l'eau d'arbre arbre ou femelle qu'on aura apporté pour cela!*

38. Statt *uzbareñti* kann man mit Westergaard und Rückert auch passiv *uzbareñtê* lesen, dann ist *çpanaçca* etc. das Subject, während man nach meiner Fassung diese Worte als Accusative fassen und zu *uzbarenti* ein Suhject wie *mashyâka* hinzudenken muss. Meine Fassung stimmt näher zu der Huzvâresch-Übersetzung.

39. *Kaț* habe ich mit der Huzvâresch-Übersetzung durch [illegible] (ניגונן) wie, gegeben, hesser wohl ist Aspendiârji's Übersetzung: wann. Anquetil lässt es ganz weg. *Paçvaum*, *çtaoraum* kann ich nur als gen. part. auffassen.

41. Die Art und Weise, wie ich diesen Satz gefasst habe, indem ich ihn nämlich in zwei Theile theilte und „oder" vor *çpaêtem* einschaltete, ist ganz der Huzvâresch-Übersetzung gemäss, der sich auch Aspendiârji anschliesst. Die vier Augen werden dahin erklärt, dass zwei Flecken über den Augen sein müssen, die nun als zwei weitere Augen erklärt werden. Cf. Cod. XII. suppl. d'Anquetil p. 154.

سگی که در نسا نمایند بجای برشنوم میبرند کم از چهار ماهه نشاید اندر
زند وندیداد پیداست [illegible]
[illegible] سگی زرد چهار دیده یا سفید زردگوش را باشد

43. *Aiwi-niti* übersetzt die Huzvâresch-Übersetzung [illegible] (מאם יזרננד), sie führen, als ob ein Verbum dastünde. Ich habe die Worte als Instrumental eines Subst. verhale gefasst, das den Casus seines Verbums regiert.

45—48. Die obigen Vorschriften über das Führen des Hundes sind einfach, aber die folgenden Bestimmungen über die sechsmalige

oder nach Umständen neunmalige Führung des Hundes machen Schwierigkeiten. Zwar die Huzvâresch-Übersetzung, der auch die modernen traditionellen Übersetzungen folgen, ist einfach und klar; nach ihr lautete §. 45; [illegible]
[illegible]
[illegible] — [illegible] (את רא מאם הושית ספיתאמאנן זרתושת כרבא זרת 4 נ̃שם
ורא ספית זרתו גוש איע סגן כאמך נסשמן רא נזרנגית גר 6 באר גרמן סנן
נרמנשאנן ראם אי נאיינגר), „wenn nicht vernünftig ist, o Çpitama Zartuscht, der gelbe Hund mit vier Augen und nicht der weisse mit gelben Ohren, d. h. wenn er nicht freiwillig geht, so sollen sie ihn sechsmal auf jenen Wegen führen“. Der Sinn ist klar und würde vortrefflich passen. Leider ist er nur mit unserem Texte unvereinbar und die Verbesserungen, welche an demselben gemacht werden müssten, sind so stark, dass man kaum daran glauben kann. Es müsste für *upa vi*, welche Worte die Huzvâresch-Übersetzung gar nicht wieder gibt, irgend ein Verbum gesetzt werden, welches „wünschen, wollen“ bedeutet. Wenn er (der Hund) aber nicht will, so sollen sie etc. Da nun unsere Handschriften für eine solche Änderung des Textes gar keine Anhaltspunkte geben, so ist wohl gerathen, vorerst noch zu versuchen, ob wir nicht ohne Textverbesserungen auskommen können und dann müssen wir von der Tradition abweichen. Es fragt sich, welchen Begriff man zu *yêzi nôiț*, wo nicht, hinzu ergänzen will. Nach meiner Ansicht hat man das zunächst Vorhergehende zu ergänzen: wenn die Drukhs nicht entfliehen sollte (es müsste freilich angenommen werden, dass die alten Mazdayaçnas anders woher wussten, ob dies der Fall sei oder nicht), so soll man etc. Für diese Fassung sprechen nach meiner Ansicht Stellen wie Vd. VI, 97; XVI, 8. Anders sucht Rückert zu helfen. Er erkennt in §. 41 das nach der Huzvâresch-Übersetzung einzusetzende „oder“ nicht an, sondern sieht dort einen Hund mit vier gelben Augen (Flecken), der weiss ist mit gelben Ohren. Einen mit allen diesen Merkmalen ausgerüsteten Hund, soll man nur dreimal diese Wege führen. Findet sich ein Hund der bloss mit vier gelben Augenflecken, aber nicht weiss mit gelben Ohren ist, so muss er sechsmal geführt werden. In §. 47 nimmt Rückert eine Versetzung des *nôiț* an, das statt vor *çpaêtem* vor *çpânem* einzusetzen wäre. Auch Westergaard beanstandet *nôiț* in §§. 45, 47 und in dem letzten Paragraphen fehlt allerdings diese Partikel in den besseren

Handschriften ganz. Allein dies scheint eben ein Zufall zu sein, denn C corrigirt *nôiṭ* bei, ohne Zweifel weil es in Cod. A stand, auch hat es die Huzvâresch-Übersetzung. Ich wiederhole, dass ich, im Falle dass corrigirt werden soll, lieber an *upa vî* eine Verbesserung anbringen möchte. Anquetil hat sich ähnlich geholfen, aber, wie mir scheint, geht seine ganze Übersetzung auf seine eigene Verantwortung.

49. Die in Klammern eingeschlossenen Worte fehlen in einem Theile der Handschriften und in der Huzvâresch-Übersetzung, sie sind wohl sicher zu streichen und hier unrichtig aus dem vorhergehenden eingedrungen. Man bemerke *âthrava . . . frayañtu.* Wenn man nicht annehmen will, dass *âthrava* im Plural auch den Wörtern auf *a* folgen könne, so wird man annehmen müssen, dass der Singular hier als Collectivum stehe für „die Priester“.

52—55. = Yç. XLV, 7.

56—59. Yç. XLIII, 16.

60. *Pâtanô* = [illegible] (נתרננת מן), *nô* ist hier an *pâta* nom. von *pâtar*, Beschützer, unmittelbar angetreten. Die Glosse erklärt den Sinn des Paragraphen richtig: [illegible] (איע מאנן אנאכש י נגנאך מינוי אנ̃ש אסאנ̃ דאסינן), d. h. halte die Ungerechtigkeit des Ganâ mainyo von uns zurück.

61. *Naçê* habe ich als 1. ps. sg. praes. med. genommen, dann stehen die darauf folgenden Nominative statt des Accusativs fehlerhaft. Zu dieser Übersetzung hat mich die Stelle Yç. XIII, 1 bewogen, wo *nâçmî daêvô* von allen Pârsen übersetzt wird: „ich vertreibe die Daêwas“. Es ist aber doch wohl gerathen, sich nach einer Übersetzung umzusehen, welche dem Texte möglichst wenig Gewalt anthut. Am meisten der Tradition angemessen, wäre wohl *naçê* = *naçya* als Imperativ zu fassen: gehe unter; *naçyêhê* wäre dann 2. ps. sg. praes., nicht gen. eines Subst. verb. *naçya*, wie ich es gedeutet habe (nach Art von Stellen wie Yç. IX, 4. 43; Yt. 8, 11. 14). In der That kommt *naç* sowohl nach cl. 2. als nach cl. 4 flectirt vor cf. Yç. X, 15; Yt. 3, 12., dann müssen die Nominative statt der Vocative stehen und es ist zu übersetzen: „Verderbe Drukhs der Daêwas, verderbe Samen der Daêwas, verderbe Arbeit der Daêwas, verderbe Schöpfung der Daêwas“. Noch anders ist die Annahme Rückert's, welcher vorschlägt *naçê* für den Dativ eines Subst. *naç* oder für den statt des Dativ gesetzten Locativ von

naça zu halten und zu übersetzen: „Ins Verderben o Daêwa-Drukhs, ins Verderben Dämonsamige, ins Verderben Daêwagepflanzte, ins Verderben Daêwageschöpfe“.

62. Die Art und Weise, wie man nach unserer Ansicht den Satz auffassen kann, ist aus dem im vorhergehenden Paragraphen Gesagten klar. Rückert übersetzt: „Hinweg Drukhs, ins Verderben, hinweg, Drukhs, laufe hinweg, Drukhs, ins Abverderben, in den Norden. Um kommst du, nicht tödten sollst du die bestehende Welt der Reinheit“. Der Schluss des Paragraphen erfordert noch eine besondere Bemerkung. Ich habe übersetzt: „nicht soll sie tödten die mit Körper begabten Welten des Reinen.“ Hiernach müsste *mâ mereñcainîs* gelesen werden, letztere Form müsste für *mereñcainyâț* stehen, mit Zusammenziehung des *yâ* in *î* und Übergang des *ț* in *s*, wofür zwar in altpersischen Formen wie *akunaus*, *adarsnaus*, nicht aber im Altbaktrischen ein Vorbild zu finden ist (cf. jedoch Vd. V, 16). Rückert nimmt *mereñcainîs* = *mereñcanyâs*, dies stimmt zu der Huzvâresch-Übersetzung: [illegible] (אר מרונינן) „tödte nicht“ und auch, wie man sieht, zu meiner jetzigen Übersetzung. Es ist mir aber jetzt fraglich, ob überhaupt für diese Schlussworte die traditionelle Übersetzung beibehalten werden soll. *Mâmerencainîs* wird von den besseren Handschriften gewöhnlich als ein Wort geschrieben; dies würde zwar noch nicht unbedingt gegen obige Erklärung sprechen, denn auch Yt. 5, 92 erscheint *mâ* mit dem folgenden Worte zusammen und sogar verkürzt, wie es ja auch im Neupersischen immer proklitisch ist. Aber *mereñcainîs* ist und bleibt für das Alth. eine auffallende Verbalform und darum scheint es mir besser *mâmereñcani* als ein aus dem Intensiv gebildetes Adjectiv zu halten, dessen Acc. plur. man auf *gaêthâo* beziehen müsste. Auf diese Weise würde man den von der traditionellen Übersetzung stark abweichenden Sinn erhalten: „verschwinde hin zu den bekörperten Welten, welche für das Reine tödtlich sind“. Aspendiârji hat alle die von §. 52 auf einander folgenden Gebete ausgelassen.

64. Der Genitiv *ahê nmânahê* wird hier allgemein von den Übersetzungen im Sinne des Locativ aufgefasst, ich bin ihnen gefolgt. *Myazda* ist zwar zunächst Opferspeise, dann aber auch Speise überhaupt. *Gaomeñtem* = [illegible] (בסריא אומנר), mit Fleisch versehen, was hier auch Aspendiârji noch anerkennt. *Madhumeñtem* = [illegible] (מאי אומנר), mit Wein versehen, da *madhu* = neup.

ي Wein ist und der Wein in Érân häufig und gern getrunken wird, so sehe ich keinen Grund von der traditionellen Erklärung abzugehen. Die neueren Erklärer verstehen *madhu* hier ganz allgemein vom Getränke überhaupt, wahrscheinlich nur, weil eben der Genuss des Weines in Indien nicht gebräuchlich war. *Yaozhdayañn* sc. *aghen* beziehe ich zu *mazdayaçna*, ebenso *anâçtaretem*. Cf. Vd. VI, 54.

65. Ob man *izaênem* oder *îzaênem* schreibt, scheint mir höchst gleichgültig; ich glaube, dass man annehmen darf, beide Schreibweisen seien im Gebrauch gewesen, *i* und *î* schwankten in der Sprache. *Yatha nars âthravana*, wie eines Mannes Fuss; ich habe in der Huzvâresch-Übersetzung (רגרמן), Fuss, als Vertreter von *âthravana* aufgefasst, das mir unverständliche als Glosse. Wahrscheinlich ist (רגרמן ואף) ein Wort und entspricht der Form nach dem neueren پای باف, ist der Bedeutung nach aber wohl „Schuh" oder etwas Ähnliches. Die Etymologie des Wortes blieb mir natürlich völlig dunkel, auch ist mit *âthravana*, wie sämmtliche indische Codd. lesen, nichts anzufangen. Die richtige Lesart ist wohl ohne Zweifel *aothravana*, was Westergaard in persischen Handschriften gefunden und in seinen Text gesetzt hat, es ist eine Ableitung von *aothra*, Schuh. Deçtûr Dârâb hat den Huzvâresch-Text nach der fehlerhaften Leseart verbessert und *âthravana* mit (אסרוך), Athrava, übersetzt, daher Anquetil: *si un assorne meurt*. Aspendiârji *gothan* (Knie?) mir unverständlich.

68. Meine Übersetzung dieses Paragraphen stimmt mit der Huzvâresch-Übersetzung und ich halte sie jetzt für richtig, obwohl ich sie in der Anm. zu der Stelle für unmöglich hielt. *Karana* = (ראנבאנן) muss = رانبان, Schenkelbedeckung, Beinkleid sein. Das Wort *karana* kommt zwar in dieser Bedeutung nicht wieder vor; aber daraus allein kann man doch nicht abnehmen, dass das Wort die Bedeutung nicht gehabt haben könne. Die Bedeutung ist aber für unsere Stelle sehr passend, um nicht zu sagen die einzig passende. Die Fragen beziehen sich nur auf Kleidungsstücke, mit dem kleinsten einem (gewebten) Schuh wird angefangen, mit den Beinkleidern fortgefahren, mit dem ganzen Kleide geendet. *Vayô* = *dvaya* ist auch nicht schwierig und *gravana* führt ohnedies auf *gerew*. Es ist also ganz wahrscheinlich,

dass *vayô-gravana* = (כנא דו גרפתאר) „von zweien ergreifbar“ steht. Die neueren Übersetzungen sind meines Erachtens nicht zu gebrauchen. Aspendiârji übersetzt *karana* mit „zwei“, *vayô* mit „Hand“, *gravanem* mit „ergreifen“. Deçtûr Dârâb erklärt *ranban: Longueur du fil tenu par le doigt du pié en filant.* Daher Anquetil: *Si dans l'habit vieux du mort il y a un fil (neuf) le mort et celui qui l'a mis en souffrent?*

71. *Aoim* ist ein unregelmässiger Acc. von *aêva*; ich habe die Form vor dem regelmässigen *ôyûm* vorgezogen, weil sie in den alten Handschriften sehr gut beglaubigt ist (cf. Vd. XX, 17, weniger Vd. XVI, 27). Erklären lässt sich die Form nur so, dass man eine Transposition von *ê* und *v* annimmt. Die Form *ôyûm*, welche Rückert vorziehen will, ist ganz regelmässig cf. *vîdaêva*, *vîdôyûm*; *haraêva*, *harôyûm*; es dürfte aber der einzige Fall sein, dass *ô* im Anlaute eines Wortes erschiene.

74. In dem doppelten *vifyêiti* sieht die Huzvâresch-Übersetzung das erste Mal das Verbum Simpl., das zweite Mal das Caussativum. Sie übersetzt das erste *vifyêiti* mit (שפתית), das zweite mit (שפתינית). Es ist dies das neup. Verbum شفتن oder شفتيدن und da dieses nach den Wörterbüchern (cf. Vullers Lex. s. v.) sowohl *fluere*, *stillare* als auch *stillare facere* heisst, so ist die Sache nicht ganz unmöglich. Ich beziehe die Stelle auf die nächtlichen Pollutionen, wie auch sonst cf. Vd. XVIII, 101 fg. Aspendiârji auf Päderastie, was mir durch Vd. VIII, 102 unmöglich gemacht scheint. Anquetil: *Avoir commerce avec une femme, de son consentement* in der gedruckten Übersetzung; ist wohl ebenso falsch wie *baiser une femme, en lui faisant plaisir* in der handschriftlichen Übersetzung. Vergl. auch Burnouf: Yaçna p. 499 fg.

78—97. Cf. Vd. III, 133—151.

99. Die Leseart des Wortes *khwazô* steht sehr wenig fest. Unsere besseren Handschriften geben *khavzô* und *khavazô*, andere *khawjo* und *khwzô*. Ich habe *khwazô* lesen wollen, weil mir so das aspirirte *w* am besten erklärlich schien. Es lässt sich gegen *kharzô*, was Westergaard vorzieht, auch nichts sagen; es nähert sich im Gegentheil diese Schreibweise am meisten der der guten Handschriften. Die Huzvâresch-Übersetzung (חסויך), was nichts anders als eine Umschreibung des Wortes ist. Dieses ist wohl selbst = neup.

كوز *(incurvus dorso)* cf. skr. *kubja*. *Khumbô* ist augenscheinlich das neuere خنب, skr. *kumbha*, unser Humpen. Über die Bedeutung der beiden Ausdrücke lässt uns die Huzvâresch-Übersetzung nicht im Zweifel, denn sie fügt in der Glosse hinzu: (איעשאנן כאר זכרש נכדש מנן נרגננד), nämlich sie thuen ihnen das Geschäft von Mann und Frau. *Khwazô* ist also der incubus, *khumba* der succubus eines Daêwa. Rückert denkt bei *khwazô* an neup. خواجه, mir nicht wahrscheinlich.

100. *Kundiris* = (כנאמנאי נינון נאיריך), was ich übersetze: irgend eine Wohnung wie eine Frau, (נאי), soll wohl verallgemeinende Partikel sein. (כנאם) aber wohl = neup. كنام, Nest, Wohnung. Nach der Glosse soll durch den Ausdruck *kundiris* ein solcher bezeichnet werden, der den Daêwas ebenso unterthänig folgt, wie die Frau dem Manne. Dieser Sinn wird wohl auch der richtige sein; hinsichtlich der Etymologie aber bezweifle ich nicht, dass *ku* dasselbe Präfix ist, das wir auch im Sanskrit finden und dort dem Worte eine verächtliche Nebenbedeutung gibt. *Kundiris* ist also eine verächtliche Frau, eine Beischläferin. — *Kô hvanç daêvô* übersetzt die Huzvâresch-Übersetzung (מנן האונד שידא פנן ונאסכארש) „wer Daêwagleich durch Übelthat“. *Hvanç* wird also hier mit (האונד) übersetzt, was Vd. XV, 48 dem *hâvañtô* entspricht, im Pârsi dem *havañt*, das von Neriosengh mit *tulya* gegeben wird. Ich denke *hvanç* ist = *hvavanç*, gebildet wie *thwâvanç* und heisst etwa: „dem Selbst nach“. Die Verschlingung *hvava* in *hva* ist ganz unbedenklich. Aspendiârji stimmt hier und im vorhergehenden Paragraphen seiner Erklärung nach mit der Huzvâresch-Übersetzung, auch Deçtûr Dârâb, so weit man dies aus seinen kurzen Angaben zu entnehmen vermag. Anquetil's Übersetzung muss grösstentheils auf dessen eigene Rechnung gesetzt werden.

101. In *viçpô daêvô* ist jedenfalls eine Steigerung gegen das vorhergehende beabsichtigt. Während *hvanç daêvô* ein Selbst-Daêwa oder den Daêwas ähnlich ist, durch seine üblen Thaten oder Sünden, nach der Glosse der Huzvâresch-Übersetzung, so wird *viçpô daêvô* = (המאך שידא פנן כריתרש), d. i. „ganz Dév durch Bosheit“ gesetzt. Hier sind also nicht blos die Handlungen, sondern auch der ganze Charakter als verdorben ange-

nommen. *Para-meretô* und *paçca-meretô* ist ganz nach der Tradition übersetzt. *Kô* ..... *frabavaiñti*, wieder nach der Syntax des Alth.: *kô*, wer, als Collectivum aufgefasst.

102. Für *arshadhaca* liest Westergaard *arshaca*, vornämlich nach seinen persischen Autoritäten. Diese Leseart ist in meinen Handschriften blos durch *B* vertreten, die ältesten und besten lesen *arshadhca* oder *arshadhaca*. Die Leseart *arshaca* ist jedenfalls die einfachste und löst alle Schwierigkeiten; auch ist sie mit der Tradition wohl vereinbar, denn *arsha* ist der nom. sg. von *arshan*, Mann, und der Sinn ist klar. Immerhin ist *arshadha* so gut bezeugt, dass man sehr wohl die Frage aufwerfen kann, ob nicht die Leseart neben der andern auch ein Recht zum Bestehen habe. Ich habe *arshadha* als ein mit dem Suffixe *dha* von *arsha* abgeleitetes Adverbium aufgefasst, ähnlich dem griech. θεν, δε, mit der Bedeutung: in Bezug auf. Cf. *vaêçmenda* Yt. 10, 86. Rückert theilt diese Ansicht.

109. Für *huskô*, das zwar viele Handschriften haben, das sich aber schwer auf irgend ein vorhergehendes Wort beziehen lässt, ist wohl mit Westergaard nach den persischen Handschriften und *B* das Neutrum *hisku* zu lesen, das auch Rückert schon vermuthet hatte. Schwierig bleibt nur, dass man annehmen muss, *hiskva* bilde im Neutrum *hisku*, nicht *hiskûm*, wie man nach Analogie von *dditya*, *dâitîm* erwartete. *Çraêshyêiti* von *çrish* = skr. *çlish*. cl. 4. mit Guna cf. oben Vd. VIII, 4.

110. Cf. zu Vd. V, 13.

112. *Ava bereta* habe ich passiv genommen: die hinzugetragen, hinzugekommen sind zu einem Leichname. Die Tradition fasst es activ: die hingetragen haben, genommen haben einen Leichnam.

118. Die Stelle beweist deutlich, dass *magha*, Huzv. [illegible] (מע) mit dem neup. مغاك verwandt ist und „Loch" bedeutet. Auch Aspendiârji übersetzt so, will aber, wie er in der Glosse sagt, dass drei Steine darüber gelegt werden sollen. Dies erklärt, woher es kommt, das Anquetil das Wort gewöhnlich mit *pierre* gegeben hat.

120. Mein Unvermögen, diesen Paragraphen genau zu übersetzen, habe ich schon in der Note zu meiner Übersetzung eingestanden, und ich bin bis jetzt nicht viel weiter gekommen. Die Worte des Textes sind alle bekannt, die Übersetzungen ohne Schwierigkeit; ich mag aber die Worte im Texte oder in der Huzvâresch-Über-

setzung oder bei Aspendiârji lesen, so biu ich nicht vermögend einen Sinn hinein zu bringen. Anquetil's handschriftliche Übersetzung gibt einige Erläuterungen, sie lautet: *On présentera (devant lui) un chien (que) j'ai (crée) ensuite on l'éloignera; on le présentera ensuite (pour qu'il en soit regardé) (ainsi 9 fois pour les 9 ablutions sur les 9 pierres). Une personne verse le pissat sur le coupable une autre présente le chien après l'ablution, maintenant le coupable met sa main sur la tête du chien.* Dass dies keine Übersetzung ist, hat Anquetil selbst eingesehen; im gedruckten Texte lautet sie wesentlich anders. Rückert möchte statt *zazayañn* lieber *zazayen* lesen und das Wort mit „antreiben, ermuntern" übersetzen. Wozu die Hunde gebraucht werden, steht nicht da; doch lässt sich voraussetzen, dass es ähnliche Zwecke sein werden, wie Vd. VIII, 41 fg. beschrieben worden sind. *Nizhbereta nôiṭ anizhbereta* bezieht Rückert auf *gadhwa*: „die herausgebrachten, nicht unherausgebrachten" als dringende Aufforderung. Der Schluss scheint ihm verdorben. — Ich bemerke hier übrigens, dass man gewiss *nizhberetâṭ* nicht als Imperativ fassen darf, wie ich gethan habe, sondern als Abl. von *nizhbereta*, regiert von dem folgenden *haca*, *paourvaêibya* aber ist Dativ. Dies lehrt die Huzvâresch-Übersetzung, welche ich hier vollständig hersetze: [Pahlavi] (פנן זכי ר כרבא אי נהננגד פנן בנא דדרנגשנש אר פנן אבנא דדרנגשנש פנן בנא דדרנגשנש נד אור רוינן), d. h. „durch meinen Hund sollen sie es machen, durch Tragen nicht durch Nicht-Tragen: durch Trageu vorwärts". Wie man diese Übersetzung mit dem Texte vereinigen will, kann ich nicht sehen. — *Gadhwa* = [Pahlavi] (כרבא) ein interessantes Wort, das Fr. Müller neulich im arm. կատու (*katov*) Katze, erkannt hat. Diese Bedeutung ist gewiss die ursprünglichere; für das Altb. wird man, gerade unserer Stelle wegen, die Bedeutung „Hund" zugeben müssen, denn dass man Katzen statt der Hunde bei Reinigungen gebraucht habe, ist nirgends bezeugt und mir nicht wahrscheinlich. Auch heisst die Katze im neup. گربه (*gurba*), was eher auf die Wurzel von *vulpes* führt.

124. *Varça* muss hier als neutraler Plural betrachtet werden, zu dem nach griechischer Art und Weise das Verbum im Singular construirt ist, ebenso auch das Prädicat *hisku*.

128. *Ayaozhdâta kerenaoiti*: er macht seinen Leib zu etwas Unreinem. Das Neutr. plur. ist, wie Rückert treffend hemerkt, hier besonders passend, weil hier von allen Gliedern die Rede ist, welche unrein werden.

130. *Bareshnûm vaghdhanem*, eigentlich: die Höhe, der Kopf. Die Glosse erläutert, dass *vaghdhana* so weit gehe als Haar gewachsen ist. Cf. oben zu Vd. V, 38.

133. *Aéshaňm* hier und im §. 132 scheint auf die noch ungereinigten Gliedmassen zu heziehen, also wohl neutral zu fassen. So die Huzvâresch-Übersetzung und Aspendiârji. *Hô nâ* = [illegible] (נרמן נבנא) Apposition zu *hê* in den Nominativ gesetzt, wie öfter im Altb.

148. Auffallend ist *dashinem çuptîm*, im Gegensatze zu *hoyaňm çuptîm* im §. 151. Die VS. geben allerdings *dashinaňm*, aber die Handschriften mit Übersetzung hewahren das Masc. auch Vd. IX, 59 fg.; XIII, 90. Hieraus erhellt, dass *dashina* als ein zweigeschlechtiges Adjectiv gehraucht wurde. *Çupti* ist = neup. سفت, Schulter und dadurch die Leseart der VS., *çupaitîm* beseitigt.

154. *Kasha* hat Anquetil mit *aiselle*, Achsel, übersetzt und ich hin ihm gefolgt. *Kasha* ist aber = neup. كش und bedeutet nicht das Obere der Achsel, sondern das Untere derselben his zur Brust. Aspendiârji = بغل, Ellenbogen.

160. *Paiti-varem* hahe ich vorgezogen vor der von den Handschriften hier gleichfalls bezeugten Leseart *paitis varem* mit Rücksicht auf Vd. IX, 67. 68. *Vara* glaube ich richtig = neup. بر aufgefasst zu haben: Huzvâresch-Übersetzung dunkel [illegible] (פתירך אאח), die Bemerkung [illegible] (מן נורך 4 אנגוסת אי נר נר שמך), soll wohl heissen: von der Keble 4 Finger his zum Bauche. Aspendiârji und Deçtûr Dârâb fassen das Wort wie ich.

178. Auch hier sehen wir *dashina* wieder zweigeschlechtig gebraucht wie oben in §. 148. *Çraoni* = [illegible] (wohl סרנך zu lesen) ist = neup. سرین, *clunes*. So auch die Übersetzungen.

184. *Hakhti* in der Huzvâresch-Übersetzung blos umschriehen, die neueren Übersetzer: Geschlechtsglied, ich selbst: Unterleib. Ganz genau ist wohl keine dieser Übersetzungen. Ich leite *hakhti* von skr. *sanj* ab und denke es ist die Vereinigung zwischen den beiden Schenkeln.

185. Für *paitis* liest Westergaard mit guten Handschriften *paitisa*, ich glaube, man würde unbedenklich *paitisha* corrigiren können. Nach meiner Ansicht sind übrigens *paitis* und *paitisha* gleichberechtigte Formen, die ebenso neben einander stehen wie *apaňs* und *apasha*. Im Neup. ist پیش wohl entschieden dazu zu stellen, ob auch [illegible], pârsi *padîra*, پذیره, entgegen, will ich dahin gestellt sein lassen. *Paourum* und *aparem* sind adverbial aufzufassen, dies zeigt namentlich §. 186. Aspendiârji nimmt *paitis* = مقابل, richtig, einmal = *paçca*, falsch.

189. *Râna* = neup. ران, Schenkel.

195. *Zhnu* = [illegible] was ich שְׁנְךְ, nicht נְאנְךְ lese. Cf. skr. *abhijñu* in den Vedas und die härtere Schreibart *shnu*. Yç. LVI, 2. 4.

201. *Açcu* = [illegible] (סאוג), was ich kaum für etwas Anderes halten kann als das persisch-arabische ساق. Die Bedeutung „Schienbein" für dieses Wort ist auch die von der gesammten neueren Tradition angenommene. Lautlich will Rückert gr. ὀσφύς, Hüfte, vergleichen, worin ich ihm beistimme; beide Wörter stimmen genauer zusammen als zu skr. *sphic*, womit ὀσφύς gewöhnlich verglichen wird.

207. *Zañgem* = [illegible] (זנג) was in der Bedeutung „Fuss" öfter vorkommt. Cf. z. B. Bund. 73, 17. Aspendiârji *ghuṭî (the ankle joint)*, Anquetil *cheville*. Aus dem verwandten Sanskrit ist *jaghana* und besonders *janghâ* zu vergleichen, was nach Roth in der älteren Sprache auch den oberen Fuss bezeichnet. Jetzt möchte ich das Wort mit „Knöchel" übersetzen.

213. *Frabda* habe ich mit „Knöchel" übersetzt und von *band*, binden, ableiten wollen. Mit Recht stellt es aber F. Müller (cf. Kuhn Beiträge III, 484) zu skr. *prapada*, Vorderfuss, woran auch Rückert bereits gedacht hat. Huzvâresch-Übersetzung [illegible] (פרפד), was blosse Umschreibung ist, Aspendiârji *pâṭalî*, was *a bracelet* und *a kind of footstool* heissen soll. Anquetil *dessus du pié*, „Vorderfuss" ist wohl auch im Altb. die richtige Bedeutung.

219. *Hakha* habe ich mit „Fusssohle" übersetzt und schon in der Bemerkung zu meiner Übersetzung mit *soccus* verglichen, worin mir auch Rückert beistimmt, der noch gr. ἴχνος hinzufügt. Die Wurzel würde *hac* = *sac* ἕπομαι sein, cf. *hakhi*, *socius*. Aspendiârji übersetzt das Wort wie ich. Anquetil *dessous le pied* in der

gedruckten Übersetzung, in der handschriftlichen ist aber die Stelle ganz missverstanden. Huzvâresch-Übersetzung ט- (הך), blosse Umschreibung, dem Neupersischen ist das Wort verloren gegangen. *Nivôiryêitê* = ולישט וגון (נכונן ורתית) i. e. neup. نگون گردد. *Perena* oder *parena*, Huzvâresch-Übersetzung richtig, פר i. e. پر, Flügel, Aspendiârji fälschlich صورت, Gestalt.

220. *Hakaṭ* übersetze ich jetzt „auf einmal", worin ich Aspendiârji folge. Huzvâresch-Übersetzung סוויו סו (סנן הכנרן), Deçtûr Dârâb به آگا. *Añgustaêibya* im Dual, da von den Zehen beider Füsse die Rede ist, die einzelnen Zehen eines Fusses werden als Einheit aufgefasst. Das Wort ist deutlich, aber im Skr. bedeutet *añgushṭha*, der Daumen, im neup. انگشت, die Finger, wofür das Altb. *erezu* hat.

226. Westergaard corrigirt *dashinaṅ añgustaṅ*, dies scheint mir unnöthig, selbst wenn man die Worte als acc. plur. fassen will, cf. oben zu Vd. VIII, 4. Man kann sie, wie sie dastehen, *dashinaṅm añgustaṅm*, aber wohl auch als gen. plur. fassen, an den rechten Zehen. In jedem Falle stehen sie im Plural; hier, wo nur von den Zehen eines einzigen Fusses gesprochen wird, ist der Plural an seinem Platze.

230. Cf. über die Ceremonien auch Wilson: *The Pârsi religion unfolded* p. 320.

231. *Hâvayaṅn* habe ich wohl richtig mit „zubereiten" übersetzt, es ist das Caussativum von *hu*. Vielleicht wäre „kochen" noch genauer. Aspendiârji „brennen", das ist aber gewiss nicht richtig, wie Yç. LXX, 38 beweist.

233. *Janaiti* lesen CEF (B ist defect, hat aber wohl ebenso gelesen), die VS. *janaêta*, was Westergaard vorgezogen hat. Am passendsten wäre ein Imperativ. Gegen *janaêta* scheint mir das Medium zu sprechen. Ich berufe mich für *janaiti* auf den ähnlichen Fall Vd. VII, 191. Der Wechsel von Singularis und Pluralis macht keine Schwierigkeit.

235. *Dista* = -- (דסאי) in der Huzvâresch-Übersetzung, was ich sonst nicht mehr belegen kann. Aspendiârji lässt die Stelle aus. Deçtûr Dârâb: جنگل, daher Anquetil: *qu'ils portent (le feu) dans un lieu inculte.* Ich glaube die Bedeutung „Scheiterhaufen" noch festhalten zu müssen; das Wort ist etymologisch sicher, es

muss part. pass. von der Wurzel *diz* sein und heisst somit „das Aufgehäufte“. An neup. دشت ist schon des verschiedenen Vocals wegen nicht zu denken. Bezüglich des Casus hat man dieselbe Wahl wie oben §. 226 bei *dashinaúm añgustaúm*.

236. Zu *uzdânem* cf. Vd. VI, 102.

237. Das schwierige Wort *bânuwê* vermag ich auch jetzt nicht zu übersetzen, die Huzvâresch-Übersetzung übergeht es ganz, Aspendiârji und Deçtûr Dârâb scheinen كو (זך), dieses, in der Huzvâresch-Übersetzung als Äquivalent dafür zu halten. Meine Übersetzung „vom Neuen“ ist rein conjectural, wie ich schon in der Note zu der St. gesagt habe. Die persischen Handschriften geben die sehr beachtenswerthe Leseart *bâzuwê*, mit beiden Armen, dies scheint das Vernünftige. Ich glaube aber auch jetzt noch, dass das Wort ganz zu streichen sein dürfte.

239. Huzvâresch-Übersetzung: [illegible] (איוף אמת איתונן אתאש אוו הם בסתו חנמנאת איעש דר נהננגת הנמנאת נרמנשאנן אורור אתאש תוחמך), d. i. „oder wenn also mit dem Feuer zusammen gebunden sein sollten, d. h. hineingethan sein sollten, jene Bäume, welche Feuersamen enthalten“. An diese Übersetzung schliesst sich die meinige genau genug an, wie man sieht, es fragt sich nur wie man construiren soll, um diesen Sinn zu erhalten. Ich verstehe die Stelle noch wie früher: ich lasse *aêtem âtarem* von *uzdareza* regieren, das als Nomen verbale den Casus seines Verbums bei sich hat (cf. skr. *viyuj* mit *saha* construirt), der durch die Präp. *uz* nicht geändert worden ist. *Uzdareza* sind aber Bündel, die man zu dem leichenbrennenden Feuer gebracht hat und die von diesem herausgenommen werden. Die Worte *aêtayâo urvarayâo âtarecares* sind Apposition dazu: das was Feuer gibt von diesen Bäumen. Ganz so Aspendiârji, nur dass er die letzten Worte nicht als Apposition fasst, sondern angibt, dass man auf das aus dem Leichenfeuer gezogene Holz anderes, frisches legen soll. Eine versificirte neup. Anweisung über die Behandlung des Leichenfeuers sagt (Cod. XII. suppl. d'Anq. p. 115):

زیوند بر دارد اورا براز نهد یك وجب دورتر از فراز

241. *Yatha âçistem frâvayôiṭ*. Huzvâresch-Übersetzung: [illegible] (ניונון תיגתר פרוכחת), damit es am schnellsten

verbrennt. Glosse: damit es zuerst kalt wird. So auch Aspendiârji. Anquetil: *qu'il s'enflamme violement. Frâvayôiţ* möchte ich lieber auf W. *fru* als *vâ* + *frâ* zurückführen.

242. *Hañdareza* = ויו ײַ ניסו (און הם בסתו), zusammengebunden, in der Huzvâresch-Übersetzung ganz richtig, da *hañdareza* von *derez* = درزیدن + *hañ* i. e. *sam* abzuleiten ist. Im Neup. ist اندرز lautlich identisch, die Bedeutung ist aber eine andere, übertragene. Aspendiârji übersetzt *hañdareza* offenbar falsch mit „Höhle", ich weiss nicht durch welches Missverständniss. Die Huzvâresch-Übersetzung übersetzt übrigens *hañdareza* als ob es ein Verbum wäre: „wenn er das erste Feuer zusammengebunden hat" und Anquetil folgt ihr, was nicht gut möglich ist, ich ergänze etwa aus §. 237, *âthraţ haca fraçaocayêiti*. Cf. auch Vd. IX, 178.

243. *Vitaçti* ist eine Spanne und dieses Mass erscheint hier sehr klein. Da aber die Tradition (cf. auch oben §. 239) darüber einstimmig ist, so müssen wir uns dabei beruhigen.

245. Ich habe hier die kurze Recension des Textes gegeben, welche die Huzvâresch-Übersetzung uns gibt und die Reihe der Handschriften, die zu ihr gehören. Die VS. geben eine weit ausführlichere Redaction des Textes, welche Westergaard gegeben hat. Ich habe die kurze Recension lange für die ursprüngliche gehalten; es ist indess möglich, dass die längere die ursprünglichere ist und die Handschriften mit Übersetzung nur verkürzt haben, um nicht denselben Text wieder und wieder übersetzen zu müssen. Wie der Text dasteht, muss nach jedem *hañdareza* ergänzt werden, was in den §§. 242—244 steht. Nach dem letzten Male muss aber der Satz mit *zemê paiti nidaithita* schliessen, denn das neunte Feuer (mit Einschluss des *âtars naçupâkô* das zehnte) soll nicht wieder ausgelöscht, sondern bewahrt werden. Es ist daher vollkommen in Ordnung, dass die Huzvâresch-Übersetzung die in meiner Ausgabe eingeklammerten Worte nicht übersetzt, sie sind nur aus Versehen in den Text gekommen und gewiss zu streichen. Hiermit stimmt auch die schon oben im §. 239 angeführte Darlegung:

چو زین سان برد تا بنُد جایگاه   بان آخری را بدارد نگاه

Hinsichtlich des Sinnes, welcher dieser ganzen Ceremonie, durch welche ein durch Leichenunrath beschmutztes Feuer gereinigt werden soll, zu Grunde liegt, habe ich mich schon öfter ausgesprochen. Es ist eine symbolische Handlung, die acht ersten angebrannten Feuer zusammen mit dem *âtars naçupâkô*, vertreten die neun Nabânazdistas oder die nahe Verwandtschaft, welche an den Sünden eines ihrer Angehörigen sämmtlich Theil nehmen (cf. Vd. IV, 25. XIII, 7). Erst das neunte Feuer — im Ganzen das zehnte — tritt aus dieser Gemeinschaft heraus und ist wieder ganz rein, nur dieses kann daher zum Feuerorte gebracht werden.

246. Mit Unrecht bezieht Aspendiârji die hier gebrauchten Worte auf ein zehntes Feuer, das angezündet werden soll. Es steht davon nicht nur nichts da, es widerspricht auch der oben angeführten Stelle der Rivâiets und der Huzvâresch-Übersetzung. Es ist gemeint: wer zu dem neunten Feuer Wohlgeruch hinzubringt.

248—250. Die Worte sind einfach, haben aber gleichwohl einige Schwierigkeiten. Zuerst *hazağraghna*, das man kaum für einen Nominativ halten kann, man erwartete *hazağraja* wie Vd. XIII, 2. Huzvâresch-Übersetzung an beiden Stellen [illegible] (פנן 1000 ננשנש). Es hilft nichts, wenn man auch annehmen wollte, *hazağraghna* heisse vielleicht „tausendfach" (cf. zu Vd. VII, 137), es würde nichts gebessert, denn dann würde erst recht *hazağraghnô* gefordert werden. Wie mir scheint, bleibt nichts übrig, als eine Form *hazağraghnant* anzunehmen, von der *hazağraghna* Nominativ wäre. Bezüglich des Sinnes vergleiche man folgende Stelle des Sad-der Bundehesch (Fol. 134 recto, Cod. XV. suppl. d'Anq.)

وچون بوی بر آتش نهند وباد بوئ آن میبرد تا آنجا که آن بوی برسد هزار با هزار دیو ودرج نیست باشند و کم شوند دو چندان جادو ودیو وپری.

251. *Dâityô gâtus* ist der gesetzliche, gehörige Ort überhaupt, wie man dies namentlich aus Vd. XIII, 49 fg. sieht. Der gesetzliche Ort des Feuers aber ist in späterer Zeit ausschliesslich mit dem Namen دادگاه, *Dâdgâh* bezeichnet worden (dies ist dasselbe wie *dâityô gâtus*). „*Le mot dâdgâh désigne le temple des Parses et leur cimetiere*". Anquetil (Z. Av. I, 2. p. p. 343. not.).

252. Cf. Vd. XIX, 26. *Açtaçca* muss Syncope für skr. *asthnas* sein, wie Rückert vermuthet.

253. *Âtare-çaoka* habe ich mit „Feuerbrand“ übersetzt und bin noch jetzt der Meinung, dass ich Recht daran gethan habe. Huzvâresch-Übersetzung: [illegible] (אתאש סוֹנאך), brennendes Feuer und die neueren Übersetzer folgen ihr; aber ich glaube nicht, dass diese Übersetzung haltbar ist.

254. Auch hier folge ich der Recension des Textes, welche die Handschriften mit Übersetzung und die Huzvâresch-Übersetzung geben, die VS. und mit ihnen Westergaard sind viel ausführlicher. Da ich nicht blos den Text, sondern auch die Huzvâresch-Übersetzung herausgeben wollte, so blieb mir keine andere Wahl als den ersteren in der Gestalt zu geben, wie er zur Übersetzung stimmt. Wenn man nun dieser Textrecension den Vorwurf machen kann, dass sie über Gebühr kurz ausgefallen sei, so ist auf der andern Seite nicht minder wahr, dass die Recension der VS. über Gebühr ausführlich und schleppend ist. — Über meine früheren philologischen Hülfsmittel bei dieser schwierigen Stelle habe ich schon in der Note zu meiner Übersetzung berichtet. Jetzt sind mir mehrere neue werthvolle hinzugekommen: ausser der Übersetzung Aspendiârji's mehrere wichtige Stellen in den Rivâiets, sie bestätigen von Neuem die oft erfahrene Thatsache, dass es gerade in schwierigen Stellen äusserst misslich ist, sich von der Tradition zu entfernen. — Im Allgemeinen muss hier bemerkt werden, dass zwischen den hier genannten Feuern und dem oben §. 229 fg. beschriebenen Leichenfeuer ein wichtiger Unterschied ist. Es brauchen diese Feuer nicht gereinigt zu werden, sie sollen nur an den gehörigen Ort gebracht werden. Hieraus geht hervor, dass diese Feuer nicht für unrein gelten können, sie sind vielmehr wie von Arbeiten ermüdete Personen aufzufassen, denen man gestattet unter ihresgleichen auszuruhen und sich zu erholen. Es sind aber diese Feuer fünfzehn an der Zahl, die wir hier der Reihe nach durchgehen wollen.

a. Das erste der genannten Feuer heisst *uruzdapâka* nach meiner, *uruzdipâka* nach Westergaard's Ausgabe. Anquetil in der handschriftlichen Übersetzung lässt eine doppelte Wahl: *On a brulé les excrémens, le sang des femmes etc. ou avec lequel on fait la lac.* In der gedruckten Übersetzung hat er sich für die zweite Bedeutung entschieden, ich für die erste. Meine Ansicht wird noch gestützt durch die Stelle des Rivâiet:

براز همون آتش ای نیك بخت	تو بردار تا باشدت فرّ و بخت
نسارا بر آتش اگر کسر کباب	چو کردش تو چیدستی اورا ثواب
بهم آن طریقی که گفتم ترا	رسانیدی اورا بآتشگها
چو او ده هزار است این هم هزار	بود کرفه ومزدت ای برده بار

Dagegen versteht Aspendiârji das Feuer des Färbers (رنگ ریز). Der Grund dieser Verschiedenheit in der Auffassung liegt offenbar in dem Verständniss der Huzvâresch-Übersetzung. Diese übersetzt *uruzdapâka* mit [Pahlavi], was man sowohl רוד פאך als רנג פאך lesen kann. Ich habe schon erklärt, dass ich *uruzda* von einer Wurzel *urudh* herleite, cf. auch *niuruzdôtema* Vd. III, 61. Vielleicht thut man am besten *uruzdapâka* mit „Flüssigkeiten kochend“ zu übersetzen.

b. Die Form *çairihyaṭ* bleibt räthselhaft, mag man sie als ein Wort schreiben wie ich gethan habe oder *çairi-hyaṭ* oder *çairê-hyaṭ*, wozu die Handschriften auch berechtigen. Huzvâresch-Übersetzung [Pahlavi] (סראספאנן), so dunkel wie der Text. Die neueren Übersetzungen scheinen auseinander zu gehen, lassen sich aber doch auf eine Grundansicht zurückführen. Die bei Anquetil sich findende Erklärung ist schon in der Übersetzung erwähnt worden: سرگین هرزمند بختن یعنی همامی. Dass حمامی statt همامی zu lesen sei, sieht man aus Anquetil's eigener Übersetzung, es soll ein Mistfeuer sein, mit dem man die Bäder heizt. Nicht viel anders im Pariser Rivâiet:

نسائی کجا هیچ سوزنده اند	بدشت وبیابان بر افگنده اند
چو دیدی وچیدی باین رسم وراه	رسانیدی اورا بر دادگاه
که آن یکهزار واین پنجصد	ایزد ترا مزد وحرمت رسد

Aspendiârji gibt deutlich zu erkennen, dass er das Huzvâreschwort für *çairihyaṭ* nicht versteht und sagt, einige hielten es für das Feuer im Kuhstall, Andere für das Feuer eines Kalkofens. Nach allen diesen Erklärungen scheint mir das Wahrscheinlichste, dass das in Érân so häufig gebrauchte Mistfeuer gemeint ist.

c. Khumba zemaini-pacika (oder *pâcika*) muss der Töpferofen sein. *Khumba* wie neup. خم heisst nicht blos Gefäss, sondern auch *fornix, aedificium arcuatum.* So versteht Anquetil und auch die Rivâiets:

همان آتش خم پز زین روش چو چیدی بیابی زدین پرورش
ترا مزد وکرفه است زان چارصد شوی پاکتر رسته گردی زبد

Aspendiârji scheint an den Ziegelofen zu denken. Huzvâresch-Übersetzung: [illegible] (חומבוך דיכך סואנן), was sie erklärt [illegible], ein mir dunkles Wort.

d. Khumba yâmô-pacika macht am meisten Schwierigkeiten. Huzvâresch-Übersetzung übersetzt die Worte ganz wie in *c*, was doch gewiss ein Versehen sein muss, als Glosse setzt sie bei [illegible], was mir wieder unverständlich ist. Deçtûr Dârâb hat in seiner Recension den Text geändert und liest: [illegible] (חימבת מן גורתאך סואנן), was heissen soll: von einem Backofen, wo man Körner bäckt, so auch Anquetil. Dagegen scheinen die Rivâiets hier an einen Ziegelofen zu denken:

همان آتش کوره تاوه پز چو چیدی روانت بپوشید خز
زسیصد بود مزد وباشد ثواب زدادار اورمزد کامت بیاب

Aspendiârji versteht hier den Töpferofen. Ich kann bei *yâmô* nur an neup. جام denken und verstehe Gläser darunter, so dass *khumbô yâmô-pacikô* ein Glasofen wäre. An einen andern Stoff kann man kaum denken, die irdenen Waaren sind schon vorher erwähnt, die Metalle werden es nachher.

e. Die Worte *aonyaṭ haca parô berejyâṭ* sind sehr schwierig. Huzvâresch-Übersetzung: [illegible] (אונכש בנא י רוינן ארגוכריתאנן), ist zum Theil blos Umschreibung, zum Theil unverständlich. Die öfter citirte Stelle der Rivâiets gibt uns nichts Entsprechendes, Aspendiârji etwas durchaus Unpassendes: das Feuer eines Reisenden oder eines Heeres. Ich habe in der Note zu der St. *aonya parô berejya* für Erz genommen, genauer: Erz, in welchem Kupfer der vorzüglichste Theil ist, denn ich glaube auch jetzt noch, dass *berejya* das neuere برنج ist. Etwas Anderes als was ich schon in der Note zu der St. gesagt habe, weiss ich auch heute nicht beizubringen. Rückert möchte *aonya* mit neup. آوند, Gefäss, vielleicht auch mit unserm „Ofen" zusammenbringen, *paro-berejya* aber mit „Theer (Harz) brennend“ oder „Malz dörrend“ übersetzen. Anquetil: قلعی گران, Verzinner.

f, g, h, i. Piçra= (פיתאר) in der Huzvâresch-Übersetzung, was sonst nicht mehr vorkommt. Aspendiârji: „Ofen“, so auch die Rivâiets, Deçtûr Dârâb sinnlos ظاهر. Ich bleibe bei meiner früheren Übersetzung: „Werkstätte“. Das Wort hängt mit *piç (pinsere)*, *paêçô*, *ποικιλος*, zusammen. Wegen *çaêpa* habe ich schon in der Note zu der St. auf skr. *çipra* aufmerksam gemacht, sehr passend vergleicht auch Rückert neup. آسیب *collisio*. Aspendiârji „Schmelze“. Anquetil *enclume*. Das Wort scheint auch in *raêçaêpa* (Yt. 14, 37) zu stecken, doch ist die Bedeutung dort ungewiss. — *Haoçafnaêna*, das ich nach der von Anquetil angegebenen Tradition mit Stein gegeben habe, aber nicht ohne meine Bedenken dabei zu äussern (cf. die Note zu der St.), ist Stahl, Huzvâresch-Übersetzung (פוראפת) i. e. neup. پولاد. Das Huzvâreschwort kommt, ebenso geschrieben, auch im Bahman-yesht, vor, die Etymologie sowohl der älteren wie der neueren Form ist mir dunkel. Die Rivâiets besprechen unsere Stelle ziemlich kurz folgendermassen:

همان آتش کوره زرگران — چو چیدی صوابت بود بی کران
صد است اندرو کرفه ای ارجمند — بکوش اندرین کار بشنو تو پند
جو چیدی تو آتش زارزیزگر — نود کرفه زان باشدت سربسر
زآهنگر اوستاد پولادگر — سرب اگرچه هفتاد این را ببر (sic.)

Man sieht dass der Verfasser *erezatô-çaêpa* unrichtig vom Verzinner verstanden hat, gegen die anderen Übersetzungen, die richtig (אסימכראנן) und سمگران etc. haben.

k. Dass *tanûra* im Huzvâresch (תנור), das semitische תנור, sei, ist leicht zu sehen und allgemein zugegeben. Nur hat Rückert mit Recht hervorgehoben, dass es hier kein Schmelzofen sein kann, nachdem von diesem schon hinlänglich die Rede war, sondern dass es ein Backofen sein muss. Dies ist auch die Ansicht Aspendiârji's und Anquetil's. In den Rivâiets تنور, womit Nichts gesagt ist.

l. Warum ich *dista* mit Herd übersetzt habe, ist schon in der Note zu der St. gesagt worden. Es ist dasselbe Wort, das ich oben §. 235 mit „Scheiterhaufen“ übersetzt und seine Grundbedeutung auch erklärt habe. Huzvâresch-Übersetzung ... (דם), die neueren Übersetzungen auch hier wieder دشت. Rivâiet:

. . . . گر آتش بپیدی زدشت وزکوه
. . . . بود مزد پنجاهت ای هشیار

m. Die Worte *aonyaṭ haca takhairyâṭ* sind wieder sehr schwierig. Was sich für meine Übersetzung (flüssige Erdarten) sagen lässt, ist schon in der Note zu der St. gesagt worden; ich will es hier um so weniger wiederholen, da ich nie ein sonderliches Gewicht auf diese Erklärung gelegt habe, die sich nur auf die Etymologie stützt, ohne von der Tradition bestätigt zu sein. Auf die Tradition sich aber bei der Übersetzung dieser Worte zu stützen war nicht möglich. Die Huzvâresch-Übersetzung: ... — womit ich bis heute nichts anzufangen weiss. Deçtûr Dârâb umschreibt sie: *men onieh padiann passassfiann* und übersetzt die letzten Worte دشتان باسان, darauf kommt auch Aspendiârji hinaus; man sieht aber leicht, dass weder Text noch Übersetzung zu solcher Übertragung berechtigt. Die Wahrheit scheint mir aber in der Übersetzung der Rivâiets zu liegen:

دیگر آن که پیش گازر بکار . . . .
بود از پلیدی بدو سوخته چو چیدی روانت شود افروخته
. . . . چهل مزد یابی زپروردگار

Aonya takhairya wäre also eine Waschanstalt. Die genauere etymologische Begründung sowohl für die altbaktrischen als die Huzvâreschworte muss aber der Zukunft vorbehalten bleiben.

n. Pañtaṭ haca çtaorô-payâṭ = ... (מן ראם בנא י סתורפאנ), d. i. vom Wege, wo Vieh gehütet wird. Es ist also ein Hirtenfeuer, so auch Anquetil und Aspendiârji gibt die Bedeutung zu, obwohl er eine andere vorzieht, die mir nicht klar ist. In den Rivâiets ist leider das betreffende Wort unklar.

o. Çkairya ist von der Tradition selbst sehr verschieden erklärt worden, ein hinreichendes Zeichen, dass das Wort nicht mehr klar ist. Anquetil: Ort, wo Pferde gehütet werden; ich bin ihm gefolgt. An einer andern Stelle findet sich zu *çkairya* die Bemerkung این برق آسمان است, dies ist der Blitz des Himmels — entschieden falsch, denn das Blitzfeuer ist *vâzista*. Aspendiârji: Kuhheerde. Für unsere Stelle sehr passend ist Rückert's Vermuthung: das Wort möchte mit شکار zusammenhängen und „Weidmannsfeuer“ bedeuten. Im Altbaktrischen ist weiter verwandt das öfter vorkommende Wort *çkarena*, was die Tradition mit „rund“ übersetzt, und *çkarana* Vd. XIV, 21. Die Huzvâresch-Übersetzung hat entweder diese Abtheilung ganz weggelassen oder mit der folgenden in eines zusammengezogen. Die Rivâiets:

چو چیدی تو آتش بیشه کار   بود بیست مزدت تو این یاد دار

p. Nazdista, das nächste Feuer, ist das, was man in seiner eigenen Nähe hat. Es ist bekanntlich geboten auch das Hausfeuer, nachdem man dasselbe einigemal gebraucht hat, wieder an seinen Ort, jetzt an das Behrâmsfeuer, zu bringen. Cf. meine Übersetzung des Avesta II, p. LXXI. Hier sind die Übersetzungen einstimmig und Anquetil hat sie nur in soweit missverstanden als er *proche (du Dâdgâh)* übersetzt. Es ist aber vielmehr die eigene Nähe zu verstehen. Daher die Rivâiets:

چو چیدی تو آتش بنزدیك خویش   بود ده ترا مزد از کم و بیش

259. Die Übersetzung dieses Paragraphen ist auch heute eine eben so unsichere wie früher. Huzvâresch-Übersetzung: [illegible] (ניגונן מנן פנן המא נוית נוית זכי סראשיך זך אנד אתאש [illegible] סונאך אוו זכי דאתידא נאם מאם דדרננת הנמנאי 300) „wie wer einzeln in dieser .... so viel brennende Feuer zum Dâdgâh gebracht hätte: 300“. *Yamanaňm* (in andern Handschriften auch *yahmanaňm*) soll den [illegible] (המא), all, entsprechen, was mir kaum möglich scheint, ich hielt es und halte es noch für den Genitiv des im §. 254 besprochenen *yâmô*, trotz der abweichenden Quantität des *a*. *Paitinaňm* = [illegible] (נוית נוית), bei den Neueren جدا جدا; höchst seltsam; zwar wird die Partikel *paiti* distributiv gebraucht, aber hier müsste es das Substantiv *paiti* sein. Meine frühere Conjectur, dass vielleicht *paiti naňma* zu lesen sein möchte, ist bis jetzt durch keine Handschrift bestätiget worden. Das schwierigste Wort ist aber ohne Frage *çairinaňm*, das die Huzvâresch-Übersetzung mit dem dunklen [illegible] übersetzt, das von Deçtûr Dârâb

ganz unglaublich mit سرای, Haus, Aspendiârji mit *camak (flash, gleam, glitter)*. Hiernach würde man *ahmâi âthrê* und nicht *ahmâi nairê* verstehen müssen und der Sinn würde sein: wie viel Flammen (oder Strahlen) es hat, soviel etc. Die Übersetzung ist nicht unpassend, scheint mir aber problematisch.

260. Die Schwierigkeiten des vorhergehenden Paragraphen kehren, wenn auch im verkleinerten Massstabe, hier wieder. Soviel ist sicher, dass die Huzvâresch-Übersetzung recht hat, wenn sie in der Glosse zum vorbergehenden Paragraphen anmerkt, dass die genannte Zahl der Summe von 300 Feuern entsprechen müsse, wie auch in diesem 200. Das sind in der That die entsprechenden Zahlen, welche wir bedürfen.

271. *Razañhaṅm* habe ich bereits in der Note zu der St. mit skr. *rahas* verglichen und diese Vergleichung mag lautlich nicht unrichtig sein, ob auch der Bedeutung nach, scheint mir jetzt weniger sicher. Huzvâresch-Übersetzung [Pahlavi] (סנן שכר), was wohl dem Sinne nach richtig, aber zu frei zu sein scheint. Aspendiârji „im Jungle". Deçtûr Dârâb scheint שכר mit شهر verwechselt zu haben, daher Anquetil: *O dieu, si un homme pur, o dieu pur, se mêle à un mort et que (celui qui peut le laver) soit loin, ne soit pas dans la ville*. Vielleicht heisst *razô* Wald, wie *razura* und hängt dann mit neup. رز zusammen.

276. *Fraçnâiti* ist nach der Huzvâresch-Übersetzung das Waschen mit Kuhurin, wie dafür ja in der That immer *fraçnâ* gebraucht wird, *upaçnâiti* erklärt sie durch eine Glosse [Pahlavi] (אנש ידמן בנא מארית) „dann reibt er die Hände". Ich vermuthe jetzt, dass diese Glosse meint: der Mazdayaçna solle mit den Händen auf seinem Körper reiben. So Aspendiârji und eine Stelle der Rivâiets (Cod. XII, suppl. d'Anquetil p. 615): در برگرد هشتم جد دیو داد چنان فرماید که ایشان که از برشنوم گر دور باشند که میان ایشان وبرشنوم گر سی فرسنگ باشد وکسی واد یاب شود باید که خویشتن را بپانزده بار بپادیاب بشویند وبخاك خشك کنند پس بنزدیك برشنوم گر شوند وبرشنوم کنند. Es ist also, wie man sicht, ganz das تیمم der Muhammedaner.

277. *Aghryaṅm paiti uçnâitîm*, wörtlich: „bei einer oberen Waschung", was die Huzvâresch-Übersetzung als Waschung des

Kopfes erklärt, worin ihr Aspendiârji beistimmt; Anquetil blos: *qu'il se lave bien. Uçnditi = uç-çnâiti.*

282. *Berezvôgeț* habe ich mit den besten der indischen Handschriften gelesen, hier und §. 296 steht so neben *berezyôgeț* und *berezivôgeț*. Eine neue Leseart hat aber Westergaard in den persischen Handschriften gefunden und, wie ich glaube, mit Recht in seinen Text gesetzt. Diese Handschriften lesen nämlich *berezyaogeț*, ganz analog dem öfter vorkommenden *paityaogeț*: dass die Huzvâresch-Übersetzung so gelesen hat, sieht man aus ihrer Übersetzung. Die Schlusssilbe *aogeț* bleibt mir übrigens bis jetzt dunkel. Liest man *berezvôgeț*, so muss man in *berezvô* das Neutrum eines Adj. *berezvan*, in *get* aber eine Partikel sehen, wie Vd. VIII, 36. *Rázayańn* = [illegible] (ארזאסתן). Dies scheint mir richtig und dieselbe Bedeutung auch Vd. XVII, 4. 10 und Yt. 10, 14 anzunehmen sein. Eine Nebenform dazu wäre *radh* cf. Yt. 10, 68, und dies müsste der Präsensstamm zu neup. آراستن sein. Das Wort hängt, wie Rückert richtig gesehen hat, mit *erez*, skr. *ṛij* zusammen. — Aspendiârji meint, der Verunreinigte solle sich an einen hohen Ort stellen.

283. *Ava-hista* = [illegible] (דכוימננית הנכנם), ich bin gestanden. Früher wollte ich *ava-hista* als part. praes. = *avahistan* fassen, jetzt ziehe ich vor es als perf. redupl. zu fassen.

284. Meine Annahme, dass *ava hista* das Subj. zu *içaitê* sei, geht nur dann an, wenn wir dieses als part. praes. fassen, man würde sich sonst versucht fühlen, *mê* in *hê* zu verwandeln. Westergaard liest mit einigen Handschriften *içaêta*, aber ich kann auch nicht sehen, dass dadurch die Schwierigkeit gehoben werde. Was wir brauchen, ist eine 2. ps. plur. imperat., um zur Huzvâresch-Übersetzung zu kommen [illegible] (בויאנגית אוו ר יושדאסרש). Es scheint mir wahrscheinlich, dass hier ein Verderbniss der Handschriften vorliegt, oder dass *içaitê*, wie öfter, das Präsens statt des Imperativs ist.

286. Statt *yaozhdatheñtê*, *bakhsheñti* liest Westergaard *yaozhdathenti bakhsheñtê;* in Hinsicht auf die erstere Form möchte ich ihm jetzt beistimmen, nicht aber in Bezug auf die zweite. Cf. Vd. V, 173.

300. Als Grund der in §. 279 vorgeschriebenen fünfzehn Waschungen gibt eine Stelle der Rivâiets (Cod. XII, suppl. d'Anq.

p. 616) folgendes an: واین پانزده بار بسبب آنست که در راه اگر بجوی وبا آب رسد واورود کم آزرده بود. Ohne Zweifel ist es der böse Blick *(agha dôithra)* des Verunreinigten, der das Wasser und die Bäume plagt, und dieser soll durch die vorgeschriebenen Waschungen beseitigt werden.

301. *Fraoiriçyêiti* wird von der Huzvâresch-Übersetzung mit [illegible] (פרית ורתית) gegeben, ebenso Vd. XIV, 69; Yt. 21, 17. *fraoirisaiti* (cf. Vd. IX, 158), wofür wohl *fraoiriçaiti* zu lesen sein dürfte. Die Bedeutung kann keine andere sein als die von mir angenommene. Aspendiârji nimmt fälschlich *cithańm* = [illegible] (פרות) und *fraoiriçyêiti* = [illegible] (ורתית). Als Wurzel ist wohl *viriç* anzunehmen, die man an skr. *vraçc* anschliessen kann.

308, 309. „Das ist seine Strafe, das seine Sühne (nämlich) für den sühnenden hier (in dieser Welt) Reinen — wo nicht — dem Nichtsühnenden" etc. So habe ich die Sache im Wesentlichen gefasst, als ich die Stelle zuerst übersetzte und so fasse ich sie noch; diese Auffassung stimmt auch gut zur Huzvâresch-Übersetzung, *pâremnâi* ist dann erklärende Apposition zu *hê*, *nôiț* steht wie *yêzi nôiț*, wo nicht.

310. Citat aus Yç. XLVIII, 11.

Neunter Fargard.

1. Cf. Vd. II, 1. Nachdem am Schlusse des vorhergehenden Capitels verunreinigte Menschen angewiesen worden sind, sich einen Reiniger zu suchen, schliesst sich in dem vorliegenden, vollkommen logisch, eine Beschreibung des Reinigers und seines Geschäftes an.

2. Man bemerke *aǧhva açtvainti* statt *aǧhvô*, die Verdunklung des *a* ist dem folgenden *a* zu lieb unterblieben. Cf. Vd. V, 40. 78. In der Auffassung von *haúm vaênâoñtê* bin ich meinen eigenen Weg gegangen. Die Huzvâresch-Übersetzung: [illegible] (נ̄ינינן דר האנן י אסתאומנד אנשותא דכיא אנן רימנן הם חריתנגר), d. i. „wie sollen reine Menschen in der bekörperten Welt jenen Schmutz ansehen?" Die Ergänzungen, welche man vornehmen müsste, um diesen Sinn zu erhalten, scheinen doch zu stark zu sein. Ich ziehe vor *haúm vaênâoñtê* reflexiv zu nehmen: für

sich auswählen und *tê* im folgenden Paragraphen als Object dazu zu nehmen. *Mashyâka* würde dann, im Gegensatz zu der Huzvâresch-Übersetzung, gerade die unreinen Menschen bezeichnen. Die neueren Übersetzer stimmen zur Huzvâresch-Übersetzung.

3. *Haním naçûm* und *paiti iristem* sind zwei zu Substantiven erhobene Adjective. Das erstere übersetzt die Huzvâresch-Übersetzung: (דם נסוש אומנד) und erklärt es (דם רימנש), mit Schmutz behaftet; *paiti irista* dagegen (מן נרמן ריסת) von jenem Todten. In der Auffassung des ersteren Wortes bin auch ich der Huzvâresch-Übersetzung gefolgt, das zweite aber erkläre ich: „in Berührung gekommen“, sc. mit Leichen. Cf. Vd. V, 148; IX, 31, und *haním irista* Vd. XIV, 8; XVIII, 143 und selbst das einfache *irista* Yç. X, 38.

5. Ich habe das erste *vacó* als part. praes. = *vacan* gefasst und davon *arsh-vacó* (= *arsh-vacağh*) als Acc. abhängen lassen. Die Huzvâresch-Übersetzung nimmt die Worte etwas anders: sie betrachtet *vacó* und *arsh-vacó* coordinirt und sieht auch am Ende des zuletzt genannten Compositums das part. praes. also: welcher da ist sprechend, Wahrheit sprechend etc.; zu *vacó* oder (נופתאר) steht dann die Glosse (איעש תובאנן נופת), „d. h. dass er zu sprechen vermag“. Zu *arsh-vacó*: (איעש כרבא כים נופת דכוימננית), „d. h. der wenig Lügen gesprochen hat“ und zu *maínthrem pereçó* (איעש ישת כנת דכוימננית) „d. h. der den Yaçna verrichtet hat“. Aspendiârji stimmt hiermit im Wesentlichen überein. In der Huzvâresch-Übersetzung ist die Form (פונסתאר) auffällig, man erwartete (פונסיתאר), im neup. پرسيدار, ich habe aber die Leseart von *C* nicht zu ändern gewagt.

6. *Apivataitê* = (דר חויתננית), d. i. er weiss. Cf. Burnouf Etudes p. 328 fg. Ich selbst habe das Wort (Kuhn, Beiträge I, 316) mit lat. *vetare* zusammengestellt. Die Wurzel *vat* findet sich auch sonst noch im Avesta cf. Yç. XXXV, 17. 21; vielleicht auch Yç. XLIII, 18.

7. *Perethwi aghâo zemó* übersetzt die Huzvâresch-Übersetzung (סנן זך ורדאומנד דמיך), auf dieser kreisförmigen Erde, was grammatisch und lexikalisch nicht gut angeht. *Perethwi* kann blos der Locativ des Neutrums von *perethu*, breit, sein, und

muss die Genitive *aghâo zemô* regieren. Aspendiârji gibt *perethwi* mit „Weg“, als ob *pathi* da stünde; Deçtûr Dârâb umschreibt [illegible] mit *barhoumand* und übersetzt es بردار, Früchte tragend, ganz offenbar falsch. Auffallend ist *upa thwarsti*, nach cl. 2. flectirt, man erwartete *thwereçuiti*. Als Substantiv wie Vd. XIV, 59 kann man das Wort hier nicht fassen, da sonst das Verbum fehlen würde, auch wollen es die Übersetzungen als Verbum gefasst wissen. *Urvaranaňm* als allgemeiner Casus für den Plural oder als gen. partit. aufzufassen. Unter *urvara* wird man hier, wie an anderen Stellen, nicht blos Bäume, sondern Pflanzen im weitesten Sinne des Wortes verstehen müssen. Der Zweck der ganzen Operation ist ohne Zweifel, wie Aspendiârji angibt, die Reinigung des Platzes von allen hindernden Gegenständen.

8. *Vibâzu* ist gewiss ein Längenmass, aber es ist schwierig zu sagen wie gross es ist. Aspendiârji und die Huzvâresch-Übersetzung umschreiben *vî* und *bâzu* für sich getrennt, wodurch nichts klarer wird; ersterer scheint zwischen *bâzu* und *vîbâzu* keinen Unterschied zu machen. Dagegen übersetzt Anquetil in der gedruckten Übersetzung „*doubles bâzous*“ als ob *vi* = *dvi* stünde. In der handschriftlichen Übersetzung hat er die Note beigefügt: *Le bazou proprement est de l'épaule au coude, les uns disent que le bazou se prend d'un coude à l'autre, la poitrine comprise. Ici v i signifie: le bazou est encore un bazou, ce qui fait la brassée.* Es ist mir nicht möglich zu sagen, welches Gewicht auf diese Mittheilung zu legen ist.

13. Es kann fraglich erscheinen, ob man *upa* hier als Adverbium — etwa in der Bedeutung dazu — auffassen und den Acc. *paoirîm maghem* von *nithwereçôis* abhängen lassen soll oder ob *paoirîm upa maghem* heisst: am ersten Loche; ich habe die erstere Auffassung vorgezogen. Über *magha* cf. zu Vd. VIII, 118. *Niçma*, nieder, Huzvâresch-Übersetzung: שוו ונויש (מנן נבונש) mit *ni*, *nitema* zusammenhängend; die Leseart *nithma*, die sich einigemale findet, ist vielleicht die ursprünglichere Form. *Içi* ist ohne Frage das neup. یخ, unser Eis. Die Worte *paçca hamô aiwigaitîm*, *paçca zemô aiwigaitîm* sind von mir falsch verstanden worden: nach Verfluss des Sommers, nach Verfluss des Winters. Sie heissen im Gegentheil: nach Herbeikommen des

Sommers, nach Herheikommen des Winters. So auch die Tradition. Aspendiârji und die neueren indischen Erklärer überhaupt verstehen diese Stelle nicht mehr ganz, da ihnen die Kenntniss von den Gegensätzen der Jahreszeiten abgeht.

14. Die Huzvâresch-Übersetzung und der zu ihr gehörige Text zieht hier wieder in möglichster Kürze zusammen, was die Recension der VS. breit auseinander legt.

19—20. *Hañcayata* habe ich von einer Wurzel *hañc* abgeleitet, welche mit skr. *sam̃c* identisch sein müsste; es liesse sich auch neup. هنجيدن hieher ziehen, das Richardson mit „*draw out, bring forth*“ übersetzt. Doch kann man auch an *ci* denken.

21. *Karshaçciṭ* halte ich für einen Nom. sg., der des Nachdrucks wegen vorausgesetzt ist. Was anbelangt den Kreis — so ziehe etc. Wir haben kein Recht ein Thema *karsh* anzunehmen. Statt *vairyô* ist mit andern Handschriften und Westergaard wohl *vairya* zu lesen, die Grammatik fordert dies, wenn auch sehr gute Handschriften für *vairyô* sprechen. *Khshathrô vairyô* ist bekanntlich der Genius der Metalle, sein Name wird dann geradezu für den von ihm beschützten Gegenstand gesetzt. Aspendiârji sieht in *tighra* ein Subst. und übersetzt es mit Schwert.

25. *Vita*, Huzvâresch-Übersetzung: [Pehlevi] (נוית) i. e. neup. جدا, ebenso Aspendiârji und dies scheint mir auch das Richtige. Bezüglich der Ableitung darf man wohl das Wort mit *vi* in Verbindung bringen und davon mit einem Suffix *ta* ableiten, cf. *uta* aus dem Pronominalstamme *u*.

28. *Ava añtare* übersetzt die Huzvâresch-Übersetzung mit [Pehlevi] (אורונתר), *pârentare* mit [Pehlevi] (פרונתר); das erste Wort kann ich sonst nicht mehr belegen, [Pehlevi] (פרון) heisst rückwärts, cf. Yç. IX, 39. Vielleicht ist also statt oben und unten genauer vorwärts und rückwärts zu übersetzen. Aspendiârji: „nach dieser Gegend und nach jener Gegend“, sehr unbestimmt. Deçtûr Dârâb liest [Pehlevi] (פרותר) i. e. فرودتر, darnach habe ich übersetzt.

29. *Âiti* habe ich trotz des langen Anlautes = skr. *ati* gefasst und mit dem Verbum verbunden, die Tradition sieht darin ein Verbum: [Pehlevi] (דאיתינגשן), es ist zu bringen.

30. Die Namen der hier genannten Erdarten habe ich unübersetzt gelassen, sie werden mit Sicherheit kaum zu ermitteln sein,

die Angaben der Huzvâresch-Übersetzung sind nicht deutlicher als der Text. *Çafa* = [Pahlavi] (חומבו), sowohl Aspendiârji als Deçtûr Dârâb scheinen das Wort für arab. صف, Linie, zu halten. Das Wort findet sich sonst in der Bedeutung „Klaue“ Yç. LVI, 11. 3, entspricht also dem skr. *çapha*; es ist möglich, dass im Huzvâresch [Pahlavi] (חומבו) verschrieben ist für [Pahlavi] (סומבו) i. e. سنب, das offenbar mit *çafa* zusammenhängt. Hier muss es wohl eine Erdart sein, die man aus irgend welchem Grunde mit Horn verglich. *Dâdru* = [Pahlavi] im Huzvâresch, mir unverständlich, Aspendiârji „Stein“, Deçtûr Dârâb unsinnig دراز. Die Note Anquetil's in seiner gedruckten Übersetzung: *Dâdroum, étendue ou profonde selon le pehlvi bounvar, d'un bout à l'autre* hat gar keinen Werth. *Zem varetem* = [Pahlavi] (?דמיך ושתאסםנא). Aspendiârji: „Stücke von Erde“, Deçtûr Dârâb بردار, daher Anquetil: *portant des fruits*. Für *dâdrûm* und *dâdrum* zeigen sehr gute Handschriften *dâdaraúm*, was Westergaard vorgezogen hat; ich bleibe bei der von mir gewählten Leseart, da es öfter vorkommt, dass diese Handschriften *aúm* für schliessendes *ûm* zeigen. Cf. die Varianten zu Vd. V, 78; VI, 69; VII, 149; XV, 117; XVI, 7. Dagegen ist meine Conjectur *khraozhduçmanaúm* für *khrûzhdiçmanaúm* etwas kühn, *khraozhduçma* haben wir Vd. VIII, 19; XVII, 13; doch überall schwach bezeugt und daher *khraozhdiçma* wohl vorzuziehen. Der Sinn wäre für beide Formen derselbe, *khraozhdu* müsste auf *khraozhdva*, *khruzhdi* dagegen auf *khruzhdya* oder *khruzhdin* zurückgeführt werden.

31. *Paçcaêta*, nachher, d. i. wie Aspendiârji richtig erläutert, nachdem der Platz für die Reinigung vollkommen hergerichtet ist. — Man hüte sich unter *aêsha yâ paiti irista* etwa eine Frau zu verstehen, cf. Vd. IX, 3. 119. 162. Es ist nur unbestimmt ausgedrückt: irgend welcher.

32. *Ava* steht hier und an andern Stellen ganz wie *avi*, das nahe verwandt scheint. *Nistare* = [Pahlavi] (כוסתכתר), *kuçt* heisst im Pârsi die Seite, der Rand (*paxa* bei Neriosengh). Aspendiârji gibt das Wort ebenso mit طرف, ebenso Deçtûr Dârâb und diese Bedeutung wird auch in der That von dem Sinne gefordert. Etymologisch muss *nistare* mit skr. *nis* zusammen hängen. Schwierig ist *karshayâo*, da sonst *karsha* masc. ist, so könnte *karshayâo* blos

Gen. dual. sein, was aber nicht passt. Ich nehme die Form für Gen. sg. eines Abstractums *karsha* (fem.), welches die Kreise in ihrer Gesammtheit bezeichnet.

33. Cf. Yç. XLVIII, 10.

34. *Âdhayôiț* habe ich übersetzt: „es wiederhole". Huzvâresch-Übersetzung: [Pahlavi] (פסאוו נר נרמן הנא דמננגית), d. i. „er gehe ihm Antwort", so auch Aspendiârji.

35. *Avâçtryêitê* = [Pahlavi] (אכאר דהוננית) „sie wird unnütz". Cf. Yt. 1, 43. Die neueren Übersetzungen stimmen damit überein und die Übersetzung ist ganz begreiflich, wenn man weiss, dass *vâçtra*, namentlich in den *Gâthâs*, in der Bedeutung [Pahlavi] (כאר) vorkommt. *Avâçtryêitê* ist eigentlich: sie verliert ihr Terrain, cf. *vâçtryaêta* Vd. XIV, 72.

36—39. Die Dative sind an *vacaghaṅm* im vorhergehenden Paragraphen anzuschliessen. Vergl. auch Yç. XXVII, 2. Für *khrvîm-draos* geben manche Handschriften *khrvî-draos*. Ein Compositum ist das Wort nach der einen wie nach der andern Leseart, *khrvîm* muss adverbial gefasst werden. *Khrvîm-dru* ist der böse Gegensatz zu *darshi-dru*, die Huzvâresch-Übersetzung umschreibt das Wort blos und die Übersetzung desselben lässt verschiedene Möglichkeiten zu; *khru*, *khrvish* ist, wie gesagt, der Gegensatz zu *darsh*, beide Worte bedeuten hart, heftig sein; das letztere im guten, das erstere im bösen Sinne. *Dru*, stürzen, von *dru*, laufen. Neriosengh übersetzt *dru* mit *çastra*, Waffe, wobei man an griech. δόρυ zu denken hat. Ich möchte jetzt diese traditionelle Erklärung der meinigen vorziehen, wegen der Form *darshi-dru*, in welcher die Wurzel *dru*, laufen, unstatthaft ist, weil sie sonst nur von bösen Wesen gebraucht wird. — *Mâzainya* = [Pahlavi] (מאזניך) in der Huzvâresch-Übersetzung. Die neuere Tradition übersetzt das Wort durchweg mit „mazenderânisch"; ob mit Recht, muss dahin gestellt bleiben.

40. Meine Übersetzung ist nach der Huzvâresch-Übersetzung und ich halte sie auch noch für richtig. *Gaomaêzem paçcaêta upaghereem* ist wohl ein Satz für sich und wörtlich zu übersetzen: Ochsenurin (ist) nachher die Ausgiessung. *Ayaghaênem vâ çrum vâ* übersetzt die Huzvâr.-Übersetzung: [Pahlavi] (מנן אסיניי איוך מנו סרסין) „im eisernen oder bleiernen" sc. Gefässe oder Löffel, denn dieser ist zunächst gemeint. Es müssen Acc. des Stoffes sein, cf Vd. XVI, 13. 14; XVII, 2; XIX, 75. *Çru* ist = اسرب, Blei, Aspendiârji *pîtal (brass)*. Rückert will *çru* = skr. *sruc*, Löffel nehmen, worin ich ihm beistimmen würde, wenn es nicht gegen die Tradition wäre.

41. Die Worte *yêzi çrum* fehlen in der Huzvâresch-Übersetzung. Ich habe daher die Worte in meiner Übersetzung weggelassen. Ich halte es für besser zu übersetzen: Wenn es Blei (ist), so benetze es und suche einen Stock etc. Aspendiârji übersetzt *yêzi* mit *sisu (lead)! Graom* Acc. von *grava* = neup. غرو, Rohr. *Pikha* = [illegible] (פיחך) in der Huzvâresch-Übersetzung, die neuere Tradition einstimmig „Knoten" und mit Recht. Es ist *pikha* eine Ableitung derselben Wurzel, von der im Neupersischen پيچيدن und پيچيدن *torquere, convolvere* kommt und ich möchte auch das griech. *σφίγξ, σφίγγω* daran anschliessen.

43—117. Cf. Vd. VIII, 128—228.

118. *Imaním vacô* ist sehr gut bezeugt neben *imań vacô*. Beide Formen sind blos verschiedene Schreibungen des auslautenden trüben Nasals. *Imaním* ist eben so gut Acc. pl. als *imań*, cf. zu Vd. VIII, 4. Dass das Präd. *vârethraghnyôtemem* im Singular steht, ist nach der altbaktrischen Syntax durchaus regelrecht.

119. Die Huzvâresch-Übersetzung übersetzt: [illegible] (פרתום מאם מע סנאנ̄ מן נסוש נבנא דהוננית), was ganz zu meiner Auffassung stimmt: „am ersten Loche wird der Mann frei von der Naçus". Man muss dann *frânaçus* verbinden und als ein Comp. auffassen wie *uzbaodha* (der Mensch), dessen Naçus heraus ist. Dass das Subj. zu *bavaiti* im Acc. steht, ist nicht auffallend, da es öfter vorkommt cf. Yt. 6, 2. Man wird aber ziemlich denselben Sinn erhalten, wenn man *frâ* zu *bavaiti* zieht: „Die Naçus kommt hervor in Bezug auf den Mann". Die neuere Tradition scheint *naçus-narem* als Compos. determinativum fassen zu wollen: „Der Naçus-Mann geht zum ersten Loch", dem Sinne nach nicht übel, was aber der Huzvâresch-Übersetzung widerspricht und auch sonst hart wäre. Die Glosse der Huzvâresch-Übersetzung, die uns vielleicht einiges Licht geben könnte, ist mir leider dunkel und wahrscheinlich verdorben, für [illegible], wie ich mit A gelesen habe, liest C [illegible], sonst ist keine Variante vorhanden.

120. *Ava tâ* sc. *magha*, also der Verunreinigte soll sich gegen die noch übrigen drei Löcher hin setzen, ausserhalb der Kreise. *Añtare aredhem maghahê*, „in der Mitte eines Loches“, so dass ein besonderes Loch für ihn gegraben ist, das sich zwischen den verschiedenen Kreisen befindet. So auch Aspendiârji, wenn ich ihn recht verstehe. *Pârentare* habe ich mit „unterhalb“ übersetzt (cf. zu Vd. IX, 28), wogegen schon Rückert Widerspruch erhoben hat, der es „ausserhalb“ fassen will, Aspendiârji „an der andern Seite“. Jetzt übersetze ich, nach dem, was ich oben zu Vd. IX, 28 bemerkt habe: „rückwärts“. Die *anya magha* müssen also die sechs bereits durchschrittenen sein.

121. Der Verunreinigte soll sich vier Finger weit von den andern Löchern wegsetzen. Der Satz ist unbequem und ich würde sehr geneigt sein, ihn mit Rückert für eingeschoben zu halten, wenn er nicht in allen Handschriften stünde.

122. Ein schwieriger Satz, der aber zu wichtigen etymologischen Erwägungen Veranlassung gibt. Zuerst, nach der Huzvâr.-Übersetzung soll der Satz bedeuten: [Pahlavi] סוֹל סוס נויסיט· סוס — נויס· (נרמנשאננג̃ דנמן דמיך פור פנאנ̃ כנשנש פנאנ̃ אי כנאנר) „diese sollen diese Erde mit vollen Grabungen graben“, was wohl allenfalls dem Sinne, aber keinenfalls den Worten nach richtig sein kann. Die Schwierigkeit liegt in den beiden letzten Worten; nach der Huzvâresch-Übersetzung muss man vermuthen, dass sie anders als wir, etwa *fradavdis fradavata* gelesen hat. Ich habe übersetzt: „von diesen reinige er sich durch Erde mit vollen Waschungen“; man construire *fradavata fravdis zemô* (Gen. sg.) *aêtaêshaňmca* (sc. *maghanaňm*). *Frava* habe ich auf *fru*, πλέω, zurückgeführt; dass ein von dieser Wurzel abgeleitetes Wort die Bedeutung „Waschung“ habe, scheint mir nicht unmöglich. Verwandt ist *fravi* (Yç. LVI, 7. 3), was die Huzvâresch-Übersetzung mit פנאנ̃, Neriosengh mit *prakṛishtam̃* übersetzt; ich habe es gleichfalls an die Wurzel *fru* angeschlossen und mit „Fortgang“ übersetzt. Für unser *frava* liesse sich auch die traditionelle Bedeutung „Grabung“ zur Noth festhalten, da Kuhn, wie ich glaube mit Recht, auch das deutsche *pfluoch*, Pflug, litt. *plugas* zu unserer Wurzel stellt. Das zu *fravdis* gehörige Adjectiv *perethu* heisst zwar eigentlich „breit“ und nicht „voll“, wie die Übersetzungen wollen; dem Sinne nach werden aber breite Waschungen und volle Waschungen ziemlich auf dasselbe

hinauskommen. Rückert denkt bei *frava* an neup. فراوان, dann würde der Begriff des Waschens in *fradavata* allein liegen, *frava* und *fravi* aber wären wohl mit „Fülle“ zu übersetzen. *Fradavata* (die Handschriften mit Übersetzung lesen *fradhavata*, was Westergaard vorgezogen hat) habe ich auf skr. *dhû*, waschen, zurückführen wollen und ich weiss auch jetzt noch nichts Besseres. *Aêtaêshaňm* will Rückert übersetzen: „von diesen Dingen“ und meint es sei *gaomaêza* und Ähnliches, Aspendiârji ergänzt dazu *karshanaňm*. Der Gebrauch ist jetzt entschieden der, dass der Verunreinigte sich mit Erde reibt, wenn er an dem in unserem Paragraphen bezeichneten Platze angekommen ist.

123. Über *haňkan* cf. zu Vd. VII, 35. Unsere Stelle spricht sehr für die Richtigkeit der Bedeutung „reiben“, denn auch jetzt reibt sich der Verunreinigte wirklich mit Erde.

124. Für das auffallende *huskô* setzt Westergaard conjectural *hisku*, was freilich viel besser ist und auch Rückert vorschlägt. Die Leseart *hisko* in den VS. scheint darauf hinzudeuten.

125. Huzvâresch-Übersetzung: [illegible] (נר אמת פנן נרמן תנן זך חוית חאך חושך דהוננאת), „bis dass an diesem Leibe dieser feuchte Staub trocken ist“. Dass dieses keine wörtliche Übersetzung genannt werden kann, liegt am Tage. Ich habe Anstoss daran genommen, dass zwei so ähnliche und so nahe zusammen stehende Wörter, wie *hiskvi* und *highnvi* in verschiedener Bedeutung stehen sollten. Es ist aber doch möglich, dass gerade ein Gegensatz beabsichtigt wurde und dass *highnvi* von der Wurzel *hinc*, benetzen, abzuleiten wäre. Wir würden dann den sehr passenden Sinn erhalten: „bis dass sein Körper trocken, der Staub feucht ist“ und diese Übersetzung würde mit der Huzvâresch-Übersetzung im besten Einklange stehen. So fasst es auch Aspendiârji.

130. Meine frühere Übersetzung halte ich fest, es steht hier das Medium statt Passivum. Nach der neueren Ansicht soll der hier genannte Weihrauch in das Feuer geworfen werden; dies scheint mir mit dem Texte unvereinbar.

133. Die Worte *airimê gâtûm hê nishadhaêta* gibt die Huzvâresch-Übersetzung: [illegible] (פנן זכי ארמישתאנן נאם בנא יתיבננשנן) „man muss an dem Orte der Arméstś sitzen“.

Armést heisst im Pârsi: ein Krüppel, ein Verstümmelter, daher nach Aspendiârji auch hier: Ort der Verstümmelung. Der Sinn würde ganz gut passen, aber die Etymologie von *airimê* ist dunkel und darum auch die Bedeutung nicht ganz gewiss. *Airimê* stellen Roth, Benfey und Rückert zu skr. *irina* und griech. ἔρημος; das letztere Wort, welches am nächsten anklingen würde, muss ich mit G. Curtius zu *ram* stellen. Meine eigene Ableitung von *iri* ist zwar nicht unmöglich (man müsste *a-irima* zerlegen, so dass *airimê-gâtus* eigentlich der Ort der nicht Verunreinigenden wäre), aber sicher ist sie auch nicht. Ich halte es daher für gerathen bei der traditionellen Überlieferung zu bleiben. Cf. auch Vd. XIV, 18. *Pârentare*: entfernt oder rückwärts, wie oben.

136. *Uç vaçtrâț* habe ich mit „nackt" übersetzt, gegen die Tradition, welche übersetzt: er soll die Kleider waschen. Ich habe Anstand genommen dieser Übersetzung zu folgen, weil mir dabei der Abl. *vaçtrâț* unerklärlich ist. Ich weiss diesen Einwand auch jetzt noch nicht zu entkräften, cf. auch oben §. 131.

146. *Parô* wird in der Huzvâresch-Übersetzung mit ܘ (מן) übersetzt, also wohl: wegen; *âfriti* = آفرين, Aspendiârji دعا, nach der Glosse sind die Worte: „Sei rein" hinreichend. Nach Ansicht einiger Deçtûrs tritt der Segensspruch nur dann an die Stelle der Bezahlung, wenn der gereinigte Priester nicht 2000 Denare besitzt.

150—151. Der Ausdruck *gâus azi* kommt öfter im Avesta vor und wird von der Huzvâresch-Übersetzung gewöhnlich nur umschrieben. Cf. Yç. XXIX, 5; XXXIV, 14; an der ersten Stelle belehrt uns Neriosengh, dass *gâus azi* eine dreijährige Kuh sei. — *Fravaiti* von *fru* ist anscheinend synonym. Aspendiârji — der über *gâus azi* mit Neriosengh übereinstimmt — übersetzt das Wort فراز رفتار, auch Deçtûr Dârâb weiss nichts anzugeben. Wie mir scheint, muss das hier genannte Thier ein geringeres sein als das im vorhergehenden Paragraphen genannte.

152. Ein sehr schwieriger Paragraph; die Übersetzung, welche ich von demselben gegeben habe, ist von Rückert mit Recht getadelt worden. Ich übersetzte — lediglich auf die Etymologie gestützt —: „der Dorfbewohner, wenn er ansehnlich ist". Hiergegen spricht aber der Umstand, dass die Aufzählung von dem obersten Range des

érânischen Stammes anfangend sich nach abwärts bewegt. Die Übersetzungen helfen uns leider nicht. Die Huzvâresch-Übersetzung hat für *vaêçêus pairi aêtarêus* ויס (ויס פראסתך), was vielleicht richtig sein mag, ich kann aber nicht sagen was es heisst; פראסתך könnte im Neup. nur براستك oder فراستك heissen, das erste Wort existirt nicht, das zweite ist in der Bedeutung *paullulum retrorsum* nur durch ein einziges Originallexikon bezeugt. Deçtûr Dârâb بس غريبان, die sehr Armen, ihm ist Anquetil gefolgt. Obwohl der Sinn nicht unpassend ist, so sieht man doch leicht, dass Deçtûr Dârâb blos darauf gerathen hat, und dass er ויס in der Huzvâresch-Übersetzung fälschlich = بس nimmt. Nicht mehr Autorität kann ich der Übersetzung Aspendiârji's zugestehen, der *pairi aêtarêus* mit پرستار übersetzt. Der Sinn ist ausserordeutlich passend, denn Arme, Diener oder etwas dergleichen passt hier ganz in den Zusammenhang; aber wahrscheinlich hat Aspendiârji in der Huzv.-Übersetzung פראסתך = پرستار genommen, was natürlich nicht angeht; auch ist es störend, da پرستار im Neup. bekanntlich nur die weibliche Dienerschaft bezeichnet. So sind wir denn zur Erklärung dieser Stelle auch heute noch auf die Etymologie beschränkt. Dass *vaêçu* von *viç* hergeleitet werden muss, wird wohl nicht bestritten werden, cf. noch Vd. XIII, 125; fraglich kann es aber erscheinen, ob man dieses Wort oder das folgende *pairi aêtarêus* als das Hauptwort auffassen soll. Ich habe mit Rücksicht auf Vd. XIII, 142 vorgezogen, in *vaêçêus* das Hauptwort zu sehen. Rückert erinnert an skr. *veçyâ*, Buhlerin, das doch wohl ursprünglich die Hausmagd bezeichnet haben muss. Rücksichtlich *aêtarêus* billigt Rückert meinen in der Note zu der St. gemachten Vorschlag, das Wort mit *aêthra*, *aêthrapaiti* in Verbindung zu bringen, er zieht griech. αἴθουσα αἶθρα, lat. *atrium* (cf. auch Kuhn, Zeitschr. für vergl. Sprachf. VI, 239 fg.) herbei, *aêtarêus* müsste eine Dehnung statt *aêthrêus* sein. Ich gestehe, dass ich jetzt am liebsten *aêtaru* auf *i*, gehen, zurückführen möchte; *pairi-aêtaru*, herumgehend, wäre mit einem Affix — *taru* gebildet, das mit dem ähnlichen *turu* in *nakhturu* (Vd. VII, 196) in nächster Beziehung stünde. — *Vazyâo*, Gen. von *vazi*, einer ähnlichen Bildung aus *vaz* wie *azi* aus *az*, kann kaum etwas anderes sein als eine fahrende Kuh, oder eine Kuh, welche Lasten trägt, jedenfalls ein Thier, das geringer geschätzt wurde als die vorher genannten. Anquetil: *agneau*, ist ganz unstatthaft, Aspendiârji: eine vierjährige Kuh.

153. *Paçéus garebus* = [illegible] (פאי נרבויש) in der Huzvâresch-Übersetzung, was kaum mehr als eine Umschreibung zu nennen ist. Deçtûr Dârâb versteht ein kleines Thier, einen Hasen (خرگوش); ich bin ihm darin gefolgt, indem ich *garebus* mit *garewa* = *garbha*, Mutterleib, in Verbindung setzte. Dagegen übersetzt Aspendiârji *paçéus* mit „Milch", *garebus* mit „süss", stellt es also wohl mit چرب zusammen, was nicht angeht. Ich bleibe bei meiner früheren Erklärung.

154. Die Huzvâresch-Übersetzung gibt die Worte: *yêzi tavaňm aêtê mazdayaçna aêtê paçvô çtaorâca* mit: [illegible] (את תובאניך הנמנר נרמנשאנן מהסתאנן פנן נרמנשאנן פאי וסתור אנן), „wenn reich sind diese Mazdayaçnas an diesem Vieh und Zugthieren". Man sieht also, dass die Acc. *paçvô çtaorâca* von *tavaňm* abhängen.

156. Auffallend ist hier *pârayât*, aber in der ganz parallelen Stelle §. 157 *parâiti* cf. auch Vd. XV, 33. 34. Die Huzvâresch-Übersetzung übersetzt beide Worte gleich, ich möchte aber mit Rückert *parâiti* von *para* + *aêiti* ableiten.

158. *Fraoiriçaiti* cf. zu Vd. VIII, 301. In der ziemlich parallelen Stelle Vd. III, 46 entspricht *raêthwât*.

161. *Hâo mâo* haben die VS.; *hâo* steht entweder = *hâu* oder ist ganz zu streichen. Die Handschriften mit Übersetzung haben *â*, wozu *tâpayêiti* zu ergänzen wäre, aber dieses *â* stört die Gleichheit der drei Glieder des Satzes. Westergaard liest mit K 9 geradezu *hâu*.

166. *Mizhda*, Lohn, von *mith* + *dâ*, deutlich = griech. μισθός neup. مزد. Letzteres ist, nach den neupersischen Originalwörterbüchern, der Lohn sowohl in dieser als in jener Welt, im Avesta ist es gewöhnlich der Lohn in jener Welt cf. Vd. VIII, 252; XX, 27; Yç. XL, 3; Yt. 1, 37 und wohl auch Yç. LVIII, 10. Für den weltlichen Lohn scheint *arejô*, ارز, zu stehen. *Parô-açnâi aghê* (oder *aghuhê*, beide Formen sind in sehr guten Handschriften bezeugt), in der Huzvâresch-Übersetzung [illegible] (בנא פנן זך נודיך חאנן), wo ich בנא = *parô*, נודיך = *açna* genommen habe. *Parô-açna* wäre also wohl: das nicht nahe, cf. *parô-açti*, das zukünftige Leben Yt. 1, 37. 21, 5. *Açna* wäre dann = الدنيا,

bei den Muhammedanern *parô-açna* = الآخرة. Rückert schliesst *açna* an *açna*, die schwache Form von *ayare*, Tag, an und nimmt *parô-açna* = skr. *parâhṇa*, aber in entgegengesetzter Bedeutung. Auch diese Ansicht lässt sich vertheidigen. Aspendiârji gibt *parô* mit نزدیک, *açna* mit روشن, er scheint sich somit die Sache ähnlich gedacht zu haben. *Vazdvare* umschreibt die Huzvâresch-Übersetzung hier [Pehlevi] (וזדור), ebenso Yç. LXVII, 33; XXXI, 21, ebenso mit [Pehlevi] (וזדורש). an letzterer Stelle gibt es Neriosengh mit *pîvaratvam̃*. Die Ableitung des Wortes bietet verschiedene Möglichkeiten. Man kann es auf die Wurzel *vaz*, *vehere* zurückführen oder auf die Wurzel *vad*, welche, nach cl. 10 flectirt, im Avesta in der Bedeutung „führen" vorkommt. In beiden Fällen wird man *vazdvare* auf ein apocopirtes Particip. *vazda* (mit Erweichung des *t* in *d*, wie öfter), oder auf ein Subst. *vazdu* zurückführen müssen, was in soferne auffallend ist, als *vare* und *are* gewöhnlich als Primärsuffixe im Gebrauche sind.

168. *Drukhs*, *naçus* sind hier als Neutra behandelt, weil vom Geschlechte im Allgemeinen die Rede ist. Cf. Vd. V, 2. Ich ziehe *aêtaṭ* dem gleichfalls vorkommenden *aêtadha* vor, da auch die Huzvâresch-Übersetzung *aêtaṭ* mit [Pehlevi] übersetzt und Aspendiârji ihr folgt. *Perenânê* von *pere*, eigentlich hinüber schreiten, dann: Krieg führen, daher in der Huzvâresch-Übersetzung mit [Pehlevi] (פתכארים) übersetzt, so auch Aspendiârji. Von derselben Wurzel stammt auch neup. نبرد, Kampf, selbst griech. πάρις dürfte damit zusammen gestellt werden, cf. meine Bemerkungen in Kuhns Zeitschr. für vergl. Sprachf. V, 394.

169. *Framrava*, gesteigerte Form für die 2. ps. des Imperativs, deutet auf ein nach cl. 1 flectirtes Thema *framravaiti* hin. Cf. Yt. 1, 11. 4, 5. Die besten Handschriften haben übrigens *framrva*, was Westergaard vorgezogen hat, womit ich aber nichts anzufangen weiss. *Gâthâhva* in den Gâthas, d. h. den strophischen Liedern im zweiten Theile des Yaçna. *Bishâmrûta* aus *bis*, zweimal, und *âmrûta*, was zu sprechen ist. Eine genauere Aufzählung der hier und in den folgenden Paragraphen erwähnten Texte findet man unten Vd. X, 9 fg.

171. *Zgathaiti* habe ich vorgezogen wegen *frazgadhaitê* Yt. 5, 96. 121. Die Wurzeln *zgath* und *zgadh* scheinen identisch zu sein.

An unserer Stelle haben übrigens die meisten Handschriften *zagathaitê*, was Westergaard vorgezogen hat. Das Medium *frazgadhata* findet sich Yt. 19, 56. 59. 62. 82. Huzvâresch-Übersetzung [illegible] mit altb. Buchstaben, soll wohl heissen: ist geschlagen (زده). Ähnlich Aspendiârji: ist zurückgetrieben (in der Glosse). Deçtûr Dârâb, dem Aspendiârji in der Übersetzung beistimmt, übersetzt in seiner Recension das Wort mit [illegible] (מחיתננית), er schlägt, eine Ansicht, die ich nicht theilen kann. Im Übrigen kann ich meine frühere Übersetzung dieses Paragraphen auch jetzt nur billigen: *ishus qâthakhtô:* ein von selbst enteilter Pfeil, kann nur ein abgeschossener Pfeil sein. Huzvâresch-Übersetzung: [illegible] (תיר חרדת) undeutlich, Aspendiârji scheint *qâthakhtô* = نیزه zu nehmen — offenbar falsch. *Nimatô tarô yâre* cf. zu Vd. VIII, 1. Aspendiârji fälschlich: trockene Erde, Deçtûr Dârâb äussert sich nicht deutlich. *Rathwya aiwi-varena* = [illegible] (פנן זכי פראוונן רבושש), in dieser guten Bekleidung. Aspendiârji نیك خاك, guter Staub, Deçtûr Dârâb نیك رود, er geht gut. Ich halte diese Übersetzungen für unrichtig; ich gebe zu, dass *rathwya* unter Umständen „gut“ heissen kann, aber die nächste Bedeutung ist wohl „rechtzeitig“. Cf. zu Vd. I, 71. *Aiwi varena* ist aber sowohl der Huzvâresch-Übersetzung als der Etymologie nach: die Bedeckung, die Bekleidung cf. Vd. VII, 122.

176. *Hâ* nehme ich als Ausruf, wie auch Vd. VII, 142, obwohl es die Huzvâresch-Übersetzung als Pronomen auffassen will.

178. *Hañdarezacit* = [illegible] (פנן המבנדשנאן), mit Fesseln; es ist daher das Wort hier als instr. sg., nicht als Acc. plur. aufzufassen. Über das Wort vergl. man zu Vd. VIII, 242.

179. *Vaçtrât*, Abl. hier ebenso auffallend gebraucht wie Vd. IX, 131, 136.

180—186. Cf. Vd. III, 66—71.

187. *Açadhayat*, auffallende Form wegen des Augments. Über die Wurzel *çad* cf. zu Vd. II, 59, *Fradatha*, *vâredatha* sind Secundärbildungen aus *fradha*, *varedha* wie *mahrkatha* von *mahrka*.

189. *Â dim â his-hakhti* cf. zu Vd. V, 112.

192. *Para nû* = [illegible] (בנא כון), was ich für „vorher“ nehme. Aspendiârji „jetzt“; doch fasst er nach meiner Ansicht den ganzen Satz unrichtig. Die hier vorkommenden Substantive werden

von allen Übersetzungen auf die gleiche Weise gefasst, ich bin ihnen gefolgt. *Îzha* = [Pahlavi] (שירינש), Süssigkeit, *âzûiti* = [Pahlavi] (נ̄רפש), Fettigkeit, *daçvare* = [Pahlavi] (דרונסתש), i. e. درستی, Gesundheit. *Urutha* von der Wurzel *uruth*, wachsen, wovon auch *uruthmya*, wachsend, mit *rudh* gleichbedeutend.

193. Die Huzvâresch-Übersetzung dieses Satzes lautet: [Pahlavi] (רוינן מן זך נר אמת) [Pahlavi] (רתממן אשמוך אנאארובו פנן הכנדן זנשנש בנא מחיתננר) „eher als bis sie den unreinen Ashemaogha durch auf einmal Schlagen danieder schlagen". An diese Übersetzung schliesst sich die meinige nach ihrer grammatischen Auffassung an. *Nijanâiti*, er schlägt, so viel als „man schlägt" dazu gehört dann *ashemaoghô anashava* als Object, im Nominativ statt im Accusativ, wie öfter. Auch Aspendiârji schliesst sich an diese Auffassung an, eben so Deçtûr Dârâb. Ich ziehe indess jetzt doch vor, mit Rückert und Westergaard *nijanâitê* statt *nijanâiti* zu lesen, dann entgeht man der Unbequemlichkeit, *ashemaoghô anashava* als Acc. fassen zu müssen. Rückert protestirt auch gegen die Beseitigung von *nijatô*, das ich in Klammern eingeschlossen habe, weil es die Huzvâresch-Übersetzung nicht gibt und meint, dass ohne *nijatô* das folgende *nijanâitê* keinen rechten Schick habe. Dies ist wahr, auffallend aber bleibt es immerhin, dass die alten Übersetzer das unschuldige Wort nicht wieder gegeben haben, wenn sie es kannten. Auch fehlt *nijatô* hier und Vd. XIII, 173 in mehreren Handschriften, Westergaard hat es gleichfalls ausgelassen.

194. Huzvâresch-Übersetzung: [Pahlavi] (איוף רר זך מתא סרוש אארובו פנאנ̄ דובחננר 3 יום) [Pahlavi] (3 שף) „oder in dieser Gegend dem heiligen Çraosha opfern, drei Tage, drei Nächte". An diese Übersetzung schliesse ich mich an und hier sehe ich nicht so leicht eine Möglichkeit, die Auffassung von *çraoshô ashyô* als Acc. zu vermeiden wie im vorhergehenden Paragraphen. Einen Ausweg bietet allerdings Rückert's Vorschlag, der *frayazâoñtê* passivisch und als Ehrenplural auffasst, also: wenn Çraosha verehrt wird. Ich nehme aber Anstand, diese allerdings im neueren und namentlich im neuesten Persischen so vielfach gebrauchte Construction schon für so alte Zeit zuzugehen, da mir sonst keine Beispiele derselben mehr bekannt sind. Die neueren Übersetzungen

schliessen sich an die Huzvâresch-Übersetzung an. — Nach Anquetil besteht die Verehrung des Çraosha in dem Recitiren der ihm gewidmeten Yeshts. Wenn ich Aspendiârji's kurze Bemerkung recht verstehe, soll der Vendîdâd gelesen werden zu Ehren Çraoshas. — *Thri-ayare* ist sehr gut beglaubigt und scheint mir eine ältere Form zu sein als *thri-ayarem*.

195. Statt *çaocañtaṭ* lesen andere Handschriften *çaociñtaṭ*. Es ist allerdings im Altb. nicht ungewöhnlich, dass nach Palatalen ein ursprüngliches *a* in *i* übergeht. Indess ist doch die Form mit *a* entschieden die ältere und da sie gleichfalls beglaubigt ist, so habe ich sie vorgezogen.

Zehnter Fargard.

1. Für den ersten Satz gibt die Huzvâresch-Übersetzung blos die Bemerkung: [illegible] (זנד לינונן מנן האנן מואך נפשת), d. h. „die Bedeutung, wie sie in andern Stellen geschrieben ist", z. B. Vd. II, 1; IX, 1.

2—6. Cf. Vd. IX, 168—171.

7. *Kaya* ist aufgelöste Form statt *kê*. Man sieht daraus, dass auch *aya* dem *ê* entsprechen kann. Huzvâresch-Übersetzung richtig [illegible] (כתאר).

10. Die hier citirten Stellen sind die folgenden: Yç. XXVIII, 1. — Yç. XXXV, 4—6. — Yç. XXXV, 22—24. — Yç. XXXIX, 10—12. — Yç. XLI, 6—8. — Yç. XLI, 12—14. — Yç. XLII, 1. — Yç. XLVI, 1. — Yç. L, 1. — Yç. LII, 1.

16. Die hier aufgezählten *Thrishâmrûta* sind die folgenden: Yç. XXVII, fin. Yç. XXXIII. 11. — Yç. XXXV, 13—15. — Yç. LII, 9.

17. Nachdem in §. 11 Aġra-mainyus bekämpft worden ist, erwartete man zunächst den Namen des Gegners des Vôhu-manô, den Akô-manô zu finden; er wird aber nicht genannt, sondern sogleich zur Bekämpfung der Dämonen Indra, Çaurva und Nâoġhaithya geschritten, welches die Gegner des Asha-vahista, Kshathra-vairya und der Çpenta-âramaiti sind. Für *iñdra* findet sich in der sehr guten Handschrift A die Variante *añdra*.

18. *Tauru* und *Zairica*, die Gegner des Haurvatâṭ und Ameretâṭ sind merkwürdiger Weise als Neutra behandelt und es ist möglich, dass sie es auch sind, denn nichts hindert die Gegner von

Fülle und Unsterblichkeit auch wieder als Abstracte aufzufassen. *Tauru* dürfte mit der Wurzel *turv*, peinigen, zusammenhängen. *Zairica* erscheint nie ohne das *ca* am Ende, so dass man leicht auf den Gedanken kommen könnte, es sei *ca* nicht die Partikel, sondern eine Entartung des Suffixes *ka*. Das Wort wird man jedenfalls auf die Wurzel *zere*, peinigen, betrüben, wovon neup. آزاردن, zurückleiten müssen. Cf. auch skr. *hari*.

22. Folgendes sind die *Catushâmrûta: Yathâ ahû vairyô*, cf. Yç. XXVII fin. Yç. XXXIV, 15. — Yç. LIII.

23. Ich habe *khrvîm-draos* aufgenommen als die schwerere, aber nicht unmögliche Leseart; man muss dann das Wort als Apposition auffassen, nicht als Adj. wie gewöhnlich. Westergaard und Rückert halten die Leseart der VS. *khrvî-drûm* fest, letzterer betrachtet die Form *khrvîm-draos* aus Stellen wie IX, 37, X, 27, hier eingedrungen. *Aêshma* ist bekanntlich der Gegner des Çraosha, als wessen Widersacher *akatasha* oder *aghatasha* (beide Lesearten sind beglaubigt) gelten muss, weiss ich nicht anzugeben. Aspendiârji erklärt ihn sehr vag als den Dév, der Böses verursacht; meines Wissens kommt er nicht weiter vor. Rückert erinnert an neup. اکدش oder اکدش, Bastard von Thieren, was den Lauten nach möglich ist.

24. *Vâtô daêvô* und *varenya daêvô* steht in allen Handschriften gleich; ich habe es daher auch nicht zu ändern gewagt und gestehe, dass ich auch heute noch Bedenken tragen würde. Natürlich muss man *daêvô* = *daêva* als Acc. plur. auffassen; früher hielt ich *daêvô* für undeclinirt, Nom. = Acc., jetzt möchte ich das *ô* als eine Verdunkelung von *a* auffassen, wie denn ja *ô* öfter dem *a* entspricht; den Grund wüsste ich freilich nicht anzugeben. Rückert denkt an ein Abstractum *daêvô* (neutr.), dazu passt aber nicht *varenya*. Westergaard hat beide Worte *daêvô* in *daêva* corrigirt und dies ist das einfachste. Ob es freilich mehrere Dämonen des Windes bei den Erâniern gegeben hat, weiss ich nicht. *Varenya* gibt die Huzvâr.-Übersetzung mit ولنيو (ורניך), was blos umschrieben ist. Ich habe das Wort als „auf den Regen bezüglich“ gefasst, was mit Rücksicht auf unsere Stelle wohl passend wäre. Das Wort müsste dann von der Wurzel *var* cl. 10, regnen, abgeleitet werden. Auch Anquetil in seiner

gedruckten Übersetzung hat in der Note zu der St. auf die Möglichkeit dieser Fassung hingewiesen. Anders die Tradition; Neriosengh fasst die *varenya daêva* als Dämonen der Verwirrung (cf. Yç. XXVII, 2). Aspendiârji: Dämonen der Begierde, indem er an pârsi *varun* (= *kâma*) zu denken scheint. Westergaard vermuthet, es seien die Daêwa aus Varena, dem Geburtslande des Thraêtaona (cf. zu Vd. I, 68) und ich habe ihm zugestimmt (cf. meine Übersetzung Bd. III, p. XLVI); völlige Gewissheit wird sich jedoch schwerlich gewinnen lassen.

30. *Hamaêstârem* Acc. sg. von *hamaêsta* (Yt. 10, 26, 18, 1) oder *hamaêçta*, verwandt mit *hamiçtô* (Yç. VIII, 14), *hamiçti* (Yç. LI, 13) und *hamôiçtra* (Yç. LXVII, 22). Huzvâresch-Übersetzung: [illegible] (המיסתאר), d. i. pârsi *hamêçtâr* = *vipaxatâ* bei Neriosengh. Ich habe das Wort mit „Widersacher, Feind“ gegeben und leite das Wort von *mith* + *ha* (= skr. *sa*) ab, so dass das Wort mit altpersisch *hamithriya*, Aufrührer, identisch wäre. Windischmann: „der Zusammenbrenner“, indem er es (Mithra p. 30) von skr. *idh* + *sam* ableitet. Aspendiârji دشمن, wie ich, Deçtûr Dârâb bei Anquetil: *moddai*, was wohl = مدّعی stehen wird.

34. Den Sinn dieses Paragraphen werde ich richtig getroffen haben. Auch Aspendiârji erklärt denselben dahin, dass auf dem genannten Platze weder Getreide noch Viehfutter wachsen dürfe.

35—37. — Cf. Vd. V, 65—67.

38. Dieser Paragraph ist sehr schwierig seiner Construction nach. Die Huzvâresch-Übersetzung ist ganz klar, sie lautet: [illegible] דינן י אפינך יושדאסרינית ממן איתונן אנן אית) [illegible] (יושראסרש כתארנאי תאנן י אסתאומנד זכי חויש דינן י אפינך), „das reine Gesetz reinigt, denn das ist die Reinigung für jeden auf der mit Körper begabten Welt: das eigene, reine Gesetz.“ Wie ich schon in der Note zu der St. gesagt habe, ist diese Übersetzung mit dem Texte unvereinbar: man müsste *daênaṅm erezvô* zusammen nehmen, was schlechterdings nicht geht. Ich habe *daênaṅm* von *yaozhdaithis* abhängen lassen, *erezvô* ist ein Comp. zu *yaozhdaithis*. Die drei Worte *daênaṅm erezvô yaozhdaithis* habe ich als einen, in den erânischen Sprachen öfter vorkommenden vorgesetzten Nominativ genommen: „Was aber anbelangt die Reinigung seiner selbst,

so etc.“. *Aghâo* bezieht sich dann auf *daênaṅm*, welches Wort ich nicht in seiner gewöhnlichen Bedeutung „Gesetz“, sondern in einem andern „Zustand“ gefasst habe, was bereits in der Note gesagt wurde. Ich glaube noch, dass ich Recht daran gethan habe. *Yaozhdaithis* habe ich als ein Nomen verbi genommen, das den Casus seines Verbums regiert, wie es ähnliche gibt, cf. Vd. IV, 155. Westergaard hat *yaozhdaithisa* vorgezogen, will es also als Verbalform (2. ps. pot. med.) gefasst wissen, was weder dem Sinne noch der Construction nach sehr verschieden ist. Sonst ist der Satz ohne Schwierigkeit bis auf das zweite *erezvô*, ich sehe auch dort keine andere Möglichkeit als die: es mit *daênayâo* in ein Comp. zu verbinden. — Vielleicht darf man aber übersetzen: „Das Gesetz, o Reiner, muss man reinigen: das ist die Reinigung des eigenen Gesetzes, o Reiner; für die bekörperte Welt“; das eigene Gesetz wäre dann vielleicht so viel als die persönliche Ausübung des Gesetzes.

Eilfter Fargard.

2. Die Huzvâresch-Übersetzung fügt diesem Paragraphen die Glosse bei: [Pahlavi] (איע נד *airimê* רא דהוננאת אית מנן *anuçô* דמנננית). „nämlich damit es (die Wohnung) nicht *airimê* (cf. Vd. IX, 133) sei; andere sagen *anuçô*“ Der letztere Zusatz soll wohl heissen: im Falle die Wohnung unabsichtlich verunreinigt worden ist.

4. *Yaozhdâthrem* = [Pahlavi] (יושדאסרש) in der Huzvâresch-Übersetzung, was wohl eigentlich „Reinigung“ bedeuten muss. Aspendiârji gibt das Wort mit *pâk*, rein. Ich habe das Wort mit „Reinigungsgebet“ übersetzt, so auch Anquetil: *la parole purifiante*. Glosse der Huzvâresch-Übersetzung: [Pahlavi] (איע גוית דיו דאת בנא דזבחנן), „opfere (lese) den Vendîdâd“. Ähnlich Aspendiârji: der Reiniger soll den Vendîdâd lesen. Es ist bekanntlich Brauch bei den Pârsen, den Vendîdâd zur Reinigung seiner selbst lesen zu lassen.

8. Huzvâresch-Übersetzung, offenbar ziemlich frei: [Pahlavi] (אהונור תנן פאנכש ראי אינך ותני), „den Ahunavairya, des Schutzes des Körpers wegen, einmal und zweimal“. Ich sehe keine andere Möglichkeit einer grammatischen Auffassung

des Satzes, als die schon früher von mir gegebene, ich nehme nach *ahunem vairîm* die Auslassung des Relativs an.

10. Yç. XLVIII, 1.

12. Cf. Yç. XXXVI, 1 fg.

13. *Imaṯ* hier und in den folgenden Paragraphen steht offenbar analog dem neup. كه zur Einleitung der directen Rede ohne Beziehung auf das folgende Nomen. Cf. Yt. 1, 6. 4, 3.

14. Cf. Yç. XXXVIII, 7 fg.

16. Cf. Yç. XXXVIII, 1 fg.

18. Cf. Yç. XXXV, 10 fg.

20. Cf. Yç. XLVII, 6.

22—24. Cf. Yç. LIII.

28. Die eingeklammerten Sätze fehlen in der Huzvâresch-Übersetzung, sie mögen erst später zugesetzt sein. Die hier bekämpften Wesen müssen Daêwas sein, die als Neutra oder Indeclinabilia behandelt werden. Aspendiârji versteht unter *khrû* den Schlag (زخم), unter *khrvighni* den Schläger; unter *bûidhi* aber *Baoidhyozaṯ* (d. i. Betrug, cf. meine Übersetzung des Avesta III, 209 not.), unter *bûidhizha* den Thäter der Sünde Baoidhyozaṯ, in der Glosse scheint er aber an den Daêwa Buiti (Vd. XIX, 6) zu denken. Bei *kuñdi* und *kuñdizha* denkt er, wohl richtig, an den Daêwa *kuñda* (Vd. XIX, 138) und sein Thun. — *Bûshyańçta* ist hier wie überall der Dämon des Schlafes, der spätere *Boschaçp*, der Übergang des *t* in *p* ist analog dem umgekehrten *harviçt* aus *harviçp*. Die Bildung *bûshyańçta* selbst ist wohl durch ein Secundärsuffix *ta* aus *bûshyańç* wie *verethrajańçta* aus *verethraja* (Yt. 22, 11). Allein die Ableitung von *bûshyańç* ist dunkel. Mit *bushyêiñti*, fem. des Part. fut. von *bu* kann das Wort kaum zusammenhängen, es wird also wohl eine Wurzel *bûsh* angenommen werden müssen, die dann dem skr. *bhûsh*, schmücken, entspricht. Im Neup. soll بوشیدن, *audaciam prae se ferre, accingere se*, heissen. Noch bemerke ich, dass bei Vullers statt بوشاس (i. q. بوشاسب) zu lesen ist بوشیاس, eine Form des Wortes, die auch sonst vorkommt, cf. meine Einleitung in die trad. Schriften der Pârsen II, 325 lin. pen. — *Zairina*, gelblich (so schreibt auch Westergaard), Ableitung von *zairi*, gelb, vermittelst des Suff. *na*, Aspendiârji *zargar* (?زارگر), was er dahin erklärt, dass man durch vieles Schlafen mager werde, ebenso die Huzvâresch-

Übersetzung. Vielleicht ist *zairini* zu lesen und das Wort auf die Wurzel *zere*, peinigen, zurückzuführen und mit neup. نزار, mager, in Verbindung zu setzen.

29. Den Sinn des Wortes *dareghô-gava*, der mir noch dunkel war als ich meine Übersetzung schrieb, hat seitdem Windischmann richtig ermittelt (die persische Anâhita p. 31 not.). *Gava*, das griech. γυῖον, bedeutet Hand, wie es auch Neriosengh Yç. IX, 90 richtig übersetzt, aber es wird nur von den Händen böser Wesen gebraucht. *Bûshyañçta yâ dareghô-gava* ist mithin die Bushyañçta mit langen Händen. Weder Aspendiârji noch Deçtûr Dârâb haben mehr die richtige Vorstellung mit dem Worte verbunden, ersterer erklärt wie die Huzvâresch-Glosse: es sei der Schlaf der alle Menschen erreicht, *dareghô-gava* umschreibt er *dareg gua*, Deçtûr Dârâb hat gar [illegible] (דרגנ גו) mit درونگو umschrieben, was zwar dem Buchstaben, aber nicht dem Sinne nach angeht.

30. Die Worte *perenê mûidhi, perenê kapaçtis* fehlen nicht blos in der Huzvâresch-Übersetzung, sondern auch in mehreren Handschriften, ich habe sie desswegen in Klammern eingeschlossen. *Mûidhi* gibt Aspendiârji mit خرابی, Verwüstung, *kapaçtis* mit *kino*, (کینه) Rache. Deçtûr Dârâb in der Pariser Handschrift F gibt *mûidhi* mit [illegible], was Anquetil *mavid* schreibt, *kapaçtis* mit [illegible], bei Anquetil *kafiz*, was er mit „*salive, pourriture*" erklärt. Die Kopenhagner Handschrift E, welche gleichfalls den Text Deçtûr Dârâb's mittheilt, hat die betreffenden Wörter nicht, sondern statt derselben leeren Raum gelassen. Über *mûidhi* weiss ich nichts zu sagen, als dass das Wort auf eine Wurzel zurückgehen muss, welche dem skr. *mud* entspricht, wenn nicht neup. مویدن, klagen, hieher gezogen werden soll. Wegen *kapaçtis* schliesse ich mich an Rückert an und sehe darin کبست = حنظل, die Kolokynthe, der allerlei Zauberkräfte zugeschrieben werden, wie: weisses Haar schwarz zu färben, den Skorpionbiss zu heilen, dann bedeutet aber کبست auch ein tödtliches Gift هلاهل i. e. *halâhala*. Westergaard schreibt *kapaçtîs*, versteht also den Acc. plur. — *Âiti*, nach meiner Ansicht *aêiti* + *â*, Huzvâresch-Übersetzung [illegible] (אהוכינית), sie verunreinigt.

32. In diesem Satze steht *haca* sowohl c. Abl. als c. Acc. auffallend genug. Rückert glaubt nur *haca* c. Abl. heisse hinweg von,

haca c. Acc. aber: in Bezug auf. Die Übersetzungen beachten den Unterschied der Casus gar nicht.

34. Das von hier ab erscheinende *parsta* übersetzt die Huzvâresch-Übersetzung mit (פתארם) und (פתכארים), also: ich bekriege, so auch Aspendiârji. Die Tradition sieht also auch hier die erste ps. und man müsste zwischen *perendnê* und *parsta* (was dann Nom. ag. von *peresh* sein müsste) eine Steigerung des Begriffes annehmen. Diese Auffassung würde sich namentlich durch §. 40 empfehlen, wo das *thwâ* nach meiner Fassung störend ist und als eingeschoben gelten muss. Ich muss aber bekennen, dass auch jetzt noch nach meinem Gefühle die 2. ps. perf. erfordert wird, ich bleibe also bei meiner Übersetzung: „du hast bekämpft“. Es ist dann *parsta* das Participialperfectum von *peresh* und dieses, wie Rückert richtig bemerkt, eine Nebenform, die neben *pere* steht, wie *keresh* neben *kere*. Anders Burnouf Yaçna p. 531 fg.

40. *Thwâ* betrachte ich, wie gesagt, als fälschlich aus §. 34 hier eingedrungen; Rückert verweist auf §. 6, er scheint also hier das Subject zu *parsta* ändern zu wollen.

Zwölfter Fargard.

Der zwölfte Fargard fehlt im Grundtexte sammt der Übersetzung in allen Handschriften mit Übersetzung. Dass diese Auslassung nur eine zufällige ist, wahrscheinlich durch eine Lücke der Handschrift veranlasst, welche allen den uns bekannten Handschriften zu Grunde liegt, zeigt der Umstand, dass dieser Fargard in ihnen gezählt wird. Wir werden dadurch bezüglich des Textes auf die VS. beschränkt; denn der Cod. E, welcher auch dieses Capitel enthält, ist nicht als eine besondere Autorität zu rechnen. Eben so entbehren wir die traditionelle Erklärung fast gänzlich, denn nicht nur die Huzvâresch-Übersetzung fehlt, auch Aspendiârji hat sich einer Übertragung enthalten. Nur im Cod. E finden wir eine solche, die ich der Vollständigkeit wegen in meine Ausgabe aufgenommen habe; sie ist aber neu und kann keine besondere Glaubwürdigkeit beanspruchen. Über die offenbaren Fehler derselben habe ich schon in der Einleitung zu meiner Textausgabe p. 19 gesprochen.

1. Das auffällige *pitô* hat Westergaard in das gewöhnliche *pita* geändert. Ich sehe in dem *ô* von *pitô* eine Verdunkelung des

ursprünglichen *a*, veranlasst durch den folgenden Labial in *para*. Anders Rückert: „*Pitô* statt *pita*, wie §. 10 steht, halte ich für keinen Schreibfehler, sondern geflissentliche Gegenstellung des Geschlechtes zu *mâta*, Mutter. Freilich eine falsche Analogie, aber eine natürliche“.

2. Ich lese *upa mańnayen*, Westergaard *upa mańnayańn*. Dieses Mal bin ich im Widerspruch mit den Handschriften. Diese lesen hier und im Folgenden nur *upa mańnayańn*; es ist aber zu bemerken, dass sich die Lesceart *upa mańnayańn* in den VS. immer findet im Gegensatz gegen *upa mańnayen* in den Handschriften mit Übersetzung cf. Vd. V, 129. 155; VI, 57; VIII, 124; IX, 124. Da wir nun in diesem Capitel blos VS. haben, so ist es nicht auffallend, dass sie immer *upa mańnayańn* geben; es lässt sich aber voraussetzen, dass die Handschriften mit Übersetzung, wären sie vorhanden, *upa mańnayen* zeigen würden. Auch Burnouf hat vorgeschlagen *upa mańnayen* zu lesen: Yaçna p. 486 not. Hinsichtlich der Bedeutung dieses Wortes *upa man* habe ich mich an Burnouf angeschlossen (l. c. p. 488), welcher glaubt, es bedeute hier: *penser intérieurement*.

3. Auch hier bin ich wieder Burnouf gefolgt und habe *dahma* mit „fromm“, *tanuperetha* mit „Sünder“ gegeben. Anquetil denkt an den *Afergân Dahmân* und *Âferîn Dahmân*. Aber was soll man dann mit *tanu perethanańm* anfangen? Anquetil's Übersetzung: *combien de tanafour cela leur remettra-t-il?* ist doch gar zu unwahrscheinlich.

6. Die Worte: *fraçnâiti*, *fraçrûiti* fasse ich als Instrumentale, also: durch dreimaliges Waschen, durch dreimaliges Recitiren. Ob man *thris* mit *fraçnâiti*, *fraçrûiti* zu einem Compositum vereinigen darf, scheint fraglich.

7. *Imâo*, wohl Neutrum, beziehe ich auf alle die im Folgenden genannten Dinge.

8. *Vaçô-upâiti*, Instrumentale, wie oben im §. 6.

25—27. Wie früher, so halte ich auch jetzt noch diese Sätze für eingeschoben. Es werden in diesem Capitel nur die *Nabânazdistas* aufgezählt, für welche Todtengebete verrichtet werden sollen; Hausherr und Hausfrau haben hier nichts zu thun. Auch ist störend, dass hier die Trauer auf einmal nach Monaten bemessen wird. Interessant ist die Form *pathni* in §. 25. Der Vendîdâd sagt sonst *nmânô paiti ndirika.* Der Schluss *kaininô qatô puthrem* ist sehr dunkel und meine Übersetzung rein gerathen. *Kaininô* scheint Nom. plur. zu sein, *qatô* aus *qa* + *tô* = skr. *tas* gebildet, kommt auch sonst vor; *puthrem* müsste als neutrales Subst. collectiv gefasst werden, freilich erwartete man in diesem Falle eher *puthri.* Die Huzvâresch-Übersetzung lässt diese Worte, wie alle schwierigeren Stellen aus. Anquetil: *Ce sera le fils de la fille qui fera cela.*

37. Für *napô*, was allerdings blos Nom. sein kann, was aber die meisten Handschriften geben (andere *nuptô*), corrigirt Westergaard das correcte *napatô.* Wie mir scheint, ist die Incorrectheit der Form ganz im Einklange mit ähnlichen Verstössen in diesem Capitel, z. B. gleich mit dem nachfolgenden *napti.*

43. *Brâturyô* für *brâtuiryô* ist freilich eine auffallende Form, allein die Handschriften schützen sie sämmtlich, ich habe daher nicht ändern wollen; Westergaard hat das richtigere *brâtuiryô* corrigirt. Für *brâtuiryê* corrigirt Westergaard *brâtûirê*, es entspräche dann *ê* dem *ya*, während nach der gewöhnlichen Leseart *ê* = *a* nach *y* steht, wie öfter. *Brâtuiryô* steht wohl für *brâta* + *tuirya*, die Form wäre dann gebildet wie *mâtula.* Übersetzt habe ich: „Oheim und Muhme". Ich ziehe jetzt vor: Brudersohn und Tochter des Bruders, freilich auch ohne einen bestimmten Beweis dafür zu haben. Anquetil: *cousin germain* und *cousine germaine.*

48. *Tûiryô quatrieme descendant,* ich selbst: Neffe und Nichte, da mir diese nothwendig genannt werden zu müssen scheinen. Im Grunde aber ging ich, wie man aus der Übersetzung des Folgenden sieht, von derselben Ansicht aus wie Anquetil, dass *tûiryô* das gewöhnliche Zahlwort: der vierte, sei. Ich möchte es jetzt für skr. *tulya* halten und besonders afg. تره, Oheim, herbeiziehen, so dass *tûiryô* und *tûiryê*, Oheim und Muhme, wäre. Cf. meine Bemerkungen in Webers ind. Studien III, 449 fg.

53. *Tûiryô puthrô* und *tûirya dughdha* sind nun nicht mehr Anverwandte des vierten Grades, sondern: Sohn eines Oheims, Tochter einer Muhme.

58. *Tûiryô puthrô puthrô* und *tûirya dughdha dughdha*: Enkel eines Oheims, Enkel einer Muhme.

63. Auffallend ist der Acc. *kańmciţ* für *kâciţ*, wenn man nicht lieber darin einen Gen. plur. statt *kanańmciţ* oder *kaêshańmciţ*

sehen will. Über die Worte *anyô-varena* und *anyô-ṭkaêsha* habe ich mich schon in der Note zu der St. ausgesprochen und halte die dort geäusserte Ansicht auch jetzt noch fest. *Varena* stelle ich zu *vere*, wählen, glauben, und dem neup. گرویدن, ossetisch *urnyn*, auch im Pârsi kommt *varôisni*, Glaube, neben *garôisni* vor. Cf. auch littauisch *wiera*, Glaube, und lat. *verus*. *Tkaêshô* scheint mir im Gegensatz zu *varena* mehr das Herkommen zu sein. Dass es = neup. کیش ist, hat schon Burnouf gesehen. Neriosengh übersetzt übrigens pârsi *kês* mit *darçana*.

65. Cf. Vd. V, 113 fg.

Dreizehnter Fargard.

2. „Welches jeden Morgen beim Aufgange der Sonne herzukommt etc.“ Man übersetze genauer: „welches bei jeder Morgenröthe bis zum Aufgang der Sonne herzukommt etc.“; *viçpem paiti ushâoghem*, bei jeder Morgenröthe, erklärt die Huzvâresch-Übersetzung und Aspendiârji richtig. [illegible] (מנן נים ריריא): um Mitternacht. Es ist der Anfang des Gâh Ushahina, der Sonnenaufgang im weiteren Sinne, gemeint, der auch *Hû frâshmô-dâiti* heisst, cf. zu Vd. VII, 147. Die Worte *â hû vakhshaṭ* wird man dagegen nicht übersetzen können: beim Sonnenaufgang, sondern: bis zum Sonnenaufgang. Zwar heisst die Präp. *â*, von der Zeit gebraucht, allerdings bei, um; aber, soviel ich sehen kann, blos c. Acc.; mit dem Ablativ verbunden, bezeichnet sie den *terminus ad quem*. *Hû vakhs*, das Wachsen der Sonne, ist das Aufgehen der Sonne im engeren Sinne oder, nach pârsischer Art zu sprechen: der Anfang des Gâh Hâvani. *Hazaǧraja*, Tausende tödtend, manche Handschriften lesen auch *hazaǧraghna*. Huzvâresch-Übersetzung: [illegible] (מנן 1000 ענשנש). Man vgl. darüber die Bemerkungen zu Vd. VIII, 248.

3. *Çpânem çîzhdrem urvîçarem*: „der Hund mit stachlichem Rücken und wolliger Schnauze“. Der Accusativ, der hier statt des Nominativs steht, dürfte mit Rückert durch ein ausgelassenes „meine ich“ oder „meinst du“ erklärt werden. Über die schwierigen Worte *çîzhdrem urvîçarem* habe ich meine etymologischen Hypothesen schon in der Note zu der St. ausgesprochen und gesagt, dass ich nichts Sicheres zu geben weiss. Viel weiter bin ich auch heute nicht

gekommen. *Çizhdra* gibt die Huzvâresch-Übersetzung [Pahlavi] (סיאך כוסיך) „mit schwarzem Höcker“. Aspendiârji übersetzt *çizhdra* mit *çakt (hard, firm)*, aber erklärt es ebenso: dieser Hund habe einen schwarzen Höcker, ähnlich dem Kameele, auf dem Rücken. Das Wort auf eine Wurzel zurückzuführen, ist mir noch nicht gelungen, aber mehrere werthvolle Nachweisungen aus dem Neupersischen verdanke ich Rückert's Bemerkungen. Er zieht zuerst سَرْز *(spina alba)* hieher, was *çezd* (für ursprünglich *çêzd*) zu lesen ist, ferner سیخ, Bratspiess, auch führen mehrere Originallexika ein Wort سیز in der Bedeutung von تیز auf. Hiernach darf man wohl für ziemlich sicher annehmen, dass der Begriff des Spitzigen, Stachlichen in *çizhdra* liege. Vielleicht dass mit Rückert und Vullers *çikhâ* aus dem Skr. herbeigezogen werden darf. Deçtûr Dârâb will *siyeh paye* lesen und übersetzt dies mit رو, daher Anquetil (in der Note zu der gedruckten Übersetzung): *le visage*. Ebenso schwierig ist *urviçarem*. Die Huzvâresch-Übersetzung: gibt es mit [Pahlavi] [Pahlavi], das zweite Wort ist סרך zu lesen und gewiss mit neup. سر, Kopf, in Verbindung zu setzen und es zeigt uns diese Auffassung, dass die Übersetzer *urvi-çarem* getrennt und im zweiten Theil des Wortes *çara*, سر, Kopf, gesehen haben. Was aber [Pahlavi] sein soll, ist schwer zu sagen: Das Wort kann שרמך, נארמך, דארמך gelesen werden, aber ich finde nirgends ein ähnliches Wort. Ich habe angenommen, [Pahlavi] stehe statt [Pahlavi], denn [Pahlavi] (שרמן) ist = semitisch שער, Haar, daher meine Übersetzung. Dann müsste *urvi* mit skr. *urṇa*, ἔριον in Verbindung stehen, wie Rückert glaubt. Aspendiârji dagegen *barîk çar*, mit kleinem Haupte, dem Sinne nach ganz passend, aber ich wüsste diese Bedeutung etymologisch nicht zu begründen. *Avi* muss zum Verbum *aojaiti* gehören oder zu *yim*, dem es nachgesetzt wäre. Die Huzvâresch-Übersetzung gibt den letzten Theil des Satzes: [Pahlavi] (מנן אנשותאאנן מאם פנן דושגובשנן זודך שם דמננד) „welchen die Menschen im schlechten Sprechen mit dem Namen *Zudak* benennen“. *Zudak*, wofür an anderen Stellen *Zuzak* auch *Zaozig* (Bund. 30, 15 W.) ist wohl dasselbe wie *duzhaka*, und dass das Wort als Eigennamen gefasst werden soll, sieht man deutlich in den beigesetzten [Pahlavi] (שם). Aspendiârji übersetzt *duzhaka* mit بد, schlecht, so dass es also wäre: „mit einem Schimpfnamen belegen“. Dies ist unrichtig; wäre die Übersetzung richtig, so würde man etwas im guten Sinne Entsprechendes unten in §. 15 finden müssen. Rückert will *duzhaka* mit دوشه (Stachel der Thiere und Klette) in Verbindung setzen. — Für *vaǧhâpara* weiss ich gar keine Etymologie; es lässt sich kaum aus dem Erânischen deuten.

7. *Nava naptayaêciṭ* „bis ins neunte Glied", so auch Aspendiârji. Ich möchte indess jetzt annehmen, dass darunter die im Fargard XII aufgezählten Nabânazdistas, die Anverwandten in neun Graden, gemeint sind, so dass der Mörder eines Igels nicht nur sich selbst, sondern auch seine Verwandten verunreinigt. Also nicht neun auf einander folgende Glieder, sondern die Seitenverwandten.

8. Rückert übersetzt wörtlich lateinisch: *quorum (quibus) est difficile adeptu pontem*. Den auffallenden Acc. *peretûm* kann man entweder von *duzhâpem* abhängen lassen oder als Subject betrachten, das bei den Verba's, die sein bedeuten, öfter im Accusativ steht. — Der Sache selbst wegen, die von §. 1—9 behandelt wird, setze ich zur Vergleichung eine Stelle aus den Rivâiets (Cod. XII, suppl. d'Anq. p. 595) hieher:

تو بشنو زراتشت راد واشو   سگی آفریدم بدنیا نکو
که زوزه بخوانند اورا بنام   بمردم بگو تا بداند تمام
بود ارجمند آنچنان جانور   که قصد خراستر کند سر بسر
همان چون بمیزد بر قعر مور   بمیزد بمیزد هزاران بزور
همان ماررا نیز او میکشد   سخن بشنود هرکه دارد خرد
کند ذکر گاه اوشهن مگر   بلرزند دیو ودرج سر بسر
بدنیا هرانکس که حجه کند   گناه از تنافور چارش بود
هرانکس که بیند مران جانور   رها کن تو ازکشتنش درگذر
هرانکس که آزاد کرد ورا   بهشتش دهم من بمزدش فرا

9. Zu *çraoshyaṅm*, was ich für den Acc. sg. fem. eines Adj. *çraoshya*, auf den Çraosha bezüglich, halte, ergänze ich *cithaṅm*. Ich habe bereits in der Anm. zu der St. gesagt, dass ich glaube, es sei die Busse mit dem Çraosha-carana darunter verstanden. Aspendiârji versteht es von einem Opfer an Çraosha, was auch

möglich ist, da die Wirksamkeit des in Rede stehenden Thieres gerade zu der Zeit gepriesen wird, welche unter specieller Obhut des Çraosha steht. — Für *uzverezaiti*, was sich auf E stützt und mithin schlecht beglaubigt ist, liest man besser mit der Mehrzahl der Handschriften und Westergaard: *uzverezyéiti*.

15. Gegen die Erklärung des Wortes *zairimyaǧura* in der Note zu der St. hat Rückert gegründete Einwendungen gemacht. Auch ich glaube heute zu Tage nicht mehr so leicht wie ehedem, dass man die Bedeutungen von skr. *harmya* so ohne Weiteres auf *zairimya* übertragen darf; auch entsprechen sich die Wörter nicht ganz genau, man müsste im skr. *harimya* erwarten. Eben so verstösst meine Gleichsetzung von *ǧura* mit *qara* gegen die Lautgesetze, *ǧura* kann nur = skr. *svra*, nicht = *svara* stehen. Unter diesen Umständen muss ich meine frühere Etymologie fallen lassen, aber eine andere bessere aufzufinden hält schwer. Vielleicht ist *zairimya* von der Wurzel *zere*, peinigen, abzuleiten, aber es bleibt darum doch der Form wie der Bedeutung nach dunkel. Mit meiner Etymologie fällt auch die von mir aufgestellte Erklärung, dass *zairimyaǧura* eine Feldmaus oder der Hamster sein werde. Die Tradition versteht einstimmig die Schildkröte darunter, wie schon Anquetil angegeben hat; es ist mir unbekannt, warum dieses Thier als so schädlich betrachtet wird. Vielleicht ist کاك پشت, wie deutlich in den Rivâiets steht, doch nicht ein Fehler für لاك پشت, wie es nahe liegt anzunehmen, und wird irgend ein anderes Thier damit bezeichnet (Cod. XII. l. c.)

شنو ای زراتشت اسفنتمان   که آهرمنِ بدرکِ بدگمان
گزنده ددی داد بس زشت کام   ورا زرمیاکش بخوانند نام
کنون نام آن دد بود کاك پشت   زگفتار من هیچ منمای پشت
بگاه اوشهن دمد او چنان   همه دام یزدان بلرزند زان
هم امشاسفندان اشوان دین   بلرزند از آواز آن دد چنین
که آهرمن و جمله دیوانُ دد   درجهای گیتی که هستند بد
زآواز او شادمانی کنند   ازو دام مارا رسد بس گزند
هرانکس یکی او کشد در جهان   زباداش کرفه برد همچنان

منش با گوشن وکشن درست – پتت کرد واورا بکشت از نخست
بود سی تنافور کرفه بیاب – بمینو بیابند مزد وثواب
گنه نیست کرد تنافور سه – بگو مردمانرا تو از راه به

21. *Hunara*, das neup. هنر, ist hier nicht Tugend, sondern Kunst. Dies sieht man aus der Glosse der Huzvâresch-Übersetzung, zu der St., obwohl sie etwas verdorben ist: [Pahlavi] (?کو) (איע אמתש אמוּנִינד זא (?זך) נהגננד) [Pahlavi] „wenn man es ihnen lehrt, so thun sie dies". So auch Aspendiârji. Nur Anquetil meint fälschlich, es sei ein junger Hund zu verstehen.

22. Diese schwierige Stelle hoffe ich richtig verstanden zu haben. Nach der Huzvâresch-Übersetzung lautet sie: [Pahlavi] (חרויסתר מן זך רנמן נרותמאנן חויסתכתר אש זך נפשמן בנא רפית בנא פנן זך נזדיך חאנן), „sehr grauenvoll von diesem unserm Garothman, sehr gescheucht geht diese seine eigene (Seele) in dieser nicht nahen Welt". Aspendiârji versteht die Stelle etwas anders und meiner Ansicht nach falsch. Er übersetzt [Pahlavi] (חרויסתר) mit „sehr schreiend", [Pahlavi] (חויסתכתר) mit „sehr verwundet", *parô* mit „nahe" und *açnâi aǧuhê* mit „Paradies". Der Sinn soll nach ihm sein: die Seele eines Menschen, der einen Hund erschlägt, kommt nicht zum Garothman. Deçtûr Dârâb gibt חרויסתר mit سخت تر, חויסתכתר mit نرمتر, *açnâi aǧuhê* mit دنیا. Dies Alles kann nicht richtig sein, *nô ahmâț* ohne weiteren Beisatz kann nicht: „von unserem Garothman" heissen, zumal da doch die abgeschiedene Seele nicht vom Garothman in die diesseitige Welt zurückgehen kann; ich nehme es im Gegentheil als Gegensatz zu *parô-açnô*: von diesem unserm (Orte); *khraoçyôtara*, *vôyôtara* sind nach meiner Ansicht adverbiale Instrumentale. Die Wurzel *khruç*, obwohl skr. *kruç*, nehme ich nicht in der Bedeutung „schreien"; ich halte diese Bedeutung gar nicht für unrichtig, aber für zu enge, ich setze sie in Verbindung mit *khruzhd* und sehe darin die Bedeutung des Harten, Furchtbaren überhaupt. Cf. Vd. XV, 17, Afrg. 1, 13, wo freilich die Huzvâresch-Übersetzung erklärt, dass das in Furcht jagen im Schreien besteht. *Vôyôtara* hängt gewiss mit dem in der eben angezogenen Stelle des Vendîdâd vorkommenden Verbum *vayêiti* zusammen und diese

Wurzel *vî* möchte ich von skr. *bhî* nicht trennen, es ist wohl Abschwächung aus *thwi*. Über *parô-açna* cf. zu Vd. IX, 166.

23. In den Einzelnheiten ist auch dieser Satz schwierig, obwohl der Sinn im Ganzen klar ist. Zuerst *vayôtuiti*. Ich habe im Anschluss an die Huzvâresch-Übersetzung das Wort in *vayô-tuiti* zerlegt. Die Huzvâresch-Übersetzung gibt es mit [Huzvâresch] (אושישנן תובאניך), dazu die Glosse: [Huzvâresch] (מנן אושישנן תובאנן כנתנן). Schwierig ist אושישנן, ich habe es mit [Huzvâresch] (אוש) i. e. *aoshô*, Tod, in Verbindung gesetzt und übersetzt: der zu tödten vermag; die Glosse: d. h. er vermag todt zu machen. Diese Übersetzung wäre etwas zu stark, *vayô* lässt sich wohl nicht gut von *vôya* abtrennen, was die Huzvâresch-Übersetzung oben mit חויסתך i. e. neup. خسته wiedergibt. Ich habe nun *tuiti* als 3. ps. sg. präs. von *tu*, können, genommen und in *vayô-tuiti* ein zusammengesetztes Verbum gesehen: er vermag zu verwunden. Hierzu habe ich jetzt nur die folgende Bemerkung zu machen. Obwohl es richtig ist, dass חויסתך kaum etwas anderes sein kann als neup. خسته, so gibt die Tradition dem Worte doch diese Bedeutung nicht, sondern sieht darin eher einen Sinn, wie: flüchtig, zurückgescheucht (cf. Yç. IX, 37) und diese Bedeutung würde zu der oben für *vôya* ermittelten gut stimmen. Auch halte ich es jetzt für überflüssig, das Relativ zu ergänzen und übersetze daher: wie ein Wolf zu scheuchen vermag. Für *dramnê* kann ich auch jetzt kein entsprechendes Wort in der Huzvâresch-Übersetzung finden: ich gebe aber Rückert recht, wenn er das Wort mit neup. دره, Bergthal, skr. *dara*, Höhle, *dardara*, Gebirg, vergleicht. Dazu stelle man noch *derena* und Δάρνα Yç. X, 53. *Dramnê* ist demnach das part. praes. med. von *dere*, *dra*, zerreissen. *Razura* = [Huzvâresch] (וישך) i. e. بیشه, Wald, hängt wohl mit رز *vitis* und *razô* (Vd. VIII, 271) zusammen und bedeutet ursprünglich Gesträuch, dann Wald überhaupt. Die neueren Übersetzer haben den Text mit der Huzvâresch-Übersetzung in Einklang zu bringen gesucht, so gut es geben wollte. Aspendiârji nimmt *vehrkô* = Tiger, *vayô* = Wolf, *tuiti dramnê* = verwunden kann, *barezistê* = gross, *razurê* = *jungle*. Deçtûr Dârâb gibt *vayô* mit غالب, *barezistê* mit جاى und *razurê* mit بيش *(sic)*. Daraus hat Anquetil gemacht: *Les loups seroient furieux, puissants et multiplieroient dans les lieux.*

24. *Bańzaiti* giht die Huzvâresch-Übersetzung mit (באריניה), das sonst nicht mehr vorkommt, das sie aber selbst erklärt: (איעש איאבאראומנדש כנתנן רא תובאנן), d. h. „ihr Hülfe zu reichen ist nicht möglich“. In der Note zu meiner Übersetzung habe ich *bańz* auf skr. *bhaj* zurückleiten wollen, jetzt möchte ich (באריניה) als Caussativum zu neup. بالدن (*crescere*), stellen und *bańzaiti* mit *bańzô*, skr. *bah* in Verbindung setzen. Die Bedeutung, welche die Huzvâresch-Glosse dem Worte gibt, scheint mir richtig zu sein. *Paiti-irista* kann nicht „abgestorben“ heissen, wie ich glaubte, Huzvâresch-Übersetzung (פנן בנא ותירשנש), beim Sterben. Aber *paiti frista* ist wohl durch „Berührung“ zu übersetzen und ist instr. cf. zu Vd. IX, 3. So ist auch *paiti iriçti* zu erklären, wenn man diese Leseart mit Westergaard vorziehen will. Aspendiârji schliesst sich dem Sinne nach an unsere Ansicht an, obwohl er Einzelnes abweichend fasst, z. B. *paiti iriçtê* mit „beschützen“, (*pâçbân gujare*), *bańzaiti* mit „entfernen“, worin wir ihm natürlich nicht folgen können. Die Worte *khraoçyâca vôyaca aghê* habe ich übersetzt: „wegen ihres Grausens und ihres Elendes“. Die beiden auf *a* endigenden Wörter sind Instrumentale, in dem ersten derselben ist *a* vor *ca* verlängert wie öfter; *aghê* habe ich = *asya* genommen, letzteres gegen die Tradition. (מן חרוסתכש חויסתכש זכש דר חאנן כנתנן), wegen seines Grauens und Verscheuchung in der Welt Verursachens“. Man sieht, dass *aghê*, wofür auch die Variante *aguhê* vorkommt, als Dat. sg. von *ahu*, Ort, aufgefasst wird, wie oben §. 22. Dies möchte ich jetzt auch annehmen und unter *aghê* gleichfalls die jenseitige Welt verstehen: wegen ihrer Furchtbarkeit und Grauenhaftigkeit für die (jenseitige) Welt. So auch Aspendiârji. Deçtûr Dârâh erklärt wie oben und Anquetil hat den Sinn ganz verfehlt: *Les ames des morts ne monteront pas, les chiens sont violents et se font craindre dans le monde.*

25. *Naêdha çpâna pishu-pâna bańzaiti* ist ein Satz, der mehrere Bedenklichkeiten hervorrufen muss. Für *çpâna* erwartete man *çpânô*; ich glaube mit Rückert, dass die Hunde hier im Plural als Neutra behandelt sind, daher erklärt sich dann auch am einfachsten, warum das Verbum in den Singular gesetzt ist. *Pishu* habe ich durch den ganzen Vendîdâd mit nicht unbedeutenden handschriftlichen Autoritäten geschrieben um es von *pesh*, wovon *peshô-tanus*,

abzutrennen. Wegen der Etymologie wäre dannn etwa an griech. *πῖσος* zu denken. Westergaard schreibt *peshu* und ich glaube jetzt, dass er recht hat. Die Wurzel *pesh* heisst überschreiten, sowohl im natürlichen als im figürlichen Sinne, daher *peshu* das Mittel zum Überschreiten, Brücke, Furth u. dgl.; *peshô*, überschreitend, im geistigen Sinne. Dass unter *çpâna peshu-pâna* fabelhafte Hunde gemeint sind, sieht man aus der Huzvâresch-Übersetzung, welche die Worte mit [illegible] (כרבא כרבאאנן), der Hund der Hunde, übersetzt. Auch das *Virâf-nâme* zeigt uns, dass fabelhafte Hunde an der Brücke Cinvaț gedacht wurden, diese Vorstellung lässt sich bekanntlich bis in die indogermanische Zeit hinauf verfolgen. Auch Aspendiârji sagt uns, dass hier der Hund gemeint sei, der an der Brücke Cinvaț Wache halte. Wenn Aspendiârji *paiti* hier mit „Herr" übersetzen will, so bedarf dies natürlich keiner weiteren Widerlegung. Die Stelle *yayâo açti anyô rashnus razistô* (d. h. von welchen beiden der andere ist Rashnus-razista), gehört bestimmt in die Huzvâresch-Übersetzung.

26. *Pistrem* cf. zu Vd. V, 165. — Für *haurvê*, was ein Dativ von *haurv* (nicht *haurva*) sein muss, gibt A einmal *haurunê*, was = *haurvnê* stehen würde, die Leseart ist aber schwach beglaubigt. Man erwartete *haurvâi* cf. Vd. V, 92, und unten §. 30. Cf. aber auch Vd. XV, 20.

27. Für *gaoshaṅm*, was die VS. hier und §. 32 geben, haben die Handschriften mit Übersetzung *gaoshem*. Beide Lesearten sind nach meiner Ansicht richtig, wenn man den VS. folgt, so muss man den Hund als Collectivum auffassen, der Gen. plur. *gaoshaṅm*, *paidhyaṅm* geht dann auf die verschiedenen einzelnen Individuen. Diese Art der Anschauung, der Wechsel zwischen Sing. und Plural, der dadurch bedingt ist, findet sich im Avesta häufig genug; man muss dann natürlich *paidhyaṅm*, das sonst nicht mehr vorkommt, auch als Gen. plur. auffassen. Liest man *gaoshem*, was noch einfacher ist, so muss *paidhyaṅm* natürlich Acc. sg. eines fem. *paidhya* sein. Übrigens heisst, wie Rückert richtig gesehen hat, *paidhya* nicht Fuss überhaupt, sondern die Pfote des Hundes.

28. *Gaêtha* geben die Übersetzungen hier, wie sonst, mit „Welt", ich habe die Bedeutung „Hürde" vorgezogen. Eigentlich heisst *gaêtha* das Lebende, der Reichthum an lebenden Wesen. Ich glaube, dass sich meine frühere Annahme auch jetzt noch halten

lässt. Ich halte es jetzt nicht mehr für nöthig, hier und §. 33 „kommt“ zu ergänzen, es ist wohl *paiti avâo gaêthâo* mit „in diesen Hürden“ zu übersetzen. *Apaiti-busti* = [Pahlavi] (פנן אנמאישנש), was die Huzvâresch-Übersetzung selbst erklärt: [Pahlavi] (אמתש שכסת אכאסש יהבננתנן רא תובאנן), wenn er zerbrochen ist, kann er keine Kunde geben. Unter diesen Umständen darf man *apaiti-busti* einem sanskritischen *apratibuddhi* gleichsetzen. Über *daça* bin ich noch eben so ungewiss wie früher. Huzvâresch-Übersetzung [Pahlavi] (דוסת), was nur دوست, Freund, sein kann, so versteht es auch Deçtûr Dârâb. Aspendiârji „verwundet“, was kaum geht. Ich bleibe bei meiner früheren Übertragung: „Besitzthum“. Rückert hält es für ein indefinites Pronomen wie *δεῖνα*, irgend etwas.

29. Die Worte *adhâț paiti âfshé cikayaț* übersetzt die Huzvâresch-Übersetzung: [Pahlavi] (אחר מנן אנן פשא תוגית). Hiernach wäre *âfshé* mit *fshu* in Verbindung zu setzen, denn dieses Wort so wie *fshuya* wird gewöhnlich mit [Pahlavi] (פשא) übersetzt, diese Erklärung scheint aber doch etwas zweifelhaft. Ist sie richtig, so wird man übersetzen müssen: das Gut, die Habe; und es wäre *âfshê* an skr. *psâ* anzuschliessen; es ist dann das gestohlene Gut. Ich habe zweifelnd *â-fshé* mit der Wurzel *pesh*, sündigen, zusammen genommen. Eine Bedeutung, wie „Verlust“, scheint mir unumgänglich nothwendig. Mehrere Handschriften lesen übrigens *afshé* mit kurzem *a*, was zu der Bedeutung „Verlust“ vielleicht besser passte, indem *a* das *a* privativum sein könnte. Aspendiârji hat die Stelle gänzlich missverstanden, indem er *âfshé* mit „Wasser“ übersetzt, als ob es von *âfs* käme: Wenn dann sein (des Hundes) Wasser (= Blut) fliessen sollte. Diese Übersetzung halte ich für unmöglich. Auch *cikayaț* = [Pahlavi] (תוגית) in der Huzvâresch-Übersetzung ist falsch übersetzt.

30. Auffallend ist hier wie im Folgenden der Metaplasmus *çûnahê* statt des gewöhnlichen *çûnô*, der aber öfter in unserem Capitel neben anderen auffallenden Formen vorkommt.

34. *Vîzhibyô* erklärt Rückert für eine Missbildung und will die (nur von einer Handschrift bezeugte) Lesart *vîzhbyô* vorziehen. Wolle man einen Hülfsvocal zwischen Stamm und Endung schieben, so würde man *vîçibyô* schreiben müssen. Ich erkläre mir die Sache

so, dass man zuerst *vîzhbyô* schrieb und erst dann, nachdem die Erweichung des *ç* zu *zh* schon vollzogen war, den Hülfsvocal *i* einschaltete.

48. In diesem Paragraphen tritt recht deutlich zu Tage, was wir schon hie und da zu bemerken Gelegenheit hatten, dass nämlich bei Aufzählungen, welche alle im gleichen Casus stehen, es genügt, wenn nur ein Theil mit den Flexionsendungen verbunden wird, während die andern unflectirt bleiben können. So haben wir richtig die Genitive *jazhaos*, *vîzaos* etc., dagegen aber *urupis*, *raopis*. Westergaard verbessert schön *raopâis*, *urupâis*, aber gegen die Handschriften; ich wage ihm nicht zu folgen. Wir kennen schon diese sämmtlichen Thiernamen, nur *raopis* ist noch neu. Huzvâresch-Übersetzung [illegible] (רופאה) i. e. روباه, Fuchs, wohl dasselbe Wort. Schwierig ist *yônô-qatahê* (so liest F und auch die VS. scheinen darauf hinzuführen) oder *yaonô-qatahê*, wie die Handschriften mit Übersetzung haben. Ich habe diesen ohne Zweifel als Compositum zu fassenden Ausdruck mit „stark" gegeben, ohne mir über die einzelnen Bestandtheile Rechenschaft geben zu können, nach Anquetil's Vorgange. Die Glosse der Huzvâresch-Übersetzung: [illegible] (איותארידהא איע זורכג ען ראתננית) soll wohl heissen: „*ayutârihâ*, d. h. stark geht er". Ich möchte jetzt *yaonô* statt *yônô* lesen und das Wort auf skr. *yu*, *yavayâmi* zurückleiten; wegen *qatahê* weiss ich auch heute noch keine Auskunft. Aspendiârji خود رفتار, von selbst gehend. Huzvâresch-Übersetzung: [illegible] (חות איותאר), wohl: selbst vereinigend, aber schon wegen der Umsetzung der Worte *yaonô-qatahê* als ungenügend verdächtig. — *Anya*, ausser, ist hier nicht als Pron., sondern als Partikel aufzufassen = ἄνευ, *udra upâpa* halte ich mit Rückert für Instrumentale, von *anya* regiert. *Udra* ist deutlich skr. *udra*, Fischotter, bekanntlich ist der Biber darunter zu verstehen.

54. *Thrâthrem*, nicht Beschützer, wie ich übersetzt habe, sondern neutral: Schutz. Meines Erachtens zeigt die vorliegende Stelle deutlich, dass die Wurzel *thrâ* im Alth. die weitere Bedeutung „schützen" haben muss, obwohl Aspendiârji und Deçtûr Dârâb auch hier *thrâthrem* mit Ernährung übersetzen.

55. *Tarô-pithwa*, was ich mit „schlechter Nahrung" oder „Mangel an Nahrung" übersetzt habe, will Rückert als Comp.

possess. oder auch Casus ohne Composition: *trans, praeter alimentum* auffassen. Aspendiârji scheint das Wort als „schlechtes Essen“ zu fassen. Anquetil: *graisse epaisse. Daçtê* will Rückert = *dhatte*, nicht *datte*, wie ich thue; die Tradition ist aber auf meiner Seite.

60. Die Übersetzung dieses Paragraphen, wie ich sie vor Jahren mit Zuziehung der Huzvâresch-Übersetzung gegeben habe, muss ich auch heute noch gutheissen, über die Construction im Einzelnen kann man vielfach streiten. Zuerst erwartet man, nach Analogie des Vorhergehenden, *yatha* vor *narem*. Dass ich *bôiṭ* als aus *bâ* + *iṭ* zusammengesetzt betrachte, habe ich bereits gesagt. Die Leseart *jaçeñti* und *jaçeñtô* sind ziemlich gleich gut bezeugt, eine dritte Reihe von Handschriften liest *jaçeñtu*. Liest man *jaçeñti*, wie ich, so wird man den Plural impersonell fassen müssen, also *narem bôiṭ idha ashavanem jaçeñti*, „wenn man hin kommt als reiner Mann“ etc. Die Construction wäre ähnlich wie Vd. V, 137; VI, 54. Rückert schlägt vor *jaçenti* in *jaçentem* zu corrigiren; das wäre freilich das einfachste, man würde dann *narem ashavanem* als Acc. zu *daithyât* ziehen können; ich zweifle jedoch, ob eine solche Verbesserung erlaubt ist. Auffallend ist ferner *maṭ avabyô dakhstâbyô*; da *ava* im Nom. pl. *avê*, im Gen. pl. *avaêshaṅm* (Yt. 10, 45) zeigt, so erwartete man *avaêibyô*, von *avaṭ* kommt auch *avaṭbyô* vor (Yt. 5, 85. 88. 132), *dakhsta* aber ist sonst Masc. cf. Vd. I, 53. Vielleicht ist *dakhstâbyô* in ähnlicher Weise zu erklären, wie wir oben Vd. II, 95 *pâshnâbya* für *pâshnaêibya* erklärt haben. *Dakhsta* habe ich mit „Kennzeichen“ übersetzt, Aspendiârji خصلت, d. i. „Eigenschaft“. Überhaupt folgt Aspendiârji der Huzvâresch-Übersetzung.

62. Es ist mir auch heute noch nicht möglich, den schwierigen Satz anders zu verstehen als in meiner Übersetzung. *Dahmô-kereta* habe ich mit „rein“ übersetzt. Huzvâresch-Übersetzung: [illegible] (דהמאנן כנת), was sie erklärt: [illegible] (איע מן שמיראנן זראננת דכוימננית), d. h. er ist von Guten geboren. Demnach wäre *dahmô-kereta*: von reiner Abkunft. Rückert möchte lieber: Reines gethan habend. Im Folgenden sehe ich keine andere Möglichkeit als *skyaothnâverezem* als Acc. sg. eines Subst. *skyaothnâverez* (cf. *haithyâverez* etc.) zu nehmen und *skyaothnem* als Acc. „in Bezug auf die Sünde“ zu beziehen. Dies ist zwar etwas tautologisch,

aber ganz das Wort *skyaothnem* wegzulassen, wie Rückert vorschlägt, wäre sowohl gegen die Handschriften als die Huzvâresch-Übersetzung; ich kann mich nicht dazu entschliessen. Die Huzvâresch-Übersetzung fügt zu *skyaothnâverezem* die Glosse: (איע י כונד איש ען בון אמת ורנית): d. h. was er thut das greift seinen Charakter an wenn er es thut. Ein *skyaothnâverez* ist demnach ein zurechnungsfähiger, nicht unmündiger Jüngling, den die Verantwortung für seine Thaten trifft. In mancher Hinsicht könnte es sich empfehlen, *verezyâț* auf *aperenâyûkem* zu beziehen: wenn er Sünde thun sollte; aber ich finde es doch zu hart, für *verezyâț* ein anderes Subject anzunehmen als für *daithyâț*. Ganz abweichend freilich von mir und der Huzvâresch-Übersetzung Aspendiârji, der *skyaothnâverez* als einen Tugendhaften auffasst, der die Sünde von sich ferne hält. Deçtûr Dârâb und Anquetil, die *dahmô* mit *daúma* verwechselt haben, sind ganz unbrauchbar.

75. Die in meiner Übersetzung gegebene Auffassung dieses Paragraphen ist die traditionelle und sie ist dem Sinne nach ganz passend; aber die Construction macht Schwierigkeit, wir haben lauter Accusative und keinen Nominativ. Ich habe in Übereinstimmung mit der Übersetzung das nachgesetzte *zaurvânem* als Subject genommen, das im Acc. steht, weil es auf das Verbum folgt. Die Übersetzungen geben *aêtem* gar nicht, sondern blos (כאם), wornach wohl (אנן) oder (זך) fehlerhaft ausgefallen ist. Doch auch Rückert's Vorschlag ist sehr annehmbar, er nimmt *aêtem* = *aêtaț* (cf. Vd. VIII, 7—10) und ergänzt dazu *daúma*. Man kann dann übersetzen: „dieses (Geschöpf) naht am schnellsten dem Alter: die Hunde“. Der Sinn bleibt derselbe. Noch ist zu bemerken, dass Deçtûr Dârâb statt (זרמאנש), Alter, wie die alte Huzvâresch-Übersetzung schreibt, in seiner Recension (זמאנש) gesetzt hat, was er mit وقت, Zeit, übersetzt. Dies würde zu der Lesart *zrvânem* stimmen; ich gestehe aber, dass ich nicht glaube, dass man *âçistem zrvânem* mit „schnell“ übersetzen darf; will man dies thun, so könnte man vielleicht übersetzen: „Dieses (Geschöpf) kommt von den Geschöpfen des Çpentô-mainyus am schnellsten herbei: die Hunde“. Gegen die Tradition wäre diese Übersetzung jedenfalls.

76. *Aqarô* halte ich für das Part. praes., das im Singular zum Verbum im Plural hinzugesetzt ist, wie öfter. *Qareñtaúm*, die

Leseart der VS. *acd*, (nicht *Acd*, wie aus Versehen in den Varianten meiner Ausgabe steht), kann nur Gen. pl. desselben Participiums sein. BC. lesen *qareñtem*, was denselben Sinn gibt, nur im Singular. Westergaard hat es aufgenommen. Die Huzvâresch-Übersetzung hat gleichfalls den Singular.

77. *Parô*, wofür Westergaard mit andern Handschriften *tarô* liest, gibt die Huzvâresch-Übersetzung mit [Pahlavi] (پیش), *çpâçânô*, *eviñdânô* können nur Gen. sg. oder Acc. plur. vom Thema *çpaçân*, *eviñdân* sein. Auch als Part. med. kann man sie fassen, dann stehen sie aber flexionslos. — In der Übersetzung soll, wie ich glaube, das dunkle [Pahlavi] das Texteswort *eviñdânô* ausdrücken; es wird in der Glosse erklärt: [Pahlavi] (איש מנדום י סריא יהבננד), sie geben schlechte Dinge. Aspendiârji gibt *eviñdânô* mit „Schatz“, er hat wahrscheinlich die zu [Pahlavi] (פאסאנן) = *çpâçânô* gehörende Glosse für Übersetzung von *eviñdânô* genommen.

78. *Parô* beziehe ich zu *baratu*. *Khshûiçca*, wofür man auch *khshvaçca* lesen kann, muss auf eine Wurzel *khshu* zurückgeführt werden, die mit *khshud* nahe verwandt sein und „feucht sein“ bedeuten muss. Huzvâresch-Übersetzung [Pahlavi] (שירינש), Süssigkeit, erklärt es aber mit [Pahlavi] (לחמא), Brot. Ich habe es, auf die oben angegebene Etymologie gestützt, mit „Milch“ übersetzt. Passend vergleicht aber Rückert neup. شوی: *gluten farinarium s. amylum, quo textores fila corroborant*. Demnach schiene *khshûi* eine Art von Mehlsuppe zu sein. Cf. übrigens Vd. IX, 190, wo *îzha* die Stelle von *khshûi* vertritt. *Azûiti* oder [Pahlavi] (נרף), Fett, erklärt die Glosse durch [Pahlavi] (פּסיתואך), wohl = اسپید با: *pulmentum in quo non est acidum*. *Gêus* (Gen. sg.) wird, wie gewöhnlich, mit [Pahlavi] (בסריא), Fleisch, übersetzt.

79. Huzvâresch-Übersetzung: [Pahlavi] (כרבא איתונן ראתיהא פשוו), „so ist die richtige Füllung des Hundes“. Hieran schliesst sich auch Aspendiârji an. Diese Übersetzung ist natürlich keine ganz wörtliche, ich habe *aêva* als Art. unit. genommen. Rückert dagegen: ein solcher, ebenso Vd. XVIII, 27.

80. *Vâ* dürfte hier wohl nicht mit „oder“, sondern vielmehr mit „etwa“ oder etwas Ähnlichem zu übersetzen sein.

82. *Tâstem dâuru* = [Pahlavi] (תאשיתאר), was man wohl mit „Gehauenes“ übersetzen darf. Aspendiârji dem Sinne nach wie wir.

Upa tańm manaothrîm = [Pehlevi] (... מאם סנן (מאם). Das letzte Wort verstehe ich nicht, ich habe es mit skr. *manotâ* verglichen und mit „Kopf“ übersetzt. Nach Aspendiârji bedeutet es „Hals“. Deçtûr Dârâb sinnlos: منشنه كنان. Anquetil: *songez à cela.*

83. *Çtamanem* Acc. von *çtaman*, habe ich = griech. στόμα genommen. Huzvâresch-Übersetzung [Pehlevi] (אסתאמנך), was blosse Umschreibung ist, die uns nichts weiter hilft. Aspendiârji: „er bindet“. Deçtûr Dârâb gibt es mit ظلوم, grausam, tyrannisch. Anquetil hat daher die Stelle ganz verfehlt: *Ne pas donner, c'est une violence, donner abondamment, c'est bien.* Rückert will in *çtamanem* neup. ستام, Zügel, Maulkorb, sehen, was er auf die Wurzel *çtamb* zurückleitet und vielleicht vorzuziehen ist. Für meine Ansicht spricht indessen Vd. XV, 12. *Açti-maçô* „von Grösse eines Knochens“, ich möchte jetzt lieber *ista maçô* vorziehen (Huzvâresch-Übersetzung [Pehlevi] oder חשתך מסא) und in *ista* das neuere خشت, Ziegel, sehen, so auch Aspendiârji, während Deçtûr Dârâb *açti* sinnlos mit است, er ist, übersetzt, in seiner Recension schreibt er [Pehlevi] (אית), als ob *açti*, er ist, da stünde. Westergaard *isti*, was sich in den von mir benützten Handschriften nicht findet.

84. Die Worte *vaêibya naêmaêibya* zieht Westergaard zum Texte; ich habe sie in die Huzvâresch-Übersetzung verwiesen, da sie hier nicht übersetzt werden und unten §. 102 ganz fehlen. Jedenfalls soll der Hund an das oben genannte Holz befestiget werden. Dagegen beziehe ich *himciṭ* in §. 85 auf den Hund selbst.

87. Ich habe mit den VS. *irisheñtô* geschrieben, was, mit Verschlingung des *y*, für *irishyeñtô* steht; andere Handschriften haben *irishiñtô*, wo dann *ye* in *i* zusammen gezogen ist. Höchst wahrscheinlich sind beide Lesearten richtig. Cf. zu Vd. VII, 101. *Cikayaṭ* scheint Aspendiârji wieder mit چكيدن verwechselt zu haben und will wieder übersetzen: wenn Wasser, d. h. Blut fliesst.

92. *Duma* wird von der Tradition durchgängig mit „Schweif“ übersetzt und ich glaube davon nicht abweichen zu dürfen, obwohl ich einsehe, dass die neup. Formen دنبه und دنبال Schwierigkeiten machen. Es dürfte vielleicht anzunehmen sein, dass auch im Altb. die Form ursprünglich *dumba* gelautet habe.

100. Rückert hat die Fassung dieses Paragraphen bezweifelt und verlangt, dass *içemnô* und *viñdditi* nicht auf den Hund bezogen werde, sondern vermuthet, dass *içemnô* der Suchende sei, *viñd* aber „finden“ heisse, so dass also zu übersetzen wäre: wenn man es (das Heilmittel) sucht und nicht findet. Diese Übersetzung ist unzweifelhaft richtig, auch Aspendiârji fasst ähnlich; doch wäre nach ihm, wenn ich ihn recht verstehe, zu übersetzen: „wenn er es sucht und es nützt nichts“; letzteres kann natürlich nicht gebilligt werden. Die Huzvâresch-Übersetzung entscheidet nichts. Anquetil: *S'il ne veut pas (nourrir les chiens).*

102. Die Worte *maêghi* etc. habe ich nach den besten Handschriften gegeben, Westergaard, kühner als ich, hat corrigirt: *maêghi* in *maighê*, *câiti* in *câitê*, *vaêmi* in *vaêmê*. Durch diese Correcturen erhalten wir dann die regelmässigen Locative von *magha*, *câta*, *vaêma*. Man vgl. indess Vd. XV, 18 und unmöglich ist es nicht, dass die Formen richtig sind und als Locative von weiblichen Abstracten auf *i* betrachtet werden müssen, die dann in der Bedeutung von Collectiven stehen würden. Was mich namentlich bewogen hat, die Formen beizubehalten, ist, dass die Huzvâresch-Übersetzung offenbar *maêghi* gelesen haben muss, denn sie übersetzt das Wort nicht mit [illegible] (מג), wie sie ohne Zweifel gethan haben würde, wenn sie den Loc. von *magha* vor sich zu haben glaubte, sondern mit [illegible] (מיואגן), was ich für „Cisterne“ halte und mit neup. میزاب, *canalis*, vergleiche. *Câiti* gehört natürlich mit *câta* (Vd. VI, 72), *vaêmi* mit *vaêma* (Vd. VII, 5) zusammen. Aspendiârji übersetzt *maêghi* mit „Höhle“, *vaêmi* mit „Furcht“. Deçtûr Dârâb ebenso. *Uruidhi*, Huzvâresch-Übersetzung [illegible] (רות), i. e. رود, *rôd*, Fluss, worin ihm die neueren folgen, wie ich glaube mit Recht, obwohl man eigentlich erwarten sollte, روی im Neup. zu finden; es scheint sich *dh* in *th* verdichtet zu haben, die Verlängerung des Vocales rührt wohl vom Tone her. *Nava* habe ich immer mit „fliessend“ übersetzt. Huzvâresch-Übersetzung [illegible] (אנאספתאך), was ich nicht verstehe. Aspendiârji ناودان, durch einen Canal, Deçtûr Dârâb setzt dafür کشتی, es müsste also schiffbares Wasser sein, was ich nur desswegen bezweifle, weil es in Erân sehr wenig schiffbare Flüsse gibt. Die Wurzel *nu*, von der

das Wort herkommen muss, bängt wohl mit *çnu* zusammen. Rüekert bezweifelt, dass neup. ناويزه herbeizuziehen sei, wie ieh in der Anm. zu der St. gethan babe, erinnert aber an das eben erwähnte ناودان. In der That ist ناويزه aus نا und ويزه zusammengesetzt.

105. Ich babe *peshô-tanuyê* vorgezogen, unten Vd. XV, 2. fg. *peshô-tanvi*. Eine von diesen beiden Lesearten muss man wählen, wenn man, wie ieh früher gethan habe, *peshô-tanus* als determinirendes Compositum fassen will: *pesho-tanuyê* wäre: für den sündigen Leib, *peshô-tanvi*: in Bezug auf den sündigen Leib. Die Leseart *peshô-tanva*, welche Westergaard aufgenommen hat, wäre auch möglich, sie müsste als instr. sg. gefasst werden: durch den sündigen Leib. Es ist indess auch möglich, wenn man *peshô-tanus* als Comp. possessivum fasst, *peshô-tanva* = *peshô-tanvô* als Nom. plur. zu nehmen; durch diese Auffassung würde man sich der Huzvâresch-Übersetzung sehr nähern, welche lautet: [illegible] (מן זך כונשנן ורג̄ איתונן רהונגר תנאפואר): „davon sind sie Thaten (Sünden) thuend, Tanafur“. Ich glaube nicht zu irren, wenn ich *skyaothnâvereza* = *skyaothnâverezô* auffasse (cf. Vd. XIII, 25) und eben so übersetze wie oben §. 62. Eine andere Erklärung unserer Texteswortc hat Bopp gegeben (vergl. Gr. I, 459 not.). *Hac pro facti peractione tum sunt verbera posteriori corpori inflicta.* Aspendiârji stimmt mit dem ersten Theil der Übersetzung überein, aber ich kann mich nicht anschliessen. Wenn man vollends statt *ahmaṭ* das Fem. *aiġhaṭ* liest, wie man hier auch lesen kann, unten Vd. XV, 2 aber lesen muss, so sehe ich nicht, wie man dieses Pronomen mit *skyaothnâvereza* in Einklang bringen will, es müsste *skyaothnâverezayaṭ* oder *skyaothnâverezayâṭ* heissen. Obwohl entscheidende Casus nicht vorkommen, so lässt sich doch mit ziemlicher Bestimmtheit nach der Analogie anderer Formen annehmen, dass das Thema *skyaothnâverez* ist, nicht *skyaothnâvereza*. So findet sich *haithyâverez*, fem. *haithyâverezi*, *vôhu-verez* und *vôhu-verezi*, *hvarestâverez* und *hvarestâverezi*. Vsp. XII, 30—32, *hveres* Yç. IX, 51. Ich nehme *ahmaṭ haca* und *aiġhaṭ haca* für ein zusammengesetztes Adverbium „dafür“. Was aber *skyaothâvereza* anbelangt, so hat man die Wahl, ob man annehmen will, es stehe diese Form geradezu für *skyaothnâverezô* oder dass das Thema *skyaothnâverez* in den

Cass. obl. in die *a* Declination übergegangen sei, wie dies mehr consonantische Themen thun.

107. *Zaêni* leite ich auf die Wurzel *zin*, wachen, zurück, von der *zaênô*, *zaêma*, Wachsamkeit, stammt und die mit skr. *jinv* oder *hinv* identisch ist. *Budhra* habe ich auf die Wurzel *budh*, riechen, zurückführen wollen, dann kann man *zaêni-budhrem* kaum anders übersetzen als ich gethan habe: mit scharfem Geruch. Vielleicht nimmt man aber *budhra* besser als Aufmerksamkeit, *zaêni-budhrem* wäre dann: mit grosser Wachsamkeit. Diese letztere Übersetzung passt besser zur Tradition. Die Huzvâresch-Übersetzung ist zwar ziemlich dunkel, sie übersetzt *zaêni budhrem* mit (זיואנר תוחשך נופראך), erklärt aber diese dunklen Worte: (איע דיניך חרמננית), er schläft als ein Gesetzlicher. Man kann daraus so viel entnehmen, dass sie *zaêni* mit der Wurzel *ji*, leben, *budhra* mit *budh* cl. 4., erwachen, in Verbindung setzt. Aspendiârji زوراور خواب, mächtiger Schlaf, was unmöglich in den Worten liegen kann. Deçtûr Dârâb theilt das erste Wort in (זינן אנר) und gibt das erste mit مرتبه, (תוחשך), mit كوشش, Arbeit, und (נופראך) mit بلند. Daher Anquetil: *ils sont si onorables, actifs* und in der gedruckten Übersetzung: *fier, prompt et agissant.*

108. *Vîrô-draonaghem*, Huzvâresch-Übersetzung: (ויר סור) mit wird gewöhnlich *draona*, Brod, übersetzt, was mit skr. *dravya*, *draviṇa* in Verbindung stehen muss. Aber dieses *draona* ist ein Thema auf *a*, wie man aus Vd. V, 75 ersehen kann, darum habe ich Anstand genommen hier dieses Wort zu setzen, der Sinn „vom Manne Nahrung habend“ wäre sonst sehr entsprechend. Aspendiârji: *draonaghem* = خوشى, seine Erklärung schliesst sich an die Huzvâresch-Übersetzung an. Ich habe dieses *draonaghem* lieber an skr. *dhruva* anschliessen wollen, dieselbe Wurzel müssen wir auch für *drvatat*, Gesundheit, *drva*, gesund, annehmen. *Qâzaêna, qâdraona* (Vd. XV, 122) hat meines Erachtens mit unserem Worte nichts zu thun. — In der Huzvâresch-Glosse ist (זכי ויראנן) statt zu lesen.

109. Für *adha* liest Westergaard mit andern Handschriften *idha*. Die von mir gewählte Leseart wird durch die Huzvâresch-Übersetzung (אריגן) bestätigt; hätten die Übersetzer

idha vor sich gehabt, so würden sie [illegible] (רחמכן) geschrieben haben.

110. *Yaṭ dim*, „nämlich als solchen“ der Acc. von *nidathem* abhängig. *Mazaos kehrpô* fasse ich als Gen. der Eigenschaft. Huzvâresch-Übersetzung dunkel [illegible] (זך מאשך זיואנד פנן כרף). Schon in der Note zu der St. habe ich gesagt, dass ich in [illegible] (מאשך) nur neup. ماشه, Zange, sehen könne und an neup. مزيدن erinnert; freilich kann ich Rückert's Einwurf nicht entkräften, dass „saugen“ noch nicht „beissen“ sei. Rückert billigt Roth's Vorschlag, *mazu* mit skr. *mañju*, schön, zu identificiren. Nicht zu vergessen ist auch, dass für *mazaos* manche Handschriften *izaos* lesen, was man vielleicht an *izaênis* (Vd. VII, 35) anschliessen und nach Rückert's Vorschlage mit „zottig“ übersetzen dürfte. *Tûrahê*, für den Feind, im Anschluss an die gleich zu erwähnende Fassung der Tradition. Natürlicher wäre es, wenn wir *tûrahê* auch auf den Hund beziehen könnten; aber auch die bis jetzt ermittelten Bedeutungen von *tûra* sprechen dagegen, das Wort heisst gewiss: turânisch, feindlich. Huzvâresch-Übersetzung: [illegible] (מאם תוראנן), gegen die Feinde, und erläutert: [illegible] (איע ונאסכאראנן ראואר דארית), d. h. er hält die Übelthäter zurück, wozu dann noch gefügt ist: [illegible] (אי ען פיתאכינד איע תורש ונאסכארש), „das macht offenbar, das תורש soviel als ונאסכארש (Übelthat) ist“. Aspendiârji gibt *mazaos* mit stark (زوراور), im Übrigen stimmt er zur Huzvâresch-Übersetzung. Deçtûr Dârâb scheint *mazaos* mit بهتر gegeben zu haben, daher Anquetil: *une grande superiorité*.

111. *Asha-khrathwa*, adverbialer Instr. „gesunden Geistes“, Gegensatz zu *adhâityô khratus*, wie Rückert richtig bemerkt. *Gaêthâbyô*, bei den Hürden, wörtlicher: für die Hürden. Auch die Übersetzungen stimmen dem Sinne nach zu der meinigen, und selbst Deçtûr Dârâb hat kaum anders verstanden.

112. *Paiti-zaênis* = [illegible] (מאם זיואנד), lebendig (§. 107), oder besser substantivisch: L e b e n, dazu der Acc. *vâcim*: in Bezug auf die Stimme. Man beachte die Construction *yaçca hê*, der Casus ist durch die Enclitica nachgeholt, als ob das Relativum indeclinabel wäre, wie in den semitischen Sprachen oder im Neupersischen. Die Übersetzungen sind im Wesentlichen einverstanden. Unser

Paragraph hängt sowohl mit dem Vorhergehenden als dem Folgenden zusammen.

114. Der vorliegende Paragraph ist äusserst dunkel, nicht nur was den Grundtext, sondern auch die Huzvâresch-Übersetzung betrifft. Ich habe die Wörter *jańthwa* etc. als Adj. auf *a* zu den Collectiven *vehrka* gefasst. Die Huzvâresch-Übersetzung hingegen drückt die drei Wörter auf *thwa* durch Abstracta oder Adj. verb. aus: *jańthwa* durch (זנשנן), *çcańthwa* durch (נסינשנן), es ist zu vernichten, *pôithwa* durch (ראנינשנן), wohl Causale von راندن, dürfte heissen: er ist fortzujagen. Es würde dann der Satz zu übersetzen sein: „zu schlagen (sind) die Wölfe, zu vernichten sind die Wölfe, fortzujagen sind die Wölfe“. Diese Wörter auf *thwa* müssten als nomina verbi aufzufassen sein. Leider kenne ich kein weiteres Beispiel einer ähnlichen Construction. Das Wort, welches *çnaêzhana* übersetzen soll, ist im Huzvâresch , ich verstehe es nicht, Aspendiârji: er macht (die Klauen) zu Waffen, er liest wie B C E F *çnazhana*, was er offenbar mit *çnath* identificirt. Deçtûr Dârâb *szonzesch* (sic), was ich nicht verstehe. Nach Aspendiârji: „er schlägt den Wolf (oder Tiger), er vernichtet den Wolf, er treibt zurück den Wolf — die Waffe schlägt“. Ähnlich Anquetil nach Deçtûr Dârâb: *Il frappe les loups, tous les loups, les éloigne, les blesse, frappe.* Ich muss mich begnügen diese verschiedenen Erklärungen anzuführen, es ist mir leider noch nicht gelungen, die Stelle mit Klarheit zu verstehen. — Bezüglich der einzelnen Wörter Folgendes: *Çcańthwa* habe ich übersetzt: der sich anhängende, ich habe *çcâ*, *çcań* für eine Umstellung aus *çac* genommen, wie sich dergleichen im Altb. und im Griechischen öfter finden. Besser wohl ist Rückert's Ansicht, der *çcan* mit *çkand* dann σκάζω zusammenstellt und „der angreifende Wolf“ übersetzen will. *Pôithwa* habe ich übersetzt: „der wachsende“ und das Wort auf *pi* skr. *piñv* zurückgeführt. Rückert, im Anschluss an dieselbe Wurzel, „gemästete Wölfe“. *Çnaêzhana* zu skr. *snih*, nach mir: „schmeichelnd“. Rückert: „geschmeidige, schlüpfende Wölfe“.

115. Wenn wir im §. 114 Manches unerklärt lassen mussten, so wird es uns in der schwierigen Stelle §§. 115—123 nicht viel besser ergehen. Unter den vielen dunklen Stellen des Avesta ist sie eine der dunkelsten, aber der Text steht, bis auf Kleinigkeiten, sicher. Zur Erklärung meiner Übersetzung gebe ich immer zuerst die beiden Übersetzungen, welche mir bei derselben vorlagen und lasse dann die Auffassung Aspendiârji's folgen. Der vorliegende Paragraph lautet in der Huzvâresch-Übersetzung: [illegible] (כתאר [illegible] נרמנשאנן נורנאנן זנשנתר הנמנר אארובו אנהומא אמת כרבא דר נורנ כוננד ניונן נורנ דר כרבא), „welche von diesen Wölfen sind tödtlicher, o reiner Zartuscht, wenn die Hunde unter den Wölfen machen oder die Wölfe unter den Hunden". Eine Glosse ist nicht beigegeben und wie man sieht, wird durch diese wörtliche Übersetzung die Sache um nichts klarer. Anquetil's ursprüngliche Übersetzung lautet: *O dadar, les chiens se battent avec les loups, tantôt le chien frappe le loup, tantôt le loup se jette sur le chien.* Der Schwerpunkt des ganzen Satzes scheint mir in der Auffassung des Wortes *kerenuoiti* zu liegen, ich habe es mit „erzeugen" gegeben, das Verbum *kere* wäre in dieser Bedeutung synonym mit *verez*, das in derselben Bedeutung gebraucht wird (cf. Vd. XV, 41). *Vehrkahê* stünde dann für *vehrkâi* oder *vehrkê;* in den Worten *vehrkô çpâ*, wo der Casus blos aus der Stellung zu entnehmen ist, der Nom. *çpâ* statt des Gen. *çûnô* oder *çûnahê*. Die Construction *katârô* — *jaṅthwôtarô* — *añhen* kann nicht auffallen, da es hier offenbar freisteht unter *katârô* eine Menge von einzelnen Individuen zu verstehen. — Asp. fasst *kerenaoiti* offenbar als „bekämpfen", er nähert sich also der Auffassung Deçtûr Dârâb's, es fragt sich dann, ob ein Wolf mehr Gewalt hat, wenn der Hund ihn angreift oder umgekehrt, wenn der Wolf den Hund angreift.

117. Die Huzvâresch-Übersetzung: [illegible] (ראדא מן דכוימנגינן כרבא פתינד פסושהורוו ויסהורוו והונג ררחת הונר). In dieser Übersetzung entspricht ראדא מן דכוימינן dem *ustâciṭ* des Textes; offenbar haben also die Übersetzer die Präp. *uç* darin gesehen; Westergaard corrigirt *uç tâciṭ*, was mir doch zu kühn erscheint; vielleicht liegt der Fehler in *tâciṭ*, in dem vielleicht eine Verbalform steckt. Nach dieser Übersetzung sind die Genitive alle als Nominative aufzufassen, cf. zu Vd. III, 33. Anquetil: *Les chiens pessoshorun etc. et derakto houner se présentent sur eux (les saisissent).* Auch Aspendiârji erklärt diesen Satz ähnlich: diese vier Hunde gehen im Kampfe aufrecht.

118. Huzvâresch-Übersetzung: [illegible] (אמת פנן זנשנן אוו גיהאנן דאתנגית גורג) „wenn um zu tödten zu den Welten (Hürden) der Wolf kömmt“. Die letzten Worte fehlen im Texte; da sie aber zur Vollständigkeit des Satzes ganz nothwendig scheinen, so habe ich sie in meiner Übersetzung in Klammern beigesetzt. Anquetil: *Ils viennent dans le monde pour les frapper, cela est ainsi.* Aspendiârji nicht anders, er erklärt: „und wenn in die Welt der Wolf kommt, so schlägt er ihn“. Man sieht die Worte: „so schlägt er ihn“ haben im Texte nichts Entsprechendes.

119. Huzvâresch-Übersetzung: [illegible] (נרמנשאנן מנן דר שנת דהונגד מנן אבו כרבא), was nur heissen kann: „die, welche in Jahren sind, die Hundeväter haben“. Anquetil: *Lorsqu'il a un an, le chien vient et détruit le loup.* Ich habe namentlich an der Übersetzung von *yâo* als „Jahr“ Anstoss genommen und glaubte, dieses Wort nicht anders als neutr. pl. von *ya* auffassen zu können, *yâo* stünde dann indefinit wie öfter. Ich sträube mich jetzt nicht mehr so sehr wie ehemals gegen die traditionelle Auffassung von *yâo*; ich halte es mindestens für möglich, dass zu *yâre*, das doch von *yâ* (gehen) kommt, eine Nebenform *yâo* vorhanden sein könnte. Aspendiârji übersetzt *yâo* mit „welche“, wie ich, *taêciṭ* aber mit „toll“, wass dann in der Glosse dahin erläutert wird, dass die Hunde wegen des Tödtens der Wölfe im Jahre erfreut sind. Wie mir scheint, geht aus dieser Erklärung deutlich hervor, dass Aspendiârji den Satz ganz anders fasst als die Huzvâresch-Übersetzung.

120. Der Verfasser springt aus dem Plural plötzlich wieder in den Singular über, was aber, angesichts so vieler ähnlicher Beispiele, nicht sehr befremden kann. Den Worten nach ist der Satz klar genug, Huzvâresch-Übersetzung: [illegible] (אושחואסתארתר ותתכתר ותזורתר דושרובשנתר סריתרתר וניהאנזתארתר ותהמתר נ̈ינונן זכנ̈ זכאי כרבא), d. i. „Tod verlangender — schlecht laufender, mit schlechteren Kräften versehen — schlecht gehender — böser — Welt vernichtender — stärker — als diese andern Hunde“. Die Richtigkeit der obigen Übersetzung lässt sich auch sehr leicht aus dem Texte beweisen. Dem *aoshôtara* entspricht אושחואסתארתר, Tod verlangender, es ist an *aoshô*, Tod, das Comparativsuffix getreten; wörtlicher wäre wohl: tödlicher, Tod bringender. Für

duzhitôtara ist (דושרובשנתר), schlecht gehender, gesetzt, woraus man wohl schliessen darf, dass die Übersetzer das Wort von der Wurzel *i* + *dus* abgeleitet haben. Die Glosse sagt: „böser“, an diese anschliessend dürfte man *duzhita* wohl von einer Wurzel *duzh* = *dus* ableiten, die nach cl. 10 flectirt sein müsste. *Gaêthô-jatara* wohl von *gaêthô-jan*, Welt schlagend, ist mit „stark“ erklärt. Zur Erklärung der einzelnen Wörter bedürfen wir mithin die neuere Tradition nicht (sie stimmt auch so ziemlich zu der Huzvâresch-Übersetzung), wohl aber wünschten wir von ihr zu erfahren, was denn nun der Satz eigentlich bedeuten solle. Anquetil: *Il est intelligent* (Deçtûr Dârâh erklärt *aoshôtara* mit هشيار) *les méchans violens, qui courent vite pour faire le mal, les méchans dans le monde il les frappe, le chien est ainsi.* Aspendiârji, der in seiner Übersetzung zur Huzvâresch-Übersetzung stimmt, erklärt, wenn ich ihn recht verstehe, folgendermassen: „Wegen des Umhergehens hängt er sich an alle und (ist) ein Schläger für die Menschen der Welt und ist viel übelwollender als andere Hunde“. Wie Aspendiârji den Sinn dieses Paragraphen mit seiner Auffassung des vorhergehenden vereinigen will, ist mir unbekannt.

121—123. Sind mit §§. 117—120 identisch, nur dass *vehrka* an die Stelle von *çpâ* tritt, daher lautet die Glosse zu §. 122 in der Huzvâresch-Übersetzung: (מנן אבו גורג), „welche Wolfsväter haben“, das Übrige ist gleich. — Ziehen wir nun die Summe des Ganzen, so erhellt, dass sowohl Aspendiârji als Deçtûr Dârâb, dem wieder Anquetil folgt, im §. 115 fg. die Beschreibung eines Kampfes zwischen Hunden und Wölfen sehen. Allein so viel ich sehe, ist der Parallelismus beider Beschreibungen §§. 117—120 und 120—123 so vollständig, dass ich nirgends eine Spur des Ausganges eines solchen Kampfes wahrnehmen kann. Dazu scheint mir aus den Glossen der Huzvâresch-Übersetzung in §§. 119—121 klar hervorzugehen, dass die Übersetzer eine andere Ansicht über die Bedeutung der Stelle gehabt haben als die neuere Tradition. Meine frühere Ansicht, dass hier von einer Kreuzung der Hunde und Wölfe die Rede sei, scheint mir auch jetzt noch die wahrscheinlichste.

124. *Bifrem*, das ich sonst nicht kenne, übersetzt die Huzvâresch-Übersetzung mit (ברשנן) und erklärt es mit (הים), Charakter. Aspendiârji خصلت, Eigenschaft, Deçtûr Dârâh سرده,

éspece, wie Anquetil in der handschriftlichen Übersetzung richtig übersetzt; in der gedruckten gibt er *qualité*, was sich näher an die alten Übersetzungen anschliesst. *Bifra* ist mir etymologisch dunkel; es mit R. Roth mit lat. *bifariam*, gr. διφάσιον zu vermitteln, fehlen die Anhaltspunkte.

125. Was in den folgenden Paragraphen weitläufig als Vergleichung ausgeführt wird, ist nichts weniger als klar, um so mehr, als viele der Wörter sonst gar nicht mehr vorkommen. Nicht einmal die einzelnen Kategorien, mit denen hier der Hund verglichen wird, sind ganz klar. *Vaêçn* (cf. zu Vd. IX, 153) übersetzt die Huzvâresch-Übersetzung mit (ויסאנן), was nichts ist als Umschreibung des Wortes. Aspendiârji *viçiâ*, wohl Buhlerin, in der Glosse erklärt er es mit Musiker (رامشگر). Deçtûr Dârâb محله, daher Anquetil: *aux rues*, in der gedruckten Übersetzung aber *oiseau*, als ob *vis* da stünde. Es ist auch hier Clangenosse oder Diener. *Diçaos* in der Huzvâresch-Übersetzung wieder blos mit (דסאנן), Aspendiârji: Räuber (راهزن), Deçtûr Dârâb aber: ددان, wilde Thiere, der letzteren Ansicht bin ich gefolgt, *diç* müsste dann wohl eine Abschwächung für *daç*, δάκνω sein. Für *aêm* gibt die Huzvâresch-Übersetzung (הים); dies hat wohl Westergaard veranlasst, die Leseart *haêm* vorzuziehen. Allein das Wort *haya*, *haêm* kommt meines Wissens sonst nicht mehr vor; anderseits übersetzt die Huzvâresch-Übersetzung auch *hîm* mit (הים), was gewiss nichts damit zu thun hat. Zu *aêm* ergänze ich *bifrô*, *bifrem* im §. 124; ist demnach als Acc. zu betrachten.

126. Wörtlich: „durch Speise isst er wie ein Âthrawa“, die Worte sind alle klar, nicht aber was sie bedeuten sollen. Huzvâresch-Übersetzung fügt bei: (איע בנא יתיבננית), d. h. er sitzt, damit wird die Sache um nichts klarer. Auch Aspendiârji findet die Ähnlichkeit im Sitzen, doch verstehe ich seine Glosse nicht recht *(deçtur mobed-nî miçâlê bêçînê çamn çokat thi)*. Anquetil: *Si l'assorné lui donne à manger, il s'assit (garde sa maison)*, gewiss falsch; in der gedruckten Übersetzung aber: *comme l'Athorné, le (chien) mange (ce qu'il trouve)*. Dieser Übersetzung bin ich, in Ermanglung von etwas Besserem, gefolgt.

127. *Hukhshnaothrô* habe ich mit „zufrieden“ gegeben, eigentlich: gute Zufriedenstellung besitzend, *khshnaothra* ist hierbei

in seiner ursprünglichen Bedeutung gefasst, die es nach der Bedeutung der Wurzel haben muss. Huzvâresch-Übersetzung: (הושנואר) nach A (B (הושנור), ist wohl dasselbe Wort. Die erklärende Glosse: (איע פנן הוּנארך מאם פנן ראמשנן בנא דהוננית), kann ich nicht anders verstehen als so: „d. h. durch gute Auswege wird er fröhlich". Aspendiârji übersetzt *hukhshnaothrô* mit خوش حال, glücklich, fröhlich, d. h. von (seinem?) Gesichte ist viel Vergnügen, dann müsste aber (הוּגיהרך) statt stehen, was meine Handschriften nicht bestätigen. Deçtûr Dârâb *hukhshnaothrô* = بسيار خوشنود, , das er richtig *houtchâre* umschreibt, = خوب توانائى, daher Anquetil: *Les assornans en seront fort heureux c. d. s'ils donnent selon leurs facultés, ils seront heureux.*

128. Es ist über meine Auffassung von *hrâzârô* schon in der Note zur Übersetzung gesprochen worden. Ich zerlege das Wort in *hu*, gut und *âzârô*, das ich, für das neup. آزار, Bedrückung, halte, von der auch im Altb. vorkommenden Wurzel *zere*, peinigen. Huzvâresch-Übersetzung (הואנאר), was aber wieder das obige Textwort ist. Deçtûr Dârâb: „Alles was man gibt, nimmt er an" (cf. §. 129). Aspendiârji: „mit guter Waffe versehen", vielleicht richtig. Die Glosse der Huzvâresch-Übersetzung ist mir nicht klar.

129. Die alte Huzvâresch-Übersetzung gibt die Worte, welche Deçtûr Dârâb als Übersetzung des vorigen Paragraphen auffasst (die wörtliche Übersetzung von §. 128 lässt er weg), als Einleitung zu dem vorliegenden Paragraphen. Solche einleitende Bemerkungen sind zwar nicht häufig, doch kommen sie vor, cf. Vd. IV, 12. *Kaçu-draonô* wird mit (כותך סור) übersetzt und das kann auch „kleines Draona, kleines Brot" bedeuten, wie ich übersetzt habe. Die Glosse der Huzvâresch-Übersetzung: (איעש סור סריא יהבננד), „sie geben ihm schlechtes Brot". Auch Aspendiârji fasst wie ich: kleines Essen, d. h. er nimmt alles, was man ihm gibt. Deçtûr Dârâb's Ansicht geht aus Anquetil's handschriftlicher Übersetzung nicht deutlich hervor.

131. *Yatô paourvaêibya* = (רפתאר אוו רוינן), ein Vorwärtsgeher, dazu die Glosse: (איע ונינן נהננגד), er wählt aus. So auch die neueren Übersetzer. Der Dual *paourvaêibya* ist auffallend. Vielleicht sind es die zwei nach vorne liegenden

Seiten, cf. unten Vd. XIII, 161. *Yatô* habe ich trotz des kurzen Vocals = *yâtô* genommen, es steht in den besten Handschriften; *raptô* ist wohl aus Versehen durch das Huzvâresch entstanden.

132. Huzvâresch-Übersetzung: [Pahlavi] (בנא זתאר נוססנד י הודאך), d. i. ein Schläger des wohlgeschaffenen Viehes, dazu die Glosse: [Pahlavi] (איע דוב נורנ ראואר דאסינגנית), d. h. er hält Räuber und Wölfe ab. Da *aipi jatô* sonst „geschlagen" heisst (cf. Vd. V, 165), so wird meine in der Note zu der Übersetzung aufgestellte Vermuthung kaum haltbar sein, dass nämlich die Bedeutung des Wortes durch die Präp. modificirt werde. Vielleicht ist zu übersetzen: er ist ein Schläger was anbelangt (d. h. für) die wohlgeschaffene Kuh. Wenigstens sehe ich keinen anderen Ausweg. Aspendiârji ganz falsch: „er ist wohl behütend das Vieh vor dem Schlagen", als ob *hudhdoghem* auf den Hund ginge und mit „wohl behütend" übersetzt werden dürfte. Auch Deçtûr Dârâh gibt *hudhâoghem* blos mit نيك.

133. *Parô paçca nmânahê* = [Pahlavi] (פיש אנש אחר מאנן), vor dann hinter der Wohnung. Dazu die Glosse: [Pahlavi] (אמת נוססנד מן פאיסת בנא דאתננית אש אחר דר דכוימננית) „wenn das Vieh aus dem Stalle (oder Weide) kommt, da ist er hinterher". Das erklärt wohl *paçca*, aber nicht *parô*. Ich denke: der Hund ist bald vor, bald hinter der Wohnung, d. h. er ist umsichtig. Aspendiârji fasst wie ich, aus seiner Erklärung geht nichts Bestimmtes hervor. Anquetil: *Devant et après ce lieu où les soldats mettent le bétail, qui vat devant, le chien s'y trouve (et les garde dans un camp, une armée).*

135. Wörtlich wohl: „er ist mit Wachsamkeit, nicht ganz Schlaf habender". Die Huzvâresch-Übersetzung ist so frei, dass man annehmen könnte, sie habe einen ganz andern Text vor sich gehabt. Sie lautet: [Pahlavi] (זיואנד תוחשאך כאמכאן) lebend thätig an Wünschen (?). Aus der Vergleichung mit §. 107 sieht man, dass die beiden ersten Worte dieser Übersetzung für die Wiedergabe des Wortes *zaênagha* bestimmt sind. Deçtûr Dârâh ist gleichfalls unbrauchbar: er gibt *zaênagha* mit عزيز هند, [Pahlavi], was er *semegan* umschreibt, mit *tarssgan*, dazu die Glosse [Pahlavi] (איע סואך חרמננית), wo er schläft. Anquetil: *Le chien est noble, il veille à ce qui peut donner de la crainte.* Ich war unter diesen

Umständen auf mich selbst angewiesen; ich habe *zaênağha* mit „Wachsamkeit“ übersetzt, das heisst Yç. XLIII, 5, das gewiss von derselben Wurzel stammende *zaêma*, die Bedeutung passt aller Orten, namentlich auch Yç. LVI, 7. 4. Cf. neup. زنده داشتن, was sowohl *vivum tenere, animare* als auch *noctu pervigilare* heisst. Aspendiârji's Erklärung ist nicht ganz klar, doch setzt auch er die Ähnlichkeit darein, dass er, wie die Ackerbauer ihre Felder bewachen, die Nacht wachend zubringt.

136. Cf. oben §. 133. Dazu hat die Huzvâresch-Übersetzung die Glosse: [illegible] (אמת נוספנד מן פאיסת בנא דאתננית אש פיש דר דכוימננית), wenn das Vieh aus dem Stalle kommt, so ist er voran.

137. Glosse: [illegible] (אמת נוספנד דר נר פאיסתו נזרננית אש ראואר אוו אחר דכוימננית), „wenn das Vieh zu den Ställen hingeht, da ist er wieder hinten“. Es mag sein, dass die Glossen zu §. 136, 137 das Richtige enthalten, für uns machen sie die Sache nicht vollkommen klar, weil wir die localen Anschauungen entbehren.

139. *Qañdrakarô* erklärt die Huzvâresch-Übersetzung mit [illegible] (חונאכבר), wobei offenbar dasselbe Wort wieder zu Grunde gelegt ist. Deçtûr Dârâb übersetzt es mit خوش وقت *(pleased, delighted)*, Anquetil: *tranquille*, in der gedruckten Übersetzung: *gai*. An diese Übersetzung schliesst sich die meinige an, ich habe das Wort mit „freundlich“ gegeben. Vielleicht ist armenisch խնդամ *(chndâm)*, sich erfreuen, beizuziehen. Auffallend ist *vaêçô*, man muss *vaêçus* vermuthen. Es ist indessen doch misslich der Übereinstimmung in den verschiedenen Handschriften gegenüber, diese Form in den Text zu setzen; man muss also annehmen, dass *vaêçô* ein Heterokliton ist, das seine Cass. obl. aus dem Thema *vaêçu* ergänzt. Aspendiârji bleibt seiner oben schon angeführten Ansicht getreu und sieht in *vaêçô* einen Musiker, daher erklärt er *qañdrakarô* mit „Musik machend“. Es scheint mir sehr möglich, dass diese Ansicht richtig ist. Man müsste *qan-dra* trennen und *qan* = skr. *svan* würde sich sehr leicht mit neup. خنيا, خنيدن vereinigen lassen. Die Glosse der Huzvâresch-Übersetzung [illegible] (איע ען דונית), kann aber kaum etwas Anderes heissen als: „nämlich er stiehlt, und würde demnach die obige Erklärung Aspendiârji's nicht rechtfertigen.

140. Auch hier mangelt uns das richtige Verständniss, obwohl die Worte an und für sich gar nicht dunkel sind. *Açnê-raêshô* gibt die Huzvâresch-Übersetzung mit ریش نزدیک (נזדיך ריש); ob das aber nun heisst: in der Nähe Wunden habend oder in der Nähe Wunde gebend, muss dahin gestellt bleiben, letzteres ist mir mit Rücksicht auf den Hund am wahrscheinlichsten. Deçtûr Dârâb hat sich das Verständniss dadurch verdorben, dass er *raêshô* nur dem ungefähren Klange nach mit رسید übersetzt, daher Anquetil: *lorsqu'il approche des rues.* Aspendiârji wie wir: nachdem er nahe gekommen ist, verwundet er.

141. Gleich am Eingange dieses Satzes begegnen uns zwei schwierige, sonst nicht mehr vorkommende Wörter. Nach den Übersetzungen kann es nicht zweifelhaft sein, dass wir *zairimyaçma, thry-açma* trennen müssen, denn sie übersetzen *açma* mit (פתמאנן), i. e. پیمان, Mass, *pramâṇa* bei Neriosengh. Cf. Yç. XIX, 44. 45; XLV, 17. Vsp. XIV, 1. Im Neupersischen liesse sich افسودن, افسانه vielleicht herbeiziehen. Das Wort *açma* ist aber überall dunkel, wo es vorkommt, so auch hier. *Zairimy* oder *zairimi* gibt die Huzvâresch-Übersetzung mit (נזאר) i. e. نزار, mager; das könnte richtig sein, wohl eigentlich gelb, abgezehrt. *Thryaçma* = (ריפתך פתמאנן), ganz dunkel, da *thriaçma* Yç. XIX, 44 ganz einfach drei Masse habend heisst, so sieht man, dass es hier ganz anders gefasst ist, wie denn die angegebene Bedeutung allerdings hier durchaus nicht passt. Deçtûr Dârâb gibt *zairimyaçma* mit زور موافق, mit der Kraft übereinstimmend, *thryaçma* mit پرورش ده, Nahrung gebend. Anquetil *(que les habitans) des rues selon leurs forces le nourissent, lui donnent promptement* — gewiss falsch. Ich habe beide Worte als Comp. possess. gefasst, *zairimyaçma*, Haus als Mass habend (cf. oben Vd. XIII, 15); dies könnte dann bedeuten: Haus als das Höchste habend. *Thry* in *thryaçma* habe ich, im Hinblick auf Deçtûr Dârâb's Erklärung mit *thrima* zusammengestellt, es würde auf *thrâ*, skr. *trai* zurückzuleiten sein und „Nahrung" heissen müssen. Aspendiârji: „armes Mass, schlechtes Mass habend". Wie mir scheint, hat Aspendiârji nicht mehr über diese Stelle gewusst als wir auch wissen.

143. *Tañthrô - cinô.* Huzvâresch - Übersetzung: (תאריך כאמך), nach Finsterniss begehrend. Ich halte diese Erklärung für vollkommen richtig; *tañthra* stammt von derselben Wurzel wie *temô*, auch lat. *tenebrae* lässt sich vergleichen. Die neueren Wörter: تار und تاریک mögen aus *tañthra* mit Auswerfung des *th* entstanden sein. Cf. zu Vd. VII. 196. *Cinô* wird überall, wo es vorkommt, mit (כאמך), Verlangen, übersetzt; mir scheint eine Wurzel *can* vorzuliegen, die mit *kam* synonym ist, das *i* hat sich im Alth. hinter den Palatalen erst entwickelt, wie öfter. Die Übersetzungen ebenso.

144. Fehlt in den Handschriften mit Übersetzung im Grundtexte; da ihn aber die Huzvâresch-Übersetzung übersetzt, so ist dies wohl nur ein Fehler der Abschreiber. Die Huzvâresch-Übersetzung gibt ihn mit (רידיא איותתאר); in איותתאר sehe ich eine Nominalbildung aus der Wurzel *yunj:* mit der Nacht verbunden oder sich mit der Nacht verbindend. Die Übersetzer haben also wohl das Wort als aus *khshapa* + *yaona* oder *âyaona*, von der Wurzel *yu*, componirt angesehen. Über die Bedeutung kann kein Zweifel sein. Aspendiârji und Deçtûr Dârâb lassen den Satz aus; es ist immerhin möglich, dass er ursprünglich nur eine Variante von §. 143 war, mit dem er dem Sinne nach ganz identisch ist.

145. Das Wort *apishma* verursacht ernstliche Schwierigkeiten. Die Huzvâresch-Übersetzung gibt *apishma-qarô* mit (אפישמאנן חור), womit wir nichts gewonnen haben. Deçtûr Dârâb übersetzt es mit ناچیز, nichts; unpassend. Anquetil: *(Si le chien) ne mange pas, le voleur (est tranquille)*; unpassend und falsch. Ich habe *apishma* oder *apishman*, wie das Thema wohl lauten muss, als ein mit dem Suffixe *man* gebildetes Nomen aus der Wurzel *pish* angesehen, wovon im Lateinischen *pistor*, im Erânischen پیشه, Kunst (cf. zu Vd. III, 107), und deren Grundbedeutung wohl „kneten, zubereiten“ sein dürfte. Aspendiârji: „ohne Reue *(bê paçemânîthî)*“; dies scheint mir blos nach dem Klange gerathen zu sein.

146. *Duzhnidhâtô* = (דושן הים). Ich habe übersetzt: „dem Raube ergeben“ und diese Übersetzung wird durch die Glosse der Huzvâresch-Übersetzung bestätigt: (אמתש פנן מנדומי בנא נומארינד בנא ושתמננית), „wenn man ihm etwas anvertraut, so isst er es“. Aspendiârji gibt *duzhnidhâtô* mit: „Etwas Zurückgelassenes“; ohne Zweifel falsch. Deçtûr Dârâb

بد دهشنه oder بد چیز, nicht besser. Anquetil's Übersetzung lautet: *Lorsque le voleur a pris quelque chose et le donne à manger à quelq'un (selon moi, ce qu'a pris le voleur, qui est mauvais)*. Nach meiner Ansicht kann man nur darüber zweifelhaft sein, ob man *duzhni-dhâtô* oder *duzh-nidhâtô* trennen soll. Im ersteren Falle muss *duzhni* eine Ableitung von der Wurzel *duzh* (cf. oben zu Vd. XIII, 120) mit dem Suffix *ni* sein, *dâtô* ist dann *dâta*, داد, Gesetz. Dies ist meine Ansicht. Man könnte aber auch *duzh-nidhâtô* theilen und etwa „schlecht beschaffen" übersetzen; der Sinn bliebe ziemlich derselbe.

155. Ein sehr schwieriger Satz. Die Huzvâresch-Übersetzung hält hier ausnahmsweise die Wortfolge nicht ein, sie übersetzt: זו לمن لو (פנן ראס ריך), wobei doch das vorgesetzte ראס dem altb. *pañtânem*, ריך dem *airitô* entsprechen muss. Ich glaubte, dass die Huzvâresch-Übersetzung wörtlich übertragen heisst: „auf dem Wege Sand", indem ich ריך nur mit neup. ریگ, Sand, zu übertragen vermochte. *Airitô* würde demnach Sand heissen müssen. Wäre dieser Sinn der richtige, so müsste das Ganze wohl ein bildlicher Ausdruck sein und dieser schien mir so viel besagen zu sollen: immer auf den Wegen, den Strassen befindlich. Allein Windischmann hat gezeigt (Zor. Studien p. 241), dass ריך = *dûrê* stehe, es ist also = aramäisch רחיק, ferne. Dies stimmt ganz zur Tradition, denn Deçtûr Dârâb übersetzt به دور راه, Anquetil: *Lorsque le chemin est éloigné (écarté) elle cherche mizeh et ne laisse pas loin (cette coutume) si le chien n'aboye pas*. Auch Aspendiârji fasst die Worte wie Deçtûr Dârâb, nach seiner Erklärung kommen die Buhlerinen, wie die Musikanten, von ferne her. Eine andere Ansicht scheint zu sagen: sie setzt sich nicht an ihren Ort (?) in ein Loch, so fasst es auch Aspendiârji, aber dies ist dunkel. Die Schwierigkeit liegt in dem Worte *airitô*, das sich vielleicht mit *arem*, *ârôi* in Verbindung setzen lässt.

159. *Çnaêzhanô* habe ich wieder mit „schmeichelnd" übersetzt, im Anschlusse an Vd. XIII, 114, von skr. Wurzel *snih*. Das Wort in der Huzvâresch-Übersetzung verstehe ich nicht, es scheint das Caussativum des in §. 114 gebrauchten zu sein. Deçtûr Dârâb sinnlos: سوزش زندگی, daher Anquetil: *Les jeunes gens sont brulés par leurs passions*. Aspendiârji: خود رفتار, selbst gehend, auch dunkel.

160. *Hizu-drâjô*, wörtlich: „habend Länge der Zunge. Huzvâresch - Übersetzung: [illegible] (אחואנן רראסיניתאר), was wohl heissen soll: die Zunge lange machend. Deçtûr Dârâb und Aspendiârji: زبان دراز, Anquetil: *Ils disent ce qui leur vient sur la langue.* Der Ausdruck *hizu-drâjô* wird wohl dasselbe sagen sollen wie das moderne زبان دراز *qui multum loquitur; qui incaute, inconsiderate loquitur.*

161. Meine Übersetzung: „er läuft vorwärts" ist der Tradition gemäss, denn die Huzvâresch-Übersetzung übersetzt: [illegible] (בנא תזר אוז רוינן), was daselbe bedeutet. Aspendiârji ebenso. Die Glosse der Huzvâresch-Übersetzung scheint nach Aspendiârji sagen zu sollen, dass die Kinder sich aus etwas Erde ein Haus machen und hinein setzen, was schlecht zum Texte passt. Besser Anquetil: *Ils vont promptement les jeunes gens.* Nach allen traditionellen Angaben müsste man *paourvaêibya* hier und oben §. 131 als Dat. dual. fassen und ich wüsste diesen Dual nicht anders zu erklären, als dass man sich zwei der Himmelsgegenden nach vorne, zwei nach hinten gelegen dachte. Sehr schön passt hier Rückert's Erklärung: er läuft mit den beiden Vorderen, d. h. den Händen, also: das Kind kriecht auf allen Vieren. Auch im §. 131 wäre der Ausdruck so unpassend nicht, da es ja bei Angriffen etc. auch vorkommen kann, dass der Krieger auf allen Vieren sich vorwärts bewegt.

163. Wir müssen vor Allem wieder die traditionellen Übersetzungen dieses Satzes anführen, welche unter sich selbst nicht ganz übereinstimmen. Meine Übersetzung schliesst sich zunächst an die Huzvâresch-Übersetzung an, welche lautet: [illegible] (אמתּ נרמנשאנן ר מאנן סאתנגאנר איע פנן ראס נזראננד דו אר אחר בנא שיכנגאנר אר אחר בנא איע ראנֿיננד), „wenn zu diesen meinen Wohnungen kommen — d. h. auf dem Wege vorüber gehen — zwei, so soll man sie nicht forttreiben, d. h. nicht fortlassen". Aber schon zur Zeit, als die Huzvâresch-Übersetzung verfasst wurde, hat man den Satz nicht allgemein so erklärt, denn die Übersetzer fahren fort: [illegible] (אית מנן איתונן דכנגנית אי אמתּ מן נרמנשאנן ר מאנן סאתנגינאנר (?דו) איע חאנך נדהנגנאנר אר אחר בנא

סאתננאננר איע פנן בבא רא נהננאנר), „Manche aber sagen: wenn sie zu diesen meinen Wohnungen bringen (zwei?), d. h. Wohnung machen, so sollen sie nachher nicht gehen, d. h. sie sollen sie nicht an die Thüre setzen". — Ich habe *aêshaúmciṭ nmânanaúm* als den allgemeinen Casus für den Plural genommen und übersetzt als ob der Accusativ stünde. Ich möchte jetzt lieber den Genitiv von *dva* abhängen lassen: wenn zwei dieser meiner Wohnungen (in diesen meinen Wohnungen befindliche) umhergehen etc. Mit der Huzvâresch-Übersetzung würde dies freilich nicht mehr ganz stimmen. Auffallend ist die Form *caratu*, welche durchgängig bezeugt ist: schon Rückert hat dafür den Dual *caratô* vermuthet; Westergaard hat die Correctur sogar in den Text gesetzt. Bei der grossen Übereinstimmung der Handschriften wage ich indess nicht zu folgen, da der Singular des Verbums bei *dva* sonst nicht unerhört ist (cf. Vd. VII, 132. 173). Auffallend bleibt nur der Imperativ, aber auch hier ist es nicht unmöglich, dass ein syntaktischer Gebrauch des Imperativs zu Grunde liegt, den wir aus den wenigen Beispielen, die uns noch zu Gebote stehen, nicht genügend erkennen können. Cf. Vd. II, 47. Für die Richtigkeit des Sing. *caratu* spricht auch *aparaodhayaêta*; das Medium muss hier das Passivum ausdrücken und *dva* das Subject dazu sein. — Ganz verschieden die neueren Übersetzungen. Aspendiârji: „Wenn zu diesen unseren Wohnungen ein Reisender käme, so ist kein Thürlöser (des Wachens wegen)." Aspendiârji liest *nmânanaúmca ratuo* und nimmt *dva* = *dvare*, *mâ* für den Acc. sg. von *azem*. Es ist wohl nicht nöthig über diese Auffassung weitläufig zu sprechen, sie ist aus vielen Gründen unmöglich. Anders, aber nicht besser, Deçtûr Dârâb. Er liest *nmânanaúmciṭ ratvô* und übersetzt folgendermassen; [illegible] (אמת ר נרמנשאננ מאננ רתוש רו סאתננאנר אר אנש בנא סאתננאנר איע רא שיכננר), „wenn zu diesen unseren Wohnungen zwei Ratus kommen, so sollen sie nachher nicht fortgehen, d. h. sie sollen sie nicht lassen". Hierdurch wird erst die Übersetzung Anquetil's begreiflich: *Il ne vat pas devant les 2 destours, il n'y vat pas et n'a point égard à ce qu'on lui dit.* In der gedruckten Übersetzung: *Tels sont les deux chefs que je fais marcher dans les lieux.* Immerhin ist zu beachten, dass die VS. *ratavô* lesen und dass demnach der Text schon in früher Zeit streitig gewesen sein muss.

165. Nach der gewöhnlichen Sanskritgrammatik sind die Casus in diesem Satze vollkommen barbarisch: auf das Neutr. sg. bezieht sich das part. *vidhâtô* in Masc., das Verbum *histeñti* im Plural. Indessen, die Handschriften sind ziemlich einstimmig und unser Geschäft ist es, den Text, wie er liegt, wo möglich zu erklären, nicht aber nach in voraus abgefassten Regeln umzugestalten. Am wenigsten auffallend ist, dass bei dem collectiven Singularis *nmânem* das Verbum im Pluralis steht. Cf. Vd. II, 47. 49; III, 115. Zu dem Prädicat *vîdhâtô* vgl. man *khshnûtô* Vd. XIX, 105. Huzvâresch-Übersetzung: [Pahlavi] (רא זכי רמאן ויגארת דכוימננשנן דהוננת הנמני) [Pahlavi] (פנן רמיך מאם אנהומאדאת איע חואסתך פאנכש רא שאיסת הנמני כנתנן) „Nicht hätte das geschaffene Bestchen dieser meiner Wohnung stattgefunden, auf der von Ahura geschaffenen Erde, d. h. man hätte Beschützung der Habe nicht machen können". Andere übersetzen die ersten Worte: [Pahlavi] (מאן ויגארשנן רא רהוננת הנמני) „Wohnungs-Schöpfung würde nicht stattgefunden haben". Die letzten Worte von *yêzi* an werden sehr frei übersetzt: [Pahlavi] (את ר רא ראת הנמני כרבא פסושהורוו ויסהורו), „wenn ich nicht geschaffen hätte den Hund *Paçus-haurva* und *Vis-haurva*". Aspendiârji ähnlich, aber noch freier. Deçtûr Dârâb und Anquetil gleichfalls.

166. Hier ist vor Allem auffallend das sonst nicht mehr belegbare *çunis*, das die Huzvâresch-Übersetzung einfach wieder mit [Pahlavi] (כרבא), Hund, übersetzt und das, wie man aus dieser Stelle und dem Folgenden sieht, als Masc. zu behandeln ist. Offenbar ist das Wort von *çpâ*, Hund, mit dem Secundärsuffixe *i* gebildet, womit sonst im Altb. wie im Sanskrit, nur häufiger, Patronymika gebildet werden. Ich nehme das Wort in ziemlich weiter Bedeutung: ein zum Hundegeschlecht gehöriges Thier. Es werden also alle die Thiere zu verstehen sein, welche das vierzehnte Capitel des Bundehesh aufführt (p. 79 der Windischmann'schen Übersetzung). *Nastâ-zemana* (so ist wohl zu lesen) habe ich mit Roth = skr. *nashṭa-janman* erklärt. Diese Annahme ist etwas kühn und blos auf die Etymologie gestützt, ihre Richtigkeit steht sehr dahin, aber ich weiss auch jetzt noch nichts Besseres. Huzvâresch-Übersetzung: [Pahlavi] (נזרנגת מזר), „dessen Werth fortgegangen ist", also = werthlos. Fast wäre man versucht zu glauben, der Verfasser habe

an arab. ثمن, Preis, gedacht: aus dem Gebiete der indogermanischen Sprachen weiss ich wenigstens nichts Entsprechendes anzuführen. Aspendiârji ebenso. Deçtûr Dârâb aber punktirt statt ميزگ (מיזר) weit besser مزگ (מזג), Gehirn, also ein Hund dessen Gehirn (oder auch Mark) zu Grunde gegangen ist.

167. *Khâo* ist ganz das neup. خان, auch die Huzvâresch-Übersetzung übersetzt es so, nämlich: ꟾ (חאנן). Neriosengh (cf. Yç. X, 11) mit *khani* i. e. كان, Minc. Die Wörter خان und كان scheinen ursprünglich identisch gewesen zu sein, die gemeinschaftliche Wurzel ist *kan*, aus welcher eine zweite *khan* mit aspirirtem Anlaute, wie im Sanskrit entstanden ist. *Khâo apaṅm* ist wohl der Urquell des Wassers, der Ort, wo dasselbe vom Alborj herabströmt. Cf. Yt. 8, 5. 41. Das schwierigste Wort des Satzes ist *âoghaṅm*, es ist Fem., kann aber nur auf das obige *çunis* bezogen werden, das vorher als Masc. behandelt wurde. Es wird indess nicht abzuläugnen sein, dass solcher Wechsel des Masc. in das Fem. vorkommt, wenn die Ausdrücke unbestimmt gehalten sind. Cf. z. B. Yt. 5, 109. 10, 91. Schwieriger noch ist der Casus. Soll man *âoghaṅm* als Gen. part. auffassen: dort kommen von solchen zusammen zwei Wasserhunde? Der Sinn müsste dann ein ganz anderer sein, als der von mir angegebene, es würde heissen: von ihnen entstehen zwei Wasserhunde. Denselben Sinn würde man auch erhalten, wenn man *âoghaṅm* als allgemeine Pluralform auffasst, aber im Sinne des Ablativs. Man kann endlich den Gen. *âoghaṅm* im Sinne eines Dativs auffassen und dies ist meine Ansicht, so erklärt auch Aspendiârji: „dort wo sammelt sich ihre Lebenskraft, wo ein Paar von Wasserhunden“. Deçtûr Dârâb scheint es eben so zu fassen, aber Anquetil hat ihn nicht verstanden und stellt unhaltbare Ansichten auf, wie: *Dans le monde, o sapetman etc., elle vat dans l'eau (la semence) des deux (male et femelle) vat dans l'eau.* Dazu die Note: *Au bout de 9 ans tout se réunit à l'eau, quand même il seroit mort sur une terre aride.*

168. Ich übersetze diesen Satz wörtlich: „Nach Tausenden dies Hundegeschlecht, das den Namen von Frauen hat, nach Tausenden das Hundegeschlecht das Mannesnamen hat (sind) ein Paar: Frau und Mann“. Das Ganze fasse ich als nähere Bestimmung, gewissermassen als Titel für *dva udra upâpa* im vorhergehenden

Paragraphen. Zu dieser Fassung scheint Vd. XIV, 2 zu zwingen, wo ich nicht die Möglichkeit einer andern Fassung sehe. *Udra* = skr. *udra*, deutsch Otter, ist nach der Ansicht des Avesta der Wasserbiber, der sonst auch *bawra* oder *bawri* gelautet haben muss, was mit lat. *fiber*, deutsch Biber identisch ist, auch wohl mit neup. ببر. Cf. Yt. 5, 129. Das Thier scheint der *Ardvî-çûra* geheiligt zu sein. Huzvâresch-Übersetzung: [Pahlavi] [Pahlavi] (מנן מן 1000 כרבא וכר שם מן 1000 כרבא זכר (שם) סנן גומינך וכר זכר), was doch wohl heissen muss: „welche von 1000 Hunden weiblichen Namens, von 1000 Hunden männlichen Namens, paarweise, Männchen und Weibchen". Aspendiârji übersetzt sehr wörtlich, aber seine Glosse verstehe ich so: Wo der Wasser-Udra Tausendmann und Tausendfrau ist, dort gehen die Seelen der anderen Hunde hin und vereinigen sich mit ihrer Lebenskraft.

169. *Avâçtra* habe ich übersetzt: Der Weide schädlich. Die Huzvâresch-Übersetzung hat wieder [Pahlavi] (אואסתר). Anquetil: تالاق. Deçtûr Dârâb und Anquetil haben das Wort missverstanden. *Haêcô* cf. zu Vd. VII, 68.

170. Cf. Vd. IX, 190 fg.

Vierzehnter Fargard.

5. *Vazya* gibt die Huzvâresch-Übersetzung mit [Pahlavi] (פושתך), was nur heissen kann: eine Ladung, so viel als auf den Rücken geht. Dies stimmt auch zur Etymologie. Aspendiârji ebenso. Anquetil: *tas. Hushatanaûm* habe ich von *hushata* abgeleitet, dieses aber aus *shan* = skr. *xan*+*hu*. Für das Vorkommen dieser Wurzel *xan* oder des Part. *xata* gibt es jedoch meines Wissens keinen Beweis im Altbaktrischen. Die Tradition übersetzt das Wort mit „trocken", man müsste demnach das Wort von der Wurzel *hus* ableiten, von der *huska* kommt; die Schwierigkeit ist aber, das *a* zu erklären, das zwischen die Wurzel und die Endung *ta* getreten ist. *Pairista* nicht „abgelegen, wohlgetrocknet", wie ich übersetzte, indem ich das Wort an *pairistâ-khshudra* anschloss, so dass *pairista* von *ish* = skr. *ish*, senden, stammte, sondern wie die Tradition will, [Pahlavi] (נכירית), d. i. angesehen, von *ish* = skr. *îx*. Es ist Vorschrift, dass man altes Holz erst dreimal ansehen soll, ehe man dasselbe in das

Feuer legt. Cf. meine Übersetzung des Avesta Bd. II, p. LIII. — *Ashaya vağuhya* habe ich übersetzt: „in Reinheit und Güte". Huzvâresch-Übersetzung: [Pahlavi] (סנן אאראישי שפיר), in guter Reinheit; sie nimmt offenbar *ashaya* als Instr. eines Femininum *asha* und construirt dazu *vağuhya* als Adjectiv. Ich habe beide Wörter als Adverbia auf *ya* aufgefasst. Cf. Vd. III, 118. — Aspendiârji sagt, dass man die hier genannten Ladungen in den Feuertempel bringen soll.

8. Cf. Vd. VII, 196; VIII, 64. Unsere Stelle beweist mir übrigens, dass die Erklärung, welche Edal ben Dârâb in seiner Übersetzung des *Khorda-Avesta* von *Zaothra* gibt: dass es nämlich das beim Opfer übrig gebliebene Wasser sei, welches der Priester wieder in den Brunnen giesst, zu enge ist. Es muss hier die Darbringung, Opfergabe überhaupt bedeuten. Die seltsame Form *pairiğharsta*, [Pahlavi] (נכירית) i. e. نگرده kann ich noch nicht anders erklären, als bereits in der Note zu der St. geschehen ist: von *herez* + *pairi*, man erwartete freilich *pairis-harsta*. Mit den Lesearten *pairigharsta*, *pairi-ağharsta* weiss ich ebenso wenig etwas anzufangen. *Dahmô-yaozhdâtanaňm, dahmô-pairiğharstanaňm* übersetze ich jetzt lieber: von Frommen gereinigt, von Frommen ausgesucht; dies stimmt zur Tradition (Huzvâresch-Übersetzung, Aspendiârji) und passt ganz gut in den Text. *Haňm irista*, Huzvâresch-Übersetzung: [Pahlavi] (מננש המדומש), ich nehme המדומש = neup. همدی, Freundschaft, innige Vereinigung. *Yâo* ist die Leseart sehr guter Handschriften wie C, auch A hat ursprünglich *yâo*, aber wie scheint, *yâ* corrigirt; diese letztere Leseart hat Westergaard, ich die erstere vorgezogen. Liest man *yâ*, so muss man *vaocê* passivisch auffassen, bei *yâo* aber activisch; der Plural *yâo* bezieht sich auf das Collectivum *urvarayâo*. Rückert hält die Form *yâo* nach *urvarayâo* für eine Wirkung des Gleichklanges, *quas voco* statt *quam voco*. Aspendiârji scheint *haňm irista* mit „gemeinsam ausgesucht" zu geben. Deçtûr Dârâb hat in seiner Recension der Huzvâresch-Übersetzung den alten Text geändert und übersetzt *haňm irista* sinnlos und falsch mit [Pahlavi] (הם ותרתך) هم گذشته, daher Anquetil: *à l'intention du mort*.

9. Unsere besten Handschriften lesen *thruçtanaňm*, was ich, der allgemeinen Lautregel wegen, in *thrustanaňm* geändert habe, die VS. *thraňçanaňm*. Cf. Vd. XVIII, 144, wo die Handschriften

AB *thruçanaňm* haben. Ob man eine Grundform *thruç*, *thrus* oder *thraňç* annehmen mag, das Sanskrit bietet nichts Entsprechendes, beide Formen sind auch gewiss nichts wesentlich Verschiedenes, sondern *thruç* und *thraňç* blos verschiedene Aussprache desselben Wortes. Wenn aber auch die Etymologie dunkel ist, dass die Wurzel „kriechen" bedeute, ist weder nach der Tradition noch nach dem Zusammenhange zweifelhaft. *Udarô* ist gewiss = skr. *udara*, Leib, man sieht dies aus der Glosse, die Übersetzung selbst ist unklar und wahrscheinlich verdorben; im Bezug auf das Wort [illegible] stimmen übrigens hier die Handschriften zusammen, ebenso in Vd. XVIII, 144 für [illegible] oder [illegible]. Die neueren Übersetzungen stimmen hinsichtlich des Sinnes mit der älteren ganz überein.

10. *Çpakanaňm kahrpunanaňm*: „welche den Körper von Hunden haben". Huzvâresch-Übersetzung: [illegible] (כרבא כרפוך). Aspendiârji übersetzt כרפוך mit Gestalt (صورت). Deçtûr Dârâh mit Körper. *Çpaka* muss Adjectiv sein: hündisch, *kahrpuna* aber eine Erweiterung aus *kehrpa*, welche mit neup. كالب, كالبد enge zusammen hängt.

11. *Kaçyapa* ist nach allgemeiner neuerer Tradition die Schildkröte. So Aspendiârji, Deçtûr Dârâh; Huzvâresch-Übersetzung: [illegible], unverständlich. Es versteht sich, dass die Eintheilung des Vendîdâd nicht genau mit unserer naturhistorischen Eintheilung zusammen fallen muss; er mag hier unter Schildkröte ein schädliches Thier verstehen, das wir zu einem ganz anderen Geschlechte rechnen. Dass an fabelhafte Wasserthiere zu denken sei, wie Rückert vorschlägt, kann ich nicht glauben. Cf. auch oben zu Vd. XIII, 15.

12. *Vazagha* auch hier = وزك (וזג) und von der Tradition für Frosch erklärt. Da aber neup. وزغ nach Richardson auch heisst: *A species of lizard, which lives upon scorpions and is poisonous*; so habe ich diese Bedeutung, als besser passend, vorgezogen. Cf. Vd. V, 115. *Dâdhmainyanaňm* übersetzt die Huzvâresch-Übersetzung zwar zu frei, wenn auch nicht unrichtig mit [illegible] (דמיך), Erde, es sind Eidechsen, welche auf dem Lande leben, im Gegensatze zu den *upâpanaňm*, die nur im Wasser leben und deren im folgenden Paragraphen gedacht wird. Das Wort *dâdhmainyanaňm* ist aber aus der Wurzel *dhmâ*, neup دميدن, gebildet.

14. *Maoiri dânô-karsha* ist ganz wörtlich das neupersische موردانه کش, die Körner schleppende Ameise, und bedarf darum keiner weiteren Erklärung.

15. Die Beiwörter, welche die Ameise in diesen Paragraphen erhält, sind weit schwieriger zu erklären. *Araêka* Huzvâresch-Übersetzung (ארך) und erklärt es mit (ותך) schlecht, hat Roth aus آريغ erklären wollen, ich aus ريك, Rückert stimmt mir bei und erinnert noch an neup. ريزه. Ich sehe in der That keine andere Möglichkeit als *a-raêka* zu trennen und das Wort auf *ric* zurückzuführen; *araêka* wird also wohl heissen: kein Sandkorn (in Grösse). Aspendiârji: beissend, Deçtûr Dârâb gibt keine Übersetzung. *Kutaka* = (כותך) i. e. کودك, klein, offenbar dasselbe Wort, wenn auch die Etymologie vor der Hand noch dunkel bleibt. Huzvâresch-Übersetzung seltsamer Weise (אנובשנן), ohne Rede. Aspendiârji „fliegend". Anquetil: *qui marchent sur la même ligne. Duzhainya* = (דושרובשנן), d. i. schlechten Gang habend und die neueren Übersetzer folgen. Die Huzvâresch-Übersetzung hat das Wort aus *i* + *duzh* abgeleitet und ich gebe Rückert Recht, dass diese Ableitung eine falsche ist; das Wort muss vielmehr von der Wurzel *duzh* kommen, von der auch *duzhaka, duzhda, duzhni* und *duzhita* stammen und mit einem Suffixe *ainya* daraus abgeleitet sein.

16. Die schwierigen Worte *pazdunaûm gûthô-varetanaûm* übersetzt die Huzvâresch-Übersetzung mit (פזוך גואורת). Dass meine Erklärung: Mäuse, die sich im Kothe aufhalten, nur conjectural sei, habe ich schon in der Note zu der St. gesagt. Über *gûtha*, Koth, cf. Vd. VII, 65, vielleicht ist dort (חואש) in der Huzvâresch-Übersetzung in (גואש) zu corrigiren. — Das Guzeratiwort *(çaraḍi)*, womit Aspendiârji *pazdu* übersetzt, kenne ich nicht, Deçtûr Dârâb سوسمار, *animal mustelae simile, sed crassius.* Vullers setzt noch bei (Lex. pers. s. v. سوسمار): *Persae voce* سوسمار *et forma decurtata* سوس *significant animal e familia lacertinorum, quod a naturae scrutatoribus „lacerta nilotica" vocatur.* Rückert denkt an پشه, Floh, oder پزدی, Kornmilbe, letzteres passte den Buchstaben nach am genauesten, aber das Beiwort *gûthô-varetanaûm* müsste ganz anders gefasst werden. Was nun dieses Beiwort betrifft, so ist mir Aspendiârji's Übersetzung *(ramg-nâm*

feravnár) gleichfalls unklar. Deçtûr Dârâb gibt gar nichts an, Anquetil: *couleuvres à deux gueules.* Aus welchem Grunde er in der gedruckten Übersetzung diese Übersetzung umgeändert hat in: *serpens chevaux qui ont la langue fendue*, bin ich ausser Stande zu sagen.

17. *Ereghaṭ* gibt Aspendiârji mit stinkend, Deçtûr Dârâb نشيند, daher Anquetil; *qui reposent.* Wir bleiben bei unserer gewöhnlichen Übertragung des Wortes. Cf. zu Vd. VII, 4.

18. Hier ist das Wort *airimaitinaňm* dunkel, offenbar hängt es mit *airimê* (Vd. IX, 133) zusammen; die Bedeutung „Schmutz" ist durch die Huzvâresch-Übersetzung (רימן) gegeben und durch die neuere Tradition bezeugt. Da *magha* nicht Femininum ist, so wird man *airimaitinaňm* substantivisch fassen müssen. *Aghâo zemô* will Aspendiârji als Ablativ fassen.

19. Ich habe *âthrô-dakhstem* als Comp. poss. genommen, bei dem das erste Glied seinen Casus bewahrt hat, das Ganze aber adjectivisch auf ein Wort wie „Werkzeug" bezogen, das nicht im Texte steht. Aspendiârji fasst *dakhstem* geradezu in der Bedeutung „Werkzeug". Nach ihm sind diese Werkzeuge für das Behrâmsfeuer bestimmt.

20. Die in den folgenden Paragraphen vorkommenden Kunstausdrücke sind äusserst schwierig und es bleibt uns öfter nur die Wahl, ob wir der Tradition folgen oder auch uns einer äusserst unsicheren etymologischen Deutung hingeben wollen. Die näheren Beschreibungen, welche die Huzvâresch-Glossen hie und da hinzufügen, sind für uns zu kurz und verwickeln uns in neue Schwierigkeiten, statt uns ein deutliches Bild zu geben. Ich habe die Worte dieses Paragraphen übersetzt: „die zum Feuer gehen und dasselbe anfachen". Man muss also in den Textesworten Adjective sehen und aus dem Vorhergehenden etwa *dakhsta* oder auch ein Wort wie *zaya*, Geräthschaften, hinzudenken. Die Etymologie des ersten Adjectivs aus *âtare* und einem aus *car*, gehen, gebildeten Worte ist klar. Dagegen ist *pairis-hanâna* ganz conjectural übertragen; *han* heisst sonst „verdienen" und die Tradition hält diese Bedeutung auch hier fest, ich sehe aber nicht wie sie passen soll. Die Huzvâresch-Übersetzung gibt *âtare-carana* mit (אתאש כתאר). Das Wort כתאר ist dunkel und mir sonst nicht mehr vorgekommen, ein neup.

کدار gibt es nicht und کاره dürfen wir schwerlich herbeiziehen, denn das Wort scheint erst aus dem Hindostâni ins Neupersische übergegangen zu sein (cf. Vullers s. v.). Deçtûr Dârâh umschreibt : *dans le feu qui (mettra les senteurs)? Pairis-handna.* Huzvâresch-Übersetzung: (מאם ארזאניכאנן), d. i. würdige, Deçtûr Dârâh باکان, was sich etymologisch wohl rechtfertigen liesse, dem Sinne nach aber kaum angeht. Dazu die dunkle Glosse: (דו אזיר דו אזבר), zwei oben, zwei unten. Aspendiârji scheint *âtare-carana*, vom Holze zu verstehen und er mag darin vielleicht recht haben, cf. Vd. VIII, 239, wo *âtare-cares* (letzteres wohl = *caraṭ?*), vom Holze gebraucht wird. *Âtare-carana pairis-handna* würde hiernach heissen: Passendes Holz.

21. Die Texteswortc sind an sich etymologisch einfach, aber es ist schwer sie mit der Tradition zu vereinigen. An sich betrachtet, scheinen sie sich zunächst an das Vorhergehende im §. 20 anzuschliessen, *yaozhdâna* von *yaozhdâ* würde als Particip genommen werden müssen, *garemô* ist das gewöhnliche Wort für Wärme, *çkarana* geht auf eine Wurzel *çkar*, die man wohl = skr. *khal* fassen und mit „schüren" übersetzen dürfte. So habe ich die Sache genommen, aber die Übersetzungen sind sehr verschieden. Das Wort *yaozhdâna* übersetzt die Huzvâresch-Übersetzung, mit (יושטן), nach A ist דושראן zu lesen, was wohl eine Ableitung von *yuz*, *yaoz* sein dürfte; Aspendiârji mit „Gefäss", nur Deçtûr Dârâh (יושראסר), rein, wie man erwartet. Den Worten *garemô-çkarana* entspricht in der Huzvâresch-Übersetzung das ganz dunkle (אסתאמך וירינד), womit sonst *çtaman* übersetzt wird (cf. Vd. XIII, 83), das letztere Wort ist ganz unsicher. Aspendiârji, wie es scheint, „kupfern". Dazu die Glosse: (וך מנן אתאש מן תור סתש דאיתיננית) „das welches das Feuer vom Feinde zurückbringt". Das Wort (תור) steht in den Handschriften ABC ganz gleich geschrieben, aber Aspendiârji hat offenbar (תנור), Ofen, vor sich gehabt und die Glosse würde nach ihm den wahrscheinlichern Sinn haben: „das, womit man das Feuer aus dem Ofen forthringt", nämlich zum Feuertempel. Deçtûr Dârâh gibt für die Worte אסתאמך וירינד die Übersetzung: شتابی روشن کند, daher Anquetil: *Qu'un homme pur l'allume promptement.*

22. Auch hier habe ich die beiden Wörter, welche diesen Paragraphen ausmachen, für Adjective genommen und aus §. 19 *dakhstem* dazu ergänzt. *Âtarevazanem* ist etymologisch ganz klar, ob es indess Adjectiv oder Substantiv ist, kann weder aus dem Texte noch aus der Huzvâresch-Übersetzung bestimmt entschieden werden. Letztere gibt dafür [illegible] (אתאש וויניתאר), Feuer führend oder Feuerführer, Deçtûr Dârâb übersetzt dieses Wort mit بلند, Aspendiârji mit „wählend“, er hat וויניתאר für neup. گزینندار gehalten, es hängt aber nicht [illegible] (וֿנינן) oder گزین zusammen (dies wäre *vîci* im Altb.), sondern mit وزيدن. *Hikarana* = [illegible] (נרת? כוך), ganz unklar, Deçtûr Dârâb خوب كند, unwahrscheinlich. Aspendiârji liest mit Anschluss an die Leseart von A *hidarenem* und scheint es mit „zurückkehren“ zu übersetzen. Ich kann noch immer nichts Besseres sehen, als *hikarana* für eine Secundärbildung aus *hic* zu nehmen; zuerst müsste aus *hic* ein Substantiv *hikara* gebildet werden und daraus dann, mit Anhängung eines Secundärsuffixes *na*, *hikarana* entstanden sein. Übrigens tadelt Rückert mit Recht, dass ich den Wechsel des Sing. mit dem Plural, der hier eintritt, für etwas Zufälliges gehalten habe; während das frühere auf die Werkzeuge überhaupt ging, werde hier von einem einzelnen Werkzeuge gesprochen. Freilich lässt sich dagegen einwenden, dass unser Verfasser, nachdem er im §. 19 von *bis hapta dakhstem* gesprochen, in §§. 20, 21 plötzlich dazu gehörige Adjective in den Plural setze und dass man nicht abstreiten kann, er könne möglicher Weise ganz willkürlich in den Plural umgesprungen sein. Allein, da, wie wir gesehen haben, die Interpretation der vorhergehenden Sätze keineswegs vollkommen sicher steht, so wird man gut thun, kein Gewicht darauf zu legen. Sehr entsprechend aber scheint mir Rückert's Annahme, dass das hier genannte Geräthe ein Blasebalg sein möchte. Auch Aspendiârji in der Glosse versteht etwas ganz Ähnliches: die von den heutigen Indern zur Kühlung gebrauchte *Pằkha*.

23. Huzvâresch-Übersetzung: [illegible] (נוית כוסתך אנֿיר נימך איעש בון סראו ראואר נזרנגית והמכוסתך אנֿפר נימך איעש רואשמן דר מת), „*Gvit-kuçta* unten, d. h. sein Anfang geht weit auseinander. *Hamkuçta* oben, d. h. sein Ende kommt zusammen“. Das Wort *kuçra*

stelle ich, wie die Huzvâresch-Übersetzung, mit pârsi *kuçt* zusammen, was von Neriosengh mit *paxa*, Seite, wiedergegeben wird; man kann auch mit Rückert an skr. *kuc* und *kuç* denken.

24. *Tasha*, die Axt, von *tash* = Huzv. -ᵕᴛᴇ (תיש) i. e. neup. تش auch neup. تشه (*tésa*) dürfte hieher gehören und *é scr. plena* sein statt *tĕsa*, doch könnte letzteres Wort auch mit einer Nebenform abstammen, die sich mit skr. *tîxṇa* berührte. *Zhnûta*, gewiss hier part. von *zhnu* = skr. *xṇu* in seiner ursprünglichen Bedeutung schärfen. Aber die Übersetzungen geben es alle mit ƨᴉᴊᴏ (שנוך), Knie, sie haben es also mit *zhenu* in Verbindung gesetzt. *Vaêdhem* gibt die Huzvâresch-Übersetzung mit ƨᴊᴉᴇᴉᴊ (כותינך) i. e. neup. كدينه, *malleus fabriferrarii*, die Etymologie würde trefflich passen und das Wort von einer Wurzel *vidh* = skr. *vyadh* abzuleiten sein. Wie Anquetil dazu kommt, in der Note zu seiner gedruckten Übersetzung *vaêdhem* mit *bien affilée* zu geben, weiss ich nicht; in der handschriftlichen Übersetzung finde ich nicht angegeben, wie Deçtûr Dârâb das Wort übersetzt hat. Obwohl nun meine Übersetzung des Wortes *vaêdha* sowohl der Tradition als der Etymologie nach gut zu rechtfertigen ist, so hat doch Rückert mit Recht dagegen bemerkt, dass die Beiwörter nicht für den Hammer passen; er erinnert an das neup. بيل (*bél: instrumentum ferreum quo terram fodiunt et complanant*); dies ist gewiss unser *vaêdha*, der Übergang des *dh* in *l* ist auch durch مل = *madhu* erwiesen. Aspendiârji versteht die Säge, was auch nicht unwahrscheinlich ist.

25. *Aêçmaûm* Acc. pl. Die Leseart *aêçmaûm* und *aêçmaû* sind nur verschiedene Schreibweisen. *Yaêibyô* fasst die Huzvâresch-Übersetzung geradezu als Instrumental [illegible] (מנן נרמנשאנן אמזאר), durch diese Werkzeuge; man fasst es vielleicht richtiger als Ablativ. Die Leseart *pairishâoñti* ziehe ich der Leseart der Handschriften mit Übersetzung vor, durch den Conjunctiv ist das Zukünftige der Handlung ausgedrückt.

27. Huzvâresch - Übersetzung: [illegible] (מנן נרמנשאנן זאי י אסרוואנן), von jenen Geräthschaften der Âthravas. Ich habe *yaêshaûm zayanaûm* als die allgemeine Pluralform genommen und daher als Nom. gefasst. Rückert fasst den Genitiv partitiv: von welchen Geräthschaften für einen Priester (folgende sind).

28. *Astra* möchte ich jetzt nach dem zu Vd. II, 18 Bemerkten lieber mit „Messer“ als mit „Stachel“ wiedergeben. *Gaoidhi* = (נושתדאן), Fleischbewahrer, Teller, wie گوشتدان im Neupersischen. Das Wort ist offenbar aus *gâus*, Fleisch und *dhi* = *dhâ* zusammengesetzt. *Paiti-dhâna* = (פדאם), das neuere پنام, armenisch փանդամ oder փադամ *(phandâm* oder *phadâm)*, Schleier, ein viereckiges Stück Zeug, 6—7 Finger breit, das beim Beten vor dem Munde befestigt werden muss. Cf. Vd. XVIII, 4 und meine Übersetzung des Avesta Bd. II, p. XLVIII.

29. Die Ergänzungen in meiner Übersetzung sind, wie Rückert vollkommen richtig bemerkt, ganz unnöthig; man darf nur den Instrum. *craoshô-caranaya* als Instrumental der Begleitung auffassen, also: Khrafçtratödter sammt *Çraoshô-carana*. Den Khrafçtratödter erklärt die Huzvâresch-Übersetzung genauer mit (מארכון), Schlangentödter, zu *çraoshô-caranaya* bemerkt sie einfach (אשנאך), d. h. klar. Die neuere Tradition versteht bekanntlich eine Peitsche darunter, hier dürfte an eine Art Fliegenklatsche zu denken sein.

30. Die schwierigen Worte *urunya raêthwis bajina* übersetzt die Huzvâresch-Übersetzung (מיגדאן נומינך חרכנן) nach meiner Ansicht wörtlich: „das Gefäss für Mischung, das Vereinigung gibt“. Welches Gefäss damit gemeint sei, sagt uns die Glosse: (זך מנך הום אורוראנן מן האונן פתש דאיתיננד) „das wodurch man den Hom der Kräuter aus dem Mörser bringt“. Es müssen also die sonst *tasta* genannte Tassen sein, in die man den Haomasaft abträufeln lässt; *Raêthwis* kann ich kaum als „Vereinigung“ fassen, sondern im Hinblick auf *haûm raêthwa*, *raêthwiskare* als Unreinigkeit; daher auch *bajina* nicht „schenkend“, sondern „essend, verzehrend“, wie das im Syrischen und biblischen Aramäischen noch erhaltene פתבג für *baj* die Bedeutung von φάγω noch erweist. Deçtûr Dârâh ist für uns hier unbrauchbar, Aspendiârji nach der Huzvâresch-Übersetzung, nur fasst er das Wort האונן fälschlich als Gâh Hâvani, nicht als Mörser.

32. Rückert und Westergaard ziehen hier die Leseart *rathôistê* in BCF der von mir aufgenommenen *rathôisti* vor und es lässt sich nicht läugnen, mit Hinblick auf das vorhergehende *athaurunê* ist der Dativ passender als der Locativ. Es ist aber zu bemerken, dass

auch unten in §. 42 der Casus geändert wird und so lässt sich der Locativ: in Bezug auf den Krieger, auch halten, die Leseart *rathôisti* ist hier und namentlich im §. 33 sehr gut beglaubigt.

34. Über die hier genannten Gegenstände kann ein Zweifel nicht bestehen: *arsti* = [Huzvâresch] (ארשת), was mit [Huzvâresch] (ניזך) i. e. نيزه, Lanze, erklärt wird. *Karetô* = [Huzvâresch] (כארת) i. e. کارد, Messer, Degen, daher auch mit [Huzvâresch] (שמשיר) erklärt, *vazrô* = [Huzvâresch] (ורז) i. e. neup. گرز, Keule.

35. *Thnavara*, Bogensehne, von *tan*. Die Handschriften geben noch das Wort *çanavare*, ich halte dies blos für eine aus Versehen in den Text gekommene Glosse, die aber, wenn sie richtig wäre, auf skr. *snâyu* hinweisen würde. Aspendiârji und Deçtûr Dârâb übersetzen *thnavara* mit Bogen, sie fassen in der Huzvâresch-Übersetzung [Huzvâresch] (סנור כמאנן) das zweite Wort als Apposition des ersten, während ich sie beide für verbunden ansehe und die Isâfet, wie oft, ausgelassen denke, dann ist es: die Sehne des Bogens; die übrigens sonst *jya* i. e. زه heisst. Cf. Yt. 10, 39, welche Stelle für die Ansicht der neueren Tradition zu sprechen scheint.

36. Auch Westergaard liest *zainis*, wie ich; ich gestehe aber, dass ich an unserer Stelle eine Correctur für nöthig halte. Für *zainis* dürfte wohl *zaênis* gelesen werden und damit wäre das Hinderniss beseitigt, welches uns zwingt von der Tradition abweichend zu übersetzen. Diese gibt nämlich das Wort nicht mit „Bogenschaft“, wie ich gethan habe, sondern mit [Huzvâresch] (זינן) i. e. زين, Sattel. Der Sinn passt vortrefflich, aber *zainis* kann nicht = زين sein, sondern nur *zaênis*. *Akana* = [Huzvâresch] (כנתיר) ist sehr zweifelhaft, ich habe es mit „Stachel“ übersetzt, Rückert denkt an Köcher, Anquetil: *marteau;* ich weiss jedoch nicht, woher er diese Bedeutung genommen hat. Aspendiârji glaubt, dass *akana* die Polsterung des Sattels bezeichne. Die eisernen Spitzen mögen zum Beschlage des Sattels dienen.

37. *Fradakhshana* = [Huzvâresch] (כופינן) i. e. کوپين, verwandt mit کوپه, کوبن. Nach der neueren Tradition ist es eine Schleuder. *Çnâvare*, wie hier steht, wird nicht mit [Huzvâresch] (סנור), wie oben, sondern mit [Huzvâresch] (שנר) gegeben; es scheint fast eine verschiedene Bedeutung zu haben. Aspendiârji übersetzt unser Wort mit اندازه, Mass.

Ich habe *çnâvare bâzura* als Adj. zu *fradakhshana* genommen: Schleuder durch die Armsehnen. *Fradakhshainya* = ... (כופינן סר), undeutlich; ich habe das Wort mit „Schleuderstein" übersetzt, es ist eigentlich das, was zur Schleuder gehört. Aspendiârji übersetzt kaum richtig und das Wort, mit dem er *thriçanç fradakhshainyâis* gibt, ist undeutlich. Anquetil falsch: *Un arc à pierres, qui prend de la poitrine au bras et sur la tête 30 choses.* Dazu die Bemerkung: *En tendant un arc la corde vat de la poitrine à l'épaule droite.*

38. Dass die siebente dieser Geräthschaften ein Panzer sei, darüber sind alle traditionellen Autoritäten einig. Huzvâresch-Übersetzung ... (זרהי) i. e. زره, ebenso Aspendiârji und Deçtûr Dârâb. *Zrâdhô* ist offenbar dasselbe Wort wie زره, Ringpanzer. *Kuiris*, Halsbedeckung, nach der Huzvâresch-Übersetzung ... (גריופאנן) i. e. گريبان, dazu die Bemerkung: ... (זכי מן תרג ראואר אוו זרהי בסת דכוימנגנית) „das was vom Helme an den Panzer gebunden ist", Rückert denkt an neup. كبر *(toga militaris)*, was noch im Schâhnâma vorkommt. Aspendiârji und Deçtûr Dârâb übersetzen übereinstimmend mit der Huzvâresch-Übersetzung.

39. Wegen *Paiti-dhâna* macht Anquetil mit Recht darauf aufmerksam, dass man auf bildlichen Darstellungen der Neuperser die Helden des Schâhnâma mit dem Penom vor dem Gesichte dargestellt findet. Die Huzvâresch-Übersetzung übersetzt übrigens *paitidhâna* hier nicht mit ... (פראם), wie oben §. 29, sondern mit ... (פיתאנן); es scheint also doch zwischen dem Penom der Priester und dem der Krieger ein Unterschied stattgefunden zu haben. Weder Aspendiârji noch Deçtûr Dârâb beachten diesen Unterschied. — *Çâravârô* umschreibt die Huzvâresch-Übersetzung mit ... (סארואר) und setzt zur Erklärung bei ... (תרג) i. e. neup. ترگ, Helm. Diese Bedeutung passt vortrefflich zur Etymologie: von *çâra*, Kopf und *vere*, umgeben. Auch Anquetil und Deçtûr Dârâb haben sich dieser Erklärung angeschlossen, dagegen erklärt es Aspendiârji mit Schild. Dass das Wort keinenfalls mit „Hosen" übersetzt werden kann, ist klar, da sogleich für dieses Kleidungsstück ein anderer Ausdruck genannt werden wird. Für die vielbesprochenen Ausdrücke סרבלין, σαράβαρα, سروال etc. wird man

demnach unser Wort nicht gebrauchen können; der zweite Theil dieser Wörter mag zwar unser *vâra* sein; für den ersten aber wird man sich nach einem Worte umsehen müssen, das etwa dem neup. شل *(femur)* entspricht und das wir auch in شلوار *(femoralia, bracca)* wiederfinden.

40. *Kamara* = [Pahlavi] (כמר), i. e. neup. کمر, offenbar dasselbe Wort; so auch die neuere Tradition. *Rânapô,* wofür auch die gewiss gleichberechtigte Leseart *rânapânô* vorkommt, ist in der Huzvâresch-Übersetzung [Pahlavi] (ראנפנאן), wörtlich Schenkelschutz; im Neupersischen würde man ganz gut رانبان sagen können. Dies können nur die Hosen sein, so versteht das Wort auch Aspendiârji; dagegen Anquetil: *des grands caleçons,* ohne jedoch diese Erklärung ausdrücklich als die Deçtûr Dârâb's anzugeben.

41. Statt des Dativs oder Locativs in den parallelen Sätzen mit §§. 26, 32 findet sich hier der Nominativ gesetzt. Ich wüsste keine andere Entschuldigung für diese Construction anzugeben, als dass eben durch die vorhergehenden parallelen Sätze der Casus schon hinlänglich angedeutet war und darum hier nicht mehr gesetzt zu werden brauchte. Cf. den ähnlichen Fall in Vd. II, 87, 88.

43. Die schwierigen Worte *aêsha yuyô-çemi* gibt die Huzvâresch-Übersetzung mit den nicht weniger dunklen: [Pahlavi] [Pahlavi]. Hiervon entspricht [Pahlavi], das ich mir nicht mit Sicherheit zu umschreiben getraue, dem *aêsha*, welches Wort also nicht das Pronomen sein kann; das dunkle [Pahlavi] ist = *yuyô* und endlich [Pahlavi] (סם) ist deutlich Umschreibung von *çemi.* Ich habe übersetzt: ein Instrument zum Säen des Getreides, wobei ich mich an Deçtûr Dârâb theilweise anschloss. Dieser hat die Huzvâresch-Übersetzung folgendermassen geändert: [Pahlavi], was er bei Anquetil folgendermassen umschreibt: *varmouschan* (*sic* als ob [Pahlavi] gesetzt wäre) *djorduh ssaman agh keschtezar heled* und Anquetil: *Les instruments de labourage c. d. à ceux qui labourent.* Aspendiârji: Pflug, Getreide, Rind. — Unter diesen Umständen kann man wohl annehmen, dass die Tradition selbst das genaue Verständniss dieser Worte schon frühzeitig verloren hat, und wir bleiben zu ihrer Erklärung auf die Etymologie allein angewiesen. *Aêsha* müsste eine Femininbildung von der Wurzel *ish* sein und so viel als „Werkzeug" bedeuten; *yûyô* müsste, wie ich bereits

in der Note zur Übersetzung gesagt habe, entweder von *yu*, *miscere* abstammen oder mit *yava*, Getreide, verwandt sein; *çemi* erinnert an *çma in vareduçma*. Es könnte vielleicht *yuyô-çemi* das Feminin eines Adjectivs *yuyô-çema* sein, das bedeuten könnte: auf Getreideland bezüglich, das Subst., auf das es bezogen werden müsste, wäre *aêsha*. Etwas Besseres weiss ich auch heute nicht anzugeben. Auch Rückert macht keine weiteren Vorschläge, erinnert aber daran, dass man bei den Erklärungsversuchen nicht ausser Acht lassen dürfe, dass einige handschriftliche Autoritäten *çumi* und *shumi* lesen.

44. Die Worte dieses Paragraphen sind eben so dunkel wie die des vorhergehenden. Ich habe mit BC *ayawâna* vorgezogen, weil ich dieses Wort mit skr. *eva*, gehend, Pferd, glaubte vermitteln zu können. Auch gibt die Huzvâresch-Übersetzung das Wort durch [Pahlavi] (איוך), was blos eine theilweise Umschreibung zu sein scheint. Indess, meine Etymologie des Wortes zum wenigsten ist nichtig, denn *w* kann nur unter Umständen, die hier nicht eingetreten sind, dem skr. *v* entsprechen. Die übrigen Handschriften lesen *ayazhâna*, was Rückert und Westergaard vorziehen, womit ich aber nichts anzufangen weiss. *Paiti derezâna* = [Pahlavi] in der Huzvâresch-Übersetzung. Die Worte sind mir dunkel, ich kann sie daher nicht umschreiben. Dazu die Glosse [Pahlavi] (זכי מן איש (?) ראואר אוו יוך (?) בסת דכוימנגית), „das was von *Ais* (? = *aêsha*) zurück an das Joch (?) gebunden ist“; dem Sinne nach ist mir meine frühere Übersetzung immer noch die wahrscheinlichste. Deçtûr Dârâb gibt für *ayawâna* die Bedeutung كوشش كند für *paiti derezâna* aber بزرك. Anquetil: *Si les laboureurs se donnent de la peine, ils deviendront grands.* Aspendiârji: ein Joch, das an den Pflug befestigt wird.

45. Schon die Etymologie macht diese Worte klar: *gavâzô* (Acc. pl. von *gavâz*) ist entstanden aus *gava* und *az*, treiben, ich habe neup. كاوازان, Peitsche, verglichen, noch genauer stimmt das von Rückert verglichene گواز, گوازه, Stachel, zum Antreiben des Viehes. *Gavâz* ist eigentlich ein Adjectiv: viehtreibend, in dieser adjectivischen Bedeutung ist noch der Superlativ *gavâzista* zu fassen. Weder die Huzvâresch-Übersetzung noch Aspendiârji verstehe ich recht, doch scheint mir letzterer eine ähnliche

Auffassung zu haben. Anquetil hingegen will bier einen Ochsen verstanden wissen.

47. Meine Übersetzung dieses Paragraphen (eine Handmühle, deren Haupt zermalmt) habe ich sebon in der Note als sehr ungewiss bezeichnet, auch heute kann ieh für die Erklärung der zweifelhaften Stelle nieht mehr thun. Die Huzvâresch-Übersetzung und Aspendiârji sind mir auch hier unverständlieh, Anquetil: *lorsqu'il laboure une grande cloche au col*, unbrauchbar. Bei dem ersten Theile von *yâvarenem* habe ich an *yava* gedacht, es müsste — ähnlich dem obigen *kikarana* im §. 22 — von *yava* als Adjectiv abgeleitet sein. *Zgereçnô* von einer Wurzel *zgereç* mit vorangesetztem *z* wie *zgath*, andere Handsehriften lesen *uzgereçnô*, was Westergaard vorgezogen hat. Es wird kaum möglieb sein, diese Frage endgiltig zu entscheiden, bis die riehtige Etymologie gefunden ist. Ich habe dabei an gothiseh *qairnus* gedacht, Rückert denkt an skr. *grâvan*, Stein, für *yâvarenem* an neup. جوار, جوازه, جوازان.

48. Die Huzvâresch-Übersetzung bietet uns auch hier keine Hilfe, weil sie eben so dunkel ist als der Text. *Kańçtra*, Zügel, ist daher ganz conjectural, *paitis-herezem*, zurückhaltend: die Wurzel *herez*, loslassen, müsste durch das vorgesetzte *paiti* in das Gegentheil verwandelt sein. *Verezayañtem* wüsste ich nur durch „wirksam" zu übersetzen. Aspendiârji hat die ganze Stelle ausgelassen. Deçtûr Dârâb gibt *kańçtra* durch خورد, klein, und die Übersetzung Anquetil's ist gewiss ganz verfehlt, sie lautet: *et petite attachée avec des noeuds, qui paroisse, lorsque le laboureur unit la terre avec le rateau.*

51. *Pereçka* habe ich auf Roth's Rath mit Preis = lat. *pretium* übersetzt und bin damit, wie ich hoffe, der Wahrheit ziemlich nahe gekommen. Huzvâresch-Übersetzung [illegible] (פאיך) und setzt zur Erklärung noch [illegible] (ברשנן) bei. Aspendiârji übersetzt das Wort freilich ganz abweichend mit „Junges"; da er aber in der älteren Tradition keine Stütze findet, so bin ich nicht geneigt, dieser Übertragung einen sonderlichen Werth beizulegen. Doch stimmt auch Deçtûr Dârâb dieser Ansicht bei.

56. Dass in den Worten *çpâ-berezem*, *çpâ-frathem* ein alter Fehler liegen muss, scheint mir ausgemacht. Man erwartete wenig-

stens *çpô-berezem* etc. Huzvâresch-Übersetzung (סי באלאי פאהנא), von der Länge und Breite eines Fusstrittes, und darnach habe ich übersetzt. Es dürfte mithin für *çpâ* in den Handschriften *padhô-berezem* oder etwas Ähnliches zu corrigiren sein. So übersetzt auch Aspendiârji. Anquetil: *À la hauteur de la cuisse, l'étendue fort grande.* Dagegen will Rückert die Texteswortc festhalten und übersetzen: von der Höhe eines Hundes, von der Breite eines Hundes, weil ihm ein Fuss doch ein zu winziges Mass für einen Bewässerungsgraben erscheint.

57. *Karshuya* muss ein mit dem Secundärsuffix *ya* aus einem Thema *karshu* gebildetes Adjectiv sein; einfacher ist die Leseart *karshyaṅm*, welche Rückert und Westergaard vorziehen und die uns von den Handschriften BCF geboten wird. Dagegen lesen die VS. *karsuyaṅm* und die Leseart in A *kareshayaṅm* weist auch darauf hin, dass *karshyaṅm* nicht die ursprüngliche Leseart sei. *Raodhyaṅm* wird von der Huzvâresch-Übersetzung gar nicht übertragen und ist daher von mir in Klammern eingeschlossen worden. Das Wort ist übrigens leicht zu erklären, es muss „reutbar" oder auch „leicht zu bewässern" heissen.

59. *Byârakhti upa thwarsti.* Huzvâresch-Übersetzung: (נד דו באר פנן דו חרכש), durch zweimalige Zweitheilung. Deçtûr Dârâb fasst *upa thwarsti* = پیدائش کرد, also in der Bedeutung schaffen. Anquetil: *Qu'on l'arrose deux fois, qu'on y fasse pleuvoir partout. Byârakhti* ist in *bi*, zwei, und *drakhti* zu theilen. Wurzel ist wohl das auch im Skr. vorkommende *rac.* Ungenau ist meine Übersetzung von *yavaț* durch wo, es muss heissen: soweit als. Die Huzvâreschglosse und Aspendiârji sind unklar. Ein deutliches Bild von dem, was der Verfasser sagen will, erhält man bis jetzt nicht, wird wohl auch den Sinn durch die indischen Parsen schwerlich erfahren. Dagegen zweifle ich nicht, dass uns die Stelle klar werden dürfte, durch genauere Beobachtung des Bewässerungsverfahrens in Erân, namentlich bei den dort wohnenden Parsen.

60. *Nmânem gavayanem*: „eine Wohnung (nebst) Kuhstall". Ich denke jetzt, dass das eingeschobene nebst zu tilgen und *gavayanem* einfach als Apposition zu *nmânem* zu betrachten sein dürfte: „eine Wohnung, nämlich einen Kuhstall". *Nava-hâthrem*

„neun Hâthras lang", habe ich weggelassen, weil es in der Huzvâresch-Übersetzung nicht steht, auch wäre eine Wohnung von neun Hâthras etwas Ungeheuerliches cf. zu Vd. II, 65. Unsere Stelle spricht wieder sehr dafür, dass *nimata* die Bedeutung „Gras" habe, in einem Kuhstalle sucht man doch eher neun Arten von Gras als neun Teppiche. Aspendiârji fasst *nimata* als Veranda, gewiss unrichtig; *hâthra* einfach als اندازه, Mass, auch unwahrscheinlich; Anquetil nach Deçtûr Dârâb: *Un lieu pour les troupeaux, neuf entourrages au pié, neuf ponts au pied etc. c. d. 9 endroits entourrés.*

62. Das Wort *vîtâra* habe ich unübersetzt gelassen; die Huzvâresch-Übersetzung gibt das Wort ... (ותסת) i. e. *vitaçti*, Spanne, was mir zu klein erschien. Deçtûr Dârâb وجب, stimmt also mit der Huzvâresch-Übersetzung überein. Aspendiârji übersetzt das Wort bald mit *hâth* (Hand, Elle), bald mit *vâm* (*a fathom* i. e. skr. *vyâma*) und versteht es von den Balken; also Bretter von zwölf Ellen oben, von neun Ellen in der Mitte, von sechs Ellen unten. Diese Erklärung kann nicht ganz richtig sein: entweder bedeutet *vîtâra* Balken, dann fehlt der Ausdruck des Masses, oder *vîtâra* heisst Elle, dann fehlt die Bezeichnung für Bretter. Am besten scheint mir Rückert's Ansicht. Er erinnert daran, dass *vîtara* das neup. گذاره sei; dieses Wort bedeutet aber nach den persischen Wörterbüchern: 1. *domus aestivalis elatior*; 2. *asseres vel tabulae, quae tecto tegendo inserviunt.* Also: eine Wohnung, deren Grösse (Breite) zwölf Bretter oben, neun in der Mitte, sechs unten. Es ist mithin eine Wohnung oder Bretterhütte mit vorspringendem Dach, oben ein Stock, die Mitte wohl auf ebener Erde, unten ein Keller. *Nmâna*, wie wir schon öfter gesehen haben, ist nicht etwa ein gemauertes Haus, sondern eine beliebige Wohnstätte, selbst ein Zelt. Cf. oben Vd. VIII, 6.

63. *Gâtu* ist hier nicht Haus, wie ich in Übereinstimmung mit Deçtûr Dârâb glaubte, der es mit جاى übersetzt, sondern گاه, Thronsessel. So fasst es auch Aspendiârji (تخت) und Rückert. *Qaini* ziehe ich zu *çtaretu* und fasse das *qaini-çtaretu* als possessives Compositum. Huzvâresch-Übersetzung ... ... (חוף ותסתרת), wohl ausgebreitet, *qaini* kann wohl nur auf die Wurzel *qan*, glänzen, zurückgeführt werden. *Barezis* ist بالين, die dazu gehörigen Kissen.

Hiernach ist meine Übersetzung zu verbessern. Für *barezis* liest Westergaard mit zwei Handschriften *barezisa*, so dass *maf.* c. inst. steht. Cf. jedoch Vd. VII, 65. Yç. LVI, 3. 3. Für *çtaretu* corrigirt Westergaard *çtareta*.

64. *Açkeñda* eigentlich ohne Bruch, wird von der Huzv.-Übersetzung selbst mit [illegible] (רנוסת) i. e. درست, gesund gegeben. *Anupayata* = [illegible] (אנמאם סאתננת), zu der nicht gegangen ist. Ich halte diese Übersetzung für vollkommen richtig und nehme *upayata* = *upaêta*, *ya* entspricht dem *ê* wie öfter. Aspendiârji: Jungfrau.

66. *Nâmêni* kann nur das Feminin eines Adjectivs sein und muss heissen: einen Namen habend, namhaft. Huzvâresch-Übersetzung: [illegible] (רותמן אספוארכאנן פאיכאן), mir dunkel. Aspendiârji wie wir, Anquetil: *de bon nom.* *Gaoshâvara* = [illegible] (נושואר) i. e. گوشوار, als Glosse beigefügt [illegible] (פיראייך) i. e. پیرایه, Schmuck. *Nâirithwana* instr. vermittelst der Ehe. Huzvâresch-Übersetzung: [illegible] (פנן נאיריכש), zur Ehe, in die Ehe.

68. *Gadhwa* auch hier mit [illegible] (כרבא), Hund, übersetzt. *Uzjâmôiț* = [illegible] (ראדא רסינית), er lässt emporkommen, dazu die gewiss richtige Glosse [illegible] (איש בנא פרורת), d. h. er hat ihn erzogen.

69. Zu *pishavô* — wofür wohl *peshavô* zu lesen ist cf. Vd. XIII, 25 und wegen *fraoiriçyôiț* zu Vd. VIII, 301. Die Huzvâresch-Übersetzung übersetzt dieses Verbum wie dort mit [illegible] (פרות ורתית), erklärt es aber mit [illegible] (פנאן רמיתננית), er erbaut. *Tarô* = [illegible] (תרסת), über, hinüber.

70. Meine Übersetzung dieses Paragraphen weicht gar sehr von aller Tradition ab und es scheint mir heut zu Tage, wie in den meisten Fällen so auch hier gar sehr zweifelhaft, ob diese Kühnheit gerechtfertigt ist. Ich habe *açtanaãm* in der Bedeutung „Knochen" genommen, zwar erwartete man *açtaãm* (cf. Vd. VI, 97); indess, da im Altb. auch noch andere Fälle vorkommen, wo consonantisch endigende Stämme in die *a* Declination übergehen, so ist etymologisch nicht viel dagegen zu sagen. Hierdurch ist die Fassung des Folgenden bedingt; ich habe *har* wieder in der Bedeutung „nähren" genommen (cf. zu Vd. II, 13). Ganz anders die Übersetzungen. Die Huzvâresch-Übersetzung gibt *açtanaãm* mit [illegible] (פאיסתאנן) pl. v. פאיסת), Ort, wo sich das Vieh aufhält, also entweder Weide-

platz oder Ställe (cf. die Huzvâresch-Übersetzung Vd. XI, 18, XIII, 133). Sowohl Deçtûr Dârâb als Aspendiârji fassen das Wort als einen wüsten Platz und es fragt sich, ob man diese Bedeutung nicht anerkennen soll, obwohl ich sie nicht weiter zu belegen weiss. Thut man dieses, so muss man *har* in der Bedeutung „schützen" nehmen und übersetzen: „Zweimal neun Plätze ungesetzliche, die ohne Beschützer sind — dafür mache er gesetzlichen Schutz". Ich bleibe mit der Huzvâresch-Übersetzung bei meiner Übersetzung von *duyé navaiti* = zwei Neunheiten in der Huzvâresch-Übersetzung [Pahlavi] (דו תשיא), nicht zweimal neunzig, *Ahmâiçit*, dafür, ist als Neutrum zu fassen. Dass *adhâityô ağharethranańm* eine eigenthümliche Art der Zusammensetzung sei, ist schon von Justi: Die Zusammensetzung der Nomina in den indogerm. Sprachen, p. 8, ausgesprochen.

71. Die Übersetzung dieses Paragraphen ist wohl etwas besser getroffen als die des vorhergehenden, obwohl sie noch immer einer genaueren Bestimmung bedarf. Die Worte *çtipti*, *anâiriti* sind offenbar Abstracta auf *ti*, *vyağura*, *acista* sind wohl die Neutra zweier Adjective, gleichfalls als Abstracta gebraucht. Die Huzvâresch-Übersetzung scheint mir in Bezug auf das erste Wort und auch sonst etwas verdorben, ich gebe hier die verschiedenen Lesearten an. Statt [Pahlavi] liest C [Pahlavi], so auch B, obwohl nicht ganz deutlich. [Pahlavi] scheint in allen den Handschriften (ABC) als ein Wort geschrieben zu sein. Das auffallende [Pahlavi] steht in C, A [Pahlavi], B [Pahlavi]. Für [Pahlavi] (BC) hat A [Pahlavi]. Es ist mir unmöglich das Richtige aus diesen Lesarten herauszufinden, da die Wörter alle unbekannt sind; ich habe mich daher bei der Bestimmung der Wörter mehr an die neuere Tradition und an die Etymologie gehalten. *Çtipti* stammt jedenfalls von einer Wurzel *çtip*, aber [Pahlavi] (כתפתך) in der Huzvâresch-Übersetzung macht die Sache nicht klarer, da das Neupersische diese Wurzel nicht erhalten hat. Deçtûr Dârâb gibt dafür گنه کام, daher meine Übersetzung: „schlecht"; das dunkle [Pahlavi] liest er *djanar* und übersetzt es mit جانور, daher kommt es, dass ich das Wort „Thiere" ergänzt habe. *Anâiriti* ist in der Huzvâresch-Übersetzung mit [Pahlavi] (אנאחת) mehr umschrieben als übersetzt. Deçtûr Dârâb نه خورده, offenbar falsch; er hat an [Pahlavi] (חורתנן), essen, gedacht, was unzulässig ist. Ich kann keinen andern Ausweg sehen,

als *an-âiriti* mit der Wurzel *ere*, *airya* etc. zu verbinden und als Zustand des Unarischen, Unreinen zu fassen. Schwierig ist *vy-aǧura*, das Wort *aǧura* ist mir hier eben so dunkel wie oben Vd. XIII, 15. Die Huzvâresch-Übersetzung ist hier ganz unklar, Deçtûr Dârâb giht *vyaǧura* mit خوب, schön, was gewiss unrichtig ist. — Das Wort, mit welchem Aspendiârji *çtiptibyaçca* wieder giht, verstehe ich nicht, Rückert denkt an *stipatus*. *Anâiriti:* Aspendiârji = *Khoro (a sort of thick tenacious matter, which collects on the head near the root of the hair, hair-wax)*, *vyaǧura* mit *kohvâṭ (rottenness, putrifaction)*. Ich glauhe jetzt auch, dass man die Ansicbt des unzuverlässigen Deçtûr Dârâb's, dass hier von Thieren die Rede sei, aufgeben und an unreine Sachen überhaupt denken darf. — Noch bemerke ich, dass Westergaard statt *yaozhdathaiti*, wie ich aus der Leseart *yaozhdathiti* in einigen Handschriften hergestellt habe, besser *yaozhdaithita* liest; dies stimmt besser zu §§. 68, 69 und 72.

72. Für *madhus*, wie alle Handschriften haben, corrigirt Westergaard *madhéus*; ich bleibe, auf ähnliche Fälle gestützt, bei der Leseart der Handschriften und glaube, dass der Casus durch *huraydo* hinlänglich bezeichnet ist. *Vâçtryaêta* erklärt die Huzvâresch-Übersetzung durch satt machen, sättigen, es ist wohl eigentlich wirksam machen, cf. Vd. IX, 34. *Qaretha* versteht die genannte Übersetzung vom Brote, *hura* umschreibt sie blos mit ور (הור), es ist ohne Frage skr. *surâ*, berauschendes Getränk. *Madhu* = مي (אם), ist deutlich das neup. مى, Wein, und dass אם dieselbe Bedeutung habe, beweist B. 28, 10., cf. auch die Huzvâresch-Übersetzung zu Vd. XIX, 138 und oben zu Vd. VIII, 64. Aspendiârji nimmt *gdus* für Milch, wie gewöhnlich, *qaretha* für Speise, *hura* = Süssigkeit, *madhu*, Getränk. Deçtûr Dârâb und Anquetil wie ich.

73—75. Cf. Vd. VIII, 308—310.

Fünfzehnter Fargard.

2. *Fraêta* = פרנאסת (פרנאסת), also vorwärts gegangen von *i* + *fra* (vergl. meine Einleitung in die traditionellen Schriften der Pârsen II, 417 s. v. פרנסיתסנן und Vd. VI, 58; VII, 133; XIX, 133 etc.).

3. Cf. oben Vd. XIII, 105.

6. Obwohl ich weiss, dass meine Übersetzung nicht der Tradition gemäss ist, so halte ich doch noch heute an ihr fest. Ich setze die Huzvâresch-Übersetzung mit der in sie verwebten Glosse hieher: [illegible] (מנן נבנא אארובאנן נר זכאי כאמך מנן כאמך רא זכי רנמן זכאי דינא מנן דאתסתאנן רא זכי רנמן י כם דת אי כם המאך נרמנשאנן מנדא), „wer einen Mann der Reinen, einem von anderem Willen — dessen Wille nicht der unsere ist — von anderem Gesetze — dessen Gesetz nicht das unsrige ist — einem kleinen gibt, d. h. ihr Gebet ist immer schlecht.“ Nur über den letzten Theil des Satzes besteht eigentlich Meinungsverschiedenheit zwischen mir und der Huzvâresch-Übersetzung. Wenn diese Übersetzung *anyô-varena* blos gibt: einen andern Willen oder Wunsch habend, so ist dies nicht falsch, nur etwas zu allgemein ausgedrückt. Die Parallele zu *ṭkaêsha* und die Etymologie (über die letztere cf. zu Vd. XII, 63) macht es wahrscheinlich, dass hier unter *varena*, Glaube, zu verstehen sei. *Tkaêshô* = [illegible] (דינא), Herkommen, Ansicht, ist bekannt. Aber die Huzvâresch-Übersetzung nimmt offenbar *kaçyaghê çaghâi* als einen Dativ, der parallel mit *anyô-ṭkaêshâi* wäre, also einem kleinen oder klein- (schlecht, verächtlich) betenden. Dann erwartete man aber nach *kaçyaghê çaghâi* nochmals *vâ* zu finden, was aber nicht dasteht. Darum nehme ich auch jetzt noch *kaçyaghê çaghâi* zu *dadhâiti*: er setzt den reinen Mann zur kleineren (verkleinernden) Rede für den etc. Aspendiârji gibt als den Sinn der Stelle: wer eine andere Religion preist und Andere diese Gesinnung lehrt. Am ungenauesten wohl Anquetil: *Celui qui à un homme pur, qui ne désire que moi, qui est à moi, qui me consulte et écoute ma voix, le raille, le contredit.*

7. Huzvâresch-Übersetzung: [illegible] (אבאם איתונן סנן זכי נסשמן חרת איע דאנד איע ונאם י בנא סאתננת), „wissend also in seinem Geiste — d. h. er weiss, dass es Sünde, wer fortschreitet“. Es dürfte besser sein, diesen Satz als Fortsetzung des vorhergehenden Paragraphen aufzufassen und zu übersetzen: (wer) bewusst im eigenen Verstande so fortschreitet (sich so beträgt).

8. Man hat hier die Wahl, ob man *bavaiti* oder *bavaiñti* lesen will: für ersteres entscheiden sich überwiegend die Handschriften mit Übersetzung, für letzteres die VS. Liest man *bavaiti*, wie ich

gethan habe, so hat man die Unbequemlichkeit, dass man hier *skyaothna vareza* anders fassen muss als oben, nämlich als sg. = *skyaothnavarezan*. Desswegen möchte ich jetzt lieber Westergaard beistimmen und *bavaiñti* lesen.

10. *Ahmarsta* = [Pahlavi] (אהאמארת) in der Huzvâresch-Übersetzung, nicht besser als eine Umschreibung. Deçtûr Dârâb چیز, Aspendiârji سخت, beides ungenügend. Ich bleibe darum bei der früher schon von Roth vorgeschlagenen Deutung *a-hmarsta* auf eine Wurzel *smard*, lat. *mordeo* zurühzuführen. Die Endung *ta* müsste wie in *yazata* das Part. fut. pass. ausdrücken.

11. *Ardoñtê* wird in der Huzvâresch-Übersetzung gar nicht übersetzt, es muss „gehen" oder „gebracht werden" bedeuten. Cf. Frag. 4, 3. *uç iriçta paiti ardoñti*. *Garemôhva*, loc. pl. von *gareman*, Kehle, von derselben Wurzel *gere*, wie گلو = skr. *gṛi*.

12. Die Handschriften schwanken zwischen *dazhaṭ* und *dazhâṭ* und offenbar sind beide Lesarten zulässig, aber der Sinn ist nicht einerlei. *Yaṭ....dazhaṭ* heisst: wenn verbrennen wird, dagegen *yaṭ dazhâṭ*, wenn verbrennen sollte.

17. Die einzelnen Ausdrücke sind schon in der Note zu der St. erklärt worden und zwar in Übereinstimmung mit der Huzvâresch-Übersetzung, welche hier das Richtige zu haben scheint.

18. Cf. zu Vd. XIII, 102.

23. *Cithravaiti* = [Pahlavi] (ניהראומנר) in der Huzvâresch-Übersetzung, was wörtlich heissen würde: mit Gesicht begabt. Über das Wort *cithra* und seine verschiedenen Bedeutungen ist schon zu Vd. I, 53 gesprochen worden. Man könnte *cithravaṭ*, nach den gewöhnlichen Bedeutungen des Wortes *cithra*, übersetzen: mit Samen begabt, mit Gesicht begabt, endlich: mit Offenbarem begabt, letztere Bedeutung ist mir die wahrscheinlichste, sie stellt das Wort *cithravaiti* als ziemlich synonym neben *dakhstavaiti*. In der Huzvâresch-Glosse zu Vd. XVI, 1 wird *cithravaiti* mit [Pahlavi] (ורת) erklärt. Aspendiârji zu unserer Stelle sagt, dass damit der weisse Fluss gemeint sei und dies ist wohl auch das Wahrscheinliche. Deçtûr Dârâb „schön", er hat also *cithravaṭ* in der zweiten der von uns angeführten Bedeutungen genommen. *Dakhstavaiti* von *dakhsta*, ein Wort, über das schon zu Vd. I, 71 gesprochen worden ist. Huzvâresch-Übersetzung ganz wörtlich [Pahlavi]

(דאשכאומנד). *Vôhunavaiti* = [Pahlavi] (חנאומנד) mit Blut behaftet, von *vôhuna* = [Arabic]. In der Glosse zu der schon erwähnten Stelle Vd. XVI, 1 wird zur Erklärung dieser verschiedenen Ausdrücke das Wort [Pahlavi] (דשתאנן) beigesetzt, damit wird im Huzvâresch, Pârsi und im Mendäischen eine menstruirende Frau bezeichnet.

26. Für das zweite [Pahlavi] (פימיניתך) nach C und Deçtûr Dârâb ist [Pahlavi] (אפימיניתך) mit A zu lesen. *Pipyûshi* und *apipyûshi* sind natürlich als Part. perf. act. von *pi* aufzufassen, cf. von derselben Wurzel *payô* und *paêma*, das letztere Wort hat sich noch im Pârsi *pîm*, Milch, erhalten. Schwierig und unklar ist *anuçakhtaum*, so lesen nämlich die VS., während die Handschriften mit Übersetzung *anathakhtaum* haben, was Westergaard aufgenommen hat. Das Huzvâreschwort, mit welchem *anuçakhtaum* oder *anathakhtaum* wiedergegeben wird, ist eben so unklar; in A ist es [Pahlavi] geschrieben, B ist defect und C hat [Pahlavi], wie in meiner Ausgabe steht. Aspendiârji: mit starken Brüsten, Deçtûr Dârâb hat keine Erklärung des Wortes gegeben. Dass damit die erste Zeit der Schwangerschaft oder auch die Zeit vor der Niederkunft bezeichnet werde, erhellt aus dem Zusammenhange.

31. Die Huzvâresch-Übersetzung: [Pahlavi] (אסתאינית רתאנן מנן דר האננך אביתראנן שוי (?) אית אנאסתאינית רתאנן מנן רוית), „d. i. *âçtâinit-ratânn*, welche im Hause der Eltern (oder) des Mannes (?) ist, *anâçtâinit-ratânn*, die welche es nicht ist“. Man bemerke hier die weite Fassung des Wortes *ratu*, welches einen Vorgesetzten im Allgemeinen bezeichnet. *Çtâtô-ratus* ist wohl: bei einem Aufseher befindlich; man wird die Wurzel *çtâ* gewiss eben so wie im Sanskrit in der Bedeutung sein, verweilen auffassen dürfen.

32. Meine Auffassung von *para-dâta* mit verlobt gründet sich wieder auf die Huzvâresch-Übersetzung: [Pahlavi] (מנן מן האנך אביתראנן פנן שוי בנא דאת דכוימננית), „welche aus dem Hause ihrer Eltern dem Gatten übergeben ist“. Selbstverständlich kann der Ausdruck nicht mit „verheirathet“ übersetzt werden, sonst würde die Bezeichnung *kaininem* nicht passen.

33. Es wird nöthig sein, hier zur Rechtfertigung meiner Übersetzung die Huzvâresch-Übersetzung anzuführen: [Pahlavi]

[Pahlavi] (אר זך רנמן כניך מן זכי אנשותאאנן שרם בנא תריסת דשתאנן) [Pahlavi] (סאתננית תריסת אוו מיא אורור סאתננאת סנן דשתאנסתאנן). „Nicht schreite dieses unser Mädchen wegen der Scham vor den Menschen über die Menstruation hinüber zu Wasser und Bäumen: sie gehe in den Ort für die Menstruirenden“. Hieran habe ich mich gehalten, da diese Übersetzung nichts enthält, was gegen die sonst ermittelten Bedeutungen der einzelnen Wörter spricht: *fsharema* ist deutlich neupers. شرم Scham, womit es auch übersetzt wird; das neuere افشاردن und افشردن ist gewiss mit diesem Worte verwandt. Die schwierigen Worte: „sie soll nicht das Zeichen überschreiten“, habe ich nach Angabe der Glosse dahin verstanden, dass das Mädchen nicht herumgehen, sondern sich in dem für Menstruirende und Unreine bestimmten Orte aufhalten soll. So auch Anquetil: *(Qu'elle) ne touche pas ce que j'ai crée, qu'elle ait peur de la maison, des hommes (qu'elle aille) au destan satan (maison des aremesst) qu'elle ait peur (de toucher) l'eau, les arbres qu'elle aille au destan satan.* Ich bin leider nicht bekannt genug mit den Gesetzen, welche den Frauen der Parsen für die erste Zeit der Schwangerschaft vorgeschrieben sind, um beurtheilen zu können, ob die obige Auffassung der Stelle dazu stimmt. Aspendiârji freilich übersetzt ganz anders; es lässt sich aber, wie ich glaube, mit Bestimmtheit nachweisen, dass seine Auffassung nicht die richtige ist. Er liest nämlich das in der Huzvâresch-Übersetzung für *tarô* stehende Wort [Pahlavi] (תריסת) für תרסית ترسد, „sie soll nicht fürchten“. Als Sinn des Ganzen gibt Anquetil an: das Mädchen solle kein Mittel (Kräuter und Wasser) einnehmen, um die Menstruation hervorzubringen. Hierdurch würden aber die folgenden Paragraphen ganz überflüssig und nichtssagend werden. Gleichwohl ist immer noch zu bedenken, ob man nicht die Worte *dakhstem pdrayêiti* fassen soll: „die Zeichen der Menstruation künstlich hervorbringen“. Bedenklich bleibt es immer, *tarô* = mit zu fassen. In der Glosse müsste man dann vor [Pahlavi] (סאתננאת) nochmals [Pahlavi] (אר) ergänzen, also: sie gehe nicht in den Ort der Menstruirenden.

35. Huzvâresch-Übersetzung: [Pahlavi] (סנן נרמן כונשנן ורנ̈ מאם ונאם), wohl: „dadurch (ist sie) Thaten-thuend an

Sünde". Die Übersetzung scheint mir ziemlich richtig zu sein. Die seltsame Form *aêtahmâyus* kann ich mir der Form nach nicht anders erklären, als dass an den Dativ *aêtahmâi* die Endung *us* angetreten sei. Als Analogie dazu lässt sich nur etwa *vîspâyu* vergleichen. Vsp. XXI, 4 und *çatâyus* Yt. 10, 117. Man würde *aêtahmâyus* nach meinem Dafürhalten etwa mit „auf solche Art" oder „solcher Gestalt" übersetzen können. Schwierig sind auch die Worte *paiti varsta skyaothna.* Es stehen meines Erachtens zwei Wege offen: entweder man kann *paiti varsta* als zu *skyaothna* gehöriges und darum in gleichem Casus stehendes Particip auffassen oder man kann in *paiti varsta* ein Participialperfectum sehen, als dessen Subject *kainê* aus §. 34 zu suppliren wäre, dann wäre *skyaothna* das Object. In diesem Sinne habe ich die Stelle verstanden. Die Bedeutung, welche *paiti verez* in Vd. XVIII, 135 hat, wo es offenbar „entgegen thun" heisst, passt hier nicht. Asp. ähnlich: daran thut sie Sünde, und erklärt: aus dem Begehen dieser Sünde (folgen) grosse Sünden.

37. 38. *Qatô* fasse ich wie skr. *svataḥ*, von selbst.

39. Huzvâresch-Übersetzung: [illegible] (אביתראנן אסתארינית אבו אם אביתראנן רישית זך דהוננית אמתשאנן מכירננד דכוימננית אבו זך אנן ריש ממן רישית תונית פנן בותכורשת תונשנן). „Die Ältern verunreinigt sie — Vater und Mutter —, die Ältern schädigt sie — das ist, wenn sie es annehmen — der Vater soll den Schaden des Geschädigten büssen mit der Busse *Baodhô-varsta.*" Diese Erklärung lässt sich ganz einfach auch in den Text legen, wenn man nämlich *pterebyô* als Dat. comm. auffasst. Für den Schluss des Paragraphen ist Vd. VII, 101 zu vergleichen. Aspendiârji's Übersetzung: „wenn die Ältern verwunden", ist, wie man leicht sieht, ungrammatisch; man sieht aber, wie er dazu gekommen ist. Er hat nämlich die obigen Worte der Huzvâresch-Übersetzung: (אבו זך אנן ריש ממן רישית תונית) übersetzt: schlägt der Vater diese Wunde, so büsst er etc., indem er (רישית) als 3. ps. sg. praes. auffasst; man sieht aber aus dem Texte, dass רישית das Participium perf. pass. ist und dass man zwischen (ריש) und (רישית) die Isâfet ausgelassen denken muss: die Wunde des Geschädigten. Auf diese Art stehen Text und Huzvâresch-Übersetzung in gutem Einklange.

41. Der Accusativ *puthrem* ist abhängig von dem Participialperfectum *varsta*, von dem unsere Stelle uns ein schönes Beispiel bietet.

42. Die Worte von *hanaum* an sind or. directa, die Worte sind alle deutlich bis auf eines. *Hana* wird von der Huzvâresch-Übersetzung blos mit [illegible] umschrieben, es ist offenbar das Femininum von *hanô*, von dem zu Vd. III, 63 die Rede war, also eine alte Frau, verwandt mit gr. ἕνος, lat. *senex*, skr. *sanât*, *sanâtana*; *hanaum* muss Gen. plur. sein statt *hananaum*, dazu gehört auffallenderweise *aêtaêshaum*, gen. plur. masc. n. *aêtaț*, wie auch in den Keilinschriften (J. 3) *tyaisâm* für das Femininum sich findet. Wir haben auch *aêtağhaum* beim Neutrum gefunden, es scheint mithin, dass das Altbaktrische das Genus bei diesem Pronomen nicht mehr recht beobachtete. Doch wäre es auch möglich, dass man *jish* mit dem Accusativ der Person und dem Genitiv der Sache construiren und übersetzen dürfte: Suche eine alte Frau zu befreunden, um solche (Dinge). Aspendiârji übersetzt *hanaum* fälschlich mit دارو, Arzenci. Das einzige dunkle Wort ist *jijishağuha*, man weiss nicht, ob man dasselbe auf eine reduplicirte Wurzel *jish* zurückleiten oder eine Desiderativform von *ji* darin sehen solle. Ich habe das Wort ganz conjectural mit „befreunden" gegeben, indem ich es dem sanskritischen *jigîsh* gleichsetzen wollte. Das wird nun freilich kaum angehen, denn skr. *ji* ist alth. *zi* (Yç. XI, 17), altp. *di* und heisst eigentlich wegnehmen. Die Huzvâresch-Übersetzung ist gleichfalls dunkel: [illegible]. Deçtûr Dârâb umschreibt die Worte: [illegible] und [illegible], die sich auf *jijishağuha* im Texte beziehen, mit *ziveshne* und *zivitârân*, schliesst sie also an neup. زيستن, leben, an, ebenso Aspendiârji. Allein ich glaube durchaus nicht, dass dies richtig ist, mir scheinen die Worte vielmehr mit neup. زيان, Schaden, in Verbindung zu setzen. Ich umschreibe daher die obigen Worte folgendermassen: את איתונן זך נבנא דמננית איע האן אוו חורשנן זינשן מנן זיניתאראנן מנן זינרכש אנשותאאן כשאינד הם פונס und übersetze: „wenn nun dieser Mann sagt: eine alte Frau soll zum Essen schädigen — welche Schädiger sind, welche Schaden der Menschen offenbaren — frage (sie)". Die Bedeutung „leben" scheint mir ganz unbrauchbar. J. Wilson,

der diese Stelle besprochen hat (*The Parsi religion* p. 81) übersetzt: *(and) if the said man say, visit your nurse and ask her (for the poisonous drug)*. Die Bedeutung „besuchen“ für *jijishağuha* wäre sehr passend, ich bin aber nicht im Stande, sie etymologisch zu begründen. Aspendiârji scheint damit im Sinne übereinzustimmen, seine Übersetzung wörtlich wiederzugeben bin ich nicht im Stande. Anquetil in der handschriftlichen Übersetzung: *La fille ira sur le champ à la maison de cet homme vivant et l'interrogera* (Deçtûr Dârâb umschreibt nämlich: mit *khân* i. e. خانه, Haus). In der gedruckten Übersetzung lautet die Stelle ganz anders, nämlich: *et (que l'homme) dise: la tante de cette (fille) est vivante, qu'on l'interroge.*

44. *Bağha* ist, wie schon J. Wilson gesehen hat = skr. *bhangâ cannabis sativa*, auch das Neupersische kennt das Wort بنگ, cf. Vullers s. v. Hieraus geht hervor, dass das Wort eigentlich *bañgem* geschrieben sein sollte, cf. Vd. XIX, 138. Indessen ist hier die Lesart *bağhem* überall geschützt und die Handschriften nehmen es mit dem Unterschiede von *ğh* und *ñg* nicht so genau. Huzvâresch-Übersetzung , wohl מנג zu lesen, nicht מוי, e. i. موى, Haar, wie die neueren Übersetzungen thun. Die übrigen Medicinen werden sich nicht leicht mehr nachweisen lassen, die Namen scheinen von ihren Wirkungen hergenommen zu sein. *Shaêtem* = (שית), wohl auf das Caussativum von skr. *xi*, zerstören, zurückzuführen. Anquetil, nachdem er §. 43 fälschlich übersetzt hat: *Si elle dit: cet homme est vivant, questionnez-la*, fährt dann fort: *on la mene devant le destour ou le roi.* Also *bağha* soll Deçtûr, *shaêta* aber *roi* bedeuten.

45. *Ghnâna* und *fraçpâta* sind entweder die Namen von Pflanzen oder von den daraus bereiteten Medicinen. *Ghnâna* ist das Part. praes. med. von *jan;* es ist daher gar nicht so unrichtig, wenn es die Huzvâresch-Übersetzung mit (מחיתננית) „er schlägt“ übersetzt und beifügt: (איע דר אשכומבו בנא זכתננית), d. h. er tödtet im Mutterleibe. *Fraçpâta* = (פנאנ רמיתננש) „das Herauswerfen“, dazu die Glosse: (איע בנא דאתננית אחר בנא דמיתננית), d. h. zuerst kommt er (der Fötus) hervor, dann stirbt er. *Vitâçina* aus dem Caussativum von *tac* + *vi* (= neup. گداختن) mit der Endung *ina*

gebildet, wie *vacahinô*, cf. Vd. IV, 6. Wilson stimmt mit meiner Übersetzung überein, im Grunde auch Aspendiârji. Dagegen Anquetil ganz falsch: *On la frappe, jette par terre ou comme on détruit (son fruit) avec du médicine d'arbre.*

46. Auch diesen einfachen Satz hat Anquetil falsch übersetzt: *on détruira le fils d'elle (en la frappant sur le ventre).* Wilson übersetzt ganz richtig: *take the life from this child;* aber er fällt doch in denselben Irrthum wie Anquetil, weil er hier den Nachsatz zu §. 42 beginnen lässt. Demnach wäre hier geboten, die unehelichen Kinder zu tödten. Wir müssen dieser Auffassung einige Aufmerksamkeit widmen, weil es in der That scheint, als ob ein Theil der Parsen selbst einmal diese Auffassung getheilt habe. Anquetil erzählt nämlich (Z. Av. II, 606) folgenden Fall: *Il y a plusieurs années qu'une jeune Parse de Barotch se laissa séduire par un Parse. L'affaire fut portée devant le chef civil, qui sur la décision des prêtres les condamna tous deux à la mort. Le Parse, qui avoit des parens Mobeds, trouva le moyen de s'évader: mais la mere même de la Parse, animée par les prêtres, fut la plus ardente à presser son supplice. Le gouverneur musulman gagné par une somme considérable, permit aux Parses de suivre leurs usages. Cette fille fut donc amenée dans l'assemblée du peuple, conduite par sa mere, qui lui mit ensuite la tête sur ses genoux, lui tordit le col, et les prêtres acheverent d'immoler cette victime à leur zéle sanguinaire. Lorsque Darab me rapportoit ce fait, il me semblait le voir tremper avec la gaieté du fanatisme ses mains dans le sang de cette Parse.* Über das Schicksal des Kindes wird freilich in der angeführten Stelle nichts gesagt. Der Text wie die Übersetzungen des Vendîdâd sind an dieser That, wenn sie wirklich begangen wurde, vollkommen unschuldig. Huzvâresch-Übersetzung nur etwas freier: (איע פנן הנא בנמן בנא מרונִינִית) „durch dieses vernichtet das Kind". Durch (איע) wird die or. dir. eingeleitet, welche der Alten in den Mund gelegt ist, parallel den Worten des jungen Mannes in §. 42. Deçtûr Dârâb in seiner Recension fasst die Sache ebenso und Aspendiârji wenigstens nicht als einen Befehl Ahura-Mazdas. Wäre das letztere der Fall, wie Anquetil und Wilson annehmen, so würde wohl gesagt sein: *daṭ tûm zarathustra aêtahmâṭ puthrâṭ mimarekhshaguha.* Aber auch der ganze Zusammenhang, sowohl das Nachfolgende als

das Vorhergehende, spricht so deutlich gegen eine solche Auffassung, dass man sich genöthigt gesehen hat, anzunehmen, das Mädchen solle eben seine Leibesfrucht nicht selbst zerstören, sondern die Priester müssten es thun. Eine solche Annahme ist aber durchaus willkürlich und unbewiesen.

48. Meine Übersetzung stimmt zu den einheimischen Übersetzungen. *Hâvañta* = (האננד) = Pârsi: (*tulya* bei Nerios.). Ich nehme *hâvañta* als Acc. plur. und lasse *aêtahê skyaothnahê* davon abhängen, wörtlich: „als gleiche an dieser That handeln der Mann, Mädchen und Alte“.

50. Auch durch diesen Paragraphen wird die obige Auffassung des §. 46 widerlegt; denn hier werden Vorschriften für die Behandlung eines Mädchens gegeben, welche ein aussereheliches Kind gebiert, so wie über das Kind selbst. Beides wäre natürlich überflüssig, wenn vorher geboten wäre, die Frucht abzutreiben. *Thrâthrem* habe ich mit „Beschützer“ übersetzt; obwohl man nun die Möglichkeit dieser Bedeutung für das Suffix *thra* nicht ganz abstreiten kann, so ist es doch besser, bei der Abstractbedeutung zu bleiben, da auch die Tradition dieselbe hat. Die Huzvâresch-Übersetzung übersetzt nämlich (סנדארש), Schutz.

51. *Harethrem* nach der Tradition ebenso zu übersetzen wie *thrâthrem*, cf. oben zu Vd. II, 13.

54. Diesen schwierigen Paragraphen verstehe ich auch heute noch wie früher; freilich bin ich dabei zum Theil auf Vermuthungen beschränkt. Die Huzvâresch-Übersetzung hat wie folgt: (אתנ̄ סנאנ̄ דאמתננית איע שכבאננית ורנ̄שנן אפודנאיכ̄י), was wohl heissen muss: wenn hervorkommt ein hingelegtes Wirken: ein Kind“. Ich habe nach §. 61 (דר) vor (שכבאננית) ergänzt, um den Locativ *verezdnê* auszudrücken; nimmt man diese Ergänzung an, so wird man übersetzen müssen: „und hervorkommt im hingelegten Wirken ein Kind“. Über *çairi* abwärts ist schon zu Vd. III, 27 gesprochen worden. *Verezdna* = (ורנ̄שנן), das Wirken, cf. Yt. 10, 80 und Yç. XXXVI, 1; XLVIII, 7. Neriosengh gibt es mit *samdcaraṇa*. Die schwierige Frage ist eben nun, was man unter dem „hingelegten Wirken“ zu verstehen hat. Ich glaube nun die Niederkunft selbst darunter verstehen zu müssen, dafür spricht die Parallele mit §. 61 flg. Anquetil's Angaben sind nicht zu brauchen; in der handschriftlichen Übersetzung lautet der

Satz: *si elle vat et consente à être puni*, in der gedruckten dagegen: *si donc cette fille s'approche et a commerce avec quelqu'un.* Aspendiârji ist nicht ganz klar, er scheint den Satz von einer Niederkunft im Geheimen zu verstehen.

59. Das seltsame Wort *hâirishis* wird hier mit [illegible] (מאתכאנן) übersetzt, was wohl mit neup. مادیان identisch ist. Aspendiârji „Weiher“, Deçtûr Dârâb زنان. Die Richtigkeit dieser Angaben wird auch durch Yç. LXIV, 8. 9 (oder Yt. 5, 2) bewiesen. Was das nun aber heissen soll, dass sämmtliche Weiber sich auf ihn setzen oder zu ihm kommen, das wird freilich nicht klar. Die lakonische Angabe der Huzvâreschglosse: [illegible] (איעש הנאז כאר ען כונשנן), „d. h. ihm ist auch diese That zu thun“, hilft uns nicht weiter; Aspendiârji giht keine Erklärung; Anquetil: *Toutes les femmes assemblées, qu'elle se présente devant elles qui sont à deux têtons et à quatre têtons.* Unter diesen Umständen bleibt mir immer noch meine frühere Erklärung am wahrscheinlichsten, dass *ash* + *fra* hier so viel heisse als „verunreinigen“.

61. Ich folge hier ganz der Huzvâresch-Übersetzung, welche den Satz ganz ebenso übersetzt wie oben §. 54, aber statt [illegible] (אסורנאיכי), ein Kind, als Glosse [illegible] (כרבא), Hund, hinzufügt. Demnach würde das vorhergehende *gadhwa* als Suhject zu *frajaçâț* genommen werden müssen, und dies wird auch durch das Folgende bestätigt.

63. Es ist wohl zu construiren: der, welchem ist (der, welcher besitzt) das nächste Haus, (das) er aufgerichtet hat. *Uzdaçta* ist wohl Participialperfectum.

70. Die Worte *yĕghdo* (leg. *yĕghâo*) *vô aêshô ustrô-çtânis aghaț* finden sich nicht in der Huzvâresch-Übersetzung, und darum habe ich sie ausgelassen. In der Note zu meiner Übersetzung habe ich die Worte für grammatisch unrichtig erklärt; dagegen protestirt Rückert, der übersetzt: „wer den Kameelstall errichtet hat oder welcher (Frau) dieser Kameelstall gehört“. So gefasst, ist gegen die Stelle nichts einzuwenden, doch bleibt *vô* statt *vâ* noch auffällig und die Form *ustrô-çtânis* neben der gewöhnlichen *ustrô-çtâna.* Aspendiârji glaubt, dass diese Vorschriften über die Unterhaltung einer Hündin für die ganze Zeit ihrer Schwangerschaft gelten, was mir unwahrseinlich ist. Es ist nicht sowohl die Sorge um die schwan-

gere Mutter als um die hilflosen Jungen, welche diese Vorschriften hervorgerufen hat, das erhellt deutlich aus §. 122 flg.

92. *Paçus-haçta* steht nach meiner Überzeugung für *paçu-shaçta*, d. h. *haçta* ist von der Wurzel *had*, sitzen, abzuleiten, also mit *hadhis* verwandt. *Paçus-haçta* ist somit der Ort, wo Vieh sich niedergelassen hat. Aspendiârji: Ort, wo alles beisammen ist. Anquetil in der handschriftlichen Übersetzung: *chef ou chien des troupeaux*, in der gedruckten: *lieu des troupeaux*.

100. *Uzdaêza* habe ich mit „Schober“ wiedergegeben. Nach Anquetil ist es *lieu élevé*, und dies ist gewisss die Grundbedeutung, cf. zu Vd. III, 30. Aspendiârji hat die ganze Stelle ausgelassen. Rückert glaubt, *uzdaêza* bezeichne den Oberbau des Hauses, was auch möglich ist.

108. *Ava kañta* = [illegible] (סרות כנשנן), Niedergrabung, habe ich als „Keller“ aufgefasst von *kan* + *ava*, und Aspendiârji stimmt damit überein. Anquetil: *lieu creusé*, was auf dasselbe hinauskommt.

115. *Vâçtri* habe ich hier und §. 113 mit „Futter“ oder „Wiese“ übersetzt; ich denke richtig, denn *vâçtra* wird im Gegensatz gegen *yavô*, Getreide, immer von den Futterkräutern für das Vieh gebraucht. *Uzdaçta* habe ich allgemein mit „eingerichtet“ gegeben; die Huzvâreschglosse lautet folgendermassen: [illegible] (איע ען זריתננת אוו נסשמן איוםש זך ואסתר אית י רא נרמן זריתננת בנא אוו חויש): „nämlich (wer die Wiese) gesäet hat oder dem dieses Futter gehört, der es nicht gesäet aber für sich (hat)“.

117. Dieser Satz ist ziemlich schwierig, und ich weiss nicht, ob ich ihn recht gefasst habe, jedenfalls ist meine Auffassung ziemlich abweichend von der Tradition. Meine Übertragung lautet: „Man bringe sie (die Hündin) zu seiner (des Mannes, dem die Wiese gehört) Wohnung auf Geweben von Pflanzen oder anderen Lagern“. Dagegen kann mit Recht bemerkt werden, dass *upâca hê gatûm barayen* nicht gut heissen kann: man bringe sie zur Wohnung von diesem, man würde etwa erwarten: *upâca dim gâtûm barayen ahê nars*. Besser würde sich übersetzen lassen: „man bringe zu ihr (der Hündin) ein Lager“; dann ist aber wieder der Locativ *nemô-vañtâhva* nicht zu construiren. Vielleicht darf man folgendermassen

construiren: „sie sollen ihr ein Lager bringen, unter den Geweben irgend eines von den Lagern“. Doch ist die Bedeutung „Gewebe“ für *nemô-vañta* äusserst zweifelhaft und gar nicht traditionell. Huzvâresch-Übersetzung: [illegible] (בנאנ̄ נר זכי אנן נאם הנא [illegible] דדרנגד מתנן [illegible] זך איוף כתארנ̄אי זכי וסתרשנאומנר אורור סופתכ̄י פרפכי) „aber zu jenem Ort sollen sie bringen *Mtun vanaza* oder irgend einen der bedeckenden Bäume: *Çuptek, Parpak*“. Was nun *Mtun-vanaza* ist, kann schwerlich noch ermittelt werden; ich würde den Namen irgend eines Gesträuches verstehen, wenn damit der Locativ erklärt würde. Nach Aspendiârji: „Auf dieses Lager bringt er Anbetung, Liebe, alle Verehrung dabei“. Die Bedeutungen „Anbetung, Liebe“ für *nemô vañtâhva* würden der Etymologie nach ganz gut zu erklären sein, aber Verehrung und Liebe für einen fremden Hund will doch sehr wenig passen. Anquetil ist gar nicht zu brauchen: *Il faut porter des prières dans ces lieux (cultivés) après qu'on les a vus. Çtaretaêshi* ist deutlich componirt aus *çtareta* und *ishi;* in dem letztern Worte vermuthet Rückert nicht unwahrscheinlich skr. *ishîkâ* „Rohr, Binse“.

118. Wie ich schon in den Varianten zu der St. gesagt habe, setzen die Handschriften mit Übersetzung nach *kerenavâṭ* das Abkürzungszeichen und fügen dann ohne Weiteres den Text von §. 122 an. Dies kann ich nur so verstehen, dass man dieselben Sätze, welche vorher nach diesem Worte folgen, auch hier wiederholen solle. Die VS. haben eine ganz abweichende Auffassung, welcher Westergaard gefolgt ist; sie schliessen nämlich an *kerenavâṭ* die Worte: *yaṭ aêtê yôi çpâna qâzaênem qâdraonem bavaṅn.* Hierauf fügen sie die Frage an: *dâtare katha aêtê yôi çpâna qâzaênem qâdraonem bavaṅn.* Mir scheint es nun ziemlich gewiss, dass die Handschriften mit Übersetzung so gelesen haben wollen, wie ich den Text gegeben habe; auch gestehe ich, nicht einzusehen, warum eine Hündin, welche in einer Wiese Junge geworfen hat, anders behandelt werden soll als alle übrigen. Indessen auch die Leseart der VS., an die sich, wie es scheint, auch die persischen Handschriften anschliessen und der auch Aspendiârji folgt, lässt sich gut halten.

122. Es ist wohl nicht zu billigen, dass ich *yaṭ* geradenwegs mit w a n n übersetzt habe; nach dem Vorgang der Huzvâresch-

Übersetzung; *katha*, wie die VS. gehen, würde allerdings besser passen. Indessen ist auch *yaṭ* nicht gerade unrichtig, nur wird man mit Rückert übersetzen müssen: „wenn nun die Hunde sich selbst fortbringen können“. *Qâzaênem* gibt die Huzvâresch-Übersetzung mit [illegible] (נפשמן זינן), was ich nicht anders übersetzen kann, als: eigene Geräthschaften habend. Cf. *zaya* Vd. II, 17. *Qâdraona* = [illegible] (נפשמן סור), d. i. „sein eigenes Draona habend“, denn *draona* ist immer = [illegible]. Da nun *draona*, درون, bei den Pârsen ein kleines Brot bedeutet, so habe ich übersetzt: „sein eigenes Brot habend“. Aspendiârji: wann sind die Hunde befähigt ihr Brot selbst zu suchen, ist dem Sinne nach richtig, den Worten nach aber zu frei. Anquetil ist ganz unbrauchbar, in der handschriftlichen Übersetzung schreibt er: *O dadar, comme le chien a son excellence particulière et veille et reconnoit de loin.* Es hat nämlich Anquetil [illegible] = neup. دور, ferne, genommen. Die gedruckte Übersetzung ist sehr verändert, sie lautet: *Quel soin doit-on prendre du chien? Jusqu'où ce soin doit-il aller?*

123. Diesen Satz kann ich auch jetzt nicht anders fassen als früher, nur muss man *yavaṭ* nicht mit „wenn“, sondern mit „sobald“ übersetzen. Aspendiârji scheint den Satz ebenso zu fassen wie ich; dagegen Anquetil: *il faut veiller autour du chien jusqu'à 14 jours.* Die auffallende Form *pairi-taçahi*, zu der ich sonst nichts Ähnliches beibringen kann, muss der Locativ eines Thema's *pairi-taçağh* sein und entspricht etwa dem lat. Supinum. Huzvâresch-Übersetzung: [illegible] (פיראמונן בנא תוחתאר דהונגר) das Wort תוחתאר ist wohl auf neup. تختن = تاختن zurückzuleiten.

126. Dieser Satz, wie er in den Handschriften uns vorliegt, ist ziemlich barbarisch, und was den Sinn anbetrifft, so bin ich auch heute nicht im Stande, einen bessern in die Worte zu bringen, als wie ich ihn in meiner Übersetzung gegeben habe. Ich nehme den Genitiv *âthrô* in der Bedeutung des Dativs *âthrê*, wegen des folgenden *nâirikayâi*, und zwar müssen beide dat. commodi sein. Zu *âthrô* gehört die Apposition *ahurahê mazdâo puthrem* oder *puthra* nach einigen Handschriften — eines so incorrect wie das andere. Die Übersetzungen helfen uns nicht weiter, sie sind ziemlich wörtlich; auffallend ist, dass sie alle *avatha* mit [illegible] (המא), all, übersetzen, worin wir nicht folgen können. Anquetil: *Cette fille a l'honneur du*

feu fils de Dieu c. d. selon pouvoir il est ordonné à une fille de 7 ans, d'en avoir soin, de l'aider.

127. Von hier beginnt ein neuer und sehr schwieriger Abschnitt. Huzvâresch-Übersetzung: [illegible] (דאתאר אתשאן כאמך הנמנד את מהסתאנן זק זיונד כרבא דאשך מסיניתנן נפר כנתנן) „Schöpfer! wenn sie wollen, wenn die Mazdayaçnas (wollen) diesem lebendigen Hund das Zeichen vermitteln — ihn schwanger machen". Anders weiss ich auch heute die Stelle nicht zu fassen: die Redensart דאשך מסיניתנן muss synonym sein mit נפר כנתנן; nun ist aber נפר = alth. *garewa*, cf. Vd. VII, 39; B. 35, 11. Die Übersetzung kann nicht ganz wörtlich, aber sinngetreu sein; ich habe sie in der Art mit dem Texte zu vereinigen gesucht, dass ich *jvô-dakhsta* als Comp. possess. auffasste: die deren *dakhsta* (Menstruation) lebendig ist, also wörtlich: wenn die Mazdayaçnas einen *jvô-dakhsta* als vereinigten wollen. *Maêthmanem* müsste als Part. pass. gefasst werden. Dieselbe Auffassung der Stelle finden wir bei Anquetil: *O dadar lorsqu'un chien vivant est accouplé, le soin des mehestans.* Ganz anders Aspendiârji: wenn sie einen Ort für die Niederkunft (eines Hundes) aussuchen wollen. Ich glaube, dass man diese Übertragung für eine Abweichung von der alten Übertragung ansehen darf, sie stützt sich auf eine andere, weniger bezeugte Leseart, nämlich *maêthanem*, Wohnung, statt *maêthmanem*.

129. 130. Cf. Vd. VIII, 18. 19.

131. Dass meine Übersetzung sich von der Tradition entfernt, habe ich schon in der Übersetzung, in der Note zu der St. gesagt. Huzvâresch-Übersetzung: [illegible] (פרתומש בנא אי אסרנגד מן אסורנאיכאנן איע נגשאנן רא דנ̇את איתונן מנן (מד?) אתאש אנהומא בנמן איע נדש דר רא דישית): „Zuerst sollen sie (ihn) binden hinweg von den Kindern, damit er sie nicht beisse; hinweg vom Feuer, dem Sohne Ormazds, damit er dadurch nicht Schaden nimmt". *Niderez* heisst, wie wir wissen, „festbinden", cf. Vd. VI, 95, aber *aperenâyûkem* als Ablativ oder doch im Sinne des Ablativs zu fassen, habe ich wohl mit Recht Anstand genommen. Ich glaube, dass der allgemeine Sinn der Huzvâresch-Übersetzung richtig ist; nur sagt der Text nicht, dass man den Hund von den Kindern fern halten soll, sondern umgekehrt, die Kinder vom Hunde. *Paoiryâi* nehme ich, wie die Huzvâresch-Übersetzung, adverbial: zum ersten, wie unten Vd. XVI, 36 flg. Aspendiârji: Man beschütze die Jungen, wie das Feuer die Kinder beschützt — ein Sinn, der schwerlich der richtige ist. Anquetil ganz falsch: *Qu'une fille construise cette niche, elle aura l'honneur du feu, fils de Dieu.*

132. *Yavaṭ deshô çpâ anya jaçô* übersetzt die Huzvâresch-Übersetzung: [illegible] (נר אמת זכי זכאי כרבא בנא ראמתנגית): „bis dass ein anderer Hund hinzukommt". Man kann freilich auch übersetzen: „so lange als andere Hunde hinkommen", cf. zu Vd. II, 79. Nach Aspendiârji soll der Sinn sein: man solle die Hündin schützen (wenn sie Junge hat), damit nicht andere Hunde dazukommen; aber dieser Sinn lässt sich kaum in die Texteswortе legen. Anquetil: *Qu'elle lui donne à manger du tout, qu'il lui porte tout ce qu'il lui faut.* Auch Rückert missbilligt meine Übersetzung und glaubt, dass die Worte bedeuten: „bis dieser Hund anderswohin geht".

133. Über die Schwierigkeit dieses Paragraphen habe ich mich schon in der Übersetzung erklärt; ich kann nicht sagen, dass mir jetzt der Sinn klarer geworden ist als früher. Man sieht, dass die verschiedenen Präpositionen *aiwi*, *paiti*, *apa* einen prägnanten Sinn haben müssen. Die Huzvâresch-Übersetzung ist sehr ungenügend: [illegible] (מאם אמת מן אחר איע זך איש ראואר ורתית איע רא זך אחר אנן י פיש איתונן רישית), was wohl heissen muss: wenn nachher — wenn jeder zurückkehrt, soll nicht der nachher (oder hinten) den vorne verwunden". Ich habe *aparem* mit „den spätern" übersetzt, vielleicht wäre besser „einen andern"; *paurvaêibya* habe ich auf die beiden Hunde bezogen. Aspendiârji scheint sich in seiner Auffassung an die Huzvâresch-Übersetzung anzuschliessen. Anquetil ganz unerklärlich: *Sur lui la moisson est vue, il pleut beaucoup, il n'en est pas blessé.*

134. Auch mit dieser Stelle bin ich noch heute nicht weiter als damals, da ich meine Übersetzung verfasste. Rückert glaubt, dass der ganze Paragraph zu streichen sei; Westergaard streicht *yô* und bezieht dann wohl *gadhwanm* auf *dim* im vorhergehenden Paragraphen. Vielleicht kann man den Satz auch so fassen, ohne *yô* zu streichen, welches ganz flexionslos stehen würde und etwa mit „nämlich" zu übersetzen wäre: „nicht sollen sie ihn (den Hund) verwunden, nämlich die Hündin" etc. *Thrayanm bâuzdri* entspricht

in der Huzvâresch-Übersetzung dem (וינן בורתאר 3) also: dritten tragend, ganz unklar. Bei *bâuzdri* weiss ich an gar nichts zu denken als höchstens mit Rückert an بوز, Schimmel, Pferd. Für *ayaptáca* liest Westergaard mit einigen Handschriften *ayatáca*, für *aêtadha* aber *aêtadhadhca*. Ich muss die Lösung dieses Räthsels Glücklicheren überlassen.

Sechzehnter Fargard.

1. Cf. oben Vd. XV, 23. Nach Aspendiârji's Bemerkung zu dieser Stelle scheint es, als ob *cithravaiti* „mit Bleichsucht behaftet" bedeuten sollte.

3. Auffallend ist hier der Nom. *pañta* statt des Acc. *pañtaûm* oder *pañtanem*; die Übersetzungen sowohl als der Zusammenhang zeigen, dass man den Acc. verstehen muss. Die Huzvâresch-Glosse erläutert noch näher (ראם אוו דשתאנסתאון): den Weg zum Aufenthalt der Menstruirenden. Ebenso Anquetil: *Il faut nettoyer le chemin jusqu'au dasstan ssatan (pour qu'elle ne touche rien).*

4. Meine Übersetzung schliesst sich ganz an die Huzvâresch-Übersetzung an: (בנא מן אורור זכנ̄ ושת דכוימננית נר היסמש), „aber von den Bäumen und dem was geworden ist zum Brennholz". Die doppelte Setzung des *ca* verbietet indess *varedhâbyaçca* als Adjectiv zu *urvarâbyaçca* zu nehmen, wie ich gethan habe. Ich möchte jetzt lieber übersetzen: entfernt von den Bäumen und den Gesträuchen: dem Brennholz. Es scheint mir unnöthig, *aêçmaêibyô* von *varedhâbyaçca* abhängen zu lassen, es ist eine einfache Apposition. Dass von zweierlei Dingen in unserm Satze die Rede ist, zeigt auch die Huzvâresch-Glosse: (איוך זכי אוו היסמש ושת דכוימננית איוך זך רא ושת דכוימננית), „eines ist das was zu Brennholz geworden ist, eines das welches noch nicht geworden ist". *Urvara* ist also hier ganz eigentlich als Baum von dem Gesträuche abgeschieden, was durchaus nicht an allen Stellen der Fall ist.

5. Wörtlich übersetzt lautet der Satz: „es werde der Ort niedergesetzt (gemacht) trocknen Staub habend". *Gâtu* als Neutr. cf. Vd. XIV, 63; *hisku-pañçnu* ist Compositum possessivum. Oder auch *gâtu* = Locativ: sie setze sich im Orte.

6. Wenn man, wie ich gethan habe, den Satz in Übereinstimmung mit der Huzvâresch-Übersetzung auffasst, so muss man *fratara* für ein Adverbium nehmen, nicht etwa zu *nmâna* ziehen. Dass es der Ort der Menstruirenden sei, welcher höher als die übrige Wohnung gemacht werden soll, sagen die Übersetzungen zu der St. ausdrücklich.

8. Die eingeklammerten Worte besagen ziemlich dasselbe wie die nicht eingeklammerten. Die Huzvâresch-Übersetzung hat sie nicht und ich halte sie für eine ursprüngliche Randbemerkung, welche später ihren Weg in den Text gefunden hat. *Âthrê*: ins Feuer; wörtlicher: bis zum Feuer.

13. Meine Auffassung ist ganz die der Huzvâresch-Übersetzung: [illegible] (אנש פנן ממן הורשנן פנאן̄ דדרננד יהאת אנש פנן ממן נורתאך פנאן̄ דדרננאת), „dann in was sollte er Speise bringen, in was Getreide herzubringen". *Cinem*, Acc. von *cis*, das sonst *cim* bildet, wie im griech. *τίς, τίνα*, muss hier Accussativ des Stoffes sein. Die Richtigkeit der traditionellen Auffassung wird durch den folgenden Paragraphen bestätigt.

14. Vollkommen richtig fasst die Huzvâresch-Übersetzung diese Accusative im Sinne von Locativen oder Instrumentalen: [illegible] (פנן אסינין איוך פנן סרפינן איוך פנן ניתום שתיור), „auf (vermittelst) eisernen, bleiernen (Gefässen), auf den geringsten Metallen. Dass *khshathra-vairya*, der Genius der Metalle, geradezu für Metall selbst steht, haben wir schon Vd. IX, 21 zu bemerken Gelegenheit gehabt. Rückert bezweifelt, dass es richtig sei „oder" in den Text zu setzen wie ich, allerdings nach dem Vorgange der Huzvâresch-Übersetzung, gethan habe; er fasst *nitema khshathra vairya* als Apposition zu *ayaǧhaênem* und *çrum*. Dies ist richtig, denn [illegible] (איוך) in der Huzvâresch-Übersetzung entspricht dem *vâ*, gehört also zu dem vorhergehenden, nicht zu dem nachfolgenden Worte. Auch Aspendiârji stimmt dieser Fassung bei.

15. Die Huzvâresch-Übersetzung stimmt zu meiner Übersetzung. *Cvaṭ qarethem, cvaṭ yaom* wohl: wie viel an Speise, wie viel an Getreide. Sonderbarer Weise übersetzt Aspendiârji: *cvaṭ* „wie viele Male", was *cvaṭ* meines Wissens nie heisst und hier keinenfalls passt, wie man aus dem Folgenden sieht. Anquetil wie ich: *Combien leur donne-t-on à manger, combien de grain.*

16. Aspendiârji lässt diesen Satz ganz aus, wodurch dann die vorhergehende Frage unbeantwortet bleibt. Huzvâresch-Übersetzung: [Pahlavi] (דו דאנר זך תיר רחמא הנא דאנר זך שוסר אם), „zwei Danare flachen (?) Brodes, ebenso viel Danare Feuchtigkeit — Getränke". Wie man sieht, weicht meine Übersetzung etwas von der Tradition ab, hinsichtlich der ἅπαξ λεγ. *gâyûirinaňm* und *khshaodrinaňm*. Es schien mir unpassend, dass hier von festen und flüssigen Nahrungsmitteln die Rede sein solle, und ich glaubte, dass man in *gâyûirinaňm* einen Gegenstand sehen müsse, welcher dem obigen *qarethem* in §. 15 (womit nach meiner Ansicht Fleischspeisen gemeint sind) entspricht; *khshaodrinaňm* — das offenbar mit *khshudra*, Same, verwandt ist — müsste dem *yaom* parallel gehen. *Gâyûirinaňm* glaubte ich an *gaya*, Leben, anschliessen zu dürfen. Es ist indess die Frage, ob diese Abweichung von der Tradition gerechtfertigt ist. Nach der Huzvâresch-Übersetzung ist *gâyûirinaňm* = [Pahlavi] (תיר רחמא), was ich nicht ganz verstehe, im Neupersischen ist تیرنان *cylindrus massae farinariae attenuandae*. Die Handschriften mit Übersetzung und Westergaard mit ihnen lesen *tâyûirinaňm*, was ich noch weniger zu erklären weiss. *Khshaodrinaňm* soll Getränk bedeuten, da *khshudra* mit *khshûiçtê* (cf. zu Vd. II, 96), *khshûiçca* (Vd. XIII, 78) sowie mit skr. *xodas* gewiss verwandt ist, so wäre es nicht unmöglich, dass die Huzvâresch-Übersetzung doch Recht behielte. Nach Anquetil ist *danare = 4 tolas*. Im Guzerati bedeutet *tolo: a goldsmiths weight, a tollah equal to 179 grains troy*. Dass *dânare* = δηνάριον sei, kann ich nicht glauben; es würde dies erweisen, dass diese Stelle erst nach der Eroberung Alexanders geschrieben sein könne. Es schliesst sich indess *danare* ganz ungezwungen an *dânô*, *dânu* neup. دانه, Korn, an. Anquetil übersetzt: *Deux dinar de taïr (cuit), du pain sec, des fruits secs.*

17. Ob ich den Sinn dieses Paragraphen richtig getroffen habe, mag zweifelhaft bleiben; allein ich weiss auch jetzt noch nichts Besseres vorzuschlagen. Ich habe *niuruidhyâṭ* mit „ausfliessen" gegeben, und möchte es an *niuruzdôtema* (cf. zu Vd. III, 60. 61) *uruzdapâka* (Vd. VIII, 254) anschliessen und von der Wurzel *urudh* = *rudh*, fliessen, ableiten. Die Huzvâresch-Übersetzung ist selbst dunkel, sie gibt das Wort mit [Pahlavi], was einigermassen an das Wort erinnert, mit dem *niuruzdôtema* gegeben wird. Traditionell ist

freilich diese Übersetzung nicht, aber ich kann mich auch jetzt nicht der Tradition anschliessen. Aspendiârji: „wenn die Frau nicht zufrieden gestellt ist“; nach meiner Ansicht unmöglich, weil der Nachsatz fehlt; es ist *yêzi nôiț* gewiss ebenso zu fassen wie oben §. 8. Vd. VI, 97. Anquetil: *Il ne faut rien lui donner de substantiel, c. d. qu'il est defendu pendant 3 nuits de lui donner de la viande fraiche.*

18. Dass dieser Paragraph nicht sehr genau mit dem vorhergehenden Paragraphen zusammenhängt, scheint mir schon der Umstand zu beweisen, dass an §. 17 eine ziemlich lange Glosse angefügt ist, wie sie sonst am Ende von Abschnitten zu stehen pflegen. Die Huzvâresch-Übersetzung gibt den Satz: (את אפורנאיך פנאנ̈ דאמתנגית איע מן דשתאנן בנא דאתנגית), „wenn das Kind hervorkommt, d. h. von der Menstruation kommt“. Ich habe dies so verstanden, als solle damit gesagt werden: wenn das Kind aus dem Mutterleibe kommt; denn nach Ansicht der Parsen lebt das Kind im Mutterleibe von der Menstruation (cf. meine Übersetzung des Avesta Bd. II, p. XIX, not. 2). Auch stimmt dazu doch einigermassen die in der Note zu meiner Übersetzung aufgeführte Stelle des Sad-der.

19. Das Pronomen *hê* habe ich auf *aperenâyûkô* zurückbezogen, nach der bestimmten Angabe der Huzvâresch-Übersetzung.

20. Rückert bemerkt: „§. 20 ist verstümmelt, denn die Worte sagen nichts als: „des Kindes seines eigenen Leibes“. Ich denke: (die Hände), vom eigenen Leibes des Kindes (sollen sie zuerst waschen). Meine gedruckte Übersetzung stimmt zur Huzvâresch-Übersetzung: (נרמן אפורנאיך זך תנני נפשמן אנ̈ש בנא שוישנן אמת מן דשתאנן בנא דאתנגית), „diesem Kinde ist sein Leib dann zu waschen, wenn es aus der Menstruation kommt“. Ich glaube allerdings, dass dies der Sinn der dunklen Worte sein wird, wenn er auch etwas undeutlich ausgedrückt ist. Aspendiârji scheint anderer Meinung zu sein, doch verstehe ich ihn nicht ganz sicher. Anquetil gewiss falsch: *Si cette femme se lave le corps avec de l'eau, elle ira en enfer; il ne faut pas que l'eau touche le daschtan, (ensuite) elle se lavera le corps et l'habit avec du pissat et de l'eau.*

22. Manche Handschriften setzen am Ende dieses Paragraphen nach *nava khshafna çaçaoñti* noch bei: *airimê gâtûm hê nisha-*

dhaêta; noch andere, denen sich auch Aspendiârji anschliesst, ausserdem noch: *viçpem â ahmâț;* diese Zusätze sind vollkommen unnöthig und wahrscheinlich nur durch gedankenlose Abschreiber entstanden, und darum sowohl von Westergaard als von mir gestrichen worden. Die neueren Deçtûrs urgiren *çacdoñti* und wollen, dass die Frau, wenn drei Nächte vergangen sind, noch eine vierte, wenn neun vergangen sind noch eine zehnte im Orte der Unreinen verbleibe; sie sind aber alle darin einig, dass nach dieser Zeit von zehn Nächten ein längerer Aufenthalt in dem abgesonderten Orte unnöthig sei.

23. Mit *âaț* beginnt der Nachsatz zu §. 22. Wenn eine Frau auch nach neun Nächten noch Blut sieht, dann ist sie keine menstruirende mehr, sie hat eine Krankheit, welche die Dâewas ihr angethan haben. *Paityârem* ist auch hier substantivisch gefasst, cf. Vd. I, 7; IX, 176; XIX, 144.

27. *Âpô* ist hier, wie auch oben Vd. VIII, 119, als Instrumentalis = *âpa* zu fassen, mit Verdunklung des *a* in *ô*.

28. Die vorliegende Stelle ist wichtig, weil sie die zu Vd. III, 125 ausgeführte Ansicht bestätigt, dass bei den häufig im Vendîdâd vorkommenden Aufforderungen zum Schlagen das Schlagen schädlicher Thiere gemeint sei, nicht blos insofern hier wirklich vorgeschrieben wird zur Sühne für eine von den Dâewas angethane Unbill (denn dass die Dâewas diese Macht über einen Menschen haben, lässt immer eine Verschuldung voraussetzen), schädliche Thiere zu tödten, sondern auch wegen der Zahl 200, die hier wie anderswo erscheint. — *Hama*, Sommer, ist auch hier, wie gewöhnlich, indeclinabel. — Cf. Vd. XIV, 14.

29. *Zaêna* ist blos eine andere Schreibung für *zayana*. Cf. Vd. I, 9.

30. Im Widerspruche mit der gesammten Tradition habe ich diesen Satz nicht als zum Folgenden, sondern als zum Vorhergehenden gehörig betrachtet. Der Schwerpunct der Frage liegt in den Worten *dakhstem uzverezyâț*. Was die Redensart *dakhstem uzverez* heissen soll, lässt sich mit Sicherheit ebenso wenig ermitteln als oben Vd. XV, 33 bei *dakhstem pârayâț*. Wortgetreu übersetzt, heissen die Worte: das Zeichen herausmachen; damit ist uns aber wenig gedient. Da *uzverez* sonst immer „sühnen" bedeutet, so habe ich *dakhstem uzverez* als „das Zeichen sühnen"

gefasst, dann muss man den ganzen Satz auf das Vorbergehende beziehen: (auf solche Art, durch Tödten schädlieber Thiere) soll man die bösen Zeichen an einer Frau (nämlich dass sie nach neun Nächten noch Blut sieht) sühnen. Es hat mich ferner gehindert, den Satz an das folgende anzuschliessen, dass in demselben ein *yô* oder ein äbnliches Wort fehlt, auf das sich *hê* in §. 31 zurückbeziehen könnte. Die Tradition ist freilieh davon ganz abweichend. Huzvâresch-Übersetzung: [illegible] (אמת זך מנן מהסת זך נאיריך ניהראומנד דאשכאומנד) [illegible] (חונאומנד דאשך ראדא ורנ׳ת), „wenn dieser Mazdayaçna dieser Frau, die mit Zeichen und Merkmalen und Blut behaftet ist, das Zeichen herausmacht“; den letzteren Ausdruck für: [illegible] (איע דשתאנן נרשאנן ראואר נהגננד), „d. h. damit sie die Menstruation entfernen“. Aspendiârji: „wenn sie sich nicht nach dem Gesetze hält“. Anquetil: *Cette femme chez les Mehestans si elle a manqué à quelqu'une des cérémonies ci-dessus.* Alle diese Übersetzungen sind zum weuigsten sebr frei. Noch ist zu bemerken, dass am Anfange die Lesearten schwanken; der von mir gegebene Text schliesst sieh an die VS. an, während die Handschriften mit Übersetzung und mit ihnen Westergaard *aêtadha hê aêtê mazdayaçna* lesen. Was mich abgehalten hat, dieser Leseart zu folgen, ist: dass die Huzvâresch-Übersetzung nieht dazu stimmt, *aêtadha* wird von derselben stets mit [illegible] (איתונן), niemals, wie bier, mit [illegible] (אמת) übertragen.

31. Sollte meine Auffassung der Stelle sich bewahrheiten, so würde man annehmen müssen, dass zwischen §. 30 und 31 etwas ausgefallen sei, kaum aber blos *dâtare*, wie ich in der Anmerkung zu der Stelle in meiner Übersetzung glaubte, sondern ein ganzer Satz, wie: Wenn nun Jemand die Zeichen einer solchen Frau nicht sühnt.

33. *Paurvô-vaçna skyaothna* habe ich übersetzt: „mit vollem Wissen“. Genauer wäre gewesen: „mit einer Handlung des vollkommenen Willens“. Über *paurvô* cf. zu Vd. II, 50. *Vaçna* von *vaç* ist gewiss Wille, wie im Altpersischen. Es fragt sich jedoch, ob nicht auch diese letztere Übersetzung ungenau ist und ob man nicht besser thut, sich noch genauer an die Tradition zu halten als ich gethan habe. Die Huzvâresch-Übersetzung gibt nämlich die Worte: *paurvô-vaçna skyaothna* mit [illegible] (כבד כאר פנן כאמך)

(כונשנן), d. i. „oftmals mit Handeln nach Willen“. Die Bedeutung von „oftmals“ muss in *paurvô* enthalten sein. *Irithyât*, Huzvâresch-Übersetzung: [illegible] (נומיגית), i. e. „er vermischt oder befleckt“. Dass *irith* nicht etwa ursprünglich „sterben“ bedeute, zeigen mehrere Stellen, wo für das Wort, sei es mit Präpositionen zusammen gesetzt oder nicht, eine andere Bedeutung angenommen werden muss. Cf. Vd. VI, 17; IX, 31; XIV, 8; Yç. X, 32. 38. Die Tradition sieht überall die Bedeutung „vereinigen“, *para-irith* wäre dann das Gegentheil: auseinander gehen. Ich denke mit Rückert, dass man die Bedeutung „gehen“ als die Grundbedeutung annehmen darf.

36. Die eingeklammerten Worte fehlen in der Huzvâresch-Übersetzung und da sie sehr wohl entbehrlich sind, so glaube ich, dass sie ursprünglich nicht vorhanden waren und erst später eingesetzt wurden, um den ersten Satz mit den beiden folgenden Parallelsätzen gleich zu machen. *Paoiryâi* würde hier übrigens ebenso adverbial stehen wie oben Vd. XV, 131.

37. *Upaêta*, *nishaçta* sind Participialperfecte. Ausser den drei ersten geben die VS. noch einen vierten Fall an, der aber sowohl im Texte als in der Huzvâresch-Übersetzung der besten Handschriften fehlt. Westergaard hat ihn als §. 16 in seiner Ausgabe aufgenommen, ich habe ihn blos in den Varianten gegeben. Der Sinn ist übrigens leicht zu fassen: Wer zum vierten Male hinkommt, zum vierten Male hinsitzt, ihr an das Kleid kommt, an den schmutzigen Schenkel kommt, ohne jedoch Samen auszugiessen — was ist dafür die Strafe? darauf antwortete Ahura Mazda: Man schlage neunzig Schläge mit dem Pferdestachel, neunzig mit dem Çraosho-carana.

40. Das Wort, welches in diesem Paragraphen Schwierigkeiten macht, ist *frânaêzem*. Die Huzvâresch-Übersetzung gibt es mit [illegible] (B) oder [illegible] (A), was ich nicht verstehe. Aspendiârji erklärt: „nachdem er zerschnitten hat“. Deçtûr Dârâb liest wie B, erklärt es aber mit الحال, jetzt, als ob [illegible] (הכנדנן) stünde. Ich habe, mit Berufung auf *naêzaçca* in Vd. VII, 145, das Wort mit „unrein“ übersetzen wollen. Es bleibt aber fraglich, ob man nicht etwa *frâ naêzem* mit „am Spiesse“ übersetzen und zu unserm *naêza* das neup. نيزه *(nêza)*, Lanze, vergleichen darf. Die

Bedeutung würde ganz trefflich passen. Cf. auch das dunkle *naênizhaiti*. Yt. 8, 43. *Uthrem* ist dasselbe wie *ûthô*, *ûthôtâç*, cf. Vd. VI, 17, einige Handschriften lesen sogar *uthem*.

41—44. Nach Rückert's richtiger Bemerkung ist hier die Grammatik dem Gleichklang geopfert, wie wir schon in einem andern Beispiele gesehen haben, cf. zu Vd. V, 36. „Statt aller Nominative pl. steht *ô*, das nur in drei Fällen wirklicher Plural ist: *drvañtô*, *tanu-drujô* und *anashavanô* zweimal, in allen übrigen steht dafür der Singular: *aderetô-ţkaêshô*, *açraoshô*, beides zweimal, und *tanu-perethô*; gleichwohl ist nicht wirkliche Verwechslung von Singular- und Pluralendung anzunehmen, sondern Apposition des Singular zu *vîçpê*, all = jeder". So Rückert, und es ist kein Zweifel, dass man die Sache so ansehen kann. Es scheint mir jedoch auch möglich, dass die obigen scheinbaren Singulare statt der Plurale *aderetô-ţkaêsha*, *açraosha* und *tanu-peretha* stehen können, mit Verdunkelung des schliessenden *a* in *ô*, wie sie öfter vorkommt, wofür aber zur Zeit noch keine feste Regel gefunden ist. In meiner Ausgabe der Huzvâresch-Übersetzung ist in §. 41 [illegible] statt [illegible] vor [illegible] zu lesen. Bezüglich der einzelnen Wörter bemerke ich, dass die Huzvâresch-Übersetzung *aderetô-ţkaêshô* erklärt: [illegible] (אראשת דאתובר), die keinen Richter haben. Dazu die Glosse: [illegible] (נרמנשאן דאתובר סנן דאתובר רא דארינד), „sie halten den Richter nicht für den Richter". Aspendiârji schliesst sich dieser Übersetzung an, auch Anquetil. Sie ist nicht ganz genau, aber auch die meinige nicht ganz; ich habe *aderetô-ţkaêshô* übersetzt: „welche den Glauben nicht haben". Die Redensart besagt aber, wie ich jetzt glaube, etwas mehr; *ţkaêsha* ist wie das identische neupersische کیش (cf. Vullers s. v.), nicht blos der Glaube, die Religion, sondern auch der Wandel, welcher sich die letztere zur Richtschnur nimmt, und dieses ist es, was unser Verfasser eigentlich sagen will. *Açraoshô* die Huzvâresch-Übersetzung allzu wörtlich: [illegible] (אסרוש). Aspendiârji فرمان بی. Anquetil: *n'a pas de Sserosch (qui le garde)*. Die Bedeutung von *açraoshô* dürfte demnach „nicht hörend, ungehorsam" sein. Die Glosse der Huzvâresch-Übersetzung richtig: [illegible] (איששאנן חותאי סנן חותאי רא דאשת דכוימננית), d. h. „von ihnen wird der Herr nicht für einen

Herrn gehalten“. *Tanu-perethô* habe ich mit „Sünder“ gegeben, wohl etwas zu vag; ich denke es sind diejenigen, welche nach den Vorschriften des Vendîdâd straffällig sind.

Siebzehnter Fargard.

2. Ich muss gestehen, dass die Fassung dieses schwierigen Paragraphen, welche ich in meiner Übersetzung gegeben habe und die ziemlich genau mit der Huzvâresch-Übersetzung stimmt, mir auch heute noch am meisten zusagt. Die Huzvâresch-Übersetzung lautet: [illegible] (סנן כתאר מרשׁ סנן כתאר ונאסכארש אוֹנאומנדיהאתום ותוחשאכיהאתום מנן אנשותאאן נ̃ינונן מנן שיראאנן סנן גובשנן דובחנגיתו), „mit welchem Tode, in welcher Übelthat, am gewaltigsten — am eifrigsten — opfern die Menschen wie die Daêwas in Rede“. Man sieht leicht, dass diese Übersetzung nicht wörtlich ist, *aojista* ist offenbar von *mahrka* abgetrennt, das „wie“ vor *daêvô* ist eingesetzt. Ich habe nun construirt: womit, als der heftigsten Todsünde, opfern die Menschen im Daêwa-Sprechen. *Mashyâka* ist offenbar das Subject des Satzes, und dieses Collectivum wird im Vendîdâd gewöhnlich mit dem Verbum im Singular construirt, cf. Vd. II, 96; VII, 142; XIII, 3. *Kem*, der Acc. im Sinne des Instrumentalis wie oben Vd. XVI, 13. Dazu habe ich dann die Instrumentale *aojista mahrka* als Apposition genommen. Dass ich *mahrka* mit „Todsünde“ nicht blos mit „Tod“ übersetzt habe, daran trägt die obige Huzvâresch-Übersetzung die Schuld, die das Wort offenbar durch [illegible] (ונאסכארש), Verbrechen, erklärt. Aspendiârji: Pestilenz. *Aosha*, das Sprechen, habe ich von der Wurzel *vash*, sprechen, abgeleitet (cf. oben Vd. V, 53). Westergaard und Rückert ziehen die Leseart *aoshô* vor; letzterer will übersetzen: „mit was für grösstem Tode feiert der Mensch das Daêwa-Verderben, d. i. pflegt, fördert er die verderblichen Kräfte der Daêwas“. Bei dieser Übersetzung muss man natürlich von der Tradition absehen.

4. *Yô* steht überall, es ist collectiv zu fassen, darum kann der nachfolgende Plural nicht auffallen. *Râzayêiñti* ist die Leseart der VS. Westergaard zieht mit AC den Sing. med. *râzayêitê* vor. Für die Activendungen spricht die Stelle Yt. 10, 14. Dagegen ziehe ich *haim râzayata* (Yt. 19, 47. 49) und *virâzaiti* (Yt. 14, 47) zu einer

andern Wurzel, welche im neup. گرازيدن *(incedere mollius cum fastu et ostentatione)* noch erhalten ist. Hier gibt die Huzvâresch-Übersetzung *haim râzayêiñti* [Pahlavi] (און דם אראיאנד), es ist also das neup. آراستن, *ornare.* Die Wurzel *raz* heisst also cl. 10: „zurecht machen". Eine Nebenform scheint mir *râd* (cf. Yt. 10, 68) zu sein. *Bareñti* habe ich ursprünglich mit ABCEF geschrieben, aber schon in den Verbesserungen *bareneñti* corrigiren wollen, was zwar keine Handschrift gibt, aber sich aus der Lesart *barineñti* in A leicht herstellen lässt. Diese Lesung scheint mir durch *barenaġuha* in §. 10 geboten. Das Verbalthema wäre dann *baren*, eine Erweiterung, die sich an die griech. Verba auf *ανω* anschliesst. Westergaard liest *bareñti.* Die Huzvâresch-Übersetzung übersetzt das Verbum mit [Pahlavi] (פסכננד), sie schneiden, es ist also das neup. بريدن, und es ist nicht unmöglich, wie Rückert bemerkt, dass die Verdopplung des *r* in diesem Verbum mit der Assimilation des *n* zusammenhängt. Ich habe schon früher (cf. Kuhn, Zeitschrift für Sprachw. V, 231) lat. *forare,* althochdeutsch *poran,* verglichen; Rückert zieht auch *ferire* und vedisch *bhṛiṇî* herbei. Nicht verschwiegen darf endlich werden, dass die VS. durchgängig *brînenti* lesen. *Çrvaêca* ist eine auffallende Form, die man sich fast versucht fühlt zu corrigiren. Das Wort heisst *çru*, Dat. *çraoê,* Vd. III, 47 und sonst, doch unten §§. 26. 27. 28 *çrvâo,* Vd. XIX, 126 *çravahê*; es scheinen also Nebenformen *çrva, çrava* vorhanden zu sein, aus denen *çrvaêca* entweder Loc. sing. ist, „am Nagel", oder, wie Rückert will, Acc. dual. „die Nägel beider Hände". Vgl. auch Burnouf: Etudes p. 16. Aspendiârji schliesst sich an die Huzvâresch-Übersetzung an. Anquetil: *Lorsque dans le monde en se peignant les cheveux (il en reste au peigne) ou qu'on les coupe tous.*

5. Dieser Paragraph ist ungemein schwierig und mir noch heute nicht besser verständlich als früher. Auch Aspendiârji ist mir grossentheils unverständlich, die Huzvâresch-Übersetzung ebenso und nicht an allen Stellen sicher. Zuerst *upa taoshayêiñti*, wofür A *upa tâoshayêiñti* liest, übersetzt die Huzvâresch-Übersetzung mit [Pahlavi] (מאם תושינגד) und dieser Umstand hat mich bewogen, die erstere und nicht die letztere Lesart vorzuziehen, *tâoshayêinti* würde leichter zu erklären sein und wäre als das Caussativ von *tash,* zerschneiden, aufzufassen. Dagegen ist das Verbum *tush* bis jetzt unerklärlich,

das Neupersische kennt es nicht; Aspendiârji scheint es mit „schneiden“ zu übersetzen, Deçtûr Dârâb كوشش كند, er bearbeitet. In der Anmerkung zu der Stelle habe ich das Wort mit skr. *tvac*, Haut, vermitteln wollen, doch ist dies sehr zweifelhaft. Auch über das ἅπ. λεγ. *undhva* habe ich schon in der Anmerkung zu der St. gesprochen. Ich habe die Lesart von A רוו (ונאו) vorgezogen und sehe darin blos eine Umschreibung des Textwortes. Erklärt wird רוו שׁ mit טולו שׁ (דר סורך), was mir ebenso unverständlich ist; Aspendiârji: سوراخ, Loch, aber dies wäre سوره, nicht سوله, dem letztern müsste ein neup. سوره oder سوله entsprechen, ersteres ist nicht vorhanden, die Bedeutung des letztern passt nicht. Deçtûr Dârâb umschreibt *nakon* und sieht darin das neup. ناخن, Nagel, gewiss falsch. *Raêshayaca* habe ich = *raêshaêca* genommen und auf ein sonst nicht vorkommendes *raêsha*, Bart = neup. ريش zurückführen wollen; sonst heisst freilich *raêsha* Wunde, so übersetzt auch Aspendiârji, Huzvâresch-Übersetzung (רישׁשנן), soll wohl dasselbe bedeuten, auch Deçtûr Dârâb scheint derselben Meinung zu sein, doch gibt er keine Bedeutung an. Anquetil ganz falsch: *Lorsqu'on se coupe les ougles.* Gegen meine Übersetzung ist einzuwenden, dass *dim* mit „sich“ übersetzt ist; es kann dieses Wort keinesfalls reflexiv stehen, man müsste zum wenigsten übersetzen: „wenn sie ihn (den Mazdayaçna) an den Locken, am Barte scheeren“ — Rückert glaubt, dass in unserem Paragraphen ein Übergang zu §. 6 gesucht werden müsse, so dass dasjenige, was weggeworfen wird, in unserm Paragraphen seinen Platz finden würde. Er schlägt vor zu übersetzen: „wenn sie dieses (die Abfälle) hinwerfen an feuchten Plätzen, in der Verderbniss“. *Undhva* würde dann mit *vana* zusammenzustellen, *raêshaya* von der Wurzel *rish*, *laedere*, abzuleiten sein.

6. Die dunklen Worte *âhva vyarethâva* übersetzt die Huzvâr.-Übersetzung: (סנן זך נוית דינאשׁ) „vermittelst dieser Ungerechtigkeit“. Auch Aspendiârji und Deçtûr Dârâb scheinen sich dieser Auffassung anzuschliessen, die ich nicht billigen kann, weil ja das instrumentale Verhältniss nicht durch den Locativ ausgedrückt wird. Ich habe daher in *vyaretha* — einem ursprünglichen Adjectiv, das ungesetzlich, unpassend bedeuten muss — ein Substantiv gesehen, welches einen ungesetzlichen, unpassenden Ort

bezeichnet, natürlich müsste irgend ein weibliches Substantiv hinzugedacht werden. *Zemô* = ﻻﻳ ש (דר דמיך), in der Erde, lasse ich von *vyarethâhva* abhängen. Traditionell ist also diese meine Übersetzung des vorliegenden Paragraphen nicht zu nennen.

8. *Yim* sc. *khrafçtrem*, aus dem im §. 7 vorhergehenden Plural *khrafçtra* nach altbaktrischer Art und Weise im Singular entnommen. *Haúm bavaiñti* = סיוו ײ ול (נר הם דהונגר), sie kommen zusammen, an diese traditionelle Bedeutung habe ich mich gehalten. Sonst könnte man — mit Rücksicht auf skr. *sambhavanti* — geneigt sein, die Worte mit „sie entstehen“ zu übersetzen. *Çpis* (Nom. sg. von *çpiç*) habe ich schon in der Note richtig mit neup. سپس verglichen, aber ich hätte wohl nicht die dort gebräuchliche Bedeutung „Laus“ annehmen sollen; der Zusammenhang fordert, wie Rückert richtig bemerkt, ein Thier, wie Motte oder Kornwurm; vielleicht ist es nicht zu kühn, mit Rückert griech. κίς und σής herbeizuziehen.

9. *Yim* steht hier in Übereinstimmung mit den vorhergehenden Paragraphen, obwohl der Casus nicht mehr passen will. Ich stimme übrigens Rückert bei, dass die Einschaltung von *mashyáka* hier sehr unpassend und das Wort vielleicht zu streichen ist. Will man es beibehalten, so wird man es nicht anders fassen können, als ich gethan habe; man muss dann *mashyáka-yaom* als eine Art freier Composition fassen und „das Getreide der Menschen“ übersetzen. *Yavôhva* kommt natürlich nicht von *yava*, sondern von *yavan*, und dieses Wort muss „Getreidefeld, Getreidespeicher“ oder etwas Ähnliches bedeuten. Huzvâresch-Übersetzung: ןויטסר (נורתאאן), scheint wohl auf dasselbe hinzudeuten; ich habe es, nach dem Vorgange der Übersetzungen, wieder mit Getreide gegeben. Wie *yava* und *yavan*, so sind auch die beiden *vaçtra* verschieden: im masc. heisst das Wort Kleid, im fem. aber ןוטסלײו (וסתורדאן), Kleiderbehälter, dazu stimmt auch Aspendiârji. *Nizhgaghenti* ist ein schwieriges Wort, offenbar dasselbe wie *gaghenti*. Vd. VII, 140. Auch hier übersetzt Deçtûr Dârâb das Wort mit دوبدن, und man kann also übersetzen: „welche zum Getreide in den Getreidebehältern, zu den Kleidern in den Kleiderbehältern kommen“. Auch Aspendiârji scheint mir diese Auffassung zu billigen. Aber auch *nizhgâoghenti* Yç. X, 44, ist kaum von unserm Worte zu trennen, und diesem gibt

Neriosengh bestimmt die Bedeutung „essen", dafür spricht auch das sanskritische *nirghas*. Auch Vd. VII, 140 wäre es möglich, diese Bedeutung vorzuziehen. Man hat demnach hier die Wahl zwischen zwei Auffassungen, ich habe die zuletzt angeführte vorgezogen.

10. *Yaṭ* lässt sich kaum übersetzen und steht nach meinem Dafürhalten ganz überflüssig zur Einleitung des Imperativs. Die Huzvâresch-Übersetzung freilich hat [illegible] (אדינן אמת רך מנן זרתושת····ורס אוו הם ארא״י): „dann, wenn du, o Zartuscht, die Haare ordnest". Dieser Gebrauch des Imperativs scheint mir aber unmöglich, wenn auch zugegeben werden muss, dass die Übersetzung den Sinn trifft. Rückert: „wenn du sie (kämmen willst), kämme sie nur".

13. *Disti* in der Huzvâresch-Übersetzung: [illegible] (דשת), was blose Umschreibung ist, Deçtûr Dârâb: سر, was nichts ist, ich habe daher das Mass nicht zu bestimmen gewagt. Aspendiârji gibt das Wort gewiss richtig mit „Finger", Rückert hat dasselbe vermuthet und auf lat. *digitus* aufmerksam gemacht. *Disti* ist mithin von *diç*, zeigen, abzuleiten. *Vitaçti* heisst, wie gewöhnlich, „Spanne". Wenn diese Erklärung richtig ist, so muss man freilich die Antwort auf die Frage schuldig bleiben, warum denn die Verfasser des Textes nicht das Wort *erezu* für Finger beibehalten haben, das sie oben Vd. IX, 13. 17 gebrauchten, und warum auch die Huzvâresch-Übersetzung דשת und nicht אנגוסת gebraucht. Anquetil: *campag desert*, indem er an neup. دشت, Ebene, denkt.

16. Cf. Yç. XLVII, 6.

17. *Khshathrâi vairyâi* = [illegible] (פנן חשתרונן) in Huzvâresch-Übersetzung, daher auch Anquetil: *Avec un couteau de metal* und ich selbst „mit dem Messer"; dazu bemerkt Rückert richtig: „Der Sinn ist's gewiss, aber der Dativ *khshathrâi vairyâi* steht darum doch nicht statt des Instrumental, sondern die durch metallenes Geräth geweihten Umkreise sind eben desshalb dem Vorsteher metallener Geräthe geweiht".

19. Ich lese *çravâbya* und sehe darin eine unregelmässige Form für *çravaêibya*, wie man Vd. XIII, 60 *dakhstâbyô* findet. Am leichtesten erklären sich solche Unregelmässigkeiten durch die Annahme, dass der Avestatext früher mit Huzvâreschschrift geschrieben

war, dort würde — für *di* und *aê* gesetzt worden sein; bei der Umschrift wäre dann an einzelnen Stellen *d* statt dessen stehen geblieben, cf. Vd. II, 95. Westergaard liest mit A *çrvâbya*, die Form wird ebenso erklärt werden müssen, cf. zu Vd. XVII, 4. Der Dual bezeichnet die Nägel beider Hände, wie *añgusta* Vd. VIII, 220 die Zehen beider Füsse. Ob *çravâbya* als Instrumental zu fassen ist, wie ich angenommen habe, will ich nicht bestimmt behaupten; grammatisch ist es zwar möglich, aber die Tradition bestätigt es nicht, diese gibt vielmehr (סרובו ראי), der Nägel wegen. Da *çrvâbya* ebenso gut als Dativ wie als Instrumental gefasst werden kann, so ist wohl diese Auffassung vorzuziehen. *Nistare* besser „ausserhalb" als „unterhalb", wie ich übersetzt habe. Cf. zu Vd. IX, 32. Noch muss ich bemerken, dass auch Aspendiârji *magha* hier als Loch, nicht als Stein auffasst.

20. Durch Versehen ist *kaçistahê* von mir „des grössten" übersetzt worden. Es ist vielmehr „des kleinsten".

23. Cf. Yç. XXXIII, 7.

26. Die Erklärung des Namens *Ashô-zusta* (reinheitsliebend), die ich in der Anmerkung zu der St. gegeben habe, möchte ich auch heute noch festhalten: *zusta* ist Particip. perf. pass. von *zush*, wovon *zaosha*, Wille, und altp. *dausta*, neup. دوست. Der Vogel, der hier gemeint wird, ist übrigens die Nachteule, wie das aus der folgenden Stelle der Rivâiets hervorgeht (Cod. XII. suppl. d'Anq. p. 11.): مرغی که جغد خوانند بدینی مرغ اشو زشت خوانند اگر در ابادانی بمیرد نسا است اورا باید برهیخت وبجائی باید برد که آبادانی نباشد

27. Die Worte dieses Paragraphen versteht die Huzvâresch-Übersetzung nicht, wie ich und Anquetil sie verstanden haben; sie übersetzt vielmehr: (אנת אוו דנמן סרוב נוידינם) „ich zeige dich diesen Nägeln an". Auch Aspendiârji scheint es so zu fassen.

28. *Arstayaçca* habe ich mit „Lanzen" übersetzt, da *arsti* nach Vd. XIV, 34 ist: (ארשת נינן נינך) „etwas Gerades, eine Lanze". An unserer Stelle übersetzt die Huzvâresch-Übersetzung und mit ihr die jüngeren Übersetzungen (אשתר), was offenbar Verwechslung mit *astra* ist. *Karetayaçca* von *kareti*, offen-

bar = neup. کارد, Huzvâresch-Übersetzung: ... (סכינא), allgemein als Schwert anerkannt. *Thnavare* nach der Huzvâresch-Übersetzung wieder ... (סנור), vergl. Vd. XIV, 35. *Erezifyô-parena* wird in der Huzvâresch-Übersetzung durch ... (ארוספר) übersetzt, ein Wort, das ich sonst nicht mehr kenne, Anquetil: „*massue*", Aspendiârji übersetzt *erezifya* mit „Schild", *parena* mit „Stein". Schon in der Note zu der St. habe ich auf die Ähnlichkeit des Wortes *erezifyô-parena* mit dem vedischen *ṛjipya* (ausgreifend, aufstrebend) aufmerksam gemacht und daher mit „raschfliegend" übersetzt; ob diese Übertragung einer vedischen Bedeutung auf erânisches Gebiet sich wird halten lassen, steht dahin. *Açna* = ... (סנג), Steine, *fradakhshainya*, „welche zu schleudern sind". Cf. Vd. XIV, 36. Von dem letzteren Worte lasse ich *daêvô mâzainyaṃm* abhängen. In *daêvô* sehe ich blos eine Verdunklung des pluralen *daêva* durch Einfluss des folgenden Labialen. Dagegen will es Rückert als Compositum fassen und erinnert an *cinvaṭ-peretâm*, Vd. XVIII, 16. Aspendiârji gibt *açna* mit „Schleuder", *fradakhshainya* „verschiedener Eigenschaft". Wegen *mâzainya* (cf. Vd. IX, 38) hält Rückert die traditionelle Ansicht fest, dass damit „mazendêranisch" gemeint sei, woraus dann folgen würde, dass Mazendêran zur Zeit, als das Avesta geschrieben wurde, noch nicht von den Anhängern Zarathustras bekehrt war. Charakteristisch ist allerdings, dass der Bundehesh die Einwohner Mazenderâns von einem andern Menschenpaare ableitet als die übrigen Erânier.

30—33. Cf. Vd. XVI, 41—44.

Achtzehnter Fargard.

2. Ein schwieriges Wort ist das in den §§. 5, 7 wieder vorkommende *ainem*, wie die meisten Handschriften und ich mit ihnen lese, oder *ainim*, wie A und einige Handschriften und mit ihnen Westergaard liest. Beide Lesarten führen auf dasselbe Wort zurück. Die Huzvâresch-Übersetzung gibt das Wort mit ... (זך), dieser, so auch die neueren Übersetzungen. An ein Pronomen muss also gedacht werden, und an skr. *ena* lässt sich nicht füglich denken, da das Wort *aênem* lauten müsste. Es bleibt also blos *anya* übrig, das aber hier in dem Sinne von „irgend einer" stehen müsste. Aus *anya* kann der Acc. *ainim* entstehen, indem *y* sich vocalisirt und

dann die Epenthese der vorhergehenden Silbe hervorruft, oder *ainem*, indem *y* abfällt oder vielmehr in die vorhergehende Silbe zurücktritt wie in *aiǧhâo*. Einige Analogie bietet *maêdha*, cf. zu Vd. I, 11. Über *paiti dâna* cf. Vd. XIV, 28. — *Anaiwyâçtô daênaǹm* = [illegible] (אנאיסיאסת סנן דינן), das Wort *anaiwyâçtô* ist offenbar im Huzvâresch blos umschrieben und es scheint mir nicht zweifelhaft, dass *aiwyâçtô* mit *aiwyâoǧhan* desselben Ursprungs ist, d. h. von *yâoǧh* = skr. *yâs* und *aiwi* abstammt. Ich verstehe nun auch das „nicht umgürtet nach dem Gesetze" von dem Kosti, den jeder Parse tragen muss, cf. auch unten Vd. XVIII, 115. Vielleicht darf man übersetzen: „der das Gesetz nicht angezogen hat", dafür spricht Yç. IX, 81, wo das Gesetz — wenn auch nur für Haoma — als *aiwyâoǧhan* ausgesagt wird. Die Huzvâreschglosse lässt uns die Wahl zwischen zwei Erklärungen, die mir aber beide nicht richtig zu sein scheinen: [illegible] (איעש ישת רא כנת דכוימננית איתו מנן איתונן דמננגית אי סנן דינן רא מינשניך דכוימננית), „d. h. er hat den Yescht nicht vollzogen, Manche sagen auch: d. h. er denkt nicht nach dem Gesetze". Aspendiârji: *anaiwyâçtô* = der nicht opfert, er verwechselt offenbar *yâoǧh* mit *yaz*. Deçtûr Dârâb gibt denselben Ausdruck نه برسم بسته also: der welcher den Barsom nicht zusammen gebunden hat. Bekanntlich heisst auch das Band, mit dem das Bereçma umbunden wird, *aiwyâoǧhan*, cf. Yç. II, 9.

3. *Diwzhaţ haca* = [illegible] (מן פריסשנן), aus Betrug, damit stimmen auch die übrigen neueren Übersetzungen. Es ist demnach *diwzh* eine Erweiterung einer Wurzel *diw*, betrügen, von welcher Vd. II, 82 *daêwis* abgeleitet ist, mit Zusatz eines Zischlautes, und *diwzh* verhält sich zu *diw* wie *tafç* zu *tap*, *qafç* zu *qap*, *vakhsh* zu *vac*. *Âthrava* (nomin. sg.) fasse ich als or. directa: „ein Âthrava (bin ich)". Die Huzvâresch-Übersetzung gibt die Worte *âthrava çaǧhaiti* mit [illegible] (אסרוכש דמננגית), er sagt die Priesterschaft aus. Diese freiere Übersetzung wird aber in der Glosse übereinstimmend mit unserer Ansicht folgendermassen erklärt: [illegible] (נפשמן אי דמננגית איע נבנא שפיר נבנא הנמנם) „selbst sagt er dies: ich bin ein Mann, ein guter Mann".

5. *Khrafçtraghna* wird mit [illegible] (חרפסתרכון) gegeben, woraus erhellt, dass die Silbe [illegible] (כון) dem *ghna* entspricht, also

„tödtend“ heissen muss. Erklärt wird das Wort durch [illegible] (מארכון), „Schlangentödter“. Aspendiârji, wie ich, versteht unter diesem Khrafçtratödter eine Waffe, cf. Vd. XIV, 29. Aus der Glosse zu §. 6 der Huzvâresch-Übersetzung geht hervor, dass der Khrafçtratödter von Leder sein soll: [illegible] (מארכון מן כנא מנדומי [illegible] etc. שאית נ̄רמינן שפיר מן זך סואך פיתאכיניתו); „der Khrafçtratödter kann von jeglicher Materie sein, ein lederner ist am besten, wie aus dieser Stelle hervorgeht: „durch Vohu-manô schlägt das Wasser Aṅrô-mainyus“. Anquetil ganz allgemein: *S'il veut tuer les kharfesters.*

7. Dass *ainem* oder *ainim* hier bei dem Femininum *urvaraṅm* steht, könnte einen Einwand gegen unsere oben zu §. 2 aufgestellte Erklärung dieses Wortes abzugeben scheinen. Indessen ist wenigstens für *dashina* zweifellos, dass es als Gen. comm. gebraucht werden konnte, und so dürfte es denn auch mit *anya* gewesen sein. Unter *urvara* ist nach gewöhnlicher Ansicht der Parsen das Bereçma zu verstehen. Wenn dann die Huzvâresch-Übersetzung noch beifügt: [illegible] (אית מנן כותינן דמננית), so kann das blos heissen: „Manche sagen, es bedeutet einen Hammer“, eine Bemerkung, über die wir wohl kein Wort weiter zu verlieren brauchen.

9. Huzvâresch-Übersetzung: [illegible] (אשתר מארכון איע ען נרפית אית מנן איתונן דמננגית אי ען ונ̄אריח) „einen Schlangenstachel nämlich ergreift er, manche sagen nämlich: lässt er hinüber gehen (d. h. er wendet ihn an)“. Ich leite *kâshayêiti* von einer Wurzel *kash* = *keresh* ab, von ihr haben wir im Avesta das Adjectivum *kasha* in *naçukasha* abzuleiten. Es ist also wohl neup. کشدن und dürfte nach cl. 10 flectirt worden sein. Billigt man diese Erklärung, so stimmt man mit der ersten Erklärung der Huzvâresch-Übersetzung überein; gibt man aber der cl. 10 eine caussative Bedeutung, so wird man nach der zweiten Ansicht das Verbum etwa mit „anwenden“ übersetzen müssen. Aspendiârji glaubt, es sei „sprechen“, und diese Bedeutung hat freilich das neup. گزاردن; hier aber lässt sie sich schwerlich anwenden.

11. *Çaitê* ist falsche Lesart statt *çaêtê*, was die VS. richtig bieten. Ebenso kann *açrâvayô* nicht übersetzt werden: „ohne zu

hören", sondern „ohne zu recitiren". Ich habe mich durch Huzv. (אסרותאר) irre führen lassen und das Caussativum nicht beachtet (cf. z. B. Vd. XI, 4. 7). Die Huzvâresch-Übersetzung hat nicht falsch übersetzt; in den neueren erânischen Sprachen wird سرودن auch in der Bedeutung von سرائیدن gebraucht. Auch Aspendiârji und Deçtûr Dârâb haben richtig übersetzt. Die Glosse der Huzvâresch-Übersetzung: (איע אסמתאכי מנן ינשנן סראישנן כיהמאן רא דמנגית) „d. h. er spricht das Avesta beim Opferrecitiren nicht besonders aus".

12. *Amarô* wohl am besten: „nicht memorirend". Ich fasse auch jetzt noch alle die Wörter *amarô*, *everezyô* und *açikhshô* als Part. praes. auf *ant*, deren *an* im Nominativ in *ô* verdunkelt ist. *Açâcayô* habe ich, im Anschluss an pârsi *çâkhtan*, lehren (Pârsigrammatik p. 203) mit „nicht lehrend" gegeben. Dass die Huzvâr.-Übersetzung, welche nicht für jedes der Texteswortе ein entsprechendes gibt, in einige Unordnung gerathen sei, habe ich schon in der Note zu der St. gesagt. *Çac* muss dann = skr. *çac*, sprechen, sein und cl. 10 als Caussale stehen. Aspendiârji versteht es vom Anzünden des Feuers, Deçtûr Dârâb gibt das Wort ganz sinnlos mit بدتر. Die Schlussworte des Paragraphen: *jaydi cinvaț ustânem* sind heute noch so dunkel wie früher. Die Huzvâresch-Übersetzung (כאמך מנן חיא...). Das Wort, welches dem *jaydi* entspricht, getraue ich mich gar nicht zu umschreiben, es scheint wenig mehr als eine blose Umschreibung zu sein. *Cinvaț* steht = כאמך, Wunsch, was man nicht ganz unmöglich finden wird, wenn man bedenkt, dass *cinô* dieselbe Bedeutung hat (cf. z. Vd, IV, 119). Ich habe *cinvaț-ustânem* als Compositum aufgefasst, *cinvaț* müsste ein Particip. praes. von *ci* cl. 5 oder *cin* cl. 8 sein, und *cinvaț-ustânem* wäre: „die Seele begehrend". Den Dativ *jaydi* habe ich als Dat. commodi gefasst von einer Wurzel *ji* = skr. *ji*: des Gewinnes wegen. Rückert denkt an *ji*, leben, übersetzt aber übrigens, ähnlich wie ich: „indem er für's Leben den Bestand, Unterhalt sammelt", aber *ustânem* kann blos „Lebenskraft, Seele" bedeuten. Die neueren Übersetzungen führen uns auch nicht weiter. Aspendiârji übersetzt *jaydi* gar nicht, in *cinvaț* sieht er die Brücke Cinvat, *ustânem* soll „Güte" bedeuten. Nach der von Aspendiârji in der Glosse niedergelegten Bemerkung würde man etwa zu übersetzen haben: „ein Schläger der Brücke Cinvat", was dann dahin

erklärt wird, dass ein Mensch, der die vorhergenannten Handlungen begebt, sich dadurch unfähig mache, die Brücke Cinvat zu passiren. In der ältern Übersetzung bat diese Auffassung keinen Anbaltspunkt und auch die Texteworte sprechen nicht für sie. Deçtûr Dârâb schiebt in seiner Recension der Huzvâresch-Übersetzung noch (נ̄ינור) nach (כאמך) ein, übersetzt auch (חיא) mit نيك wie Aspendiârji. Anquetil's ursprüngliche Übersetzung lautet: *J'instruis ceux qui ne le sont pas et me conduis (kameh) tellement dans le monde, que je fais passer le pont à ceux qui sont méchant en les rendunt purs.* Keine der bisherigen Übersetzungen scheint mir zu genügen und die Stelle muss fortwährend als dunkel betrachtet werden.

15. Das Wort *çaitê* oder *çaêtê*, welches nicht blos in der Huzvâresch-Übersetzung, sondern selbst in einigen Handschriften fehlt, habe ich als verdächtig eingeklammert, wie mir noch jetzt scheint, mit Recht. Das Wort ist hier ganz unnöthig und nur aus §. 11 hierher gedrungen. — Den Ausdruck: „er befragt den Verstand", erläutert die Glosse der Huzvâresch-Übersetzung: (איע אירפתסתאנן כונד איע מנרום פראוונן אמונית) „d. h. er liest, d. h. er lernt etwas Gutes". So im Wesentlichen auch Aspendiârji.

16. Die Accusative gehen natürlich auf *khratûm* zurück. Für *aṅzô-bûjêm* gibt die Huzvâresch-Übersetzung in allen mir bekannten Handschriften: (מן תנש בוחתארש); ich möchte aber statt (תנש), Schnelligkeit, lieber (תננש), Enge, lesen; dies ist die eigentliche Bedeutung von *aṅzô*, wahrscheinlich ist die Lesart der Handschriften ein alter Fehler. Dagegen ist *bûjem* richtig mit (בוחתאר) gegeben, im Pârsi heisst *bokhtan* reinigen, so habe ich auch hier angenommen. Auch Aspendiârji stimmt im Wesentlichen mit mir überein, er gibt *aṅzô* mit تنگ, *bûjem* mit خلاصى. So auch Deçtûr Dârâb, der aber in seiner Recension des Huzvâreschtextes (בוחתארש רסינן), Reinheit bringend, liest. *Ravazdaṅm* ist das Gegentheil vom vorigen. „Weite gebend": (פראוש דאתאר) nach der Huzvâresch-Übersetzung. Dass *ravô* das Gegentheil von *aṅzô* ist, zeigt Yç. VIII, 17, 18. Es kommt von demselben Stamm wie *uru* und bedeutet erst die Weite, dann die Weite des Herzens, die Freude; Rückert vergleicht sehr

passend arab. رَوَاح, *amplitudo, dilatatio, commoditas, facilitas*, *ańzô* dagegen die Enge, die Angst und Traurigkeit; Neriosengh in der angeführten Stelle des Yaçna gibt es sogar mit *nâstikyam*, Unglaube, Ketzerei. Schwierig ist das dritte Beiwort *havağhudańm* oder *havağhôdańm*, wie Westergaard liest. Da öfter ein Substantiv *havağha* in den Texten vorkommt und *havağhôdańm* die Lesart der Handschriften mit Übersetzung ist, so dürfte dieselbe wohl vorzuziehen sein; doch findet sich auch *havağhu* (cf. Yt. 10, 33). In der Note zu meiner Übersetzung habe ich *havağhu* mit skr. *sabar*, griech. σέβας, zusammenhalten wollen; es dürfte aber besser sein, auf das Altbaktrische selbst zurückzugehen. Ich glaube nun, dass *havağha* und *havağhu* in irgend einer Weise mit *hu*, zubereiten, in Verbindung stehen, und habe daher *havağha* gewöhnlich mit „Zubereitung“, *havağhu* aber mit „Sättigung“ übersetzt. Windischmann, welcher das Wort besprochen hat (Mithra p. 33), gibt es ganz allgemein mit „Heil“. Huzvâresch-Übersetzung (חואישנש), hier und auch für *havağha*, dunkel. Aspendiârji: eine leuchtende Meinung (روشن قياس) gebend. Deçtûr Dârâb, der auch den Text der Huzvâresch-Übersetzung geändert hat: das Paradies verleihend, er will offenbar das Wort in *hava* und *ağhu* auflösen. *Cinvaț-peretûm* = (סנן נשותרנ), an der Brücke Cinvaț. Diese Auffassung, die man sich etwa so erklären könnte, dass man *cinvaț peretûm* übersetzte: „was anbelangt die Brücke Cinvat“, scheint auch Windischmann's Beifall zu haben (cf. a. a. O.), dagegen erklärt sie Rückert für unmöglich. Dass sie hart ist, darüber ist wohl kein Zweifel, und wenn wir nicht darauf bestehen, *havağhudańm* mit „Verdienste gewährend“ zu übersetzen, sondern den Ausdruck übersetzen: „Befriedigung gewährend“, so kann der Accusativ *cinvaț peretûm* wohl von *havağhudańm* abhängen.

17. *Nâçem* = (ארזאניך), würdig, werth in der Huzvâr.-Übersetzung. Ich habe *nâça* an *naç, nax: nanciscor* angeschlossen, aber in caussativer Bedeutung, worauf mir die Länge des *a* hinzuweisen scheint. Aspendiârji übersetzt *nâçem* mit „passend“ (لائق) und *ahn-nâçem* mit „passend für die Welt“; er sieht also einen Gegensatz zwischen *ahn* und *vahistô ahu*. Aus der Huzvâresch-Übersetzung geht nicht hervor, ob schon von ihr dieser Gegensatz beabsichtigt ist. Im Gegentheil, die Huzvâresch-Übersetzung erklärt

ahu nâçem würdig eines Ortes, *asha nâçem* würdig guter Thaten, *vahista nâçem* würdig der Vergeltung im Paradiese.

19. Die verschiedenen Beiwörter, welche Ahura Mazda hier erhält, werden von der Huzvâresch-Übersetzung genauer folgendermassen erläutert. *Dâdhwâoghem* = (דאתאר הנמנם איע דאם ר יהבננת), „ich bin Schöpfer, d. h. die Geschöpfe habe ich geschaffen"; *çpénistem* = (אפזוניכתום איע מן מנדומי כבר מנרום ר חויתננם) „den vermehrendsten, d. h. von einer Sache weiss ich [1]) viele Dinge"; endlich *vaêdhistem* = (אכאסתום איע סנן מרך ר ויש חויתננם) „den weissesten, d. h. an Zahl weiss ich viel". Ich schliesse mich dieser Auffassung an und halte *vaêdhistô* für den Superlativ von *vidhwâo*, mit Steigerung der ersten Silbe; Rückert dagegen will das Wort caussativ fassen: der am besten unterrichtende. — *Paiti vacistemca parstem* = (פסאוו נופתארתום סנן פונסשנן), „den antwortendsten auf Fragen". Dazu die Glosse: (איע מן זך מנן פונסשנן אנש נהנננר פסאוו שפיר ר יהבננם), „d. h. wegen dessen, worüber man fragt, gebe ich gute Antwort". *Parstem* würde sich nicht blos als Acc. neutr., sondern auch als Acc. masc. fassen lassen: Antwort gebend dem, der gefragt hat.

20. Die schwierigen Worte *avatha aighâi çpanyâi* sind in der Huzvâresch-Übersetzung übersetzt: (איתונן דהונגאי אפזוניך), „so bist du heilig". Ich denke, dass *aighâi* 2. Pers. conj. fut. sein muss: du wirst sein, *çpanyâi* aber Dat. eines Neutrums *çpanya*, also du wirst sein für die Heiligkeit. Westergaard liest: *avatha aghâo çpanyâo*, was sich noch genauer an die Huzvâresch-Übersetzung anschlösse; aber es findet sich diese Lesart nur im K. 9 und scheint mir aus der Huzvâresch-Übersetzung erst erschlossen.

21. Hier beginnt nun eine Reihe schwieriger, schwerverständlicher Paragraphen, über deren allgemeinen Zusammenhang wir am

---

[1]) Statt (חויתננם), ich weiss, wie die Codices lesen, darf man vielleicht corrigiren (אנחתננם), ich setze, schaffe. Eine ähnliche Erklärung des Namens *çpânô* in der Pârsi-Übersetzung des Ormazd-yascht lautet: *Ku aj cisî (l. cisé) vuç (l. vaç) cis bi awazâyinem:* „denn von einem Dinge vermehre ich viele Dinge".

Schlusse derselben (§. 31) sprechen wollen. Unser Paragraph enthält die allgemeine Frage. Ich habe übersetzt: Wer ist der Vergängliche, Sterbliche? Gegen diese Übersetzung lassen sich eine Menge Bedenken geltend machen; doch glaube ich auch jetzt noch, dieselbe vertheidigen zu können. Das erste und wichtigste Bedenken ist, ob man *kâ* mit *wer* übersetzen könne, denn der Form nach scheint es Nom. sg. fem. oder Nom. Acc. pl. neutr. sein zu müssen. Hierauf antworte ich zunächst, dass ich *marshaonô* nur für den Nom. sg. eines Masc. auf *a* halten kann. Wir haben davon Vd. XIX, 4 den Accusativ *marshaonem*, Yt. 6, 4 den Genitiv *marshaonahê*, das Thema *marshavan* ist somit ausgeschlossen, mag die Endung *aonô* immerhin die Erweiterung eines ursprünglichen *avan* sein. Schwierigkeit macht aber weiter *ithyêjô* (cf. zu Vd. XIX, 4), das von einem Thema *ithyêjağh* herkommt. Ich sehe aber gleichwohl kein anderes Mittel als anzunehmen, dass *ithyêjô* als irregulärer Nominativ, von einem Nebenthema *ithyêja* gebildet hier stehe, denn in der eben angeführten Yaschtstelle steht *ithyêjağhô marshaonahê* ebenso neben einander wie hier. Nach dem Allen scheint mir unwiderleglich, dass *ithyêjô marshaonô* das Prädicat zu *kâ* enthalten müssen. Ich verweise nun desswegen auf Constructionen wie Vd. VII, 189 *tâ gêus ağhen... yâ... frağuharâț*, Vd. VII, 59. *tâ nara... frağuharâț*. (Vd. VII, 5) *aêtê... yâ*. Ich halte *kâ* für den Nom. pl. neutr., der mit dem Verbum im Singular construirt wird; man wird also wörtlich übersetzen müssen: was für Dinge sind der Vergängliche, Sterbliche, was nun nichts anderes heissen kann als: wer ist der Vergängliche, Sterbliche. Anders freilich, wie es scheint, die Huzvâresch-Übersetzung: [illegible] (סנכש מנן איתו סיני ניהאנרובשנן איעש ויש מנן מן רובאכש אנש מנן סנן מיהמאנש), wodurch ist das Vergängliche Verborgengehende? d.h. wodurch kommt es herbei, und woher kommt besonders seine Verbreitung?" Man würde, um zu dieser Erklärung zu gelangen, *kâ* als Instrumentalis auffassen müssen, aber der Instrumentalis von *ka* heisst *kana*. Ähnlich fasst auch Aspendiârji: „was ist Tod, der verborgen gehende"? Anquetil: *Quel est le diable qui court dans le monde.*

22. *Agha daêna diçyâț* übersetzt die Huzvâresch-Übersetzung: [illegible] (סנן אנן סריתר דינן נמותאר), durch den Unterweiser im schlechten Gesetze. Dem Sinne nach ist dies wohl richtig,

aber wörtlich ist es nicht. Ich habe nun dadurch helfen wollen, dass ich am Beginne des Satzes *yô* oder *yêzi* supplirte; dies ist auch richtig, aber man darf *diçyâṭ* nicht übersetzen: (wer) lehrt, sondern: wenn ein schlechtes Gesetz gelehrt wird. So entgeht man der Nothwendigkeit, *agha daêna* als Acc. fassen zu müssen und *diçyâṭ* ist nicht länger auffallend, während man im Activ *daêçayâṭ* erwarten müsste. Die Huzvâresch-Übersetzung erklärt, ein solcher Lehrer des schlechten Gesetzes sei [illegible] (אשמוך פריפתאר), „ein Ashemaogha, ein Betrüger", d. h. wohl: ein Ketzer. Cf. zu Vd. IV, 141.

23. In diesem Paragraphen erfordert *thrizaremaêm* — Acc. sg. von *thrizaremaya* — eine nähere Erklärung. Huzvâresch-Übersetzung: [illegible] (ורמאי 3), was blos umschrieben ist. In der Glosse wird dieses Wort mit [illegible] (שנת 3), drei Jahre, erklärt. Aspendiârji stimmt dieser Ansicht bei. Anquetil: *les trois jours du Gahambar*. Ich habe, im Vertrauen auf meine Etymologie von *zairimya* (cf. zu Vd. XIII, 15) geglaubt, die drei dunklen Drittel der Nacht verstehen zu dürfen, von denen unten Vd. XVIII, 43 fg. die Rede sein wird. Da ich diese Etymologie aufgegeben habe, so bestehe ich natürlich auch auf dieser Übersetzung nicht länger; ob aber die traditionelle Auffassung richtig sei, vermag ich auch nicht zu verbürgen.

25. Ich sehe noch heute keine Möglichkeit, den vorliegenden Paragraphen anders zu fassen als ich gethan habe, obwohl die neuere Tradition zum wenigsten nicht mit meiner Auffassung übereinstimmt und ich selbst zugeben muss, dass der gefundene Sinn kein ganz passender sei. Die Huzvâresch-Übersetzung, der ich gefolgt bin oder wenigstens zu folgen glaube, leidet an einigen erheblichen Dunkelheiten, sie lautet wörtlich wie folgt: [illegible] (מננג זך ר נבנא אוו תננש נהננגת דכוימננית איעש ופשתך פתש נהננגת דכוימננית אש גר פראאוש ראוא ברד איעש ראנך כונר), „wer diesen meinen Mann (der) in Enge gerathen ist, d. h. es ist ihm .... davon gemacht, zur Weite herausbringt, d. h. ihm .... macht". Hier sind zwei Wörter undeutlich, erstens, [illegible] das sich am natürlichsten נפשתך umschreiben liesse, was dann = neup. [illegible] wäre, aber gar nicht hieher passt. Das zweite undeutliche

Wort ist ‎ (ראנך), das mir sonst nur Vd. XVIII, 101, in der Bedeutung „Gehen, Fluss" vorgekommen ist, habe ich conjectural mit „Hülfe" übertragen. Sehen wir den Text an, so scheint mir meine Fassung im Wesentlichen bestätigt zu werden. Über die Bedeutungen von *añzô* und *ravô* haben wir oben zu Vd. XVIII, 16 gesprochen. Wir müssen die Annahme abweisen, dass hier von geistigen Dingen gesprochen werde; denn wenn Jemand einen in Ketzerei Befangenen zum rechten Glauben bekehrt, so kann dies unmöglich ein schlechtes Werk sein. Es bleibt uns nur übrig, unter *añzô* materielle Noth, unter *ravô* materielles Wohlergehen zu verstehen. So habe ich es nun auch gefasst, allein dazu passt der Nachsatz nicht. Man erwartet, dass derjenige, welcher einem Ketzer zu Wohlstand verhilft, ein schlechtes Werk thue; als ein schlechtes Werk aber kann man es nach der Vorstellung des Vendîdâd nicht bezeichnen, wenn Jemand einem Ketzer den Kopf abschneidet, denn nach Vd. V, 113 fg. ist der Ashemaogha im Leben unrein, im Tode aber rein. Vielleicht darf man fassen: „wenn er (der Ashemaogha) mir diesen Mann (den Mazdayaçna) den in Enge verstrickten in die Weite hinausbringt, so thut er kein besseres Werk etc. Allein ich nehme Anstand daran, dass *aêtem narem* auf die Mazdayaçnas bezogen werden soll, von denen doch früher gar nicht die Rede war; auch ist es doch gar zu hart, dass einem Ketzer eine gute That, die er gegen einen Mazdayaçna verübt, sogar als Verbrechen angerechnet werden soll. Aspendiârji: „er bringt meinen Mann in solche Schwierigkeit etc.", d. h. er bezieht *yaçca* auf den Ashemaogha. Dieser Ansicht kann ich mich aber nicht anschliessen, weil dann nicht *uzbârayat* stehen könnte — was immer auf etwas noch nicht Vollendetes gehen muss — sondern *uzbârayâiti*. Anquetil in seiner handschriftlichen Übersetzung ganz unbrauchbar: *Il a pris les hommes que j'ai creés les a serrés et leur a oté l'aisance qui étoit dans le monde (ou bien: a oté l'abondancé du monde).*

26. Cf. zu Vd. III, 66. Vielleicht darf man *hê* reflexiv nehmen, wenn er sich den Kopf abschnitte.

27. *Ashavaghahê* wird in den Übersetzungen ebenso gegeben wie *ashemaogha*, man wird also das Wort in *ashava-gha* zerlegen müssen und dasselbe wird, wörtlich übersetzt, heissen: den Reinen tödtend. Schwierig ist *zânu*. Huzvâresch-Übersetzung: ‎ (ראנך).

was nichts ist als eine Umschreibung. Anquetil und Deçtûr Dârâb sehen in *zânu* das neup. زانو, Knie; gewiss falsch, denn dieses heisst im Alth. *zhenu*. Aspendiârji: زندگی, Leben, was mir auch unwahrscheinlich ist. Ich habe an sanskr. *hanu*, Kinnbacken, gedacht, aber das Wort in der Bedeutung: „Waffe zum Schlagen" genommen.

28. Für *duyâo*, was sich an *duyê* anschliessen würde und in der VS. beglaubigt ist, muss entschieden *drayâo* vorgezogen werden, wie Westergaard gethan hat; es ist dies die Leseart von AB, und die Form stimmt zu *dva*, *draêibya* etc. Der Schluss der Huzvâresch-Übersetzung fehlt. Was die Worte sagen sollen, bleibt freilich unklar, obwohl die einzelnen Wörter alle klar sind: *hizu-drâjô* findet sich übrigens eben so oben Vd. XIII, 160, aber die dortige Bedeutung passt hier nicht. Auch Aspendiârji hilft uns nicht viel weiter; bei ihm lauten §§. 17, 28: denn der Segen der Langlebigkeit ist schädlich: 1. eines schlechten Menschen, 2. der schlechten Zunge, 3. verächtlich, 4. schlecht. Die Übersetzung von *drayâo*, *thrayaûm* etc. mit „zweitens, drittens" halte ich für falsch, obwohl sie sich schon in der Huzvâresch-Übersetzung findet. Auch Anquetil übersetzt: *Il a 1. ce hareman mauvais impur les genouils longs, 2. une longue langue (dit du mal), 3. il n'est rien de bien, 4. vit par lui-même.* Ich für meinen Theil muss gestehen, dass diese Erklärungen mein Verständniss dieser Stelle nicht das Geringste gefördert haben und dass ich mehr Licht für dieselbe erst von der Zukunft erwarte.

29. In §§. 29—31 erblicke ich eine vollkommene Parallele des Sinnes zu §§. 25, 26 nach meiner Auffassung. Die Worte selbst sind übrigens einfach. Der Genitiv der Sache, mit welchem hier *dâ* construirt wird, ist übrigens Gen. part. „von Haoma".

30. *Uçefriti* habe ich mit „geweiht" übersetzt, Huzvâresch-Übersetzung: [Pehlevi] (ראוא פרנאפת), herausgegangen, offenbar zu vag. Aspendiârji لائق, passend, Deçtûr Dârâb hat sich nicht darüber geäussert. Ob ich ganz genau das Richtige getroffen habe, steht dahin, sehr verschieden wird der Sinn nicht sein. Übrigens versteht es sich von selbst, dass man, wenn man wörtlich übersetzen will, unsern Satz übersetzen muss: oder von den Weihungen der Myazdas, denn *uçefriti* ist Substantiv und nicht Particip. Zu

myazda hat Rückert sehr passend neup. میز und میزبان verglichen. Vielleicht darf auch skr. *medha*, Opfer, hieher gezogen werden.

31. *Arâzôiṭ* habe ich in *avâ* und *zôiṭ* aufgelöst und auf die Wurzel *zan* zurückgeführt, gegen die Tradition, welche das Wort mit [Huzvâresch] (סאתנניגית) übersetzt. Es schien mir ungereimt, dass es ein Verbrechen sein sollte, wenn man die Pferde gehen mache oder treibe. Jetzt glaube ich, dass die Huzvâresch-Übersetzung vollkommen Recht hat und die Frage, die wir zu Vd. III, 125 in Bezug auf *upâzôiṭ* erhoben haben, muss auch hier in Bezug auf *arâzôiṭ* aufgeworfen werden, nämlich ob man nicht das Wort auf *az* + *ava* zurückleiten und mit „hinzutreiben, antreiben" übersetzen solle. Nimmt man diese Erklärung an, so wird man unter dem *hazaǧrô-açpanaṅm* nicht eine Viehherde verstehen müssen, wie ich gethan habe, sondern [Huzvâresch] (הינן דושמן), ein feindliches Heer, wie die Huzvâresch-Übersetzung erklärt. Doch rechnet die genannte Übersetzung und nach ihr Aspendiârji auf 1000 Pferde nur 500 Reiter. In *hazaǧrô-açpanaṅm* muss der Genitiv ähnlich erklärt werden, wie Vd. III, 13. 33; cf. auch Vd. XVIII, 29, 44. Westergaard liest statt *hazaǧrô-açpanaṅm* mit andern Handschriften *hazaǧrô-açpaṅm haênaṅm* für *mâzdayaçnôis* aber *mâzdayaçnîs*. Es ist möglich, dass *hazaǧrô-açpanaṅm* in AB durch einen flüchtigen Abschreiber aus *hazaǧrô-açpaṅm haênaṅm* entstanden ist; es scheint mir aber auch möglich, dass umgekehrt diese Änderung des Textes nach Anleitung der Huzvâresch-Glosse vorgenommen wurde. Die Leseart *mâzdayaçnîs avi viçô* ist sehr schön und vereinfacht die Construction ungemein, aber die Leseart *mâzdayaçnîs* ist eben sehr schlecht beglaubigt. Nach meiner Auffassung muss der Gen. *mâzdayaçnôis viçô* von *nerêus* abhängen, *avi* zu *janyâṭ* gezogen werden. Besser wäre freilich *ava*, so lesen auch einige aber unbedeutende Handschriften. Nach unserer Anschauung werden wir auch die Potentiale *janyâṭ* und *azôiṭ* dem *arâzôiṭ* unterordnen müssen: wer tausend Pferde antreibt, so dass sie die Männer tödten, das Vieh forttreiben. Dass mit *gaṅm varataṅm azôiṭ* das letztere gemeint sei, scheint mir am besten Yt. 10, 86, cf. Vd. V, 119 zu beweisen. Also ist wohl zu übersetzen: der thut kein besseres Werk als wenn er 1000 Pferde (500 feindliche Reiter) herbeiführte, die Männer des mazdyaçnischen Clanes erschlüge, die Rinder forttriebe.

33. Die Beiwörter, welche *Çraosha* hier erhält, werden ihm öfter gegeben, cf. z. B. Yç. III, 61. *Tanu-mañthra* heisst wörtlich: dessen Leib der Mañthra ist. So auch Burnouf (Yaçna p. 40): *parole faite corps, incarnée.* Dies passt auch ganz gut auf die Stellung des *Çraosha*, wie er bei den späteren Pârsen erscheint, wo er in der That der Götterbote ist. Die Pârsen sehen indess etwas mehr darin und betonen besonders den Gehorsam des *Çraosha*, die Dienstwilligkeit und übersetzen es: dessen Leib der Befehl (sc. Gottes) ist. Die Huzvâresch-Glosse zu unserer Stelle erläutert den Ausdruck: [Pahlavi] (איע תנן פנן פרמאנן יהאנן דארית), d. h. er hält den Leib im (zum) Befehle der Yazatas. — Über *darshi-dru* habe ich in meiner Übersetzung mehrfach geschwankt, da ich lange zu keiner festen Überzeugung kommen konnte, was das Wort bedeute. Die Huzvâresch-Übersetzung gibt es mit [Pahlavi] (שכפת זינן), Neriosengh mit *camatkâraçastra*, ebenso Aspendiârji mit „wunderbare Waffe". Aspendiârji's Übersetzung ist gewiss richtiger als die, welche Burnouf für *camatkâriçastra* gibt: *celui dont l'épée cause le désordre* (cf. Yaçna p. 43); denn *camatkâra* heisst im Guzerati *a wonder, a miracle*, und auf das Guzeratiwörterbuch muss man bei der Interpretation Neriosengh's stets Rücksicht nehmen. Aber Burnouf hat a. a. O. schon den Sinn des altbaktrischen Compositums richtig bestimmt: *celui qui a une épée audacieuse*, indem er *darshi* mit skr. *dhṛish*, griech. θάρσος, *dru* aber mit δόρυ verglich. Früher habe ich nun länger geschwankt, ob nicht *dru* zu *drvaṭ*, *draoma* etc. gezogen werden solle, so dass es das Anlaufen gegen etwas bedeutet, oder auch mit *drva*, *drvatâṭ* = skr. *dhruva* zusammengestellt werden müsse. Ich halte es aber jetzt doch für das gerathenste bei der Tradition zu bleiben. — *Çraoshâvareza* kann hier wohl nicht Beichtvater heissen wie oben Vd. V, 74. Aspendiârji scheint es als „Herold, Ausrufer" zu fassen. Es ist wohl ganz wörtlich: der ihn verkündet. Die Huzvâresch-Übersetzung: [Pahlavi] (סרושורז איע ראיניתאר ניתי מנן), *Çraoshâvareza*, d. h. Ausbreiter in der Welt, wer (ist es)?

34. Der Name *Parô-dars*, der hier gewissermassen als der heilige Name angeführt wird, hat meines Wissens weder im Erânischen noch in einer andern indogermanischen Sprache Spuren seines Daseins hinterlassen; denn Worte wie *pârâvata*, περιστερά etc. liegen doch zu weit ab, um verglichen werden zu können.

35. Den Namen *kahrkatâç* habe ich in meiner Übersetzung (in der Note zu §. 52) mit Roth für onomatopoetisch erklärt wie im Skr. *kṛikavâku*. Dies ist im Allgemeinen wohl richtig; aber auch die Huzvâresch-Glosse hat Recht, wenn sie *kahrkatâç naṅma* mit (כרך שם) übersetzt. کرک ist im Neupersischen *avis domestica, gallina*. In der Glosse fügt die Huzvâresch-Übersetzung noch bei: (אית מנן הרום דכנגנר), „manche sagen, es sei der Hahn“. Dies ist die gewöhnliche Ansicht der heutigen Pârsen. *Kahrkatâç* ist offenbar der Nominativ eines Abstractums *kahrkatâṭ*. Da wir nun *kahrka* auch in *kahrkâça* Vd. III, 66 wiederfinden (vielleicht = neup. کرگس, Geier), so dürfte dieses Wort wohl eine Bedeutung gehabt und etwas Unreines bezeichnet haben.

36. Die Huzvâreschglosse fügt der Deutlichkeit wegen noch hinzu: (סנן נים ריריא ראךא דאתננית): „um Mitternacht kommt er hervor“.

37. Ich glaube noch, dass ich Recht gethan habe, *nista* auf *naç* zurückzuleiten, mit Abschwächung des *a* in *i*. Aber ich bezweifle jetzt, dass ich Recht darin gehabt habe, in Abweichung von der Huzvâresch-Übersetzung, *nista* als Imperativ aufzufassen, wo dann *daevô* = *daêva* stehen müsste, wie oben Vd. X, 24. Die Huzvâresch-Übersetzung übersetzt: (נכון אית שירא), „vertrieben ist der Daêwa“ und dies ist das Richtige, denn durch den Anbruch des Tages und das Krähen des Hahnes sind eben die Daêwas vertrieben. Auch die Rivâiets lassen durch das Krähen die Daêwas vertreiben. Cf. Cod. XII, suppl. d'Anq. p. 603:

خروسان گهی بانگ چون برزنند همه کار اهرمنی بشکنند

Nista ist demnach Participialperfectum. — Aspendiârji scheint übrigens die Schlussworte eben so aufzufassen, wie ich früher gethan habe.

38. Über *dareghô-gava* vergl. oben zu Vd. XI, 29.

39. Meiner früheren Auffassung bleibe ich auch jetzt noch treu. Ich streiche *raocaghem* oder *raocanem*; obwohl es die Handschriften alle geben, so enthält doch die Huzvâresch-Übersetzung keine Spur davon. *Ghrâ* ist „erwachen“ cf. unten §. 51. Das Wort, mit dem es in der Huzvâresch-Übersetzung gegeben wird, ist unklar. *Niqabdayêiti* — (בנא חוספינית), er schläfert ein. —

Eine Nebenform von *ghrá* ist *ghriç* cf. Yt. 21, 13. — *Há* ist Interjection, siehe da cf. Vd. VII, 142; IX, 176.

40. *Qafça* nehme ich für den Nominativ eines männlichen Substantivs *qafç-an*, *qafç* ist aber eine Erweiterung der Wurzel *qap*, die im neup. خسپیدن noch vorliegt. *Çacaiti* = سکد (סוד) i. e. سزد, es passt, und dies ist auch gewiss das Richtige. So auch Aspendiârji.

41. Die Schwierigkeit des Satzes liegt in der Auffassung des dunklen ἄπ. λεγ. *aiwithyô*, das ich noch heute nicht anders fassen kann als früher, obwohl ich mir des Problematischen meiner Erklärung sehr wohl bewusst bin. Die Huzvâresch-Übersetzung gibt *aiwithyô* mit (מאם נפשמן) oder (מאם חויש), zu sich selbst, womit nichts anzufangen ist; man sieht aber wenigstens, dass nach der Ansicht der Übersetzer das Wort mit *aiwi* zusammengesetzt ist. Die übrigen neueren Übersetzer folgen der Huzvâresch-Übersetzung. Ich habe nun *aiwithyô-buyata* als ein zusammengesetztes Wort genommen und *aiwithyô* in *aiwi* + *ithyô* aufgelöst, das letztere Wort müsste von *i*, gehen, abgeleitet werden, *aiwithyô* hiesse also eigentlich „hinzugehend". Noch einmal, ich weiss sehr wohl, dass dies blos eine Vermuthung ist, aber ich weiss sonst nichts zu geben.

43. Diese Stelle ist schon von Burnouf (Etudes p. 351 fg.) und J. Wilson (*the Parsi religion unfolded* p. 222) besprochen worden. Für *avaiğhê* ist *avağhê* zu lesen. *Nmânahê nmânô-paitê* übersetzen alle die neueren Übersetzungen richtig mit Hausherr. Um so auffallender ist, dass die Huzvâresch-Übersetzung (מאנפתאנן מאנפת) gibt, d. i. Hausherr der Hausherren, oberster Hausherr.

44. Der Genitiv *aêçmanaãm yaozhdâtanaãm* übersetzt die Huzvâresch-Übersetzung (פנן היסם יושדאסר), durch reines Brennholz, und die neueren Übersetzungen folgen ihr. Ich glaube, dass es Gen. part. sind — das auffallende (פתיאדך) = *paiti* wird von AC geschützt, auch in der hier defecten Handschrift B lässt sich das Wort noch erkennen, wahrscheinlich ist (פתיוך) zu schreiben. Aspendiârji übersetzt es richtig mit مقابل.

45. *Avi mê âzis daêvô dâtô parôiț pairithnem* ist nicht unrichtig übersetzt: „zu mir möchte der von den Daêwas geschaffene

Âzis kommen“, aber wohl etwas zu schwach. Die Grundbedeutung von *pere* ist allerdings hinübergehen, dann heisst es aber auch kämpfen, wie es Vd. XI, 26 fg. richtig übersetzt worden ist, und diese Bedeutung dürfte auch hier vorzuziehen sein, cf. Vd. XIX, 90. Schwierig sind die Schlussworte *aghvaňm ava derenaňm çadayêiti*. Schon in der Note zu meiner Übersetzung habe ich gesagt, dass mir die Construction nicht ganz klar ist. Ich habe *ava derenaňm çadayêiti* übersetzt: er erscheint zu entreissen, *aghvaňm* als Gen. plur. von *ahu* im Sinne des Ablativs. Wenigstens das letztere halte ich nicht mehr für richtig, weil *ahu* gewöhnlich nur im Singular und Dual vorkommt. Die Übersetzung stimmt übrigens so ziemlich mit der Aspendiârji's, nur dass er *çadayêiti* mit „er wünscht“ übersetzt, cf. oben zu Vd. II, 59. Huzvâresch-Übersetzung dunkel und wahrscheinlich unrichtig: [illegible] (חאנן בנא שיכננת מיכמכננסת), woraus man sieht, dass sie *ava derenaňm* als synonym mit *herez*, ausgiessen, ansieht. Ich möchte noch immer *ava derenaňm* (oder *ava derenaňn*, wie Westergaard liest, cf. oben zu Vd. VIII, 4) *çadayêiti* als einen componirten Ausdruck ansehen, *aghva* aber mit „Seele“ geben, also: e r s t r e b t z u e n t r e i s s e n d i e S e e l e, oder: e r k o m m t z u e n t r e i s s e n d i e S e e l e. *Derenaňm* stammt gewiss von *dere*, neup. دریدن.

46. Wie ich schon in der Note zu der St. bemerkt habe, übersetzt die Huzvâresch-Übersetzung hier ausnahmsweise *fshuya*, das Beiwort zu *vâçtrya*. Sie gibt es mit [illegible] (פשא), was fast wie eine Umschreibung aussieht. Ich habe das Wort mit „thätig“ gegeben, Aspendiârji „Vermehrung machend“. Wilson: *benefactor*.

49. Ich nehme *kaňmcit* = *kanaňmcit* und beziehe es auf *aêçmanaňm*. Wie der Satz in den Texteshandschriften steht, wird man ihn kaum anders übertragen können als ich gethan habe. Der Text der Huzvâresch-Übersetzung gibt freilich einen besser passenden Sinn: [illegible] (אדינן ר כתארנאי חאנן י אסתאומנד היסם דר דדרנגית), dann bringe mir irgend einer der bekörperten Welt Brennholz. Die neueren Übersetzungen folgen der Huzvâresch-Übersetzung, man erwartete aber dann *kaçcit* statt *kaňmcit*. Weniger würde es von Wichtigkeit sein, dass *baraiti* steht statt des Imperativs *baratu*. Cf. Vd. VII, 62. 191; VIII, 233.

51. Statt *fraghrâyêiti*, wie ich mit A und der Correctur in C gelesen habe, gibt Westergaard mit den übrigen Handschriften *fraghrdrayêiti*. Auch Rückert sieht darin die ursprünglichere Form, in *fraghrâyêiti* die spätere Correctur. „Es ist eine alte Reduplication, ähnlich wie γρη (γο) ρέω". Bezüglich des Sinnes vergleiche man noch den schon oben zu §. 37 angeführten Rivâiet:

چو شب آنگهی بر دو بهره شود اوشهن گه آنوخ بدید آورد (sic)
خروسیست در پای عرشم چوماه بخوبی توان کرد بروی نگاه
بیاید سروش اشو در زمان زند دست بر پشت او بر نهان
چو از خواب بیدار گردد خروس کشاید همان دیدهٔ آبنوس
زند بال برهم ابر نام من خروشان سراسر همه تن بتن
. . . .
همه کار شیطان شکسته شود دم دیو بدرای بسته شود
بدوزخ دوارند دیوان همه ابر روی عالم نگردد گنه

53. Die Huzvâresch-Übersetzung übersetzt diesen Satz folgendermassen: [illegible] (אדינן דמנגית דוסת נר אנן דוסת זכי פנן בארשנן שכבאנאנן), „dann sagt der Freund zum Freunde: dem der auf Lagern (oder Kissen cf. zu Vd. V, 82) Liegenden". Für *aoshêtê*, wie die meisten Handschriften lesen (cf. auch Vd. XVIII, 108), habe ich *aoshaitê* verbessert, weil ich nicht glaubte, dass *ê* auf ein vorhergehendes *a* zurückwirken könne, ohne dass diesem ein *y* vorherginge, wie in *khshayêtê* Vd. V, 78. Der Unterschied zwischen *aoshaitê* und *aoshêtê* ist jedenfalls blos ein orthographischer und es kann nicht bezweifelt werden, dass das Wort auf die Wurzel *vash*, sagen, zurückgeht, von der wir oben Vd. V, 53 *vashaiĝhê* gefunden haben und unten Vd. XIX, 24 *avashata* finden werden, cf. noch Yt. 14, 39. 54. Auffallend ist hier nur die Zusammenziehung von *va* in *ao*, cf. aber *aoshê* Vd. XVII, 2. *Hakha hasha* kann nicht füglich übersetzt werden: „der Freund zum Freunde" wie die Huzvâresch-Übersetzung will. Yç. LXI, 22 steht *hakha hashê*; Yç. LXVII, 38 *hashañm* ebenso übersetzt; ich habe *hasha* für den Imperativ einer Wurzel *hash* genommen, die in der Bedeutung mit *hakhsh* identisch sein muss, *ana*

dürfte die Präposition sein, der Genitiv *çayamnanaṅm* steht statt des Dativs und ist von *aoshaitê* abhängig. Es stimmt diese Auffassung nicht ganz zu der Tradition, sie scheint mir aber heute noch die einfachste und kommt wenigstens dem Sinne nach der Huzvâresch-Übersetzung ziemlich nahe, die ich dem Wortlaute nach nicht mit dem Texte vereinigen kann. Aspendiârji übersetzt *barezis* fälschlich mit „Essen".

54. Wie ich schon in der Note zu der St. gesagt habe, ist der Text des vorliegenden Paragraphen verdorben. Auch Westergaard liest wie ich, nur mit Ausnahme des vorletzten Wortes, wo er *ryârayêitê* setzt. Ich bin auch jetzt nicht im Stande etwas Näheres über diese Worte zu geben. Huzvâresch-Übersetzung [illegible] (איע ראדא רך אוסתו ממן ויארת ר), „stehe auf, denn .... mich"; das dunkle [illegible] = *ryârayêiti* scheint weiter nichts als eine Umschreibung des altbaktrischen Wortes zu sein, das vielleicht dem Übersetzer selbst nicht mehr klar war. Aspendiârji eben so wie die Huzvâresch-Übersetzung, für [illegible] hat er يارتر, guter Freund. Er hat wahrscheinlich [illegible] (וישתר) lesen wollen, so liest Deçtûr Dârâb und übersetzt demgemäss das Wort mit بسيار. *Uçehista tu* kann zwar heissen „stehe auf"; doch hat, wie Rückert mit Recht bemerkt, dieses *tu* statt *tûm* keinen rechten Schick, er schlägt daher vor, *uçehistuta* aufzunehmen. Für *ryârayêiti* bin ich ganz rathlos, die Wurzel *ere, orior* würde passen, wenn nicht *maṅm* nachfolgte. Rückert glaubt die Worte könnten heissen: „es verdriesst mich, macht mich ungeduldig" und vergleicht ἀρέσκω. Auch skr. *ârta* würde sich dann zur Vergleichung herbeiziehen lassen.

55. *Parâiti* steht hier mit dem Genitiv statt des Dativs, mit dem wir es oben Vd. XIII, 22 construirt fanden.

Die folgende Stelle §§. 57—62 findet sich auch Yç. LXI, 26—30 und *Atas-behrâm nyâyis* §. 6, so dass wir dieselbe in mehreren älteren und neueren Übersetzungen vergleichen können.

57. Die Huzvâresch-Übersetzung gibt diese Worte: [illegible] (אנן אתאש אפרינית אמת חושנות אבישת סיר), „jenen segnet das Feuer, wenn (es) zufrieden, unbeleidigt, satt (ist)", eben so im Yaçna. Dies ist den neueren Übersetzungen gegenüber hervorzuheben, denen sich auch Rückert anschliesst, welche

in den auf *âfrînâț* folgenden Worten den Segensspruch des Feuers selbst sehen: sei zufrieden, unbeleidigt, satt. Ich glaube nicht, dass in diesem Falle *buyâo* oder *bavdhi* fehlen könnte. Schwierigkeit macht nur das letzte Wort *haghdaǧhum*. Die Lesart ist mit Rücksicht auf Yç. LXI, 26 ziemlich sicher, blos zwischen *haghdaǧhum* und *haghdaǧhem* kann man wählen; aber sowohl die Etymologie als der Casus ist nichts weniger als klar. Ich habe in der Note mit Roth das Wort mit skr. *sagdhi* verglichen, was von *Yâska* (cf. *Nirukta* IX, 43) mit *sahajagdhi* erklärt wird. Diese Deutung verwirft Rückert mit Recht: „*Sagdhi*, das Zusammenessen, erklärt *aǧhum* nicht, auch ist *sa*, mit, im Zend nicht nachzuweisen; *hakereț* beweist nichts, weil da *sa* = *ha* d. i. ὁ, dieser“. Gegen letztere Behauptung liesse sich zwar altb. *hazaosha*, gleichen Willen habend, dann griech. ἄλοχος ἄκοιτις etc. geltend machen, wodurch erwiesen wird, dass *ha* = skr. *sa*, mit, sowohl im Altbaktrischen als auch im weiteren Kreise der indogermanischen Sprachen vorkommt; aber die Endung *aǧhu* bleibt allerdings unerklärlich. Ich möchte jetzt *hagh-daǧhu* theilen und sehe in *daǧh* die Wurzel *dâ* + *aǧh*, hieran wäre dann das Suffix *u* angetreten. Cf. *havaǧhu* Vd. XVIII, 16, das ähnlich gebildet sein muss. Zur Erklärung von *hagh* weiss ich nur altb. *hanj*, skr. *sañj* vorzuschlagen, vergl. indess *heñgata* und zu Vd. II, 29. Den Accusativ betrachte ich als einen Accusativ des Zustandes, wie sie im Altb. öfter vorkommen.

59. *Pôuru-taç* Nom. sg. von *pôurutâț*, heisst gewiss Vielheit und Aspendiârij's Übersetzung: „thätige Menschen“ ist gewiss zu verwerfen, wenn auch der Sinn im Ganzen nicht unrichtig ist.

60. Der Text dieses schwierigen Paragraphen steht ziemlich sicher, es lässt sich keine Variante von Bedeutung anführen. Die Worte *upa thwâ verezvațca manô* lauten in der Huzvâresch-Übersetzung: [Pahlavi] (כאם רך כאמך סנן מינשנן); dazu ergänzt dieselbe Übersetzung in Yç. LXI, 28 noch [Pahlavi] (אשתאת) i. e. *hakhshôiț*, demnach steht *verezvaț* = [Pahlavi] (כאמך), Wunsch, und es scheint mir nicht unmöglich, dass dies ungefähr der Sinn des Wortes ist. Etymologisch betrachtet, muss *verezvaț* heissen: mit Thun, mit Wirken begabt, also: möge wirksam sei dein Sinn, d. h. möge es nach deinem Sinne gehen. So auch die Glosse in der genannten Stelle des Yaçna: [Pahlavi] (איע אמאיסת

(פנן מינשנן רותמן), „d. h. das im Geiste Gewünschte möge da sein“. Grössere Schwierigkeit macht die letzte Hälfte des Satzes: *verezvatica hakhshôiṭ aǧuha*. Huzvâresch-Übersetzung: (את אנן כאמך פנן אהו אשתאת), d. i. wohl: „möge dieser Wunsch im Gewissen entstehen“. Wenn man den Text betrachtet, sieht man, dass *verezvati* das Femiuinum von *verezvaṭ* sein und sich auf ein weibliches Substantiv beziehen muss, das nur *aǧuha* sein kann. Ich habe das Wort mit Seele übersetzt und verweise auf den Locativ *aǧhâyâ* Yç. XII, 6, der dort ebenfalls mit (אהומינשניך) übersetzt wird. Vielleicht wäre „Gewissen“ noch genauer als Seele. Glosse der Huzvâresch-Übersetzung: (את אהו דסתובר הנמנאת), „dir sei das Gewissen der Deçtûr“. Etwas anders lautet die Glosse in Yaçna: (וזכי פנן אהו ראסת דהוננאת) „und das, was du in der Seele hast, möge recht sein“. Diese Glosse macht es erst verständlich, wie Aspendiârji und Edal übersetzen können: „möge der Wunsch in deinem Geiste der Wunsch Ormazd's sein“. Vielleicht hat man *aǧuha* mit *ahu*, Herr, verwechselt.

61. *Urvâkhs aǧuha* habe ich mit „wachse“ übersetzt, indem ich *aǧuha* als Imperat. med, von *ah*, sein, fassen wollte. Es ist aber doch etwas hart und noch dazu der Tradition entgegen, wenn man *aǧuha*, das wir erst in der Bedeutung „Seele“ gehabt haben, nun gleich wieder in einem andern Sinn nehmen sollen. Ich möchte daher *urvâkhs-aǧuha* als ein Compositum possessivum fassen und auf *gaya* beziehen. *Urvâkhs* wird hier von der Huzvâresch-Übersetzung mit (אורואח) blos umschrieben; in der Parallelstelle des Yaçna steht (אורוחם) i. e. pârsi *hurvâkhm* = *harsha* bei Neriosengh. Man wird also übersetzen dürfen: Lebe dein Leben mit vergnügter Seele etc. Die neueren Übersetzungen bringen auch hier den Wunsch des Ahura-Mazda heran, von dem gewiss nichts dasteht. Die Composition des Wortes *urvâkhs*, so wie der nahe verwandten Themata *urvâç* und *urvâz* ist mir noch dunkel; mit *uru*, *ravô*, Weite, hängen sie gewiss zusammen.

62. *Âfrivanem*, eine etwas seltsame Form cf. *vared-vana*, *khraozhd-vana* Vd. V, 5 und wohl auch *aothra-vana*. *Hikus* oder *hikûs* — denn beide Formen können vertheidigt werden — muss Acc. pl. und substantivisch sein: trockene Reiser. Für *raocaç-pairistem* lese ich jetzt lieber mit Westergaard *raocaç-pairistîm*; es wäre

doch zu hart, das Adjectivum auf *aêçmem* zurückzubeziehen. Indessen ist es auch möglich, *hikus* für das Neutrum von *hikvâo* zu halten, wie *vîdus* von *vîdhwdo*, dann ist natürlich *pairistem* vorzuziehen; beide Adjectiva beziehen sich auf *aêçmem*. Man muss *raocaç-pairistim* als Compositum auffassen: Aussuchung in Bezug auf das Brennen. Für *yôi* ist *yô* zu lesen, wie ich dies bereits in der Parallelstelle des Yaçna verbessert habe.

63. Die Worte dieses Satzes sind an *yô aêçmem baraiti* in §. 62 anzuschliessen; die Huzvâresch-Übersetzung gibt diese Worte mit: (אאראיש ארנ̄וך ראי אפאיסת כאר וכנפך ראי יושדאסר איע דכיא), „wegen Begierde nach Reinheit — aus Wunsch nach guten Thaten — des Gereinigten d. i. des Reinen". Daran habe ich mich angeschlossen, und von *bereja* sowohl *ashahê* als *yaozhdâtanaṅm* abhängen lassen. Doch möchte ich *bereja* nicht mehr mit „Segen" übersetzen, sondern mit „Wunsch", in näherem Anschlusse an die Huzvâresch-Übersetzung. Rückert glaubt, dass *yaozhdâtanaṅm* vielleicht auf das Brennholz bezogen werden dürfte. Holz von dem reinen. Aspendiârji schliesst sich an die Huzvâresch-Übersetzung an, Anquetil übersetzt §§. 62, 63: *Le feu fait ces souhaits à celui qui porte l'essem pour faire la flamme et qui pur regarde bien s'il est pur (s'il n'y a rien d'impur melé avec).*

64. Die Huzvâresch-Übersetzung erklärt unsern Satz ganz richtig: *aêtê meregha* ist Acc. plur., *mithwana* ist Instr. sg.: dem Paare nach, paarweise. *Çtrica nairyaçca* ist die in den Nominativ gesetzte Apposition. Cf. Vd. VIII, 133.

65. Ich habe *hô* als Correlat zu *yaçca* bezogen; dagegen versteht die Huzvâresch-Übersetzung unter *hô* die Beschenkten: (מאנן כן זך מינית איעם בנא יהבננית) „eine Wohnung denkt er desswegen: nämlich gibt er mir. Ich fasse *para-dathô* als ein Abstractum auf *ağh* auf: er meine, (dass) ein Haus die Schenkung sei. Cf. auch *dadhô* Yç. X, 25.

66. Aus Versehen habe ich *çatô* in meiner Übersetzung mit tausend übersetzt, statt mit „hundert". *Fraççiñbana* gibt die Huzvâresch-Übersetzung mit (פרס), was vielleicht = پرس, Vorhang, stehen soll. Anders unten Vd. XVIII, 147, wo es mit (סנאג̄ רמיתננשנש) gegeben wird. Ich halte die früher

schon gegebene Ableitung von *skemb* = skr. *skambh* auch heute fest, sie scheint mir am besten zu passen, cf. auch Yt. 13, 26. Die neuere Tradition will hier einen Teppich darunter verstehen, wozu die Huzvâresch-Übersetzung das Vorbild liefert. *Baêvare mizhdem baêvare vaêdhayanem* übersetzt die Huzvâresch-Übersetzung: [illegible] (ביור מס ביור חורתך) „10,000 grosse und 10,000 kleine" und die gesammte neuere Tradition folgt ihr. Ich glaube, hier ist wieder einer dieser Fälle, wo man von der Tradition abweichen muss; denn ein Blick auf den Text zeigt meines Erachtens unwiderleglich, dass diese Übersetzung nicht richtig sein kann. Über die Bedeutung von *mizhdem* kann ich nur sagen, dass es ein anderes Wort sein muss als *mizhda*, Lohn, welches öfter vorkommt. Rückert nimmt es allerdings in dieser Bedeutung: mit 10,000 guten Nachrichten. Westergaard liest mit einigen Handschriften *mistem*, was ich aber auch nicht zu erklären vermag. *Vaêdhayana* findet sich wieder Yç. 10, 7. 45, wo die Bedeutung „klein" unmöglich passt. Ich habe das Wort conjectural mit „Warte" gegeben, auch Windischmann stimmt mir bei. Rückert, der das Wort eben so ableitet wie ich (mit dem Suffixe *ana* aus dem Caussativstamme), will eine ähnliche Bedeutung, wie „Nachricht" beibehalten wissen.

67. Dieser Satz ist einfach und leicht verständlich, ich glaube ihn richtig gefasst zu haben. *Gêus*, von der Tradition (auch von Aspendiârji) richtig = [illegible] (בסריא), Fleisch, gefasst, ist partitiver Genitiv: vom Fleische. Die Huzvâresch-Übersetzung fügt noch bei: [illegible] (רותמן פרואי?), was nach Aspendiârji „mit Vergnügen" bedeuten soll. Wem aber dieses Fleisch gegeben werden soll, darüber scheinen schon die alten Übersetzer nicht mehr recht klar gewesen zu sein, wie man aus ihrer Glosse sieht: [illegible] (אית מנן זורך דמנננית אית מנן איתונן דמנננית אי בסריא פנן זך פתמאנך בנא נר גבנא אארוב יהבננית) „manche sagen im Opfer (?) [1]), manche sagen so: Fleisch von diesem Umfange gibt man dem reinen Manne". An diese letztere Erklärung habe ich mich angeschlossen.

---

[1]) Das Wort [illegible] kenne ich nur noch Vd. XIII, 48; es scheint aber dort eine andere Bedeutung zu haben.

68. Für *yava azem* steht in der Huzvâresch-Übersetzung: [illegible] (אברנורר) in A, welcher Handschrift ich gefolgt bin, und [illegible] (אברנור ור) in BC. Ich vermuthe, dass blos [illegible] (אברנ ר) zu lesen ist; [illegible] (אברנ) kommt im Huzvâresch häufig genug vor und ist das neup. هرگز. So berichtigt, wird die Huzvâresch-Übersetzung folgendermassen lauten: [illegible] (רא נרמן אברנו ר מנן אנהומא הנמנם אש זך דתינר נובשנן ראואר פונסיתאר דהוננם אי איובאר כנא אישי פונסינר), d. i. „nicht werde ich jemals jenem zum zweitenmale Reden fragend sein, d. h. einmal fragen sie einen Jeden“. Ich halte diese Übersetzung im Wesentlichen für richtig. *Yava*, eine Partikel, die unserem je entsprechen muss, findet sich Vd. III, 137, in den VS. statt *aêva;* ich möchte das Wort lieber mit *yavaț* in Verbindung setzen als mit *yavaê*, *yavaêtâț*. *Pereçemnô bva* ist natürlich eine periphrastische Bildung, *bva* muss statt *bvem* stehen, wie die Huzvâresch-Übersetzung richtig übersetzt. Sehr schön vergleicht Rückert dazu die lateinischen Futura auf *-ebo*. *Bitim* ist adverbial: zum zweiten Male, wie oft.

69. Die Huzvâresch-Übersetzung übersetzt *frasha fraydi* ziemlich frei: [illegible] (מכן סנאנ פרנספתית) „denn er geht vorwärts“. Der Sinn ist aber getroffen. Man übersetze: „behufs des Vorwärtsgehens“ oder „für sein Vorwärtsgehen“.

70. 71. Hier beginnt ein eigener, mit dem Vorhergehenden gar nicht zusammenhängender Abschnitt — Fragen und Antworten, ein Gespräch, geführt zwischen Çraosha und einer Drukhs. Wer nun freilich diese Drukhs sei, darüber waren schon die alten Übersetzer nicht mehr im Klaren, daher die Glosse: [illegible] (מן חותך אית מנן איתונן רמננית מן חשם אית כנן איתונן דמננגית איע מן גנגאמינוי) „von Khodak, Manche sagen von Khasm, Andere von Ganâ-mainyo“. Wer nun freilich Khodak ist, kann ich nicht sagen — das Wort [illegible], Vd. V, 153, kann nicht damit identisch sein. Deçtûr Dârâb sagt, es sei eine Pairika (vielleicht *khnaûthaiti?*) damit gemeint, und dies ist auch das Wahrscheinlichste. An den Dämon Aeshma oder an Agromainyus kann hier nicht gedacht werden, weil diese Dämonen immer männlich gedacht werden. Sonst würde der Dämon Aeshma, der beständige Widersacher Çraosha's, viel für sich haben; an ihn denkt Aspendiârji. *Apayûkhtâț paiti vazrâț* habe ich übersetzt:

„mit weggelegter Keule“. Die Huzvâresch-Übersetzung erklärt *apayûkhtâṭ* mit (בנא אנחתננת), und dies würde wohl eben so gut „gezückt“ als „weggelegt“ bedeuten können. Dass indess das letztere die Bedeutung ist, welche die Übersetzer dem Worte geben wollten, sieht man aus der Glosse: (אי ען פיתאכינד איע חוסתוכש פנן בים רא פנן הוסתוכש דאסינגשנן) „d. h. das macht offenbar: ein Glaube in Furcht, ist nicht für Glauben [1]) zu rechnen“. Hiernach hätte also Çraosha die Keule weggelegt, damit die Drukhs ein freiwilliges Geständniss ablege. Ich glaube indess, dass die Übersetzer ausser Acht lassen, dass eine Drukhs ein vom Grunde aus böses Wesen ist, das ohne Zwang kein Geständniss ablegen wird. Darum möchte ich jetzt die Bedeutung „gezückt“ vorziehen.

72. *Aqâthrê* darf man nicht mit „nichtessend“ übersetzen, wie ich gethan habe, durch die Übersetzung (אחוארש) in der Huzvâresch-Übersetzung verleitet, denn es kann nicht von *qar*, essen, kommen, sondern ist wohl von *qan*, glänzen, abzuleiten, was sich dann freilich auch mit einer Wurzel *qar*, glänzen, wovon *qarenô*. berührt. Im Yaçna, wo *qâthra* öfter vorkommt, übersetzt es Neriosengh gewöhnlich mit *çubha*, cf. z. B. Yç. I, 41; VIII, 17. Die Glosse erklärt das Wort: (איעת ניוכש נ̄אנג אנ̄יש רוית) „d. h. irgend etwas Gutes kommt nicht von dir“. *Everezikê* = (אורנ̄ישנן), ohne Wirken, ohne Arbeit. Glosse: (איע מנדום פראדונן רא ורנ̄אי), „d. h. etwas Rechtschaffenes wirkst du nicht“.

73. *Anairyâçtis*, entweder, wie schon in der Note nach Roth angedeutet worden ist, von *yâoǧh*, bedecken, und *aiwi* mit dem *a* privat. so dass, wie Rückert richtig bemerkt, *aiwi-yâoǧh*, vom Manne gesagt, dasselbe wäre, wie *verena* vom Weibe. Doch könnte man das Wort auch aus *âoǧh*, sitzen + *aiwi* mit *a* priv. ableiten. *Hu* empfangen ist, wie gleichfalls schon gesagt wurde = skr. *sû*, gebären; scheint aber nur von bösen Wesen gebraucht zu werden.

74. Die Wurzel *du* oder *dav* wird im Altbaktrischen von Sprachen der bösen Geister gebraucht, cf. hierüber Burnouf Etudes

---

[1]) (חוסתוכש) ist mit armenisch *խոստակ (khoçták)*, bereuend, bekennend, und neup. خستو, *confitens*, zu vergleichen.

p. 309 flg. Es scheint die Wurzel *dav*, auf welche das Wort am wahrscheinlichsten zurückgeht, ursprünglich „betrügen“ zu bedeuten.

76. *Mâvayaçciṯ* gibt die Huzvâresch-Übersetzung mit dem dunklen ملو (סריון), Deçtûr Dârâb gibt es mit *fereve* und erklärt es mit neup. فریب, daher Anquetil: *je trompe*. Ich habe mich mit Recht von dieser Auffassung entfernt, ohne indess ganz das Richtige zu treffen. Ich vermuthete in *mâvayaç* den Nom. plur. eines Adjectivum *mâ-vi*, das mit *mâvat* gleichbedeutend sein möchte; ich bezog dasselbe auf *arshânô*. Später ist mir indess klar geworden, dass *mâvôya* der Dativ von *azem* ist, statt des älteren *maibyô* und *maibyâ*, indem sich *by* in *vôy* auflöst. Hierdurch gewinnt die Leseart *mâvayaciṯ* an Bedeutung, welche Westergaard in seinen Text aufgenommen hat; ich will aber durchaus nicht behaupten, dass *mâvayaçciṯ* falsch sei; es ist sehr gut möglich, dass in dem so eigenthümlich gebildeten Pronomen personale die Pluralendung *byaç* auch an den Singular antrat und dass uns diese Endung nur hier vollständig erhalten ist. Auf jeden Fall ist *mâvayaçciṯ* sehr gut bezeugt. *Arshâna* steht hier statt *arshânô*, weil ein Zahlwort dabei steht; cf. *cathwârô vastâra* Yt. 5, 13.

77. Die Worte *avi khshudrâo khshathrishva haûm verenvaiñti* sind nur dem Sinne nach wiedergegeben; wörtlich übersetzt heissen sie: „wie (die andern Männer) den Samen in den Weibern bedecken“. Die Huzvâresch-Übersetzung übersetzt übrigens *verenvaiti* mit [Huzvâresch] (אפוסינית), er macht schwanger. Für *khshudrâo* liest Westergaard *khshudrê*; es ist nur eine andere Form des Accus. plur.

81. *Kaçvikaûmcina* ist zusammengesetzt aus *kaçvikaûm*, das ich für den Gen. plur. von *kaçvika* halte, statt *kaçvikanaûm* und dem verallgemeinernden *cina*. Huzvâresch-Übersetzung [Huzvâresch], was ich (כותכן) gelesen und mit neup. کودك identificirt habe. *Kaçu* ist ohne Frage = neup. کم, klein; *kaçvis*, Kleinheit, haben wir Vd. II, 83 gefunden, daraus muss *kaçvika* mit dem Suffixe *ka* abgeleitet werden; doch kann *kaçvika* hier nicht „klein“ bedeuten, sondern in übertragener Bedeutung „verächtlich, werthlos“. *Yâoghuyanaûm avaretanaûm* cf. Vd. V, 168. Die Nebenform *yâoghuyanaûm* ist gleichbedeutend mit *yâoghyanaûm*; sie ist aber zu gut bezeugt, als

dass sie geändert werden dürfte; sie muss mit den Secundärsuffix *ya* aus einem sonst nicht belegbaren Substantiv *yâoǧhu* abgeleitet werden. Schwierig ist *jaçta*. Huzvâresch-Übersetzung: [illegible] (אסת נאסת), womit nicht viel anzufangen ist. Ich habe übersetzt: „wenn er gebeten wird“ und halte diese Übersetzung noch heute fest. Es steht nun *jaçta* für *jaçtô*, ohne Verdunklung des *a*, weil wieder *a* darauf folgt, und *jaçtô* wäre das Part. perf. pass. von *jadh*. Dass diese meine Auffassung nicht in Übereinstimmung mit den neueren Übersetzungen ist, weiss ich wohl; allein diese haben nach meiner Überzeugung die Huzvâresch-Übersetzung an mehreren Stellen falsch aufgefasst. Was zuerst Aspendiârji betrifft, so fasst er *jaçta* als „besitzend“ auf; er trennt ferner *kaçvikaûmcina* und übersetzt das erste Wort mit „irgend welche“, als ob es mit *ka* zusammenhinge, *kaûmcina* aber mit „Wunsch“, als ob *kâma* dastünde. So erhält er als Sinn unseres Satzes: wenn ein Mann Mittel hat zu geben und gibt nicht. Es ist klar, dass der Übersetzer *jaçta* — oder richtiger Huzvâr. [illegible] (נאסת) — mit *zaçta* = دست verwechselte und mit „Macht habend“ übersetzt hat. Dass Aspendiârji's Auffassung von *kaçvikaûmcina* unmöglich ist, braucht wohl nicht erst weitläufig erwiesen zu werden. Noch ärger hat Deçtûr Dârâb die Stelle missverstanden, er hat selbst den Text der Huzvâresch-Übersetzung verändern zu müssen geglaubt. Die Worte *yaṭ nâ kaçvikaûmcina yâoǧhuyanaûm avaretauaûm* übersetzt er in seiner Recension: [illegible], und bei Anquetil findet man diese Worte nach seiner Anleitung folgendermassen umschrieben: *Hamat guebna kandedj zagh khassteh mavan akhan averdan.* Ausserdem erklärt er *zaçta* durch دست wie Aspendiârji. Man sieht, er hat [illegible] = neup. کرده gemacht, gesammelt, genommen, in *yâoǧhuyanaûm* sucht er *yâo*, welche, und *aǧhu* Ort, in *avareta* das neup. آورده. Daher lautet denn auch Anquetil's ursprüngliche Übersetzung: *Dans les endroits où les thrésors sont amassés, apportés dans le monde, et qu'on n'en donne pas dans les mains de l'homme pur.*

83. *Uzvarezem* geht, wie man hier aus dem Pronomen *cis* und §. 86 aus dem Pronomen ersieht, auf einen männlichen Stamm *uzvarez* oder *uzvareza* zurück. Über die Bedeutung von *uzverez* cf. zu Vd. IV, 67. Für *aǧhê* ist besser *aǧhê* zu lesen, man kann diesen

Genitiv sowohl als Masculinum auffassen und auf den im §. 80 genannten *paoiryô arshnaṅm* beziehen, als auch neutral: dafür. Letzteres ist mir eigentlich wahrscheinlicher. Das Prädicat steht hier bei *açti* im Acc., wie in demselben Falle im Arabischen bei كان.

85. Hier steht nicht blos das Prädicat, sondern auch das Subject von *açti* im Acc., ein Fall, der übrigens öfter vorkommt. Cf. Vd. XIII, 8.

86. Die Erklärung dieses Satzes ist durch §. 81 gerechtfertigt.

87. Ich habe die Leseart *verenaṅm* vorgezogen, das Wort hängt mit *verenv* zusammen und bedeutet „Schwangerschaft; Westergaard liest *verenaṅn*, was ein Acc. plur. sein müsste. Die Handschriften schwanken zwischen *verenaṅm*, *verenaṅn* und *verenem*, cf. die Varianten zu §§. 87, 98 und 107. *Nizhdare dairyâṭ* in der Huzvâresch-Übersetzung: [illegible] (מנן סכננשנן סכננית). Man sieht daraus, dass die Übersetzer hier zwei Wörter sehen und *nizhdare* als Substantiv auffassen. Demnach wäre die Redensart *nizhdare dairyâṭ* zu vergleichen mit Wendungen wie *parôiṭ pairithnem* (Yt. 8, 54), *vîmâdhaçca vîmâdhayañtu* (Vd. VII, 99), *avakanem avakanayen* (Vd. VIII, 18), *ghzhare ghzhareñtis* (Vd. V, 56), *fravâza vazaiti* (Vd. III, 100). Die gewöhnliche Ansicht bei uns ist, dass *nizhdaredairyâṭ* eine Intensivform sei; ich halte es aber für gerathener, bei der traditionellen Ansicht zu bleiben.

91. Auch hier kann ich mich nicht von meiner früheren Ansicht trennen. Aspendiârji erklärt: wenn der Urin von Ferse zu Ferse fliesst. Aber *frabda* heisst nicht Ferse cf. zu Vd. VIII, 213.

97. Von den hier genannten Gebeten ist *Ashem* das Gebet *ashem-vôhû* (cf. zu §. 106), *humatanaṅm* = Yç XXXV, 4—6, *hukhshathrôtemâi* Yç XXXV, 13—15. *Yêṅhê hâtaṅm* ist wieder ein eigenes Gebet. Auffallend ist *cathwârô ahunem vairîm* gegen *pañca ahuna vairya, asta ahuna vairya* Vd. XI, 7. 25. Man muss *cathwârô* hier parallel mit dem vorhergehenden *bis*, *thris* als viermal adverbial auffassen.

101. *Frâraodhayêiti* [illegible] (אש שוסר סנאן ראנך דהוננית), wenn sein Same hervorfliesst; besser: wenn er fliessen lässt. Cf. zu Vd. I, 8. Aspendiârji erklärt: wenn er Samen auf seine Lenden fliessen lässt. Er hat nämlich [illegible] (ראנך) = neup. ران ge-

nommen. Es ist leicht zu sehen, dass davon nichts im Texte steht, ebensowenig in der Huzvâresch-Übersetzung, die ihre obige Übersetzung erläutert: (איעש שוסר בנא דאתננית) d. h. sein Same kommt. Die Bedeutung von ist eher die von neup. رانش als von ران. Deçtûr Dârâb hat auch nichts von diesem Zusatze.

106. Die Worte *thris ashem upa çtuyât* „(wenn er) dreimal das Reine preist", erklärt die Glosse der Huzvâresch-Übersetzung hier ausdrücklich: (איע 3 אשמוהו בנא דמננית) „d. h. drei Ashem-vohus spricht".

107. Cf. §. 97. Hier wie dort fehlt *adhât* in der Huzvâresch-Übersetzung, ich habe es daher in Klammern eingeschlossen.

108. *Aoshaitê* cf. zu Vd. XVIII, 53. Das Präsens steht hier in der Bedeutung des Imperativs, wie öfter. Dass mit *çpenta ârmaitê* die directe Rede beginnt, deutet die Huzvâresch-Übersetzung durch Einsetzung von (איע) an. Vergleiche meine Huzvâresch-Grammatik §. 168. *Çpeñta ârmaiti* wird hier natürlich als Genius der Erde angerufen.

109. Die auffallende Form *niçrârayâo*, die nur hier vorkommt, gibt die Huzvâresch-Übersetzung mit demselben Worte wie vorher *niçrinaomi;* ich bin ihr gefolgt. Es scheint aber Caussativum von *niçri* zu sein und zu *çri* in einem ähnlichen Verhältnisse zu stehen wie skr. *pâl* zu *pâ*. Rückert hat die Bedeutung „aufbewahren" vorgeschlagen und diese scheint sich auch zu bestätigen durch das gewiss identische altpersische *niyatrârayam*, welches Bh. I, 64 vorkommt.

110. *Frashô-kereti* = (פרשכנת כנתארש) „Bewirkung des Fraschégard." Fraschégard, ein im Pârsi oft vorkommendes Wort, wird von Neriosengh mit *vriddhikaritâ* übersetzt und bezeichnet die Zeit vor der Auferstehung, wo die Leiber wieder wachsen. *Frashôkereti* ist zusammengesetzt aus *kereti*, Machung, und *frasha*, vorwärts gehend, cf. Yç. LIV, 22; Yt. 19, 10 fg. Das Wort *frashôkereti* selbst findet sich Yç. LXI, 8; Yt. 13, 57, 58. Ausführlicher vergl. bei Windischmann: Zoroastr. Studien p. 236 fg.

111. Die Huzvâresch-Übersetzung enthält nur den Anfang unseres Paragraphen; dass die Worte von an hier nichts zu thun haben und vielmehr zu §. 19 gehören, hat Westergaard bereits nachgewiesen (Zendavesta introd. p. 4, not. 4). Den Ausdruck

paiti parstô çravaǧhem möchte ich jetzt übersetzen: der die Gebete gelesen hat“; *çravô* in der Bedeutung „Gebet“ ist häufig genug und *paiti-pereç* findet sich im Altpersischen bestimmt in der Bedeutung „lesen“. *Mańzdra* fehlt in meiner Übersetzung aus Versehen, Aspendiârji gibt es mit „sehr weise“ und wird darin wohl Recht haben; die Etymologie macht jedoch, wie Rückert richtig bemerkt hat, einige Schwierigkeit. Es fragt sich, ob man *mańz-drem* oder *mań-zdrem* abtheilen soll. Im ersten Falle hätten wir eine Wurzel *mańz* oder *mańç*, die eine Erweiterung von *man*, denken, sein und zu der auch *mańçta* (Vd. II, 93) gezogen werden müsste. Oder: *z* müsste ein euphonischer Zusatz sein ähnlich wie im griech. ἐμνήσθην. Die letztere Annahme scheint mir die wahrscheinlichere. *Hadha-hunara* mit Tugend (begabt) cf. oben zu Vd. IV, 25. *Tanu-mańthra* cf. oben zu Vd. XVIII, 33.

112. Auffallend ist hier *kańmcit* ..... *nańma*; es ist kaum ein anderer Ausweg möglich, als dass man das Femininum *kańmcit* auf das Neutrum *nańma* bezieht. Es kommen übrigens solche auffallende Geschlechtswechsel, wo das Femininum für ein anderes Geschlecht eintritt, im Altpersischen öfter vor. Man vergleiche *viçpâhu karshvôhu* (Yt. 10, 16) neben *avat kareshvare yat qanirathem* (Vd. XIX, 129), *nmânâhu* (Yt. 10, 91) neben dem gewöhnlichen *nmâna*, *vashâhu* (Yt. 5, 131) neben *vâshem* (Yt. 10, 52, 68) und *vâshahê* (Yt. 5, 11). So wird man die allerdings auffallende Construction auch hier zugeben müssen. *Âtare-zańtûm* ist natürlich zu übersetzen: Genossenschaft des Feuers. Cf. zu Vd. I, 60.

115. Der vorliegende Paragraph ist schwierig genug. Die im Texte gegebene Übersetzung stimmt ziemlich gut zu den neuern von Aspendiârji und Anquetil. Um zu dieser Übersetzung zu gelangen, muss man *jahika* als Apposition zu *nâ* fassen, also: „wenn ein Mann als Buhlerin vorwärts stürzt.“ Rückert stimmt dieser Auffassung bei. Das nachfolgende *anaiwyâçta*, *anabdâçta* bezieht sich wohl auf *jahika*, nicht auf *nâ*. Die Übersetzung der beiden Wörter *anaiwyâçta* und *anabdâçta* mit „ohne Kosti und Band“ bedarf wohl noch einer näheren Rechtfertigung. Wegen *anaiwyâçta* zwar können wir auf Vd. XVIII, 2 verweisen. In dem schwierigen *anabdâçta* (Westergaard *anabdâta*) erwartet man etwas Analoges; wenn das Wort nicht doch verdorben ist, so weiss ich nichts Besseres vorzuschlagen als eine Wurzel *nab*, die wir in *nabânazdista* wiederfinden. Die Grund-

bedeutung dieser Wurzel müsste *nectere* sein. An dieses *nab* müsste dann weiter *dath* angetreten sein; freilich bleibt die Länge des *a* in *dâçta* immer noch unerklärt. Unsere Erklärung würde insoferne ganz passend sein, als es wirklich verboten ist, mehr als drei Schritte ohne Kosti zu gehen. Zu den in der Note angeführten Stellen füge man noch die folgende (Cod. XII, suppl. d'Anq. p. 80) hinzu: بهدینان که چون بالغ شوند کستی برمیان بندند چه کستی کمربندگی دین است چه اگر کستی در میان نبندند به بنده اورمزد حساب نشاید کردن چه اگر سه گام بی کستی فراز روند هرگامی فرمانی گناه باشد وگر چهارم گام بی کستی بروند تاویری که هزار دویست درم سنگ باشد. Aspendiârji ist mit obiger Übersetzung nicht einverstanden, *anaiwyâçta* übersetzt er mit بی خبر, wohl soviel als unachtsam; dagegen übersetzt Deçtûr Dârâb wie wir. *Anabdâçta* soll = نا خوشی oder بی خوشی stehen, wohl: unpassender Weise, Deçtûr Dârâb نه عدل, was wohl auf dasselbe hinauskommen wird. Die Stelle ist, wenn wir sie richtig verstehen, auch darum interessant, weil sie zeigen würde, dass man im Erân erst mit fünfzehn Jahren den Kosti anlegte, während dies in Indien bekanntlich viel früher geschicht. Dafür spricht auch Vd. XIV, 66, wo gesagt wird, dass man ein Mädchen nach dem fünfzehnten Jahre verheirathen soll. Die indische Sitte ist auch hier eine andere. Die Schlussworte des Paragraphen von *ishare* an (wo auch die Huzvâresch-Übersetzung wieder beginnt) kann ich noch nicht anders übersetzen als früher. *Apa mivâmahi* übersetzt die Huzvâresch-Übersetzung [illegible] (בנא ונאסים), wir richten zu Grunde, denn im Pârsi steht *vandçet* = *vindçayati* bei Neriosengh. Dies ist etwas stärker als die von mir angenommene Bedeutung von skr. *mîv (pinguescere)*, welche Wurzel durch das vorgesetzte *ava* die entgegengesetzte Bedeutung erhalten haben müsste. Aspendiârji und Deçtûr Dârâb stimmen zur Huzvâresch-Übersetzung. *Hizvaçca pivaça* = [illegible] (סנן אוואנן פשונשנן) in Bezug auf Zunge (und) Fett (cf. zu Vd. V, 85). In Bezug auf die Bedeutung von *hizvaçca pivaçca* stimmt Deçtûr Dârâb zur Huzvâresch-Übersetzung, während von Aspendiârji *hizvaçca* mit ظلمی, *pivaçca* mit ریمنی übersetzt wird.

116. Auch zu diesem Satze ist leider die Huzvâresch-Übersetzung ausgefallen, doch hoffe ich denselben ziemlich richtig übersetzt

zu haben. *Khshayamna meregheñti*, sie vermögen zu durchstreifen, cf. Vd. VII, 128; IX, 138. Für *meregheñti* (cf. noch Yt. 8, 44) lesen mehrere gute Handschriften auch *meregheñtê*, was Westergaard vorgezogen hat; ich bin nicht im Stande zu bestimmen, welche der beiden Lesearten die richtigere ist. Hinsichtlich der Ableitung des Wortes bleibe ich bei meiner früheren Vermuthung, dass es dem sanskritischen *mṛig (perscrutari)* entspreche. Aspendiârji und Deçtûr Dârâb geben das Wort einstimmig mit خراب كردن; sie haben es wohl mit *mereñc* in Verbindung gebracht. So auch Yt. 8, 44; Yç. VIII, 7 in einer sehr ähnlichen Stelle, wo ich gefolgt bin. Es ist indess klar, dass hier die Bedeutung nicht ganz dieselbe sein kann, weil doch *meregh* und *mereñc* nicht ganz zusammenfallen dürfen. — *Zañda* habe ich an *jan*, schlagen, anschliessen wollen und daher mit „Schläger" gegeben; Deçtûr Dârâb und Aspendiârji geben es ganz unpassend mit „lebend". In der Note zu der St. habe ich an das neup. زنديق, Ketzer, erinnert, was aber wohl auf die Wurzel *zan*, wissen, zurückführt. Der Ausdruck kommt ganz ähnlich mehrmals vor: Yç. LX, 11 *zañdaúmca yatumatemca*. Dort habe ich es mit „Hexenmeister" übersetzt, auf die Glosse zu der St. gestützt, welche folgendes besagt: [illegible]
הנמנת זנד פיתאמברי יאתוכאנן) [illegible]
(ופנן זנד יאתוכש שאית כנתנן „siehe Zend ist der Gesandte der Zauberer und man vermag durch Wissenschaft Zauberei zu treiben". Ob diese Erklärung einen Halt im Volksbewusstsein hatte, steht dahin; auf alle Fälle hat wohl Rückert Recht, wenn er neup. زنده oder ژنده *(terribilis)* hieher zieht. Für *mereñcaiti* (cf. Yt. 10, 2; 6, 3) hat Westergaard mit andern Handschriften *merencañtê* vorgezogen. Dass *mereñc* sowohl mit Activ- als Medialendungen in der Bedeutung „tödten" vorkommt, wird sich schwerlich leugnen lassen, den Übergang vom Plural in den Singular haben wir schon oft zu besprechen Gelegenheit gehabt.

123. Die Handschriften geben *mazistayêiñtê* und ähnliche unbrauchbare Lesearten. Dass dafür etwas herzustellen sei, das dem Sinne nach einem altb. *mazista aênagha* entspricht, habe ich schon in der Note zu der St. gesagt; habe mich aber enthalten, diese Correctur in den Text zu setzen, weil sie sich zu weit von den Handschriften entfernt. Vortrefflich ist Westergaard's Conjectur: *mazistaya inti*, was denselben Sinn gibt und durch sehr leichte Correctu-

ren hergestellt werden kann. *Ṭbaêshô* von *ṭbish* pârsi und Huzvâresch *bêsîdan*, peinigen.

124. *Jahi* ist hier auffallend, es wird als *Masc.* behandelt, während es sonst Fem. ist, cf. Yt. 3, 9. 12. Hier muss es offenbar das *Masc.* zu *jahika* sein und wäre also mit „Buhler" zu übersetzen; an anderen Stellen ist aber *jahi* der Dämon der Unzucht, ebenso im Huzvâresch ـىو (נהי), womit die Huzvâresch-Übersetzung das Wort hier übersetzt. Cf. Bundehesh p. 8, 14 fg. ed. W. Die neueren Übersetzer fassen es wie wir. *Dahma* und *adahma* habe ich mit „fromm" und „unfromm" gegeben, ähnlich Aspendiârji „rein und unrein".

125. *Thraostô çtâcaṅm* liest hier A und die Correctur in C; Yç. LXVII, 15, wo das Wort wieder vorkommt, entscheiden sich die meisten Handschriften für *thraotô* — so auch hier, ebenso Yt. 8, 41. An den beiden zuletzt genannten Stellen steht übrigens *thraotô-çtâtaçca*. Ich habe im Yaçna die Leseart *thraotô* auch angenommen. Was das Richtige ist, steht dahin, etymologisch ist mir weder das eine noch das andere Wort klar; *thraosta* ist gewiss ein alth. Wort, cf. Yt. 5, 62; 22, 7. 25. Man kann dabei mit Windischmann an lat. *trudere* oder mit Rückert an skr. *trauk*, sich bewegen, denken (wo dann eine Übergangsform *thraokhsh* anzunehmen wäre); zur Gewissheit lässt sich keines von beiden bringen. Bei *thraotô* wüsste ich blos an skr. *srotas* zu denken, aber der Übergang von *s* in *th* wäre ungewöhnlich. *Çtâcaṅm* lässt sich entweder an *çtac*, eine Nebenform von *tac*, anschliessen, hiefür würden die Übersetzungen sprechen. *Çtac* verhielte sich dann, nach Rückert's richtiger Bemerkung, zu *tac* wie grich. σταγών, στάζω zu τέγγω. Cf. auch lat. *stagnum*. Oder, es liesse sich auch an die Vd. II, 48 erwähnte Wurzel *çtak* denken. Die Huzvâresch-Übersetzung übersetzt sowohl hier als Yç. LXVII, 15 [Huzvâresch] (סראו תנשנן), Aspendiârji „Bergwasser", Anquetil: *eau courante*, ohne dass sich jedoch diese Erklärung auf Deçtûr Dârâb zurückführen liesse. *Pairistayêiti* ist denominativ von *pairista*. Cf. Vd. III, 63. *Paiti dîti*, Instrumental = [Huzvâresch] (סנן מאם נכירשנן), so auch die neueren Übersetzungen, Anquetil: *lorsqu'il la régarde*. Ich habe das Wort richtig von *dî*, ديدن, abgeleitet, aber falsch übersetzt, indem ich mich berechtigt glaubte, von der Tradition abzuweichen und eine übertragene Bedeutung „übersehen, unachtsam sein" anzunehmen. Die traditionelle Übersetzung

ist ganz in der Ordnung: unzüchtige Menschen verderhen Wasser und Bäume durch ihren Blick. So sagt auch der Sad-der Bundehesh (Cod. XV, suppl. d'Anquetil fol. 133. vso): زن كه يك ماه تن بدو مرد دهد بدين در روسپي خوانند وتا آن حد ديدار او شوم باشد واگر بروى (sic. l. برودى) بگذرد كه دران رود آب بسيار باشد بكاهد واگر در چيزهاى كه رسته باشد بكاهاند و بخوشكاند يا بر كمتر دهد ودار ودرخت كه پرميوه باشد دران نگاه كند تمام بتر شد. Offenhar ist hier auf unsere Stelle Rücksicht genommen.

126. *Uzukhshyêitinaṅm* = [illegible] (ארוישנאומנד), wachsend, Part. fem. mit Ausstossung des *n*.

127. Wörtlich: „ein Drittel der Erde vernichtet er in Bezug auf die Bedeckungen". Die Huzvâresch-Übersetzung gibt *varenâo* durch das mir dunkle [illegible] oder [illegible], Aspendiârji „Schutz", Deçtûr Dârâh „fruchttragende Bäume". Ich bleibe bei meiner früheren Erklärung, cf. Yç. IX, 171. Fälschlich übersetzt hier die Huzvâresch-Übersetzung *paiti diti* mit [illegible] (מנן מאם רובשנש), es ist dies aus dem folgenden Paragraphen hier eingedrungen.

128. *Ashavaçtahê* „des sehr reinen" stimmt zur Tradition, die Form selbst ist nicht zu bezweifeln, da sie oft vorkommt. Ich leite *ashavaçta* nicht auf *ashavan*, sondern auf *asha-vaṭ* zurück und sehe in *ta* eine Abkürzung des Superlativsuffixes *tema*. *Paiti paçti* habe ich wohl richtig zu skr. *pratipatti* gestellt, möchte es aber jetzt übersetzen: „durch Hinzutreten". Anquetil: *Mesuré dans la balance*. Aspendiârji: „durch Unterredung". Letztere Übersetzung geht auf die Variante *paiti parsti* zurück.

129. Man könnte geneigt sein, *jaṅthwôtara* mit Rücksicht auf Vd. XIII, 115 und überhaupt auf den ganzen Zusammenhang hier activ zu fassen. So Aspendiârji und Deçtûr Dârâb, und Rückert schliesst sich ihnen an. Die Huzvâresch-Übersetzung [illegible] (זנשנתר) lässt beide Erklärungen zu. Statt *khsvaiwdoǧhô* ist ohne Frage mit den VS. *khshvaêwdoǧhô* zu lesen. Meine Übersetzung (giftige Schlangen) halte ich für richtig. Aspendiârji: „wie schwarze Nattern", womit wohl dasselhe ausgedrückt werden soll. Anquetil: *Une couleuvre prompte*, denn Deçtûr Dârâb übersetzt *khshvaêwdoǧhô* mit تيز — nicht ganz mit Unrecht, wie wir sehen werden. Huzvâresch-Übersetzung: *azhayô khshvaêwdoǧhô* = [illegible]

(אני שפאך). Das Wort [Pahlavi] (שפאך) kann nun mit شب, Nacht, nichts zu thun haben; das war aber wohl Aspendiârji's Ansicht, wenn er das Wort mit „schwarz" wiedergibt. Es ist vielmehr = neup. شبا, *vipera*. Die Wurzel *khshviw* hat wohl als Grundbedeutung die des Schlüpferigen, Glatten, woraus sich dann die Bedeutung der Schnelligkeit entwickelt hat. Im Neupersischen wird ausser شبا noch شب und شو sowie نشيب (*declivitas*) شيدن, tremere, شيوه, *blanditiae*, hieher gehören; darum wird *khshviwi* und *khshvaêwa* vorzugsweise von Pfeilen gesagt, Yt. 8, 6. 37. Ferner ist aber auch noch an neup. شفتن (*vulnerare*) zu denken, und dies bringt uns auf den Begriff der giftigen Schlange.

130. *Çravaǧhavô* übersetzt die Huzvâresch-Übersetzung mit einem dunklen Worte [Pahlavi] (שית), Aspendiârji ganz unpassend „sprechend", so auch Deçtûr Dârâb سخگويد und daher Anquetil: *On pourroit l'appeller loup*. Westergaard corrigirt *çravaǧhavô* = *çravaǧhavô*. Ich nehme ein Nebenthema *çravaǧh* = *çrava*, Klaue, an und glaube, dass davon ein Adjectiv *çravaǧh-u* gebildet worden sei. Aspendiârji übersetzt hier wie anderswo *vehrka* immer mit „Tiger", wohl weil ihm diese bekannter waren als die Wölfe.

131. Der Acc. *vehrkaňm* muss von *mraomi* abhängen. Die Huzvâresch-Übersetzung gibt den Satz folgendermassen: [Pahlavi] (נינון נורג ושכר דהשנש אמת און גיהאנן פנאג פתית און נוספנד): „wie ein Wolf des Jagdmachens, wenn er zur Welt vorwärts stürzt: auf die Schafe. Ich habe ein Adjectiv *azrô-dadha* angenommen, wozu *azrô-daidhi* das Feminin ist. *Azrô* hat die Huzvaresch-Übersetzung ganz richtig mit Jagd gegeben; es stammt von der Wurzel *az*, *agere*, und ist das griech. ἄγρα. Die Auslassung des Relativpronomens vor *gaêthaňm*, wie in §. 132 vor *âpem*, welche die Huzvâresch-Übersetzung annimmt, halte ich für vollkommen gerechtfertigt. *Frapat*: vom Kommen böser Wesen, cf. zu Vd. I, 12.

132. Über *vazagha* cf. zu Vd. V, 115. Ich übersetze hier, wie immer, *vazagha* mit „Eidechse" (die neuere Tradition durch „Frosch"), weil ich mich lieber an die Bedeutung von وزغه halte, als an die von وزغ; jenes Wort bezeichnet in der That ein giftiges Thier, während man nicht einsieht, warum die unschuldigen Frösche

so sehr gehasst werden sollen. Über *hazaġrô-hunaûm* habe ich schon in der Anmerkung zu der St. gesprochen. Huzvâresch-Übersetzung: (חושכש 1000), tausend Trockenheiten, Roth's Übersetzung: „Tausende gebärend" scheint mir jetzt noch so wahrscheinlich wie früher. Aspendiârji: „wie tausend Landfrösche, welche in das Wasser hüpfen" — entschieden gegen die Grammatik; *hazaġrô* kann nicht zu *vazaghaûm* gehören. Anquetil: 1000 *grenouilles pleins, qui en produisent d'autres dans l'eau.*

134. Die meisten der hier gebrauchten Ausdrücke sind schon früher erklärt worden, cf. oben zu Vd. XV, 23. Neu sind die Worte: *baodhô*, *vîdhwâo* und *cikithwâo*. Es wird passend sein, zuerst zu betrachten, wie die Huzvâresch-Übersetzung sie übersetzt und erklärt. Für *baodhô* setzt sie (וינאכיהא) „sehend" und erklärt: (איע וינית איע דשתאנן), d. h. „er sieht, dass sie eine Menstruirende ist", *vîdhwâo* = (אכאסיהא) „einsehend", dazu die Erklärung: (איע דאנד איע ונאס) d. h. „er weiss, dass es eine Sünde ist". *Cikithwâo* wird übersetzt durch (תונשננאומנדיהא) „mit Sühne begabt", und erklärt: (איע דמנננית אי איע תונשנן בנא נהנננם) „d. h. er sagt dieses: die Busse will ich entrichten". Diese Erklärungen sind, wie ich glaube, vollkommen zutreffend. *Baodhô* — Nom. part. praes. von *budh* — bedeutet die sinnliche Wahrnehmung, *vîdhwâo* das Erkennen im Geiste. *Cikithwâo* ist eigentlich ein Part. perf. act. von einer Wurzel *kit*, *cit*, die eine Nebenform von *ci* ist, und heisst eigentlich: „einer, der abgebüsst hat". Es ist der Fall ähnlich wie in den semitischen Sprachen: die feste Absicht, etwas zu thun, wird durch das Perfectum ausgedrückt, weil man die Handlung im Geiste schon für vollendet ansieht. Neben *cikithwâo* finden wir in unserem Paragraphen das Femininum *cicithushi* und im nächstfolgenden auch das Masc. *cicithwâo* bezeugt. Ich habe diese Formen neben einander bestehen lassen, weil ich glaube, dass sie, als das Vendîdâd geschrieben wurde, auch in der Sprache noch neben einander bestanden, dass diese aber eben im Begriffe war, den älteren Gutturalen gegen den jüngeren Palatalen umzutauschen.

135. Der Schluss dieses Paragraphen leidet an mancherlei Schwierigkeiten. Zuerst *azaiti* liest keine Handschrift, die VS. lesen *azâiti* und *azâitê*, BC. *azaita*, hieraus glaubte ich *azaiti* ber-

stellen zu dürfen. Andere Handschriften lesen *azaêta* (so auch ich §. 149); allein man erwartete *azôiṭ*, da *az* gewöhnlich im Activ gebraucht wird und für den Gebrauch des Mediums jeder Grund fehlt. Ich halte jetzt *azâiti* für die beste Lesart; der Conjunctiv wird, wie oft, im Sinne des Futurums stehen. Der Anfang unseres Paragraphen erklärt sich nach Vd. III, 132 fg., die Schlussworte *kaṭ aêtahê paiti varsta skyaothna cikithwâo azâiti* überträgt die Huzvâresch-Übersetzung folgendermassen: [Pahlavi] (ז̄ינונן זכי פנן כונשנן ורג̄שנן תוג̄שנן סאתנגינית איע ז̄ינונן בנא וג̄ארית), „wie macht er durch Thaten Thun diese Busse gehen, d. h. wie sühnt er?" Diese Übersetzung mit unserem Texte zu vereinigen, hindert das Wort *cikithwâo*, das nach dem oben zu §. 134 Bemerkten nicht Strafe heisst, sondern den Straffälligen bezeichnet, der entweder seine Sünde schon gebüsst hat oder sie büssen will. Ich kann nun mir blos dadurch helfen, dass ich eine Ellipse annehme: *kaṭ aêtahê paiti varsta skyaothna (kana paiti varsta skyaothna) cikithwâo azaiti (cithaṅm)*. Rückert verwirft diese Construction als unmöglich und übersetzt: „was als dessen gegen gethane Handlungen thut er", und will sogar Vd. XV, 35 nach dieser Stelle berichtigt wissen. Allein ich glaube nicht, dass *az* etwas Anderes heissen kann als *agere*, gehen machen. Aspendiârji schliesst sich an die Huzvâresch-Übersetzung an: welche Busse zahlt er wegen des Thuns dieser Sünde. Ähnlich Anquetil: *Ceux qui font cela, quelle punition leur passera (sur le corps)?*

137. *Anumaya* versteht hier Deçtûr Dârâb wieder = خرگوش, Hase; Aspendiârji: بکر, Vieh. Das dunkle *fravinuyâṭ* gibt die Huzvâresch-Übersetzung mit [Pahlavi] (כושית), er tödte und Deçtûr Dârâb folgt ihr; Aspendiârji: er soll sich Mühe geben zu bringen, gewiss ein Missverständniss; Westergaard hat mit einer Handschrift (K. 9) *fravanuyâṭ* gelesen, allein die Beglaubigung scheint mir doch sehr schwach, zudem wird sonst *van* nicht nach cl. 8 conjugirt. Ich ziehe es daher vor, bis auf Weiteres bei der Lesart der überwiegenden Anzahl der Codices stehen zu bleiben und eine Wurzel *vi*, tödten, anzunehmen.

138. Das schwierige *afçmanivâo* kann ich noch heute nicht mit Sicherheit erklären. Die Huzvâresch-Übersetzung übersetzt es mit [Pahlavi], umschrieben *gvârdz*, ein solches Wort kenne ich

aber nicht; Aspendiârji: „mit Silber und wohlriechendem Holze"; Deçtûr Dârâh gibt *gvâràz* mit گراز, Anquetil mit *boeufs*. Ich habe das Wort mit „Kleinvieh" übersetzt, indem ich an *afçma*, Maass, dachte; dagegen hat Rückert mit Recht geltend gemacht, dass das Kleinvieh schon im §. 137 genannt worden sei. Mit *afçmaṅnivaṅn* (Yç. LVI, 3. 3) kann das Wort kaum etwas zu thun haben, denn hier erwartet man den Accusativ. Ich ziehe es vor, meine Unwissenheit offen einzugestehen, als eine neue unhaltbare Vermuthung aufzustellen. *Zaothrê* = زوهر no (סנן זואר), entweder: im Opfer oder vermittelst der Darbringung. Deçtûr Dârâh übersetzt es mit چربی, daher Anquetil: *de la graisse*.

139. Man vermisst hier im Texte wie in der Huzvâresch-Übersetzung die Angabe, was denn dem Wasser dargebracht werden solle. Anquetil: *Qu'il porte sur ses épaules de l'eau pur (pour laver la graisse)*. Aspendiârji versteht *zor*, d. i. wohl hier geweihtes Wasser.

140. Cf. Vd. XIV, 5. Aspendiârji lässt den Anfang dieses Satzes aus. *Hazaǧrem vazyanaṅm* übersetzt die Huzvâresch-Übersetzung richtig mit [illegible] (פושתך 1000). das wäre 1000 Rücken voll, denn پشته ist *onus dorsi;* da aber *vazya* ohne Frage mit *vaz, vehere*, zusammenhängt, so ist es möglich, dass Wagenladungen verstanden werden müssen. Ich habe es ganz allgemein mit „Ladung" übersetzt. *Hushata* habe ich in *hu* + *shata*, i. e. skr. *xata* zerlegt und daher mit „wohlgehauen" übersetzt. Die Huzvâresch-Übersetzung gibt es mit [illegible] (חושך), trocken, als ob *huskanaṅm* stünde, vielleicht hat sie diese Lesart vor sich gehabt.

141—143. Cf. Vd. XIV, 6—8.

144—146. Cf. Vd. XIV, 9. 12. 14.

147. Über *fraçciñbana* cf. oben zu Vd. XVIII, 66.

149. Cf. Vd. XVIII, 135.

150—152. Vergl. Vd. V, 174—177.

Neunzehnter Fargard.

Eine ausführliche Erklärung dieses Fargards habe ich, als Probe meiner Bearbeitung des Avesta, schon früher in den Abhandlungen der k. bayer. Akademie der Wissenschaften zu München gegeben (Abhandl. der k. b. Akad. I. Cl., Bd. VI, VII). Seit jener Zeit ist der Anfang dieses Capitels mehrere Male besprochen und übersetzt worden: von Schlottmann (§§. 1—35 in Weber's indischen Studien I, 364—380), von Kossowitsch (§§. 1—35, 89—112 in seinem Werke: vier Auszüge aus dem Zendavesta, St. Petersburg 1861), von Windischmann (§§. 1—32 in den zoroastrischen Studien p. 54. 55). Sie sind alle bei der nachfolgenden Erklärung berücksichtigt worden, ebenso Windischmann's Bemerkungen zu meinen früheren Erläuterungen (Münchn. gel. Anzeigen, Spt. 1855, p. 41 flg.).

1. Der Anfang des Capitels ist im Ganzen leicht und darum die Übersetzung auch nirgends beanstandet worden. *Apâkhtara*, nördlich, steht bereits durch Burnouf's Erklärung fest aus *apa* und *akhtara*, i. e. اختر, Stern, also ursprünglich: sternenlos. Zwar kommt das Wort *akhtara* meines Wissens im Altbaktrischen selbst nicht vor, wohl aber im Huzvâresch und im Neupersischen, und darf auch für die ältere Zeit nicht bezweifelt werden. *Dvar*, vom Laufen böser Geister gebraucht, cf. Vd. III, 24; VIII, 62; XVIII, 38 etc., ebenso im Huzvâresch: [Pahlavi] (דובאריתנן), womit es hier übersetzt wird, cf. auch B. 2, ult. 8, 5 etc. Neup. دواريدن, cf. jetzt Vuller's Lex. App. Kossowitsch will *fradvaraṭ* mit *adcurrit* übersetzen, weil man doch an einen Ort denken müsse, wohin *Aǧrô-Mainyus* stürzt. Dieser Ort, wohin der böse Dämon stürzt, ist natürlich die Erde, der Aufenthaltsort des Zarathustra; der Ort, woher er stürzt, die Hölle.

2. Über *davata* cf. oben zu Vd. XVIII, 74. *Duzhdâo* ist in der Huzvâresch-Übersetzung ganz ausgelassen, die gewöhnliche traditionelle Übersetzung ist: „Übles wissend", so übersetze ich das Wort, nach Burnouf's Vorgange, auch hier. Schlottmann und Rückert bezweifeln die Richtigkeit dieser Übersetzung, letzterer mit der Bemerkung, dass „wissen" im Altbaktrischen *zan* heisse. Dies ist richtig, aber die Wurzel *dâ*, wissen, muss daneben noch zugegeben werden; sie ist nicht etwa westêrânisch und dort durch Abplattung des *z* in *d* entstanden, sondern sie steht neben *zan* wie im Griechischen ΔΑΩ neben γιγνώσκω. Von derselben Wurzel stammt *hudhânus* und *hudhânustemô* Yt. 1, 23.

3. Wie ich den Satz verstanden habe, so versteht ihn auch Aspendiârji, von den Neueren Windischmann und Kossowitsch. Die Fassung, so natürlich sie auch an sich ist, hat ihre bedeutenden

grammatischen Schwierigkeiten. *Ashâum zarathustra* ist ohne Frage Vocativ und nicht Accusativ. Es scheint mir kein Ausweg zu bleiben, als dass man, auf die Tradition und den Zusammenhang gestützt, annehme, es läge hier ein alter Fehler im Texte vor, und ein gedankenloser Abschreiber habe *ashâum zarathustra* geschrieben statt *ashavanem zarathustrem.* Alle anderen Auswege scheinen mir wenig räthlich. Eine einzige Handschrift (K. 9) liest *ashava zarathustrô*, wahrscheinlich ist dies blos eine ungeschickte Correctur. Schlottmann will *mereshaǧuha* lesen und übersetzen: Drukhs laufe hin, stirb, o reiner Zarathustra! Allein auch diese Verbesserung ist gegen die Handschriften und entfernt sich dazu von der Tradition. Rückert: „sei getödtet, o reiner Zarathustra"; ich bezweifle, dass *mereñc* „getödtet sein" heissen kann, auch im Medium. Sonst wäre diese Erklärung gewiss die einfachste.

4. Kossowitsch glaubt, dass *pairi dvaraţ* nicht zu übersetzen sei: er lief herum, sondern *adcurrit*: er lief hinzu; die Bedeutung der Präposition *pairi* sei nicht mehr besonders zu urgiren, weil sie abgeschwächt sei. Dazu stimmt auch Aspendiârji: die Drukhs stürzt auf ihn. Aber Schlottmann bemerkt, wie mir scheint, mit vollem Rechte: „V. 4, 5 bilden einen schönen Gegensatz. Die Drukhs, geschäftig um den Heiligen herumlaufend, dieser in Betrachtung der göttlichen Wahrheit versunken, und eben dadurch schon hinreichend geschützt". Wenn übrigens Schlottman daraus, dass die Drukhs hier *daêvô* genannt wird, schliessen will, dass es auch männliche Drujas gegeben habe, so kann ich ihm darin nicht beistimmen, sondern schliesse umgekehrt, dass *daêva* ein allgemeiner Name aller bösen Geister sei, cf. zu Vd. III, 24. Über den Daêwa *bûiti* lässt sich nichts Näheres angeben, da er nur an unserer Stelle vorkommt. — *Ithyêjô* wird von der Huzvâresch-Übersetzung mit [illegible] (סיג), von Neriosengh zumeist mit *mṛityumat* übersetzt. Ich habe das Wort *ithyêjaǧh* aus der sanskritischen Wurzel *tyaj* ableiten wollen, von der sich allerdings weitere Spuren im Altbaktrischen nicht finden. Burnouf, der (Yaçna p. 354) das negative *aithyêjaǧh* bespricht, will *aithy* = *aiti*, skr. *ati*, *êjaǧh* = skr. *ajas* in *ajasra* nehmen, aber diese Ansicht scheint mir durch *ithyêjô* unmöglich zu werden. Sowohl Rückert als Windischmann haben sich gegen meine Ableitung erklärt; ersterer leitet *ithyê* von *i*, gehen, ab und übersetzt es: „im Vergänglichen" *jaǧh* = جهيدن, springen, gehen,

also *ithyêjaǧh* = Gang im Vergänglichen, Eitelkeit, Nichtigkeit. Windischmann erklärt den zweiten Theil des Wortes wie Rückert, *ithya*, aber als das Gegentheil von skr. *nitya*, also: vergänglich. Ich gestehe, dass es mir noch immer gerathen scheint, an meiner Erklärung festzuhalten, wegen des negativen *aithyêjaǧh*. Ich glaube nämlich bemerkt zu haben, dass *a* priv. nur dann an vocalisch anlautende Wörter tritt, ohne ein *n* hinzuzunehmen, wenn der vocalische Anlaut ein sogenannter epenthetischer Vorschlag ist. Cf. *airiçta*, Yt. 5, 65, *a-urvatha* Yt. 10, 11 etc. Hieraus würde folgen, dass die Wurzel nicht in *i*, sondern nur in *thyaj* enthalten sein könnte. — Schwierig sind die beiden Worte *marshaonem daozhâo*. Am nächsten würde es liegen, *ithyêjô* und *marshaona* mit einander zu verbinden, wie oben Vd. XVIII, 21. Dagegen spricht aber der Accusativ *marshaonem*, den ich nur von *daozhâo* abhängen lassen kann. *Daozhâo* ist mir das Part. praes. der im Althaktrischen unzweifelhaft vorhandenen Wurzel *duzh*, schlecht sein, betrügen. Diese Construction lässt sich auch unten in §. 6 beibehalten. Auch Schlottmann und Kossowitsch übersetzen wie ich, dagegen Windischmann: „der den vergänglichen Bauch trägt", mit Anschluss an *marshu*, Yç. XI, 6. Die Huzvâresch-Übersetzung gibt *marshaonem* mit [illegible] (ניהאן), i. e. نهان, verborgen, *daozhâo* mit [illegible] (רובאנן פריפתאר), also: „der verborgene Betrüger der Seele"; an sie schliesst sich auch Aspendiârji an. Anquetil schon in der handschriftlichen Übersetzung ganz verfehlt: *Les autres diables se promenent avec (par l'ordre) de lui ce chef des diables et ssedj (kharab) vat dans le monde, voleur et trompeur.*

5. *Zarathustra*, was die meisten Codices geben, möchte ich nicht in *zarathustrô* umwandeln; das *a* ist unverdunkelt geblieben wegen des folgenden *a*. *Vaǧuhyâo dâityayâo* sind wohl mit Windischmann und der Tradition zu übersetzen: „der guten Dâitya". Cf. oben zu Vd. I, 6. Die Huzvâresch-Übersetzung fügt zu *yathâ ahû vairyô* die Bemerkung hinzu: [illegible] (זך דו יתאהווריו מנן שיטשי נר רוינן מנן דכוימננית), die beiden *Yathâ ahu vairyas*, welche vor *hushiti* sind, cf. Yç. LXVII, 41. 42. Die beiden Potentiale *frâyazaêta*, *fraorenaêta* machen mir noch immer dieselben Schwierigkeiten wie früher, und ich weiss noch nicht anders zu übersetzen als: „man möge preisen, man möge bekennen". So auch Schlottmann und ähnlich Kossowitsch: *praedicate*, *profi-*

temini. Windischmann mit der Tradition: „er rief an, er bekannte“, was allerdings das Passendste ist, nach meinem Dafürhalten aber grammatisch unmöglich geht. *Fraorenaêta* erklärt die Huzvâresch-glosse: [illegible] (איעש כנת [illegible]) „d. h. er machte *fravarânê*“. Es ist wohl die Formel Yç. I, 65 gemeint.

6. *Çteretô* habe ich schon früher richtig übersetzt, indem ich auf pârsi *çtard* = *khinnaḥ* bei Neriosengh und auf *çtardaî* = *jaḍatâ* verwies. Aspendiârji erklärt es mit „kalt, starr“, Deçtûr Dârâb mit سست شد, Windischmann: „erschreckt“. *Hê* = [illegible] (מן נרמן), von ihm d. i. vom Ağrô-Mainyus, und es scheint mir auch das wahrscheinlichste; *hê* kann nicht blos statt des Genitivs, sondern auch statt des Dativs und Ablativs stehen.

7. Das einzige schwierige Wort ist *çkutara*. Die Huzvâresch-Übersetzung: [illegible] (תרוינִיתאר הנמנאי) „ein Peiniger bist du“, nimmt also *çku* = *taurv*. Ich bin der Sicherheit wegen bei dieser traditionellen Bedeutung geblieben. Aspendiârji: „Zerstörer“. Deçtûr Dârâb: مغرور, was Anquetil als *superbe* auffasst. Innerhalb der érânischen Sprachen weiss ich nur *çukuruna*, blind, herheizuziehen, das auf *çku tegere* zurückzugehen scheint, cf. zu Vd. V, 100. Windischmann gibt das Wort mit „gräulich“ und vergleicht griech. σκυθρός.

8. Über *aoshô*, das wir in dem öfter im neunten Capitel des Yaçna vorkommenden *duraosha* wiederfinden, hat schon Burnouf gesprochen. Neriosengh gibt es mit *mṛityu*, Tod, daher *aoshağhat*, mit Tod begabt, cf. Vd. IV, 145. Ich habe schon früher (die traditionelle Literatur der Pârsen II, 368) meine Ansicht dahin ausgesprochen, dass ein Theil der Bedeutungen des neupersischen هوش auf dieses Wort zurückgehen mögen, jetzt ist auch Vullers im Lexikon s. v. nachzusehen. *Çpitamâi zarathustrâi* ist natürlich Apposition zu *hê*.

9. Auch diesen Satz fasse ich noch wie früher: *qarenağhô* ist der Genitiv von *qarenô*, Glanz, Majestät (cf. zu Vd. I, 50), abhängig von *pôuru*, wie neup. پر mit از construirt wird. Freilich wird man dann *pôuru* adverbial fassen müssen. Nicht unmöglich ist auch, dass die Huzvâresch-Übersetzung recht hat, wenn sie übersetzt: [illegible] (מן סור גרמנש מן כבר חוישכארשי אארוב וורתושת) „wegen des vielen Glanzes — wegen der vielen guten

Thaten — des reinen Zarathustra". Man muss dann *pôuru-qarenaǧhô* als den Genitiv nehmen, der statt des Ablativs steht. Die Huzv.-Übersetzung fügt noch eine Glosse bei: [illegible]
[illegible] (אי ען פיתאכינד איע מנן דד הוישכארש
דכוימננות אש פתיארך כים מאם דאמתננית) „d. h. das macht er offenbar, wer in guten Thaten bestehen bleibt, zu dem kommt der Böse nur wenig".

10. Die Huzvâresch-Übersetzung überträgt *manaǧhô* mit „im Geiste" und ich folge ihr unbedenklich, ich halte *manaǧhô* = *manaǧha*, die Verdunkelung des *a* in *ô* rührt nur von dem folgenden *p* her. *Aoshem* ist durch die besten Codices hier überwiegend bezeugt und ich habe daher die Lesart aufgenommen, während Westergaard *aoshô* liest. Es ist allerdings kein Zweifel, dass das Thema *aoshaǧh* heisst, aber Metaplasmen sind im Altbaktrischen so häufig, dass wir wohl keinen Anstand nehmen dürfen, auch hier einen solchen zu sehen. Auffallend ist *pairi-vaênâṭ*, die Länge des *â* ist durch alle Codices geschützt, man kann hier keinen Conjunct. imperf. sehen; es scheint, dass bei diesem Verbum der Bindevocal auch im Indicativ gedehnt wurde, cf. Vd. II, 60. *Haǹm-pereç*, im Medium sich befragen, sich unterhalten. *Drvaṭ* wohl Particip von *dru*: böse, schlecht; *durgatimat* bei Neriosengh.

12. Meine Übersetzung weicht von der Tradition ab. Die Huzvâresch-Übersetzung ist selbst über den Satz nicht ganz klar, denn sie führt zwei Auffassungen an: [illegible]
[illegible]
[illegible]
(מן אפסרשנן אכומנן אמתש אכומנן פנן תנן אספרתו דכוימננית פנן זכי
חרוש י בש פונסשנן פנן זך פונסשנן אנדו סחת נרמן ראי כנתו דכוימננית
אית מנן איתונן דמנננית אי אנ̄ש אספרתו אמת זכי חרוש י ביש פונסית)
„wegen des Gefrierens des Akoman — da Akoman in seinem Körper gefroren war — durch den Tumult der peinigenden Fragen: durch dieses Fragen war er (Akoman) so hart wegen desselben gemacht. Manche sagen: dann gefror Akoman, als er diesen Tumult des Hasses fragte". Diese Übersetzung ist so wenig klar als die dazu gehörende Erklärung; wenn ich sie aber recht verstehe, ist der Sinn von dem sehr verschieden, den ich in die Worte lege, es scheint als ob Akoman erstarrt wäre durch die peinigenden Fragen des Zarathustra. Dieser Erklärung kann ich in keiner Weise beistimmen, *açaretô*

kann nicht (מן אפסרשנש) bedeuten, sondern wenn das Wort mit *çareta*, kalt, zusammenhängt, so muss es eher das Gegentheil bedeuten. Noch weniger kann *khruzhdya* oder *ṭbaêshô* etwas mit den Fragen Zarathustra's gemein haben, beide Wörter werden nur von bösen Wesen gebraucht. Ich muss daher die Huzvâresch-Übersetzung als Ganzes fallen lassen und kann höchstens einzelne Bestandtheile derselben zu einer neuen Übersetzung verwenden. Aspendiârji: „um zu verletzen den Akoman, die sehr peinigenden Fragen". Seine Erklärung wäre ganz annehmbar: Zarathustra macht den Akoman in seinem Innern so ganz zu nichte, dass er keine Gewalt über ihn hatte. Man könnte versucht sein, *açaretô* als einen Locativ eines Substantivs *uçareti* zu fassen, von *frashuçaṭ* abhängig: er ging hervor, um zu vernichten. Man würde dann natürlich die Lesart *akô-managhô* vorziehen müssen. Aber dann kann ich wenigstens die Worte *khruzhdya ṭbaêshô parstanaṅm* nicht construiren, und darum muss ich auch diese Erklärung verwerfen. Deçtûr Dârâb hat gar durch eine Änderung des Textes der Huzvâresch-Übersetzung nachzuhelfen gesucht: (מן אפסינשנש אכומן), wegen des Vergehens des Akoman; daher Anquetil: *Ce diable (nommé aussi) Akouman, dont les pensées sont mauvaises, violent, vit (la lumiere) et en fut détruit, malade.* Ich nehme *açaretô*, wie früher, als das Gegentheil von *çaretô*, سرد, kalt, also nicht erkältet, erstarrt, erschrocken und beziehe es auf *zarathustrô*, davon hängt *parstanaṅm*, der Instr. *aka managhu* aber wieder von *parstanaṅm* ab. *Khruzhdya*, das die meisten Ausleger der Stelle für einen Instrumental halten wollen, ist mir ein Adverbium wie *yaozhdya* im Sinne eines Locativs: in Peinigung. So namentlich Schlottmann, der daher übersetzt: „nicht verletzt durch *Akamanas*, durch die Wuth des Hasses-Fragen." Kossowitsch: *minime vulneratus a malo spiritu, a malitie ejus exorsis infestis-consiliis.* Windischmann: „unerschrocken durch *Aka-mano* (den bösen Geist), aus Zorn über die Hassesfragen." Rückert zieht die Lesart *akô managhô* vor: „durch des Akamanos Härte der Feindseligkeitsfragen.

13. *Açânô* Acc. plur. von *açan*, Stein, cf. Vd. IX, 29, hier sind wohl Schleudersteine gemeint. Huzvâresch-Übersetzung (כנ), womit sie auch *gaêçus* übersetzt; Deçtûr Dârâb gibt ganz unsinnig mit سه, drei, Aspendiârji „*nogara*", mir ganz unklar. Ich habe das

Wort wohl richtig mit skr. *açani (Indras thunderbolt)* verglichen. *Zaçtô-drajimnô* als Compositum: in der Hand haltend, geht zur Noth; besser aber ist, wie schon Rückert bemerkt hat, der von Westergaard und Kossowitsch vorgezogene Instrumental *zaçta.* Dagegen glaube ich bei der von mir gewählten Leseart *drajimnô* (Westergaard *drazhimnô* mit K. 9) bleiben zu dürfen. Die Wurzel *draj* ist identisch mit *dreñj* und mit griech. δράττω. Dass es daneben auch eine Spielart *drazh* (cf. z. B. Yt. 5, 11. 123; 10, 96) gegeben habe, soll darum nicht abgeläugnet werden. *Katô-maçaghô* ist vielleicht Gen. sg. Über *kata* habe ich zu Vd. V, 36 gesprochen; bei der Unsicherheit der Bedeutung habe ich vorgezogen, den Ausdruck in meine Übersetzung unübersetzt herüber zu nehmen, worin mir auch die neueren Übersetzer gefolgt sind. Aspendiârji stimmt ganz mit meiner a. a. O. ausgesprochenen Ansicht überein und übersetzt es mit „Haus"; Deçtûr Dârâb meint, die Bedeutung von *açânô* sei „nahe" (نزديك); ganz unbegreiflich ist Anquetil, der uns die Wahl zwischen zwei Bedeutungen lässt: *Il avoit 3 mains de la longueur de son corps ou bien, les mains collés (nazdik) sur le corps.* Die Glosse der Huzvâresch-Übersetzung heisst: [illegible] (נם סנינן אית מנן מינוי אית אהווירייך דמננגית), was wohl heissen soll: „eine steinerne Waffe — Manche sagen den himmlischen *Yathâ ahû vairyô* (*sc.* hielt er in der Hand)." Die letztere Erklärung findet offenbar den Kampf mit materiellen Waffen gegen die bösen Geister ungeeignet.

14. Die Huzvâresch-Übersetzung: [illegible] (מננש ונדית מן דאתאר אנהומא) „welche er erhielt vom Schöpfer Ahurô Mazdâo." Mit dieser Übersetzung stimmt die meinige, so wie die Fassung von Schlottmann und Windischmann überein. Auch Aspendiârji schliesst sich dieser Auffassung an. Dagegen bezweifeln dieselbe Rückert und Kossowitsch; sie stützen sich auf die hier allerdings sehr gut beglaubigte, von Westergaard vorgezogene Leseart *vañdemnô,* die sie mit skr. *vand,* verehren, verbinden wollen, daher übersetzt Kossowitsch: *probatus creatoris (creatori, a creatore) Ahura-masdae.* Es lässt sich allerdings darüber streiten, ob *viñd* oder *vañd* die ursprüngliche Form der Wurzel sei; man wird aber nicht abläugnen können, selbst wenn man *vañd* als Grundform annimmt, dass die Schwächung *viñd* wirklich im Altb. existirt habe (cf. unten §. 23, 144; Vd. II, 30; wo *viñd* überwiegend beglaubigt

ist). Die Form *venden* (Vd. II, 25) lässt sich sowohl aus *viñd* als *vañd* erklären. Cf. *heñdu* für *hiñdu.* Wie man sich aber auch hinsichtlich der Leseart entscheide, die Bedeutung des Wortes kann, wie ich glaube, nicht in Zweifel gezogen werden. Auch im Pârsi findet sich noch *vañdâṭ* und wird vom Neriosengh im Mînôkhired mit *alabhanta* übersetzt cf. Mkh p. 217: [illegible]; bei Neriosengh: *teca ahuramajdât çubhaṁ prabhûtaṁ alabhanta.* Ebenso *vañdesn* = *labdhi.* Auch im Pârsi kann *a* durch Vermittlung von *ê* aus *i* hervorgegangen sein. — Dass die Apposition des Dativs *ahurâi mazdâi* zu dem im Sinne des Ablativs stehenden Genitiv *dathushô* keine Schwierigkeit hat, wissen wir bereits. Cf. Vd. I, 69; II, 3.

15. Diese schwierige Stelle habe ich mir bis heute noch nicht zu vollkommener Klarheit bringen können, doch sind die Anstrengungen, welche bis jetzt zu ihrer Erklärung von mir und von andern gemacht wurden, keineswegs ohne allen Erfolg geblieben. Die Handschriften geben nur zwei Schreibungen von Wichtigkeit: für *drazhjahê* und *zbarahê,* wie ich in meinen Text aufgenommen habe, lesen andere Codices *drazhahi* und *zbarahi,* was Westergaard vorgezogen hat. Die Huzvâresch-Übersetzung ist nicht ganz klar, ich setze sie vollständig her: [illegible] (איע אנן דאשת סנן דנמן (דמיך) פהנני נרת דורותרנ סנן דרניך זבאר דר מאנן פורושספ אית מנן איתונן דמנננית אי נרמן דאשתו סנן דנמן דמיך אנד פהנני נרתי דורותרנ אנש זך סואך דאשת סנן דרניך זבאר דר מאנן פורושספ). Ich denke, dass man auch in die erste Erklärung das Wort [illegible] (רמיך) einschalten darf, es fehlt in allen Handschriften, aber wahrscheinlich nur aus Versehen; früher wollte ich darin ein unterscheidendes Merkmal beider Übersetzungen erblicken. Diese keineswegs sehr klare Übertragung möchte ich folgendermassen übersetzen: „d. h. jene (Waffen) hielt er auf dieser Erde, der breiten, runden, fern zu überschreitenden in *drjik Zbar,* in der Wohnung des Pourushaçpa." An diese Übersetzung habe ich mich im Ganzen und mit Benützung von Anquetil's handschriftlicher Übersetzung angeschlossen; wie wenig mir es aber gelingen wollte, eine genügende grammatische Erklärung des Satzes zu geben, habe ich in meiner früheren Abhandlung über dieses Capitel offen eingestanden. Ich glaubte *kva,* das pârsische *ku,*

sei richtig durch [Pahlavi] (אי׳ע) oder [Pahlavi] (אי׳) „das heisst“ übersetzt, dies glaube ich jetzt nicht mehr; ich glaube vielmehr, dass *kva* fragend stehen muss. *Drazhahê* habe ich für einen Infinitiv oder vielmehr für den Dativ eines Abstractums auf *aǧh* fassen wollen; ich habe aber selbst schon das Bedenken ausgesprochen, dass es dann *drazhaǧhê* heissen müsse. Schwierigkeit machten ferner die Worte *drejya paiti zbarahê* im Texte und die Umschreibung گرفت [Pahlavi] [Pahlavi] (פנן דרגיך זבאר). Ich habe, in Anschluss an Deçtûr Dârâb, der in seiner Recension *drejya* mit [Pahlavi] (= سبک, leicht?) wiedergibt und *zbar* mit زور erklärt, übersetzt: „in grosser Kraft“, aber habe meine Zweifel nicht verhehlt. Die übrigen Wörter sind leicht: *pathana* = [Pahlavi] (פהנן) neupers. پهن, breit, auch sonst gebräuchlich. *Çkarena* = [Pahlavi] (גרת) i. e. گرد, rund, Windischmann erinnert an griech. σκολιός, *dûraêpârayâo* = [Pahlavi] (דורותרג), fern zu überschreiten, von *dûra*, fern und *pere*, hinübergehen. — Aspendiârji: diese (Waffen) halte. — Es ist nicht zu verwundern, dass meine frühere Erklärung keinen Beifall gefunden hat. Schlottmann will übersetzen: „wie willst du angreifen das betretene, wohlgebaute, fernhin gränzende Land, durch Angriff auf die steile Höhe, die Wohnung des Pourushaçpa?“ Dieser Erklärung stimmt im Ganzen Rückert bei, nur bemerkt er, dass *hê* nicht beachtet sei, das auf *Aǧrô-mainyus* bezogen werden müsse: wie ist ihm (möglich) anzugreifen dieses Land etc. Windischmann in seinen Bemerkungen zu der St. glaubt, dass die Stelle durch Westergaard's Text sich etwas aufkläre, „*drazhahi* und *paiti zbarahi* sind unstreitig Verba: du ergreifst sie von der weiten Erde — sie ergriffen habend, schleuderst du sie in einer Krümmung von der Wohnung Pourushaçpa's aus.“ Ich bezweifle jedoch, dass Westergaard in *drazhahi* und *zbarahi* Verbalformen sehen will, auch scheint Windischmann später selbst von der hier ausgesprochenen Ansicht zurückgekommen zu sein, denn er übersetzt: „wo ergriff er sie? auf dieser Erde, der breiten, gekrümmten, weit zu durchlaufen, an der Krümmung der Darejya, der Wohnung des Pourushaçpa.“ Dazu bemerkt er noch (Zoroastr. Studien p. 48 not.): „Ich glaube, dass *darejayâo* zu lesen oder *darejya* als eine Apokope davon zu betrachten ist.“ Endlich Kossowitsch übersetzt: „*Quo, illi (dixit Aǧro-mainyus) tenes iter (vel haec saxa sc. quam ad rem) hanc super terram, quod viis-instructam (quae multis viis est instructa) glo-*

bosam, longis-terminis (*cujus termini longissime distant*), *accinctus* (*vel animis sumptis*) *ad altam sedem Pòurus'àçpae?*" Nach Anhörung aller dieser Ansichten will ich nun in Kürze meine heutige Ansicht und Übersetzung geben. Ich glaube, dass wir mit Aspendiârji die Worte als eine Äusserung Ahura-Mazdas auffassen müssen und übersetze: Wo wirst du sie (die Steine) halten auf dieser Erde, der breiten, runden, fern zu durchlaufenden? — an der Dreji des Zbar, der Wohnung des Pourushaçpa." Ich nehme *druzhahé* als 2. ps. sg. praes. von *druzh*, was formell keinem Bedenken unterliegen kann. Ich glaube ferner, dass Windischmann ganz Recht gethan hat, in *drejya* oder *darejya* den Fluss zu suchen, der B. 53, 5; 58, 5 erwähnt und mit der Wohnung Zarathustra's in Verbindung gesetzt wird, nur gebe ich der Form *drejya* oder *darejya* die Bedeutung des Locativs, welche die Endung *ya* stets hat. Aber auch *Zbâr* ist der Eigenname eines Berges, auf dem die Wohnung des Pourushaçpa sich befand, und demnach *zbura* oder *zbarugh* zu übersetzen. Beide Lesearten lassen sich halten; welche die richtige sei, wage ich nicht mit Bestimmtheit zu entscheiden.

16. *Duzhda* habe ich nach der allgemeinen Überlieferung der Tradition mit „Übles wissender" übersetzt, es muss dann der Vocativ von *duzhdào* sein. Nicht unmöglich wäre es aber auch, dass es dass Part. perf. pass. von *duzh* wäre, und blos mit „schlecht" zu übertragen wäre. Cf. *duzhdem* Yt. 5, 82. Es würde dann neup. دزد herbeizuziehen sein.

18. *Pairikaṅm yaúm khnuúthaiti* cf. zu Vd. I, 36. Auch Windischmann stimmt der traditionellen Erklärung bei. Kossowitsch will *khshnaúthaêtê* lesen und übersetzt: *occidam Pairikam quum pessumdabit, cui (a quo) nascetur Saosyaúç etc. Yakmâi* nimmt die Huzvâresch-Übersetzung adverbial: [illegible] (נד אמת), bis dass. Auch Aspendiârji schliesst sich dieser Auffassung an, welche auch die Huzvâresch-Glosse zu der Stelle ausspricht: „ich werde tödten, meine Schüler werden dich tödten, dann kommt der, welcher dich durch sein Thun vernichtet." Wegen der Form *kaúçaoyâṭ* ist man gezwungen eine Nebenform *kaúçaoya* anzunehmen. Die Quelle, aus welcher *Çaoshyaúç* geboren werden wird und die in Segestân liegen soll, heisst gewöhnlich *kaúçu*, abl. *kaúçuyâṭ*, cf. Yt. 19, 66, 92. Vielleicht ist auch hier so zu corrigiren. *Çaoshyaúç* ist der Name des

künftigen Retters, der zur Zeit der Auferstehung erscheinen und die vollkommene Herrschaft Ahura-Mazdas auf Erden herstellen wird; sein Name wird in der Huzvâresch-Übersetzung richtig mit [illegible] (סותאוכנר) i. e., der Nützliche, gegeben, denn er hängt mit der Wurzel *çu*, nützen, zusammen, cf. Yt. 13, 129. Hinsichtlich des in der Note erwähnten Glaubens, dass mit dem *Çaoshyañç* die bedeutenden Helden der Vorzeit wieder erscheinen werden, um ihm zu helfen, bemerkt Rückert: „Es zeigt dies den mythischen Hintergrund einer grossartigen Dichtung des Schâhnâme. Keikhosro, nachdem er die strengste Blutrache gegen seinen eigenen mütterlichen Grossvater Afrâsiâb von Turân vollzogen, gibt das hergestellte Reich Irân freiwillig auf, und reitet in die Berge und verschwindet. Es reiten mit ihm mehrere Helden, von denen ein Theil auf halbem Wege wieder umkehrt, der andere ihm folgt und mit ihm aus der Welt geht (Schâhn. II, 1025; v. 5. v. u. ed. Macan). Die ihm folgenden Tos, Giv etc. sind es nun, die am Ende der Dinge wiederkommen."

19. Wie der Norden die Gegend ist, von der *Agrô-mainyus* und seine Geschöpfe nach Erân kommen, so ist es der Osten, von wo aus man die Geschöpfe des Ahura-Mazda erwartet. Es ist darum auch nur consequent, wenn *Çaoshyañç* von Osten her kommt und dass die See *kañçu* im Ostérân liegt.

20. Meine Auffassung von *duzhdâmô*, schlechtgeschöpfig, aus *dañma* + *duzh*, ist von allen europäischen Übersetzern angenommen worden, aber traditionell ist sie nicht; die Tradition übersezt vielmehr, als ob *duzdâo* stünde.

22. In der Übersetzung dieses Satzes sind mir die meisten neueren Erklärer gefolgt, nur Kossowitsch übersetzt *zârishî* oder *zârisi* mit *viris* (cf. zu Vd. V, 102—106). Meine Übersetzung „du hast das Leben" und Windischmann's „du bist geboren" gehen auf *zan*, gebären, zurück, Huzvâresch-Übersetzung und Aspendiârji „du bist bekannt" auf *zan*, wissen — eines so unmöglich als das andere. Ich sehe jetzt in *zârishi* (diese Leseart ziehe ich jetzt vor) die 2. ps. sg. eines passiven Aorists von *zu*, sprechen, rufen: „von einer sterblichen Mutter wurdest du genannt". Freilich stört der Aorist einigermassen, man erwartete eher das Präsens. Deçtûr Dârâb gibt *zârishi* mit زاید, daher meine frühere Übersetzung.

23. *Apa-çtavağuha* = [Pahlavi] (ראואר סתאי), was das Gegentheil von „preisen“ sein muss, wesshalb ich das Wort mit „verfluchen“ übersetzte. Windischmann: Absage, was auf dasselbe hinauskommt. Kossowitsch: *abnue* (ἐξάρνησον). Aspendiârji schwächer: „verlasse“. Für *vadhaghna* hat die Huzvâresch-Übersetzung das verderbte [Pahlavi] (ווען). Wer dieser Landesfürst *vadhaghna* sei, ist schwer zu sagen, da sein Name sonst nicht mehr erscheint. Der Mînôkhired in einer in meiner Pârsigrammatik p. 132, 164 angeführten Parallelstelle setzt den Dahâk statt des *Vadhaghna*, dasselbe thut Aspendiârji. Dem Namen nach wäre man geneigt, den in den armenischen Sagen (cf. Moses von Chorene I, 33) genannte *Vahakn*, der Sohn des Königs Tigranes, zu vergleichen.

24. *Avashata*, cf. zu Vd. XVIII, 53.

26. Alle Übersetzer stimmen mit mir in der Fassung dieses Paragraphen überein, nur Rückert beanstandet das Fehlen der Partikel „wenn“, was allerdings auffallend ist, und es gibt in der That noch eine Fassung, die uns nicht nur erlaubt, von der Ergänzung des „wenn“ Umgang zu nehmen, sondern sich dabei auch noch näher an die Huzvâresch-Übersetzung anschliesst. Dies ist nämlich der Fall, wenn wir uns entschliessen, *vi-urviçyâț* nicht als einen Potentialis, sondern als Ablativ eines Nomens *vî urviçya* zu fassen, wie *haûm urviçya* Vd. III, 110. Das Auffallende bleibt nur, dass dieses Substantiv den Casus der Verbums, den Accusativ regiert. *Açta*, die Knochen = [Pahlavi] (תנן), Körper, in der Huzvâresch-Übersetzung, weil die Knochen statt des ganzen Körpers stehen. — Die vorliegende Stelle ist übrigens ziemlich berühmt und wird von den Pârsen oft gebraucht. Cf. Patet Erâni §. 1 meiner Übersetzung.

28. Meine Fassung dieses schwierigen Satzes habe ich schon in der Note zu der Stelle angegeben, und ich kann nicht sagen, dass ich jetzt eine bessere weiss. Die Schwierigkeit liegt in *hukeretâoğhô*, das Nominativ oder Accusativ sein muss, nicht aber zu dem Instr. *zaya* gehören kann, wie die Tradition will. Ich sehe also keinen andern Ausweg, als *hukeretâoğhô* auf das Collectivum *daûma* zu beziehen: durch diese Waffen (schlagen) die Gutgeschaffenen, meine Geschöpfe des *Ağrô-maiuyus*. Dass die Apposition *ağrô-maiayus* neben *mana* im Nominativ steht, kann im Althaktrischen nicht auffallen. Diesen einzigen Umstand abgerechnet, stimmt meine Übersetzung zur Huzvâresch-Übersetzung, welche ich desswegen

hersetze: [illegible] (פננם כתאר נובשנן ואנאי איעם סתובו נהננגאי אנ̄ם פנן כתאר נובשנן בנא אנ̄ארינאי איעם מן דאם נויתאך בנא נהננגאי פנן זאי הוכנת דנמן י ר דאם נננאמינוי), „welches Wort willst du auf mich schlagen, d. h. mich zurücktreiben, mit welcher Rede mich peinigen, d. i. von den Geschöpfen abscheiden, durch wohlgemachte Waffen gegen meine Geschöpfe: des Ganâ-mainyo". Es ist natürlich ganz unmöglich, die Construction der Casus im Altb. nach dem Sinne der Huzvâresch-Übersetzung abzuändern. Rückert vermuthet, dass *hukeretâoghô* irriger Weise aus §. 32 hier eingedrungen sein möge.

33. Über diese hochwichtige Stelle habe ich früher schon ausführlich gesprochen; es ist aber nicht unnütz nochmals ausführlich auf sie zurückzukommen. Beginnen wir mit den jüngeren Übersetzungen, so lautet die handschriftliche Übersetzung Anquetil's folgendermassen: *Sapenamino (dieu) a fait le tems sans bornes (après la resurrection) ou dans le tems (ou et le tems sans bornes)*. Aspendiârji (vgl. auch Wilson *The Parsi religion unfolded* p. 133): „es (das Wort) ist mir gegeben von dem hohen Unsichtbaren, es ist mir gegeben durch die Zeit ohne Grenzen". Die Übersetzung Anquetil's ist, wie Jedermann sieht, sehr unbestimmt und schwankend; dass auch die von Aspendiârji nicht richtig ist, zeigt ein Blick auf den Text, denn die Locative *zrrânê akaranê* können unmöglich bedeuten: durch die unendliche Zeit. Die ältere Übersetzung gibt darüber einige Aufklärung; sie ist sehr auffallend und lautet: [illegible] (מנן מיא יהבננת ספנאמינוי אנ̄ש יהבננת פנן דמאנן אכנארך אית מנן איתינן דמנננית מנן מיא יהבננת ספנאמינוי אנ̄ מיא דאת פנן דמאנן אכנארך), „welcher das Wasser gab: *Çpenâ-minôi*, dann gab er in unendlicher Zeit. Manche sagen: welcher das Wasser gab: *Çpenâ-minôi*, vom Wasser gab er in unendlicher Zeit". Es ist schwer zu sagen, wie das Wasser hier in die Übersetzung kommt; aber diese drückt den Locativ sehr richtig mit [illegible] (פנן), in aus, die späteren Übersetzungen haben dafür fälschlich die Bedeutung durch angenommen, cf. Huzvâr.-Gramm. §. 155. Es lässt sich mit aller Bestimmtheit behaupten, dass die Ansicht, das Ahura-Mazda durch die unendliche Zeit geschaffen habe, erst der neueren Zeit angehöre. — *Dath* heisst allerdings zunächst nur

geben; dass es aber hier schaffen bedeute (welcher Begriff für die Pârsen mit dem des Gebens fast zusammenfällt, wie ja auch die beiden Wurzeln *dâ* in vielen ihrer Formen zusammenfallen), scheint mir unläugbar. Eine Frage ist: was denn *Çpentô mainyus* gab oder schenkte. Ich habe mit Schlottmann angenommen, dass es eben die von Zarathustra ausgesprochenen Worte seien, wie ja aus Yç. XIX, 1 fg. hervorgeht, dass das Gebet Ahuna-vairya vor dem Himmel und der Erde geschaffen worden sei. Aspendiârji bestätigt diese Ansicht, im Texte steht jedoch nichts davon, und dass die Huzvâresch-Übersetzung die Worte anders verstand, ist klar. — Für *zrvânê*, wie ich hergestellt habe, corrigirt Westergaard aus der Leseart *zrûnê* den Locativ *zrûni*, der sich an die ältere Form *zrvan* anschliesst, während meine Correctur sich an die erweiterte Form *zrvâna* hält. Sowohl *zrvan* als *zrvâna* lassen sich im Altbaktrischen nachweisen.

34. *Fradathen* vom Geben oder Schaffen der Ameseha-çpentas gebraucht, soll nach der Huzvâresch-Glosse bedeuten, dass sie beim Schaffen oder Geben hilfreich waren. Vielleicht, dass neup. فرياد mit *fradath* zusammen gehört.

36. Zarathustra fragt hier mit den Worten von Yç. XLIII, 1 q. v.

37. Diesen und den folgenden Paragraphen habe ich früher nicht zu übersetzen gewagt, obwohl mir alle die einzelnen Bestandtheile klar waren. Ich hielt die §§. 37 und 38 für eingeschoben; dies glaube ich jetzt nicht mehr, höchstens darf man die Worte *pereçaṭ-ashâum* streichen, die in der That den Satz etwas schleppend machen. Die Huzvâresch-Übersetzung hat den Satz; ich möchte, zum Theil auf sie gestützt, jetzt folgende Übersetzung vorschlagen: (Es sprach Zarathustra) an der Dreji des Zbara sitzend bei (oder: sich setzend zum) Ahura, zum guten, mit guter Weisheit begabten (Vohu-manô). *Drejya paiti zbarahê* erklärt sich aus Vd. XIX, 15. *âoghânô* ist hier wie oben Vd. III, 94 in der Huzvâresch-Übersetzung unklar, kann aber kaum etwas anders heissen als: „sitzend" oder „sich setzend". Zu *vaǧharê vohu maidhê* cf. Yç. XIII, 3; aber während dort *vaǧharê* mit [Pahlavi] (שפיר), gut, übersetzt und das Ganze auf Ahura-Mazda bezogen wird, steht an unserer Stelle [Pahlavi] (והומן). Vohuman = *vaǧharê*. Ich halte diese abweichenden Übersetzungen

an beiden Stellen für vollkommen gerechtfertigt, auf alle Fälle muss hier Vohu-manô verstanden werden. *Vohu-maidhê* = [illegible] (שפיר מתמאנן), schönes Maass habend, an beiden Stellen, es ist *maidhê* der Dativ sg. von *madh*, Wissen. Die einzige Schwierigkeit scheint im Gebrauche des Dativs zu liegen, doch vergl. man Vd. IV, 126.

38. Der im vorhergehenden Paragraphen begonnene Satz wird hier fortgesetzt: „zum Asha-vahista, zum Khshathra-vairya, zur Çpenta-ârmaiti". Aspendiârji übersetzt §§. 37 und 38 folgendermassen: „Zarathustra fragte den Ahura-Mazda um das Werkzeug (Bahman), welches die Daêwas peinigt, 38. Und den grossen Herrn der Reinheit (Ardibihist) um die Vermehrung der Guten (Çpenta-ârmaiti)." — Es ist mir unmöglich, diese Übersetzung mit dem Texte zu vereinigen.

39. *Kar* mit *haca:* wegthun von etwas. *Haca duzhda ağra mainyô* ist am Ende doch kein Fehler der Abschreiber, wie ich früher vermuthete, sondern es ist nach *haca* etwa *thwaṭ* hinzuzudenken, von dir, *o* schlechter Ağra-Mainyus. (Die Übersetzungen sehen auch hier wieder in *duzhda* den Ablativ von *duzhdâo*, cf. oben zu Vd. XIX, 16.) So Rückert mit Berufung auf Vd. XI, 28, 29; XX, 25, 29 und ich möchte ihm beistimmen.

40. Über *raêthwa* cf. zu Vd. III, 46. Bezüglich des Unterschiedes von *haûm raêthwa* und *paiti raêthwa* brauchen wir nur die schon von Anquetil gegebene Erklärung zu wiederholen (ZAv. I. 2, p. 303): *Les Parses distinguent deux sortes d'impuretés. La première, nommée h a m r i d est celle que produit l'attouchement d'un être impur par lui même, tel que le cadavre d'un homme, la seconde espece d'impureté est nommée p i t r i d: c'est celle qui est communiqué par un être devenu hamrid.*

42. *Nizhbayağuhu* gibt die Huzvâresch-Übersetzung mit [illegible] (כריתנגאי), von der Wurzel קרא im Semitischen. Diese Wurzel heisst sowohl „rufen" als „lesen"; ich habe das Wort daher in der Bedeutung „anrufen" genommen, was sich sehr gut mit der Bedeutung der Wurzel *zbd* = skr. *hve* verträgt. Aspendiârji übersetzt es mit „lesen".

43. Cf Yç. LVI, 10, 2; Yt. 11, 14. Dieser Satz, der eigentlich ganz leicht ist, bietet ein gewisses Interesse dar durch ein Wort, das ein alter Fehler zu sein scheint. Es ist dies das Wort, welches ich *avdo* gelesen habe, das aber in den Handschriften

theils *avdon*, theils *avân*, theils *avdun*, theils *avaûn*, besonders aber *avaên* geschriehen wird. Die letztere Leseart haben wohl gewiss die Huzvâresch-Übersetzer vor sich gehabt, denn sie übersetzen: (סנן אוין), im Nichtsehen, d. h. die unsichtbaren, damit in Übereinstimmung Aspendiârji: die Himmlischen. Glosse: (אמתשאנן רא ויגאי אנ̄שאנן נרמן ינ̄שנן), „da du sie nicht siehst, so musst du sie preisen". Diese Übersetzung kann nicht richtig sein: weder *avaên* noch auch *avaêna* kann „unsichtbar" bedeuten. Es ist mir darum auch jetzt noch wahrscheinlich, dass wir hier einen Acc. plur. des Pronomen *ava* zu suchen haben. Der regelmässige Acc. plur. masc. von *ava* wäre *avê;* doch halte ich auch *avâo* als Nebenform für das Masc. nicht für unmöglich, er wäre nach der gewöhnlichen *a* Declination gebildet wie *ameshâo*. Bezüglich der Lesearten habe ich mich schon früher (vergl. die traditionelle Literatur der Parsen II, 60) darüber erklärt, dass ich sie aus einer falschen Umschreibung aus der Huzvâresch-Schrift oder herleite. *Avi haptô karshvairîm zaûm* habe ich übersetzt: (welche herrschen) über diese aus sieben Karshvares bestehende Erde; richtiger ist vielleicht: preise sie hin zu der aus sieben Karshvares bestehenden Erde, so dass eben die Amescha-çpentas in Folge der Anrufung mächtiger werden und ihre Obliegenheiten auf der Erde gut erfüllen können.

44. *Thwâsha* ist nach einstimmiger Überlieferung der Himmel, unterscheidet sich aber meiner Ansicht nach dadurch von *açman*, dass er die Gottheit des unbegrenzten Raumes ist, während *açman* — wie schon sein Name besagt — aus Stein und zwar aus blauem Steine gemacht ist. Ferner hat der Himmel *(açman)* zwar ferne Grenzen (Yt. 13, 3), aber er hat doch Grenzen, während *thwâsha* gewiss unbegrenzt gedacht wurde. Huzvâresch-Übersetung: (ספאש), woneben eine Nebenform (ספהר) zu denken ist wie (פרואש) und (פרוהר) = *fravashi*. Ich bleibe trotz Pott's Widerspruch dabei, neup. سپهر von *thwâsha* abzuleiten, was lautlich gar keine Schwierigkeit hat, da auch die Umwandlung von altb. *thw* in neuérânisch *çp* ganz gewöhnlich ist; auch F. Müller theilt meine Ansicht. Dazu ist namentlich aus dem Schâhnâme noch leicht zu erweisen, dass سپهر als eine himmlische Macht auftritt. *Qadhâta*, sein eigenes Gesetz habend, cf. zu Vd. II, 131. — *Zrvan* kennen wir

schon als „Zeit“, *zrvâna akarana* ist die Zeitgottheit, die gewissermassen ausserhalb Ahura-Mazdas stehend gedacht wird, cf. meine Übersetzung des Avesta Bd. III, p. XXXIX. — *Vayaos* oder *vayâus* — beide Lesearten kommen vor und beide sind richtig — ist der Gen. sg. von *vayu*, was die Pârsen mit [illegible] (ואי) übersetzen, d. i. die Luft (cf. B. 72, 1). Aspendiârji zu der St. sagt, es sei *Vayu* ein Gehilfe des *Râman*, nach Yt. 15, der hier in seiner ganzen Ausdehnung zu vergleichen ist, scheint dieser Yazata selbst mit der Luft identificirt zu werden. *Uparô-kairya* = [illegible] (אפרכאר), Deçtûr Dârâb بالاکار, ebenso Aspendiârji, es heisst: in der Höhe wirkend, sein Geschäft in der Höhe habend.

45. Wenn hier plötzlich das Object von *nizhbayaǧuha* im Nominativ steht statt im Acc., so wird man kaum darin einen Grund für die spätere Abfassung dieser Anrufungen sehen dürfen, da solche Unregelmässigkeiten auch in andern Theilen des Avesta öfter vorkommen. *Vâtô*, der Wind, wird immer als eine besondere Gottheit von der Luft abgeschieden, die späteren Pârsen unterscheiden sogar zwischen einem guten und einem bösen Winde. Unter der Tochter des Ahura-Mazda ist nach übereinstimmender Ansicht der Tradition die *Çpenta-ârmaiti* zu verstehen, und dies ist um so wahrscheinlicher, als sie Yt. 17, 2 bestimmt so genannt wird.

46. *Fravashis* ist die Leseart der besten Handschriften, die ich auch jetzt beibehalte. Westergaard und Rückert wollen *fravashim* corrigiren. Ich nehme *fravashis* für den nom. sg. (nicht Acc. pl.), der hier ebenso ungrammatisch statt des Acc. gesetzt ist, wie im vorhergehenden Paragraphen.

47. Cf. Yç. I, 2, welche Stelle zeigt, dass diese Beiwörter Attribute des Ahura-Mazda sind und daher die Möglichkeit ausschliesst, dass hier von allen Fravashis die Rede sein könne.

48. *Yêǧhê*, nicht *yêǧhâo*, steht in allen Handschriften; man wird also das Relativum auf *mana*, nicht auf *fravashis* zurückbeziehen müssen.

49. Der Huzvâresch-Übersetzung ist es wohl dunkel erschienen warum Zarathustra selbst die Schöpfung des Ahura-Mazda anrufen soll; wahrscheinlich weil sie als unter ihnen stehend gedacht wird, denn er ist ja der oberste. Sie setzt daher zur Erklärung bei: [illegible] (אי מן ידכן אר נומאר). „d. h. lasse sie nicht aus der Hand“.

50. Die Wurzel *çaṅç* wollte ich sonst als gleichbedeutend mit *çaǵh* fassen, wofür aber kein Grund vorhanden ist. Huzvâresch-Übersetzung [Pahlavi] (מימננסתו, so ist wohl zu lesen), die neueren Übersetzungen „annehmen“ und ihnen möchte ich mich jetzt anschliessen. Es kommt indess Alles darauf an, wie man die Huzvâresch-Übersetzung zu der Stelle versteht; da sie in den Handschriften ABC ohne alle bemerkenswerthe Variante gegeben wird, so wird unser Text wohl richtig sein: [Pahlavi] (נובשנש ר כאם סתו זרתושתו איעש בנא אית מנן איתונן דמנננית אי נובשנש ר זך מימננסתו זרתושו איע בנא הנא דאשת גיושיתנן דאשתנן אפא·ית בנא איע), „Rede mir ..... Zartuscht nämlich ihm. Aber manche sagen: meine Rede nahm an dieser Zaratuscht, d. h. er hielt dafür, man muss sie behalten und hören“. Wenn nicht nach [Pahlavi] etwas ausgefallen ist, wird man kaum anders übersetzen können als ich gethan habe; auch sehe ich jetzt noch nicht ein, wie man das dunkle [Pahlavi] anders erklären will als durch ein Verbum, welches „sagen“ bedeutet, wie dies schon Anquetil gethan hat. Aspendiârji's und meine jetzige Übersetzung geht auf die zweite Erklärung der Huzv.-Übersetzung zurück.

51. Huzvâresch-Übersetzung: [Pahlavi] (בנא כריתננם אנהומא אארוב דאם דאתאר) „ich preise Ormazd, den Schöpfer reiner Geschöpfe“. So auch Aspendiârji, und es ist keine Frage, dass dies der Sinn sein muss. Ich halte demnach meine frühere Übersetzung auch hier fest; man muss *ahurô mazdâo ashava dâma dâtem* durch die freieste Art der Composition unter sich verbunden betrachten. Wegen *dâtem* cf. zu Vd. II, 10.

52. Früher übersetzte ich *huzaêna* mit siegreich, ebenso *zaya*, ich betrachtete beide als Adjectiva, abgeleitet von *zi* = skr. *ji*, siegen. Dem steht etymologisch auch nichts im Wege; gerathen bleibt es aber doch, sich nicht von den gewöhnlichen Wortbedeutungen und von der Tradition zu entfernen. Ich möchte daher jetzt übersetzen: Ich preise den Mithra etc., den mit guter Waffe versehenen, den glänzendsten unter den Waffen, den siegreichsten unter den Waffen. Hierzu stimmen auch die einheimischen Übersetzungen. Dass Mithra geradezu Waffe genannt wird, kann nicht auffallen. Übrigens fasst Rückert wohl: den glänzendsten an Waffen, denn er vergleicht das arabische حسن الوجه.

53. Die Lescarten *zaçtaya* und *zaçtayô* sind nicht viel verschieden; es steht das Wort jedenfalls im Gen.-Loc. Dual; das schliessende *a* kann verdunkelt werden oder auch bleiben. Çraosha hält die Waffe in beiden Händen zum Ausholen, weil er eine Keule führt, cf. Vd. XVIII, 71 fg. *Drajimnô* lese ich mit A cf. zu Vd. XIX, 13. Den Nominativ in den Accusativ umzuwandeln, wie Westergaard thut, wage ich nicht bei der Übereinstimmung der Handschriften; auch scheint es mir nicht unumgänglich nothwendig, weil gerade in solchen Appositionen der Nominativ statt des Casus obl. häufig ist. — Windischmann hat zuerst darauf aufmerksam gemacht, dass *kameredha* nur von den Köpfen böser Wesen gebraucht werde und bei diesen dasselbe bezeichne, wie *vaghdhana* bei den guten (cf. zu Vd. V, 38). Das Wort ist wohl unzweifelhaft mit skr. *mûrdhan* und *kaparda* verwandt.

54. *Ash* in der Huzvâresch-Übersetzung = وزر (כבד) oder ·ט (מו) i. e. بس, viel; ist von Windischmann wohl mit Recht mit griech. ἐρι, ἀρι im Compositiv und mit der armenischen Vorsetzsilbe երա (era) verglichen worden. — Neriosengh versteht *mañthra çpeñta*, nicht wie ich vom göttlichen Worte als Sache, sondern sieht darin den Namen eines Yazatas. Cf. meine Übersetzung des Avesta Bd. III, p. XXXVIII.

58. Für das sinnlose *aghen* oder *vaghen* der Handschriften ist wohl ohne Frage *vaghvanm* zu corrigiren, wie Vd. XXII, 2 steht. Darauf weist die Huzvâresch-Übersetzung, welche das Wort mit ·ט·· (אפאתש) übersetzt, womit gewöhnlich *vôhu* gegeben wird.

60, 61. *Uruthmya* = ·········· (ארוישנאומנד), wachsend, von *uruth*, wachsen, einer Nebenform von *rudh* cf. Yt. 18, 6; 5, 130. *Framru*, indem du sprichst, Gerundium wie Vd. III, 5; VIII, 49. Der Genitiv *urvaranaṅm uruthmynaṅm* steht wohl statt des Acc. als allgemeiner Pluralcasus; zu *çrîra urusta amavaiti* ergänze ich *urvara* und sehe darin den Nominativ statt des Acc., wörtlich zu dem (bestimmten) schönen etc., so dass aus der Menge der wachsenden Bäume ein bestimmter herausgenommen wird. Dagegen will Rückert in diesen Worten Neutra sehen und beruft sich auf ähnliche neutralisirte Epitheten Vd. IX, 168, wo ich die Sache etwas anders fasse, cf. zu der St.

62. Die auffallenden Formen *vañuhê*, *ashaonê*, welche von den Handschriften theils überwiegend, theils ausschliesslich beglaubigt sind, habe ich hier bestehen lassen, des Gleichklanges wegen. Nach Vollendung von §. 62 citirt der Text das Gebet Ashem-vohu, aber keine Handschrift gibt das Gebet vollständig; es ist mir auch fraglich, ob es bei dieser Gelegenheit ganz gebetet wird, denn auch in der folgenden Vorschrift für das Abschneiden des Bareçma, welche sich im Cod. XVI, suppl. d'Anq. p. 9 fg. findet, steht das Gebet nicht ganz: اوستای برسم چیدن بن اول هفت شاخ برسم پاك کردن ودست بپادیاب کردن چنان سازد که از نزدیك آب تا نزدیك برسم هفت گام بیش دور نشدن ودر پیش درخت ایستادن وبرسم چین اور شاخ نهادن و [illegible] سه خواندن [illegible] که باشد گفتن [illegible]. [illegible] تا سر خواندن [illegible]. [illegible] اوروار ودرخت به نگریدن برسم را سه بار نماز بردن وبه [illegible] سر برسم چیدن وبه [illegible] کارت (so immer: کارد) اندر میان برسم نهادن و [illegible]. چیدن [illegible]. تا سر گفتن وسه اشم وهی خواندن به این دستور سه برسم چیدن وبن وسر برسم می نگریدن واول بن برسم ببراید چیدن واز بالای برسم به مقدار یك دانه جو بیش نه بریدن وگر بیشتر (?) ببرد نشاید. Hierzu füge ich noch, was Anquetil in seiner handschriftlichen Übersetzung zu der Stelle bemerkt hat. *Pour le barssom on prend de tous les arbres, du gass, anar de la vigne, pourvu qu'il n'y ait pas d'épine de la longueur d'une palme, rond, gros comme tuyeau (?) de plume: Branches en lisant: 35 pour l'Avesta, le Vendidâd, 23 pour l'Izeschne, 7 les jours gahanbars, 13 les jours d'Adars et Ardebehest, lors de l'arrivée de Rapitan qui vat 6 mois sous terre faire croître tout, et revient passer 6 mois sur terre. (Dans le Kirman on employe des cordes de l'éton (?) au lieu de branches par la rareté des arbres).*

63. Auf die eigenthümliche Schwierigkeit dieses Paragraphen habe ich schon früher aufmerksam gemacht, sie liegt in den Wör-

tern *aêshô* und *yavô*. Auf den ersten Blik scheint *aêshô* das gewöhnliche Pronomen zu sein, *yavô* für *yavaṭ* ist etwas auffallend; doch ist es nicht undenkbar, dass sich *yavaṭ* nach Abwerfung des schliessenden *ṭ* in *yavô* umgestaltet habe. So lässt sich meine Übersetzung von Seite der Etymologie allerdings halten; dass sie aber nicht zur Tradition stimmt, habe ich auch schon früher gezeigt. Die Huzvâresch-Übersetzung gibt *aêshô* mit [illegible] (איש) und *yavô* mit [illegible] (יוך), sie will also wohl zwei uns unbekannte Masse darunter verstehen. So auch Aspendiârji: eine Spanne lang und einen „Duk" breit. Anquetil: *On emporte ensuite le barssom du haut (de l'arbre) dans son longueur eṭ sa largeur.*

64. Man wird gut thun, auch hier sich ganz an die Huzvâresch-Übersetzung zu halten, welche folgendermassen lautet: [illegible] (אר זך ברסום פנן אפרנכירשנש מאם כרינאי איע בנא שיכננאי י נבנאאנן בות אארובאנן אנ̃שאנן פנן זך הוי ידמן בנא ראשת) „nicht sollst du dieses Bareçma beim Anschauen zerschneiden, d. i. hinwerfen, die reine Männer sind, sollen es dann in der linken Hand halten". Im Anschlusse an diese Auffassung muss ich auch meine früher (Avesta-Übers. II, p. LXVIII) ausgesprochene Ansicht bezweifeln und die Lesart *paiti-keretem* festhalten, und glaube, dass *paiti-keretem* und *pairi kereñtis* nichts mit einander gemein haben; ersteres kommt von der Wurzel *kere*, sehen (cf. نگریدن), ist also = *paiti diti*, Vd. XVIII, 125, letzteres von *pairi-kerent*. Ich übersetze jetzt das Wort mit zerschneiden und beziehe diese Äusserung auf die am Ende der oben zu §. 62 angeführten Bemerkung, dass man oben von der Spitze des Bareçma, wenn man es angesehen hat, nichts mehr abschneiden solle. Aspendiârji liest *pairi keretem* und übersetzt auch nach dieser Lesart. Für *nyâçemnô* wird es nöthig sein, eine Wurzel *yâs*, halten, anzunehmen.

66. Ein verzweifelter Satz, über den die alten Übersetzer selbst wenig Erspriessliches gewusst zu haben scheinen. *Haomaçca* muss wieder im Nominativ statt im Accusativ stehend gedacht werden, weil es Apposition ist. Aber auch die übrigen Casus wollen sehr wenig zu einander passen. Für den ersten Theil des Satzes habe ich in Übereinstimmung mit der Huzvâresch-Übersetzung zwei Hauptbegriffe angenommen, um die sich die Beiwörter gruppiren.

Der eine ist *Haoma* mit dem Beiworte *zâiris*, golden, in der Huzvâresch-Übersetzung [illegible] (זרינן), i. e. زرین, und *berezô*, i. e. gross, [illegible] (בורנר) = بلند in der Huzvâresch-Übersetzung. Der zweite Hauptbegriff ist *vôhumanô-râtaca*, zu dem man *çrîrdoçca* hinzunehmen muss; so will es wenigstens die Huzvâresch-Übersetzung, welche übersetzt: [illegible] (וזכני ניוכי והומן ראתשני), und diese schönen Darbringungen des Vôhumanô. Was das nun aber sein solle, ob wir unter Vôhu-manô den Genius dieses Namens verstehen sollen oder den Menschen, wie später ausdrücklich erklärt wird, bleibt unsicher; ich habe mich jedoch für das letztere entschieden, da *râ* von menschlichen Darbringungen öfter gebraucht wird. Es könnte vielleicht auch heissen: die Darbringungen von Vôhu-manô, d. i. von lebenden Wesen. Schon hier macht Schwierigkeit, dass man *çrîrâoçca* zu *râta* beziehen muss; auch würde man dann am besten *ca* nach *râta* tilgen, wie Rückert vorschlägt und einige Handschriften thun. Wollte man aber *râtaca* als einen neuen Begriff abtrennen, so würde man in Verlegenheit sein, was man mit dem Adjectiv *çrîrâoçca* anfangen solle, zu dem jedes Substantiv fehlt. Ganz und gar undeutlich ist aber, was mit den Schlussworten angefangen werden soll; hier passt kein Geschlecht zum andern, kein Casus zum andern. *Vaǧuhi* und *mazdadhâta* sind Feminina, ohne dass man aber sieht, worauf sie gehen; *ashaonê vahistô* Masculina, man sicht aber eben so wenig, worauf sie bezogen werden könnten. Unter diesen Umständen habe ich keinen andern Ausweg gesehen, als *vaǧuhi mazdadhâta* auf *râta* zu beziehen, wie auch die Huzvâresch-Übersetzung zu thun scheint — man müsste dann annehmen, dass plötzlich vom Plural in den Singular übergegangen sei; weniger auffallend oder eigentlich ganz passend ist es, wenn, wie bei *haomaçca* so auch hier, der Nominativ statt des Accusativs beibehalten wird. *Vahistô* habe ich wieder als in den Nominativ gesetzte Apposition genommen statt *vahistâi*. Alles dies ist natürlich sehr problematisch, aber die neueren Übersetzungen helfen uns auch nicht weiter. Aspendiârji lässt *haomaçca zâiris* ganz weg; er übersetzt sonst ziemlich ähnlich. Anquetil: *Le hom jeaune, grand, pur, la lait (sous la domination de Vohman pur créé de Dieu) pur, céleste (ou que Dieu a créé du ciel).*

68. *Abaǧhô* übersetzt die Huzvâresch-Übersetzung mit [illegible] (אמסת), d. i. das Gegentheil von [illegible] (מסת), مست, betrunken, was

man nach dem zu Vd. XV, 44 Bemerkten ganz in der Ordnung finden wird. So auch Deçtûr Dârâh und Anquetil, während Aspendiârji den Ausdruck unübersetzt lässt.

69. Die Erklärung der Huzvâresch-Übersetzung, dass *vôhu-manô* hier nicht den Genius dieses Namens, sondern vielmehr den Menschen bedeute, scheint im ersten Augenblicke auffallend; das Befremdende schwindet aber, wenn man bedenkt, dass im Avesta die Namen aller Ameschа-çpentas zugleich für die von ihnen beschützten Gegenstände stehen (cf. Vd. III, 119); nun ist aber *Vôhu-manô* der Beschützer der lebenden Wesen, folglich auch der Menschen, *vôhu-manô* wäre demnach so viel als: Geschöpf des Vôhu-manô. Möglich wäre auch Aspendiârji's Ansicht, der mehr von der ethischen Seite ausgeht und unter *vôhu-manô* ein mit guter Gesinnung begabtes Wesen versteht. — Rückert findet die Ergänzung von „sich" bei *haṅm raêthwayêiti* (er verunreinigt sich) ungrammatisch; ich sehe aber keinen andern Weg, um den Ausdruck zu übersetzen; es ist aber allerdings diese Übersetzung etwas frei, wörtlich heisst wohl *haṅm raêthwayêiti:* er berührt etwas Unreines unmittelbar. — Die besten Handschriften lesen den Genitiv *jatayâo* als Zusatz zu dem Ablativ *tanvaṭ*, und ich behalte ihn bei, da solche unregelmässige Beisätze öfter vorkommen; der Ablativ *jatayâṭ*, den manche minder gute Handschriften geben, scheint mir erst spätere Correctur zu sein. Die Worte *daêva haṅm raêthwayêiti* möchte ich jetzt nicht mehr übersetzen: durch den Daewa verunreinigt er sich, sondern: an den Daewas verunreinigt er sich.

70. Die Worte *gaom ayaçôis zarathustra* stehen zwar in sehr guten Handschriften, fehlen aber in anderen und in der Huzvâresch-Übersetzung; sie sind ganz unnöthig und ohne Zweifel zu streichen. *Ukhshan* übersetzt die Huzvâresch-Übersetzung mit [illegible] (گشن), was die neuere Tradition mit „jung, kräftig" wiedergibt, und ich bin ihr darin gefolgt. Auch in der Übersetzung der letzten Worte *bikhedhrem dâityô keretem* bin ich der neueren Tradition, d. h. Anquetil's Übersetzung gefolgt, welche lautet: *Il faut du pissat, un boeuf jeune, coupé (sans glands) fait (ainsi)*. Ich glaubte mich von dieser Übersetzung um so weniger entfernen zu dürfen, als Anquetil in solchen Dingen sonst gut unterrichtet zu sein pflegt und wohl erfahren konnte, welcher Art der Ochse sein müsse, den

man zu dem hier beschriebenen Geschäfte nehmen darf; ich fasste daher *bikhedhrem dâityô-keretem* als: richtig gemacht an beiden Hoden, d. h. richtig verschnitten. Nun sehe ich aber, dass Aspendiârji die Stelle gerade umgekehrt fasst: mit beiden Hoden versehen, richtig gemacht, und diese Übersetzung möchte ich schon der einfacheren Construction wegen vorziehen. *Bikhedhra* ist wohl aus *bi*, zwei, und *khedhra* zusammengesetzt; die Bedeutung von *khedhra*, Hode, muss auf die Autorität der Tradition angenommen werden, eine Ableitung hin ich bis jetzt nicht im Stande gewesen zu finden. Rückert erinnert an *vîkhadha*, Vd. II, 95.

71. *Yaozhdâta* habe ich sowohl auf den Ochsenurin als auf den Ochsen selbst bezogen; nach der neueren Ansicht scheint blos der erstere bei der Ceremonie nothwendig zu sein. Rückert möchte *frabarôiṭ* corrigiren: der Reiniger bringe. Die Handschriften sprechen indess nicht für eine solche Correctur; Zarathustra erscheint hier eben als der Typus, nach dem sich alle späteren Priester zu richten haben.

73. *Ashô-çtûiti* heisst wohl nicht blos heiliges Gebet, wie ich, allerdings in Übereinstimmung mit allen Übersetzungen, übersetzt habe, sondern etwas specieller: das Gebet Ashem-vôhû, cf. Yt. 21, 2. 3. Über die ganze hier beschriebene Ceremonie cf. meine Übersetzung des Avesta II, p. XCIII—XCVI.

75. *Catura* wird in der Huzvâresch-Übersetzung aus Versehen mit [Pahlavi] (פנג באר), fünfmal, übersetzt; die neueren Übersetzungen corrigiren diesen Fehler. Statt *fraçnana* möchte Rückert mit einigen Handschriften *fraçnâna* lesen, was allerdings das Regelmässige wäre, indess kommen doch im Altbaktrischen solche Verkürzungen öfter vor, cf. *ustana* neben *ustâna, hutasta* und *hutâsta*. *Gaomaêzem* und *âpem* sind Accusative des Stoffes wie oben Vd. XVI, 13. 14. Zu *mazdadhâtayâo* muss nochmals *âpô* ergänzt werden. *Gava* fasse ich als Gen. sg. auf = *gavô*, dazu wäre dann — da *gavô* auch Gen. fem. ist — *dâityayâo* das regelmässig gesetzte Adjectiv. Rückert will in *gava dâityayâo* ein umgekehrtes Determinativ-Compositum sehen statt *dâityô-gêus*. Westergaard corrigirt *gavadâtayâo*, bezeichnet aber seine Lesung als zweifelhaft; sie erhält indess eine Stütze in der Huzvâresch-Übersetzung, welche *gava dâityayâo* mit [Pahlavi] (תונאאנגראת) gibt. Zu *gavadâtayâo* würde *âpô* zu ergänzen sein.

76. Wegen der Construction cf. Vd. XII. 34.

77. Rückert und Westergaard ziehen die Lesart *uzgêurvayâț* der von mir gewählten *uzgêurvayaț* vor, welche die VS. geben. Ich bleibe auch jetzt noch bei meiner früheren Ansicht, und glaube, dass der Indicativ die grössere Bestimmtheit ausdrückt: er wird ergreifen; dagegen *uzgêurvayâț*: er soll ergreifen, cf. Vd. II, 52, wo die Handschriften in ähnlicher Weise schwanken, und unten Vd. XIX, 83. 84. Man bemerke die Formen *hâvôya* und *hâvayaca*, die Ansetzung von *ca* hat die Verdunklung des *a* in *ô* verhindert. Eben so *mâvôya* und *mâvayaca*, conf. oben Vd. XVIII, 76. Dass das Kleid emporgehoben werden soll, steht zwar nicht im Texte, aber die Huzvâresch-Übersetzung will das Wort [illegible] (וסתר), Kleid, ergänzen, und es scheint mir sehr wahrscheinlich, dass sie Recht hat.

78. Schwierig ist *nidaitis* oder *nidaithis*, wie überwiegend beglaubigt ist und wie ich jetzt auch vorziehe. Huzvâresch-Übersetzung: [illegible] (אדינן והומן בנא כריתננית): dann ruft Vôhu-manô an. So auch Aspendiârji: dann liest der Wohlgesinnte. Dass solche Formen auf *thi* mehrfach mit Verbalkraft versehen sind, haben wir schon zu bemerken Gelegenheit gehabt, cf. zu Vd. IV, 155. Wörtlich übersetzt wird *daț vôhu-manô-nidaithis* heissen: dann (findet statt) die Anrufung des Vôhu-manô (Menschen). Der Genitiv *çûrô-thwarstanaĕm raocaghaĕm* hängt natürlich von *nidaithis* ab. Den Sinn der zweiten Hälfte des Satzes halte ich noch fest, auch Aspendiarji versteht ihn so, wie ich gethan habe; *hê* muss auf das zu reinigende Kleid bezogen werden, *çtâraĕm baghô-dâtanaĕm* muss entweder als Genit. partit. oder als allgemeiner Plural aufgefasst werden. Die Huzvâresch-Übersetzung übersetzt ziemlich frei: [illegible] (איע אנן סתר בכדאת רושנינים), o jene Sterne, von den Baghas geschaffene, reinigt mich. *Baghô-dâta*, von den Baghas oder den Göttern geschaffen; diese Bedeutung kommt dem Worte *bagha* nicht nur nach dem Altpersischen zu, es findet sich in dieser Bedeutung auch noch im Neupersischen in Wörtern wie بغداد und بغبور. Dass auch in der Huzv.-Übersetzung [illegible] (בך) nichts Anderes heissen soll, beweist Yç. X, 26. 27, wo es Neriosengh richtig mit *dâtâ* übersetzt. Vergl. auch Yç. LXIX, 2 und unten zu Vd. XXI, 22. Wenn Aspendiârji das Wort *baghô-dâta* mit „im Verhältniss gegeben" übersetzt, so hat er demnach keinen Rückhalt an

der älteren Übersetzung und hat unser *bagha* (masc.) mit einem andern *bagha* (fem.) verwechselt, welches sich Yç. XIX, 4 findet und von Neriosengh mit *vibhañjanâ* gegehen wird.

81. Auch hier wieder ist die Ergänzung des Wortes „Kleid“ nach der Huzvâresch-Übersetzung, welche lautet: (מנן והומן זך אי בויינית וסתרנ), der, welcher Vôhu-manô ist, beräuchere das Kleid.

86. Dieser und der folgende Paragraph ist eben so schwierig, als er wichtig ist. Die neueren Übersetzer, Aspendiârji sowohl als Anquetil, sehen in unserer Stelle einen dogmatisch wichtigen Text, der die Auferstehung der Todten verheisst. Nach meiner Ansicht hat aber weder der Verfasser des Textes noch der Huzvâresch-Übersetzung an einen derartigen Sinn gedacht, und ist derselbe nur aus Missverständniss der Huzvâresch-Übersetzung entstanden. Diese übersetzt nämlich *hakhshânê* mit, was ich unbedenklich אחיָנִיני lese und als 1. Pers. imperat. nehme, wie *hakhshânê* im Texte (conf. meine Huzv.-Gramm. §. 113, wo mehr Beispiele gegeben werden). Die neueren Pârsen hingegen punktiren אחיָנִינד = neup. خیزند und übersetzen: stehen sie auf. Wie mir scheint, braucht man nur den Text anzusehen, um sich zu überzeugen, dass diese Übersetzung unrichtig sein muss; *hakhshânê* kann nicht heissen: werden sie aufstehen. Ich habe das Wort in der Bedeutung „antreiben“ genommen, die es Vd. VII, 128 bestimmt zu haben scheint; auch Yç. VIII, 15 muss wohl so verstanden werden. — *Merezu-jîtîm* = (אהו זאישנאנן), im Plural: die sündhaft Lebenden; man wird also *merezu-jîtîm* als Comp. possessivum auffassen müssen: der, dessen Leben Sünde ist. Dass *merezu* = Sünde sei, bezweifle ich um so weniger, als auch neuere Pârsenwerke noch das Wort *marz* in dieser Bedeutung kennen. Aspendiârji gibt *merezujîti* mit راه زن, Räuber.

87. Auch hier halte ich meine frühere Ansicht entschieden fest. Der Potential *nipârayañta* steht statt des Infinitivs, der nach *hakhsh* stehen sollte und Yç. VIII, 15 auch wirklich steht; ähnliche Constructionen cf. Vd. VII, 128; XVIII, 116. *Nipârayañta* ist 3. Pers. pl. pot. des Caussativums von *nipere* = *nipârayayanta*. So fasst es wenigstens die Huzvâresch-Übersetzung auf = (סאתננינית). *Uruthma* fasst man wohl am besten als weibliches

Substantiv, das den Genitiv *yavanaṅm* regiert, auch *avaretanaṅm*, da es wohl das Einfacbste ist, auch zu *anyaṅm* noch einmal *uruthmaṅm* hinzuzudenken. Rückert scblägt vor *nipârayañta* zu übersetzen: sie sollen erfüllen, was aueb gehen würde. Über den Sinn besteht eigentlich zwischen Aspendiârji und mir keine Differenz; nur dass eben der genannte Erklärer, in Folge freier Auffassung des vorhergehenden Paragrapben, die Frage so gestellt eracbtet: ob alle diese Dinge nach der Auferstehung wieder stattfinden werden. — *Hê* ist wohl auf *zaṅm* zu beziehen, *taçañtaṅm* Femininbildung des erweiterten Particip. praes. *taçañta*.

88. Die Huzvâresch-Übersetzung bestätigt meine Fassung, denn sie übersetzt *hakhshaêsha* mit (אחיינאי), einer deutlichen 2. Pers. sg. Dagegen Aspendiârji: sie werden auferstehen, und ebenso Anquetil: *tout ressuscitera*. Ich halte diese Übersetzung des Wortes *hakhshaêsha* für durchaus unmöglich. Die ganze Frage scheint blos die zu sein: ob Zarathustra die Menschen zum Feldbau ermuntern soll, wie dies in Farg. III geschehen ist. Diese Frage wird von Ahura Mazda bejaht.

89. Hier beginnt ein neuer Abschnitt, und zwar bezieht sich derselbe, wenn auch nicht auf die Auferstehung, doch auf die Zeit unmittelbar nach dem Tode. Am nächsten verwandt mit unserer Stelle ist dem Gegenstande nach Yt. 22. Das schwierigste Wort des Satzes ist *dâthra*, das ich noch immer mit „Gerichte" übersetze, worin mir auch Kossowitsch zustimmt. Die Huzvâresch-Übersetzung umschreibt es mehr, als sie es übersetzt, durch (דאסר), was Neriosengh Yç. XXXI, 14 mit *dâna*, Gabe, übersetzt, so Aspendiârji auch hier. Es wäre nach dieser Auffassung nur von den Belohnungen die Rede, welche der Mensch nach dem Tode erhält, nicht von den Strafen. In den Ausdrücken *bavaiñti*, *pârayêiñti*, *pairi bavaiñti* und *heñjaçeñti* glaubt Kossowitsch eine Steigerung finden zu müssen, und es ist auch klar, dass sie nicht synonym sein können. Die traditionelle Erklärung ist nun die folgende: *bavaiñti* steht = (דהוננד), sie sind, mit der Erklärung: (פנן מידהמאנש) in Besonderheit. *Pârayêiñti* wird mit (סאתננד) übersetzt und erklärt: (איעשאנן דאתנגשנן נורנגשנן איע סואן), d. i. wo ist ihr Kommen und Gehen? *Pairi bavaiñti* = (מאם דהוננד פנן איוכרתכש), wo sind sie auf einmal? *heñjaçeñti* =

(ראואר נר המסואך דאמתננד נר נבנא), (wann) kommen sie zu demselben Ort mit dem Manne? Kossowitsch übersetzt: *Ubi haec rationes — reddendae existunt (fiunt), ubi haec rationes coram veniunt (sc. in adspectum judicum), ubi haec rationes circum sunt (colliguntur), ubi haec rationes sunt frequentes.* Vor *mashyô* ergänzt Kossowitsch, wie ich, als Relativum. Dagegen bemerkt Rückert: „Ich glaube nicht, dass der Acc. des Relativum zu suppliren sei. Auch kann nicht füglich das Gericht „abgelegt“ werden. *Para dâta* Vd. XV, 32 bedeutet verlobt, *desponsa;* und so ist es hier: die Gerichte, wo der Mensch für seine Seele einsteht, *respondet*, sich verantwortet. Das Relativum wird nicht im Nominativ und Accusativ ausgelassen, sondern nur im adverb. Casus = wo, wie, bei welchem etc., wo es dann ersetzt wird durch den Conjunctiv oder Potential, cf. Vd. II, 53; VIII, 231; XIX, 96.“ In der Huzvâresch-Übersetzung ist [illegible] (מנן) eingeschaltet, das allerdings auch wo übersetzt werden kann; doch scheinen mir Stellen wie Vsp. VIII, 13, Vd. XI, 8 dafür zu sprechen, dass auch der Nominativ des Relativums ausgelassen werden kann. Statt *aghrô açtvatô* lesen Rückert und Westergaard *aghvô açtvaiñti*, was das Gewöhnliche ist.

90. Ich stimme jetzt Rückert bei, wenn er sagt: „*Paçca* regiert nicht den Genitiv, sondern steht absolut beim absoluten Genitiv = nachher bei gestorbenen Menschen“. *Fraçakhtahê* kann nur von der Wurzel *çac*, vorübergehen, stammen, welche im Vendîdâd so häufig gebraucht wird. Rückert und Kossowitsch haben mit Recht bemerkt, dass meine Übersetzung der Worte *paçca pairithnem kereneñtê daêva* (nach dem Weggange wirken die Daewas) nicht richtig sein könne, und die Art, wie sie dem Mangel abhelfen wollen, ist ziemlich die gleiche. Rückert will übersetzen: „nachher machen die Daewas Umkreisung oder Anstrengung“. Kossowitsch: *postquam tentamen fecerint daêvi*, indem er auf Yt. 22 und 24 verweist, aus denen hervorgeht, dass auch der fromme Mensch nach dem Tode noch einen Kampf mit den bösen Mächten zu bestehen hat, ehe er in das Paradies gelangt. Ich glaube, dass man *pairithna* hier wie Vd. XVIII, 45; Yt. 8, 54 mit „Kampf“ übersetzen kann, also: die Daewas unternehmen einen Kampf. Traditionell ist freilich diese Bedeutung nicht; die Huzvâresch-Übersetzung übersetzt vielmehr: [illegible] (אחר מן רוינן ותני ונאנן בנא סכננשנש שידאאן), nach dem zuvor Zerschneiden des

Leibes und der Seele durch die Daewas, was ich mit dem Texte nicht in Einklang zu bringen vermag.

91. Ich glaube, dass Kossowitsch daran Recht gethan hat, mit Westergaard *vîuçaiti* zu lesen, denn *vîç* hat gewöhnlich, wie der genannte Gelehrte bemerkt, nicht die Bedeutung *intrare* wie im Sanskrit, und diese würde doch hier gefordert sein. Die Lesart *vîuçaiti* ist zwar an unserer Stelle nur wenig bezeugt, und dies ist auch der Grund, warum ich sie nicht aufgenommen habe; als Parallele zu unserer Stelle lässt sich jedoch der Anfang von Yt. 22, 7 anführen; dagegen halte ich *uçraocaiti* oder *uçiraocaiti* hier fest gegen die Lesart der VS. und Westergaard: *uçraocayêiti*. Ich halte nämlich *viuçaiti uçraoçaiti* für den Instrumental-Locativ zweier Substantive auf *i* und vergleiche die ganz ähnliche Construction Vd. V, 160; VI, 71. *Bâmaya* (Westerg. und Kossow.: *bâmya*) ist wohl jedenfalls der Locativ eines Nomens *bâma*, und es ist dieses wieder = neup. بام; es fragt sich aber, ob man das Wort mit „Höhe" oder mit „Morgenröthe" übersetzen soll; beide Bedeutungen sind zulässig, und beide würden hier passen. Huzvâresch-Übersetzung: [illegible] (באמיך), was wohl „hoch" heissen soll (cf. Vd. I, 81); aber Aspendiârji = بامداد, also wie ich.

92. Huzvâresch-Übersetzung: [illegible] = [illegible] (סנן נרי אאראיש חוארש איע ונ̄רהינית מתנן הוזינן) „auf dem Berge reinen Glanzes, wo aufgeht Mithra der siegreiche (oder wohlbewaffnete", cf. zu Vd. XIX, 52). Auch Aspendiârji stimmt hierin überein. *Âçenaoiti* von *aç* = skr. *aç*, erreichen, trotz des langen Anlautes, cf. Yt. 10, 13. Auffallend ist, dass *mithra* hier als Neutrum behandelt wird. Es ist wohl, wie Rückert bemerkt, mehr an das von Mithra bewirkte Licht, als an die persönliche Gottheit selbst gedacht. Der Genitiv *gairinaũm* steht hier, wie öfter, als allgemeiner Pluralcasus statt des Locativs.

93. *Uzyôraithi* habe ich mit *d* gegeben, da mir die wohl unzweifelhaft fehlerhaften Lesarten der Handschriften mit Übersetzung auch auf diese Lesung hinzuführen scheinen; einige VS. lesen *uzyôraiti*, Huzvâresch-Übersetzung etwas umschreibend: [illegible] (חורשיתנ̄ סנן ראדא אוזאשנש תמכן ראדא אוזית) „und die Sonne im Aufgehen aufgeht". Ich halte *uzyôraithi* für den Locativ eines Nomens auf *thi*, wie oben in §. 91

uçraocaiti, viuçaiti. Die auf den ersten Anblick seltsame Wurzel *yôr* habe ich schon in meiner früheren Besprechung dieser Stelle mit dem Vd. XXI, 16 flg. vorkommenden *uzayara* zusammengestellt, also an die Wurzel *îr* im Skr. angeschlossen, was auch richtig ist, obwohl ich damals den Zusammenhang nicht genauer nachweisen konnte. Seitdem ist die Zusammenstellung durch die Bemerkungen die Kuhn über die Wurzeln *ar, îr* und gr. ἰάλλω gemacht (Zeitschr. für vergl. Sprachforschung V, 193—206), vollkommen sichergestellt worden. *Hvare khshaêtem uzyôraithi* ist die freiere Art der Composition.

94. Der Daewa *Vîzareshô* erscheint nur an unserer Stelle und an einer mit der unseren dem Sinne nach gleichen im Mînôkhired. *Vîzareshô,* der Zieher, der Schlepper, von *zaresh* (wohl eine Erweiterung von skr. *hṛi*) schleppen, cf. Yt. 10, 38; 14, 20 und unten in §. 100 die eingeklammerte Stelle. Die Huzvâresch-Übersetzung fügt zur Erklärung folgende Glosse bei: [illegible]
[illegible]
איע כנא אישׁי פנן בנד דר נרתנן) [illegible]
אופתית אמת בנא דמיתנניתו אמת אארובו אש מנֹג נרמן בנא אופתית
אמת דרונד אש פנן זך הם בנד בנא אוו דושאוו אשנ̄ינד) „Jedermann fällt durch einen Strick am Halse, wenn er stirbt; ist er rein, so fällt der Strick von demselben ab; ist er schlecht, so ziehen sie ihn an diesem Stricke in die Hölle“. Aspendiârji versteht die Glosse etwas anders, er lässt jeden Menschen mit einem solchen Stricke geboren werden; ist der Mensch erwachsen und thut gute Werke, so fällt der Strick ab; thut er keine guten Werke, so bleibt derselbe an seinem Halse und er wird an ihm in die Hölle gezogen.

95. Die Ansicht Windischmann's, dass *pathaním* hier so wie Nyâyis I, 2 (I, 8 West.) und Yt. 13, 20 Acc. sg. sei, kann ich nicht theilen; ich sehe darin in allen drei Stellen den Gen. plur. *Yaçca drvaitê yaçca ashaonê* gehen die Übersetzungen: „wer bös und wer gut ist“, was blos den Sinn wieder gibt. Ich habe früher *drvaitê* und *ashaonê* als Neutra auffassen wollen: „wer für das Gottlose, wer für das Heilige ist“. Man kann aber auch übersetzen: „wer für den bösen (Geist), wer für den reinen (Geist) ist“. Die Huzvâresch-Übersetzung hat hier wieder eine Glosse: [illegible]
[illegible]
בנא אוו זך סואך) [illegible]

דאמתנניתו אנהומא אהרמן בנא חדיתננת זך אארובו וסנדמן בורתנן זכי דרונד נמאג̃ בורתנן רא תובאנן ואפחש ראואר דהוננית אנ̃ש מן זך אפחשש ריסת ראואר ויראינד) „zu jenem Orte kommt, wer den Ormazd und wer den Ahriman angeschaut hat; der Reine vermag zu beten, der Böse vermag es nicht, (das Wort) *apakhs* (verzeibe) wendet sich rückwärts, von dieser Verzeihung stellen sie den Leib wieder her".

96. 97. Das einzige etwas zweifelhafte Wort ist *yâtem*, das die Huzvâresch-Übersetzung mit ورخ (בהר), i. e. بهر, Theil, übersetzt, so auch Aspendiârji. Ich halte es für ziemlich gleichbedeutend mit unserem „Wandel". Aspendiârji übersetzt *baodhaçca* mit „wohlriechend" und will das Wort mithin als ein Adjectivum zu *urvânem* ziehen; ohne alle Frage falsch. Die Huzvâresch-Übersetzung hat gewiss denselben Sinn in den Worten gesehen, den auch ich in sie gelegt habe.

98. Durch einen Druckfehler steht in meiner Textausgabe *huraodhô* statt *huraodha*, wie mein früherer Text richtig hat und alle Handschriften lesen. Es stehen mithin in unserem Paragraphen lauter in das Feminin gesetzte Adjectiva; aber es fehlt ein Substantivum, auf welches dieselben bezogen werden könnten. Schon in meiner früheren Bearbeitung dieses Capitels habe ich meine Überzeugung ausgesprochen, dass hier ein Wort wie *kainê* oder *kainika* zu ergänzen sei, da nach anderen Nachrichten über den Zustand der Seele nach dem Tode, wie sie in Yt. 22 niedergelegt sind, der reinen Seele auf ihrem Wege zum Paradiese ihre guten Thaten in Gestalt eines schönen Mädchens entgegenkommen. Diese Überzeugung halte ich auch jetzt noch fest; auch Kossowitsch schliesst sich an; zudem sehe ich jetzt, dass auch Aspendiârji dieselbe Ansicht theilt. Windischmann und Kossowitsch wollen unter diesem Mädchen den wahren Glauben verstehen, wozu sie wohl durch den Ausdruck *hava daêna* in Yt. 22, 9 veranlasst werden. Ich möchte aber in der That mit Aspendiârji und dem Minôkhired (vergl. meine Einl. in die trad. Schriften II, 139) die guten Thaten der Menschen unter dieser *hava daêna* verstehen.

99. Die Erklärung dieses dunklen Paragraphen hat seit dem Erscheinen meiner Übersetzung wesentliche Fortschritte gemacht. Es ist klar, dass sich die Feminina dieses Paragraphen auf dasselbe Subject zurückbeziehen müssen, wie die des vorhergehenden. *Çpânavaiti* gibt die Huzvâresch-Übersetzung folgendermassen

wieder: (כרבאאומנד איעש פאנך רותמן), „mit Hund begabt, d. h. er hat Schutz mit sich“. Ich habe in der Note gesagt, dass man, im Widerspruche mit der Tradition, *çpânavaiti* nicht auf *çpâ*, Hund, sondern auf *çpânô*, Heiligkeit, zurückführen könne. Dieser Ansicht hat Kossowitsch beigestimmt, wogegen Rückert die traditionelle Bedeutung festhält. Noch räthselhafter ist *nivavaiti*, wie Westergaard und ich lesen. Huzvâresch-Übersetzung: (בנא וּבּארשנאומנד איע פיתאך איע כתאר מן כתאר), „mit Unterscheidung begabt, d. i. es (ist) offenbar welcher von welchem“. Kossowitsch zieht die Leseart *navavaiti* vor und übersetzt das Wort: *juventute praedita*. Auf eine ähnliche Bedeutung würde man kommen, wenn man *nivavaiti* mit altp. *naiba*, neup. نیو (*nêv*) zusammenstellen dürfte. Es ist dies die einzig mögliche Etymologie, die ich innerhalb der êrânischen Sprachen zu finden wüsste; freilich muss man, wenn man sie annimmt, die traditionelle Bedeutung aufgeben. Rückert erinnert ausser an نیو auch noch an neup. نیواره, ein Stab, mit dem man den Teig knetet, und meint, es könne *niva* vielleicht Stab überhaupt oder Hirtenstab bedeuten. *Paçuvaiti* habe ich corrigirt statt *paçvaiti*, was die besten Handschriften geben und auch richtig ist, da *u* vor *v* verschlungen wird (cf. *hvaṅthwa*, *paṅçnvâoġhem*). Demnach wäre *paçvaiti* mit Vieh versehen, so habe ich, wenn auch zweifelnd, übersetzt; aber diese Übersetzung ist nicht nach der Tradition, denn die Huzvâresch-Übersetzung übersetzt: (פסינאומנד איע ויש בוּכּך רותמן), „mit Schmuck (?) d. h. viel Reinheit ist mit ihr“; es kann hier kaum dasselbe Wort sein, das wir oben Vd. VI, 16 für *ṭbishis* finden, sondern muss auf *buj*, *bokhtan*, reinigen, zurückgehen. Kossowitsch liest *pâçavaiti* und stellt *pâça* mit skr. *pâça*, Seil, zusammen, nimmt es aber in der Bedeutung „Macht“. Westergaard liest *puçavaiti* und diese Lesung wird von Windischmann gebilligt, *puça* ist Yt. 5, 128; 15, 57; 19, 41 ein Kopfputz der Frauen. Diese Erklärung scheint auch mir jetzt die wahrscheinlichste. *Yaokhstavaiti* = (כאמכאומנד איע נּינונן גבנא אפאית), „mit Liebe, d. h. wie es dem Manne geziemt“; ich habe *yaokhstavaiti* mit „Stärke“ wiedergegeben, nach der Bedeutung, die ich den Worten *yaokhsta* und *yaokhsti* gewöhnlich zutheile. Kossowitsch: *fortitudine praedita*. Dass *hunaravaiti* „mit Tugend begabt“ heisse, ist unzweifelhaft, so auch die Übersetzungen. Aspendiârji viel zu frei: „seine Kinder, Arbeiten und gute Handlungen begleiten ihn in der Gestalt eines Hundes". Anquetil ohne Zweifel falsch: *Le chien qui veille aux troupeaux, veillera aussi à eux, et ils passeront.*

100. Die von mir eingeklammerte Stelle fehlt in der Huzvâresch-Übersetzung in den beiden ältesten Handschriften A und B, sie ist mir daher kritisch verdächtig; wie ich glaube ist dieselbe auch dem Sinne nach unpassend. Sie würde zu übersetzen sein: „sie zieht die schädlichen Seelen der Bösen in die Finsternisse". Allein an unserer Stelle ist nur von guten Seelen die Rede, die bösen Seelen sind in Kürze schon vorher §. 94 abgethan worden. Es würde ferner, wäre der Zusatz echt, das hier auftretende Mädchen eine Art Mittelsperson werden, welche sowohl die Bösen bestraft als die Guten belohnt. Dies läuft aber den Angaben der anderen Texte wie Yt. 22 und dem Mînôkhired zuwider; diese nehmen zwei Mädchen an: ein schönes, welches die frommen Seelen zum Paradiese, und ein hässliches, welches die Seelen der Bösen zur Hölle geleitet. Darum beginne ich den Satz erst mit *hâ ashaonaǹm* etc. Als Subject zu *âçenaoiti* habe ich das in den vorhergehenden Paragraphen genannte Mädchen genommen, so dass *urvânô* Acc. plur. ist wie Yç. XXVI, 21, so auch Kossowitsch. Die einheimischen Übersetzungen dagegen scheinen *urvânô* als Subject zu *âçenaoiti* zu beziehen und zu übersetzen: „die Seelen der Reinen schreiten über die Hara Berezaiti".

101. Auffallend ist *vîdhârayêiti*, Huzvâresch-Übersetzung: [illegible] (ותרינר) i.e. گذرند, sie gehen hinüber. Westergaard liest wie ich, Bollensen (Melanges asiatiques, St. Petersb. 1858, T. III, p. 336) will mit *d vîdârayêiti* lesen; alle aber stimmen überein, dass hier eine Erweichung stattgefunden haben müsse und *vidhârayêiti = vitârayati* stehe. Die Worte: *haêtô mainyavanaǹm yazatanaǹm* werden von der Huzvâresch-Übersetzung gegeben: [illegible] (מננשאנן נפשמן מנן נאנן יהאנן), sinnlos, das Richtige hat schon Deçtûr Dârâb gesehen, der statt [illegible] (מנן נאנן) [illegible] (מינויאנן) corrigirt. Die Stelle soll demnach bedeuten: welche das Eigenthum der himmlischen Yazatas sind, *haêtô* soll demnach an *qa, qaê* angeschlossen werden. Aspendiârji erklärt: sie kommen an den Ort, der das Eigenthum der himmlischen Yazatas ist. Auch Deçtûr Dârâb erklärt *haêtô* mit خود. Ähnlich wie

Aspendiârji auch Anquetil: *Ils passeront le tschinevad rag terrible,— eux comme les anges qui sont du paradis.* Aber die Erklärung von *haêtô* durch „selbst" ist sehr unwahrscheinlich. Ich habe *haê-tô* mit *haê-na*, skr. *senâ* in Verbindung bringen und darin das Subject des Satzes sehen wollen. Kossowitsch denkt an skr. *hêtu* und meint, dass man *haêtô* vielleicht mit *caussa, gratia* übersetzen dürfe, gibt aber zu, dass man den Lauten nach eher an skr. *setu* denken müsse. Am wahrscheinlichsten scheint mir Westergaard's von Windischmann gebilligte Ansicht, dass *haêtô* Locativ von *haêtu* sei und = skr. *setau* stehe, also: auf der Brücke der himmlischen Yazatas. Die Bedeutung von *haêtu* = skr. *setu*, Brücke, ist ziemlich gesichert durch das Wort *haêtumat*, cf. zu Vd. I, 50.

102. Das Imperfect *uçehistat* in unserm und *fravaocat* im folgenden Paragraphen drückt nach meiner Ansicht die öftere Wiederholung der Handlung aus: *Vôhû-manô* steht jedesmal auf, wenn fromme Seelen kommen und spricht jedesmal. *Gâtvô* ist hier offenbar der Gen. sg. im Sinne des Ablativs. Barbarisch scheint *zaranyô-keretô*, man fühlt sich versucht ein Thema *zaranyô-keret* anzunehmen; will man dies nicht, so muss man annehmen, das Wort stehe im Nominativ nach Art der Appositionen.

103. *Kadha* kann hier nicht wann heissen, wie gewöhnlich, sondern wie die Huzvâresch-Übersetzung will, [illegible] (נינונן), wie. *Agatô* scheint mir falsche Schreibart zu sein, statt *âgatô*.

104. Cf. Vd. VII, 136.

108. Die Huzvâresch-Übersetzung etwas abweichend und sehr frei: [illegible] (מן יושראסרש י נרמן אארובו מן) [illegible] סאנכש סאכש סנן רובאנן אחר מן בנא ותירשנש שיתי דדונד דושדאנאכאש (מן בוי בנא תרסינד), „wegen der Reinheit jenes Reinen — wegen des Schutzes der Reinheit in der Seele — fürchten sich die Schlechteswissenden Daêwas nach seinem Tode vor seinem Geruche (oder vor seiner Seele)". Dass *yaozhdâthryô ashava* Nominativi absol. seien, ist allgemein zugegeben; auffallend ist nur, dass *yaozhdâthryô*, welches Wort doch sonst den Reiniger bezeichnet (cf. Vd. IX, 6. 156) hier nur „den Reinen" heissen soll; doch wird man kaum umhin können, dies anzunehmen. *Baodhem* Acc. von *baodha* ist = neup. بوى, Geruch, verschieden vom Thema *baodhağh*,

welches zu Vd. VII, 3 erklärt worden ist. Da die Huzvâresch-Übersetzung mit [illegible] (בוי) sowohl das eine wie das andere Thema übersetzt, so kann es zweifelhaft scheinen, wie sie den Satz verstanden hat. Aspendiârij versteht ihn indessen wie wir. Anquetil nicht genau: *Le pur après sa mort vat au paradis, le diable auteur du mal, tous tremblent (en le voyant).*

109. Die Handschriften schwanken zwischen *maéshé*, was ich, und zwischen *maéshi*, was Westergaard und Kossowitsch aufgenommen haben. Beide Lesearten sind zulässig; *maéshé* schliesst sich an Formen wie *perené*, *nyâké* etc. an, *maéshi* ist die gewöhnliche Femininform auf *i*. *Vehrkavaiti* eigentlich: mit Wölfen begabt, d. i. nach meiner Ansicht, von Wölfen umgeben, Kossowitsch: *lupo devota* und erklärt: *Quae contra lupos se defendre non potest, sc. lupis addicta, debilis.*

110. So einfach die Worte anscheinend sind, so kann man über den Sinn derselben doch einigermassen in Zweifel sein. Huzvâresch-Übersetzung: [illegible] (נבנא אארובו אוו הם דהונגד כנא אישי אית חורשיתיר חורשיתירמאה סושיאנם דמנננית), „die reinen Männer sind zusammen — ein jeder, Manche sagen Oschédar, Oschédar-mâh und Sosiosch“. Aspendiârji schliesst sich an die Huzvâresch-Übersetzung an. Anquetil: *L'homme pur vient aussi.* Ich glaube, dass der Verfasser unseres Stückes sagen will, dass die früher verstorbenen frommen Männer der frommen Seele entgegen kommen und sie zum Paradiese begleiten. Cf. Sad-der Bundchesh (Cod. suppl. d'Anq. XV, fol. 143 reto): جون روان آنکس که نوزود کرده باشد یا گیتی خرید یشته باشد ازین جهان بشود بسر جنود پل روانهای وزردگان از روزگار زراتشت اسفنتمان تا این روزگار همه از پس باز آیند و آنرا بخویشتن پذیرند و اورا بکرفده خویش هم بهر کنند وروان او رامش نماید و جمله بهم راهی با او بروند تا اورا بجایگاه خویش رسانند. Die Worte „mit ihm“ in meiner Übersetzung sind nach Rückert's Bemerkung zu streichen.

111. „Es ist nicht „mit ihm“, sondern „mit ihnen“ zu ergänzen“. Rückert.

112. Für *açtô* weiss ich noch jetzt nichts Besseres vorzuschlagen als früher, nämlich: „Gesandter“, von *aç*. Andere Hand-

schriften lesen *astô*. Die Huzvâresch-Übersetzung [illegible] (אשת), was sich an die letztere Leseart anzulehnen scheint. Aspendiârji erklärt das Wort mit „Freund", Deçtûr Dârâb [illegible]. *Mrûidhi* fehlt in der Huzvâresch-Übersetzung gänzlich und ist daher von mir weggelassen worden. Kossowitsch: *nuncius Mazdae-Ahurae, dic (puta), est Nairyo-sañhas* und meint, dass *mrûidhi* hier an der Stelle einer Affirmativpartikel steht.

114. Cf. oben Vd. XIX, 50.

115. Während Zarathustra oben §§. 51—57 nur Wesen der geistigen Schöpfung gepriesen hat, werden hier die verehrungswürdigen Schöpfungen der materiellen Welt angerufen. Eine Ausnahme macht nur gewissermassen Ahura-Mazda, der als Schöpfer auch der materiellen Welt hier nochmals an die Spitze gesetzt wird. In unserem Satze haben wir ein Beispiel der freiesten Art der Composition, nur an dem letzten Gliede ist der Casus ausgedrückt. Auffallend genug hat übrigens die Huzvâresch-Übersetzung in AB für *dañma dâtem* [illegible] (דאנאך), weise, gesetzt, in C steht richtig [illegible] [illegible] (דאם דאת), aber auch hier ist [illegible] corrigirt. Gleichwohl habe ich diese Leseart in meinen Text aufnehmen zu müssen geglaubt; es scheint mir, dass die Übersetzer die Leseart *dâmi dâtem* vor sich hatten. Auf der anderen Seite scheint mir aber ausgemacht, dass diese Leseart nicht richtig ist: *dañma dâtem* gibt allein den passenden Sinn, denn Ahura-Mazda wird an unserer Stelle nur darum angerufen, weil er der Schöpfer der Geschöpfe ist.

117. Über *zarayô* cf. oben zu Vd. V, 50; über *Vôuru-kasha* zu Vd. V, 52.

118. Über den Unterschied von *açman* und *thwâsha* ist schon oben kurz die Rede gewesen. *Thwâsha* ist der unsichtbare Himmelsraum, *açman* dagegen der sichtbare Himmel. *Açman* von *aç*, werfen, schleudern, heisst in den Vedas Stein, und dass wir diese Bedeutung auch für das Altbaktrische als Grundbedeutung annehmen müssen, zeigt das Adjectiv *açmana*, steinern. Auch sagen die Parsenschriften bestimmt, dass der Himmel aus Diamant gemacht sei, so heisst es in Minokhired (p. 136): [illegible] (Neriosengh: *âkâçamca ratnena tîxṇalohena kṛitamâste yat pâṇḍavasikamiti âkathyate*).

„der Himmel ist aus stahlfarbigem Stoffe gemacht, den man auch Diamant nennt. Eben so im Bundehesh (p. 71, 10 fg.). Nach der Ansicht Firdosis ist bekanntlich der Himmel aus Lasurstein (لاجورد).

119. Cf. auch Vd. II, 131. Die Stelle ist merkwürdig wegen der Glosse, welche das Wort *qadhâta* erklärt: [illegible] (חותאתשש אֵי איע כנא איש נפשמן אוו נפשמן כונר), „ihr Selbstgesetztsein ist das, dass ein Jeder selbst für sich selbst handelt.“

120. Cf. Yç. IX, 64 und auch Burnouf Etudes I, 258. *Vahistô ahu*, der beste Ort, ist das Paradies; die neueren Perser haben aus *vahista* ihr بهشت gemacht und bezeichnen damit allein das Paradies, ohne Beisetzung von *ahu*. Dem *vahistô ahu* entgegengesetzt ist *acistô ahu*, der schlechteste Ort, die Hölle, cf. zu Vd. III, 120. — *Qâthra* will Burnouf mit skr. *çvâtra* (in den Vedas = Reichthum) vergleichen, welches für *svâtra* stehen soll. Eine solche Vertauschung von *ç* = *s* im Sanskrit kommt allerdings vor (cf. *çushka* = *huska*, *çvaçura* = *qaçura*); es ist aber doch wohl einfacher *qâthra* von *qan* abzuleiten und in der Länge des Vocals einen Ersatz für das ausgefallene *n* zu erblicken. — *Raocaghem* ist der Acc. eines Adjectivums *raocagha*.

121. Was *garô-nemânem*, das einzig unbekannte Wort unseres Satzes, sei, wird durch unsere Stelle selbst erklärt. Gewöhnlich gilt aber in den späteren Parsenbüchern *garô-nemâna* speciell für die Wohnung Ahura-Mazda's. Cf. Yt. 22, 15 und meine Einleitung in die trad. Schriften II, 102 not. Die neuere Form lautet: گروثمان, *Garothmân*, sie leitet auf die Form *garôdemâna* im Gâthâdialekte zurück. Ob *gara* mit *gairi*, Berg, zusammenhängt oder nicht, kann ich nicht mit Bestimmtheit angeben.

122. Mit Recht rügt Rückert die Construction unseres Satzes. Wenn auch das Verbum *zbâ*, wie aus den §§. 128 und 131 hervorgeht, mit dem Genitiv, nach §. 127 selbst mit dem Dativ neben dem Accusativ construirt werden kann, so fällt doch mit Recht auf, dass es in einem und demselben Satze mit zwei verschiedenen Casus erscheint. Indess, dass dies der Fall sei, wird sich schwerlich abläugnen lassen, die Übersetzungen sprechen für meine Fassung. *Miçvânahê gâtvahê* übersetzt die Huzvâresch-Übersetzung mit [illegible] (המישך סותש). Ich habe das Wort früher nicht ganz

richtig erklärt. Es ist wohl nicht zusammengesetzt aus *mith*, vereinigen, + *çvâna*, sondern aus *miṭ*, worüber zu Vd. II. 67 zu vergleichen ist + *çvâna*, dem Particip. praes. med. von *çu*, nützen. Was den Sinn betrifft, so sehe ich in *miçvâna* nicht mehr die Mittelwelt wie früher, sondern, wie die Parsen, ein Schatzhaus, in welchem die überzähligen guten Thaten der Frommen aufbewahrt werden, welche andern Frommen zu Gute kommen. Cf. den Sad-der Bundehesh (Cod. suppl. d'Anq. XV, fol. 144 recto) وآنچه بظلم وستم از مردمان بستانند وبدان جهان یکی چهار عوض باز ستانند وچهار چندان کرفه باز ستانند بروان مظلوم دهند واگر اورا کرفه نبود از گنج همیشه سود اورمزد عوض آن باز دهند. — Für [Pahlavi] ist besser mit Bt' [Pahlavi] [Pahlavi] (סות נאם) zu lesen. Anquetil gibt *miçrânahê gâtvahê* mit *trône du bien* und Aspendiârji stimmt ihm bei; sie haben *gâtu* nicht in der Bedeutung Ort, sondern Thron genommen.

123. *Çaoka* kann hier nicht Nutzen bedeuten, sondern muss ein Genius sein. *Vôuru dôithri* heisst, wie Rückert bemerkt, nicht: „die viele Augen besitzt", sondern: „die weite Augen besitzt". Ich habe schon in meinen früheren Bemerkungen zu der St. angedeutet, dass ich diese Erklärung auch für die richtige halte. Die Huzvâresch-Übersetzung übersetzt den Ausdruck mit [Pahlavi] [Pahlavi] (כאמך דויסר), nach Wunsch sehend, etwas sehr frei, dazu stimmt Aspendiârji: مراد چشم. In der beigegebenen Glosse erklärt aber Aspendiârji: wie von der Quelle Wasser komme, so sei diese Gottheit die Quelle dessen, was man wünsche. Hier hat Aspendiârji offenbar چشم mit چشمه verwechselt. Die Huzvâresch-Übersetzung erklärt hingegen den Ausdruck mit [Pahlavi] [Pahlavi] [Pahlavi] (הוּנִשמש מינוי הוּנִשמש), gutes Sehen, göttliches gutes Sehen. Anquetil versteht in der handschriftlichen Übersetzung den Berg *Çaokeñta* (cf. meine Übersetzung des Avesta Bd. III, 9): *Je etc. la montagne sokande (qui est près du tschinevad poul) par (d'où) les sources sont remplies d'eau et remplissent les desirs des hommes. (Tous les jours 2 fois l'eau vient du throne de Dieu, de là sur le sokande et de là sur la terre, sokande va du terre au ciel).* In der gedruckten Übersetzung jedoch lautet die Stelle: *j'invoque les éclatantes, pures et abondantes sources.* Es scheint hier eine ähnliche Verwechslung vorzuliegen, wie bei Aspendiârji.

124. *Viçpâo dâmaún çavaǧhaitis* wird von der Huzvâresch-Übersetzung übersetzt: (מנן הרוספין דאמאנן סותינית), welche allen Geschöpfen helfen. Ob man *dâmaún* oder *dâmaúm* liest, scheint mir ganz gleichgültig; die Formen unterscheiden sich wie *imaún* und *imaúm*, es ist *dâmaún* gewiss neutraler Accusativ von *daúma*, dazu gehört das gleichfalls neutrale *viçpâo* und diese Accusative sind abhängig von *çavaǧhaitis*, das ich für das Particip eines Denominativs *çavaǧhaiti* halte. Zur Noth liesse sich auch *çavaǧhaitis* = *çavasvatis* fassen, doch wäre dann der Accusativ befremdlicher.

125. Dass hier *Verethraghna* persönlich zu fassen sei, lehrt uns die Glosse der Huzvâresch-Übersetzung, welche ausdrücklich (ורארן יאת), der Yazata Varârân, beifügt. *Barô-qarenô* fassen Rückert und Westergaard als Compositum; unumgänglich nothwendig ist dies nicht, *barô* könnte auch = *baran* Nom. sg. des Participiums sein. Huzvâresch-Übersetzung: (מנן ברד נדמן), welcher die Majestät trägt. Deçtûr Dârâb hat fälschlich = neup. بلند gefasst, daher Anquetil: *je etc. à la lumière grande, créée de dieu, qui donne la victoire.*

126. Cf. Yt. 8, 16, wo übrigens Westergaard *çrvahê* liest. *Çrava* und *çrva* sind Nebenformen von *çru*, cf. zu Vd. XVII, 4. 19 und werden daher Nagel, Klaue bedeuten. Huzvâresch-Übersetzung (סרוך), was blosse Umschreibung ist. Aspendiârji an unserer Stelle „Hörner", was mit Hinblick auf das verwandte lateinische *cornu* zu beachten ist. So auch Anquetil, aber Deçtûr Dârâb gibt mit سر, Kopf. Ich habe schon in meinen früheren Bemerkungen über diese Stelle gesagt, dass sowohl die Bedeutung Klaue und Horn zulässig sei.

127. In diesem Satze ist nur ein Wort schwierig, nämlich: *ratukhshathrâbyô*. Die Huzvâresch-Übersetzung gibt es mit (רתו חותאי). Aspendiârji mit رد صاحب. Es fragt sich hier eben, ob man *ratu* in der Bedeutung Tageszeit, Zeit oder Herr fassen soll. Die einheimischen Übersetzer scheinen die letztere Bedeutung vorziehen zu wollen, ich habe mich an die erste gehalten, indem ich annehme, dass die Gâthâs als Inbegriff der Zeiten überhaupt stehen sollten. Aspendiârji meint, dass man den Gâthâs vor allen anderen Genien Verehrung darbringen müsse. Etymologisch sind beide

Erklärungen möglich; welche vorzuziehen sei, wird sich erst entscheiden lassen, wenn man bestimmt weiss, an welche Vorstellung man das Beiwort *ratukhshathra* anzuschliessen hat.

128. In welcher Eigenschaft hier die Gâthâs angerufen werden, ist durchaus nicht ausgemacht. Ich habe angenommen, dass dies geschehe, weil sie die Genien der fünf Schalttage des Parsenjahres sind, und zwar auf eine Note hin, die Anquetil in seiner handschriftlichen Übersetzung zu der Stelle macht und welche lautet: *Les cinq derniers jours de l'année sont protegés par 5 femmes filles de Dieu qui filent et tissent les koschti, habits etc. et les donneront au jugement à ceux qui n'en auront pas.* Aber Aspendiârji äussert sich über diesen Gegenstand nicht und es ist möglich, dass die Gâthâs hier als heilige Gesänge angerufen sind.

129. Die Kareschvares sind bekanntlich von der uns bekannten Erde abgetrennte und unzugängliche Welttheile, Stücke, in welche die ursprüngliche Erde zerbröckelte als Tistrya grosse Regenfluthen auf sie herabströmen liess, um die vielen schädlichen Thiere zu tödten, welche Aǧrô-mainyus dort hervorgebracht hatte. Cf. Bundehesh Cap. VII, XI. Die Namen sehen ziemlich seltsam aus und sind etymologisch gar nicht klar. Vsp. XI, 1 sind sie jedoch declinirt. Mit Recht ziehen Rückert und Westergaard die Leseart *imaț kareshvare yaț qanirathem* vor, welche mehrere Handschriften geben. Auf diese Weise wird das Kareschvare-Qaniratha, auf dem wir leben, den übrigen entfernteren Kareschvares entgegengesetzt.

130. Über *haêtumaț* cf. Vd. I, 50. Ein Grund, warum gerade dieser Fluss hier angerufen wird, lässt sich schwer denken.

131. Cf. Yç. I, 43. Aus dieser Stelle scheinen mir die Worte *nizbayêmi ciçtôis vaǧuhyâo* hier eingedrungen zu sein, die ich im Texte eingeklammert und in der Übersetzung gestrichen habe, weil sie in der Huzvâresch-Übersetzung nicht stehen. Rückert und Westergaard behalten die Worte bei, aber mir erscheint dann *razistayâo cistayâo* — was doch nur bedeuten kann: die gerechteste Weisheit — ganz tautologisch.

132. Es ist wohl kein Zweifel, dass unter der Majestät der arischen Gegenden ein bestimmter Lichtglanz gedacht wurde, der vom Himmel stammte und die rechtmässigen Herrscher Erâns umgab, cf. Yt. 19, 60. Aus Yt. 19, 31 fg. wird auch klar, in

welchem Zusammenhange diese Majestät mit Yima gedacht wurde. Die Dative *yimâi khshaêtâi* sind Dat. commodi.

133. Hier scheint ein neuer Abschnitt unseres Capitels zu beginnen. Die Huzvâresch-Übersetzung lautet: [illegible] (אמת ישת סתוש חושנות סרוש ופרנאפת איע דארשנן בנא כנתי מכירננת אראי סרוש פירוזכר הורוסת אראי סרוש), was ich nur folgendermassen übersetzen kann: „wenn mit Lob gepriesen, da ist Çroç zufrieden und lieb — d. h. er macht Erhaltung — angenommen hat der heilige Çrosh, wohlgewachsen siegreich (ist) der heilige Çrosh". Die einzelnen Wörter sind sonst klar, über *frithô* cf. zu Vd. II, 34: *paiti-zan* wird immer = neup. پذيرفتن gefasst, *paitizanô*, der Nominativ eines Thema *paiti-zana*, kann übrigens nicht „angenommen" heissen, sondern „ein Annehmer".

135. *Vâzista* ist das Blitzesfeuer. Cf. Yç. XVII, 63 fg. und die Note zu der St. in meiner Übersetzung; Windischmann, Zoroastr. Studien p. 87 fg. und Bundehesh p. 17, 8 ed W. *Çpeñjaghra*, ein sonst in den Texten nicht mehr genannter Dämon, scheint im Gefolge des Apaoscha zu sein. Es ist ein Irrthum, wenn Anquetil denselben in Yt. 9, 31 zu finden meint. Im Aferîn der sieben Amshaspands erscheint er im Gefolge des Winters in der Form *çpûzgar*. *Çpûz* oder *çpôz* steht im Pârsi = *skhalanu* und scheint mit unserem Worte zusammen zu hängen.

136. *Qâçta*, gekocht, cf. zu Vd. V, 153. Die Huzvâresch-Übersetzung übersetzt es hier wie dort. Für *perenem vîghzhârayêiñtîm*, was heissen müsste: vollständige Fülle oder Nichtabnahme, wobei *perenem* adverbial stünde, halte ich jetzt für besser *perenum* oder *perenaûm vîghzhârayêiñtîm* zu schreiben, was unsere Handschriften gleichfalls bieten. Es ist misslich *vîghzhârayêiñti* als ein Substantiv zu fassen, dagegen kann *perena* sehr wohl ein Abstractum auf *a* sein. Über die Wurzel *ghzhar* cf. zu Vd. V, 56. Aspendiârji gibt *vîghzhârayêiñtîm* mit شيرين, süss, wozu uns gar nichts berechtigt. Man übersetze demnach: Bringe gekochte Speise, Fülle die nicht abnimmt. Die Huzvâresch-Übersetzung erklärt [illegible] (= *vîghzhârayêiñtîm*) mit [illegible] (שכרמאי) und da neup. شگرف auch *bullitus*, *bene coctus* heisst, so habe ich darin einen Beweis für die Bedeutung

„siedend“ sehen wollen. Es ist aber wohl allgemein = „gut“ zu fassen.

138. Der Name *Kuñda* wird von der Huzvâresch-Übersetzung blos umschrieben, wir erfahren also nichts Näheres über das Wesen desselben. *Bañgem* = (מסת) i. e. مست, betrunken, wird wohl der Dämon der Trunkenheit sein, das Wort ist demnach hier ganz richtig geschrieben, cf. oben zu Vd. XV, 44. *Vibañgem* wird ganz wörtlich mit (נוית מסת) übersetzt und erklärt: (אי נוית מן אם מסת), „d. h. ohne Getränk betrunken“. Ich weiss indess nicht, ob ich recht gethan habe, *bañgem* und *vîbañgem* als Eigennamen zu fassen, es mögen Adjective sein, die zu *kuñdem* gehören. So Aspendiârji und Anquetil [1]), und auch die Huzvâresch-Übersetzung lässt sich so auffassen. Der Satz würde demnach lauten: Der heilige Çraosha möge (durch dieses Opfer) den Daêwa Kuñda, der betrunken ist ohne getrunken zu haben, schlagen.

139. Dieser Satz enthält einige Schwierigkeiten. Erstens *haîm pataiti* kann als Subject blos *çraoshô ashyô* haben, *haîm pat*, zusammenfallen, muss also so viel heissen als: handgemein werden, angreifen. Auffallend bleibt aber, dass dieser Ausdruck von Çraosha gebraucht wird, da *pat* sonst gewöhnlich von Wesen böser Art vorkommt, doch findet sich etwa Yt. 10, 128 eine Ausnahme. Das zweite schwierige Wort ist *drujaçka*, das ich sonst nicht mehr belegen kann und das auch die Huzvâresch-Übersetzung nur umschreibt. Meine Übersetzung: den Drujas anhängend, ist darum rein conjectural. Die einheimischen Übersetzungen sind übrigens etwas frei und lassen sich mit dem Wortlaute des Textes nicht vereinigen. Die Huzvâresch-Übersetzung lautet: (אנשאן אוו דרוגסכאנן אוו הם פתינית דרונדאנן דיויסנאנן אהוך זיושנאנן אנשותאאנן ראואר אוו ויזרש), „dann macht er sie fallen zu den Drujaçkas, den schlechten, die Daêwas verehrenden sündig lebenden Menschen — zurück zum Vizarsch“ (cf. oben Vd. XIX, 94). Aspendiârji löst ganz irrig *drujaçka* in *druj açka* auf und sieht

[1]) Seine handschriftliche Übersetzung lautet aber abweichend von der gedruckten: *Sserosch ôte le sentiment au diable Kond et à d'autres et les frappe.*

darin den Dämon der Trägheit, weil *asgahan* im Pârsi faul, träge, heisst. Anquetil: *Les diables derouj qui se présentent, les infernaux idolâtres qui frappent les hommes.*

140. Eine lange Stelle am Anfange dieses Paragraphen habe ich in Klammern eingeschlossen und in der Übersetzung ausgelassen, weil sie in der Huzvâresch-Übersetzung fehlt. Rückert, Westergaard und Windischmann missbilligen dies und sehen die Stelle für echt an: die Auslassung der Huzvâresch-Übersetzung habe nur in der Verwirrung der Handschriften ihren Grund. Für ihre Ansicht spricht allerdings, dass in der Huzvâresch-Übersetzung nicht blos die eingeklammerten Worte fehlen, sondern auch noch die für den Zusammenhang ganz und gar unentbehrlichen: *uiti davata hô yô duzhdâo aġrô mainyus pôuru mahrkô.* Ein Mangel der Huzvâresch-Übersetzung muss also hier jedenfalls zugegeben werden. Wie dem aber auch sei, jedenfalls sind wir bei der Übersetzung dieser Stelle sehr auf unsere eigenen Kräfte angewiesen, da auch Aspendiârji nur die Anfangsworte, die bei ihm *daêvô nazdistâț* heissen und die Schlussworte *pôuru-mahrkô* hat. Ganz dunkel ist mir die erste Partie von *nazdistâț* bis *gavê qarethem.* Westergaard liest *frakairê, vâçtrê* und *frakerenaoț*, den Optativ *frakerenôiț* möchte ich indess wegen des folgenden *verezyôiț*, zu dem er parallel steht, beibehalten. Vielleicht darf man übersetzen: „vom nächsten Reiniger aus bearbeite er die Gegenden in Bearbeitung, wirke er in der Weide — Speise für das Vieh, Speise für das Rind". Was das freilich heissen und wie diese Stelle zu dem Vorhergehenden und Nachfolgenden passen soll, bin ich dann ausser Stand anzugeben. — Leichter ist die zweite Abtheilung, welche von *nizbayêmi* bis *bavaiñti* reicht. Ich übersetze: „ich preise den Fisch *Karo*, im Wasser auf dem Grunde der tiefen Seen (oder Meere), ich preise *Merezu-pôuru-qadhâtô*, der tapferste, in Beziehung auf die, welche den Geschöpfen beider Himmlischen nützen (die Fravaschis?), ich preise die sieben Gebete in der Höhe, die eigenen Kinder, die mit Vieh versehen sind". In *karô maçyô* hat Windischmann bereits richtig den *kar-mahî* der späteren Parsenschriften erkannt und desshalb auf Yt. 14, 29; 16, 7 verwiesen; *bûnê* ist Locativ von *buna* = neup. بن, Grund, *jafra*, tief, cf. zu Vd. VII, 69. *Vairya* bezeichnet Landseen, Becken, Canal, kurz eine eingeschlossene Wassermasse, cf. Yt. 5, 4. 101; 8,

46; 10, 14 und sonst. Was *merezu pôuru-qadhâtô* sei, muss dahin gestellt bleiben, Anquetil scheint an neup. مرز, Gegend, zu denken, *mainivâo* ist wohl Gen. loc. dual. von *mainyu*. *Çavaghaitis* fehlt in einigen Handschriften und Westergaard lässt das Wort weg. Schwierig ist wieder *hapta çravô*; wenn ich *çravô* = Wort, Ausspruch, nehme, so würde man allerdings lieber *çravâo* erwarten. Rückert übersetzt etwas abweichend: „ich preise die sieben Ruhmhöhen, opferreich, kinderreich, viehreich sind sie". *Paçvâoghô* muss jedenfalls = *paçuvâoghô* stehen. Westergaard liest *handoghô puthrâogho puçâoghô*. — Wenn ich mich noch immer nicht eberzeugen kann, dass die beiden eben besprochenen Abschnitte echt seien, so glaube ich jetzt dagegen, dass das nunmehr Folgende echt sei. Ich übersetze nach Rückert: „Hinsann, Hersann, Agrô-mainyus, der vieltodige, der Daêwen Daêwa, der Daêwa Andra, der Daêwa Çauru, der Daêwa Nâoghaithi, Taurvi und Zairi sammt Aêschma mit starker Waffe, dem Daêwa Aghatasha, dem Winter, dem von den Daêwas geschaffenen, dem Betrüger der Sterblichen, dem Alter, das die Eltern vernichtet [1], der Daêwa Buiti, der Daêwa Daiwis, der Daêwa Kaçvis (Kleinheit), der Daêwa Paitis, dem Daêwa der Daêwas, dem Daêwa der Finsterniss". Für *daivis* ist *daêvis* oder mit Westergaard *daiwis* zu lesen. Für *paitis*, das schwer zu erklären ist, liest Westergaard mit K 9 *paitishô*, was Widersacher bedeuten könnte. Für *daêvanaum daêvô temô daêvô* liest Westergaard *daêvanaum daêvôtemô* (der am meisten Daêwa unter den Daêwas ist) und schliesst das noch folgende *daêvô* an *uiti* an. — *Cim* nicht was, wie ich übersetzt habe, sondern wer, der böse Dämon hat wohl eine bestimmte Persönlichkeit im Auge, — *Kameredha* ist uns schon bekannt, im Pârsi lautet es: [illegible] cf. Mkh. 83: [illegible] „drei Tage und drei Nächte läuft die Seele in der Nähe des Kopfes, jenes Bösen umher". Neriosengh übersetzt das Wort mit *çirah*. Über *Arezûra* cf. zu Vd. III, 23.

141. Obwohl die Leseart *addonta* eigentlich noch besser bezeugt ist als *adâunta*, so glaube ich doch dass Westergaards

---

[1]) So nach Westergaard's Leseart: *duzhdañ fedrô*. Dagegen Rückert, nach der Leseart *duzhdaṅmfedrô*, „der übelstolzirende", von skr. *dambh + dhra* = *tra*.

Recht gethan hat, die letztere Lesung vorzuziehen, da ich bezweifle, dass *dâ*, wissen, auf das wir *addoñta* zurückführen müssten, von bösen Geistern gebraucht werde; dagegen ist *addunta*, von *dar*, recht eigentlich an seinem Platze. — Die Worte *urutheñta adâunta daêva drvañtô duzhdâoghô*, die sich nur in einem Theile der Handschriften und nicht in der Huzvâresch-Übersetzung finden, habe ich weggelassen. Sie sind übrigens nicht schwer zu übersetzen: „es meinten, es sprachen die bösen, Schlechtes wissenden Daêwas".

142. Mit der Leseart *dôithrîm*, die ich aus dem Vendîdâd-Sâdes aufgenommen habe, wechselt eine andere, *duothrîm*, in den besten Handschriften, eben so auch in der ähnlichen Stelle Yt. 19, 57. *Daoithri* (was Westergaard vorgezogen hat) muss „Betrug" heissen, wie F. Justi (Göttinger gel. Anzeigen 1863, p. 1897) richtig gesehen hat. Welche von beiden vorzuziehen sei, muss ich dahin gestellt sein lassen, die Huzvâresch-Übersetzung ist hier leider lückenhaft, Aspendiârji jedoch übersetzt *aghaúm dôithrîm* wie ich. Deçtûr Dârâb in seiner Recension übersetzt gleichfalls [illegible] (סריתר נ̄שמך), böses Auge habend. *Imem* geht weniger auf *aghaúm dôithrim* als auf *cim* in der Frage des Agrô-mainyus (§. 140) zurück.

145. *Hân drukhs vidrukhs.* Huzvâresch-Übersetzung: [illegible] (זך דרונ̄ בנא מן דרונ̄ש כונר איעש סתאמכש בנא דנסינגר). „dieser bringt die Drukhs von ihrem Wesen hinweg, d. h. er nimmt ihre Tyrannei hinweg". Rückert billigt diese Fassung, mag man nun *drukhs vîdrukhs* als Compositum fassen: Widerdrukhs der Drukhs ist er, oder als Apposition: er ist die Drukhs, die ihr eigenes Widerspiel ist. Mit Recht macht Rückert darauf aufmerksam, dass man nichts zu ergänzen braucht, wenn man *nyáoñcô* in der Grundbedeutung „abwärts" oder in der traditionellen „verborgen" (cf. zu Vd. V. 43) fasst. Es gehört *nyâoñcô* nicht blos zu *daêvayâzô*, sondern auch zu den im folgenden Paragraphen genannten Gegenständen.

146. Auffallend ist hier dass *naçus*, der Dämon der Leichen-Unreinigkeit, der sonst als Femininum behandelt wird, plötzlich als Masculinum erscheint. — *Draoghô* ist deutlich altp. *drauga*, neup. دروغ. *Mithaokhtô*, falsch gesprochen, erlogen. Cf. *mithô*

falsch. Vsp. XXVII, 2 und skr. *mithyâ*. Auch im Pârsi heisst noch *mîdukht*, die Lüge.

147. *Buna* haben wir schon oben §. 140 kennen gelernt, die Huzvâresch-Übersetzung übersetzt es richtig mit [Pahlavi] (בון) i. e. pârsi und neup. بن. Wahrscheinlich ist das Wort verstümmelt und hängt mit Huzvâresch und Pârsi *buñda*, vollkommen, und mit skr. *budhna* zusammen. Cf. Kuhn's Zeitschr. für Sprachwissenschaft V, 320. *Temağha* ist gewiss ein Adjectiv wie skr. *tâmasa*, aber ohne Vṛiddhirung der ersten Silbe, cf. Vd. V, 176. *Daozhağha* habe ich früher als Adjectivbildung aus der Wurzel *duzh* angesehen, im Wesentlichen richtig, doch fassen es die einheimischen Übersetzer substantivisch: [Pahlavi] (דושאו) i. e. دوزخ, Hölle, und ich folge ihnen jetzt und übersetze demgemäss: „Es sprachen, es liefen die bösen Übles wissenden Daêwas zum Grunde des finstern Orts: zur argen Hölle“.

Zwanzigster Fargard.

1. In der Note zu meiner Übersetzung und noch später (Indische Studien III, 423) habe ich mich über meine Fassung des schwierigen, schon lautlich auffallenden Wortes *thamanağuhataňm* ausgesprochen. Eine Erklärung desselben hat schon Burnouf versucht (Yaçna p. 509 not.): er möchte *thmanağuhataňm* schreiben und das Wort mit skr. *âtman* verbinden, so dass es heisse: *de ceux qui sont maîtres d'eux mêmes*. Indessen die Handschriften sprechen alle für die Lesart *thamanağuhataňm*, und so wird man Burnouf's Vermuthung fallen lassen müssen. Um das auffallende anlautende *th* zu erklären, hat man zwei Wege: man kann es entweder als Entartung aus *t* fassen, wie *aiwithâra*, *nithakhta*, *qâthakhta*; doch kenne ich kein sicheres Beispiel, dass *th* für *t* im Anlaute eintritt, ohne besondere Veranlassung. Oder man kann, da in den Handschriften *th* mehrere Male mit *ç* wechselt, annehmen, dass *tham* = *çam* steht. Für diese Annahme habe ich mich ausgesprochen und wollte *thamanağhaṭ* mit „heilkundig“ übersetzen, und habe dabei an das hebräische סַמִּים *aromata* (Ex. 30, 34) erinnert, indem ich annahm, dass die wohlriechenden Kräuter und mit ihnen das indogermanische Wort in uralter Zeit nach Westen gewandert sei. Wäre das Wort von *Thrita* allein gebraucht, so

würde wenig dagegen zu sagen sein; aber Yt. 8, 49 nennt auch den Tistrya *thamanaghentem*, und dass er der Heilende heissen solle, ist nicht gerade wahrscheinlich. Ich habe daher die von Westergaard (Ind. Studien l. c.) vorgeschlagene Bedeutung „ausdauernd“ angenommen und habe neup. شامان, Geduld, verglichen. Vielleicht ist aber die traditionelle Angabe noch mehr zu betonen. Die Huzvâresch-Übersetzung und mit ihr Aspendiârji übersetzt *thamanağuhataňm* mit [Pahlavi] (סאארינ̃אומנדראן), was man nach der Bedeutung, welche پرهیز im Huzvâresch und Pârsi gewöhnlich hat, mit „schützend“, „enthaltend“ wird übertragen müssen. Die Glosse zu unserer Stelle lautet: [Pahlavi] (מנן סאארינ̃ו תנן ניוך חויתננית כנתנן נ̃ינונן ספנדיאת אית מנן איתונן דמנננית תהי כאר מאם רא כנת), „welcher die Beschützung des Körpers gut zu machen weiss wie *Çpendyât* (oder *Çpenddât*, i. e. *Isfendiâr*, cf. Windischemann: Zoroastr. Studien p. 150). Manche sagen, dass er eine leere (unnütze) That nicht that“. Die Etymologie des Wortes wird man keinenfalls schon als völlig gesichert betrachten können. Anquetil's erste Übersetzung lautete: *Quel est le premier homme qui se soit purifié (qui ait fait le bien, ait adoré dieu en verité).*

2. *Varecağuhataňm* gibt die Huzvâresch-Übersetzung: [Pahlavi] (ורנ̃אומנדראן דאנאכאנן נ̃ינונן כאום), der handelnden, weisen wie Kâuç. Lautlich ist *varecağh* natürlich = skr. *varcas*, Glanz, allein damit ist die érânische Bedeutung des Wortes noch nicht gegeben. Westergaard indess übersetzt (l. c.) „leuchtend“, Deçtûr Dârâb: قیمتمند, werthvoll. Aspendiârji: weise, nach Erklärung der Huzvâresch-Übersetzung. Ich bin, in Ermanglung von etwas Besserem, bei der traditionellen Angabe geblieben; verwahre mich aber gegen den Verdacht, als hätte ich *varec* mit *verez* verwechselt.

3. *Yaokhstavataňm* (Westerg. *yaokhstivataňm*) erkläre ich durch „unumschränkt“. Westergaard: „kräftig“. Huzvâresch-Übersetzung: [Pahlavi] (כאמכאומנדראן נ̃ינונן ימשית), mit Willen begabt wie Jamschéd“. Die Bedeutung: mit Kraft begabt, ist jedenfalls die ursprüngliche; ich halte es aber für sehr möglich, dass ein Übergang in die von mir gewählte Bedeutung stattfand. Aspendiârji: „glücklich“; Anquetil: *Qui ait obtenu, fait tout ce qu'il a voulu (ou ait contenté les desirs des hommes).*

4. Das auffallende Wort *yâtumataṅm*, vor dem das nicht übersetzte und unten §. 11 nicht wiederkehrende *as-dâmô* zu streichen ist, gibt die Huzvâresch-Übersetzung: (בהראומנדאן תובאניכאנן נ̄יגונן פאתסרוב), „der mit Theil begahten, der Reichen, wie Pâtçruh". Aspendiârji wieder „glücklich", zu allgemein. Wie man sieht, hat nach der Huzvâresch-Übersetzung *yâtumat* mit *yâtu*, Zauher, nichts zu thun, sondern ist vielmehr an das Vd. XIX, 96 vorkommende *yâta* anzuschliessen. Wer Pâtçruh sei, vermag ich nicht zu sagen; Aspendiârji denkt an Kai Khosru.

5. Die Glosse setzt bei: (אסזאראומנדאנן נ̄יגונן זרתושת), „der Erhahenen wie Zartuscht".

6. Die Glosse nennt den Kerçâçpa als Beispiel der Starken.

7. Die Huzvâresch-Übersetzung: (פישדאתאנן נ̄יגונן הושאנג אי פישדאתש אי דהוננת איע דאת חותאש פרתום נרמן רובאך כנת), „von denen, welche zuerst das Gesetz hatten wie Hoschang. Das zuerst das Gesetz Haben, ist das, dass das Recht des Regierens er zuerst in Umlauf hrachte". *Paradhâta* ist demnach componirt aus *para*, vor, früher und *dâta*, Gesetz; das Wort ist dem Sinne nach dasselbe wie neup. پیشداد, womit hekanntlich die älteste érânische Dynastie hezeichnet wird, und die Erklärung des Namens in unserer Glosse wird wohl die richtige sein. Früher fasste ich *dâta* als Part. perf. pass. von *dâ*, gesetzt; ich bezweifle jetzt aber nicht mehr, dass das Wort auch substantivisch stehen kann: Gesetz, wie altp. *dâta* und neup. داد.

8. Die von mir angenommene Übersetzung hat zuerst Lassen vorgeschlagen (Indische Alterthumskunde I, p. XC); auch Westergaard übersetzt so. Den Sinn gibt die Glosse zu unserer Stelle richtig an: (איעש מן בנד רא שיכננד), „er lässt sie (Krankheit und Tod) nicht aus den Banden los". Auch Aspendiârji erklärt so, dass er sie von der Welt fernhielt.

9. *Vazemnô-açti* habe ich als Compositum gefasst; es scheint mir ein Neutrum, welches hedeutet: den Körper wegführend. Rückert vermuthet, es sei der Knochenfrass. Westergaard schreibt beide Wörter getrennt; ich weiss aber nicht, wie er sie übersetzt. Huzvâresch-Übersetzung: (ואזאנן אשתרש). Das erste

Wort kann blos umschreibend sein, das zweite führt auf *açtra*, Dolch, zurück. Aspendiârji daher: der verwundende Dolch. Deçtûr Dârâb: درد سخت, und seine Ansicht scheint mir, wenn auch nicht der Huzvâresch-Übersetzung, so doch dem Texte näher zu stehen, der kaum etwas anderes als eine tödtliche Krankheit meinen kann. Glosse: [illegible] (איעש דר ראסִי בנא דכוימנניגית). d. h. ihn in einem Wege stehen liess.

10. *Tafnus*, Huzvâresch-Übersetzung = [illegible] (תפשנש); ich möchte in *tafnus* den Acc. plur. vermuthen und die Fieberhitze darunter verstehen.

11. Unter *Thrita* ist der öfter genannte Vater des Kereçâçpa und Urvakhshya zu versteben. Dies sagt uns die Huzvâresch-Übersetzung in einer interessanten Glosse: [illegible] (אי סרית סאמאנן רא סרית סירזאנן
זך סואך איע מתו דכוימנניתו אש תובאנן בות כנתנן אית מנן איתונן
דמננגית אי ים דהוננת אנש סריתש הנא בות איע חותאי סתיגר דהוננת)
„Thrita aus dem Geschlechte der Çama, nicht Thrita aus dem Geschlechte des Çirz (verstümmelt aus *Çâyuzhdri*, cf. Yt. 13, 113), konnte es an dem Orte, wohin er gekommen war, thun. Manche sagen: es war Yima; dann ist sein Thrita-Sein das, dass er der dritte König war.“ Die letztere Ansicht verdankt ihre Entstehung einer unglücklichen Etymologie, welche *thrita* = *thritya* nimmt; sie ist entschieden zu verwerfen, Aspendiârji hat sie jedoch angenommen, auch Anquetil in der handschriftlichen Übersetzung: *Le 1 après 3, o Sapetman Zoroastre, parmi les hommes etc. Djemschid parut.* In der gedruckten Übersetzung hat er den Thraëtaona an die Stelle gesetzt, weil er glaubte, dass Jamschéd nicht der dritte der Péschdadier sei (er rechnet nämlich irriger Weise den Gaiomart zu ihnen). Der Text wiederholt hier die §. 2 flg. schon gegebenen Beiwörter: die Huzvâresch-Übersetzung übersetzt sie nicht, wahrscheinlich aber nur desshalb, weil sie schon einmal übersetzt sind. Ich habe die hetreffende Stelle eingeklammert, aber doch übersetzt.

12. Das dunkle *riçcithrem*, das in der Huzvâresch-Übersetzung blos umschrieben wird, ist ἅπ. λεγ. und wird in anderen Handschriften auch *riscithrem* geschrieben, was Westergaard aufgenommen hat. Wie ich in der Note zu der Stelle erklärte, habe ich es aus *ris*, Flüssigkeit, und *cithra*, Same, ableiten wollen: das,

was aus der Flüssigkeit stammt, ein Heilmittel. Diese Erklärung bezweifelt Rückert mit der sehr richtigen Bemerkung, dass *vis* im Avesta nicht Flüssigkeit überhaupt, sondern giftige Flüssigkeit bedeute. Demungeachtet würde sich obige Erklärung des Wortes *viçcithra*, das eine entfernte Ähnlichkeit mit neup. گزير hat, halten lassen. Aspendiârji scheint einen Dolch darunter zu verstehen, Deçtûr Dârâb übersetzt *viçcithrem* mit بسيارغالب. Die Huzvâresch-Übersetzung: [Pahlavi] ושניהר נרמן) [Pahlavi] כויאננסתו בנא איאפת מן שתוינן אית מנן איתונן דכננית אי איאפת דכוימננאת פנן חשתוינן איעש סר בון פנן זהבא בכתו דכויכננאת) „Viscihar verlangte jener als Wunsch von Schahrévar. Manche sagen: der Wunsch sei durch Schahrévar (Metall), d. h. Gold sei ihm an die Spitze des Hauptes gebunden“. Demnach würde man wohl unter *viçcithrem* eine Krone verstehen müssen. Dies passt aber schlecht zum Folgenden und scheint mir daher zu verwerfen.

13. Hier sind die Formen *dâzhu*, *tafnu* auffallend. Will man nicht geradewegs zugeben, dass sie ungrammatisch sind, so wird man annehmen müssen, dass es Neutra auf *u* sind, und dass *paitistâtê* nicht blos den Genitiv, sondern auch den Accusativ regieren könne. *Dâzhu* heisst nach der Aussage aller einheimischen Übersetzungen طپ (דרת), i. e. درد, Leiden. Übrigens stammt das Wort nicht von *daç*, beissen, sondern von *dazh* = *dah*, brennen.

14. Die ganze in Klammern eingeschlossene Stelle findet sich nicht in der Huzvâresch-Übersetzung; sei es, dass dieselbe in ihrem Texte fehlte, wie sie ja ganz gut fehlen kann, ohne eine Lücke zu hinterlassen; sei es, dass sie sich die Stelle nicht zu übersetzen getraute, weil die Ausdrücke zu dunkel waren. Der Versuch, diese Lücke auszufüllen, ist ein ziemlich trostloser; sowohl Aspendiârji als Anquetil haben ihn jedoch gewagt. Ich gebe der Vollständigkeit wegen ihre Erklärungen, ohne ihnen jedoch ein sonderliches Gewicht beizulegen. *Çâranahê* = سست Deçtûr Dârâb und Anq.: *la foiblesse du corps;* dagegen Aspendiârji: „Kopfschmerz“. — *Çâraçtyêhê* (cf. *çâraçtis* Vd. VII, 145), Deçtûr Dârâb = سست كنندان; Anquetil: *ceux qui affoiblissent le corps (les diables);* Aspendiârji: Bewirker des Kopfschmerzes. — *Azhanahê* = حرص كند Deçtûr Dârâb, *les avares les gourmans etc.* Anquetil; „Schlechtigkeit“ Asp. —

Azhahvahê — lob kounand Deçtûr Dârâb, *les diables qui donnent les desirs d'avarice etc.* Anquetil; Bewirker der Schlechtigkeiten; Aspendiârji. — *Kurughahê* = كور گوش كور چشم Deçtûr Dârâb, i. e. = *Kavi* und *Karapan*; *ceux qui ne voyent pas l'instruction ceux qui ne l'entendent pas de leurs oreilles* Anquetil; „Rache übend" (كينه كش) Asp. — *Azhivâkahê* ist nach Deçtûr Dârâb = *Azhi dahâka;* Anquetil: *les couleuvres;* Aspendiârji om. — *Durukahê* Deçtûr Dârâb = دروجان; Anquetil: *les diables Deroudj;* Aspendiârji: „Lüge";— *Açtairyêhê* = دروغ آموختنده (sic) Deçtûr Dârâb; *ceux qui apprennent le mensonge* Anquetil; „Sünde" Aspendiârji. — Das nunmehr Folgende findet sich wieder in der Huzvâresch-Übersetzung. Das sonderbare *aghishyâo* (andere Codices *aghshyâo* und *aghashyâo*) wird dort nur mit (איעש) umschrieben; die neueren Übersetzungen: „böse"; ich bin ihnen gefolgt, ohne jedoch von der Richtigkeit überzeugt zu sein; denn es ist durchaus nicht unumgänglich nothwendig, *aghishi* von *agha* abzuleiten, cf. *aghôçtis*, Vd. VII, 145. Ich möchte in *aghishyâo. pûityâo âhityâo* drei coordinirte Substantive sehen, die sich definiren, indem sie vom Besondern anfangen und zum Allgemeinen fortgehen. Die Huzvâreschglosse erklärt (סורגֿשמש), wohl = شور چشمی im Neupersischen.

15. *Baêshazâo* ist die Leseart der überwiegenden Anzahl der Handschriften, dafür hat Westergaard aus K. 9 *baêshazyâo* aufgenommen. Ich glaube, dass sich auch *baêshazâo* halten lässt, man muss aber das Wort als Apposition zu *urvarâo* auffassen. Übrigens ist, wie Rückert zu der St. mit Recht bemerkt, *urvara* nicht blos Baum *(arbor)*, sondern begreift auch die Kräuter und Pflanzen in sich.

16. *Pôurus-pôuru-çatâo* fasse ich mit Rückert als ein Doppelcompositum: „viel viel hundertfache"; die Leseart *pouruis*, die Westergaard angenommen hat, findet sich nur einmal in B und ist sonst gar nicht bezeugt.

17. *Aoim* ist hier und an andern Stellen ausgezeichnet bezeugt, ich habe darum fast immer diese unregelmässige Form aufgenommen, obwohl auch hier *b ôyûm* hat, was der regelmässige Accusativ von *aêva* wäre, wie *vîdôyûm* von *vîdaêva* gebildet. Ich glaube aber, dass *ô* im Anlaute nicht wohl vorkommen konnte, ohne ein *a* vorzuschlagen, und dass daher die unregelmässige Umgestaltung dieses

Wortes stammt. *Gaokerena* ist nach der Erklärung der Huzvâresch-Übersetzung der weisse Haoma, der Lebensbaum. Das Nöthigste über denselben habe ich schon in der Note zu der St. bemerkt; ich halte es unnöthig darauf zurückzukommen, da jetzt Windischmann (Zoroastr. Studien p. 169 fg.) denselben ausführlich besprochen hat. Derselbe hat bereits darauf aufmerksam gemacht, dass auch im Sanskrit *gokarṇa* häufig zur Bezeichnung von Pflanzen verwendet wird. Scharfsinnig ist auch Rückert's Vergleichung des Wortes *gaokerena* mit dem neueren کوکنار, Mohn; zwar ist die Lautvertretung nicht ganz regelmässig, indem sonst ك nicht dem *g* entspricht; es finden sich aber in einzelnen Wörtern, deren Bedeutung den Neueren nicht mehr klar war, Verstösse gegen die Lautregeln cf. das neuere گرشاسب zu *kereçâçpa*.

18. Ich hoffe diesen Paragraphen richtig übersetzt zu haben, wenn sich auch meine Übersetzung einigermassen von der traditionellen unterscheidet. Diese nehmen nämlich die drei Verbalformen *frînâmahi*, *fraêshyâmahi* und *nemaqyâmahi* für Substantiva, was durchaus nicht angeht.

19. Auch hier ist wieder der grösste Theil des Textes, wie schon im §. 14, nicht übersetzt, sondern nur der Schluss von der Stelle an, wo Verwünschungen beginnen, die sich dann in §. 20 fortsetzen. *Thwaṅm paiti çaghâmi*, in der Huzvâr.-Übersetzung: [illegible] (אוו רך מאם דמננם איע בנא דובאר), „zu dir sage ich: laufe fort.“

20. Auch hier werden wieder dieselben Dinge genannt wie in §§. 14, 19, aber dieses Mal ist die eingeklammerte Stelle barbarisch, es stehen lauter Genitive statt des Vocativs. Nur der Schluss des Paragraphen, wo die Huzvâresch-Übersetzung beginnt, ist grammatisch richtig.

21. Meine Übersetzung ist unmöglich, da es nicht erlaubt ist, *yêghê* als Fragwort zu fassen. Wie ich schon früher bemerkte, ist die Stelle ein Citat aus Yç. XXXI, 4, aber aus ihrem natürlichen Zusammenhange gerissen und mit Zusätzen vermehrt. Ich halte es für das beste, sich hier ganz an die Übersetzungen zu halten, diese beziehen *yêghê* auf den weissen Haoma. Also etwa: durch wessen (des Haoma) Tapferkeit wir die Druja bezwingen, die Drujas bezwingen wir durch Tapferkeit. Es

ist zwar etwas misslich, *drujê* als einen Acc. plur. eines sonst nicht vorkommenden Themas *druja* anzusehen, das noch dazu Masc. sein müsste; aber ich sehe keinen anderen Ausweg, *drujê* als Dativ zu nehmen: wie ich früher gethan, geht noch weniger.

22. Auch dieser Paragraph ist aus Yç. XXXI, 4 genommen.

23. Die in Klammern eingeschlossenen Verwünschungen werden von der Huzvâresch-Übersetzung nicht übersetzt, auch bei Deçtûr Dârâb und Anquetil sind die Namen blos umschrieben. Statt *ashirê*, wie ich mit der VS. gelesen habe, geben Rückert und Westergaard mit den meisten Handschriften *ishirê*. So lange das Wort nicht erklärt ist, wird es nicht möglich sein, sich über die Leseart sicher auszusprechen. Aspendiârji übersetzt es mit ناخوشی, *ughûirê* nicht unwahrscheinlich mit عيب, *aghraûm* mit بدی, *ughraûm* mit غالی. In dem weiteren Verlaufe des Paragraphen sind wieder die Casus auffallend.

25—28. Cf. Yç. LIII. *Januyô*, der Plur. von *jaini*, ist offenbar = arab. جنّ, pl. جانّ und verwandt mit lat. *genius*. Es sind böse Wesen, die aber selten genannt werden.

29. *Jantu* = [illegible] (מחיתנגית), er schlage, womit alle andern Übersetzungen übereinstimmen. Nach Aspendiârji ist unter *airyama* hier der Amesha-çpenta Asha-vahista zu verstehen.

Einundzwanzigster Fargard.

1. Über *hudhâo* ist schon zu Vd. V, 61 gesprochen worden: an unserer Stelle aber wird das Wort in Übereinstimmung mit unserer Ansicht übersetzt: [illegible] (איע פנן פרארונש יהבננת דכוימננית), d. h. er ist in Rechtschaffenheit gegeben (geschaffen), während die neueren Übersetzungen auch hier die gewöhnliche Erklärung beibehalten. *Dâthrô bakhtem* habe ich mit „Geschenk des Schöpfers“ übersetzt und demgemäss *dâthrô* als Gen. sg. von *dâta* genommen, Huzvâresch-Übersetzung: [illegible] (דאסר בנא חרכננת דכוימנאי), „als Geschenk hast du geschenkt“, was mir weniger gefällt. *Anazaṅtha* = [illegible] (אזראננתך), ungeboren, es ist wohl eigentlich später geboren, nachgeboren, von *ana* und *zaṅtha*.

2. In diesem schwierigen Satze hat man die Wahl, entweder *yâ*, welches sich auf das vorhergegangene *gâus* beziehen muss,

als Subject zu fassen, wo dann das nachfolgende *jahi, ashemaoghô* etc. als im Nominativ stehendes Object betrachtet werden müsste, oder man nimmt umgekehrt *yâ* = *yaêm* oder *yim* und sieht das Subject in *jahi, ashemaoghô*. Auf die letztere Art habe ich den Satz verstanden und wahrscheinlich auch die Huzvâresch-Übersetzung, welche übersetzt: (מננת גהי מרוֹגינר), was ich übersetze: „welche Jahi tödtet“, indem ich in einen Casus obl. sehe. Dagegen Aspendiârji umgekehrt, „welche den Jahi tödtet“ etc., und der Übersetzer spricht seine individuelle Ansicht dahin aus, dass dieses durch den Urin der Rinder geschehe, der ja zu Reinigungen gebraucht wird. Anquetil und sein Deçtûr waren offenbar in einiger Verlegenheit über den Sinn der Stelle; die ursprüngliche Übersetzung lautet: *Le diable Dje frappe (fait tomber le fruit des femmes) lui qui est créé par Aschmog impur qui est homme infernal et qui affoiblit les hommes (il y a des diables appellés hommes, ou bien, la pluie frappe Dje, fils d'Asmog etc. ou Dje et Asmog etc.)*. Es wird sich schwerlich mehr mit vollkommener Sicherheit ermitteln lassen, was der Sinn des grammatisch halb erstarrten Satzes war. Über *jahi* cf. zu Vd. XVIII, 124, über *çâçta* und *ashemaoghu* zu Vd. IV, 140, 141.

3. Huzvâresch-Übersetzung: (רפר אפר מנן רובשנש), „es zieht die Wolke im Ziehen“, womit auch Aspendiârji übereinstimmt. Ich kann *yayuta* blos = *yaêta* nehmen und die 3. ps. pot. med. darin sehen; doch wäre es vielleicht auch möglich, dass man *yayâmi* bilden konnte, dann könnte *yayuta* 2. ps. plur. imperat. act. sein und man würde übersetzen müssen: Ziehet, Wolken, ziehet. Der Sinn der Stelle bleibt derselbe. Nach meiner Ansicht beginnt mit unserem Paragraphen ein ganz neuer Abschnitt; dagegen will Aspendiârji unsere Stelle mit dem Vorhergehenden in Verbindung setzen und behauptet, dass das Ziehen der Wolken mit dem Rinde in Beziehung stehe. Anquetil: *L'eau tombe de haut du ciel, tombe*.

4 und 5. Im Wesentlichen hoffe ich diesen Paragraphen richtig gefasst zu haben, doch möchte ich jetzt etwas abweichend übersetzen, nämlich: vorwärts das Wasser, niederwärts das Wasser, herzu das Wasser regne in tausendfältigem Regen etc. Diese Übersetzung scheint mir angemessener, entfernt sich aber etwas weiter von der Tradition als die vorige. Ich ziehe

nämlich *frâ*, *ni*, *upa* nicht mehr zu *âpem*, wie ich früher gethan habe, sondern alle drei Präpositionen zu *vârayôis*. Im Übrigen bleibe ich meiner früheren Ansicht getreu und nehme *hazaṅrô* eben so wie *baêvare* zu *vâraçciṭ*. Westergaard hingegen zieht, wie ich früher gethan habe, die verschiedenen Präp. zu *âpem* und liest mit BCF *vârayô* statt *vârayôis*, was er mit *hazaṅrô* zu einem Compositum verbindet; dann ist *vârayô* Acc. pl. mit einem Thema *vâri*, das ich aber nicht weiter zu belegen vermag.

6. *Yaçkahê apanaçtahê* = (יסך בנא נורנגשנש ראי), „wegen des Vorübergehens der Krankheit“, in diesem Sinne habe ich dann auch *apanaçtahê* überall aufgefasst. *Apanaçtahê* muss natürlich von *naç* + *apa* abgeleitet werden; Westergaard liest mit andern Handschriften *apanastahê* von *nash*, was sich noch genauer an die Huzvâresch-Übersetzung anschliesst.

7. *Jaini-yaçkahê*, *jaini-mahrkahê* gibt die Huzvâresch-Übersetzung mit (זנית יסך) und (מחיתננית מרג), ich habe darum *jaini* als ein Adjectivum „schlagend“ nehmen wollen. Es scheint mir aber jetzt doch besser, bei der schon oben zu Vd. XX, 25 ermittelten Bedeutung zu bleiben und zu übersetzen: zur Vertreibung der Krankheit durch die Jaini, zur Vertreibung des Todes durch die Jaini. Die von den Jainis verursachten Krankheiten sind wohl die Gemüthskrankheiten: Irrsinn u. dgl.

8. Die Zeichen, mit denen die Huzvâresch-Übersetzung *gadha* wiedergibt, sind und ich wüsste sie nicht anders zu lesen als נרא, *apagadha* aber soll (רותכן נרא) sein. Demnach müsste *apa* soviel als „mit“ heissen; diese Bedeutung ist aber dem Gebrauche der Präp. *apa* so sehr entgegen, dass ich annehmen möchte, schon die Huzvâresch-Übersetzer seien über die Wiedergabe des Wortes in Verlegenheit gewesen und hätten *apa* in dem Sinne des neueren *awâ*, ابا aufgefasst. In Stellen wie Yç. IX, 69. 95 übersetzt die Huzvâresch-Übersetzung *gadha* mit (נס), Neriosengh mit *nṛiçaṁsa*, Aspendiârji an der unserigen mit لشكر, Armee. Deçtûr Dârâb und Anquetil ganz falsch mit *Jahi*. Vielleicht ist für *gadha* die Bedeutung: „Ruchloser, Räuber“, auch hier die richtige, *apagadha* könnte dann eine Räuberabtheilung sein. Doch lässt sich wohl auch nichts dagegen sagen, wenn man

skr. *gada*, Krankheit, herbeizieht und *gadha* und *apagadha* als Namen von Krankheiten auffasst, wie ich früher gethan habe.

9. Ich glaube, dass meine Übersetzung im Wesentlichen richtig ist, so dunkel auch das Ganze noch scheint. Die schwierigste Frage scheint mir zu sein, wo das Subject zu *mereñcaitê* ist; ich denke, es muss aus den vorhergehenden Substantiven *gadha*, *mahrka* etc. genommen werden, oder es ist *jahi ashemaogha* etc. *Uziran* gibt die Huzvâresch-Übersetzung mit (אסואר), was sonst = *çûra* steht. Mit Anschluss an die Bedeutungen von *ir* + *uz*, *uzayêirina* etc. wird man es wohl wagen dürfen, *uziran* als Nachmittag, Abend zu nehmen. *Arezahva* gibt die Huzvâresch-Übersetzung mit (אפיגָך ודתשנש), was ich als „Hellwerdung" auffasse. — Aspendiârji nimmt als Subject sowohl zu *mereñcaitê* als *baêshazyâţ* noch *gâus hudhâo*: wenn er um Mittag (die Waffe derselben) schlägt, so heilt er am Abend; er fasst demgemäss *uziran* falsch als Mittag, *arezağh* ebenso falsch als Abend. Deçtûr Dârâb übersetzt (אסואר) = *uziran* mit قدرت, Macht, daher Anquetil: *Par la puissance de Dieu elle le frappe si elle tombe bien, en abondance, donne la santé.*

12 und 13. *Vivârenti*, nicht: es sollen herabregnen, sondern: es regnen herab. Huzvâresch-Übersetzung: (אמת בנא וארית איתונן נָינונן נופת), „wenn es regnet, so wie es gesagt ist"; *vivârdhu*: (בנא מן זך ואראנן אי מנרום דהוננית און רוינן דמננם), „so wird durch diesen Regen diese Sache, (welche) ich aussage".

14. *Nava* habe ich richtig mit „neu" übersetzt, wie es auch die Tradition durchgängig bestätigt; meine in der Note ausgesprochene Vermuthung, das *nava* vielleicht „neun" heissen könne, wird durch Rückert's Bemerkung widerlegt, dass dann *nava* nicht mit den Singularen *âfs* und *zâo* construirt werden könnte. Für *navata* möchte man sich versucht fühlen *navaca* zu lesen; da aber diese Vermuthung die Handschriften durchaus nicht bestätigen, so wird nichts übrig bleiben, als in *ta* ein Suffix zu sehen und *navata* mit Rückert etwa „neuartig" zu übersetzen. *Baêshaza-kesha*, „Verfertigung von Heilmitteln" ist traditionell, da die Huzvâresch-Übersetzung dafür (בישאנָשנש כנתארש) setzt. Doch ist mir Rückert's Vermuthung wahrscheinlich, der zu der St. sagt:

„*Kesha* wird wohl Pflanzungen sein wie کشت, obgleich sonst das *r* der Wurzel *kṛsh* nur in der Bedeutung ziehen کشیدن ausfällt, in der Bedeutung ackern, pflügen, umgekehrt das *sh: kâr;* aber das im Neupersischen nebeneinander stehende کار, کشتن, macht auch ein *kesha* in diesem Sinne annehmbar". — Aspendiârji gibt *baêshaza-kesha* mit „Gesundheit".

16. Zwar ist unsere Stelle, was den Text anbelangt, ziemlich sicher, aber die Übersetzungen sind ungenügend und lückenhaft, und dadurch wird natürlich auch uns das richtige Verständniss des Sinnes erschwert. *Haṅm yaêtâoghô* ist in der Huzvâresch-Übersetzung gar nicht ausgedrückt, es kann blos Nom. pl. eines Thema *haṅm yaêta* sein und dieses kann nur von *yi*, einer Nebenform von *yâ* kommen, wovon auch *yaêtustema* Yç. I, 6. Ich nehme *uçehista* = *uçehistata* und übersetze *haṅm yaêtâoghô* mit „versammelt, zusammen". Ich habe das Wort im Texte nicht eingeklammert, weil ich glaube, die Huzvâresch-Übersetzung habe in *haṅm yaêtâoghô* nur eine Verstärkung von *uçehista* gesehen und darum das Wort nicht übersetzt. *Yaonem* gibt die Huzvâresch-Übersetzung mit [Pahlavi] (איוֹן), was wohl „Verbindung" heissen soll und zeigt, dass sie das Wort auf *yu* zurückleitet; dass mit [Pahlavi] *yaonem* und nicht *haṅm yaêtâoghô* übersetzt werde, zeigen die folgenden Paragraphen. Aspendiârji übersetzt *haṅm yaêtâoghô* und *yaonem* mit بلندی. Deçtûr Dârâb in seiner Recension corrigirt [Pahlavi] (הם איוֹן) = *haṅm yaêtâoghô* und fügt [Pahlavi] (גורתאך, i. e. Getreide) bei = *yaonem*. Er hat also *yaonem* mit *yava* verwechselt, daher Anquetil: *Qu' elle est sur la terre, qu' elle s' unit à la terre. les grains viennent sur la terre.* Diese Fassung kann unmöglich richtig sein. Ich sehe immer noch nichts Besseres, als *yaona* für synonym mit skr. *yoni* in der Bedeutung „Luft" zu nehmen, wenn ich auch wohl einsehe, auf wie schwachen Füssen diese blos etymologische Erklärung steht.

18. *Khshaêzaǵuha* kann man als die Leseart der VS., *haêzaǵuha* als die der Handschriften mit Übersetzung betrachten; erstere habe ich, letztere Westergaard vorgezogen. Die Wahrheit ist, dass ich weder die eine noch die andere zu erklären vermag, nur vermuthungsweise habe ich *khshaêzaǵuha* an neup. خیز, خاستن angeschlossen. Huzvâresch-Übersetzung: [Pahlavi] (אמאז). Aspendiârji:

„sprich hervor“, wahrscheinlich hat er das Wort = neup. آواز genommen, was mir unwahrscheinlich ist. Deçtûr Dârâb زبادتی, ganz unbrauchbar. Auquetil: *Elle tombe dessus entre dessus et donne l'abondance la croissance à tout (c'est là sa) maniere* (راه). Rückert zieht *pairi haêzaguha* oder *pari saêzağuha* vor und leitet das Wort auf skr. *sij* = *sic*, beträufeln, zurück. Glosse der Huzvâresch-Übersetzung: [illegible] (3 ראס נופת נזרנן רונן זך אנן איע בותו), „drei Wege sind gesagt worden (cf. §§. 3, 4) diese komme herunter“. Das sinnlose [illegible], was ABC übereinstimmend geben, ist wohl in [illegible] (פרונן) zu verbessern.

19. Huzvâresch-Übersetzung: [illegible] (מנן סנן זכי אנן זראננשנן אמת בנא זראננת וחששנן אמת מס בנא דהוננת אש איונשנן ראת אנהומא איונשנן אוו כאר ראתסתאנן), „dem bei seiner Geburt — als er geboren war — und Wachsen — als er gross war — Vereinigung gab Ormazd — Vereinigung zum Werke des Gesetzes“. Ich habe dieser Übersetzung nicht ganz folgen können wegen der Bedeutung des Wortes *yaona*, wie ich dasselbe fasse. Die neueren Übersetzungen haben sich sichtlich verschlechtert. Aspendiârji fasst *dadhâț* = neup. داد.

20. Auf den ersten Blick scheint es auffallend, dass *uzir*, das sonst nur vom Aufgehen der Gestirne gebraucht wird, hier auch für das Aufgehen der Sonne angewendet wird, cf. indess Vd. XIX, 93. Ich glaube nicht, dass hierin ein ernstlicher Einwand gegen meine Auffassung liegt, die Sonne wird eben auch als ein Gestirn betrachtet, wenn es auch nicht in der Nacht leuchtet. Statt *raokhshnê* — was ich für den Acc. Plur. nehme — zieht Westergaard *raokhshnem* — den Acc. Sing. — vor.

21. Hier sind namentlich die Anfangsworte *temcit uzira* schwierig, weil man gar nicht einsieht, worauf *temcit* sich beziehen soll. Es kann nicht auf *haranm* gehen, weil dieses Wort ein Femininum, nicht auf *dâmahva*, weil es ein Neutrum ist. Huzvâresch-Übersetzung: [illegible] (סנן רארא אוזית איע רכנ̄ ראי) „durch das Aufgehen nämlich deinetwegen“; in der Glosse wird noch eine andere Ansicht angeführt: [illegible] (אית מנן איתונן דמנננית אי רך רתמכן רארא אוזאי), „Manche sagen: du gehst dort auf“. Es ist klar, dass hier *tem* mit [illegible] (רך) gegeben

wird und dies bringt mich auf die Vermuthung, dass die richtige Leseart *tvemciṭ* oder *tûmciṭ* sein möge, wenn sie sich auch in unseren Handschriften nicht findet; dann ist der Satz einfach: „du gehe auf“, so auch Aspendiârji. Die Worte: *yêzi ahi garô deretem* lauten: [illegible] (את הנמנאי נרותמאן דאשתאר), wenn du ein Halter (Bewahrer?) des Garothman bist. Dass *garô* = *garô-nemânem* stehen solle, scheint mir nicht wahrscheinlich; doch glaube ich allerdings, dass wir in *garô* dasselbe Wort vor uns haben, wie in dem eben genannten Compositum, und dass dieses — ein Nomen auf *aǧh* — mit *garu*, *guru*, *gravis* zusammenhängt.

22. Diese Stelle findet sich noch öfter im Avesta (cf. Yt. 8, 35; 13, 54) und der Zusammenhang scheint mir überall zu beweisen, dass meine Auffassung richtig ist, auch ist sie ganz nach der Huzvâresch-Übersetzung. In *âfeñtem* erwartete man allerdings seiner Stellung nach ein Substantiv, auch übersetzt es Aspendiârji mit „Wasser“, aber die Huzvâresch-Übersetzung hat [illegible] (אסאומנר), wobei ich bleibe.

23. Auch heute vermag ich noch keine genügende Erläuterung dieser Stelle zu geben, die eingeklammerten Worte fehlen in der Huzvâresch-Übersetzung. Rückert und Westergaard halten sie für ächt, letzterer liest *duskereta*. Meine eigene Übersetzung ist nur conjectural und nicht besonders passend; aber die übrigen Versuche, unsere Stelle zu übersetzen, haben mich auch noch nicht überzeugt. Aspendiârji: „sei es ein Missethäter, sei es Mañthraçpenta“. Anquetil: *Si quelqu'un fait mal, avant (il dit) la parole de Dieu (et l'eau le purifie)*. Rückert: „nun auf zum schweren Werke! nun auf das heilige Wort“!

27. Die Formen auf *i* sind entweder Nominative oder Vocative: Du bist, sollst sein. Über die Wurzel *khshvip* ist oben zu Vd. XVIII, 129 die Rede gewesen. Nach der Huzvâresch-Übersetzung ist übrigens *khshviptavaiti* ebenso wie *paêmavaiti* zu übersetzen, ersteres bedeutet die Milch der Menschen, letzteres die der Thiere, desswegen findet man auch in der Übersetzung beide Wörter nur durch eines ausgedrückt. Für *frazaintavaiti* lese ich jetzt doch lieber *frazaiñtivaiti*, trotz der guten Beglaubigung der ersteren Leseart; früher hatte ich angenommen, dass *i* in die vorhergehende Silbe zurückgetreten sei.

28. Die Übersetzungen: „Deinetwegen will ich 1000 Häuser reinigen", als ob *haūm* Haus bedeuten könnte. Dies zeigt, dass die Übersetzer die Leseart *khaūm* vor sich gehabt haben, die Westergaard in mehreren Handschriften bezeugt fand. Wörtlich: tausendfach wasche ich dir hin, und der Acc. des Gegenstandes folgt im folgenden Paragraphen.

29. Meine frühere Übersetzung wird sich kaum halten lassen. Ich habe *gaodhanem* als „Rinder- oder Viehreichthum" gefasst, Acc. abhängig von *fraçnayêni*, dazu den Plural *hañtacinâo* als Apposition: die (zu dir) herheilaufenden (Rinder)". Jetzt möchte ich lieber *hañtacinâo* von *fraçnayêni* abhängen lassen, *gaodhanem* aber von *hañtacinâo*: (ich reinige deinetwegen tausendfältig) die, welche hinlaufen zur Weide. Die Huzvâresch-Übersetzung übersetzt nämlich *gaodhanem* mit [illegible] (נאויות), also synonym mit *gaoyaoiti*. Aspendiârji: „ich will hinlaufen zu den Viehställen"; gewiss falsch. *Thrimô* wird mit [illegible] (סראישן) übersetzt, ganz wie *thrâthrem*, darnach habe ich das Wort auch übersetzt. So auch Aspendiârji.

33. *Gufra* cf. Vd. I, 81. Ich weiss die Form nur an skr. *gup*, verbergen, anzuschliessen, was auch Rückert billigt. Die Huzvâresch-Übersetzung übersetzt es auch hier mit [illegible] (זוסר) wie früher; ich möchte glauben, dass dies für meine Ansicht spreche. Aspendiârji: „leuchtend. glänzend". Deçtûr Dârâb im Anschluss an die Huzvâresch-Übersetzung: دهان, daher Anquetil: *paroit en haut, s'élève l'astre, de la bouche duquel sort l'eau.*

35. Die Erklärung dieses schwierigen Paragraphen ist seit dem Erscheinen meiner Übersetzung zwar etwas fortgerückt, immer aber bleiben noch Dunkelheiten genug. Statt *pakhrustahi* lies Westergaard *pakhrusta hi* und vermuthet *pakhrusta ahi*. Wie ich in der Note gesagt habe, schien mir *pakhrustahê* zu verbessern und diesen Genitiv ebenso zu fassen wie oben in Vd. XXI, 6 *apanastahê*, als Infinitiv. Rückert, der das Wort ebenfalls von *khruç* ableitet wie ich, hält an der früher schon offen gelassenen Möglichkeit fest, dass *pakhrustahi* ein Locativ sei und übersetzt: ins Verderben (gehe). Als Vocative oder als Locative wird man die nun folgenden Nomina jedenfalls auffassen müssen. Wer *Kaquzhi* und *Ayêhyê* waren, scheint die Huzvâresch-Übersetzung nicht mehr verstanden

zu haben, denn sie erklärt beide Namen mit Ahriman. Wegen *kaquzhi* macht aber Rückert auf neup. زند کج aufmerksam, was gleichbedeutend mit دیو sein soll; in *ayêhyê* hat A. Weber schon früher den vedischen *ayâsya* erkannt. — Am Schlusse von §. 35 ist wieder die Stelle Vd. XX, 23—25 wiederholt.

Zweiundzwanzigster Fargard.

3. *Yaçê* als Nebenform von *yaçĕ* und ähnliche Formen sind in den Handschriften zu gut bezeugt, als dass man sie ohne weiters als fehlerhaft verwerfen dürfte. Natürlich ist der Unterschied blos graphisch und *yaçĕ* das ursprüngliche; aber *yaçê* ist wohl *scr. plena* und rührt aus der Zeit her, als die altbaktrischen Texte ohne Vocale geschrieben wurden. — *Fradereçra* = [illegible] (סנאן פיתאך). Aspendiârji ظاهر. Diese Bedeutungen werden sich aus der von mir gewählten (sehenswürdig) erst abgeschwächt haben. Unter *nmânem* verstehe ich auch jetzt noch die Welt im Allgemeinen oder die Erde im Besondern; dass das *Garô nemâna* gemeint sei, wie die Huzvâresch-Übersetzung und die neueren Übersetzungen wollen, scheint mir unwahrscheinlich, bis dahin erstreckte sich die Macht des Ağrô-mainyus niemals.

4. Huzvâresch-Übersetzung: [illegible] (ראוא אוזיתו הנמנם בנא סאתנן הנמנם), „als ich empor ging, als ich daher schritt“. Für [illegible] dürfte [illegible] zu verbessern sein. Hiermit stimmt auch Aspendiârji überein. Allein für uns wird es kaum möglich sein, die offenbaren Imperative *uzayêni pârayêni* in dieser Art zu fassen, und so wird kaum eine andere Auffassung möglich bleiben, als die von mir vorgeschlagene: beide Worte als directe Rede des Ahura-Mazda zu nehmen.

5. Unter *mairyô* kann hier nur Ağrô-mainyus verstanden werden, obwohl keine Übersetzung dies ausdrücklich sagt, cf. jedoch den folgenden Paragraphen. *Âkaçaṭ* gibt die Huzvâresch-Übersetzung mit [illegible] (כסית) und erklärt dieses dunkle Wort mit [illegible] (נכירית) i. e. نگرید, er sah, erblickte. Diese Erklärung bestätigt auch die Sprachvergleichung, denn *âkaç* ist ohne Zweifel das neuere آگاه. Ganz falsch gibt Aspendiârji hier und im Folgenden *mairyô* mit راهزنی, so dass *mairyô âkaçaṭ* heissen soll: er beschloss Räuberei, widersetzte sich mir.

6. *Navaçéçca* habe ich mit „neunzehn" übersetzt, gegen die Tradition, die nur neun Zehntausende annimmt. Ich kann mich aber nicht überzeugen, dass das zugesetzte *ça* ganz bedeutungslos sein sollte und sehe darin eine Verstümmlung von *navadaça*.

7. Aspendiârji leitet diesen Satz folgendermassen ein: „Damals sprach Ahura-Mazda zum Ized Mańthra-çpeñta". Es ist also das Folgende als Rede Ahura-Mazda's zu betrachten.

8. *Aurvatô* = [illegible] (ארונד), was zu Yç. XI, 8 mit [illegible] (אסף כארינאר), Kriegspferd, erläutert wird. *Aurvatô* ist Acc. pl. *Derezi-takanańm* = [illegible] (שכפת תנ), wunderbar laufend; ist wohl das starke Laufen. Glosse: [illegible] (איע דר האסר תך ראואר רא וכאהית), d. h. „ein Hâthra (cf. zu Vd. II, 65) hindurch schnell und (die Kraft) nimmt nicht ab".

9. *Çaoka* scheint eine Göttin des Nutzens zu sein und erscheint hier als Mithelfer des Mańthra-çpeñta. Es kommt dieser Genius zu selten vor, als dass man seine Stellung recht schildern könnte, cf meine Übersetzung des Avesta Bd. III. p. XXXVIII.

10. *Çaini-kaofa* = [illegible] (סחת כוף), mit starken Höckern, wohl unzweifelhaft richtig; *çaini* stammt übrigens gewiss nicht von *çi*, liegen, wie ich früher angenommen hatte, sondern von einer Wurzel *çan*. Rückert vergleicht neup. سان, فسان, فسودن. *Kaofa* ist = كوهه, was noch heute gewöhnlich vom Höcker des Kameels gebraucht wird.

12. *Akhshaêna*. Huzvâresch-Übersetzung: [illegible] (אשינינן), blos umschrieben; ich habe *akhshaêna* von *khshi*, abnehmen, ableiten wollen, nicht abnehmend, dauerhaft. Deçtûr Dârâb فربه. *Aperetô-tanunańm* glaubte ich als Comp. poss.: nicht ausgewachsenen Körper habend, fassen zu müssen; in Abweichung von der Tradition, die etwas sonderbar ist. Die Huzvâresch-Übersetzung übersetzt nämlich: [illegible] (אתנן סואר), sündlos, so auch die übrigen neueren Übersetzungen. Sündlos heisst aber sonst *atanu-peretha*.

14. *Haretô-viçpô-gaonanańm* muss natürlich zu einem Compositum verbunden werden. *Haretô* übersetzt die Huzvâresch-Übersetzung mit [illegible] (נכפר), was gewöhnlich für altb. *garewa* steht, Aspendiârji und Deçtûr Dârâb mit trächtig (حامل). Dieser Ansicht habe ich mich nicht angeschlossen, denn wenn auch [illegible] den Fötus, nicht aber den Mutterleib bezeichnen kann, so heisst es darum

doch nicht trächtig. Dann lässt sich aber auch diese Bedeutung nicht mit altb. *haretô* vermitteln, an die sich die von mir gewählte „genährt" (gehütet, gepflegt, nach Rückert) leicht anschliesst. *Viçpô-gaonanaňm*, „von allen Gattungen", möchte ich jetzt übersetzen „v o n a l l e n F a r b e n". Zwar hat das neup. گونه auch die Bedeutung *species*, *genus* und möglicher Weise hat sie auch das altb. *gaona* gehabt; an unserer Stelle ist aber gar kein Grund vorhanden von der Grundbedeutung abzuweichen. Die Huzvâresch-Übersetzung übersetzt *viçpô-gaonanaňm* mit dem dunklen [Pahlavi] (המאכמנר oder המאכמני) und erklärt es mit dem ebenso dunklen [Pahlavi] (איוכמנר oder איוכמני).

16. Meine Übersetzung schliesst sich ziemlich genau an die Huzvâresch-Übersetzung an: [Pahlavi] (איתונן הנמנם רך אספנינם מן זכי ניוך דאהמאנן אספנינן סנן זכי פרנאפתי דאהמאן אספנינן איע דארשנן בנא נהנננם), „nun preise ich dich wegen des guten frommen Segenspruches durch den lieben frommen Segenspruch, d. h. ich behalte ihn". Will man meine Auffassung annehmen, so muss man *çrîra-dakhma-âfriti* als Compositum auffassen. Möglicherweise sind es aber auch Vocative: o schöner, frommer Segensspruch! da ja die Anrede an den Mańthra-çpeñta gerichtet ist, der hier als ein bestimmter Genius personificirt wird.

19. Die Übersetzung dieses Satzes ist äusserst schwierig und lässt sich nicht gut mit der traditionellen in Einklang bringen. Die Huzvâresch-Übersetzung lautet: [Pahlavi] (איאבאריניתו אנן אוימאר איע נד וימאר רא דהוננית נרמננג איאבארינית נרמן וימאר דונסת כונד), „er (der Segensspruch) hilft dem Gesunden — dass er nicht krank werde — und jenem hilft er, jenen Kranken macht er gesund". Der Sinn ist klar und würde sehr gut passen, aber ich sehe auch heute noch nicht, wie man ihn mit den Texteswortes vereinigen will. Das Wort [Pahlavi] (איאבארינית) soll höchst wahrscheinlich *avañtem* vertreten, dafür spricht einmal die Wortstellung; weiter der Umstand, dass die Huzvâr.-Übersetzung auch das Thema *arağh* mit [Pahlavi] (איאבארש) wiedergibt. Dann müsste *bañdayêiti* dem [Pahlavi] (אנן אוימאר) entsprechen und weiterhin *bañdem* dem [Pahlavi] (וימאר). Es ist nun aber einerseits so unmöglich, dass *avañtem* eine Verbal- und *bañdayêiti*

eine Nominalform sei, wie anderseits dass ***bañdayêiti*** und ***bañdem*** die entgegengesetzten Bedeutungen haben sollten. Es wird, wenn man diese Übersetzung festhalten will, nichts übrig bleiben, als dass die Huzvâresch-Übersetzung gegen ihre Gewohnheit die Wörter umgesetzt habe: ***avañtem*** müsste den Gesunden bedeuten, ***bañdem***, den Kranken, ***bañdayêiti***, er hilft. Es liegt am Tage, dass diese Auffassung eben so viel Schwierigkeiten hat als die vorher besprochene; ***avañtem*** kann nicht = ***abañdem*** stehen, dagegen sprechen mehrere Lautgesetze, und wenn ***bañda*** krank hiesse, so kann ***bañdayêiti*** nicht heissen: er hilft. So habe ich mich denn veranlasst gesehen, ganz abweichend von der Tradition eine eigene Übersetzung zu versuchen. Aspendiârji ähnlich wie die Huzvâresch-Übersetzung: „welcher durch Freundschaft die Krankheit weniger macht und die Gesundheit vermehrt“. Anquetil; *Elle (l'eau) secoure ceux qui sont malades, jusqu'à ce qu'ils ne le soient pas.* Rückert corrigirt ***abañdem*** für ***avañtem*** und übersetzt die §§. **16—19**: „Nun, ich segne dich mit schön-frommer Segnung, mit gesegnet-frommer Segnung, die Unvolles voll macht und Volles überfliessen, die Ungebundenes bindet und das Band auch fest macht“.

23. Es kann auffallend erscheinen, dass ich die Leseart ***idha*** statt ***idhi*** aufgenommen habe, denn ***para â idhi*** entspricht so ziemlich dem altpersischen ***paraidiy*** und würde hier ganz ausgezeichnet passen; dazu sprechen die besten Handschriften für ***idhi***. Dagegen muss ich bemerken, dass die Huzvâresch-Übersetzung für ***idha*** spricht, denn sie gibt nur ein Verbum: [illegible] (בנא סאתנן מן רתממן מאם אוו תממן), „gehe von hier dorthin“. Für [illegible] (רתממן) würde sich gar nichts Entsprechendes im Texte finden, wenn man nicht ***idha*** läse. — ***Nmânem airyamanâi***, die Wohnung für den ***Airyama***; übrigens ist ***airyamana*** eine Nebenform für das ältere ***airyaman***; dass ***airyaman*** und ***airyamana*** identisch sind, sieht man aus dem Schlusse unseres Capitels, wo für ***airyamana*** wieder ***airyama yô ishyô*** gesetzt wird. Wie Mañthra-çpeñta, das heilige Wort, im vorhergehenden personificirt worden ist, so nunmehr das einzelne Gebet ***airyama ishyô*** (Yç. LIII). Aspendiârji will den Izad Açmân unter ***airyama*** verstehen. Anquetil hat gar einen Landesnamen daraus machen wollen. Im Schâhnâme kommt allerdings ein Land ارمان vor, allein es ist dies ein kleiner Grenz-

bezirk, der noch dazu meist zu Turân gehört (cf. Schâh. p. 183, 194, 756 ed. Mac.), er kann also nicht gemeint sein.

38. Hier scheinen sich Verderbnisse in den Text eingeschlichen zu haben: *paidhyêçti* ist eine seltsame Form, Westergaard schreibt *paiti-açti*, eine Leseart, die sich blos in K 9 findet. Huzvâresch-Übersetzung: (מכירננד), was mir darauf hinzuweisen scheint, dass wir eine Ableitung der Wurzel *viç* hier zu suchen haben. Ich bin nicht im Stande eine passende Form vorzuschlagen; soviel scheint mir gewiss, dass wir in *paidhyêçti* oder *paiti-açti* nicht eine Verbalform suchen dürfen — das Präsens mitten unter den Imperfecten würde sich schlecht ausnehmen — sondern eher den Locativ eines Abstractums auf *ti*, also: vermittelst der Annahme dieser Rede etc. Für *para â idha* corrigirt Westergaard hier *para-âiț*, eine sehr schöne Correctur, wobei mich nur bedenklich macht, dass noch *upa-vazata* nachfolgt. Die Huzvâresch-Übersetzung hat , also entweder *para â idha* oder *upavazata* gar nicht ausgedrückt.

52. Die Worte *môshu taț âç nôiț dareghem* gibt die Huzvâresch-Übersetzung ganz wörtlich: (תיג זק דהוננת רא דור), „schnell war das nicht ferne“, und durch diese Übersetzung hielt ich mich für berechtigt *âç nôiț* zu trennen — gegen die Handschriften, die mit einer einzigen Ausnahme *âçnôiț* als ein Wort schreiben. *Frâyatayaț* = (סנאנ מת) er kam hervor, die Wurzel.

53. *Gairîm avi çpeñtô-fraçnâo*, Huzvâresch-Übersetzung: (גר אסר איע אסוונך סנאן הם סונכית אנהומא זרתושת), „auf dem Berg, wo sich der heilige Ormazd mit Zartuscht unterhielt“. Über das grammatische Verhältniss der Worte bemerkt Rückert sehr richtig Folgendes: „Hier ist wieder ein Compositum im Ansatze stecken geblieben; *çpeñtô-fraçna* sollte Bahuvrîhi werden, ist aber Karmadhâraya geblieben: zu dem Berg (zu) den heiligen Fragen, statt: zu dem Berg dem heilige Fragen habenden“. *Varesha* habe ich conjectural mit „Höhe“ übersetzt, ich wäre wohl am besten bei der traditionellen Bedeutung geblieben. Die Huzvâresch-Übersetzung übersetzt es (וישך), i. e. neup. بیشه, Wald. Aspendiârji *jañgal*. Rückert vergleicht skr. *varsha*, District.

54. *Navanaûm* will Rückert mit „neu", nicht mit „neun" übertragen wissen. Letzteres ist jedoch die traditionelle Übersetzung, die Huzvâresch-Übersetzung hat (תישיא). *Arshnaûm* habe ich mit „männlich" übersetzt, was nicht falsch ist; genauer an die Tradition schliesst sich die Bedeutung „mannbar". Die Huzvâresch-Übersetzung gibt es mit (נושנן). Aspendiârji mit „jung". *Gaona* wird in der Huzvâresch-Übersetzung ganz übergangen, wahrscheinlich weil man es für überflüssig hielt das Wort zu übersetzen. Aspendiârji: Farbe; mir scheint es aber unzweifelhaft, dass es „Art, Species" heissen muss oder auch „Reichthum" (cf. zu Vd. III, 80).

58. Für *vaitayô* in meiner Ausgabe ist unbedenklich *vaêtayô* zu lesen (wie ich auch in der Note zu meiner Übersetzung bereits gethan habe). Keine meiner Handschriften gibt diese Leseart, doch hat sie Westergaard in K. 9 gefunden. *Vaêtayô* ist die Leseart, welche die Huzvâresch-Übersetzer vor sich gehabt haben, denn sie übersetzen (ויתו), i. e. neup. بید, Weide. Ich denke jetzt, dass man dem Worte eine etwas weitere Bedeutung geben und überhaupt „Rohr" darunter verstehen darf. Rückert vergleicht mit Recht skr. *vetra* und *vetasa*; vergl. auch meine Bemerkungen in Kuhn's Zeitschr. für Sprachwissenschaft V, 320. Im Mînôkhired heisst soviel als *phala* (Frucht); es mag mit dem vorliegenden verwandt sein, identisch ist es schwerlich. Die Vendîdâd-sâdes lesen *vaêgayô*, damit liesse sich vielleicht armenisch վիգն (*vign*), Wicke, vergleichen, Rückert zieht zur Erklärung des letzteren Wortes auch skr. *vîja*, Same, herbei.

CPSIA information can be obtained
at www.ICGtesting.com
Printed in the USA
LVHW100334230422
716647LV00008B/35

9 783752 596519